LA CAGE
DORÉE

DAMON SUEDE

LA CAGE DORÉE

DAMON SUEDE

Publié par
DREAMSPINNER PRESS

5032 Capital Circle SW, Suite 2, PMB# 279, Tallahassee, FL 32305-7886 USA
www.dreamspinnerpress.com

Édition e-book en français : 978-1-63533-466-1
Édition imprimée en français : 978-1-63533-465-4
Première édition française : décembre 2016
v 1.0

Pour tous les secrets qui nous brisent et les promesses qui nous construisent.

LES « DOUZE ÉTAPES » DU PROGRAMME DES AA

1. *Nous avons admis que nous étions impuissants devant l'alcool – que nous avions perdu la maîtrise de notre vie.*
2. *Nous en sommes venus à croire qu'une Puissance supérieure à nous-mêmes pouvait nous rendre la raison.*
3. *Nous avons décidé de confier notre volonté et notre vie aux soins de Dieu tel que nous Le concevons.*
4. *Nous avons procédé sans crainte à un inventaire moral approfondi de nous-mêmes.*
5. *Nous avons avoué à Dieu, à nous-mêmes et à un autre être humain la nature exacte de nos torts.*
6. *Nous étions tout à fait prêts à ce que Dieu élimine tous ces défauts.*
7. *Nous Lui avons humblement demandé de faire disparaître nos défauts.*
8. *Nous avons dressé une liste de toutes les personnes que nous avions lésées et nous avons consenti à réparer nos torts envers chacune d'elles.*
9. *Nous avons réparé nos torts directement envers ces personnes dans la mesure du possible, sauf lorsqu'en ce faisant, nous risquions de leur nuire ou de nuire à d'autres.*
10. *Nous avons poursuivi notre inventaire personnel et promptement admis nos torts dès que nous nous en sommes aperçus.*
11. *Nous avons cherché par la prière et la méditation à améliorer notre contact conscient avec Dieu, tel que nous Le concevons, Lui demandant seulement de connaître Sa volonté à notre égard et de nous donner la force de l'exécuter.*
12. *Ayant connu un réveil spirituel comme résultat de ces étapes, nous avons alors essayé de transmettre ce message à d'autres alcooliques et de mettre en pratique ces principes dans tous les domaines de notre vie.*

I

CERTAINS GARS portent une cible sur le visage.

À 8 h 17, lundi matin, Ruben Oso se frayait un chemin dans Broadway [1] à l'heure de pointe quand il reçut un coup de coude. Son café chaud se renversa sur lui, trempant sa chemise et son pantalon avant d'éclabousser le trottoir. Ses doigts aussi furent inondés.

Sans blague ? Un connard venait de le bousculer !

Il serra son poing libre et se retourna, cherchant le coupable dans la foule.

— Hé !

Sa tronche déclenchait les bagarres. Sourcils épais toujours froncés, peau sombre, nez arrogant. Il ne s'étonnait même plus que de parfaits inconnus lui balançaient un coup de poing à vue. Il avait même pris l'habitude d'user à son avantage de la peur qu'il inspirait.

Allez, viens.

Ruben écrasa son gobelet entre ses doigts, faisant jaillir ce qui y restait de café. Sans mot dire, menaçant et furieux, il scruta les visages nerveux qui l'entouraient. *Viens ici, enfoiré !*

Mais ni le coude ni son propriétaire ne se manifestèrent. Les autres passants s'écartaient de Ruben comme s'il était radioactif. Personne ne pipa mot.

Dire que Ruben avait pris la peine de s'arrêter pour acheter un vrai café, dont il avait bien besoin pour se réveiller ! C'était son premier jour, après tout. Il détestait les jus sirupeux de Starbucks et il avait donc opté pour du « torréfié maison » que vendait une petite Péruvienne qu'il avait découverte non loin du bureau de son frère. Pour un café pareil, la longue attente qu'il devait faire en valait bien le coup.

Ruben s'arrêta sur le trottoir et frotta son ventre trempé. Dans le métro – ligne 6 [2] –, il avait déjà ôté la veste empruntée en son frère et abondamment transpiré en traversant Central Park South [3]. La journée était chaude et venteuse, aussi avait-il espéré sécher avant d'arriver au bureau.

---

1 Un des principaux axes nord-sud de Manhattan, New York.

2 Ligne qui fonctionne 24 heures sur 24 dans le Bronx et Manhattan, en omnibus.

3 Côté sud de Central Park, espace vert d'une superficie de 341 hectares au centre de Manhattan.

Sauf que… la malchance l'avait choisi pour cible. Une fois de plus.

Ruben jeta un coup d'œil sur les numéros des bâtiments et revérifia la carte GPS de son téléphone. Il ne connaissait ni les rues ni le quartier. Il était arrivé à New York trois semaines plus tôt quittant Miami à peine son divorce signé. Adieu Marisa et l'*État ensoleillé* [4] ! Bon vent !

Après six mois de sobriété à vivre dans un motel, voilà que Ruben se retrouvait à Manhattan. Il avait trouvé à proximité une association AA [5] et commencé à se chercher un sponsor [6].

Nouveau départ, nouvelle vie.

Il avait pris un vol pour arriver tout droit chez son petit frère, avec pour toutes richesses ses cheveux, deux tenues de rechange et de l'expérience pour cogner. Bref, l'avenir lui était ouvert.

Deux rues avant le bureau, il entendit des pas marteler le béton derrière lui. Il jeta un coup d'œil par-dessus son épaule.

Puis un glapissement sur la Neuvième Avenue :

— Arrêtez !

À quelques mètres de là, un maigrelet arrivait en courant, bousculant rageusement les New-Yorkais qui se trouvaient sur sa route. Il arborait une épaisse moustache de morse et un coupe-vent, et serrait dans la main un truc noir. *Un flingue ?*

— Hé ! Arrêtez-le !

Un mec BCBG d'une trentaine d'années galopait derrière lui, profitant du sillage dégagé dans la foule par celui qu'il poursuivait.

Les deux hommes arrivaient droit sur Ruben et les piétons qui encombraient le trottoir ne lui donnaient aucune marge de manœuvre. Quand il voulut s'écarter d'un pas sur le côté, un vieillard à sa droite le repoussa vivement avec un regard noir.

Le maigre moustachu continuait à bousculer la masse des banlieusards, cadres et secrétaires pour tenter de fuir. Personne ne s'interposait. *Classique.*

Difficile de savoir qui était le méchant de l'affaire, mais, pour être franc, Ruben s'en contrefoutait.

Ça n'est pas mon problème, bordel.

Au bout de la rue, il voyait déjà la porte qu'il comptait atteindre. Il était en retard, donc, pas question de fourrer le nez dans une affaire qui ne

---

4 *The Sunshine State*, surnom de la Floride aux États-Unis.

5 *Alcooliques Anonymes*, organisation mondiale d'entraide des personnes ayant un problème avec l'alcool.

6 Ancien alcoolique sur la voie de la résilience qui soutient un nouveau dans ses efforts.

le concernait pas. Il avait suffisamment d'expérience pour deviner quand des emmerdes s'annonçaient à la vitesse grand V. Cerné par les travailleurs new-yorkais pressés, Ruben était bien trop massif pour se dissimuler parmi eux.

Le poursuivant d'écarlate continuait à courir. Plus lent que sa proie, il s'entêtait cependant, sa cravate flottant par-dessus son épaule.

Il continuait à crier, le souffle court :

— Mon portefeuille ! Hé !

Ah, un pickpocket ! Ruben n'eut pas le temps de réagir. À trois mètres de lui, le moustachu leva les yeux, l'aperçut et… baissa la tête et fonça sur lui comme un taureau. Délibérément. Sous prétexte que Ruben n'avait pas bougé.

Et merde !

Juste avant l'impact, Ruben se décala à gauche et tendit le bras, interceptant le fuyard au niveau de la taille. Ensuite, soulevant sans peine le corps mince, Ruben le fit basculer sur son épaule et l'envoya valdinguer dans le kiosque à journaux. Magazines et bonbons s'envolèrent et se répandirent sur le trottoir.

— Connard !

La foule reculait, les yeux écarquillés. Ruben se redressa et s'essuya sa joue. Posant le pied sur le bras émacié, il récupéra le butin sur lequel se crispaient toujours les doigts maigres. Quand il se redressa, le portefeuille s'ouvrit et une liasse de billets de cent dollars s'en échappa. Une bourrasque les envoya voler au milieu des voitures.

Joli boulot, Oso !

La cupidité les rendant fous, les passants s'agenouillaient et se battaient pour récupérer les billets sur le trottoir et dans la rue. Quant au moustachu, il tentait de se redresser et dérapait sur les journaux déchiquetés.

Ruben était à sec : un de ces billets lui aurait rendu bien service. Pourtant, il ne pouvait accepter de s'humilier ainsi.

— Je n'arrive pas à croire ces…

Des pas pressés approchaient. C'était le type en costume qui arrivait enfin, le visage rouge et suant, à bout de souffle. Il marcha sur ses billets sans baisser les yeux.

— Hé ! Merci…

— Pourquoi n'y a-t-il jamais de flic quand on en a besoin ? Hein ?

Ruben étudia le pandémonium : ces gens qui volaient sans vergogne en plein jour, en public. Une fille, téléphone brandi, prenait des photos – ou une vidéo – de ceux qui s'arrachaient les billets flambant neuf.

Ruben se retourna en entendant derrière lui un mouvement et un grognement. Le moustachu avait fini par se relever et venait de renverser une

3

pile de *New York Posts*. Ils tombèrent sur le trottoir, faisant glisser les autres voleurs. Ce fut si rapide qu'on aurait cru à une mise en scène élaborée.

Le propriétaire du portefeuille ne paraissait pas particulièrement contrarié de perdre son argent.

— Merci. Merci beaucoup.

Ruben le dévisagea : un homme très blanc, très beau, au visage carré. Dans son genre, lui aussi était une cible sur pattes.

Ruben avait toujours cru que son visage de voyou le prédestinait à se battre, mais, ce coco-là ? *Merde !* Il devait en permanence se faire agresser ou frapper.

M. BCBG lui tendait la main.

— Vous avez été absolument incroyable ! déclara-t-il avec un sourire. Vous m'avez sauvé la vie !

Bon sang, il est beau à tomber !

— Euh… Sûrement pas. Je vous signale qu'ils vous ont tout piqué.

D'un geste, il désignait les passants qui continuaient à se battre.

— L'argent n'a aucune importance. Vraiment.

L'homme haussa les épaules et ouvrit son porte-monnaie, comme pour vérifier qu'il s'y trouvait encore quelque chose… En retard, Ruben était bien trop contrarié pour prêter attention à ce qui se passait.

— Sans blague ? Tant mieux pour vous.

L'air était chaud, sa chemise avait séché, mais le café rendait le coton poisseux. Ruben ne tenait pas à s'expliquer avec les flics, si ceux-ci se décidaient à arriver. Avec sa tronche, mieux valait être prudent.

Une sirène de police approchant, la foule se dispersa rapidement. Près du kiosque, un préposé bedonnant récupérait les journaux encore en état d'être vendus et maudissait le monde entier.

À nouveau, Ruben tenta de s'essuyer la poitrine. La veste de son frère n'avait à peu près rien, mais la chemise était fichue.

— Merde, merde !

S'il faisait mauvaise impression dès le premier jour, Charles allait lui passer un savon. *Comme d'habitude.* Ruben se fraya un chemin à coups de coude et arriva enfin au bureau.

La boîte de Charles, *Empire Security*, était située dans de minuscules locaux à côté d'un salon de manucure, à l'ouest de Columbus Circle [7], non loin du fleuve [8]. À dix minutes à pied de plusieurs stations de métro.

---

7 Place célèbre de New York, à l'angle sud-ouest de Central Park, nommée en l'honneur de Christophe Colomb.

8 Il s'agit de l'Hudson

Ruben ne connaissait rien à Manhattan, mais il devinait bien, en voyant les grilles rouillées et les poubelles qui débordaient, pourquoi les loyers étaient plus abordables dans ce quartier. Charles faisait des économies chaque fois que c'était possible. Par exemple, le nom de sa boîte : l'occupant précédent des bureaux avait été *Empire Salvage*, Charles avait gardé l'essentiel de l'enseigne, remplaçant simplement les six lettres « a. l.v. a. g.e » par six autres « e. c. u.r. i.ty ».

Ruben s'apprêtait à appeler l'ascenseur quand il sentit une présence dans son dos. *Attention.*

— Attendez !

Le type au portefeuille se dandinait d'un pied sur l'autre dans son costume à deux mille dollars, la cravate toujours de travers après sa course. Il était beau, mais un peu clownesque. Pas loin de la quarantaine, quelques années plus jeune que Ruben. Ni maigre, ni gros, de corpulence moyenne, des cheveux cendrés, brillants et sains, et une mâchoire bien trop carrée pour être prise au sérieux. Il ressemblait au beauf lambda dans une pub pour monoplace familial.

M'aurait-il suivi ?

Ruben se raidit.

— Euh. Je ne n'ai rien pris de votre argent.

Allez-vous-en.

Du menton, il désigna la rue.

— Vous auriez dû rester pour discuter avec la police, ajouta-t-il.

— Vous aussi.

L'homme sourit. Son visage était encore rouge, mais sec à présent. Ses yeux, d'une étrange teinte bleu ardoise, paraissaient aussi doux que du velours.

Pour la première fois, Ruben remarqua les indices flagrants qu'il avait manqué tout à l'heure : les cheveux coupés courts, la chemise à quatre cents dollars (au moins), les mains manucurées, les mocassins sur mesure. Au poignet, l'homme portait une montre Ebel à sept mille dollars.

— Écoutez, je dois…

Il désigna l'enseigne d'Empire Security.

— Dans ce cas, nous nous rendons au même endroit. Permettez-moi…

Permettez-moi… quoi ?

L'homme appuya sur le bouton. Ruben fronça les sourcils.

— Vous allez au même étage ? Empire Security ?

— Oui, j'ai rendez-vous.

Il fixa d'un air admiratif les bras et les épaules de Ruben et enchaîna :

— Vous êtes sacrément efficace, hein. Vous avez été soldat ?

Ruben secoua la tête. Il avait abandonné durant sa formation, et ça datait de si longtemps que ça ne comptait plus.

5

— Pas vraiment.

— Je comprends.

Le gars semblait attendre un signal quelconque.

— À présent, vous êtes dans la sécurité, reprit-il.

Il hocha la tête, comme si ça expliquait tout. Ruben gardait les yeux fixés sur les numéros des étages qui défilaient, mais son alarme intérieure sonnait le tocsin. Il tira discrètement sur l'entrejambe de son pantalon, où le café était tombé, et regretta de ne pas avoir bu ce jus.

— Je suis déjà en retard.

— Moi aussi.

Le type ne bougeait pas. Ça devenait du harcèlement, non ? Sous l'intensité de son regard, Ruben sentait sa peau se hérisser.

Puis l'inconnu reprit :

— Je suis franchement désolé pour ce qui…

Il ne termina pas sa phrase, ravalant la confession qu'il avait failli faire. Perplexe, Ruben fixait ses doigts tachés de café. *Génial.*

— Je m'appelle Andy, Andy Bauer.

Et alors ?

Franchement, cette mâchoire trop carrée exigeait un crochet. Ce visage, cible évidente, devenait à Ruben presque familier.

Andy sourit, révélant une profonde fossette au creux de sa joue. Ruben leva un sourcil sceptique.

— Je vous connais ?

— Non. Mais vous m'avez rendu un sacré service !

Il avait la même taille que Ruben, un mètre soixante-quinze, mais semblait bâti en soie et velours. *Raggedy Andy* [9].

Ruben pesait dix bons kilos de plus que lui. Il baissa les yeux sur le linoléum gras. Bien fait pour lui ! Il touchait son dû pour être intervenu dans une affaire qui ne le regardait en rien ! Maintenant, pour son premier jour au travail, il se pointait en retard, tout mouillé, et suivi par un beau cinglé, un punching-ball sur pattes. *Cet ascenseur arrivera-t-il un jour ?* Ruben aurait parié qu'Andy n'avait jamais, de toute sa vie, donné un coup de poing ou manié une arme à feu.

Ce visage !

Dix dollars qu'Andy Bauer ne disait pas de gros mots. Et vingt qu'il jouait au Frisbee le week-end avec son setter irlandais.

---

9 Poupée de chiffon, héros d'une série de livres (avec sa complice, Raggedy Ann)

Apparemment, Andy retenait son souffle ; du coup, Ruben fit pareil. *Bizarre ! Ça fout la trouille.*

Puis l'ascenseur s'immobilisa enfin et tous deux sortirent de la cabine. Cinquante dollars qu'Andy Bauer n'a jamais discuté avec un alcoolo. Cent que tous ses amis sont aussi coincés que lui. Aussi « politiquement corrects » !

Ce n'est pas possible, aucun humain ne peut être aussi immaculé !

Ruben entra dans le bureau de son frère avec dix minutes de retard et un cinglé sur les talons, prêt à se faire engueuler. La réceptionniste l'envoya, d'un geste hautain, dans le bureau de Charles – elle avait un joli petit cul, rond et dodu. Ruben l'avait rencontrée quelques jours plus tôt, mais, pour elle, il n'était que le frère du patron, le raté de la famille. Elle le regardait à peine.

— M. Oso ? *Le esperan (il vous attend).*

De l'espagnol ? Les gens le croyaient colombien. Ruben hocha la tête et feignit d'avoir compris, pour qu'elle lui sourie et cesse de parler. Il connaissait à peine dix mots d'espagnol, de quoi dire « bonjour », « merci », « va te faire foutre ! » et « je ne parle pas espagnol ». Pas de quoi tenir un grand discours ! C'était à cause de ses grands-parents, pauvres, mais pleins d'ambition, qui avaient tout abandonné pour émigrer jusqu'à la Terre promise des Parfaits Crétins.

Derrière lui, Bauer se mit à discourir avec la réceptionniste, qui lui répondit d'un ton tout à fait amical. Puis Charles passa la tête et frappa à la porte de son bureau pour attirer son attention.

— Veux-tu me présenter ton ami, Rube ?

Bauer gloussa.

— Nous venons à peine de nous rencontrer.

Ruben cherchait à mimer des excuses silencieuses. Il devina que Bauer s'approchait de lui, par-derrière, mais ne se retourna pas.

— Je pense qu'il est venu pour toi, Charles.

Son frère arborait une de ses horribles chemises hawaïennes : hibiscus et étoiles de mer sur fond gris. Il en faisait collection et ne portait rien d'autre, même avec un costume. En Floride, tout le monde s'était fichu de lui, mais Charles s'entêtait. Il aimait la douceur du coton, la violence des couleurs ; il faisait aussi semblant d'être un gangster quand ça lui était possible.

— Andy Bauer. J'avais rendez-vous à neuf heures.

— Charles Oso.

Les deux hommes échangèrent une poignée de main. Puis Charles fit entrer son client dans son petit bureau. Ruben les suivit.

Bauer s'adressa alors à lui.

— Vous êtes… ?

— Ruben.

Charles prit place dans son fauteuil, derrière son bureau.

— Comment...

Pour la première fois, Ruben regarda Bauer droit dans les yeux et fut un peu surpris de voir que son vis-à-vis le dévisageait toujours avec intensité, sans ciller. Ces prunelles gris-bleu paraissaient étonnées, douces, timides.

Sans détourner la tête, Bauer répondit à Charles :

— J'ai été agressé dans la rue, Ruben a intercepté mon voleur.

— Rube vient d'arriver. De Floride.

Charles fouilla dans la paperasserie accumulée sur son bureau.

Le regard de Bauer passa d'un frère à l'autre. Il hocha à nouveau la tête.

— Vous vous ressemblez.

Il ne mentait pas : les deux Oso avaient la même silhouette, assez trapue, le même nez busqué, les mêmes vêtements merdiques... Sauf que Charles avait pris du ventre et qu'il ne squattait pas un canapé chez une âme charitable. À l'école secondaire, Ruben avait fait de la lutte, ayant hérité de son père un torse solide. D'accord, il n'arrivait pas à toucher ses orteils, mais il pouvait d'un coup de poing éclater un pare-brise. Et puis, l'Empire n'était pas vraiment le Secret Service [10]. Au lieu d'un prêt, Charles avait offert à Ruben un emploi : il le payait pour remettre sa vie en ordre.

Charles se tourna vers le bel inconnu, qui paraissait à la fois très riche et paranoïaque.

— Je suis prêt à vous offrir le meilleur service, déclara-t-il.

— J'avais envisagé d'engager un détective privé, mais j'ai un problème de sécurité.

Il s'agitait en permanence, scrutant Ruben de ses bizarres yeux clairs, comme s'il cherchait à le... reconnaître. Mal à l'aise, Ruben fit craquer ses jointures. Quelque chose ne collait pas.

— L'Empire ne s'occupe pas d'enquêtes privées, annonça-t-il.

Charles repoussa l'objection d'un geste dédaigneux.

— Mais nous sommes des spécialistes de la sécurité, affirma-t-il.

— Tant mieux ! Je sais que tout ça peut paraître dingue.

Bauer s'exprimait d'une voix basse, feutrée... comme s'il manquait d'air pour formuler ses mots.

Les deux frères échangèrent un regard – manifestement, ils se retenaient de lever les yeux au ciel. Le « cas » paraissait complètement bidon. Charles savait que son frère avait besoin de l'argent, aussi peut-être s'agissait-il d'une

---

10 Agence gouvernementale américaine qui dépend du Département de la Sécurité intérieure des États-Unis et assure la protection du président, du vice-président, de leur famille, etc.

mise à l'épreuve : une mission facile, un début en douceur, un service rendu à un client ?

Si Ruben n'avait pas été en retard, il aurait pu soutirer plus d'infos à son frère sur la nature de son nouveau poste, donc, tout était de faute. Tant qu'il était payé, il était prêt à monter la garde devant un abri de jardin.

Charles sortit une liasse de documents qu'il laissa tomber sur son bureau encombré.

— Nous allons avoir besoin de détails, déclara-t-il. Voici un contrat type. C'est une simple formalité, bien entendu, mais nécessaire.

Ruben jeta un coup d'œil à leur nouveau client – et en retira une étrange sensation qu'il ne sut définir.

Le téléphone portable de Charles se mit à sonner. Il leva un doigt.

— Ruben va s'occuper de vous, M. Bauer, d'accord ?

Sans attendre de réponse, il s'esquiva, laissant Ruben jouer les larbins. *Merci bien !*

En prenant le fauteuil de son frère, Ruben laissa ses larges épaules effleurer Messire Blondinet, juste pour lui faire savoir qui serait le patron. Enfin, façon de parler, vu sa situation actuelle : il vivait de promos Burger King et d'un canapé-lit chez son cadet. Ce qui lui collait des maux d'estomac et un torticolis chronique. Il n'avait plus vingt ans, merde ! Ni même trente ! En janvier dernier, il avait fêté ses quarante et un ans. Il n'avait plus la résilience physique de la jeunesse.

— Veuillez me résumer la situation.

Bauer le fixa droit dans les yeux.

— Précaire.

Ruben s'agita un peu sous ce regard qui ne cillait pas. Le mec était-il bigot ? Pédé ? Non, il était juste… bizarre. Ruben ouvrit son carnet, un petit cahier relié de cuir qui tenait dans la poche de son pantalon. *C'est le moment d'établir une liste.* De plus, ça lui donnait un prétexte pour baisser les yeux, échappant ainsi au regard intense de son vis-à-vis.

— Expliquez-moi ça ?

— Eh bien, je travaille chez moi, j'habite en immeuble. Je n'ai que quelques employés, la plupart travaillent chez eux. Cependant, mes clients vont et viennent à n'importe quelle heure.

Et vous pourchassez les pickpockets en plein jour. C'est ça.

— Écoutez, insista Bauer, je vous ai vu épingler mon voleur. Je vous ai pris pour un flic qui n'était pas de service.

Encore une fois ce regard intense.

— J'ai commencé l'armée. J'ai abandonné…

… après la première fausse couche de Marisa.

9

— Mais, je sais me battre enchaîna-t-il, je sais aussi obéir aux ordres.

— Ma situation est… compliquée. Il me faut quelqu'un de pas trop…

Il ne parvint pas à compléter sa phrase et tira nerveusement sur le pli impeccable de son pantalon.

Ruben avait compris.

— … pointilleux.

M. Cul-Blanc voulait un manutentionnaire basané pour faire son sale boulot !

Bien entendu, Bauer poussa un soupir soulagé.

— Rien d'illégal, comprenez-moi bien, mais je ne veux pas courir le risque de compromettre un de mes clients parce que j'ai engagé Dudley Do-Right [11].

Ruben plissa les yeux, puis fit l'effort de se détendre.

— Alors, vous cherchez…

— Plutôt l'opposé.

Le mec avait donc de l'argent à perdre. Manifestement, une baleine venait d'échouer dans le petit lagon de l'Empire.

— Un garde du corps ajouta Bauer.

À ces mots, Ruben releva les yeux.

— Vous voulez une protection personnelle ?

Pourquoi diable avait-il un si mauvais pressentiment ? Il le repoussa et se concentra sur le fait de soutirer le plus d'argent possible à son client. Merde, peut-être allait-il trouver une nouvelle formule de logement !

— À temps plein ? insista-t-il. Vingt-quatre heures sur vingt-quatre ?

— Non, juste aux heures ouvrables.

Ouf ! Ruben doutait qu'une chambre d'ami chez Raggedy Andy soit une nette amélioration par rapport à son dernier studio sans ascenseur dans Spanish Harlem [12]. L'intimité était pour lui une priorité. Il avait déjà suffisamment de migraines pour ne pas avoir en plus un cinglé au bout du couloir.

— Bien sûr.

— Les incidents…

Bauer se tut et esquissa à nouveau son sourire niais, celui qui creusait sa fossette. Ruben garda le silence. Manifestement, le client avait passé trop de temps en première classe, à lire des romans d'aventures.

---

11 Personnage de dessin animé, membre de la Police Royale Montée Canadienne et parangon de toutes les vertus (littéralement, « *Dudley Fait-Tout-Juste* ».

12 Ou *El Barrio*, quartier de Manhattan.

Quand il finit par relever la tête, Bauer le toisait d'un œil critique. Une fois de plus, Ruben fut traversé d'une étrange sensation.

— Dans quoi travaillez-vous, M. Bauer ?

Le client fit rebondir son genou, sans cesser de dévisager Ruben avec dévotion, l'œil attentif, prêt à l'engager pour un rôle de super-agent en smoking, avec cocktails martini et groupies émoustillées.

— Dans la finance. Ma boîte s'appelle Apex. Je gère un fonds de fiducie. Je travaille chez moi. Par précaution. À l'heure actuelle, j'ai bon nombre de documents ultra-sensibles dans mon bureau. Je me sentirais mieux avec quelqu'un sur place pour veiller à ce qu'il n'y ait pas de...

Ruben leva les sourcils, patient.

— Où habitez-vous ?

— Tout au bout de la 78 th Avenue, près du parc. L'Iris.

Ce qui ne disait strictement rien à Ruben. Il faudrait qu'il se renseigne auprès de son frère. Il ne montra rien de sa perplexité.

— D'accord.

Pourquoi un homme aussi riche s'adressait-il à l'Empire, une toute petite boîte ? En général, Charles fournissait plutôt videurs ou intérimaires pour assurer la sécurité de soirées privées. Bauer aurait dû contacter Citadelle ou Security Stone, deux sociétés à la technologie de pointe et des barbouzes ayant servi dans l'armée israélienne. Question de main-d'œuvre, Charles n'avait qu'un nonchalant ventripotent et un ivrogne divorcé. *Quelque chose n'allait vraiment pas.*

Quand Ruben abandonna son carnet, il découvrit que Bauer n'avait pas bougé. En fait, il clignait à peine des yeux, avec un beau visage sculpté dans la pierre. Merde, peut-être ne faisait-il que *semblant* de l'apprécier !

— Autre chose ? insista Ruben.

— Eh bien, l'immeuble a une bonne sécurité. Pour la plupart, les copropriétaires sont célibataires. Après le 11 septembre, il y a eu d'importants travaux de remise à niveau, le syndic n'a pas mégoté sur les caméras et les détecteurs.

— À part vous, qui a accès à votre bureau ?

— Lequel ? À l'Iris ? Euh...

Il paraissait ne pas comprendre la question. Ruben chercha une page blanche dans son carnet.

— Je parlais de votre appartement, précisa-t-il ensuite. Vous êtes marié ? Vous avez une compagne attitrée ?

C'était le genre d'homme à être marié. Il avait tout d'une pub ambulante pour Sears [13] ! On l'imaginait sans peine avec un ranch, une femme épanouie et une flopée d'énergiques bambins blonds.

Bauer secoua la tête.

— Il m'arrive de ramener une fille chez moi. Rien de sérieux. Je voyage beaucoup.

Cette fois, il cligna des yeux et détourna la tête.

— Pour le travail, vous savez, ajouta-t-il.

Donc, pas homo. Avec un étrange tressaillement de jalousie, Ruben imagina une femme simuler un orgasme dans les bras d'un amant aussi impassible. D'un autre côté, quel homme ne serait jamais capable de comprendre les réactions féminines ? Peut-être Bauer était-il doté d'un organe impressionnant.

Le client reporta sur lui ses doux yeux de flanelle.

— Je ne suis pas fait pour le mariage, avoua-t-il.

Machinalement, Ruben examina l'entrejambe de Bauer. Non, pas un anaconda. Sans doute l'épaisseur du portefeuille de Bauer séduisait-il ses conquêtes. Le mec était dingo, mais il avait du fric.

Note à moi-même : devenir riche aussi vite que possible !

— Auriez-vous eu des problèmes avec vos employés ? Un litige avec un de vos clients ?

Bauer baissa les yeux sur ses ongles

— Je ne pense pas. Je n'ai qu'une assistante qui passe une ou deux fois par jour, elle organise mes rendez-vous et me rend compte de diverses recherches que je lui confie. Ma femme de ménage vient trois fois par semaine. Et mon informaticien, un gamin, se charge de temps à autre d'élaguer et de désherber mon ordinateur.

— De temps à autre, c'est-à-dire ?

— Une fois par semaine, minimum. C'est nécessaire, ajouta-t-il avec un haussement d'épaules. Il représente l'essentiel de mes frais de fonctionnement. Apparemment, l'informatique ne cesse d'*évoluer.*

Il avait insisté sur le dernier mot, ce qui poussa Ruben à se figer, le sourcil interrogateur. Il laissa le silence retomber, attendant une explication. Dans la plupart des cas, mieux valait paraître trop curieux qu'ignorant.

Bauer se frotta les dents de la langue, puis il céda :

— Pour un investisseur, un quart de seconde de décalage se traduit parfois en millions de dollars. La haute finance exige une technologie de pointe, à tous les niveaux. C'est à cause de gens comme moi que les processeurs ne cessent

---

13 Sears, Rocbuck and Company, groupe de distribution américain.

12

d'aller plus vite. Nous sommes encore plus exigeants que les joueurs ou les médecins !

D'un coup d'œil, Ruben examina le minuscule bureau encombré de son frère. *Plus de mille boîtes de sécurité à Manhattan et c'est à nous qu'il s'adresse ? C'est louche.*

— Qui d'autre passe régulièrement chez vous ?

— Deux ou trois clients étrangers, devenus des amis. Mon assistante. Le cuisinier. Et le jardinier qui vient deux fois par mois.

Un jardinier ? Quelle surface au juste avait la garçonnière de Bauer ?

Ruben commençait à sentir un nœud d'irritation lui peser sur les tripes. Bauer dut le sentir, car il s'empressa d'ajouter :

— J'occupe le penthouse de l'Iris, en duplex sur les deux derniers étages. J'ai des arbres et un bassin, voilà.

Sans blague ? Comme si j'avais l'habitude de fréquenter les appartements-terrasses avec piscine de Park Avenue !

— Très bien.

Cet enfoiré était si riche qu'il oubliait manifestement que les gens normaux n'avaient pas les mêmes moyens que lui, de réaliser leurs rêves. Ruben garda un visage figé – celui que Marisa appelait « ta sale tronche d'Aztèque ». Un élan de douleur le traversa : son ex lui manquait. Ce qui le prit par surprise. Il espérait vivement que son nouveau mec traitait Marisa mieux que lui.

— *Et vous suspectez un vol ?*

— Non, je crains plutôt un problème de sécurité, une effraction. Apex s'occupe de certains cas un peu spéciaux.

— Nous ne sommes pas équipés pour gérer les cas hautement technologiques, et nous n'avons pas assez de personnel pour vous fournir un agent à plein temps.

À dire vrai, Charles trouvait rarement le temps de lire ses mails.

Bauer leva une main, dans un geste presque grossier.

— Je ne parlais pas d'un hacker ! Quelqu'un est *entré* chez moi.

Encore de la paranoïa ? Ruben n'eut pas le temps d'énoncer ses objections, le client s'énerva :

— Écoutez, je sais que ça paraît dingue, mais je ne suis pas fou ! Les investissements risqués impliquent des relations avec des gens bizarres.

— Je présume que vous avez aussi des ennemis.

Des ennemis invisibles qui ne laissent aucune trace de leur passage. Ben voyons !

Bauer acquiesça avec un bruyant soupir.

— Vous avez compris mon problème !

13

Il avait prononcé « mon » comme s'il possédait le problème en question. Seul un saint refuserait un client pareil ! Charles serait au septième ciel, mais Ruben sentait qu'il y avait comme qui dirait une couille dans le potage. Il plissa les yeux, espérant provoquer une réaction authentique.

— Eh bien, non, pas vraiment.

Trop facile, beaucoup trop facile. Presque malgré lui, Ruben posa la question qui le hantait depuis un bon moment :

— Pourquoi nous ?

— Pardon ?

Le ton était à la fois condescendant et nerveux. Même s'il n'était pas fou, M. Bauer n'avait certainement pas révélé toute la vérité.

Ruben regarda autour de lui : la pièce était défraîchie, le bureau marqué de taches de café, les armoires métalliques antiques et poussiéreuses.

— Empire n'est pas vraiment une boîte de premier ordre, M. Bauer. Comme vous le voyez, nous n'avons pas de tapis rouge. Nous nous chargeons essentiellement de soirées privées, mais pas de celles qui font la une des journaux.

Bauer cligna des yeux.

— Exactement ! Vous m'avez convaincu par vos actions de ce matin.

Foutaises, Boy-scout.

Ruben faisait confiance à ses tripes. Il se demanda s'il réussirait à convaincre Charles d'abandonner l'idée de prendre cet hurluberlu comme client. Il croisa les bras et fronça les sourcils, se donnant à fond dans son rôle de videur irascible et buté.

Le client s'empêcha d'ajouter :

— Je ne veux pas impliquer la NYPD [14]. Les flics ne comprennent rien à la criminalité économique, en « col blanc » comme on dit. Et je ne tiens pas non plus à ce que le FBI cherche des squelettes dans mes placards. Je veux des yeux vigilants pour surveiller mes arrières pendant que je conclus un important marché, mais pas une brute épaisse et sans cervelle, juste bon à être mon gilet pare-balles, voyez-vous.

Manifestement, Bauer se voyait rarement refuser un caprice. Il n'avait pas non plus l'habitude de devoir se justifier.

— Si vous êtes réellement inquiet, pourquoi vous adresser à l'Empire ?

Le front blanc du client s'assombrit.

— La situation est un peu délicate, reconnut-il.

Ruben soutint son regard.

— Sans blague !

---

14 *New York City Police Department*

— Je craindrais d'avoir un… problème avec une boîte trop en vue. Je préfère un homme à la vision différente. C'est plus sûr. Rien d'ostentatoire ou de compliqué. Voilà pourquoi je m'adresse à vous.

Il afficha à nouveau son sourire jovial, un peu comique, cherchant presque désespérément apparaître gai et décontracté.

Oubliant ses doutes, Ruben pensa argent.

— D'accord. Un agent de sécurité. Pendant les heures ouvrables.

— Plus quelques nuits. Je participe à pas mal de soirées et galas. Il est toujours utile de festoyer avec de futurs clients. Vous m'accompagnerez et je vous présenterai comme un ami et associé.

Ruben s'adossa dans son fauteuil.

— Une fois de plus, je dois vous signaler que nous sommes mal assortis, M. Bauer. Personne ne nous croira du même monde.

Du premier coup d'œil, les investisseurs remarqueraient son teint basané et ses vêtements bas de gamme, le prenant aussitôt pour un plouc quadragénaire et ivrogne, tout juste bon à être engagé comme caissier à la *bodega* [15] locale. Tout en lui leur hérisserait le poil.

Bauer l'examina des pieds à la tête, notant le costume froissé, les chaussures éraflées et la cravate de travers.

— Et alors ? Il vous faut juste une coupe de cheveux. Et une nouvelle garde-robe. À mes frais, bien entendu.

Il semblait sérieux. Ruben fronça brièvement les sourcils.

— Ce n'est pas ce que je voulais dire, grinça-t-il. Vous êtes tout beau, tout propre, et moi, un affreux jojo, c'est ça ? Laissez tomber. Ne me prenez pas pour un con.

— D'accord. Ma famille travaille avec Kroll [16], mais je ne tiens pas à causer aux miens d'inutiles soucis.

— M. Bauer, vous me cachez quelque chose.

Pour la première fois, Bauer parut déstabilisé.

— Que voulez-vous dire ?

— Votre logique me semble bancale. Vous parlez d'espionnage ? De sabotage ? Vous êtes d'une famille de super-espions, les ninjas du marché boursier ?

Le regard de Bauer se durcit

---

15 Épicerie et débit d'alcool d'origine latino.

16 Cabinet américain mondialement connu, basé à Manhattan et spécialisé dans la cybercriminalité, le conseil en sécurité, en risque et stratégie.

— Vous dites n'importe quoi ! Je vous précise cependant que j'ai de bonnes raisons de me méfier de ma famille et leurs connaissances. C'est pourquoi je tiens à vous engager.

Tout à coup, son masque de charme avait glissé, laissant apercevoir le prédateur caché derrière, puissant et déterminé.

Enfin ! Ravi de te rencontrer, enfoiré !

Le silence paraissait constitué d'un certain embarras, mais de qui émanait-il au juste ? Sans attendre une réponse de Ruben, Bauer ouvrit son attaché-case, en sortit son chéquier et se mit à écrire.

Il releva les yeux pour dire :

— Je vais vous laisser une avance.

Il avait du culot, ça, c'était sûr, et même de sacrées couilles, mais aucun bon sens. Et il continuait à gribouiller. Dans sa tête, Ruben entendait Charles beugler : *arrête de déconner et accepte ce boulot !* Empire avait besoin d'argent. Ruben aussi, d'ailleurs. Il allait devenir dingue s'il passait tout l'été à dormir sur un canapé pourri dans un appart sans clim. Ce n'était pas vraiment Bauer et sa tronche de cible qui faisaient sonner toutes ses alarmes, plutôt que la mariée soit un peu trop belle.

— J'envisage deux, trois semaines pour commencer. Mille deux cents dollars par jour, plus les frais.

L'Empire n'aurait facturé que sept cents. Ruben connaissait le prix exact des choses – normal, après avoir grandi dans la misère et toujours dû compter le moindre sou. Sans doute était-il plus au courant du prix des vêtements de Bauer que lui, qui les avait payés. *Trop facile.*

Le client répondit à ses doutes informulés :

— Ce matin, je vous ai vu gérer un problème avec efficacité. Pour moi, l'argent n'a pas d'importance. Je me trouve dans une situation délicate. Le risque est minime, mais pas le salaire.

Qui diable avait pu lui envoyer une baleine aussi dingue ? *Charles.* Ruben soupira. *Merci, petit frère.*

Il acquiesça.

Bauer se redressa avec un sourire victorieux. Il se frotta les mains comme s'il avait transpiré.

— Parfait ! Quand je vous reverrai, à l'Iris, je vous donnerai d'autres précisions. Je vous attends demain matin. Je donnerai votre nom au gardien de l'immeuble. Ruben… ?

— Oso.

Il attendit la blague habituelle. En espagnol, le mot avait deux significations [17], aussi ridicules l'une que l'autre.

Bauer ne sourit même pas.

— Oso. D'accord.

La mâchoire était toujours aussi carrée, les yeux gris-bleus d'une douceur de velours. Le beau visage réclamait : *cogne-moi*.

Ruben resta vautré dans son fauteuil, avec la sensation qu'on venait de lui faire les poches.

M. Bauer s'arrêta à l'entrebâillement de la porte pour lui adresser un dernier et vigoureux signe de la tête.

— Parfait, répéta-t-il.

Sûrement pas, loin de là.

CINQ MINUTES plus tard, Ruben n'avait pas bougé, les yeux toujours fixés sur la porte quand Charles vint le rejoindre. Il croquait dans un sandwich au bacon, dégoulinant de gras ; de l'autre main, il triait différents documents.

— Tout s'est bien déroulé avec le gars d'Apex ?

— Je crois.

— C'est du gâteau ! Si ce Bauer engage un garde du corps, c'est pour impressionner quelqu'un.

Il continuait à manger. Une goutte grasse tomba sur un des hibiscus de sa chemise. Il déglutit avant de dire :

— Je te parie dix dollars que ce gars n'est qu'un clown de Wall Street ! Il a vu trop de thrillers au cinéma. Dans sa vie, le plus terrifiant est une paire de nichons siliconés ou un dysfonctionnement érectile.

— Carlos…

Le vrai prénom de Charles, mais une fois en Amérique leurs parents avaient refusé par principe de parler espagnol, refusant de sombrer dans l'erreur habituelle des immigrants qui ne savaient s'adapter. La génération précédente s'était installée en Floride, quittant Soledad [18] après la Seconde Guerre mondiale. Les Oso se considéraient comme des Américains à 100 %. Ils ne s'intéressaient pas à leurs racines. Charles, jadis rebelle, avait appris l'espagnol pendant sa période d'apprenti délinquant.

Il mordit à nouveau dans son sandwich juteux et parla la bouche pleine :

— Pfft ! Fais attention ! C'est juste ton air de gros dur qui l'a séduit.

Ma tronche de cible.

---

17 1. Ours en peluche ; 2. J'ose.

18 Ville de Colombie, près de Barranquilla, sur la mer des caraïbes.

Son frère insista :

— Qu'est-ce qui ne va pas, Rube ? Tu disais que tout s'était bien passé.

Ruben se contenta de hausser une épaule.

— Oui, oui, bien sûr. Aucun problème.

Son mauvais pressentiment persistait, même si Ruben n'arrivait pas à mettre le doigt sur ce qui le dérangeait.

Charles lui jeta un regard soupçonneux.

— L'alcool ?

— Non ! protesta Ruben. Ce n'est pas ça ! Absolument pas ! Je vais très bien. C'est juste que je me suis réveillé en retard.

Il espérait dire vrai.

— Je ne veux pas te retrouver ce soir en train de faire des trous dans mes murs à coups de poing.

— Promis.

Il avait bien l'intention de tenir sa promesse. Il en avait assez de devoir reboucher les conséquences de ses crises de rage. Il ne l'avait déjà que trop fait.

— Il est plutôt marrant, ajouta-t-il.

Charles fit une boule du sachet avec les restes de son sandwich et le jeta.

— Ha, ha. Qu'est-ce que tu trouves marrant ?

— Le client.

Charles se hérissa aussitôt. Il haussa le ton :

— Bauer est une poule aux œufs d'or, frangin. Et tu vas le garder bien au chaud pour faire éclore la couvée.

Ruben fit claquer ses doigts sur le bureau, puis poussa le chèque vers son frère, en devant zigzaguer autour des papiers dispersés.

Quelque chose que Bauer avait dit lui titillait l'esprit, mais quoi ? C'était énervant, comme un morceau de cartilage coincé entre deux dents sur lequel on ne cesse de frotter la langue.

— Il est arrogant, déclara-t-il. Et il raconte des conneries.

— Tant mieux ! Le danger n'existe que dans sa tête, mais il tient quand même à sortir le grand jeu. Un parano de Park Avenue. Si tu veux mon avis, tu cherches la petite bête, Rube, voilà ton problème.

Charles reprit son siège en tapotant sa bedaine cachée sous les hibiscus. Il vérifia ensuite le montant du chèque.

— Jolie somme, ajouta-t-il. De l'argent facile qui ne te causera pas de migraine. Un mec distingué. Une vraie sinécure ! Tu passeras tout l'été à croquer ce délicieux os à moelle. En même temps, tu foutras une trouille de tous les diables aux… euh, aux associés de notre client.

Il frotta le chèque sur son visage, les yeux fermés, un sourire béat aux lèvres comme si les nombreux zéros étaient des rayons de soleil.

— Donne-lui-en pour son argent, enchaîna-t-il. Il faudrait aussi que tu penses à toi : tire un coup, trouve-toi des fringues et un nouveau logement. Bauer a de quoi financer tout ça. Et n'oublie pas de rire chaque fois qu'il sort une vanne.

Ruben acquiesça quand Charles lui jeta un coup d'œil sévère.

— D'accord. C'est promis.

Son frère le pointa sur lui d'un doigt menaçant et afficha son air le plus commercial.

— Et quand tu seras dans ce foutu penthouse, distribue comme des morpions mes cartes de visite. Je t'ai tendu la perche, frangin. Tu avais besoin de bosser, cette mission est du gâteau.

Je vais m'ennuyer à mourir, pensa Ruben qui tentait de ne pas se sentir insulté.

Charles était lancé :

— Tu viens juste de divorcer. Et d'abandonner l'alcool. Grâce à Bauer, tu vas atteindre des sommets.

— Foutaises !

— Tu as vu le montant de ce chèque ?

— Là n'est pas la question. C'est du vol ! Le client ne risque rien. Il n'y a aucun danger.

Charles frotta les favoris qui encadraient ses joues rebondies.

— Le danger ? Pfft. C'est une notion relative ! Je suis en danger, toi aussi. La vie est dangereuse, Rube. Autant être payé pour l'affronter.

II

Il existe un bon moyen de savoir si un homme est honnête : lui poser la question. S'il répond oui, c'est un escroc.

Dans les locaux exigus de l'empire, Ruben s'agitait nerveusement, pris entre un déjeuner qu'il ne mangeait pas et des appels auxquels il ne répondait pas. Il ne cessait de penser au regard gris flanelle de Bauer. Quelque chose continuait à le chiffonner.

— Je vais à l'église.

Charles lui jeta un coup d'œil assorti d'un hochement de tête. « Je vais à l'église », c'était la formule de code qu'utilisait Ruben pour annoncer qu'il se rendait à une réunion AA. En général, Charles préférerait ne pas trop lui poser de questions.

— Bien sûr.

Il tapa Ruben dans le dos, affectueux et viril à la fois.

Dans l'entrée, Ruben sortit de sa poche un prospectus AA et y trouva ce qu'il cherchait : une réunion *Gros Livre* [19] à l'église Jan Hus, sur la East 64th Street. Il descendit l'escalier étouffant, dans son costume trop grand, sans cravate. Une fois dehors, il évita Central Park, inquiet de se perdre à travers les arbres. Près du parc, l'air était plus frais que Ruben l'aurait cru. Ayant vu des photos, il savait qu'il y avait des étangs et des châteaux cachés sous les futaies... et des filles superbes s'ébattant carrément à poil.

À New York, ce qui lui manquait le plus, c'était la nature. Quand il se sentirait plus aventureux, il irait volontiers découvrir ces arbres séculaires.

Une demi-heure plus tard, il arrivait devant une église en brique rouge aux voutes orangées. Il trouva cinq chaises pliantes encore libres et en prit une pour lui. Il regarda alentour : une quinzaine de participants, Caucasiens [20] pour la plupart, en général plus âgés que lui. Pas étonnant vu ce que Charles lui avait expliqué de l'Upper East Side [21]. Pourtant, personne ne tiqua en le voyant

---

19 *Big Book*, le livre de référence des Alcooliques Anonymes

20 Type anthropologique utilisé aux États-Unis pour désigner les personnes de race blanche.

21 Quartier du nord-est de Manhattan, surnommé le « district des bas de soie », car habité par une population très aisée

arriver. Ruben garda la tête baissée, surpris de sentir un coup de chaleur lui brûler le cou.

La réunion fut sans intérêt. Ces riches retraités se croyaient dans un club privé et leurs problèmes n'étaient pas les mêmes que les siens. Il s'était assis dans le fond de la salle. Son tour venu, il se leva, comme les autres, pour se présenter, mais il ne participa pas et écouta à peine. Peach lui aurait flanqué une bourrade en le forçant à réagir : elle tenait toujours à ce qu'il *communique*. Puisqu'elle n'était pas là, il devait se débrouiller tout seul.

Le groupe discuta de la quatrième étape [22], celle que Ruben peinait à passer : *nous avons procédé sans crainte à un inventaire moral approfondi de nous-mêmes.*

De quoi s'amuser !

Ils se séparèrent au bout d'une heure. Ruben remercia le vieillard qui avait animé la réunion et passa un coup de fil à son sponsor avant de sortir de l'église. Machinalement, il se dirigea vers le parc.

Peach répondit à la troisième sonnerie. Sa voix était rauque, elle semblait hors d'haleine

— *Salut ! Enfin, toi !*

Elle répondait toujours comme si elle attendait son appel, ce que Ruben trouvait à la fois étrange et réconfortant. En principe, il aurait dû se choisir un sponsor mâle, plus apte à comprendre ses réactions, mais il n'avait jamais rencontré quelqu'un d'aussi direct que Peach.

Il sourit.

— Tu jardinais ?

— *Gamin, je suis trop vieille pour me fatiguer. Non, je baisais le type qui s'occupe de la piscine.*

Peach vivait seule en maison de retraite à Aventura, bourgade à une vingtaine de kilomètres de Miami.

— *Et comme il a la cinquantaine*, ajouta-t-elle, *ça a pris un certain temps.*

— En clair, je t'ai à la mi-temps.

Elle ricana et toussa.

— *Qu'est-ce qui se passe ? Tu n'as pas l'air en forme.*

— Je sors de réunion. J'en suis toujours à la quatrième étape.

— *L'inventaire moral, ce n'est pas facile.*

À l'autre bout du fil, l'arrière-fond sonore avait changé, comme si Peach venait de sortir sur son petit balcon.

---

22 *Step Four*, (sur 12)

— *Ruben*, reprit-elle, *je vais te dire un truc : tu n'es pas obligé d'apprécier la méthode, mais tu dois la suivre. C'est souvent la honte qui pousse à boire.*

Il acquiesça, avant de réaliser qu'elle ne le voyait pas.

— Oui, je sais, je sais. T'inquiète pas, tout va bien. Je m'adapte à New York.

Il entendit le cliquètement d'un briquet. Peach, qui mesurait à peine un mètre cinquante, fumait comme un pompier – des menthols. Il sentait presque l'odeur de ses cigarettes et imaginait la fumée voleter autour de ses doigts noueux.

Elle soupira.

— *Je parie que tu te sens très seul.*

Il pressa brièvement les lèvres avant de répondre :

— Oh, putain ! Tu n'imagines même pas !

Elle souffla bruyamment sa fumée.

— *Raconte. Je suis une ex-pétasse de Boca, mais je n'ai que soixante-dix-huit ans après tout. As-tu vu de chouettes spectacles, récemment ?*

Ancienne danseuse, Peach adorait les comédies musicales.

— Tu plaisantes ou quoi ? Je n'ai même pas le temps de regarder la télé ! Je ne fais que travailler et dormir.

— *Gamin, c'est pas marrant d'être tout seul, mais, dans la vie, il y a bien pire. Travaille assidûment tes étapes. N'oublie pas ce qui est vraiment important, hein ?*

— Mmm.

— *Et appelle tes parents. Ils sont âgés, ils se font certainement du souci pour toi.*

Elle avait raison, bien sûr. D'un autre côté, Peach était plus âgée encore, aussi était-il probable qu'elle aussi se faisait du souci pour lui. Elle n'hésitait jamais à jouer la carte de la culpabilité.

— D'accord.

— *Ruben, la solitude, ce n'est pas toujours une mauvaise chose. Reste concentré. Et ton job, qu'est-ce que c'est ?*

Peu à peu, Ruben sentit ses épaules se détendre. Tout en continuant à avancer vers l'ouest, il lui raconta Charles, et son canapé-lit, et l'Empire, et même le cambrioleur intercepté le matin et la manne inattendue ayant suivi.

Il omit Bauer. Pour une raison quelconque – et probablement idiote –, il n'évoqua ni le client ni sa paranoïa.

Sans même le réaliser, il était déjà au croisement de Park Avenue et de la 74th Street.

— *As-tu rencontré quelqu'un ?* demanda Peach.

— Pas dans le sens où tu l'entends.

22

Il regarda en haut de la rue. L'immeuble de Bauer devait être par là.

— *Tant mieux. Tu as tout ton temps. Et rappelle-toi bien que l'ascenseur doit rester HS. Prends l'escalier. Prends les marches, une étape à la fois.*

Une fois de plus, il acquiesça comme si Peach pouvait le voir. D'ailleurs, c'était sans doute le cas. À l'autre bout du fil, elle se mit à tousser.

— *Rentre chez toi à présent, Ruben. Branle-toi un coup et détends-toi.*

— Va te faire foutre ! Tu sais que c'est pas mon truc. À la prochaine.

Il entendait encore le rire de Peach quand il raccrocha. Lui aussi riait. Pourtant, il ne mentait pas : il ne se masturbait pas. Jamais. Il y mettait même un point d'honneur. Presque une obsession. Ruben avait onze ans quand son père lui avait expliqué ce qu'un homme et une femme devaient faire pour avoir un enfant et l'usage prévu pour son... petit engin. Les Oso n'étaient pas suffisamment cathos pour que Ruben ait honte de ses pulsions sexuelles, mais il avait pris le discours de son père comme un défi. Un homme, un vrai, était capable de se contrôler. Plus tard, ses entraîneurs avaient tenu le même discours : « priorité au jeu, le sexe passe après ».

Plutôt facile. Ruben n'éprouvait pas le besoin de se masturber tant qu'il avait une copine à baiser. Jusqu'ici, tout s'était bien passé.

Il baissa les yeux sur la carte GPS de son téléphone. *Vous êtes là.*

Pourquoi diable pensait-il autant à Andy Bauer ?

D'après la flèche sur son écran, l'Iris était au coin du parc et de la 78th Street, Ruben avança donc en direction du nord pour y jeter un coup d'œil.

Le quartier était beaucoup plus calme, avec des magasins et de jolies maisons de ville. Des voitures de luxe restaient garées dans la rue. Les immeubles avaient tous un portier. Les piétons étaient vêtus pour paraître plus que pour être à l'aise. Plusieurs mètres avant d'arriver Ruben repéra l'immeuble qu'il cherchait : un long glaçon scintillant – en forme de doigt – qui surplombait de dix étages les bâtiments alentour.

L'adresse indiquée, 880 Park Avenue, s'avéra être le gros caillou blanc posé tout en haut, au vingt-quatrième et dernier étage, avec d'immenses baies vitrées. Le bas se fondait plus ou moins avec le style architectural de Park Avenue, mais la partie supérieure ressemblait à un godemiché futuriste. Des plaques de verre évitaient le contraste de mauvais goût en reflétant le ciel. Sur la terrasse avant, des châtaigniers en fleurs, plantés en triangle, formaient une pyramide crémeuse. Sur l'auvent gris de l'immeuble, il était écrit « Iris », alors les arbres étaient peut-être censés représenter une fleur géante.

Pour vivre dans un endroit pareil, Bauer devait être plusieurs fois millionnaire.

En guise de test, Ruben décida de tenter une entrée au bluff. Histoire de voir la réaction du personnel. D'expérience, il savait qu'en paraissant suffisamment déterminé, la plupart des gens s'écartaient de votre chemin.

Il traversa la 78th Street et s'approcha d'une porte vitrée devant laquelle un jeune portier en uniforme faisait le plancton ; probablement engagé pour son sourire, pas pour son intellect. Il écoutait patiemment une blonde aux longues jambes en robe bain de soleil et tenait à la main une laisse au bout de laquelle était accrochée une boule de poils safranés.

Ruben passa le garçon et la blonde sans même leur accorder un salut et traversa d'un pas assuré. Le marbre blanc du sol était éblouissant ! Du coup, la luminosité était plus aveuglante encore à l'intérieur qu'au-dehors, au mois de juin, en plein après-midi. Ruben ne voyait presque plus rien.

Il baissa le menton, plissa les yeux et prit l'air pensif, comme s'il comptait intérieurement sa fortune. Ses pupilles recommençaient à fonctionner. Peut-être était-ce la vraie raison pour laquelle ce bâtiment s'appelait « l'Iris ».

Encore trente mètres.

À sa gauche, un mur de végétation luxuriante et trois bouleaux argentés de taille croissante dans de grosses urnes incrustées dans le sol. Un jardin intérieur, version moderne. La verdure étouffait en grande partie le bruit ambiant. Les autres murs étaient couverts de dalles de calcaire poli.

Vingt mètres.

Un bureau laqué à droite. Avec deux portiers. Un assis, l'autre penché sur un registre, au téléphone. Deux gosses, trop endimanchés pour être pris au sérieux. Ruben passa devant eux d'un pas nonchalant, après leur avoir jeté un vague coup d'œil. Aucune réaction. De vrais pros, c'était évident ! Un petit couloir filait sur la droite derrière le comptoir. Les boîtes aux lettres.

Dix mètres.

Je t'en foutrais d'un immeuble sécurisé ! Mon cul !

Derrière des arbustes, plusieurs fauteuils en cuir marron trônant en arc de cercle sur un tapis écru immaculé. Pas évident de garder propre un truc pareil… mais peut-être les copropriétaires portaient-ils des chaussures neuves tous les jours. Devant les sièges, une table basse en verre soufflé qui coûtait probablement dans les dix mille dollars.

Ruben était presque arrivé aux ascenseurs, au fond du hall. Il fit semblant de chercher ses clés dans ses poches.

Cinq mètres.

Il pressa le bouton d'appel. D'après le plan d'évacuation d'urgence affiché près des ascenseurs, le petit corridor menait vers une cage d'escalier et un ascenseur de service, et ouvrait sur le garage.

Aucun des gamins n'était capable de l'arrêter. Délibérément provocateur, Ruben pivota et examina l'espace feutré et luxueux qu'il venait de traverser. Personne ne s'intéressait à lui.

L'ascenseur s'ouvrit sans le moindre bruit. Ruben y entra et appuya le bouton marqué « penthouse ». Ni clé ni code requis. Les chiffres des étages défilèrent au-dessus de la porte, sur un écran numérique alors que la cabine semblait ne pas bouger. Les parois intérieures étaient lambrissées de cerisier, un banc étroit se trouvait dans le fond. Les riches se fatiguaient-ils s'ils restaient quelques minutes debout ?

Ruben se sentait assez satisfait de lui : il connaissait son boulot. Sans doute devrait-il réclamer à Charles une augmentation. Et Bauer aurait sacrément de quoi le remercier ! Le gars se croyait dans une forteresse, Ruben allait lui démontrer qu'il vivait dans un moelleux fromage avec encore plus de trous que le gruyère.

Les chiffres affichés commencèrent à ralentir, même si Ruben ne sentait aucun changement dans la vitesse de la cabine. Un moment, il se demanda même s'il n'était pas toujours dans le hall d'entrée.

Pas du tout, il était bel et bien arrivé au penthouse. Les portes glissèrent silencieusement, ouvrant directement dans l'appartement.

Et Bauer se trouvait là, à moins d'un mètre, un grand sourire affiché sur son visage carré. Il portait une chemise habillée et un pantalon de costume, sans la veste.

— Oso ! Vous avez quatorze heures d'avance, cher ami.

Il lui tendit un verre de vin blanc. Ruben ouvrit et referma plusieurs fois la bouche. Son visage et son cou s'empourprèrent.

— Euh.

Bauer pinça les lèvres pour réprimer un sourire, ses fossettes encadrant sa bouche comme des apostrophes.

Imbécile ! Se fustigea Ruben. Pas étonnant qu'il soit passé comme une fleur ! Et son nouveau patron venait de lui servir un foutu verre.

Derrière lui, l'ascenseur commençait à se refermer.

— N'avions-nous pas parlé de 8 heures ? insista Bauer. Du matin ?

Il consulta sa montre dans un geste délibéré. Ruben fit un pas en avant, l'air agressif. Au lieu de reculer, Bauer lui colla le verre de vin dans la main.

— C'est pour vous, indiqua-t-il. J'ai laissé le mien sur la terrasse.

Sans attendre – et surtout sans s'expliquer davantage –, il tourna les talons et se dirigea vers la lumière. Il était pieds nus.

Ruben le suivit et pénétra dans un salon aveuglant de luminosité, particulièrement haut sous plafond. Côté sud, les baies donnaient sur le ciel incandescent et les gratte-ciel. D'une propreté parfaite, elles en devenaient invisibles. C'était même d'un effet bizarre : on se serait cru sur une plate-forme ouverte dans le vide ; un pas de trop, et c'était la chute de cent cinquante mètres pour s'écraser dans Park Avenue. Ruben dut détourner les yeux, sa vision mettant quelques secondes à s'ajuster.

L'endroit était à couper le souffle.

— Désolé, fit Bauer.

Il pressa une télécommande qu'il dirigea sur le gigantesque mur de verre. Étrangement, la lumière baissa d'intensité. On se serait cru au crépuscule.

— Les vitres sont spécialement traitées, ajouta-t-il

Se sentant complètement idiot, Ruben acquiesça. Puis il désigna les baies et l'immense terrasse qui se trouvait derrière.

— C'est chouette.

— L'avantage, c'est que ça préserve l'intimité.

Il joua à nouveau avec sa télécommande et le verre devint presque opaque. Ruben essaya de calculer ce que devait coûter un gadget pareil : vu le nombre de mètres carrés, pas loin du quart de million.

Ben voyons, pour quoi mégoter !

— Euh… Oui. Cool.

À sa droite, un large escalier en colimaçon avec des marches transparentes montait à l'étage. L'appartement était un penthouse, en duplex. Bauer devait posséder au moins… deux cents millions ! Et il se trimbalait pieds nus sur son tapis de soie à trente-deux mille dollars et son hectare de plancher en bois fruitier.

Le choc, brutal et toxique, ne fit qu'inquiéter Ruben. Son souffle devint plus rapide, une vague de froid lui serra le cœur. *Putain de luxe !* Qui était ce type ? Et lui, Ruben, que foutait-il là ?

Mal à l'aise, il finit par baisser les yeux sur le verre qu'il tenait.

— Je ne bois pas d'alcool.

Pourquoi cet aveu ?

Le sourire vainqueur de son vis-à-vis s'altéra. *Autant enfoncer le clou.*

— Je n'en bois plus, ajouta Ruben. Je tente de rester sobre.

Il déposa le verre sur une table d'appoint, un bloc de plexiglas – *au moins quatre mille dollars* – qui contenait un crâne d'ours lustré. Et Ruben dut admettre ne pas en connaître le prix.

Il cligna des yeux.

Bauer prit le verre.

— Excellente résolution. Excusez mon impair. Que voulez-vous boire ? De l'eau ? Un soda ?

— Non, rien, merci.

Ruben s'agita d'un pied sur l'autre et carra les épaules.

26

— Je vous prie d'excuser mon intrusion, ajouta-t-il. J'ai voulu faire une reconnaissance.

— J'avais deviné.

Avec un petit rire, Bauer se tapota une narine.

Enfoiré !

Ruben se remit à examiner les lieux et à évaluer les objets sur lesquels son regard se posait. Sur le mur ouest, une toile abstraite géante posée au-dessus d'un vase vert céleri assez énorme pour cacher un enfant de quatre ans. Ruben ne put en déterminer le prix, mais « très cher » lui parut cohérent.

— Parce que c'est ce que vous êtes censé faire, reprit Bauer. Étudier le terrain. C'est bien joli, sur le papier, la sécurité et la technologie, mais c'est la réalité qui compte.

Il sirota une gorgée de son vin, avant d'enchaîner :

— L'ascenseur ne laisse monter personne sans autorisation du penthouse. En cas de doute, les portiers peuvent même bloquer les portes et détenir le suspect.

Vexé, Ruben se raidit.

— Je devais vérifier.

— Je sais. Le personnel m'a informé de votre arrivée dès que vous avez posé le pied dans la rue. Il y a des caméras extérieures.

Ruben se renfrogna.

— Parce que je suis latino [23] ?

— Quoi ? Non !

Bauer posa la main sur son bras. Une fois de plus.

— Je leur ai remis une photo de vous, précisa-t-il. Je l'ai prise ce matin chez votre frère.

Hein ? Quand ? À la fois sidéré et ulcéré, Ruben se hérissa de plus belle.

— Vous auriez pu me prévenir, grommela-t-il.

Il sortit son carnet en cuir de sa poche de poitrine.

— Oso, je n'ai pas cherché à vous piéger. Je voulais juste me renseigner sur vous – c'est normal, non ? J'avais besoin d'une photo de vous.

Il passa la main dans ses cheveux ébouriffés, libérant un épi qui se redressa aussitôt.

— Croyez-moi, reprit-il, les gars qui me harcèlent se préoccupent peu des portiers. Détendez-vous.

Pourquoi devrais-je le faire ? Ruben restait sceptique. Chaque fibre de son être lui conseillait de foutre le camp, de sauter dans l'ascenseur et d'annuler ce

---

23 Pour « latino-américain », une personne originaire d'un des dix-neuf pays d'Amérique latine.

contrat. Il n'avait aucune expérience et ses qualifications restaient minimales : formation RCR [24] de base et permis de port d'arme. En avril dernier, son frère l'avait aussi envoyé passer trois jours à l'EPI [25] pour une formation accélérée, tout en lui recommandant un voyage en Virginie [26] pour un séminaire complet dès qu'il en aurait les moyens.

Une photo prise en douce… pas de quoi en faire un drame. Pourtant, c'était un peu bizarre. Dès son premier jour, Ruben passait pour un con. Il se sentait dépassé.

— J'aurais préféré que vous m'en parliez, M. Bauer.

— Andy. Appelez-moi Andy.

Compte là-dessus.

Bauer lui donna une accolade dans le dos et enchaîna :

— Vous avez bien fait de vérifier. La situation est très particulière. Maintenant, venez, je vais vous faire visiter les lieux.

Ruben s'inquiétait, car son patron semblait prêt à lui passer un bras sur les épaules. Par prudence, il recula.

— Voici le salon, bien évidemment, annonça Bauer. Plein sud. L'escalier conduit aux chambres. Il y a derrière une salle d'eau et un accès à l'escalier de secours incendie.

En pivotant trop brusquement, Bauer éclaboussa de vin blanc son canapé.

— Merde ! souffla-t-il. Encore ! Liliana va me tuer !

Ruben regardait la tache d'un œil torve.

— Votre compagne ?

— Ma gouvernante. Une Serbe qui ne plaisante pas avec le ménage et la propreté.

Ruben inscrivit le nom dans son carnet et commença à compter les accès.

— Vous avez beaucoup de jolies choses. Et du goût !

Bauer haussa les épaules.

— Je me suis contenté de signer les chèques. Pour le reste, j'ai donné carte blanche au décorateur de ma mère. Je visais le confort.

Le confort ? Ruben aurait du mal à se sentir à l'aise dans un endroit où le moindre objet coûtait le revenu annuel d'un Américain moyen. On se croirait dans un musée !

---

24 *Réanimation cardio-respiratoire,* ensemble de manœuvres destinées à assurer l'oxygénation des organes vitaux lorsque la victime inconsciente a cessé de respirer.

25 *Executive Protection Institute,* institut de formation des gardes du corps, situé à New York

26 ISA Academy®, meilleure formation des États-Unis.

Au lieu de ressasser son irritation jalouse, il pivota et emprunta le long couloir principal. Derrière lui, Bauer continuait à parler :

— À droite, le petit salon, la salle à manger et puis la cuisine, avec un coin-repas pour le petit déjeuner.

À gauche, côté est, se trouvait la terrasse.

— … au fond, une chambre d'ami et sa salle de bain. Et la pièce qui me sert de bureau.

Au bout de l'appartement, à l'opposé du salon, côté nord, Ruben entra dans une salle à double hauteur sous plafond. Deux bureaux imposants, deux fauteuils, des murs couverts d'étagères, trois écrans plasma placés au mur sur des bras articulés qui analysaient en *live* le marché boursier international.

— En principe, c'était la bibliothèque, mais je suis seul ici avec Hope, aussi je m'étale. Hope est mon assistante, précisa Bauer en se retournant.

Ruben ajouta Hope à sa liste. Charles vérifierait l'ensemble du personnel.

— Vous avez beaucoup d'écrans.

— Oui, comme tous les courtiers !

Bauer plaqua lesdits écrans au mur et se percha sur le bureau le plus désordonné.

Ruben regarda autour de lui.

— Je ne m'attendais pas à ça, reconnut-il.

Il disait vrai. La pièce avait un canapé bas, plusieurs fauteuils et un coin lecture avec une lampe. Malgré le haut plafond, c'était sans prétention, chaleureux et intime. Les baies vitrées ouvraient sur la terrasse. Waouh !

— C'est très chouette, mec !

Sans le vouloir, il sourit à Bauer pour la première fois. Les yeux gris-bleu s'enflammèrent.

— Oh. Oh ! Merci.

Son sourire s'accentua encore. *Il tient à plaire.*

Plein d'enthousiasme, Bauer insista :

— Le spa est par là. Et la douche.

Il pointa un escalier en colimaçon sur le mur droit.

— Ça monte à l'étage, avec ma chambre, mon dressing, deux chambres à donner et la buanderie. Mais c'est ici, dans la bibliothèque, que je passe la plupart de mon temps. J'adore cette pièce !

— Je comprends pourquoi.

Ruben passa une main calleuse sur le bois satiné du bureau. Même si haut, les fenêtres orientées au nord donnaient une douce lumière platine.

— Et voilà ce que je préfère, annonça Bauer. Une entrée secrète ! Je l'ai spécifiquement réclamée !

Il saisit une étagère sur le mur et tira.

À la surprise de Ruben, la moitié inférieure de la bibliothèque pivota, livres et tout, pour révéler une porte cachée derrière.

— Elle donne accès à l'escalier de service, indiqua Bauer.

Ruben fronça les sourcils.

— Il y a beaucoup de portes ! L'ascenseur principal ouvre dans l'appart et vous avez en plus deux escaliers séparés et un ascenseur secondaire ayant tous accès chez vous. Des portes, des portes, des portes.

— À l'étage aussi. C'est la régulation anti-incendie, non ? Mais le personnel de l'Iris contrôle l'ascenseur.

Ruben mit les mains dans ses poches et regarda Bauer – qui admirait son « bureau » sans cacher sa fierté.

— Le principal seulement, insista Ruben. Pas celui de service. Et vous avez ces escaliers. C'est dingue ! M. Bauer, je pense que vous devriez envisager une équipe complète. Deux hommes, au moins. L'Empire n'a pas de quoi gérer…

Bauer se retourna.

— Appelez-moi Andy, s'il vous plaît. Et je ne suis pas d'accord avec vous.

— Très bien. Je voulais juste vous préciser ma position. Dites-moi, y a-t-il un accès direct depuis la terrasse ?

Bauer secoua la tête, puis il se rapprocha de Ruben et le huma.

Hein ? Ruben se figea. *Ça fout les jetons.*

— Vous sentez le tabac, indiqua son patron. Vous fumez ?

Il ne s'écartait pas. C'était plutôt gênant.

— Très peu. Juste… euh, quand je sors ? J'évite d'en acheter, mais je ne refuse jamais quand on m'en propose une.

Bauer fronça les sourcils.

— Ne fumez pas ici, d'accord ?

— Bien sûr ! Bien sûr. D'ailleurs, cette veste appartient à mon frère, et euh… l'odeur est tenace. Comme je vous le disais, je ne fume que…

Bauer lui coupa la parole :

— Vous pourriez renoncer à la cigarette. C'est plus sain et plus économique. Et vous n'auriez même pas besoin de douze étapes !

Son sourire afficha sa fossette. Bauer lui serra l'épaule d'une poigne étonnamment forte. Ruben s'écarta d'un pas. *Enfoiré !* Pourquoi son nouveau patron ne cessait-il de le toucher comme un marchand de tapis cherchant à convaincre un client ?

Souriant toujours, Bauer chercha à lisser son épi.

— Je pense que vous avez tout vu. Je vais vous raccompagner et vous présenter au personnel de l'Iris. Ils voudront votre photo et vos empreintes digitales.

— Et pas un échantillon de mon ADN ?

Ruben ne plaisantait qu'à moitié. La fossette de Bauer refit une apparition.

— Si vous vous portez volontaire pour le leur laisser, je suis certain qu'ils l'accepteront volontiers.

— Ils doivent me trouver étrange.

— Ils pensent ça de tout le monde. Ce sont tous des mannequins. Je vous assure que c'est vrai ! Le syndic les engage chez Elite [27] et Ford [28]. Au moins, vous êtes beau ! Moi, je ressemble à une taie d'oreiller !

— Un oreiller ? plaisanta Ruben. Plutôt un coussin de canapé.

Comment qualifier une tronche qui attirait les coups ?

— Charmant ! Allez vous faire voir !

Mais Bauer riait. Et il en devenait sympathique.

— *Il va* falloir vous habiller, annonça-t-il. Cette veste ne vous flatte pas.

— Je vous l'accorde.

Ruben essaya de ne pas se sentir insulté. *Ce n'est qu'un boulot.*

— Oso, ce n'est pas votre look qui compte pour moi.

Aïe. La vanité de Ruben en fut égratignée.

— Bien entendu, mais je présume que vos amis n'ont pas l'air aussi miteux.

Bauer blêmit. Il déglutit avec une grimace.

— Je me suis mal exprimé. Je voyais plus ça comme un camouflage pour vous fondre dans la population de l'Upper East Side.

Surpris, Ruben resta cependant impassible. Que lui importait ce que ce riche pantin pensait de lui ? Ne pas avoir un rond n'était pas très drôle, mais il existait de pires épreuves. D'ailleurs, cette histoire était bidon. Si Bauer voulait lui acheter quelques costumes, pourquoi pas ?

— Ce matin, insista Bauer, vous disiez que ce serait plus facile pour vous de ne pas vous démarquer. Je préférerais que vous soyez à l'aise au bureau.

Bureau, mon cul ! Ruben avait toujours adoré les fringues. Et les femmes appréciaient qu'un homme fasse attention à son physique : musculation, bronzage, tenues. Un effort minime aidait parfois le crétin plus laid à tâter du gros nichon ou à sodomiser une prédatrice qui collectionnait les amants autant que les chaussures.

Le boa de la tentation s'enroula sournoisement autour de Ruben et l'enserra dans son étreinte mortelle.

---

27 Elite Model Management, agence de mannequins fondée en 1971 à Paris devenue internationale.

28 Ford Models, agence de mannequins américaine fondée en 1946 à New York, première du genre.

Il connaissait toujours le prix des choses, il avait toujours des projets, mais il n'avait jamais eu les moyens de s'offrir ce qu'il admirait dans les magazines. Il n'était pas addict aux marques de luxe, mais il était prêt à apprendre à devenir « fashion », s'il en avait l'occasion. Et Bauer pouvait se permettre cette dépense. Ruben, lui, surveillait sa carte de crédit pour ne pas se retrouver à découvert. À l'heure actuelle, endetté jusqu'au cou, il payait un garde-meubles pour entreposer des affaires qu'il avait déjà oubliées et n'avait même pas de lit à son nom. Il ne pouvait s'imaginer vivre sans surveiller son loyer et son solde bancaire.

Andy Bauer *était* une banque.

Ruben se mordit la lèvre.

— D'accord, si je suis mieux vêtu, je me battrai sans doute moins.

Bauer se mit à rire.

— J'aurais pensé qu'un gars comme vous se battait peu.

— J'ai une tronche qui attire les cons – et les gnons.

— Comment pouvez-vous dire un truc pareil ?

Ruben jeta à son patron un regard entendu.

— Si j'étais acteur, je n'aurais que des rôles de malfrat et de truand.

— Voyons !

— C'est la vérité.

Bauer sourit

— Vous êtes un beau ténébreux ! Toujours renfrogné… Là, voyez ! vous vous renfrognez !

— Pas du tout !

Non, mais quel con ! Ruben força son expression à se détendre.

— Dans ce cas, reprit Bauer, c'est une illusion optique due à ces épais sourcils noirs, à ce nez romain, à cette barbe drue qui vous ombre la mâchoire. C'est parfait dans votre métier, non ? Les méchants doivent hésiter à se frotter à vous.

— Pas du tout, au contraire. J'ai passé ma vie à rendre les coups. L'autorité s'en prend toujours à moi : les enseignants, les flics. Il m'est même arrivé qu'un gars me saute dessus dans un bar parce que je passais la même commande que sa copine.

— Non !

Bauer et sa mâchoire carrée eurent à nouveau ce sourire de requin – ou de pub Sears – comme le matin même, à l'Empire.

— Vous êtes un dur, Oso, reprit-il. Et moi, je suis le gentil voisin benêt qui passe toutes les cinq minutes emprunter un râteau.

— N'importe quoi.

32

Ruben secoua la tête, sans préciser à Bauer que tous deux avaient des tronches-cibles, mais, à des niveaux différents. Pourquoi l'aurait-il fait ? C'était son patron, pas son pote.

— Le hic, ajouta Bauer, c'est que les gens du quartier accordent une folle importance aux… euh, apparences.

Ruben essaya d'oublier sa veste minable.

— Je suis arrivé récemment. La plupart de mes affaires ne sont même pas déballées.

— Aucun problème. *Cómo se dice* les frais de représentation ?

Ruben était conscient des efforts que faisait son patron pour se montrer sympathique et décontracté.

— Je ne sais pas. Et puisque nous y sommes, je vous signale que je ne parle pas espagnol. Pas un mot.

— Oh ?

— Oui. Quand mes parents ont émigré en Floride, ils admiraient beaucoup le « rêve américain »[29]. Ma mère n'utilise l'espagnol que lorsqu'elle est en colère et mon père, jamais.

— Nous dirons que vous êtes dans l'immobilier, de passage, et que vous vivez à São Paulo[30], mais que vous avez grandi à Miami !

— Nous sommes Colombiens.

— Medellín[31], alors.

Bauer plissa les yeux et s'échauffa sur son récit imaginaire :

— Votre famille est dans la banque, mais vous, vous êtes un terrible dépensier. Vous aimez les voitures rapides et les femmes faciles. Nos parents respectifs se sont rencontrés à Grand Cayman[32] où ils ont leurs comptes *offshore*[33].

— Je n'y connais rien !

Seul dans l'appartement avec Bauer, Ruben ne pouvait s'empêcher de penser que son patron lui faisait jouer un rôle – mais à qui la représentation était-elle destinée ?

---

29 Concept idéalisé selon lequel n'importe qui vivant aux États-Unis peut prospérer par son travail, son courage et sa détermination.

30 Ville du Brésil.

31 Capitale d'Antioquia, département colombien.

32 Île où se trouve la capitale Georgetown.

33 Compte ouvert dans une banque « à l'extérieur du pays de résidence » du déposant, en général dans un paradis fiscal qui fournit des avantages financiers et juridiques.

— Normal. Vous êtes le mouton noir de la famille, le rebelle. Détendez-vous !

— Mieux vaut que je reste vigilant si vous comptez sur ma protection.

— Disons plutôt que vous êtes un investisseur qui tâte le terrain. Mieux vaut qu'ils vous prennent pour un client potentiel, quelqu'un avec qui je prévois des affaires, plutôt qu'un de mes partenaires. De cette façon, vous êtes de leur côté, pas du mien.

— C'est plus logique. Je ne dois pas jouer au crétin, juste être un crétin. Et rester aux aguets.

Bauer brossa l'épaule de Ruben avant d'y refermer les doigts.

— Et aussi leur faire peur ! Prenez l'air méchant ! Un peu *loco*. Si vous êtes richement vêtu, ils en pisseront dans leur froc.

« Ils » ? Ruben se demanda qui étaient ces gens-là. À qui au juste s'adressait cette mascarade ? Bauer avait-il tout inventé ?

En tout cas, tant que le chèque du client n'était pas en bois, Ruben ne voyait aucun inconvénient à continuer.

Ce mec était dingue ! Transformer Ruben en rupin allait lui coûter une fortune, mais Bauer s'en fichait. Pourquoi ne pas accepter, après tout ? Un petit boulot d'été, bien pépère, bien payé. Avec ce pécule, Ruben pourrait se trouver un logement – et une copine attitrée.

Les AA déconseillaient le sexe durant la première année de sobriété pour se concentrer pleinement sur le parcours de rétablissement. C'était assez sensé, au fond. Ruben avait eu du mal à s'y tenir, mais assister aux réunions et gérer son divorce ne lui laissait guère de temps à consacrer aux femmes. Ou au sexe ! Au cours des onze derniers mois, il avait compris le bien-fondé de cette règle. Qui voulait fréquenter un alcoolique ? Aucune femme digne de ce nom, saine et de bon sens.

Même jadis, en Floride, il avait eu du mal à accorder l'alcool et les femmes. Maintenant, il devait oublier ses anciens réflexes d'esquive et apprendre à draguer en étant sobre. Nouvelle ville, nouvel emploi. Ça lui avait paru un bon début. *Et voilà que je vais me fringuer gratis.* Sa chance avait peut-être enfin tourné.

Ils traversèrent l'appartement et retournèrent à l'ascenseur. Bauer pressa le bouton.

Puis il demanda d'un ton désinvolte :

— Ça vous dirait de dîner avec moi ce soir ?

Il semblait décontracté, mais ses yeux étaient ceux d'un prédateur en eau profonde. Un repas à l'œil ? Ruben mourait d'envie d'accepter. S'il retournait chez son frère, il devrait s'acheter un truc en passant chez le Chinois – et empêcher le chat d'approcher de son porc *mushu* [34]. La gratuité… un mot qui l'attirait irrésistiblement. Pourtant, l'invitation impromptue lui faisait un effet bizarre : aussi irrationnel que ça paraisse, il se sentait puissant.

— Non, merci, répondit-il. Je suis certain que vous avez mieux à faire.

Bauer cligna des yeux, la main en l'air.

— Oh. Dans ce cas, à demain matin.

— C'est toujours 8 heures ?

— Comme vous voulez. Nous vous attendrons ici même.

Et hop ! encore la fossette. Ruben ignora l'étau qui lui serrait les tripes.

— Je suis un lève-tôt.

— Je m'en doutais. Nous ferons du shopping de bonne heure, alors. Avant la foule. Ah, le voici, ajouta Bauer.

Ruben monta dans la cabine étincelant, ce qui le rendit encore plus claustrophobe que précédemment. Il se sentait même en danger, comme dans un cercueil en équilibre en haut d'un gratte-ciel. D'une seconde à l'autre, les portes se fermeraient et lui serait coincé là-dedans, à suffoquer entre ciel et terre, en cherchant l'air.

Il approcha le doigt du bouton, très tenté de tout annuler et de démissionner avant même d'avoir commencé. Il pivota et ouvrit la bouche, mais… Bauer, entré derrière lui, lui tendait la main. Machinalement, Ruben l'accepta.

La poignée de main scellait leur accord.

Pendant que l'ascenseur descendait, Ruben se demandait sur quoi au juste portait le marché.

Qu'avait-il acheté ? Qu'avait-il vendu ?

---

34 A la sauce aigre-douce.

III

Les tigres acquièrent leurs rayures et choisissent de les garder.

Le lendemain matin, Ruben se réveilla avant la sonnerie de son réveil, emberlificoté dans son drap trempé de transpiration. Il entendait ronfler Charles dans la chambre voisine – une vraie scie électrique ! S'il ne faisait pas plus attention, l'apnée du sommeil menaçait.

Ruben se leva et but un grand verre d'eau tiédasse. Avant même de déjeuner ou de prendre un café, il exécuta sa routine d'exercices quotidiens : pompes, étirements, etc. sur la barre qu'il avait accrochée à la porte de la salle de bain. Après une centaine de chaque série, sa vessie réclamait d'être vidée. Il prit une douche rapide, se sécha, mais décida de ne pas se raser. D'après lui, Bauer s'en ficherait.

Il quitta l'appart le ventre vide et but une tasse de café merdique à la *bodega* du coin de la rue, puis grimpa, vers 7 h 30, dans un bus à la station devant le parc. Jusqu'ici, il n'avait pas eu l'occasion d'utiliser ce mode de transport en commun. En regardant par la vitre, il constata le changement de quartier : après les *botánicas* [35], il y avait de jolies boutiques, après les bennes à ordures sur le trottoir, les jonquilles. Il examina ses vêtements empruntés et tenta de les juger objectivement. L'immeuble de Bauer, à trois kilomètres à peine de l'endroit où Ruben avait dormi, aurait aussi bien l'être sur la lune.

Il descendit de l'autobus deux arrêts plus tôt et se demanda quand la surveillance de l'Iris le repèrerait.

— M. Oso.

Sous l'auvent de l'immeuble, un portier aux cheveux de lin – Ruben ne l'avait pas vu à son premier passage – lui fit signe d'entrer et lui remit un colis à porter au penthouse. *Efficace, mais un peu effrayant.* Dans l'ascenseur, Ruben s'obstina à regarder droit devant lui, sans lever les yeux vers la caméra.

En arrivant au penthouse, il s'attendait à trouver Bauer. Que dalle ! Par contre, il entendait la voix sèche d'une femme sur la gauche de l'appartement, dans le bureau peut-être.

---

35 Terme d'origine latino, herboristerie spécialisée dans la médecine alternative que l'on trouve dans la plupart des grandes villes américaines, qui vend des herbes, huiles, encens, bougies, statues, amulettes etc.

36

Quelques secondes plus tard, Ruben découvrit la dame au téléphone : une Noire à la peau presque bleue, avec de hautes pommettes et la grâce d'une ballerine. *Elle ferait d'un homme un eunuque en un battement de cils.* Il n'avait pas prévu comme ça le personnel de Bauer, mais jusqu'ici, tout ce qu'il découvrait dans cet appartement le surprenait.

La femme effleura son oreillette qui clignotait et acquiesça.

— Vous voyez ?

Ruben déposa le colis sur la table. Elle fronça les sourcils et passa le doigt sur l'arête du papier kraft, tout en continuant à parler dans le vide. Ruben, qui avait des yeux son geste, se figea en constatant que le paquet avait été ouvert et refermé. Elle leva la main vers lui, pour lui demander de patienter, puis eut un hochement de tête impatient. Il en profita pour l'examiner : costume impeccable et visage en forme de cœur qui, finalement, paraissait plus affable que l'annonçait le ton de voix.

— C'est tout ce que nous vous demandons, Mme Blantin. *Humph.* Écoutez, mon rendez-vous de 8 heures vient d'arriver, je vais devoir vous laisser aller. Je vous rappellerai la semaine prochaine.

Elle raccrocha peu après, se leva, contourna le bureau et s'approcha de Ruben, la main tendue.

— Une divorcée un peu trop anxieuse, expliqua-t-elle brièvement. Je vous prie de m'excuser… Je suis Hope et vous êtes M. Oso.

— Ruben, oui. Salut. Je suis…

— Je suis ravie qu'il ait enfin pris la situation par les cornes.

Une revue était ouverte sur le bureau. Le placard était plein de dossiers. Elle ne cessait de bouger. Un vrai vif-argent ! Une magnifique tornade.

— Vous êtes son…

— Son assistante. C'est exact. J'aurais dû vous croiser hier, mais vous êtes passé sans prévenir et j'avais des cours. À Columbia [36], économie et commerce. J'ai commencé mes études dans la bibliothéconomie [37] comme ce foutu professeur ne cesse de me le rappeler.

Elle roula des yeux comme si Ruben était à même de comprendre ce dont elle parlait. Ce n'était pas le cas.

Pourtant, il acquiesça.

— Super.

---

36 Université privée américaine située à Manhattan, fait partie de l'*Ivy League*, qui regroupe les huit établissements d'enseignement secondaire les plus réputés du pays en critères de qualité et de sélection.

37 Ou « sciences de l'information et des bibliothèques », ensemble des techniques de gestion et d'organisation.

Il fit passer son poids d'un pied à l'autre, sans trop savoir s'il devait s'asseoir ou se lancer à la recherche de son nouveau patron.

Elle se pencha vers lui, l'air conspirateur.

— Andy est en haut, il prend une douche. Il a passé une mauvaise nuit.

Elle parlait comme si Ruben connaissait par cœur la vie de Bauer et son profil psychologique. Ruben ne bougea pas d'un cil, craignant d'être emporté par la tornade et déchiqueté. Hope modifia l'angle d'un des écrans géants et tapota son ordinateur portable.

— Puis-je vous offrir un café ? Du jus d'orange peut-être ? Non ? J'espère que vous m'aiderez à lui faire suivre son emploi du temps.

— Bien sûr. Si c'est en mon pouvoir, je…

— Merci ! Ravie de voir que nous sommes sur la même longueur d'onde.

Elle jeta un coup d'œil à sa montre et ajouta :

— Je dois descendre. J'ai rendez-vous à 10 heures chez son avocat. La voiture m'attend déjà. Quant à vous, vous allez faire du shopping ce matin.

Ruben haussa les épaules.

— D'accord, s'il a besoin de quelque chose, je…

— C'est pour vous ! Je vous ai attribué Joysann comme habilleuse. Je ne connaissais pas à vos mesures, mais je lui ai déjà envoyé des photos à 6 heures ce matin pour qu'elle puisse commencer à se mettre au travail.

— Hum. Bon, je suis…

— Moi aussi, M. Oso. Ravie d'avoir fait votre connaissance. Retour à midi.

Une fois de plus, elle lui serra la main, ses doigts fins avaient une poigne étonnante.

Retour à midi ? Il se demandait si elle parlait d'elle ou de lui. Il ne posa pas la question, décidant que Bauer le lui dirait sans doute. Au lieu de monter à l'étage, Ruben se retira à la cuisine, où il y trouva un petit homme efflanqué occupé à trancher des poireaux. Serait-ce le chef ? En tout cas, c'était encore un employé de Bauer. Ils se saluèrent d'une main levée, sans échanger un mot.

Mal à l'aise, Ruben retourna dans le bureau, mais ne s'assit pas. Il se pencha pour étudier de plus près le colis qu'il avait apporté. La découpe avait été faite proprement, au rasoir, puis recollée…

— Ah, vous voilà !

Des mains solides l'empoignèrent aux épaules, ce qui envoya une décharge d'électricité à travers tout son être ; ses genoux en fléchirent légèrement. Ruben se retourna.

Bauer avait les cheveux encore humides de sa douche et, pour le moment, son épi ne se voyait pas trop. Il boutonnait une chemise bleue sur sa poitrine musclée.

Après un coup d'œil dans le couloir, il demanda :

— Voulez-vous un petit déjeuner ?

— Non, merci. J'ai rencontré Hope.

— Parfait. Je voulais me charger des présentations, mais j'ai eu du mal à me réveiller. J'ai travaillé toute la nuit. Les marchés financiers internationaux ont parfois des heures bizarres, donc moi aussi. Le sommeil est pour les amateurs. Suivez-moi.

Ensemble, ils prirent l'escalier. Bauer roula les manches de sa chemise et en glissa les pans dans son jean.

— Hope m'aide à ne pas me disperser, ajouta-t-il.

— Elle semble très efficace.

— Elle l'est. Elle a été pendant deux ans mannequin chez Victoria's Secret [38], mais elle s'est vite ennuyée. Elle a aussi été danseuse, brièvement. Danse exotique, pas les ballets. Nous nous sommes rencontrés chez Jaded [39]. Maintenant, elle travaille pour moi tout en préparant son MBA [40].

Ruben acquiesça. D'après lui, Jaded était sans doute un bar ou une discothèque. Il avait du mal à imaginer Hope en strip-teaseuse : elle ne ressemblait à aucune de celles qu'il avait rencontrées.

— Elle a parlé d'une dénommée Joysann.

— Chez Barney [41] ! Parfait. Joysann est une fille très bien, elle dansait avec Hope, autrefois. Dites-moi, vous n'êtes pas armé ?

— Pour faire du shopping ? Non.

Ruben ne précisa pas qu'il voyait mal l'utilité d'un flingue contre un harceleur fictif.

Bauer fit claquer ses doigts.

— Mes chaussures !

Il se dirigea vers l'escalier en colimaçon et Ruben le suivit. Quand il le rattrapa, Bauer se trouvait dans une gigantesque penderie, un genou à terre, et nouait ses lacets. *Ainsi, même les milliardaires attachent leurs chaussures.*

— Ça ne nous prendra qu'une petite heure, indiqua Bauer. Une seconde.

---

38 Marque américaine de lingerie de luxe, de vêtements féminins et de produits de beauté.

39 Club privé, boîte de nuit.

40 *Master of Business Administration*, « maîtrise en administration des affaires », diplôme international d'études supérieures du plus haut niveau dans le marketing, finances, ressources humaines et management etc.

41 Chaîne américaine de grands magasins de luxe (concurrent de Saks, Neiman Marcus ou Nordstorm.)

Il entra dans une salle de bain – plus vaste que l'appartement de Charles –, avec des murs carrelés d'ardoise et une baignoire de granit assez profonde pour y dissimuler toute une équipe de cheerleaders. Sans un mot, il ouvrit sa braguette, leva le siège des toilettes et commença à se soulager.

Oh, merde ! Ruben tourna le dos avant d'avoir à endurer le spectacle. Dans son dos, Bauer soupira et toussota.

— Hum. Désolé. Je ne suis pas très pudique. En plus, il faut bien que nous nous habituions l'un à l'autre, pas vrai ?

— Bien sûr. Pas de soucis. J'en suis toujours à me repérer, c'est tout.

Il entendit Bauer remonter sa braguette et tirer la chasse. Après s'être lavé les mains, son patron redescendit et s'approcha de l'ascenseur. Il pressa le bouton. Pendant qu'il attendait, il sortit son iPhone et se mit à tapoter l'écran, grommelant entre ses dents. Ruben frotta son menton rugueux. Avec sa barbe très noire, il devait ressembler à un gangster.

— J'aurais dû me raser ce matin.

Bauer se mit à rire.

— Inutile, ça ne me gêne pas. En fait, je préfère même que vous restiez comme ça. Vous avez l'air plus dangereux.

— Dangereux ? C'est-à-dire ?

Bauer posa la main sur son épaule et serra les doigts.

— Effrayant. Puissant. Je ne veux pas qu'on vous prenne pour un flic.

L'ascenseur arriva, les portes s'ouvrirent en silence. Ils entrèrent tous les deux dans la cabine. Une fois de plus, la descente fut tellement discrète et amortie que Ruben eut l'impression d'être un acteur dans une boîte en argent, tandis que Dieu s'occupait de changer le décor extérieur.

— Vous trouvez que j'ai l'air d'un flic ?

Après tout, c'était mieux que truand.

Ils traversèrent le hall, salués d'un aimable signe de tête par l'un des jeunes portiers.

— Désirez-vous votre voiture, M. Bauer ?

— Non, nous prendrons un taxi. Nous pourrions aussi marcher, mais il fait sacrément trop chaud. Qu'en pensez-vous ?

La question s'adressait à Ruben, qui décida que son opinion sur la question n'avait aucune importance.

À peine étaient-ils sur le trottoir qu'un jeune Asiatique en uniforme de l'Iris leur ouvrait la portière d'un taxi. *Quand on est riche, tout le monde est aux petits soins.*

Bauer s'installa sur la banquette arrière, Ruben le suivit. Le portier referma doucement la portière et signala au chauffeur, en frappant sur la vitre, qu'il pouvait démarrer.

— Ce n'est qu'à dix minutes, mais à cette heure-ci, les trottoirs sont plus embouteillés que la rue.

— C'est mon premier taxi depuis que je suis à New York.

Il n'avait pas d'argent à gaspiller.

— Sans blague ? Génial !

Avec un sourire, Bauer annonça au chauffeur :

— Barney, 660 Madison Avenue, à l'angle de la 61th Street.

Ruben avait déjà entendu parler des grands magasins Macy et Bloomingdale, mais Barney, de toute évidence, était encore plus classe. En cours de route, il n'arrêta pas de penser à ce qui lui arrivait d'étrange et d'inattendu.

QUAND LA voiture s'arrêta, le compteur indiquait sept dollars. Bauer tendit au chauffeur un billet de vingt dollars et descendit du taxi sans attendre la monnaie.

Une fois devant le magasin, Ruben ouvrit la porte et la tint pour son patron. À l'intérieur, les vendeurs caucasiens portaient tous un costume noir, on se serait cru dans un clip musical. Si la plupart des grands magasins new-yorkais visaient la clientèle des travailleurs, cet endroit feutré était réservé aux nantis. Ruben surprit deux ou trois personnes qui les regardaient avec des yeux ronds. Soit il détonnait notablement, soit Bauer avait contrarié certains voisins.

Sans s'occuper de l'attention fixée sur eux, Bauer resta concentré sur son objectif et zigzagua parmi les comptoirs cosmétiques jusqu'aux ascenseurs, au fond du magasin. Il appuya sur le bouton d'appel. En attendant, Ruben examina un présentoir de cravates et essaya de repousser la sensation d'être un gamin à qui ses parents achetaient une nouvelle garde-robe. Il prit une cravate orange vif, coupée d'un mince fil doré en diagonale. Alexandre McQueen [42].

Après un petit rire nerveux, Bauer parut se détendre.

— Je ne sais jamais quoi acheter, reconnut-il.

Pourri gâté. Question vêtements, Ruben était au courant. *Cent dollars, peut-être cent trente...* il vérifia l'étiquette : cent quatre-vingt-cinq dollars. Une semaine du loyer de certains appartements où il avait vécu. *Sans blague ?* Pour une bande de soie mandarine qui ne servirait que cinq ou six fois ? L'expression soigneusement impassible, il remit la cravate à sa place.

Bauer le rejoignit et la récupéra avec un grand sourire.

— Pourquoi pas ? Vous aurez besoin de deux ou trois cravates, de toute façon.

---

42 Créateur de mode britannique (1969/2010) surnommé, l'« enfant terrible » en raison du côté provocateur de certaines de ses collections.

Hein ? Pourquoi ?

L'ascenseur arriva. Ils entrèrent.

— C'est, au sixième, je crois, annonça Bauer.

Ruben pressa le bouton 6.

— Dites-moi, M. Bauer, que sommes-nous venus acheter, au juste ?

— Hmm. Hope a suggéré trois costumes pour commencer. Un blazer. Plusieurs pantalons. Certains décontractés. Pour le moment, pas besoin de smoking, mais il vous faut absolument une chemise de soirée à votre taille.

Un smoking ?

L'ascenseur n'avait pas bougé. Bauer pressa le bouton 6. Cette fois, les portes se refermèrent.

— Vous être remarquablement bien bâti, vous savez, lança-t-il. Ce que vous portez ne vous fait pas honneur.

Sa grande surprise, Ruben se rengorgea sous le compliment inattendu. Il se sentit aussi mal à l'aise. Il tira sur le col de sa chemise.

— C'est à mon frère. Il a pris du poids au cours de la dernière année. J'attends toujours mes affaires, restées en Floride.

— Ces frais sont déductibles.

Un bref moment, Ruben aperçut l'homme d'affaires calculateur caché sous le dandy dilettante.

Bauer regardait les numéros d'étage défiler sur le panneau lumineux. Pour une raison étrange, il paraissait très recueilli, presque grave.

— Les garçons vont se régaler avec vous, ajouta-t-il, pensivement.

Ruben déglutit pour étouffer sa surprise. Des *garçons ?* Bien sûr, dans un grand magasin new-yorkais ! Sur Bravo [43], il avait vu des émissions de relooking. C'était bien sa chance ! Gêné comme il l'était déjà, il avait bien besoin en plus d'une meute d'homosexuels qui le tripote devant son nouveau patron.

Après avoir quitté l'armée, il avait passé deux semaines environ à danser dans un bar gay. D'expérience, il connaissait l'agressivité prédatrice d'un gay qui humait le délicieux fumet d'un hétéro aux abois. Bien qu'élevé dans un milieu catholique, Ruben n'avait rien contre les homos, mais le culte du macho lui foutait les jetons. D'après ce qu'il avait pu constater, les gays se séparaient en deux catégories : les gamins désemparés qui craignaient le football ou les vieux pervers asthmatiques qui abusaient du parfum *Drakkar* [44]. En tout cas, il n'avait trouvé que ces deux cas dans son bar. Aucun des superbes gays de la télé ne

---

43 Chaîne de télévision américaine qui programme essentiellement de la téléréalité et des talk-shows.

44 *Drakkar Noir*, parfum pour homme de Guy Laroche, L'Oréal.

s'était jamais pointé pour le peloter et l'appeler *papy*. Non pas qu'il l'ait voulu, mais s'il s'était fait sexuellement harceler par d'aimables gaillards, au moins aurait-il pu rire de sa pitoyable expérience de strip-tease. Malheureusement, il n'avait pas cette chance. Il avait démissionné le jour où un pépé s'était avisé de lui lécher le genou.

Ils sortirent de l'ascenseur, au sixième étage. Ruben remarqua un souple et langoureux rouquin doté d'une moustache carotte. Environ vingt-quatre ans et bien plus joli que son ex-femme. À sa vue, le garçon se figea, l'œil allumé, puis avança sur lui d'un pas décidé. Génial !

Un relooking Bravo dans cinq… quatre… trois…

— Si vous étiez habillé différemment, indiqua Bauer.

Il fixait le pantalon rayé de Ruben, également emprunté à Charles.

Ruben haussa les épaules.

— Écoutez, habillez-moi comme ça vous chante. C'est vous le patron. Quant à moi, vu que je ne paye pas, je m'en tape.

Il fouillait toujours les rayons du regard. Il aperçut alors une blonde, cheveux coupés au carré, avec une bouche rouge et gonflée comme une grosse cerise. *Vous, s'il vous plaît.*

Le rouquin avait disparu. La fille remarqua Ruben, ses yeux brillèrent, un sourire mutin s'afficha sur lèvres. *Merci, seigneur Jésus.*

Il commençait à bander. Horrifié, il lutta contre son impulsion de rajuster son sexe dans son pantalon, espérant ne pas se ridiculiser devant son patron par une érection malvenue. Ce joli petit lot allait le tripot… le mesurer sous toutes les coutures ? Il n'avait pas baisé depuis si longtemps !

Il carra les épaules et contracta ses abdominaux. Serait-ce déplacé de demander à la fille son numéro de téléphone pendant que Bauer dépensait pour lui deux mille dollars de vêtements ? Depuis le temps que Ruben ne fréquentait plus le beau sexe, il avait presque oublié comment ça se passait. Au cours des derniers mois, le sexe, pour lui, c'était juste se réveiller d'un rêve érotique et jouir quatre-vingt-dix secondes plus tard dans un feu d'artifice nocturne.

Alors, la fille aperçut Bauer et son sourire s'enflamma.

— M. Bauer ! s'écria-t-elle.

Ruben redevint invisible, comme si quelqu'un venait d'éteindre la mèche de sa bougie coulante. Qu'est-ce que ça voulait dire ? Son patron serait-il célèbre ?

Bauer leva la main en guise de salut.

— Joysann !

Elle plia un joli doigt pour leur faire signe de la rejoindre. Peu après, ils étaient tous les trois dans un salon d'essayage, devant un triple miroir en pied. Plusieurs fauteuils en cuir signés Ralph Lauren faisaient face à une estrade.

Le long du mur, plusieurs vêtements de couleur sombre s'alignaient sur une tringle.

Joysann les désigna d'une main excitée. Elle souriait toujours, les yeux pétillants, les lèvres très roses. Bauer s'approcha pour examiner les cintres. Il eut un hochement de tête approbateur.

— Voici mon ami, Ruben Oso. Il vient d'arriver d'Orlando [45], mais ses bagages sont partis en direction de Carthagène [46].

Contrairement aux prévisions de Ruben, Bauer ne chercha pas à s'asseoir pour leur donner plus d'espace, il s'attarda auprès d'eux. Et Ruben était de plus en plus gêné de son érection.

Joysann lui jeta un coup d'œil.

— Enlevez votre pantalon, gardez votre chemise. Vous remettrez également vos chaussures pour mieux voir comment ces affaires vous vont.

Sans blague ? Se déshabiller ? Devant son patron ? Avec un soupir, Ruben se débarrassa de sa veste et la posa sur le dossier d'un des fauteuils. Il ôta ensuite ses vieux mocassins éculés et baissa son pantalon. Il se retrouva avec sa chemise qui pendouillait, un caleçon rouge et des chaussettes noires. Le comble de l'érotisme ! Bon sang !

Bauer l'examina dans le miroir.

— Il faudra de nouvelles chaussures.

Joysann ne tiqua même pas, prête à flatter l'ego d'un client aussi empressé de dépenser. Sans doute trouvait-elle à Bauer le délicieux parfum d'une carte au crédit illimité. Avec un grand sourire, elle désigna les vêtements suspendus.

— Hope ne connaissait pas les mesures de M. Oso, mais elle m'a envoyé des photos Taille 48, je présume ?

— Euh… oui, je crois.

Avec un sourire crispé, Ruben monta sur l'estrade devant les miroirs. Il fixa son reflet : la silhouette trapue de son père et son long nez droit. Un pur Colombien.

— Vous pensez me trouver quelque chose ?

— Bien entendu, vous êtes un ami de M. Bauer.

Elle sortit un mètre ruban qu'elle plaqua, en trois coups, deux mesures, contre ses épaules, la poitrine, ses bras, sa taille et son cou. Ensuite, elle s'accroupit et fit remonter une main le long de sa jambe, approchant dangereusement de ses bijoux de famille.

Ruben tressaillit et toussota nerveusement. Toujours à genoux, elle eut un gloussement amusé.

---

45 Ville de Floride.

46 Ville espagnole, sur la Méditerranée.

— Désolée. Je ne vais pas plus haut.

Ruben déglutit. Il regarda à nouveau le miroir et vit que Bauer avait rougi.

— Vous avez un dos très large, des bras solides et jambes de joueurs de rugby, *papá*.

Joysann se redressa et griffonna des chiffres dans son carnet. Avec un clin d'œil à Ruben, elle désigna Bauer et ajouta :

— Je suis impressionnée que vous ayez pu le faire sortir de chez lui !

Dans le miroir, Bauer se figea, la mâchoire serrée, une expression étrange passa sur son visage et disparut en moins d'une minute.

Hum. Ruben décida de stocker cette info dans un coin de son cerveau pour y réfléchir plus tard.

La fille, la tête de côté, étudiait sa silhouette.

— Ni les Italiens ni les Japonais, annonça-t-elle. Plutôt Hugo Boss [47]. Ou Paul Smith [48].

Elle se mâchonnait la lèvre. Ruben ne protesta pas quand elle l'aida à enfiler un blazer bleu marine. Il n'avait jamais touché un vêtement de ce prix – ne parlons même pas de le porter –, d'un tissu aussi léger et agréable. Il s'admira dans la glace : il paraissait plus grand. Pourtant, Joysann faisait la moue, plissant tellement son visage qu'on aurait cru l'anus contracté d'un chat.

— Pouah ! Ces boutons dorés ! Je sentais bien que ça n'irait pas.

Bauer approuva :

— Oui, trop ostentatoire. Limite vulgaire.

Ruben préféra la boucler. *Qu'est-ce que je connais à la mode, bordel ?* Les gens de Floride n'avaient pas la réputation d'être distingués ou élégants. Et les agents de sécurité ne portaient jamais de blazer boutonné parce que ça les empêchait de sortir rapidement leur arme de son holster, sous le bras. Bien sûr, une veste pouvait ne pas être attachée, à condition qu'elle dissimule un revolver, qu'il soit porté sous l'aisselle ou à la taille.

De toute façon, Joysann avait éliminé le blazer bleu marine.

Après l'avoir remis sur cintre, elle opta pour un autre, en coton, gris sombre, avec trois boutons noirs. Avant même de l'avoir complètement enfilé, avant même que Joysann ajuste avec soin les revers sur sa poitrine, Ruben sentit la différence.

— Oh, mon Dieu !

---

47 Groupe international, basé en Allemagne, une des plus célèbres marques mondiales de mode masculine.

48 Styliste anglais né en 1946.

Les mots lui avaient échappé dans un souffle. Un frisson d'excitation le parcourut tout entier, faisant pétiller son sang dans ses veines.

— C'est vraiment génial ! ajouta-t-il.

Ce truc-là lui allait si bien que même sa queue paraissait plus grosse.

— Ça vous plaît ?

Joysann revenait avec d'autres vêtements sur cintres et Bauer le tapait dans le dos. Il tira ensuite sur les pans arrière, effleurant son cul. Ruben fit semblant de ne rien remarquer.

— La couleur est très chouette, déclara son patron, mais vous ne trouvez pas qu'il ressemble à un agent immobilier ?

Joysann s'adressa à Ruben :

— Ah, vous êtes vraiment de ses amis ! Il est affreux pour tenter de vous impressionner.

— Eh bien, je suis impressionné.

Bauer pressa une main sur son cœur.

— Je suis blessé, mentit-il. Ruben est l'un de mes plus chers amis, je ne veux pas qu'il soit tout nu pendant sa première semaine à New York.

Joysann aida Ruben à enlever le blazer gris.

— Personnellement, même un week-end me semblerait trop long, admit-il avec un sourire.

Elle se tapota les dents avec son stylo, les yeux fixés sur le mur et les vêtements accrochés.

— En plus, c'est un Hugo Boss.

Vint ensuite une veste d'été – en laine –, à rayures noires, ton sur ton. Bauer l'approuva d'un signe de tête. En voyant le vêtement sur cintre, Ruben avait failli faire la grimace. Très cher, d'accord, mais à quoi bon ? Il n'avait pas de funérailles en vue. Quand il l'enfila, il se sentit des ailes : la veste lui donnait l'impression de voler.

Il examina son reflet : un guerrier, un tueur à gages, un archange. Il n'hésita pas :

— Je la prends.

Bauer éclata de rire, exhibant ses dents blanches. Et ses fossettes se creusèrent de chaque côté de sa bouche. Une fois de plus, il frotta le dos de Ruben et sa main glissa jusqu'au creux des reins, à la ceinture élastique du caleçon.

— D'accord, dit-il à Joysann. Celle-ci fait l'unanimité.

La veste dégageait cette calme sophistication que Ruben avait passé sa vie à désirer.

— Joysann, vous êtes un ange, bredouilla-t-il. Je suis peut-être mort...

Il était aussi ému qu'un ado. Sans pouvoir s'en empêcher, il se tournait et se retournait devant la glace, comme un paon heureux de s'admirer.

— Un ange ? J'en doute fort, M. Oso, plaisanta Joysann.

Elle fixait les cuisses épaisses et les mollets de Ruben.

Oups. Bon sang, il était en caleçon !

Bauer parut deviner son embarras. Il suivit le tracé de sa colonne vertébrale, à travers le tissu noir de la veste. Cette fois-ci, il n'hésita pas à caresser le bombé des fesses.

Joysann eut un sourire satisfait.

— Hugo Boss. Je le savais !

Elle lui fit essayer deux autres vêtements du même label : un gris ardoise, un vert olive. Puis le téléphone mural se mit à sonner. Elle alla répondre.

Bauer restait collé derrière lui.

Un peu mal à l'aise, Ruben fixait ses jambes dans le miroir.

— Jusqu'à aujourd'hui, souffla-t-il, je me suis toujours demandé pourquoi les gens s'intéressaient tant aux vêtements. À présent, je comprends.

Il contracta le ventre et prétendit ne pas remarquer le regard intéressé de la fille, toujours au téléphone. Il avait toujours été attiré par les femmes de caractère.

Bauer souleva un pan de la veste et glissa sa main le long du flanc, remontant presque jusque sous l'aisselle. À travers le tissu, il tâta fermement le pectoral et les côtes. Ruben tressaillit. Il n'était pas chatouilleux, mais ça le dérangeait quand même qu'un étranger le touche. *Il me pelote.* En public.

— Parfait, grommela Bauer.

Il ajusta la chemise sur la poitrine de Ruben. Ses cheveux cendrés avaient une odeur de pain frais.

Le costume était effectivement parfait. Ruben aurait volontiers tué – et de multiples fois –, pour acheter ce costume et voilà qu'il le recevait gratuitement dans le cadre de ce boulot dingue dont il n'avait toujours pas envie.

Joysann posa la main sur le combiné pour demander :

— Que voulez-vous boire, messieurs ?

Messieurs ? Sur ce ton-là ?

— Euh, fit Bauer, l'air distrait.

Il revenait avec le pantalon du costume qu'il fit passer à Ruben.

Ce dernier décida d'intervenir :

— De l'eau, ça ira très bien.

Il se sentait puissant de voir cette fille concentrer depuis près d'une heure son attention sur lui et ses besoins. Ce n'était pas de l'amour, mais ça y ressemblait. La sensation qui pétillait dans ses veines l'engourdissait agréablement, comme de la vodka.

Joysann parut deviner ce qu'il pensait. Elle acquiesça avec un sourire.

— Plate ou gazeuse ?

— Mmm.

Ruben enfila le pantalon, remonta la fermeture éclair et remit ses minables mocassins. Le pantalon lui allait aussi bien que la veste. Mieux encore, peut-être. Sur l'avant, la coupe mettait en valeur son matos.

Bauer eut un signe d'approbation.

— Ils feront les retouches pendant que nous chercherons les accessoires : chaussettes, cravates. À mon avis, nous devrions donner dans le décontracté. Vous êtes d'accord, Oso ?

Il parlait d'un ton hésitant, comme s'il s'inquiétait que son employé prenne mal sa suggestion.

Ruben n'arrivait pas à y croire : Raggedy Andy lui demandait la permission de dépenser une fortune pour acheter des affaires et le rendre présentable avant de le payer pour faire du babysitting ?

— Bien sûr.

Il ne put cacher plus longtemps le plaisir ridicule qu'il ressentait.

— Vous savez, ajouta-t-il, je pourrais vraiment m'habituer à ce genre de traitement.

Ils échangèrent un sourire complice.

Le jeune rouquin moustachu arrive un peu après avec deux verres d'eau gazeuse qu'il déposa sur la table, avant de s'éclipser. Ruben admira le pouvoir de l'argent. Il jeta un coup d'œil à Joysann, mais ne put voir ses yeux. Il se lécha les lèvres et soupira.

En général, il détestait faire du shopping. Aujourd'hui, il aurait volontiers passé la journée sur son estrade, en compagnie d'une délicieuse jeune femme, à dépenser l'argent de Bauer. Dans la glace, il ne voyait de Joysann que ses blanches chevilles. Dans un fantasme éveillé, il s'imagina les empoigner, les soulever et les écarter pour s'enfoncer dans son puits à miel.

Joysann fit semblant de faire craquer ses jointures.

— Allons-y, nous avons encore du travail pour qu'il soit paré.

Bauer lissa les épaules de la veste et ajusta l'empiècement. Il passa sa langue sur ses lèvres avant de murmurer :

— Mieux comme ça, non ?

Ruben fixait toujours la jeune fille.

— Ça me serre un peu, répondit-il, mais ça me plaît.

Reportant son attention sur le miroir, il fit quelques étirements et s'admira, l'esprit embrumé de satisfaction. Au moindre mouvement, la laine se plaquait à ses muscles, obliques ou fessiers. Merci, Seigneur Jésus, de ces exercices matinaux ! Parfois, il avait été tenté d'abandonner, mais faire travailler ses muscles et articulations au lever lui permettait de garder le moral dans l'appartement poussiéreux de son frère.

S'approchant de lui, Joysann effleura le tissu, caressant sa poitrine et son épaule au passage, sa main s'arrêtant juste au-dessus d'un mamelon érigé. Ruben répondit à cette invite par un grognement rauque.

Elle sortit de sa poche un bâton de craie et passa derrière lui. Il la sentit soulever et pincer le tissu. Planté devant le miroir avec Joysann qui examinait de près ses atouts virils, Ruben devenait dans sa tête un gladiateur victorieux, récompensé par un festin et de belles esclaves. Il ignorait où était passé Bauer et s'en fichait complètement. *Enfin, un peu d'intimité.*

La craie lui traversa le dos. Joysann semblait le traiter comme un quartier de bœuf avant la découpe. Le léger chatouillis donna à Ruben la chair de poule ; son bas-ventre se contracta.

Il plaignait cette pauvre gamine coincée ici, à devoir s'occuper d'abrutis prétentieux, jour après jour, car ses clients étaient sans doute des magnats et des potentats plus ou moins sociopathes. Ruben avait bien vu la façon dont elle le regardait. Sans doute appréciait-elle le changement : une grosse brute de latino à la peau foncée et au sexe non circoncis… Sans doute rêvait-elle aussi de se faire défoncer.

Il ne voyait aucune objection à lui rendre ce service.

Bauer réapparut pour lui tendre une autre veste, un autre pantalon. Sans sourciller, Ruben se déshabilla pour les enfiler. *Quelle importance ?* Il était partant. Il voulait un public. Il était fier de s'exhiber en caleçon. Il tenait à rester sur ce piédestal jusqu'à la fin des temps, à porter cette veste superbe, à attendre qu'on lui apporte des affaires hors de prix qu'il n'aurait pas à payer.

Oups. Et voilà qu'il bandait une fois de plus, une érection heureusement cachée par les pans de sa chemise. Une chance aussi que son boxer plaque son mandrin contre son ventre, sinon, il serait déjà en train de ruisseler sur l'estrade. D'un autre côté, peut-être était-ce courant en ces lieux. Peut-être Joysann se contenterait-elle de s'agenouiller, très calme, pour nettoyer.

Un autre costume, hop, et hop ! Ruben était prêt à passer la journée à faire du shopping. C'était bien plus enivrant que l'alcool !

Sur sa gauche, Joysann croisa les bras sous ses petits seins arrogants et émit un doux gémissement.

— Mmm.

Brandissant à nouveau sa craie, elle passa derrière lui pour marquer les flancs, la taille, l'ourlet. Ruben, les yeux mi-clos, épiait dans le miroir la silhouette féminine, fine et musclée.

En général, il préférait les Espagnoles, dont il appréciait le bon sens. Plus intéressées par la famille que par le sexe, elles ne le traitaient pas d'office comme un mécano ou un souteneur. Les Caucasiennes étaient plus hautaines, plus sensibles à des détails à la con. Mais pas toutes… De temps à autre, Ruben tombait sur une blanche désireuse de s'encanailler.

Joysann, par exemple, paraissait affamée de ce qu'il avait à offrir. Il sentait bien qu'elle ne cessait de le tripoter.

Il pesa ses options. Il pouvait demander à Bauer d'aller lui choisir des chaussettes et en profiter pour baiser sa conquête dans les toilettes ou le placard à balais.

Soudain, Joysann se trouva devant lui. Ruben fronça les sourcils : il sentait toujours des mains sur ses reins. En fait, la fille n'était pas du tout occupée à le mesurer.

Mon patron !

C'était Bauer qui le tripotait, c'était les mains d'un homme qui l'avaient mis dans tous ses états. Sa « conquête » n'avait existé que dans sa tête. Pathétique !

Pire encore, ce vigoureux et sensuel massage lui avait tant enflammé le sang que son sexe pointait le nez… non, le gland sous l'élastique de son caleçon.

Gamin, il faudrait que tu baises !

Quant à Bauer, il n'avait manifestement pas bien compris les limites d'un contrat employeur-employé. À présent, Ruben se sentait exposé sur son estrade, devant la glace. Il tenta d'oublier la tension de son bas-ventre pour se concentrer sur ses vêtements neufs.

Poil-de-carotte réapparut. Bauer se redressa, l'air très satisfait de lui-même. Il passa une main de dans le dos de Ruben.

Joysann le remarqua et lui adressa un clin d'œil complice.

— Chouette, hein ?

Merde ! Consterné, Ruben réalisa qu'elle les croyait ensemble, dans le sens de… en couple. *Pourquoi ?* Pourtant, elle connaissait Bauer, toujours entouré de filles superbes – dans les journaux et magazines people. Même Ruben l'avait lu en ligne, sur le site *Page Six* : « tout ce que vous devez savoir sur les célébrités, divertissements, culture pop, photos, vidéo, et plus encore ».

— Avez-vous encore besoin de moi ? demanda Joysann.

Elle se lécha la lèvre. Son sourire était sincère, comme si ça lui plaisait d'imaginer deux hommes ensemble. *Nom de Dieu !* Elle les croyait vraiment amants, ou que Ruben était un latino-pédé-gigolo qui se tapait un joli petit blanc aux poches bien garnies – d'où la garde-robe !

Bauer signa la facture sans même y jeter un coup d'œil. Il avait les yeux fixés sur Ruben à travers le miroir.

— Je pense que vous devriez accepter, Rube.

50

Surpris, Ruben se retourna.

— Quoi ?

— Le quatrième costume. Avoir le choix, c'est aussi bien.

Il tenait à la main une boîte en carton.

— Passons aux chaussures… ajouta-t-il.

Le relooking n'était pas terminé. Sans attendre la réponse de Ruben, Bauer s'agenouilla, comme un domestique, et ôta avec soin les vieux mocassins.

Avec un sourire, Joysann le regarda caresser les pieds de Ruben.

— Écoutez votre homme, M. Oso.

— Il n'est pas… Nous ne sommes pas…

Ruben s'interrompit avec une grimace. Il chercha désespérément une explication qui ne grille pas sa couverture.

— Nous travaillons ensemble, conclut-il, sans conviction.

Elle commençait à récupérer les cintres qu'elle tendit au rouquin.

— Bien sûr, *papá*. Vous travaillez ensemble. Hé, hé ! J'ai compris.

Bon Dieu !

— Bien, reprit Joysann, nous allons commencer les retouches. Quant à vous deux, personne ne vous dérangera. Prenez votre temps.

Avec un sourire entendu, elle dressa le pouce, puis quitta le salon d'essayage en compagnie de Poil-de-carotte… persuadée que Ruben et son patron allaient baiser sauvagement à peine la porte fermée. *Merde.*

En fait, ce ne fut pas le cas.

Bauer éclata de rire et rangea les chaussures dans leur boîte.

— C'était impressionnant !

— Sans blague ?

Ruben haussa les sourcils et secoua la tête. Il aurait voulu récupérer son pantalon. Il ne bougea pas

— Comment avez-vous réussi un truc pareil ? insista Bauer. Vous l'avez méchamment allumée. C'était délibéré, hein ?

Il parlait comme un prédateur affamé. Manifestement, l'idée d'une Joysann émoustillée lui plaisait beaucoup.

Ruben fit semblant de rire.

— Bien sûr

— Génial ! J'adore baiser les gens comme ça !

De qui parlait-il ? De la fille, de Ruben, ou des deux ?

— Oui… Euh, Bauer, je crois bien qu'elle nous a pris pour des…

Ruben ne put se résoudre à prononcer le mot. Il écarta les doigts, serra le poing et changea de formule :

— Elle nous croit ensemble !

— Je ne sais pas. Peut-être. Et alors ?

Ruben haussa les épaules.

— Génial ! Je suis devenue une pute et je me fais payer en fringues.

Il sentait la chaleur corporelle de Bauer contre ses tibias. Il avait besoin d'une réunion – en urgence. Il voulait parler à Peach, et prendre du recul, et retrouver son équilibre mental.

— Mec, relax. Personne en vous regardant ne vous prendrait pour une pute.

— Mmm.

Il aurait bien aimé reculer, mais il risquait de se casser la gueule : il était tout au bord de l'estrade.

— Joysann ne s'intéresse qu'aux cartes de crédit. Elle s'ennuie et ne voit en nous que deux riches clients.

Non, pas vraiment.

— Un riche client. Vous !

— Qu'est-ce que ça change ? Les gens voient bien ce qu'ils veulent. Elle nous considère comme deux riches salopards qui baisent qui ils veulent, quand ça leur chante. Vous étiez parfait dans votre rôle. Ne vous inquiétez pas, ça va marcher impeccable.

Bauer tapota le mollet nu de Ruben

— Qu'est-ce qui… ? Oh, oui.

Il se rappela juste à temps qu'il était censé être un copain de Bauer

Son patron lui présenta des loafers couleur sang-de-bœuf au cuir étincelant.

— Qu'en dites-vous ?

— Euh. Non, merci. Je préfère les lacets.

Voyant le regard étonné qui se levait sur lui, il ajouta :

— C'est une question de sécurité. Si je dois galoper, je ne veux pas me retrouver en chaussettes dans Park Avenue.

Il n'osa pas baisser les yeux, mais il pria afin que les chaussettes empruntées à Charles ne soient pas trouées. Bauer ouvrit une autre boîte posée à côté de lui, écarta le papier de soie et sortit une paire de derbys en souple cuir noir. Il les laça avec application.

Comme si j'étais une épreuve de travaux pratiques.

À travers le cuir, Bauer lui pinça les orteils

— Nous formons une bonne équipe, annonça-t-il. Je suis impulsif, vous êtes méthodique. Au fait, vous êtes superbe !

Ruben repoussa le compliment d'une grimace.

— Ce n'est pas vrai !

— Mais si, bien sûr, les vêtements ne font que vous mettre en valeur. Je suis heureux que vous preniez le temps de réfléchir avant d'agir : grâce à vous, j'éviterai de plonger la tête la première dans les ennuis.

Pourtant, Ruben n'avait pas suffisamment réfléchi avant d'accepter ce boulot. Évidemment, vu qu'il n'avait plus un rond, il n'était pas en position de faire le difficile. D'accord, les vêtements étaient indispensables à sa nouvelle position, mais ça le rongeait qu'une jolie vendeuse se fasse des idées sur Bauer et lui. *Bien fait pour toi ! Tu as signé un marché avec le diable.*

S'il sortait dans la rue et brandissait son arme, ou s'il flanquait son poing dans la gueule d'un paparazzi, peut-être Joysann comprendrait-elle son erreur…

En chemise et en caleçon, il se sentait exposé avec ces chaussures brillantes. Les semelles neuves étaient aussi glissantes que du plastique huilé.

Bauer, toujours accroupi, se pencha pour mieux voir.

— Elles vous vont très bien.

Il se redressa, un peu trop près de Ruben – vingt centimètres à peine –, violant son espace personnel. Dans le miroir, ses yeux de requin scintillaient.

— Non !

Ruben recula d'un pas, glissa et faillit tomber de l'estrade. Bauer le stabilisa en l'agrippant par le bras.

— Attention !

— Excusez-moi, grommela Ruben.

Il baissa les yeux sur les derbys étincelants que son patron tenait absolument à lui acheter.

Bauer le lâcha et frotta ses mains sur son jean.

— Ça va ?

Ruben descendit de l'estrade en affichant un sourire factice.

— Très bien.

Il croisa discrètement les doigts, sans trop savoir si c'était pour occulter son mensonge ou s'attirer la bénédiction du destin.

À LA fin de cette première journée, Ruben se retrouva à accepter de passer la nuit chez son patron. En revenant de Barney, il avait passé l'après-midi à ne rien faire. Soit il regardait Bauer téléphoner, soit il faisait les cent pas devant la porte quand il était éjecté du bureau.

À l'heure du déjeuner, le chef lui prépara une salade de crevettes et de mangues ; il mangea seul.

Apex ne ressemblait à aucune des boîtes que Ruben connaissait. Le téléphone ne cessait de sonner, d'accord. Et il y eut deux visiteurs – chacun portait des mocassins à huit cents dollars la paire. Les variations du marché boursier international étaient en permanence affichées sur les écrans muraux. Par contre, les horaires ne correspondaient pas au classique 9-17 heures.

Au coucher du soleil, Ruben entendit des éclats de voix : Bauer paraissait en colère et Hope lui répondait sur le même ton. D'après les silences qui ponctuaient leurs réparties, sans doute y avait-il un tiers au téléphone.

D'instinct, Ruben se rapprocha de la porte, l'oreille tendue.

Tout à coup, son patron émergea de son bureau, les joues enflammées, la cravate de guingois.

— Ah, vous voilà enfin !

Comme si Ruben avait passé la journée à se cacher !

En voyant Bauer se débarrasser de son veston, Ruben se tortilla d'un pied sur l'autre et envisagea de se tailler :

— Excusez-moi, mais il commence à se faire tard...

— Non, ne partez pas. Je tiens à ce que vous dîniez ici. Vous pouvez aussi dormir, si vous voulez.

Il cherchait à afficher la nonchalance, mais au ton de sa voix, Ruben comprit que l'offre avait été planifiée. Bauer avait un objectif en tête.

Lequel ? Et pourquoi veut-il me garder ?

— Moi, je m'en vais, annonça une voix féminine.

À son tour, Hope sortit du bureau. Elle attachait son trench-coat et ajustait son col, en écartant ses cheveux. Elle tenait à la main un attaché-case gris acier. Son regard passa de l'un à l'autre des deux hommes.

— Vous allez vous débrouiller ?

Ruben acquiesça, sans trop comprendre ce qu'elle voulait dire par là.

— Merci, chérie, déclara Bauer avec un salut militaire. Nous allons grignoter un morceau ensemble.

Pardon ? Bordel ! Ruben attendit deux bonnes secondes avant de relever les yeux sur son patron.

— Il y a toute la place qu'il faut, ajouta Bauer.

Ruben acquiesça. Deux chambres d'amis à l'étage, une autre au bout du couloir. Pourtant, l'idée de dormir dans ce penthouse le terrorisait. Il avait autant envie de rester que de s'enfuir.

Bauer pointa le doigt sur lui.

— Inutile de paniquer, Rube. Je vous assure que le quartier est plutôt calme.

Ruben haussa les épaules.

— J'ai grandi à South Miami [49]. Là-bas, tous les quartiers étaient pourris.

---

49 Ville de Floride, à dix kilomètres au sud de Miami.

Bauer ne répliqua pas, car le téléphone qu'il avait à la ceinture se mit à vibrer. Il leva un doigt, comme pour dire « une seconde », puis prit l'appel. Il parlait fort et en français. Sans un mot d'explication, il tourna les talons et retourna dans son bureau, claquant la porte derrière lui.

Ruben savait qu'il n'était pas obligé de rester. Il ferait mieux de rentrer pour prendre du repos. Il avait un curieux sentiment de décalage. Et la soif montait en lui, de plus en plus pressante, insidieuse, puissante. Une sensation qu'il reconnaissait bien. Il voulait boire. *En quoi un verre était-il contre-indiqué ?* Malheureusement, l'impulsion de noyer son anxiété dans l'alcool avait été le début de sa spirale infernale.

Ça suffit, gamin, arrête tout de suite d'y penser. La voix de Peach, dans sa tête.

Ruben passa dans la salle à manger. Sur la grande table de teck, le couvert était mis pour deux, avec cristal, argent massif et porcelaine ultrafine – sept cent cinquante dollars par personne, facile. Trois verres aériens, en forme de tulipe, trônaient devant chaque assiette : un pour l'eau, un pour le blanc et le dernier pour le rouge.

Ruben en prit un et le fit tourner, comme une fleur dans ses gros doigts.

— Ils viennent de Prague, déclara Bauer dans son dos.

Pris la main dans le sac. Comment Bauer réussissait-il à se matérialiser comme ça ? Ruben essaya de ne pas trop paraître sur la défensive en reculant de quelques pas pour mettre un peu d'espace entre eux.

— Ils sont très beaux.

— Le cristal est soufflé à la bouche, de façon artisanale, pas industrielle. Les verriers tchèques sont les plus réputés.

Bauer le fixait de ses implacables prunelles gris-bleu. Son haleine sentait le zeste d'orange.

— Vous restez dîner, ajouta-t-il.

Il ne s'agissait plus d'une requête, mais d'un ordre.

Ruben chercha une échappatoire.

— Je parie qu'ils coûtent au moins cent cinquante dollars chacun, voire deux cents…

— Aucune idée.

Une main distraite, Bauer se gratta la tête ; un muscle tressautait à l'angle de sa mâchoire massive.

— Je prends mon brandy dans un verre à dégustation que j'ai trouvé chez Boscolo dans Old Town *(la vieille ville)*. Avant, je n'avais jamais connu cette sensation d'avoir exactement ce qu'il me fallait.

Il récupéra un verre tulipe dans ses longs doigts souples.

— Bauer, ce verre est superbe, je ne le critiquais pas.

— Autrefois, je me fichais de mes parents qui achetaient sans arrêt des objets hors de prix. D'après ma mère, c'était un devoir, pour éviter aux artistes de crever de faim. La cristallerie, après tout, c'est aussi de l'art.

Il resserra les doigts, le cristal vibra.

— C'est exact.

— L'artisan pragois a pu subsister six mois avec ce que j'ai dépensé dans sa petite boutique. Il n'avait pas été élevé à Scarsdale [50] avec un triple fonds de fiducie à sa disposition. Vu que c'est mon cas, j'ai eu l'impression que je pouvais faire un effort. Même quand je m'amuse, ça me rapporte.

De la main, il désigna le crâne d'ours taxidermisé, le tapis de soie et la vue de son appartement de multimilliardaire… conscient de ses péchés, mais peu désireux de s'en passer.

— Et, bonus inattendu, ça rend mon beau-père fou furieux, conclut-il, avec un sourire dangereux.

Ruben acquiesça, l'air docte, comme s'il était au courant de cette querelle familiale.

— Je reconnais ma chance, Ruben, ajouta Bauer, lugubre. J'ai tiré le gros lot.

Il paraissait très seul.

— Bien sûr. Je comprends.

Pourquoi diable son nouvel employeur se sentait-il tenu de se justifier ?

Ruben se rapprocha.

— N'importe qui peut être escroc ou arnaqueur, ajouta Bauer. Mais quand on a vraiment beaucoup d'argent, c'est mieux d'essayer de le dépenser correctement. Les œuvres caritatives, l'art. Ou autre chose.

Ruben ricana. Le galbe du verre lui remplissait si bien la paume.

— Je vois ce que vous voulez dire. Et vous avez les moyens de le faire.

Bauer sourit. Le requin disparut, laissant place à Andy.

— Je mélange les affaires et le plaisir aussi souvent que possible.

Incrédule, Ruben secoua la tête.

— Sans blague ?

— Alors… ce dîner. Prenez une chaise. Tout est déjà prêt. Le chef est rentré chez lui, nous allons devoir nous servir nous-mêmes. Vivre à la dure, quoi !

— Effectivement.

Et là, sans réfléchir davantage, Bauer prit la décision de rester, ce qui lui plaisait et le terrifiait à la fois. *Il tient à me garder avec lui.*

---

50 Ville de l'État de New York.

Passant dans la cuisine, il ouvrit une cocotte, sifflota son appréciation et remplit son assiette de porc – selon lui – et de panais. L'odeur était délicieuse, le goût encore meilleur.

Pour une étrange raison, Ruben une fois attablé, cessa de se préoccuper du prix de ce qui l'entourait. Et depuis qu'il avait découvert le penthouse, c'était bien la première fois qu'il ne pensait plus à l'argent.

Bauer paraissait plus détendu que Ruben ne l'eût jamais vu ! Aussi la soirée ne fut-elle pas entre un patron et son employé, ou un agent de sécurité et le client à protéger, simplement entre deux hommes qui, comme le reste du genre humain, avaient des besoins naturels : manger et dormir.

Ils dévorèrent leur assiette. Et, malgré le fait que Bauer dégustait son vin en face de lui, Ruben ne fut pas tenté de suivre son exemple. Peuh !

Peach affirmait que les alcooliques utilisaient l'alcool comme un moyen de gérer différents soucis de la vie : *Abattement, Surmenage, Solitude, Exaspération et Zones d'ombre*. Elle en avait fait un acronyme : ASSEZ. Chaque fois que Ruben avait envie de boire, il se disait « assez ! » En général, ça marchait. Mais ici, dans ce penthouse, il n'avait pas à se restreindre. Au contraire. Il n'en avait pas assez. Loin de là.

En avant, toute !

APRÈS LE dîner, ils prirent un café. Bauer semblait déterminé à être l'hôte idéal. Ils papotèrent donc de tout et de rien. Comme chez Barney, cette ambiance flatteuse donnait à Ruben la sensation hypnotique d'être le roi du monde. Il se sentait enivré de voir ses vœux exaucés et Bauer si empressé de lui plaire. Ça n'avait aucun sens, mais sa tête était pleine jusqu'au vertige d'un luxe et d'un pouvoir qui ne lui appartenaient pas.

Il est heureux de t'avoir chez lui, proposait son cerveau en guise d'explication. Ruben ne s'y attarda pas.

La télé était allumée sur ESPN [51] et un match de baseball s'affichait sur les baies vitrées, devenues opaques. Bauer ne cessait de commenter scores et prévisions. Quant à Ruben, il n'y comprenait rien. Il n'avait jamais particulièrement aimé le baseball, préférant le football ou le basket, qu'il trouvait plus animés. Pourtant, un match restait un match.

Ruben finit par avoir sommeil. Seule la politesse le gardait encore au salon. Il espérait que ce n'était pas pareil pour son patron. *Je l'aime bien.*

Les commentaires se turent brusquement. Ruben tourna la tête pour vérifier ce que devenait son voisin : Bauer, le visage blotti contre les coussins

---

51 Chaîne de télévision sportive américaine

blancs du canapé avait fermé les yeux. La poitrine bougeait à peine, au rythme de sa respiration assoupie. La mèche rebelle en profitait pour se hérisser, tout droit sur sa tête. Bauer s'était endormi, le sourire aux lèvres, malgré le son à fond. Il paraissait parfaitement relaxé.

C'est parce que je suis là.

Plus étrange encore, Ruben aurait pu s'assoupir aussi, s'il n'avait pas lutté pour rester éveillé. Il en profita pour examiner le bel endormi. Le tee-shirt était remonté sur le ventre, dénudant une bande de peau et un ruban de toison frisée qui descendait sous le nombril. Même à présent, à la fin de journée, Andy sentait délicieusement bon : le pain à peine sorti du four.

— Au lit, murmura Ruben.

Il se pencha pour secouer l'épaule de son patron, puis se ravisa : pourquoi le déranger quand il paraissait si paisible ?

Il ne faut pas réveiller le chat qui dort.

Sur la pointe des pieds, il se leva et alla au fond du couloir, jusqu'à la chambre d'ami à côté du bureau. À peine la porte refermée, il se déshabilla, ne gardant que son caleçon. Il s'interrogea sur le bien-fondé de sa décision de passer la nuit ici, même si Bauer se trouvait à plusieurs mètres, même si ce n'était que pour une nuit. Il se sentait comme un imposteur dans cette chambre. Tout ce qu'il n'avait pas encore compris paraissait vibrer autour de lui, avec ce qu'il devait modifier de son comportement.

D'accord, le canapé qu'il occupait chez son frère n'avait rien de confortable, mais, maintenant que Bauer n'était plus là pour lui faire avaler des couleuvres, Ruben se souvenait qu'il n'était pas dans son milieu.

Ses orteils brunis s'enfonçaient dans un tapis Agra [52] – dans les seize mille dollars. Son jean jeté sur le valet Philippe Starck [53] ressemblait à un paquet d'algues abandonné sur la grève. Sa barbe hirsute risquait d'abîmer la taie d'oreiller à huit cents dollars. Non, il n'était pas à sa place.

Il déposa un verre de l'eau sur la table de chevet.

Il n'aurait pas dû rester.

Le sommeil le fuyait.

S'il avait eu un livre sous la main, il l'aurait volontiers ouvert. En désespoir de cause, il joua une heure au Scrabble sur son téléphone avant d'abandonner. Il éteignit sa lampe.

---

52 Parmi les plus chers des tapis persan.

53 Créateur et décorateur français, né en 1949, qui a connu succès international.

Il connut la première insomnie de sa vie. Il resta éveillé, les yeux au plafond, où il n'y avait pas de fissures à compter. Les murs de Bauer étaient aussi immaculés que le reste de sa vie.

Vers deux heures et demie, Ruben entendit bouger dans la bibliothèque, voisine de sa chambre, puis sa porte s'ouvrit. Il ferma les yeux.

Un murmure :

— Rube ?

Son patron s'apprêtait à aller se coucher, mais avant ça, il vérifiait que son hôte n'avait besoin de rien. La porte se referma.

Ruben ouvrit les yeux en entendant Bauer monter l'escalier et se déplacer à l'étage, juste au-dessus de sa tête.

Un détail le gênait, l'empêchant de trouver le sommeil. Peut-être était-ce l'immobilité contre nature des lieux. Le système climatisé réglait la température, le matelas était parfaitement souple, le triple vitrage des fenêtres donnant sur le parc procurait à la chambre un silence d'aquarium, mais rien n'empêchait le cerveau de Ruben de tourner en rond, comme un écureuil dans sa cage.

Ou sa queue durcie de se frotter au matelas.

La Princesse et Cerveau – petit-pois [54].

Dans sa chambre spacieuse, Ruben eut un accès de claustrophobie. Il préféra fermer les yeux et se blottir sous la couette. À Miami, la solution idéale aurait été de baiser Marisa, toujours partante pour des ébats humides, même quand son mari la réveillait en pleine nuit. Chez Charles, Ruben aurait pris une douche froide.

Peu à peu, son érection se calma, mais quelques picotements douloureux lui envoyaient néanmoins un message urgent : ça faisait trop longtemps ! Ruben n'avait pas baisé depuis son arrivée à New York. *Depuis des semaines !*

Il sentit son prépuce glisser et découvrir son gland, palpitant et humide. Il fantasma et imagina Joysann lui faire essayer de nouveaux costumes. Il évoqua la bouche renflée, pulpeuse, un peu boudeuse, et l'érotique sensation de pouvoir qu'il avait ressentie en réalisant pouvoir acquérir tout ce qu'il voulait, sans se soucier du prix indiqué sur les étiquettes. Il sentit à nouveau les mains fermes qui avaient parcouru son corps à travers la laine, son dos, ses reins.

Les mains d'Andy.

Ruben se figea, honteux de son excitation. Son sexe frémissait d'impatience. À cause des mains de Bauer, des mains de son employeur dont il n'avait pas oublié le délicieux contact.

— Assez ! chuchota-t-il dans l'obscurité de la chambre.

---

54 Émission pour enfants sur Disney Channel, d'après un conte d'Andersen, *la princesse au petit pois*

Se redressant, Ruben vida ce qui restait dans son verre, l'eau était presque tiède à présent. Il lui fallait se resservir. Il tenta de ne pas réfléchir aux bouteilles d'alcool qui se trouvaient certainement dans la bibliothèque, ou au salon, ou dans la cuisine, ou ailleurs. Il ne lui fallait que de l'eau.

Et un contact humain.

Pas question de se masturber dans ce lit.

Gêné de déambuler avec les jambes nues et le sexe au garde-à-vous, il remit son pantalon – dont il remonta avec peine la fermeture éclair –, mais pas son tee-shirt ou sa chemise.

Dans le couloir, ses pieds nus s'enfoncèrent dans la laine du tapis. Il était aux aguets. Pourtant, il ne risquait rien dans cet appartement, dans cet immeuble si bien sécurisé.

Trois heures et demie du matin, tout était silencieux, comme si les pièces retenaient leur souffle. L'immense plancher n'émit pas un grincement quand Ruben le traversa pour aller dans la cuisine. Il se remplit en verre d'eau à l'évier et se demanda pourquoi il n'avait pas utilisé le lavabo de la salle de bain. Il ouvrit le frigo Sub-Zero [55] et étudia le contenu des clayettes : kumquats, côtelettes d'agneau, coriandre fraîche ensachée avec encore ses racines – sans doute parce que c'était plus bio.

Complètement dingue ! Il s'était laissé contaminer par la paranoïa de Bauer. Il y avait gagné une insomnie et une mégacrise de frustration sexuelle. Pour la millionième fois, il comprit pourquoi les gars qui s'ennuyaient passaient leur temps à se branler : ça avait l'avantage d'engourdir le cerveau.

Il retourna dans la salle à manger. La vaisselle sale était restée sur la table, attendant le lendemain et l'arrivée du personnel de Bauer, chargé de tout nettoyer et ranger. Ruben résista à son envie de tout porter dans l'évier.

Il avança jusqu'à la baie vitrée, la fit coulisser et sortit sur la terrasse. La nuit était calme, l'air étouffant. La sueur perla rapidement à la surface de sa peau, mais, ici au moins, il pouvait respirer.

Puis son dos se hérissa. Ruben eut la sensation d'être observé. Foutaise, bien entendu. Il était seul dans cet appart, avec son patron – qui dormait. Pas vrai ? Tout en se haïssant de ne pas pouvoir résister, il leva les yeux vers les fenêtres de Bauer. Elles étaient d'un noir opaque. Pour une raison qu'il préféra ne pas examiner de trop près, Ruben passa deux minutes entières à les fixer, à la recherche d'un signe, d'un indice.

Rien. Personne ne le regardait. Pourtant, son malaise ne disparaissait pas.

---

55 Marque de frigidaires américains nec plus ultra, de congélateurs et de caves à vin.

60

Tu es ridicule. Au moins, son érection avait disparu. Dans d'autres circonstances, Ruben aurait dit que son instinct le maintenait en alerte, mais dans cette situation détonante, c'était impossible. Andy Bauer avait plus de chance d'être frappé par la foudre ou enlevé par des extraterrestres que de devenir le personnage principal d'un de ses scénarios à la Tom Clancy [56].

C'est de la pure connerie.

Bauer devait être un escroc, et Ruben lui servait de couverture. Peut-être... Peut-être aussi n'avait-il pas avoué toute la vérité. Peut-être voulait-il un acolyte à l'air rébarbatif pour empêcher les dames de l'accoster. Et peut-être Ruben allait-il gagner une fortune à ne presque rien faire pour donner à Bauer l'occasion d'agir comme un mécène égocentrique un peu tordu. Son patron était-il exhibitionniste ? Ou voyeur ?

Pourquoi chercher des problèmes ? Mieux valait jouer au con.

À ce moment-là, une pièce du puzzle trouva sa place : Ruben eut la certitude que son patron avait bel et bien dupé quelqu'un.

Une fois de plus, il leva les yeux sur les fenêtres obscures qui le surplombaient. Il espérait que ce « quelqu'un » n'était pas lui.

---

56 Romancier américain (1947/2013) spécialisé dans le thriller sur fond de guerre froide ou de terrorisme.

IV

LA PEUR est la moins chère des armes et la plus difficile à conserver.

— Réfléchissez. Et vite.

Une balle bleue rebondit sur la fenêtre et frappa Ruben en pleine poitrine, assez fort pour que ce soit douloureux. Il pivota.

— Ouille !

Troisième jour, 14 h 19. De l'autre côté du salon, Bauer le foudroyait du regard, les mains en l'air, prêt à attraper. Ruben crispa les doigts sur la petite balle qu'il déformait sans pitié. Pourquoi son patron était-il aussi énervé ? Et pourquoi cette balle ?

— Réfléchissez vite, répéta Bauer. Idiot !

Oui, il paraissait en colère et c'était Ruben qu'il regardait droit dans les yeux.

— Dans ce cas, aboya Bauer, dites-lui de vendre, sinon nous détruirons sa famille pour les revendre en morceaux aux Suisses.

Ruben se redressa.

— Pardon ?

Avec un rire sans joie, Bauer secoua la tête et pointa son oreillette.

— Je veux le voir chier dans son froc ! Le laisser sur le carreau !

Oh oui, bien sûr. Il était au téléphone. Jusqu'à ce jour, le patron ne travaillait que dûment enfermé dans son bureau. D'ailleurs, pourquoi cet appel ? Pourquoi Bauer laissait-il Ruben entendre sa conversation alors qu'il venait de sortir pour jouer ? Était-ce délibéré ?

Andy grinçait des dents, la mâchoire en avant.

— À ce point ? Il *devrait* chier dans son froc, mec. Ensuite, il vendra, sinon nous pratiquons sur lui une colostomie à la tronçonneuse.

Il agita les doigts, réclamant la balle. Sans un mot, Ruben la lui envoya avec prudence. Il tenait à ne rien casser, sacrément certain de ne pas avoir les moyens de remplacer ce qui l'entourait. Lancer une balle dans un salon, quelle drôle d'idée !

Bauer soupira, écœuré – de son appel ou de son employé ?

— Foutaise ! Même si vous n'êtes pas rapide, Joe, vous pourriez au moins réfléchir. Nous le tenons par les couilles.

Avec un grondement de fauve, Bauer visa la fenêtre de toutes ses forces. Une fois de plus, la balle au rebond frappa Ruben en pleine poitrine.

Un match.

Ruben écarquilla les yeux et marmonna :

— C'est dingue !

Pourtant, lui aussi visa les baies vitrées, sans plus retenir son bras. *Autant suivre les ordres.* La balle rebondit à pleine puissance, mais Bauer la rattrapa avec aisance. Il leva le pouce avec un sourire ravi – et complètement idiot.

Ainsi, Raggedy Andy voulait jouer.

La demi-heure qui suivit fut consacrée au squash avec la baie vitrée comme mur de rappel dans une pièce à millions de dollars, tous deux souriant comme de parfaits crétins. Et pendant ce temps, Andy continuait à gérer une OPA hostile. Par chance, il n'y eut pas de casse.

Quand son patron raccrocha, Ruben n'avait rien appris sur la finance internationale ou l'Apex, mais il commençait à penser à son adversaire comme à « Andy ». Le mec était bien trop dingo pour mériter un « M. Bauer ».

Comme prévu, son rôle d'« agent de sécurité », aussi bien payé soit-il, consistait pour l'essentiel à faire semblant. Chaque fois que Ruben en avait par-dessus la tête, un seul regard sur les nouveaux costumes rangés dans le placard de son frère suffisait à lui faire ravaler ses récriminations. Après tout, en quoi ça le regardait qu'Andy gaspille son argent – ou celui d'autrui ?

Deux ou trois clients se présentèrent à l'appartement pour un rendez-vous. Hope leur servit à boire et s'occupa du secrétariat de la réunion. Quant à Ruben, après une poignée de main, il n'eut qu'à émettre un rire quand l'occasion le réclamait. Il ne nota rien susceptible de mettre en danger Andy ou son argent. Les clients étaient sans intérêt, des vieillards au teint blafard qui s'habillaient comme les malfrats d'un *soap opera* et portaient des souliers cousus main. Par contre, aucun n'avait osé se cacher un œil d'un carré noir, comme un pirate. Bref, tout était parfaitement ennuyeux. Et aucun mercenaire high-tech de Wall Street ne se pointa. Ruben n'en fut pas vraiment surpris.

Le patron passait l'essentiel de son temps au téléphone, ses appels étant souvent canalisés par une oreillette Bluetooth. Il hurlait des avis financiers en gesticulant et ressemblait à un schizophrène doté d'un MBA.

Quand le week-end arriva, Ruben était convaincu que la pire menace pour Andy Bauer… était Andy Bauer. Au final, sa mission s'avérait un peu bizarre, mais sans danger. Avec un garde du corps à ses côtés, Andy pouvait continuer à jouer son rôle de cible visée, mais protégée. Une logique paranoïaque que Ruben suivait à peu près. Andy voulait un gorille invisible, il se l'était donc offert.

Petit à petit, Ruben s'habituait aussi au fait que Andy le surveillait sans arrêt, n'hésitant pas à le toucher, sans frontière à ses familiarités. C'était pitoyable et déconcertant, mais après tout, sans importance. Le gars paraissait très solitaire, peut-être l'était-il. Ruben se sentait seul, aussi, parfois.

Ne pas réveiller le chat qui dort.

Chose amusante : la compagnie d'Andy lui plaisait. Le patron avait de brefs accès d'agressivité qui démontraient un esprit calculateur et une étonnante connaissance du monde de la finance, mais ce n'était pas un salaud, pas vraiment. De plus, il s'intéressait à Ruben, ce qui le rendait automatiquement intéressant. Il n'était pas méchant, juste trop intelligent, trop riche et trop seul pour être normal. D'après Ruben, la psychose d'Andy s'expliquait par trop d'études théoriques et pas assez de vie pratique. C'était bien joli la pension, l'université élitiste et les autres conneries du genre, ça l'avait de toute évidence rendu riche, mais Andy n'avait pas d'amis – du moins, Ruben n'en avait rencontré aucun. Comme lui-même était dans le même cas, il ressentait de l'empathie. Comme lui, son patron était un introverti qui se dévoilait peu.

Un impulsif et un méthodique. Oui, ils formaient une bonne équipe.

C'était peut-être l'ennui qui lui troublait l'imagination, car Andy commençait à s'installer dans sa tête comme un parasite.

Son poste étant un plein temps, Ruben avait peu de liberté, sinon, aucune. Le seul moment où il avait vaguement une chance de rencontrer une riche nymphomane, c'était au cours des vingt-deux minutes qu'il mettait tous les matins à descendre Park Avenue. Malheureusement, les nymphos ne devaient pas se lever à l'aube, car il n'en croisa jamais aucune.

Le soir, Ruben prit l'habitude de se doucher à l'eau brûlante avant de retrouver son vieux canapé pour dormir. La chaleur le fatiguait et il cherchait le sommeil sous l'œil noir du chat de la maison, un gros matou qui mangeait beaucoup trop.

Ruben avait aussi réussi à assister à deux réunions AA. Malheureusement, les participants du quartier étaient du troisième âge et les animateurs ne parlaient qu'espagnol.

C'était samedi et Ruben espérait sortir ce soir : aller voir un film ou danser. Son objectif était surtout de lever une fille ! Ces derniers temps, ses boules le brûlaient en permanence, aussi douloureuses et pulsatiles qu'un abcès dentaire.

En sortant de l'Iris, Ruben envoya un message à son frère pour lui dire qu'il rentrait. Quelques minutes plus tard, il reçut une réponse.

Laisse-moi une demi-heure.

En clair, Daria était de passage et Charles lui faisait son affaire. Chaque fois que son frère recevait sa copine, Ruben était condamné à marcher dans les rues pendant une heure ou deux. Ce n'était pas la faute de Charles. *Quelle plaie d'être un SDF*. Ruben pouvait aussi s'asseoir sur une terrasse, ou sur un banc, ou aller dans un magasin. Ce soir, il choisit l'épicerie.

En chemin, il passa un appel.

— Peach ?

Ils échangèrent des réparties jusqu'à la 96th Street. Elle s'intéressait surtout à sa vie privée, mais il ne cessait de détourner la conversation. Il lui était reconnaissant de son intérêt, mais préférait ne pas ébrécher les remparts qu'il avait bâtis pour protéger sa solitude. Il n'évoqua donc pas son étrange fixation sur Andy. Il avait honte d'en parler. Parce qu'elle était une femme.

D'ailleurs, que lui, un homme, ait opté pour un sponsor féminin était une rareté dans les AA. Pour la première fois, il comprenait pourquoi.

Peach citait fréquemment Sondheim [57] ce qui n'apprenait rien à Ruben, mais l'apaisait cependant. Ce soir, Peach paraissait très fatiguée, il en fut surpris.

Après avoir raccroché, il arpenta les allées d'une supérette discount. Il n'avait pas les moyens de louer un appartement, mais, depuis son arrivée à New York, quatre semaines plus tôt, il s'efforçait de faire régulièrement les courses pour payer sa quote-part des repas.

Charles habitait dans la 109 th Street, à Spanish Harlem [58], un quartier en majorité espagnol, aussi, la plupart des annonces étaient-elles dans une langue que Ruben ne comprenait pas. Si on lui adressait la parole, il se contentait de hocher la tête, la mine renfrognée, pour décourager d'autres questions. Une fois de plus, sa sale tronche lui rendait service.

Un magasin était pour lui une planète étrangère. Autrefois, c'était Marisa qui s'occupait des courses. Parfois, Ruben se chargeait de la cuisine, mais c'était rare. Femme au foyer, Marisa avait paru très contente de son sort.

Ruben s'approcha des caddies et sortit une liste de sa poche : soda, Corn Flakes, pâtes, chips. Ni bio ni légumes. Charles mangeait comme un ado parce que Daria lui faisait la cuisine. Au cours du dernier mois, Ruben avait doublé ses exercices quotidiens pour éviter de prendre du ventre.

Il avança dans une allée déserte et se retrouva cerné de vin et de bière. Quel sombre connard avait donné aux supérettes le droit de vendre de l'alcool ? D'un pas décidé, Ruben quitta rapidement ce terrain miné. Il ne lui fallut qu'un quart d'heure pour faire les courses. L'air conditionné l'ayant frigorifié, il retrouva avec plaisir la température extérieure, pourtant étouffante.

Il marcha doucement, ce qui lui fit perdre encore dix minutes avant d'arriver à l'appartement. Il balançait au bout de ses bras ses lourds sacs en

---

57 Compositeur et parolier américain de comédies musicales, né en 1930.

58 Quartier de Manhattan.

plastique, espérant ne pas les voir craquer avant destination. Il espérait aussi que son frère aurait remis son pantalon. Il monta l'escalier et fit bruyamment tourner sa clé dans la serrure pour annoncer son entrée.

— C'est moi !

Il passa aussitôt dans la minuscule cuisine. Le chat le rejoignit, espérant une collation. À défaut, le félin grignota ses croquettes, l'air à la fois hargneux et résigné. Ruben se pencha pour lui gratter la tête.

— Ne te plains pas. Toi, tu n'as pas été expulsé de l'appartement.

Charles avait beau jurer être heureux de l'accueillir, Ruben savait bien qu'il devait au plus tôt se trouver un logement.

— Rube ?

Son frère sortait de la salle de bain, enveloppé dans une serviette, les cheveux encore humides

— Ton timing est parfait, ajouta-t-il.

Ruben posa ses sacs sur le petit comptoir. Il rangerait ses courses tout à l'heure. La cuisine était trop petite pour accueillir deux personnes en même temps.

— Tu es bien habillé ! jeta Charles. Mes vêtements ne t'allaient pas du tout. Bon Dieu !

— C'est parce que tu as grossi !

— Va te faire voir !

Charles frotta son ventre rebondi. Il avait des joues rondes, un menton inexistant et pas beaucoup d'argent. Pourtant, il baisait quand il voulait parce qu'il était éhonté quand il poursuivait une fille. Pour arriver à ses fins, il était prêt à tout : mentir, supplier, gémir. Il gardait Daria depuis bientôt sept mois, presque un record.

— Tu as la super classe, reprit Charles. Bauer a bon goût.

— Oui. J'imagine.

— Toujours satisfait de ton boulot ?

Ruben acquiesça.

— Plus ou moins. C'est lui qui paye. Pourquoi a-t-il choisi Empire ? J'avoue que je ne comprends toujours pas.

Pourquoi moi ?

Il évoqua le sourire de requin d'Andy. Il n'en avait plus peur, remarqua-t-il. Et *voilà* ce qui lui faisait… peur.

Charles haussa les épaules.

— Il a envie de jouer au dur à cuire en promenant un pit-bull en laisse. Laisse-le vivre son fantasme. C'est juste dans sa tête. Toi, tu n'as qu'à tenir ton rôle.

— D'après lui, même les pigeons nous espionnent. Les riches ne mégotent pas sur la sécurité.

— Putain, Rube, quelle importance ? Tu ne vas quand même pas cracher dans le punch ? Personnellement, je remercie le ciel d'avoir créé les paranos.

Charles prit une gorgée de lait et s'essuya la bouche.

— À ton avis, il est homo ? ajouta-t-il. Il en pince pour ta méchante *pinga* ?

Ruben ricana.

— Bauer ? Ça m'étonnerait. Il est du genre coincé.

Il ne précisa pas qu'il passait sans doute plus de temps à mater Andy que l'inverse.

— Il utilise le canal Playboy pour son réseau téléachat, ajouta Ruben.

Son frère fronça les sourcils, un regard étrange dans les yeux.

— Tu devrais sortir davantage, Rube, rencontrer des femmes. Tu as besoin de te secouer les puces.

— Oui.

Ruben pinça ses lèvres et baissa les yeux sur le carrelage moucheté. Cinq secondes durant, il envisagea de ressortir malgré la chaleur de la nuit pour assister à une réunion. Non. *Demain.*

— Sors, Rube, rencontre du monde. Tu as tout perdu, je sais. Mais tu n'es pas un gamin, tu dois te reprendre. Sois fort.

— Je ne te demande pas la charité, Chuck. Je ne suis pas encore clodo.

— Non. Bien sûr que non. Si tu l'étais, tu me remercierais servilement sans discuter mes bons conseils. Toi, tu râles parce que je t'ai collé un boulot bien payé, pépère et sans danger.

Ruben soupira.

— Je suis comme qui dirait obsédé…

— Tu penses toujours à Marisa ?

Ruben haussa les épaules. En fait, il avait oublié son ex ces trois derniers mois, mais mieux valait que son frère ignore l'identité de celui qui l'obsédait.

— Ruben, c'est du passé, insista Charles. Tu as divorcé depuis près d'un an, hein ? C'est fini. Elle a refait sa vie. Tu devrais faire pareil.

Il leva les yeux au ciel.

— Bien sûr. T'inquiète pas pour moi. Ça va aller.

— Je pensais que l'assistante de Bauer t'intéresserait. Belle fille, intelligente.

— Hope ? Oui. Non. Elle est déjà fiancée.

Chaque fois que Ruben flirtait avec elle, Hope brandissait son diamant – aussi gros qu'une pastille pour la gorge –, mais sans paraître très offensée.

— Qu'est-ce que ça change ?

Charles restait persuadé qu'une femme pouvait toujours céder sous la pression, les paroles, ou les attentions. Peut-être avait-il raison.

Au bout du couloir, la voix plaintive de Daria leur parvint, réclamant quelque chose. Charles éleva le ton pour répondre :

— Presque, *cariña*. Je discute avec mon frère, hein ?

Aucune réponse de la chambre à coucher. Pourtant, Charles acquiesça. Le couple discutait-il de Ruben en son absence ? Voulait-il vraiment le savoir ?

La honte l'étouffa. *Je suis un parasite.* De façon irrationnelle, il aurait voulu retourner au penthouse pour redevenir le spectateur d'une vie qu'il n'aurait jamais les moyens de s'offrir. Là-bas, au moins, il y avait de la place pour lui.

Et Andy l'écoutait. Il repoussa vigoureusement cette pensée.

La voix de Peach retentit dans sa tête : *l'analyse paralyse.* De toute façon, Ruben devait libérer les lieux. L'appartement était minuscule, mais une ancienne baignoire à pied trônait dans la salle de bain, assez grande afin d'accueillir trois personnes. Charles, qui détestait l'odeur de transpiration, y trempait très souvent. Ruben préférait prendre des douches, aussi brèves que possible. Il n'était pas chez lui dans cet appartement. Et ne le serait jamais.

Il pointa du doigt le couloir.

— Ça ne te gêne pas que j'aille me nettoyer ?

— Au contraire ! Tu pues, *papá*.

Charles s'essuya encore le visage et retourna dans sa chambre, retrouver sa copine. Après avoir déplié le canapé bancal, Ruben se lava rapidement et se coucha encore humide.

S'il réussit à dormir durant la nuit, il ne s'en souvenait pas au matin.

PARFOIR UN plan n'est qu'une liste d'événements qui ne se produisent pas.

Ruben avait convaincu Andy de faire de la musculation et une formation basique d'autodéfense. En échange, le garde du corps accompagnait son patron trois fois par semaine pour un footing, à l'aube, dans Central Park. L'échange paraissait équitable.

Par contre, Ruben refusait de passer la nuit au penthouse.

Il arrivait mal réveillé, mais fraîchement douché, dans son vieux short de foot et ses Nike rafistolées au papier collant. Les portiers de l'Iris regardaient partir les deux hommes sans cacher leur consternation. Que savaient ces gamins des efforts que devait faire un quadragénaire pour garder la forme ?

C'est de la folie.

La première fois qu'ils se retrouvèrent dans le hall de l'Iris à 6 heures pétantes, Andy annonça avec entrain :

— La fortune appartient à ceux qui se lèvent tôt.

— Ben voyons !

Grincheux, Ruben leva un sourcil et contre-attaqua :

— Mieux vaut avoir de la chance que se lever comme les poules !

Il constata très vite que le jogging était un suicide légalisé. Il resta à la traîne tout le temps qu'ils passèrent dans le parc, à regarder la sueur se répandre sur le dos d'Andy : des petites ailes qui descendaient jusqu'à la ceinture de son short. Et là, c'était juste de l'échauffement.

Et Ruben avait oublié que *juillet* était presque arrivé.

Ils coururent. Andy était en tête, ouvrant le chemin en silence. Les mots étaient inutiles, car Ruben suivait les subtils indices de son expression corporelle. Quand Andy accéléra sa foulée, Ruben espéra qu'il allait tenir le coup sans vomir, ou perdre le contrôle de sa vessie, ou tomber dans les pommes.

Central Park était ombragé, mais le soleil du matin leur tombait dessus goutte à goutte, comme de l'huile bouillante. Respirer dans une atmosphère aussi humide était un effort constant. Ils martelèrent les allées de béton qui sinuaient sous les arbres. Au bout de dix minutes, Ruben avait les quadriceps en feu et la sueur dégoulinait de chacun de ses pores. Andy, quant à lui, semblait parfaitement à son aise. Ruben fut même tristement certain que son patron accordait son pas au sien, et que seul, il aurait été bien plus vite. Trempé de transpiration, il paraissait détendu et heureux. Ses jambes martelaient le terrain sans effort.

Ruben se concentra sur sa respiration, qu'il s'efforça de garder régulière. Il était resté enfermé bien trop longtemps. Aujourd'hui, il se rendait compte à quel point lui avaient manqué le soleil, les arbres, le ciel. Même si ses cuisses et ses mollets étaient à vif.

Sans réfléchir, il ôta son tee-shirt et l'enroula autour de son poing. Il faisait trop chaud pour jouer les chochottes. Depuis qu'il était à New York, il perdait son bronzage acquis en Floride : sa peau devenait « café crème ». Les rayons du soleil pesaient sur ses épaules comme une lourde cape.

Andy se retourna et l'examina des pieds à la tête, sans mot dire.

Tout à coup, Ruben décida que ce jogging était une excellente idée.

Quinze minutes plus tard, il ne sentait même plus la chaleur ambiante, sa peau assoiffée absorbait la lumière verte qui passait à travers les arbres. La sueur dégoulinait le long de ses flancs, mouillant la ceinture de son short noir.

Andy poussa un long soupir satisfait. Et Ruben l'entendit, parce que le brouhaha urbain avait disparu.

Le silence.

Bien sûr, il y avait le martèlement de leurs chaussures sur le chemin, mais à part ça, rien. Manhattan se réveillait sans qu'aucun de ses sons parvienne aux oreilles des deux coureurs. Pas de voitures. L'air avait l'enivrant parfum de l'écorce et de l'herbe fraîche, et les gratte-ciel ressemblaient à de géométriques falaises, trop éloignées pour inciter la méfiance.

Ruben jeta un coup d'œil à son patron qu'il surprit à le regarder. Andy hocha la tête et leva les sourcils, à la fois complice et énigmatique. Central Park n'avait rien d'un secret, bien entendu, mais il en cachait un : cette lueur qui émanait de la ville. Étrange, et pourtant familière.

Suis-je déjà venu dans le parc ? Oui, le jour où il avait découvert l'immeuble d'Andy. Une fois de plus, il lui jeta un regard furtif.

— Ça va ? demanda son patron.

Sa voix, pourtant étouffée, sembla bruyante.

Ruben acquiesça.

— Je crois. Vous êtes sacrément rapide.

Son regard glissa le long des jambes parfaites.

— Question d'habitude. Je courais quand j'étais à Columbia. Je faisais aussi partie de l'équipe d'escrime.

— Vous vous êtes à peine échauffé.

— J'ai prévu un massage tout à l'heure.

En d'autres termes, quelqu'un s'occuperait des muscles d'Andy. Ou Ruben était-il aussi inclus dans ces soins post-jogging ? Il serra les dents, sans trop savoir s'il y tenait.

— Hum. Vous faites ça tous les matins ?

— Bien sûr, ça éclaircit les idées. Et ça donne de l'appétit. Sinon, on prend vite de la brioche à rester assis.

— Allez vous faire voir !

Mais Ruben souriait. Il savait bien qu'il manquait de souffle : ses années cigarette lui avaient pourri les poumons. Et sa silhouette trapue n'était pas faite pour la vitesse. Il tenta de respirer par le nez.

Peut-être la course n'était-elle pas son truc.

— Je suis trop lourd, ajouta-t-il.

Andy examina ses fortes jambes aux muscles douloureux.

— Foutaise. Avec des mollets pareils ? Vous devez être un sprinter. Que faisiez-vous comme sport à l'école ?

— De la lutte. Je n'ai jamais couru.

Son patron le soupesa du regard, courant toujours, sans perdre une seule foulée. Cette attention faisait à Ruben un drôle d'effet. L'agonie de la partie inférieure de son corps lui devenait de plus en plus insoutenable.

Andy se retourna et courut à reculons, tout en envoyant de petits crochets dans le ventre poisseux de Ruben.

— Mauviette !

Comment ce cintré pouvait-il être aussi guilleret ?

Andy s'écarta pour laisser passer un cycliste. Ensuite, il se remit à courir normalement, Ruben suivit des yeux le tracé d'une goutte de sueur qui dégoulinait le long de la nuque.

— Pour vous… c'est facile… à dire, haleta-t-il. Enfoiré !

Il reçut un beau sourire.

— Vous finirez par apprécier le jogging, *vato*.

Puis Andy se plaça à ses côtés, coude à coude.

— Encore un kilomètre et demi, annonça-t-il. Il me faut bien ça pour garder un cul musclé.

Ruben ne fit aucun commentaire. D'après lui, le cul d'Andy était d'ores et déjà parfait. Il baissa les yeux sur le béton.

— Je suis trop vieux pour ça, putain ! grommela-t-il.

— À quarante ans et des poussières ? Sûrement pas !

Andy déglutit, ce qui fit avancer sa lourde mâchoire. Avec le temps, Ruben avait appris à considérer les maxillaires de son patron comme le baromètre de sa concentration.

— J'ai quarante et un ans. Presque quarante-deux.

— Allez, Rube.

Ruben s'arrêta net, dégoulinant sur l'asphalte.

— Rube ? C'est comme ça qu'on m'appelle, dans ma famille.

Sauf que pour une fois, ce surnom ne le dérangeait pas. Il essaya d'occulter la houle d'affection qui montait en lui. Totalement inappropriée ! Il secoua la tête.

Andy sautillait sur place en attendant que Ruben se remette en route.

— Quoi ? demanda-t-il.

— Rien.

Après ça, Ruben avança plus facilement. Il ne sentait même plus ses jambes – en tout cas, pas avant qu'Andy commence à ralentir. Même en allant doucement, ils finirent par quitter leur bulle d'intimité quand ils émergèrent sur la Cinquième Avenue, à proximité d'un bâtiment blanc à colonnes qui ressemblait à un immense gâteau de mariage.

Ruben ouvrit de grands yeux. Andy le remarqua.

— C'est le Met [59]. Un musée mondialement célèbre.

La façade occupait plusieurs centaines de mètres sur la Cinquième Avenue, côté Central Park.

— Cool.

---

59 *Metropolitan Museum of Art de New York*, un des plus grands musées d'art au monde.

Andy le regardait sans ciller.

— Autrefois, quand j'étais gamin je l'aimais beaucoup, mes parents m'y emmenaient souvent. Nous reviendrons. C'est promis.

Ruben trouvait bizarre qu'un musée aussi grand soit situé loin de tout, dans un quartier calme et discret. Ensuite, il comprit : les multimilliardaires de l'Upper East Side [60] avaient probablement bâti ce mausolée pour y envoyer les sarcophages ou Picasso qui ne rentraient pas dans leurs multiples résidences. Bref, c'était une sorte de garde-meubles, conçu non pour exclure les roturiers, plutôt pour protéger les objets de valeur.

Ruben commençait à comprendre New York. Manhattan, par exemple : toute la conception de l'île visait à faciliter la vie de ses résidents. Les gens de l'Upper East Side pouvaient se faire livrer ce qu'ils voulaient. Ruben n'avait aucun mal à imaginer ces riches vautours descendre brièvement de leurs oisifs perchoirs, le temps de récolter les millions nécessaires à financer leur mode de vie.

Peu après, Andy et lui furent de retour à l'Iris, salués au passage par le portier.

Après la luxuriante verdure du parc, la sage couleur sauge du lobby lui parut fadasse. Dès que Ruben s'arrêta, ses jambes redevinrent douloureuses, aussi préféra-t-il avancer.

Une fois dans l'ascenseur, Andy l'examina une fois de plus.

— Vous levez des poids, pas vrai ?

Ruben acquiesça.

— Oui, chaque fois que j'en ai l'occasion.

— C'est bien ce que je me disais. J'ai une surprise pour vous.

— Quel genre de surprise ? Un animal à promener ?

Andy éclata de rire, exhibant ses fossettes.

— Non, c'est un gymnase privé, si ça vous intéresse. À notre usage exclusif.

Tout en parlant, il appuya sur le bouton du trente-troisième étage. La transpiration rendait son tee-shirt blanc transparent.

— Vous comptez faire de la gym, *maintenant ?*

Andy s'adossa à la paroi de l'ascenseur et continua à le dévisager.

— Pourquoi pas ? Le temps de me détendre.

Il posa les mains sur son ventre, à la ceinture de son short, les doigts sous l'élastique… effleurant sans doute ses poils pubiens.

---

60 Quartier du nord-est de Manhattan, où l'immobilier atteint des plafonds, surnommé le « district des bas de soie ».

Les portes de l'ascenseur s'ouvrirent sur un palier. De l'autre côté, des portes vitrées derrière lesquelles apparaissait une salle de gym, luxueusement équipée.

Andy approcha et pressa le pouce sur le pad, la porte coulissa.

— Vos empreintes sont déjà enregistrées, Rube, annonça-t-il.

Le gymnase était carré, concis et bien pensé. Ruben vit un vélo elliptique, deux treadmills, un banc et des poids. Le matériel paraissait flambant neuf. *Ça fout les jetons.*

— C'est récent ?

— Non, c'est là depuis sept. Je suis le seul à y venir.

La façade entièrement vitrée donnait une terrasse carrelée où un mobilier de teck bien ciré et des arbres en pots entouraient un grand bassin miroitant. L'eau de la piscine avait la couleur du ciel de Miami.

Andy se débarrassa de son tee-shirt trempé, révélant un torse hâlé.

— Personne d'autre ne vient ici ? insista Ruben.

Il n'arrivait pas à y croire. Il examina d'un angle à l'autre la pièce impeccable. Les baies vitrées. Les arbres taillés. L'eau turquoise.

Au trente-troisième étage. Putain !

Andy haussa les épaules.

— Quand le gymnase Equinox a fermé pour des travaux de rénovation, Lisa – elle habite au dix-septième – est parfois venue avec son coach. Elle fait la météo du matin sur la Fox [61].

Il fit la moue.

— Et personne n'utilise la piscine ?

— Mmm. Je vois parfois des gosses y barboter l'hiver parce que l'eau est chauffée et qu'il y a une machine à faire des vagues. Et les ados viennent en douce fumer un joint et draguer. Mais l'été, je suis le seul résident de l'immeuble à rester en ville. Les autres *étéisent* – comme si c'était un nouveau verbe inventé pour eux. Je déteste ce snobisme ! Je ne le subis que trop en semaine.

Ruben fixait toujours l'équipement étincelant et la terrasse impeccable, derrière la vitre. Les arbres poussaient dans des pots carrés en teck, remplis de blancs graviers de quartz. Les feuillages denses étaient soigneusement taillés en grosses boules vertes.

— Ça semble… propre.

Andy tordit son tee-shirt pour l'essorer. Ses muscles étaient sculptés, sa peau rougie. Ses biceps gonflèrent et des gouttelettes tombèrent sur le sol.

---

61 *Fox Broadcasting Company*, réseau de télévision populaire aux États-Unis, son concurrent est la CBS.

Inexplicablement, ce spectacle apaisa Ruben à un niveau primitif. Parce qu'ils étaient deux gars en sueur après un effort physique partagé ? Peut-être.

— L'immeuble loue ces arbustes pour la saison. Vive la nature, hein ?

Les pectoraux d'Andy paraissaient encore plus massifs que sa mâchoire débile. Ruben eut un sourire intérieur. Puis Andy s'étira, fit rouler ses épaules et craquer ses vertèbres. Il était presque glabre sur la poitrine et les cuisses ; par contre, sur les mollets et les avant-bras, son duvet doré attrapait la lumière. Ruben ne pouvait quitter son patron des yeux, d'abord parce que ces reflets étaient inattendus, ensuite, parce qu'il n'avait jamais vu de poils masculins à l'aspect aussi doux.

Puis Andy descendit les marches de la piscine. Ruben aurait voulu le suivre, mais l'idée de se baigner avec son patron lui paraissait trop… étrange. Surtout quand les autres résidents pouvaient les voir de leurs balcons ou terrasses.

Et alors ? Je suis censé être son ami.

Andy se retourna.

— C'est très agréable. Ça vous dit de vous rafraichir ?

Il refusa d'un signe de tête.

— Je vais faire des étirements.

Pourtant, il ne bougea pas. Il regarda Andy plonger : le corps bien raide entra dans l'eau sans faire d'éclaboussures. Le gars devait aussi avoir fait de la natation à l'université ! Il refit surface, écarta ses cheveux de son visage et essora l'eau de son cuir chevelu. Bras puissants, nez retroussé, peau veloutée. Le prince de Park Avenue débarrassait son corps parfait de la poussière roturière avant de retourner dans sa cage dorée qui surplombait la ville.

Ruben évoqua la piscine municipale bondée qu'il fréquentait étant enfant, ses carreaux fissurés et son eau toujours un peu trouble. Et voilà qu'il se trouvait devant un bassin chauffé qui surplombait Park Avenue, un endroit inutilisé parce que les autres résidents avaient oublié son existence.

Il grinça des dents, écartelé entre envie et frustration.

Bordel, Andy ignorait comment le reste du monde fonctionnait ! Il vivait dans sa bulle avec penthouse immense, piscine déserte et gymnase privé… Il buvait du vin d'exception dans des verres tulipe – de Prague ! – et ne portait ses vêtements qu'une seule fois.

Pendant la bonne trentaine de secondes qu'il passa à regarder Andy barboter, Ruben regretta que son frère ne lui ait pas plutôt fourgué un poste de videur. La paie aurait été nulle, mais son ego et sa libido s'en seraient mieux sortis.

Andy remontait les quelques marches de la piscine, faisant face à Ruben. Son short était collé à ses jambes musclées et ses cheveux mouillés avaient pris une teinte plus sombre. Sa peau humide accentuait la perfection de ses muscles.

— Vous ne savez pas ce que vous manquez, Rube. Pourriez-vous me passer une serviette ?

Ruben acquiesça, tout en se demandant s'il devait grimper trois étages pour récupérer la serviette en question. Puis il repéra une pile d'épaisses serviettes blanches sur un présentoir, à côté de la porte. Il alla en chercher une. Dans son dos, il entendit claquer les pieds mouillés d'Andy. Ruben jeta la serviette au lieu de la rapporter servilement, comme un plagiste de Key West [62]. *Il y a des limites.*

Il se dirigea ensuite vers la porte.

Andy le rejoignit et sourit, ce qui creusa profondément sa fossette.

— *Se siente cachondo, Oso,* murmura-t-il d'une voix taquine.

— Quoi ?

Ruben connaissait vaguement le mot « *cachondo* », un sens douteux, à ce qu'il lui semblait.

Andy étudia son visage, ses épaules, sa poitrine, ses jambes.

— Vous êtes en forme, ajouta-t-il. Le soleil vous va bien.

— Merci.

Ruben frotta sa peau échauffée, qui devait avoir foncé après ce footing torse nu. Était-ce ce qu'Andy voulait dire ? *Cachondo ?*

Andy s'essuya le cou, les yeux plissés.

— Vous pouvez l'utiliser à votre guise. Je parle de la piscine.

— Ah. Merci.

Sauf que Ruben était censé travailler, pas se bronzer les miches en terrasse.

Une fois à peu près sec, Andy suivit Ruben jusqu'à l'ascenseur.

— Je parle sérieusement. Personne n'utilise cette piscine en été.

En guise de réponse, Ruben émit un grognement évasif. Il pressa le bouton d'appel et se tourna vers son patron. Andy lui tournait le dos, exhibant ses épaules rougies et son cul à peine dissimulé, car le mince tissu du short bleu s'était coincé dans la raie des fesses.

Il n'a rien dessous ?

Bordel !

Ruben déglutit et détourna les yeux vers l'ascenseur. Que se passait-il ?

Andy frottait la serviette sur ses cheveux épais. Il parlait toujours :

---

62 Localité de Floride, située à l'extrémité ouest de l'archipel des Keys.

— Comme je le disais, la plupart des locataires disparaissent en été. Les femmes partent dès le mois de mai dans les Hamptons [63] ou la vallée de l'Hudson avec enfants et domestiques. Deux ou trois artistes prennent le Jitney [64] le jeudi. Tout est mort ici, ajouta-t-il, les yeux durcis.

— J'apporterai un maillot la prochaine fois.

Andy haussa les épaules.

— Je peux vous en prêter un...

Pas question.

Bing. Les portes s'ouvrirent en silence. D'un signe, Andy indiqua à Ruben d'entrer le premier, oubliant par la même occasion sa proposition de maillot.

Ruben baissa les yeux, notant les fossettes qui creusaient les reins de son patron, juste au-dessus la ceinture élastique blanche du... merde ! un jock-strap [65] ! Sous le short bleu pâle, il n'y avait donc que de la peau nue, douce et crémeuse. Andy devait s'épiler... partout. À cette idée, le sexe de Ruben eut une réaction bizarre – devenant à la fois lourd et aérien.

Ça foutait la trouille de mater un mec de cette façon !

Il redressa donc la tête et... croisa l'intense regard gris-bleu. Ainsi, Andy l'avait pris en flagrant délit de voyeurisme.

Son patron toussota et lui asséna un clin d'œil complice.

Du même mouvement, ils fixèrent les chiffres rouges qui indiquaient les étages, sans un mot de plus, ce qui convenait parfaitement à Ruben. Il s'agita et son bras effleura celui de son patron, créant sur sa peau un crépitement électrique.

Pour rien au monde, pensa Ruben, il ne porterait un jock-strap. Exposer ainsi son cul ? Ce n'était pas pour les hétéros, seuls les gays s'exhibaient comme des... euh, des acteurs porno peut-être.

Bordel, un jock-strap dans un gymnase ! Pourquoi ? Quel intérêt ?

UNE FOIS de retour à l'appartement, Ruben tourna à gauche vers le couloir et la chambre d'ami.

— Je vais prendre une douche, annonça-t-il.

---

63 Région au nord-est de l'île de Long Island, réputée pour être parmi les zones de villégiatures les plus prisées par l'élite américaine (spécialement par celle de New York).

64 *Hampton Jitney*, service de bus.

65 Sous-vêtement masculin avec une poche avant qui maintient les organes génitaux et, derrière, deux élastiques latéraux encadrant les fesses nues.

Ses mains tremblaient, il serra les poings pour le cacher. Derrière lui, Andy grogna, avant de passer dans la cuisine se servir un grand verre de quelque chose.

Ruben entra dans la salle de bain et examina son reflet dans le miroir. *Ploc.* Une gouttelette salée venait de tomber de son menton sur le marbre du comptoir, ce qui lui rappela qu'une douche était à l'ordre du jour. Pourtant, il aurait voulu retourner à la piscine et nager dans l'eau tiède. Ou laisser son patron le tripoter et le complimenter, afin de retrouver cet agréable engourdissement qui commençait à lui devenir une addiction, parce qu'il se sentait alors faire partie de l'élite.

L'ivresse du pouvoir par procuration.

Il lui fallait une réunion, et le plus tôt possible. Il ne buvait pas, pourtant, il réagissait comme un addict. Ses choix lui paraissaient destructeurs et égoïstes. Combattre l'addiction, quelle qu'elle soit, c'était le but de l'AA. Comme tous les ex-poivrots de la terre, Ruben avait fait un transfert de dépendance. Et c'était tombé sur son travail, mais aussi sur l'argent et… son patron.

Il envoya à Peach un texto, mais ne reçut pas de réponse. *Non.*

Avant la fête prévue le soir même, il s'esquiverait un moment pour assister à une réunion. N'importe laquelle, putain ! Il devait s'en aller. Respirer. Quitter une heure l'appartement et parler avec d'autres alcooliques lui permettrait de se remettre les idées en place.

Ben voyons.

Ruben ôta son short et le jeta n'importe où. Le vêtement heurta le mur carrelé avec triste claquement mouillé. Que signifiait le mot « *cachondo* » ? Il fallait qu'il le sache. Il regarderait sur Internet. Il détestait se sentir ignorant, surtout quand il l'était vraiment.

Un éclat de lumière dans la pièce d'à côté le fit brusquement relever la tête. Était-il espionné ? La peau hérissée, Ruben passa la tête dans la chambre où l'accueillit un silence total, anormal. Il ne vit rien ni personne. Il resta planté un moment, le corps couvert de chair de poule, l'oreille tendue. Puis il alla jusqu'à la porte et tourna le verrou. Une idiotie peut-être, mais comme ça au moins, personne ne le prendrait par surprise.

Quand il entra dans la cabine de douche, l'eau fumait. Pourtant, il la trouva froide avant de constater que sa peau brune rosissait sous l'effet de la chaleur. Il laissa pendre sa tête, offrant sa nuque et ses épaules au jet puissant. Malgré tout, sa tension ne se dissipait pas. Après avoir critiqué Andy de ne pas s'échauffer, voilà qu'il n'avait rien fait non plus pour étirer ses muscles. Il y veillerait après la douche. Il n'avait pas pu s'en charger plus tôt alors qu'Andy le regardait, en ne portant rien d'autre qu'un short minimaliste et trempé. *Trop bizarre.*

Que diable signifiait *cachondo* ?

Ruben se savonna d'une main ferme, pétrissant si fort ses quadriceps qu'il dut retenir un gémissement.

La musculature d'Andy l'avait sacrément surpris. Le gars passait ses journées assis derrière un bureau, mais il avait des épaules larges, des bras solides, des jambes d'acier et le cul ferme d'un joueur de soccer [66]. *Allez savoir pourquoi.* Peut-être avait-il un coach personnel qui venait régulièrement lui faire faire de l'exercice... dans ce jock-strap d'un blanc aveuglant.

À l'aide.

Comme pour répondre à l'appel, son sexe s'érigea, jaillissant de sa sombre et broussailleuse toison pubienne. Un sourd plaisir alourdit ses parties génitales et contracta son estomac. Tête baissée, Ruben regarda l'eau couler le long de ses jambes et garda les mains au-dessus de sa taille. Voilà pourquoi les gens se branlaient : pour contrôler les sensations bizarres afin qu'elles ne troublent pas leur vie quotidienne.

Saloperie d'érection.

Il lui fallait une nuit à lui, une nuit dehors. Rester ici ne rendait que trop réels ses fantasmes vis-à-vis d'Andy.

Une fois de plus, il sentit un regard posé sur lui, par-derrière – de la chambre. Instinct ? Paranoïa ?

Il se sécha, malgré son érection tenace qui refusait de coopérer. Il envisagea un bref moment de passer les lieux au peigne fin pour chercher une caméra cachée ou un microphone, mais se ravisa.

— Je deviens dingue, murmura-t-il. Parce que toute cette situation est dingue.

Dès qu'il déverrouilla la porte et sortit de la chambre, il passa au bureau.

Hope leva les yeux de son ordinateur portable.

— Vous êtes toujours là ? Tant mieux. Je ne vais pas tarder à partir.

— Parlez-moi de la soirée qui nous attend. Ça va être comment ?

Elle feignit l'horreur en ouvrant de grands yeux.

— C'est un gala caritatif au Muséum américain d'histoire naturelle [67]. Sa mère fait partie des administrateurs. Il y a pire.

Elle referma son ordinateur et le rangea dans sa mallette.

— Je demanderai la voiture, indiqua Ruben.

Puisqu'il travaillait ce soir, techniquement, il était libre jusqu'à 13 heures.

---

66 (Anglicisme) Nom que donnent les Américains au football « européen » pour le distinguer du football, c'est-à-dire le « football américain ».

67 Un des grands musées de New York, situé sur l'île de Manhattan, dans l'Upper West Side.

Elle acquiesça, pleine d'empathie. *Réconfortante, mais détachée.*

— Un gala et un musée, annonça-t-elle, en agitant les mains. Votre smoking est dans la chambre d'amis… Sur la porte. Vous voyez ce que je veux dire.

Il voyait, mais il ignora l'implication. Ils lui avaient donc acheté un smoking ! Ruben n'en avait jamais porté, pas même le jour de son foutu mariage ! Était-ce Joysann qui avait utilisé ses mesures ? Penser à son acheteuse « personnelle » lui rappela le regard entendu qu'elle leur avait jeté, à Andy et lui.

Grave erreur.

— Quoi ?

Hope paraissait s'impatienter.

— Aurait-il… commença Ruben.

Comment formuler sa question ? Il fit un second essai :

— Aurait-il par hasard installé des caméras dans tout l'appartement ?

— Pfft. Vous plaisantez ou quoi ? Ici ? Bien entendu !

Elle dut noter son effarement, car elle ajouta :

— Sauf dans les salles de bain, bien sûr, sinon, la plupart des pièces sont équipées. Par…

Complétant sa phrase, il prononça le dernier mot en même temps qu'elle.

— … sécurité !

Il n'était pas paranoïaque. Mais avoir raison ne calma pas la sensation glaçante qui le parcourait des pieds à la tête : Andy le surveillait.

Hope fit claquer ses doigts pour attirer son attention.

— Écoutez, Andy reçoit les gars de Citigroup cet après-midi. Un projet très important. Et je serai absente l'essentiel de la journée.

Ruben cligna des yeux.

— Oh. Oui. Bien sûr.

— Bon, je file. Je vais en cours. Oubliez les caméras.

Elle roula des yeux.

— Oui, m'dame.

Peu après, Andy apparut dans la cuisine, l'air frais et dispos. *Connard.*

— Bonne douche ? demanda-t-il.

— Excellente, mentit Ruben.

— Le smoking vous convient ?

Hope s'en allait. Andy la salua, le pouce levé.

— Le musée organise un bal chaque année, au printemps, déclara-t-il ensuite. Mais je ne danse pas.

— Tout le monde est capable de danser, Bauer.

Chez Andy, même la maladresse devenait une qualité.

— Vraiment ? J'en doute. Je danse comme un blanc… un blanc avec deux pieds gauches.

Ruben se souvint que ses parents dansaient, autrefois, dans la cuisine. Son père avait une collection de disques de *cumbia* [68] qu'ils écoutaient le vendredi soir. Les Oso avaient beau se prétendre 100 % Américains, sa mère cuisait quand même les meilleurs *pandebonos* [69] que Ruben ait jamais mangés.

— Quoi ?

Andy le regardait gentiment. Ruben secoua la tête pour échapper à ses souvenirs.

— Rien. Non, je pensais à mes parents.

Et à toi en train de danser.

Andy sourit.

— J'espère que c'était un bon souvenir.

— Pourquoi aller au bal si vous ne dansez pas ? Quel intérêt ?

— Je suis censé tenir un rôle. Papoter avec mes pairs. Manger du poulet caoutchouteux. Rencontrer des mannequins volages qui fantasment sur les gardes du corps moroses qui ne parlent pas espagnol.

Tout en parlant, Andy lui donna un petit coup d'épaule. La pique était amicale, pourtant, Ruben l'encaissa dans son cœur avec un « *clic* », comme un penny tombant dans une tirelire.

Inutile d'interroger Andy sur son matériel de surveillance. Ruben se chargerait plus tard d'inspecter la chambre de fond en comble.

AU COURS de l'après-midi, tandis qu'Andy recevait Citigroup, Ruben descendit au garage inspecter la voiture avec son kit spécial. Ce contrôle lui paraissait ridicule, car il savait que la menace envers Andy était fictive. Il chercha donc à se convaincre que cet exercice était un entraînement pour un futur vrai travail.

Si l'on fait quelque chose, autant le faire bien…

Pour commencer, il s'accroupit et scruta la carrosserie d'un bout à l'autre, utilisant un miroir monté sur bras articulé pour vérifier que rien n'était accroché sous la caisse – paquet suspect, cadran ou fils électriques. Il ne trouva ni bombe ni détonateur. Il n'en fut pas surpris.

Se sentant de plus en plus ridicule, il passa sous la voiture et perça le tuyau d'échappement, afin d'y insérer un boulon et s'assurer que personne ne pourrait y introduire quoi que ce soit, même un chiffon. Durant son week-end

---

68 Danse née au XVIIe siècle en Colombie qui s'est répandue (avec des variantes) en Amérique du Sud.

69 Petits pains au fromage, spécialité colombienne.

de formation, il avait appris que les VIP étaient plus souvent assassinés par bombe que par balles : c'était plus facile à gérer et le coupable n'avait pas à s'attarder sur les lieux du crime.

Pour terminer, Ruben sortit un petit aspirateur portable et enleva le gravier et la poussière sous la voiture. Il nettoya ensuite l'intérieur. Il ferait pareil au musée. Ainsi, s'il voyait une éraflure ou un débris quelconque, il saurait que quelqu'un aurait touché à la voiture.

Son inspection terminée, il remonta au penthouse vérifier ce que devenait son patron. Andy était au téléphone, il accueillit Ruben d'un signe de tête et leva les yeux au ciel – concernant son interlocuteur.

— Bauer, murmura Ruben, je m'absente un moment pour déjeuner et… euh, passer à l'église. Je serai de retour d'ici une heure.

En vérité, il reviendrait avant midi. Il n'avait pas envie d'être ailleurs. Cet appartement lui plaisait. Même s'il ne comprenait pas toujours Andy.

— Vous voulez que je vous rapporte quelque chose ? ajouta-t-il.

Andy secoua la tête avec un clin d'œil suivi d'un sourire complice. Ruben y répondit malgré lui.

Il est temps de filer.

Ruben n'arrivait pas à se rappeler la dernière fois où il avait autant tenu à plaire à autrui, et moins encore à assister au processus. Mais tout avait changé dans ce penthouse, avec Andy. Ruben s'inquiétait de plus en plus de cette chaleur, de cette affection grandissante qu'il éprouvait, mais le plaisir lui faisait oublier ses craintes. Il éprouvait de la loyauté vis-à-vis d'Andy parce qu'il paraissait avoir une nature loyale. C'était à la fois surprenant et merveilleux.

Ruben hésita, envisageant une minute d'oublier sa réunion AA et de manger un morceau ici, mais il se ravisa. Céder à son désir de faire confiance à Andy serait certainement une erreur.

D'ailleurs, Andy ne risquait rien. Le vrai rôle de Ruben était de garder ses distances. Parce qu'il représentait le seul réel danger de cet appartement.

Une fois dans l'ascenseur, il sortit son téléphone et cliqua sur l'application *Twelve-Step.* Très vite, il trouva sur la 85th Street une réunion *Big Book* qui commençait dans vingt minutes.

Dans le hall d'entrée, il finit par utiliser son téléphone pour connaître le sens de « *cachondo* » : marrant, excité, sexy, chaud lapin.

Nom de Dieu. Il déglutit.

— En rut !

Andy gardait peut-être certains secrets, celui-là n'en était plus un.

V

CENT MILLIONS de dollars de quidams réunis dans une salle et pas une étincelle visible à l'œil nu.

Cette nuit-là, la voiture leur fit traverser le parc, côté ouest, pour les déposer sur la 77th Street devant un bâtiment massif qui évoquait une université hantée décorée pour le bal de fin d'année. Ruben alla au parking, puis rejoignit Andy sur les marches. Chacun d'eux fit semblant que Ruben reconnaissait des gens qu'il n'avait jamais vus. Son smoking ressemblant aux leurs, il se fondait dans la masse, alors, qui oserait le traiter d'imposteur ?

À l'intérieur, la scène était hétéroclite : foule richement vêtue et dioramas [70] pour enfants. Au lieu de suivre Andy vers des amis qui lui faisaient déjà de grands signes de bienvenue, Ruben passa au bar et réclama un Perrier citron. Il avait déjà préparé de quoi justifier qu'il ne buvait pas : un traitement antibiotique. Il n'eut pas le temps de se retourner, Andy était déjà à ses côtés.

— Ça va ?

— Très bien.

Il enfonça les mains dans ses poches et sentit son holster frotter contre son flanc.

— Avec un peu de chance et d'efficacité, nous pourrons ne faire qu'une apparition et filer en douce… Ma mère n'a pu venir, à la suite d'une prétendue catastrophe de dernière minute, alors, nous n'avons qu'une heure à subir cette mascarade, au maximum.

— Comme vous voulez.

Ruben parlait au sens littéral.

Vous êtes mon patron, pas mon ami.

Il avait la sensation d'être le harceleur monomaniaque le plus chanceux du monde.

— À dire vrai, enchaîna Andy, ce genre d'événements représente un excellent terrain de chasse pour débusquer de nouveaux investisseurs. Les gens détendus deviennent facilement bavards.

---

70 Présentation par mise en situation du spécimen dans son environnement habituel.

D'un signe de tête, il désigna un obèse accompagné d'une femme boulotte qui engouffrait des *dim sum* [71] à la sauce rouge.

— Tous ces gens, ajouta-t-il, peuvent se permettre de dépenser. De plus, nous avons tous grandi ensemble. Dalton, Loyola, Exeter, Brearley, Beekman.

Ruben acquiesça.

— Des amis à vous ?

— Non, des écoles privées, répondit Andy sans sourire. Les fermes où on élève les vaches à lait.

— Bon Dieu !

Sans arrêt, Ruben oubliait qu'Andy était né avec une cuillère dorée dans la bouche. Pourtant, le mec ne cessait de le lui rappeler.

— Première leçon : pour réussir dans la finance, il faut faire du social.

Mais oui, mais oui.

— Vous comptez les séduire, se moqua Ruben.

— Il faut faire une apparition le jour de leur mariage. Leur envoyer des cartes de vacances. Caresser leur animal de compagnie durant un gala caritatif.

Pourquoi Andy éprouvait-il le besoin d'expliquer son mode de vie ? Son scepticisme dut se voir sur son visage, car son patron leva une main :

— Hé ! Je suis un homme normal ! J'ai aussi un bon pedigree et la taille plus étroite que les épaules.

Normal ? Qu'est-ce que ça voulait dire hétéro ? Cette idée pesa sur les tripes de Ruben. Pourquoi Andy insistait-il autant ? Tenait-il à préciser sa position ? Ou à suggérer le contraire ? S'agissait-il d'une invite ou un avertissement ? Était-il intéressé par… Merde ! Pensait-il que Ruben l'était ?

Le pire, c'était que Ruben n'en savait plus rien. Ces derniers temps, ses certitudes étaient mises à rude épreuve.

Andy se trompa sur la nature de son silence. Il lui frappa doucement l'épaule.

— Ne vous inquiétez pas, Rube, vous vous en sortirez très bien.

Ruben se renfrogna davantage.

— Mais oui, bien sûr. Ha, ha. Vous êtes hilarant. Comment voulez-vous que j'affronte ces gens-là ?

— Ils vont vous dévorer tout cru.

Andy éclata de rire, séducteur, par habitude.

— Je ne suis pas à ma place ici ! protesta Ruben. J'aimerais mieux avoir une oreillette visible, exhiber mon arme et faire tapisserie avec des lunettes noires.

---

71 Littéralement « cœur à petite touche », ensemble de mets de petite portion de cuisine cantonaise

— Je vous trouve amusant. Vous vous préoccupez bien plus du statut social que la plupart des gens de ma connaissance. Personne ne vous remarquera si vous n'attirez pas délibérément l'attention.

— Je fais tache.

— Ce n'est pas...

Andy s'interrompit et baissa les yeux.

Furieux, Ruben désigna son visage.

— Regardez un peu la tronche que j'ai ! À l'aéroport, je me fais arrêter parce que je ressemble à un Arabe « louche ». Si je jette un coup d'œil à un flic, il m'intercepte en me prenant pour un gangster dominicain. Au bar, j'ai un mal fou à obtenir un verre, car les serveurs me croient Sicilien – et ces gars-là ont la réputation de ne jamais laisser de pourboire. Étant ado, j'ai passé mes vacances de printemps en prison parce que la police de Miami me pensait Cubain – c'est-à-dire proxénète, délinquant, drogué, ou époux violent, au choix. L'inculpation variait, mais je me retrouvais toujours au trou ! J'y étais plus souvent que les vrais trafiquants !

Il termina d'une voix outrée, les yeux fixés sur Andy pour bien lui faire comprendre son problème. Andy ne répondit pas. Pourtant, il semblait intéressé. Et il se tenait trop près de lui, une fois de plus.

— Bon, d'accord, ajouta Ruben, je fais un voyou tout à fait crédible.

Andy scruta ses larges épaules et ses mains énormes.

— Vous avez dû être un remarquable lutteur.

Ruben lui jeta un œil noir. Son patron faisait-il exprès de l'exaspérer ?

— Tout dans les muscles, rien dans la tête, c'est ça ? Je ne suis pas complètement idiot, Bauer.

— C'était un compliment. Moi, j'étais dans l'équipe de natation, mais surtout parce que mon beau-père m'y avait contraint.

Ruben approuva d'un signe de tête, irrationnellement satisfait d'avoir deviné juste.

— Comme je vous l'ai déjà dit, j'ai fait de la lutte à l'école. Pour le soccer, j'étais trop lourd. Et le football était plutôt réservé aux Noirs.

— Ah, bon ?

— Oui, confirma Ruben.

— Moi, j'aurais préféré qu'on me foute la paix. Si j'avais pu, je serais resté enfermé dans ma chambre jusqu'à l'obtention de mon diplôme. Je dois quand même avouer avoir rencontré quelques gars sympas à la natation. J'ai aussi fait de l'exercice.

Il tapota ses abdominaux. Ruben évoqua Andy sous la douche, car il savait ce que cachait la chemise de soirée. L'image lui enflamma le crâne. Il s'empressa de vider la moitié de son Perrier.

— Et je suis devenu un pro de la nage papillon, ajouta Andy avec un clin d'œil. Ça peut servir !

Oubliant son fantasme, Ruben préféra détourner les yeux sur la foule. Il s'étonnait un peu qu'Andy ne soit pas déjà occupé à parler avec les autres invités, ou le directeur du musée. Au contraire, il restait collé à lui comme à un vieil ami retrouvé.

— Alors, comment ça marche ? demanda Ruben. Qu'est-ce qu'on doit faire ?

— Voir et être vu. Serrer des mains, sourire beaucoup. J'essaie d'apparaître sur dix photos au moins de magazines people. Et je dépense cinquante mille dollars, sinon plus.

— En achetant quoi ?

— Ce qu'il y a aux enchères. Des objets inutiles donnés par des mécènes au grand cœur. Il suffit de signer les registres correspondants. D'habitude, je prends plutôt les laissés-pour-compte, histoire de dépanner, ajouta-t-il avec un haussement d'épaules.

Ruben éclata de rire.

— Du vin de Detroit ?

— Oui. Ou un voyage en Bulgarie. Ce genre de choses.

Repérer les lots intéressants était facile, car les gens s'agglutinaient devant les appareils électroniques et les affiches de voyages tropicaux.

— Pourquoi ne pas se contenter de remplir un chèque ?

— C'est une astuce que j'ai apprise de mon père. Ces réceptions sont couvertes par les médias et il est toujours plus facile de justifier des charges déductibles quand on précise à l'IRS [72] une date exacte. Bien entendu, je laisse mes acquisitions au musée pour le gala suivant. Que ferais-je d'un cours d'aérobic ou de billets de baseball ? se moqua-t-il avec une grimace. Ça vous dit de participer ?

Ruben se retourna, très surpris. Andy parlait-il sérieusement ?

— Moi ?

— Pourquoi pas ? C'est pour les bonnes œuvres. *Un fardeau est plus léger porté à plusieurs.* De plus, nous pourrons filer plus vite, ajouta Andy avec un clin d'œil. Vous prenez ce mur, moi l'autre. Nous avons chacun vingt-cinq mille dollars à dépenser.

Sans attendre de réponse, il agita la main en direction d'une brune à la maigreur effrayante en tunique de soirée minimaliste et déchiquetée.

---

72 *Internal Revenue Service*, agence gouvernementale qui collecte l'impôt sur le revenu et les taxes diverses aux États-Unis.

Au cours de la demi-heure qui suivit, Ruben dépensa ses vingt-cinq mille dollars à acheter n'importe quoi : un ballon de football signé par les Giants [73], un week-end spa dans le Kentucky, un snowboard aux couleurs si atroces que personne ne voulait rester à côté.

Ruben croisa quelques regards et sourit, sans mot dire. Il commençait à se sentir un peu trop à l'aise dans son rôle. Il ignora le champagne qui le cernait constamment, présenté sur des plateaux d'argent, et se contenta d'un soda. Il étudia l'océan des visages pâles, cherchant celui d'Andy. À part de rares Asiatiques les invités étaient surtout des Caucasiens d'origine anglaise, l'élite financière et sociale de l'Amérique. Ruben était le plus sombre de toute la salle, personnel inclus. Ce qui ne l'étonna pas.

Un groupe d'âge moyen écoutait un conférencier du musée. Les hommes paraissaient s'ennuyer, les femmes avaient l'air anxieux. Le seul à s'amuser était un vieillard au crâne chauve cerné d'une couronne de cheveux gris qui bavardait avec excitation, le doigt en l'air.

Enfin, Ruben entendit le rire d'Andy : il se retourna et le repéra, à vingt mètres, au milieu de personnages sophistiqués. Leurs yeux se croisèrent et se retinrent, puis Ruben détourna la tête en notant le sourire satisfait de son patron. Pas à dire, le mec était dans son élément.

C'est ton patron, pas ton ami. C'est lui qui décide.

Il pivota brusquement en entendant un cri strident. Plantée devant Andy, une socialite [74] maigre comme un coucou en robe Balenciaga vintage agitait les bras et hurlait, le visage ponceau. Un petit homme rondouillard tentait de l'écarter en la prenant par le coude, mais elle refusait de bouger. Andy semblait amusé.

Que se passe-t-il, bon sang ?

Les sourcils froncés, Ruben se mit en marche, prêt à interrompre l'algarade, même s'il ne comprenait pas un mot des revendications de l'hystérique. Des veines saillaient sur le cou efflanqué de la femme en colère. *Une maîtresse ? Un adversaire ? Un avocat ?* Il avança plus vite, se frayant un chemin à coup de coude, mais alors, Andy le regarda et secoua la tête : « n'intervenez pas ! » Quelle que soit la nature du problème, il n'avait pas besoin de son garde du corps. Il ordonnait à Ruben de ne pas griller sa couverture.

Ruben se figea, surveillant Miss Balenciaga et les autres ivrognes qui n'agissaient pas. Malgré la rage protectrice qui montait en lui, il resta à sa place. D'un geste violent, la femme balança son verre de champagne sur Andy, aspergeant son visage et sa poitrine. Avec un glapissement horrifié, les badauds

---

73 *New York Giants*, équipe de football américain.

74 (Anglicisme) personne ayant une vie publique largement médiatisée...

reculèrent d'un bond. Elle hurlait toujours. Elle jeta sa flûte vide au sol, faisant exploser les tessons de cristal. De sa place, Ruben ne voyait pas grand-chose, car il y avait trop de personnes entre lui et Andy. Et il n'était pas censé approcher ?

C'est ridicule !

Avec un grand sourire et beaucoup d'ostentation, Andy essuya le champagne qui lui dégouttait du visage. Il secoua ensuite les mains, arrosant ses voisins. La bonne blague ! L'éclat de rire fut général.

La femme serra les doigts sur sa gorge, puis elle saisit l'encolure de sa robe et la déchira, exposant un sein insolent. Le rondouillard qui l'accompagnait tenta de préserver sa pudeur. La foule poussa des soupirs scandalisés, recula d'un pas, se mit à chuchoter avec fébrilité.

Non, mais, quoi encore ?

Entre les invités surexcités et le tintamarre général, Ruben entendait mal ce que disait l'hystérique. Il ne reconnut que deux mots – et encore, ce fut parce qu'elle les hurlait en continu : « Apex » et « argent ». Elle avait le blanc des yeux luminescents de rage.

À nouveau, Ruben chercha le regard Andy. À nouveau, il reçut ce hochement de tête qui le tenait à l'écart.

Les gardes du musée finirent par intervenir : ils entourèrent la socialite déchaînée et l'entraînèrent, ainsi que son compagnon, en direction d'une porte latérale. Par-dessus son épaule, elle insultait toujours Andy, sans se soucier de se couvrir ou de savoir où on la conduisait.

Que s'est-il passé au juste ? se demanda Ruben. Mais c'était une question qu'il ne pouvait pas poser. Au lieu de rejoindre son enfoiré de patron, il resta en arrière, à regarder avec l'attention létale d'un serpent les invités se disperser.

Peu après, Ruben acheta les lots les plus merdiques, ceux qui avaient sagement été évités. Ça lui plaisait beaucoup d'imaginer Andy avec cette horreur de snowboard, ou condamné à un safari romantique dans un ranch d'émeus.

*Ha, ha, vingt-cinq mille*s.

Finalement, Andy le retrouva et le rejoignit sous un panneau qui annonçait : « Mammifères d'Afrique ». Dans la pièce d'à côté tambourinait de la musique disco. Ruben se pencha pour savoir de quoi il s'agissait, avant de se figer en voyant la grimace d'Andy.

— La danse des petits blancs va commencer. Il est l'heure de sonner la retraite.

Son patron secoua la tête et empoigna Ruben par le biceps. Son souffle trop chaud sentait le whisky. Ses doigts s'incrustèrent.

Ruben ricana.

— Très bien, monsieur. Tous vos adversaires sont-ils à terre ? Le musée n'a plus besoin de vos services ?

Au nom du ciel, qui était cette femme ? Il crevait d'envie de le savoir, mais sentait bien que la pépée en Balenciaga et sa crise au champagne ne feraient pas partie des sujets abordés ce soir.

— À peu près. Je leur verse une rente régulière, mais Stanley tient à ce que les donateurs assistent aux galas. C'est pour les médias. La publicité est toujours bonne à prendre.

Ruben hocha la tête.

— J'ai l'impression que ces gens-là seraient prêts à payer une fortune pour ne pas être obligés de venir.

Andy se rapprocha de lui, sa poitrine effleurant presque les omoplates de Ruben à travers le tissu du smoking.

— Oui et non, chuchota-t-il à son oreille. Ils sont là pour d'autres raisons : soutirer des faveurs, trouver un conjoint ou un avocat véreux. Le genre de conneries qui exige un contact direct.

Ruben sourit. Il s'était attendu à voir les rupins snobinards vivre à un autre niveau, avec de l'air était plus pur. Plus de noblesse, plus de force. En fait, c'était partout la même chose. Une soirée prolétaire était pareille, à part le prix des vêtements et la notoriété de la salle.

— Les gens sont tous les mêmes, annonça-t-il. Chacun veut piquer ce qui appartient au voisin.

Andy grogna, sans reculer d'un pas. Son torse brûlait le dos de Ruben.

— Des singes savants.

— Bauer…

Ruben ouvrait la bouche pour dire : « Vous m'avez ôté les mots de la bouche », mais il ne compléta pas sa phrase. Le souffle de son patron contre son oreille lui hérissait les cheveux sur la nuque.

Sans réfléchir, il posa la question qui le hantait depuis déjà un bon moment :

— Vous est-il jamais arrivé de travailler vraiment ? Je veux dire, sur le marché du travail, pas chez quelqu'un de votre famille…

Andy parut à la fois surpris et satisfait.

— Bien sûr ! Mon beau-père m'a obligé à chercher un emploi l'été qui a suivi mon année sophomore [75] à l'université. Il préférait que je ne rentre pas de la maison. Mmm, fit-il, les sourcils froncés. J'ai passé deux mois dans une banque. Pouah !

— Pauvre bébé !

_____

75 Deuxième année (sur quatre), avec des élèves de 19-20 ans

— Oui, je sais. C'était l'horreur. Mais bon, ça m'a quand même permis d'échapper à Ducon – c'est mon beau-père. Les horaires n'étaient pas trop lourds et j'avais des stylos gratuits à volonté.

Ruben rit, sans trop savoir pourquoi. Ce n'était pas drôle. Mais Andy faisait de l'humour pour lui.

Andy se pencha davantage vers lui, sa bouche effleurant son oreille :

— Quand on a beaucoup d'argent, Rube, tout devient compliqué. Les gens en particulier. Impossible de leur parler normalement, car ils cherchent toujours à vous extirper quelque chose. Les très riches se voient comme une autre espèce, même si la plupart ne s'en rendent même plus compte.

Ruben fit un effort pour ne pas se sentir insulté

— Et les pauvres sont des singes.

Andy fronça les sourcils.

— Non, c'est le contraire.

— Comment ça ?

— Les chimpanzés, ce sont les foutus riches. Le problème, c'est que nous avons incendié la jungle. Alors, nous vivons dans des boîtes en verre pendant que l'*homo sapiens* assiste à notre extinction. Nous sommes tellement au ralenti, tellement en vase clos qu'il ne reste quasiment plus rien de nous.

Andy se gratta vigoureusement le crâne, libérant son épi. Ruben eut très envie de le remettre en place, il s'en abstint. Il enfonça les mains dans ses poches.

— Vous êtes dingue.

— Je sais. Ça m'a aidé à survivre quatorze ans en école privée. Et aussi plus tard, à Columbia.

Il n'en paraissait pas particulièrement heureux.

— Chacun a ses emmerdes dans la vie.

La scolarité de Ruben avait été publique et bâclée. Il s'en était tiré de justesse, avec une majorité de C [76] – mention passable – profitant de ses bons résultats sportifs et de la laxité des standards scolaires de la Floride. Chaque année, l'intendant de son établissement était inculpé pour corruption et remplacé. Ruben considérait avoir survécu par miracle à son éducation.

D'un geste de la main, Andy désigna les portes principales et la rue au-delà.

— Voici l'élément clé ! Les masses populaires ont transpiré et évolué, elles sont devenues bien plus intelligentes. Les vrais humains bénéficient de deux avantages : un pouce mobile, opposé aux quatre autres doigts, et un os

---

76 Aux États-Unis, la notation des élèves est basée sur des lettres, de A « parfait » à F « nul ».

hyoïde [77]. Ils s'adaptent aux circonstances nouvelles. Ils ne vivent pas en bocal. Comme *le Clan de l'ours des cavernes* [78]. Les Néandertaliens savent bien qu'ils risquent l'extinction. Ils restent donc en petits groupes et emploient Daryl Hannah [79] pour surveiller leurs rejetons et régler la climatisation.

— Bauer, je vous rappelle que vous êtes l'un d'entre eux.

Une image lui revint de la harpie, avec sa robe Balenciaga déchirée et son sein exposé.

Andy cligna ses grands yeux de velours.

— C'est ce que vous croyez, mais en fait, ce n'est qu'un camouflage.

Sceptique, Ruben fronça les sourcils. En même temps, il acquiesça.

— Bon, d'accord, si vous le dites. Un clan ? Je vois.

— Un clan en voie de disparition. Avec des règles arbitraires et figées. Je suis certain que les dingues qui me harcèlent en font partie, parce qu'ils savent comment fonctionne le système. Il ne s'agit pas d'une coïncidence. Ils pourraient très bien être ici ce soir.

Une hypothèse osée, mais Ruben y trouvait une certaine logique. Il scruta deux débutantes blondes, type mannequins, qui passaient non loin de là, leurs corps osseux drapés de la soie cousue à la main à plusieurs milliers de dollars.

D'un geste ferme, Andy secoua la tête.

— C'est pourquoi j'ai tenu à vous avoir ici ce soir. En tout cas, c'est une de mes raisons. L'Upper East se meurt et considère le reste du monde comme hostile. Pour ces gens-là, seule la tradition compte. Alors, ils créent des clubs, des comités et des conseils d'administration. Ils se marient entre eux et achètent le gouvernement. Ils font front commun et communiquent par des grognements et des signes cabalistiques pendant que l'Âge de glace s'installe autour eux et que Daryl Hannah sort avec John-John [80] avant d'aller tuer Bill. Vous avez vu *Kill Bill*, je présume ?

Ruben ne put retenir un gloussement.

— Vous êtes un sacré hypocrite !

---

77 Ou os lingual, situé au-dessus du larynx, sous la langue, qui permet la parole.

78 Premier volume de la saga *Les Enfants de la Terre* de Jean M. Auel, qui raconte les tribulations d'Ayla à la Préhistoire, d'abord chez les Néandertaliens, ensuite chez les Cro-Magnon.

79 Actrice américaine qui a tenu le rôle d'Ayla dans l'adaptation cinématographique du roman.

80 John Fitzgerald Kennedy, Jr. (1960/1999) qui a fréquenté un temps l'actrice.

Andy s'empourpra, ce qui marqua ses joues de deux taches rondes et rouges, comme une marionnette peinturlurée.

— Pourquoi ? Je n'ai jamais dit que j'étais l'un d'entre eux ! C'est vous qui le croyez. Au fait, mon père est stérile.

En entendant cette révélation, Ruben se figea et ne pipa mot.

Andy enchaîna :

— Il a reçu des rayons pour un cancer des testicules, étant étudiant. Je l'ai appris par hasard. D'ailleurs, physiquement parlant, je ne lui ressemble pas du tout, aussi n'ai-je pas été tellement surpris de ma découverte. D'origine germano-française, il a le teint assez sombre.

Il jeta un coup d'œil à Ruben – peau foncée, cheveux sombres, yeux de latino –, mais ne fit pas d'autre réflexion.

Dûment noté.

— Dans ce cas, qui est votre géniteur ?

— Un des nombreux amants de ma mère… Son chauffeur, son garde du corps, qui sait ? Apparemment, elle était assez déchaînée en ce temps-là. C'était peut-être le plombier. Ou son chirurgien esthétique.

— C'est elle qui vous en a parlé ?

— Pas vraiment… non. L'une de ses « chères » amies m'a fait des confidences, quand j'étais encore à Exeter, c'est une école secondaire, parce que je sortais avec sa fille. Tout Scarsdale [81] savait que j'étais un œuf de coucou. Pire encore, mon connard de beau-père était dans les assurances. Les autres gosses me traitaient en échappé de prison.

Ruben se renfrogna.

— Ça a dû être horrible !

— Pas vraiment ! Je leur en suis reconnaissant. Tous ces enfoirés sont plus ou moins consanguins. Moi, j'ai un vrai menton, une grosse queue et deux couilles. Et je suis bien plus intelligent que mon père ! De plus, son nom était sur mon extrait de naissance et il réglait mes frais et factures, alors… j'avais tous les atouts nécessaires.

— Une chance pour vous !

— J'ai passé ma vie à regarder ces sinistres cons tourner en rond dans leur bocal. Les hommes se regroupent dans de sombres cavernes pour chercher d'autres clans parlant la même langue qu'eux. Les femmes se vendent pour un statut social. Elles partent en chasse pour croquer du diamant. Parfois, elles se font duper ou voler, et là, c'est terrifiant pour elles, parce que la terre n'est pas plate et que le soleil n'arrive pas jusqu'au fond de la grotte. Regardez comme

---

81 Ville du comté de Westchester, dans l'État de New York

ils se sont tous fait si facilement escroquer par Bernie Madoff [82] ! conclut-il en ricanant.

— Je suis quand même certain que beaucoup vous prennent pour un des leurs.

— Effectivement. J'ai appris à me fondre dans la masse. Grâce à mes parents, d'ailleurs. En grandissant, le coucou est devenu un aigle prédateur, qui vit sur son apex [83] !

Je comprends mieux le nom de sa boîte.

— Si vous aviez des questions sans réponses, pourquoi ne pas avoir interrogé votre mère ?

Andy lui jeta un regard étrange, puis éclata de rire.

— Cilla ? Franchement, Rube ! Vous êtes impayable ! J'adore ça.

Il riait toujours bruyamment, plié en deux. D'autres invités, l'air hébété – ils paraissaient bien imbibés – se retournèrent pour les regarder. Mal à l'aise, Ruben afficha un sourire contraint et attendit qu'Andy se calme. Ce qui finit par arriver, malgré quelques hoquets amusés.

— Ma mère, reprit-il, préfère éviter d'évoquer ma naissance. Elle n'a jamais trempé les mains dans l'eau froide, vous savez. Quand la cuisinière rentrait chez elle, le soir, Cilla engageait un traiteur pour gérer le dîner.

Ruben s'éloigna pour se chercher un autre Perrier. Délibérément, il ne proposa pas un verre à Andy. Il voyait bien que son patron était ivre et devenait imprudent sous l'effet de l'alcool, plus expansif et bruyant. Il devait avoir chaud aussi, car il avait desserré son nœud papillon. En croisant ses pairs au pas vacillant, Andy leur offrait une accolade au lieu d'une poignée de main.

Et il avait le bras « fraternellement » posé sur les épaules de Ruben.

Ruben ignorait ce que pensait Andy, mais il se surprit plusieurs fois à fixer le beau visage comme s'il s'agissait d'un code à décrypter.

— Nous devrions peut-être aller nous asseoir dans la salle à manger, suggéra Andy, le dîner ne va pas tarder à être servi.

Même moment, il aperçut une jolie rousse très animée qui avançait vers eux ; elle portait une robe chargée de motifs compliqués.

Il changea d'avis :

— Filons de l'autre côté !

Peut-être une autre hystérique au champagne dangereux.

— Une de vos ex ? demanda Ruben.

---

82 Financier américain, président-fondateur d'une société d'investissements de Wall Street, arrêté et inculpé en 2008 par le FBI pour avoir réalisé une escroquerie de type « Ponzi », d'une envergure de 65 milliards de dollars.

83 Mot latin signifiant « sommet » ou « pointe ».

Andy grimaça.

— Pouah ! Non ! Son mari est au conseil d'administration de Princeton [84]. Ils cherchent à me coller une chaire.

Ruben ouvrit de grands yeux, sans cacher son incompréhension.

— Hmm ?

— En mathématiques. Bien sûr, je les ai envoyés se faire foutre ! Princeton et Columbia sont en guerre, pas vrai ? Ce sont des universités, pas des pays, expliqua-t-il avec une moue gênée

— Oui, je sais. Merci quand même.

Il ne voyait pas l'utilité d'être vexé : Andy ne réalisait même pas à quel point il se montrait condescendant.

LE DÎNER fut prétentieux et mortel. Les tables somptueusement installées étaient placées sous une baleine bleue grandeur nature suspendue au plafond. *Était-elle empaillée ?* Ruben fut le seul à regarder le gigantesque cétacé.

Le nom des invités était inscrit sur chaque table. Sans en tenir compte, Ruben s'installa le dos au mur. On lui servit un petit bout de poulet crémeux avec trois haricots verts en diagonale. Très jolie présentation, mais la viande avait un goût de chaussettes.

L'air écœuré, Andy examinait lui aussi le contenu de son assiette.

— J'aurais dû vous prévenir que l'Histoire naturelle déteignait souvent sur la nourriture servie au musée. N'y touchez pas, nous mangerons plus tard. Ce que vous voulez : sushi, steak, tapas.

Les autres convives paraissaient se régaler ; les conversations et le discret cliquètement des couverts sur la porcelaine envahissaient la grande pièce. D'une salle voisine parvenait le battement sourd d'une musique années 90.

Ruben surprit les mauvais regards que quelques jeunes mâles jetaient à Andy. Peut-être à cause de la scène avec hystérique, peut-être du snobisme concernant ses origines bâtardes. Ici, ce soir, tout le monde connaissait tout le monde.

Un murmure à son oreille :

— Avez-vous dépensé vos vingt-cinq mille dollars, Rube ?

Et cette odeur de pain frais ! Andy sentait bien meilleur que le menu. Ruben se raidit.

— Ce sont *vos* vingt-cinq mille, répondit-il. Sinon oui, oui, c'est fait. À peu près.

---

84 Université du New Jersey, parmi les plus prestigieuses du monde, fait partie de l'*Ivy League*.

— Bravo !

Andy lui tapota le dos, puis dessina des cercles entre ses omoplates à travers le tissu de sa veste. *Voilà qu'il recommence à me peloter.*

Pour s'écarter discrètement, Ruben se leva, laissant tomber sa serviette. Il scruta la foule du regard.

— Nous devrions peut-être filer.

À son tour, Andy se redressa lentement.

— Pourquoi ?

— Nous avons dépensé vos cinquante mille dollars, pas vrai ? Vous avez vu les gens de votre clan et eux vous ont vu aussi.

— Vous vous emmerdez, c'est ça ?

— Ce n'est pas la meilleure façon de passer une soirée.

En revenant dans l'entrée, Andy frotta son visage contre la nuque de Ruben.

— Allons-y, *niño*.

Ruben roula les épaules, le corps couvert de chair de poule. Le souffle alcoolisé d'Andy était chaud sur sa peau, les doigts le caressaient doucement, aussi légers qu'une aile de papillon. Ruben en eut les cheveux droits sur la tête. Il prétendit que l'alcool lui rappelait son addiction, mais en vérité, c'était plus insidieux : soumis à cette familiarité intrusive, il se sentait moins isolé… comme si Andy l'avait repéré, seul et abandonné, et voulait aider. Sa solitude morose aurait-elle été remarquée par un riche et bel ivrogne, ce soir ? Et les autres invités, qu'avaient-ils vu de ce qui se passait au coin de la grande salle ? Les avait-on seulement pris pour deux membres de ce club privé pour enfoirés ? Deux célibataires avec de l'argent à dépenser, deux proies privilégiées ? Ou deux loups attirés par l'odeur des moutons ?

Ruben resta figé sur place, sans s'écarter ni se rapprocher. Son visage était brûlant, ses battements de cœur semblaient avoir ralenti. Et bien entendu, il bandait dans son joli pantalon de smoking !

Au nom du ciel ! Qu'est-ce qui n'allait pas chez lui ?

— *Quechia ?* bredouilla Bauer.

Il titubait, l'œil vitreux, en cherchant à dévisager Ruben. Il paraissait bien plus ivre que quelques minutes plus tôt. Le poing serré, il frotta ses jointures le long du cou de son garde du corps.

Ruben fronça les sourcils, sans trop savoir quoi faire. Pourtant, il ne recula pas.

— J'ai faim, dit-il, et vous êtes bourré. Si nous restons ici un moment de plus, vous finirez par épouser une de ces bonnes femmes trop osseuses.

— Ça vous plairait bien !

Absolument pas. J'en serais effondré.

94

En sortant du musée, Andy refusa de prendre la voiture.

— La nuit est bien trop chouette !

Il trébucha et faillit s'étaler sur le capot. Le chauffeur israélien bondit et tenta de tenir à la portière. Ce fut Ruben qui la bloqua à temps.

— Vous êtes complètement saoul !

À peine avait-il parlé qu'il entendit dans sa tête la voix traînante de Peach, son haleine parfumée au menthol. *Tu n'y peux plus rien, gamin. Il va planer un moment avant que tu puisses l'aider.*

Discuter avec un ivrogne était vain, Ruben le savait bien. Une tâche aussi impossible que présenter ses excuses à tous les habitants de Floride du Sud ayant dû le supporter pendant quatre décennies [85]. Comment faire monter son patron dans la voiture sans provoquer de scène ? Il aimait beaucoup Andy, une affection à laquelle se mêlaient respect et confiance. Pas de l'amitié, mais presque, non ? Justement ! Ruben ne réussissait plus à contrôler la situation comme il l'aurait dû.

Il est temps de démissionner.

Il jeta un coup d'œil au chauffeur, qui s'empressa d'ouvrir la portière.

— M. Bauer ? insinua-t-il, très poliment.

C'était un des avantages de sa couverture : un agent de sécurité n'avait pas autorité sur le chauffeur, mais un ami ? Pourquoi pas ?

Ruben n'avait aucune envie de traverser le parc en pleine nuit, au risque de se faire agresser.

Andy se frotta le nez avec un peu trop d'énergie.

— Je veux marcher !

Peach avait raison : Ruben connaissait la chanson.

Par cœur.

— Non.

— Les arbres.

Que voulait-il dire par là ? Aucune importance, il s'entêtait dans son idée grotesque.

— Oui.

— Laferrrrrrrr.

Pas vraiment un mot. Andy ne donna pas de précision.

— J'ai laissé mon portefeuille à la maison, mec, ajouta son patron. Qu'est-ce que j'ai à perdre ?

---

85 Etape 8 du programme AA : *Nous avons dressé la liste de toutes les personnes auxquelles nous avons porté tort et résolu de faire amende honorable.*

Ruben ôta sa veste de smoking et la jeta sur le siège arrière. S'il devait mettre Andy dans la voiture manu militari, il le ferait. D'autres couples quittaient le musée, les saluant de la main. Andy ne leur prêta aucune attention, il continuait à tituber sur le trottoir, les yeux fixés sur Ruben, une question silencieuse et insondable cachée sous ses épais sourcils froncés. Le chauffeur faisait semblant d'être sourd.

Si Andy avait été un ami de Miami, Ruben l'aurait purement et simplement abandonné à son ivresse, le laissant libre de traverser le parc si ça lui chantait. Si Andy avait été un touriste que l'alcool rendait grossier, Ruben lui aurait collé un gnon avant de le balancer sur le siège de sa voiture avec une vague excuse. Si Andy avait été un membre de sa famille, Ruben l'aurait affronté en macho, les bras croisés, grognant jusqu'à le faire céder. Si Andy avait été une nana, Ruben aurait flirté en usant de ses armes viriles, force ou intimidation, pour le faire remonter dans son véhicule et avoir la paix.

Malheureusement, il n'avait aucune de ces options.

Andy éclata d'un rire incongru et vacilla de plus belle. Sous la lueur des réverbères au sodium, ses cheveux ébouriffés avaient la couleur chaude du brandy.

Tout ceci n'a aucun sens.

Ruben examinait son patron avec attention.

— Bon, j'ai une proposition à vous faire : si vous avez toujours envie de marcher une fois arrivé à la maison, nous nous baladerons dans Park Avenue.

Ça n'arriverait certainement pas, mais il gardait quand même le vague espoir de pouvoir se dégourdir les jambes à l'ombre des arbres sans être vu.

Le visage d'Andy se crispa – on aurait dit un ado sur le point de piquer une méga crise. Avant qu'il se mette à protester, quelque chose l'arrêta. Il se redressa.

— D'accord.

Il affichait le sourire d'un gagnant de la loterie.

— Sans blague ? Parfait.

— Vous m'avez convaincu, Oso. Marché conclu.

Ruben surprit le chauffeur à les dévisager, aussi leva-t-il les yeux au ciel comme pour dire : *salopard de riches*. Puis il se reprit, car le jeune Israélien ne comprenait pas. Ignorant la mascarade, il prenait Ruben pour un ami d'Andy, un « salopard de riche » comme tous les autres.

Sans protester davantage, Andy monta à l'arrière de sa voiture, la tête appuyée contre le cuir du siège.

— Vous êtes content, Rube ?

— Tout à fait.

Ruben fit le tour de la voiture, sans attendre qu'Eli vienne lui ouvrir la portière porte. À son tour, il s'installa. Le chauffeur démarra et s'engagea dans la circulation, en direction de la 81st Street.

— Le club ?

Andy éleva la voix pour se faire entendre jusqu'au siège avant

— Non, Eli. Prenez plutôt la 79 th. Il est encore tôt.

Il pressa un bouton ; une vitre remonta, coupant en deux l'habitacle. Andy-le-requin était reparti dans les eaux profondes, laissant derrière lui la poupée de chiffon.

Par les fenêtres, on ne voyait que des arbres, qui paraissaient noir et gris étain à travers le verre teinté. Ruben fit rouler sa tête sur le siège : Andy le fixait avec un sourire.

— Merci pour ce que vous avez fait ce soir. Vous avez été formidable.

— J'ai un doute.

À nouveau, il regarda par sa vitre, mais il n'y avait rien à voir.

— C'est une réussite à 100 %, marmonna Andy. Ils vous ont adoré. Beau boulot, Oso.

Ruben avait envie d'une cigarette. Ce qui le contrariait.

— Vous êtes bourré.

— Pas du tout. Juste assez pompette pour être détendu.

Il ferma les yeux, l'air satisfait. Ruben rêvait d'une douche froide et d'une cloison d'acier pour le séparer d'Andy Bauer.

— Mais…

— Relax. Vous avez été parfait.

— D'accord, si vous le dites.

Andy fit claquer un doigt sur son bras. Sans représailles ou réaction, Ruben croisa les mains et les posa sur ses genoux. Il sentit Andy écarter les jambes, son genou cognant le sien.

La voiture roulait toujours sous les arbres sombres.

Comment était-il possible qu'une semaine à peine se soit écoulée ? À plaisanter, se chamailler, se sourire et se regarder sans arrêt, on aurait dit deux…

Ruben préféra ne pas compléter sa phrase.

Je me suis beaucoup trop attaché à ce gars-là.

Derrière les vitres teintées, Central Park les regardait passer.

Andy toussota.

— Ce smoking vous va bien, *señor Oso. Me parece increiblemente guapo.*

Ruben n'avait rien compris, mais, d'après lui, c'était un compliment. Il cligna des yeux et se tourna vers son voisin, enivré par l'attention qu'il recevait. Il en avait envie, il en avait *besoin.*

— Je vous rappelle que je ne parle pas… *no habla español.*

Andy étudia l'épaule de Ruben, ses jambes, sa gorge d'où le nœud papillon avait été desserré.

— Ça veut dire que vous êtes beau, chuchota-t-il d'une voix à peine audible.

À son tour, il détourna la tête pour regarder à travers la vitre.

Hum.

— Merci.

Son cœur se tambourinait dans sa poitrine. Peut-être allait-il claquer, exploser, se briser en morceaux.

— Vous avez du goût, Bauer, ajouta-t-il.

Trop rapide, trop rapide. Andy ferma les yeux. Son crâne roulait contre le cuir au rythme de la voiture en marche.

— Vous devriez apprendre, un de ces jours.

— À m'habiller ?

— À parler espagnol. Ça pourrait être chouette. Et pratique. Sûrement.

Il émit un gloussement étouffé.

— Ben voyons ! ricana Ruben. Je m'en occupe quand j'aurai fini médecine et bouclé mon MBA, juste avant de commencer mon show télévisé sur les stations spatiales.

Andy soupira et serra sa forte mâchoire.

— Ce n'est pas si difficile. Et puis, c'est une belle langue. *Claro.*

« C'est clair ». *Il m'apprend l'espagnol.*

La voiture tourna brusquement à gauche. Ruben dut s'accrocher à la poignée de la portière pour ne pas être propulsé contre son patron. Ils passèrent sous un pont, ralentirent, puis s'arrêtèrent. Il y avait un embouteillage dans le parc.

Ruben s'imagina sur la terrasse d'Andy, regarder sur Central Park de là-haut. Il regarda défiler les arbres derrière sa vitre, ceux que la nature faisait pousser pour offrir aux penthouses une belle vue.

Puis Andy bougea, Ruben ne put s'empêcher de croiser son regard.

Des copains. Bien sûr.

Andy changea de position, sa main effleura celle de Ruben avant de rester sur le siège, à deux millimètres. Sans doute les poils de leurs poignets respectifs se touchaient-ils subrepticement chaque fois la voiture avançait d'un mètre ou deux.

Ruben déglutit. Il aurait voulu écarter sa main de cette délicieuse tentation. En même temps, il se demandait combien de temps mettrait Andy à réagir. Ou ce qui se passerait s'il refermait sa grosse patte brune sur la main patricienne, entrelaçant leurs doigts dans une étreinte sans équivoque. Il fantasma sur la fermeté du contact quand la paume souple presserait dans la sienne. *Cette peau si pâle, si douce !*

La voiture rebondit sur une ornière, leurs épaules se heurtèrent, mais leurs mains restèrent côte à côte, sur le cuir, sans se toucher et pourtant connectées.

Et Ruben avait de plus en plus de mal à respirer.

Pourquoi Andy n'enlevait-il pas son bras ?

Et toi, Ruben, pourquoi ne le fais-tu pas ?

La voiture avança un peu sous les arbres noirs, mais Ruben se préoccupait peu de la circulation, tout son être, toute son attention se concentraient sur le minuscule espace qui existait entre leurs deux peaux. Il avait l'impression de sentir battre le pouls d'Andy. En fait, c'était le sien, qui cognait dans son crâne. Si l'effleurement n'avait pas été accidentel, le fait de retirer sa main enverrait un message sans équivoque. Mieux valait donc ne pas bouger.

Pourquoi ?

Parce qu'il était peut-être gay ? Ou son patron l'était ? Parce qu'ils auraient peut-être à se rendre à une autre soirée, à dépenser une fois de plus cinquante mille dollars de cochonneries au milieu d'étrangers ? Manifestement, Ruben avait la tête à l'envers, à cause de cet homme et de son argent.

En se laissant éblouir par ce luxe nonchalant, il avait oublié qui il était. Pas un homo, mais un solitaire sans le sou, un ex-alcoolo. Même si Andy était encore dans le placard, quel intérêt trouvait-il à héberger chez lui un quadragénaire latino qu'il connaissait depuis quelques jours à peine et à qui il épargnait de dormir sur canapé défoncé ? Sans doute Ruben avait-il éveillé chez lui le prédateur. Foutaise ! Si Andy voulait un mec, il n'avait qu'à engager un mannequin de Calvin Klein doté d'un fonds de fiducie et d'un master en espionnage industriel.

Pourtant, pourtant... La caresse des poils de son poignet asséchait la bouche de Ruben, faisait brûler ses yeux. Et Andy ne s'en doutait pas.

Je le veux.

Bien trop vite, la voiture échappa aux arbres de la Cinquième Avenue et prit vers l'est.

Je démissionnerai demain matin.

Cette décision atterrit comme une bombe dans sa tête, froide et impitoyable. Il lui fallait trouver un appartement et un vrai travail. Quant à Andy, il engagerait pour le protéger une boîte de sécurité haut de gamme. Plus question de traîner ensemble tous les deux, en tout cas, pas après que Ruben eut trouvé une solution de rechange. Il ferait ce qu'il fallait pour ça.

Quand la voiture arriva sur Park Avenue, Andy cligna des yeux... Il était beau, oisif, inatteignable. Sa peau laiteuse paraissait si tiède et tentante à l'encolure déboutonnée de la chemise de soirée.

— J'ai vraiment besoin de marcher, Rube, ça m'éclaircit les idées. Allons-y. Vous me l'aviez promis, hein ?

Ruben tira sur son col.

— J'aimerais d'abord me déshabiller.

Andy eut un étrange sourire.

Ruben s'empressa de préciser :

— Je voulais juste dire que je préfère me mettre en jean. Puisque vous tenez à vous faire agresser, je ne veux pas qu'on abîme mes jolis habits.

— Vous venez avec moi ? s'exclama Andy.

Un sourire radieux éclaira son visage carré.

Mais Ruben tournait la tête, l'attention attirée par des lumières clignotantes, des sirènes… les pompiers ! Deux camions rouges étaient devant l'Iris. Et une foule de résidents, certains en pyjama et robe de chambre, s'agglutinaient dans la rue devant la porte de l'immeuble, l'air très contrarié.

Ruben n'attendit pas qu'on lui ouvre la portière.

— Nous sortons, Eli.

Morose, Andy le suivit.

— Et ma promenade ! se plaignit-il.

Le portier irlandais noir tentait de faire rentrer les résidents.

— Il s'agit d'une fausse alarme messieurs-dames. Je suis désolé… oui, madame, c'est exact.

L'autre portier cherchait lui aussi à endiguer la marée.

— L'ascenseur ne fonctionne pas !

Peach avait dit la même chose : *prends l'escalier, gamin, une étape après l'autre, un pas à la fois.* Pourtant, Ruben n'esquissa pas un sourire.

La main d'Andy se posa au creux de ses reins.

— Deux secondes, souffla son patron.

Il avança jusqu'à la réception et repoussa ceux qui se trouvaient devant lui, trop ivre pour penser aux bonnes manières. Il se pencha et discuta à voix basse avec le portier. Ruben admira beau profil jusqu'au moment où il prit conscience de ce qu'il faisait. Il fit demi-tour, d'un geste délibéré, et joua des coudes dans la foule pressée devant l'ascenseur. Une déception égoïste pesait sur ses tripes. Le lendemain, il démissionnerait, ce qui mettrait fin à cette insanité. Pourtant, il gardait un petit espoir.

Peu après, Andy le rejoignait et collait sa hanche à la sienne.

— Il y a eu intrusion au penthouse.

Ils échangèrent un regard.

La paranoïa, c'est contagieux.

— Bourré comme vous l'êtes, vous vous sentez capable de monter trente-six étages par l'escalier ?

— Non, Rube. Tu vas devoir me porter.

Joueur, Andy s'accrocha des deux mains au cou de Ruben, envoyant une décharge électrique qui descendit le long de son dos jusqu'à ses jambes.

— Sinon, susurra son patron, tu peux oublier cette foutue idée de te changer et venir te promener avec moi.

Parlait-il sérieusement ? Ruben se sentait de plus en plus anxieux. Il restait une bonne trentaine de personnes dans le hall. Ils pourraient s'absenter dix minutes, puis revenir et…

Il baissa la tête et chuchota :

— Vous ne voulez pas d'abord vérifier ce qui s'est passé chez vous ?

Andy s'appuya contre lui. Était-il à ce point bourré ?

L'alarme cessa de sonner, un silence assourdissant lui martela les oreilles. Le hall parut se resserrer.

Les portes de l'ascenseur s'ouvrirent. Ruben hésita. Pourquoi pas, hein ? Central Park était juste à côté. Ils seraient de retour d'ici…

Le portier noir intervint :

— M. Bauer ? Nous avons un problème. Votre assistante a surpris un intrus.

Il s'excusait… de quoi ? D'avoir mal accompli sa tâche ? Risquait-il d'être viré pour un cambriolage ?

— Pardon ?

La voix d'Andy s'était durcie et son ivresse sembla s'évaporer. Ruben serra les poings.

— Hope ?

— Elle n'a pas été blessée, mais elle est très secouée. La police a été prévenue, elle devrait arriver d'ici quelques minutes.

L'homme fit avancer Andy et Ruben devant la ligne file d'attente de l'ascenseur, sans se soucier de l'irritation non dissimulée des autres copropriétaires. Puis il nota que deux résidents se querellaient à la réception.

— Excusez-moi, monsieur.

Les autres continuaient à les fusiller du regard, mais sans piper mot. Peu après, un premier groupe montait dans la cabine en silence. Andy, le teint verdâtre, paraissait parfaitement sobre. Et Ruben entendit le croassement mentholé de Peach à son oreille : *gamin, tu as le don d'être toujours là où tu es censé être.*

Après avoir dépassé le dix-huitième étage, Ruben ouvrit la bouche pour parler, mais Andy secoua la tête. Du regard, il désigna les têtes grises et maussades qui se trouvaient avec eux dans l'ascenseur.

Ils finirent par arriver au penthouse. La porte coulissa, Hope se trouvait dans l'entrée, les bras croisés sous les seins, un pack de glace à la main.

— J'ai sérieusement merdé, annonça-t-elle. Je suis désolée, patron.

— Ça suffit.

Andy parlait doucement, sa voix n'était plus du tout pâteuse. Comment diable avait-il pu récupérer aussi vite ?

Ruben examina rapidement la jeune femme

— Êtes-vous blessée ?

Elle paraissait très secouée.

— Ce connard m'a tapé sur la tête, mais même ma petite sœur a un meilleur crochet. J'ai été plus surprise qu'autre chose.

Elle renifla et s'essuya le nez du dos de la main.

— Que s'est-il passé ?

— J'ai entendu cette fichue alarme incendie, mais je n'en ai pas tenu compte. Descendre à pied quelque trente étages ? Ce n'est pas pour moi ! Je suis bien trop claustro ! D'ailleurs, qui est assez stupide pour bloquer un escalier en cas d'urgence, hein ? Abrutis !

Elle eut un rire nerveux.

— Hé, ce n'est pas grave, intervint Ruben pour la calmer. Les flics ne vont pas tarder, ils prendront votre déclaration.

Le temps d'un battement de cœur, Hope et Andy se regardèrent, puis elle frissonna et inspira longuement pour se reprendre.

— Donc, l'alarme sonnait, et moi j'étais toujours dans le bureau à finir les comptes de Bruxelles, et alors, j'ai entendu du bruit votre chambre, patron, quelque chose qui tombait… Je me suis dit que vous étiez rentré du musée plus tôt que prévu. Je suis quand même montée vérifier. C'est là que j'ai vu ce malabar sortir de votre chambre et me sauter dessus.

Elle pressa le pack de glace sur son œil gauche. Sa peau était si sombre que l'ecchymose ne se voyait pas encore.

— Connard ! reprit Hope. Je n'ai même pas pris le temps de réfléchir, je lui ai flanqué mon poing sur le nez et il a basculé par-dessus la rambarde et… bam ! Il est tombé à l'étage du dessous comme un sac de patates. Bien fait pour sa gueule ! Je n'ai même pas vérifié dans quel état il était, j'ai appelé la police avec mon portable. Comme l'alarme sonnait déjà, je n'ai pas pu déclencher le bouton intrusion…

Elle se remit à trembler.

— Vous devriez passer à l'hôpital et vous faire examiner, intervint Ruben.

D'un regard, il demanda à Hope la permission d'inspecter ses blessures, puis effleura d'un doigt prudent sa pommette et sa tempe. Elle eut un petit reniflement hautain.

— Je ne suis pas aussi fragile. Je suis restée à l'autre bout de l'appartement au cas où il revienne. Quand j'ai vérifié le couloir, il n'était plus là. Il a dû filer.

Andy enfonça ses mains dans ses poches, l'air terriblement coupable.

— Je suis désolé, Hope. Tout est de ma faute.

Après des semaines à penser que les menaces pesant sur Andy étaient imaginaires – sans pour autant cesser d'encaisser ses chèques –, Ruben n'était pas particulièrement fier de lui.

On frappa sur le mur. Hope tressaillit. Deux flics pénétrèrent dans l'appartement en brandissant leurs badges.

— Hope Stanford ?

Ruben se raidit, sûr que les deux policiers, en voyant une Noire en larmes face à un Hispanique louche et armé, allaient sauter à la conclusion évidente. Ce ne fut pas le cas, ce qui était tout à leur honneur. Il était tellement rare que sa tronche de truand ne lui cause pas d'ennuis avec la police ! C'était sans doute à cause du smoking. L'argent rendait les gens polis.

Andy les conduisit dans la salle à manger et les fit asseoir, Ruben resta seul à réfléchir. Comment l'intrus s'était-il échappé ? Hope avait juste eu le temps de téléphoner avant sa disparition.

Ruben retourna vers l'ascenseur pour vérifier le placard des poubelles que le service d'entretien de l'immeuble vidait deux fois par jour. À l'arrière, une petite porte donnait dans un étroit ascenseur de service qu'utilisait le personnel. Ruben ne remarqua aucun signe d'effraction. De plus, les sacs-poubelle bloquaient la porte.

Réfléchis.

Dans la salle à manger, Andy parlait à la police, à voix basse, l'air contrit. Il semblait encore plus secoué que Hope, en fait. Ruben revint au salon. À côté des toilettes, une porte donnait sur l'escalier B. Une autre sortie de secours, sans doute prévue en cas d'incendie.

L'alarme avait été déclenchée délibérément pour faire évacuer l'immeuble. L'intrus avait ainsi pu monter jusqu'au penthouse sans que la sécurité le repère sur ses écrans d'ordinateur. Sauf que la serrure de cette porte n'avait pas été forcée.

Derrière lui, les flics continuaient à poser des questions pour remplir leur rapport.

Ruben repensa à la disposition de l'appartement. Le salon était immense, une vraie caverne. Il avança jusqu'à la baie vitrée et regarda Manhattan qui s'étendait devant lui, côté sud. L'intrus aurait-il escaladé l'immeuble ? La veille encore, il aurait repoussé cette idée parano d'un rire moqueur.

Par où était passé ce rat ? Suivant son instinct, Ruben ouvrit les portes-fenêtres et passa sur la terrasse, dans l'air étouffant de la nuit. Même à cette heure de la nuit, la circulation dans les rues était encore importante, mais la hauteur en étouffait le bruit. Ruben suivit la rambarde et longea toute la terrasse. Le mobilier de teck et les arbres plantés lui parurent ne pas avoir bougé. Derrière les vitres, il voyait Hope mimer une fois de plus son agression.

Puis il arriva devant la chambre d'ami, juste sous celle d'Andy. Devant lui le bureau. Il n'avait toujours pas découvert le moindre indice, pas même un insecte écrasé.

Ce fut alors qu'il trouva enfin ce qu'il cherchait : une porte forcée, des traces de sang.

— Foutu salopard !

Il pivota et retourna en courant jusqu'à la salle de séjour.

— La serrure de la porte de service près du jacuzzi a été fracturée ! cria-t-il pour se faire entendre à travers la vitre. Cet appartement est un vrai gruyère !

Les flics se tournèrent vers lui en clignant des yeux. Comment leur faire comprendre ce qui se passait ?

Andy se leva.

— Il est encore là ?

— Non. Il a dégagé depuis longtemps. Mais j'ai vu des traces de sang.

À ces mots, Hope sourit.

— Tant mieux ! Je l'ai frappé de toutes mes forces.

— Il n'a pas perdu beaucoup de sang, mais assez pour un test ADN. Je n'ai rien touché, je ne me suis même pas approché.

Hope décida de téléphoner à son fiancé. Le plus jeune des policiers resta avec elle ; son partenaire suivit Ruben jusqu'à la porte forcée.

Quand il revint, Andy arpentait le salon de long en large, le visage livide.

— Et vous me croyiez paranoïaque ! Je rends grâce au ciel que vous soyez là ce soir !

Quoi ? Quelle drôle d'idée !

— Je n'ai servi à rien.

— Si. Vous êtes là.

Hope était appuyée au comptoir du bar, son sac à main sur l'épaule. Elle se racla la gorge pour attirer leur attention.

— M. Bauer, je vais à l'hôpital avec la police, pour me faire ausculter.

Andy acquiesça.

— Bien sûr. Voulez-vous que je prévienne votre sœur ? Nous pourrions également vous accompagner, si ça vous dit. ?

Elle refusa d'un signe de la tête.

— Non, c'est inutile, John sera avec moi. Oso, gardez-le à l'œil pendant mon absence. J'aimerais conserver mon poste.

Ruben attendit d'être seul avec son patron pour proposer :

— Vous devriez engager une vraie boîte pour sécuriser cet endroit. Je crains de ne pas…

— Non, c'est vous que je veux.

Andy s'approcha pour l'empoigner par le coude ; ses yeux étaient durs, froids ; un muscle tressautait sur sa puissante mâchoire.

— Écoutez, ajouta-t-il d'une voix plus basse, ils n'ont envoyé qu'un seul gars. Ils vous prennent pour un client, rien de plus. Vous restez mon arme secrète.

— Si vous le dites. Mais vous pourriez m'échanger contre un modèle plus neuf et plus effrayant.

Andy parut déconcerté.

— Pourquoi ?

— Parce que je me fais du souci pour vous. Franchement. Vous êtes en danger.

— C'est ce que je me tue à vous dire.

Ruben hocha énergiquement la tête.

— Eh bien, maintenant, je vous crois.

Andy carra les épaules, l'air à la fois déterminé et effrayé.

— Tant mieux. Raison de plus pour que vous restiez. Et j'aimerais que vous vous installiez ici. J'ai toute la place qu'il faut. Choisissez la chambre que vous préférez. Dites-moi combien je dois vous payer en plus, l'argent n'est pas un problème.

Pas question.

— Andy, je ne peux pas. Ce n'est pas possible.

— Pourquoi ?

Ruben serra les dents. Tenter d'analyser ce qu'il éprouvait était aussi difficile que… manger des spaghettis à la cuillère. Du coup, comment pouvait-il expliquer ce qu'il ne comprenait pas ?

Andy était toujours blême, le front moite.

— Juste deux ou trois semaines, insista-t-il. Jusqu'à ce que la transaction soit signée. Je vous en prie, Ruben.

Merde. Cette voix, ces yeux, cette main sur son bras… Ruben ne pouvait plus bouger. Il ne pouvait plus partir à présent ni abandonner Andy qui réclamait son aide. En tout cas, pas sans l'Empire lui trouve un remplaçant.

Pourtant, il savait très bien que l'Empire Security n'était pas à la hauteur d'un travail de ce genre. S'il démissionnait, un gros flic obèse et indifférent prendrait sa place et dans ce cas-là, Andy risquait gros.

Lui avait un faible pour son patron. Et il n'avait rien d'un lâche. Alors, quel choix lui restait-il ?

Il allait s'installer à l'Iris. Temporairement. Quelques jours. Le temps de convaincre Andy d'engager une boîte plus importante pour sa sécurité. Après tout, il s'agissait juste d'une semaine à passer dans un superbe appartement en compagnie d'un gars que Ruben commençait à considérer comme un ami. Plus ou moins. Ses sentiments n'avaient rien à voir dans l'équation.

Il ne risquait rien, pas vrai ? Rien de pire, en tout cas, que ce dont il souffrait déjà.

Andy le dévisageait, attendant sa réponse.

Bon sang.

— D'accord.

VI

LA MEILLEURE façon de savoir si l'on peut se fier à quelqu'un est de commencer par lui faire confiance.

Le lendemain matin, Ruben arriva avec un sac de sport à l'épaule – et toute sa vie emballée dedans. En sortant de l'ascenseur, il entendit des hurlements hystériques.

— Je veux mourir ? J'espère mourir ? Non !

C'était Andy, rouge et hirsute, qui tempêtait dans le couloir.

Quoi encore ?

Sur la gauche, un employé de l'Iris, un Yougoslave bedonnant, ouvrit et referma la bouche plusieurs fois de suite. Il serrait contre une boîte à outils et une petite boîte en carton rouge et gris.

— M. Bauer, c'est la loi, tous les appartements doivent être équipés d'un détecteur de fumée…

— Parfait. Nous avons déjà ce qu'il faut. S'il y a un problème, vous n'avez qu'à en discuter avec le conseil d'administration. Et justement, j'en fais partie !

La colère d'Andy semblait exagérée, presque comique. Le manutentionnaire ne savait comment y répondre.

— Vous avez déjà payé…

— Merci, mais non, merci. Laissez-moi m'étouffer au monoxyde de carbone et mourir en paix.

Sans plus de cérémonie, il éjecta le malheureux du penthouse. Le détecteur inutilisé restait posé sur la table de l'entrée. Ruben fit un pas en avant, s'attendant presque à ce qu'Andy tourne sa colère contre lui.

Ce ne fut pas le cas.

— Veiller à me jeter ça, Rube, annonça-t-il, en pointant la boîte.

Sceptique, Ruben récupéra l'objet flambant neuf. *Quel gâchis !* Pourquoi jeter un appareil parfaitement opérationnel ? Était-ce une nouvelle crise de paranoïa ?

— Hope l'a laissé entrer par erreur, ajouta son patron.

— Qu'est-ce qui vous prend ?

— Foutus espions, foutue surveillance !

— C'est possible. Mais comment pouvez-vous en être sûr, Andy ?

— Vérifiez-le vous-même ! Vérifiez cette saloperie, vous verrez !

Un bourdonnement retentit à la taille d'Andy. Il pressa un bouton sur son oreillette et se détourna, comme si Ruben s'était purement et simplement dissous dans le plancher.

Ruben posa son sac.

— Euh. D'accord, je présume que vous n'avez plus besoin de moi.

Dans la soirée, quand Ruben décida de s'assurer que la voiture n'était pas piégée, il récupéra le détecteur avec l'intention de le jeter dans la poubelle recyclable, près de l'ascenseur.

Pourtant, une fois au garage, il réalisa l'avoir gardé dans la main.

— Complètement dingue !

Il rapporterait cet appareil chez son frère et l'installerait. Andy n'en saurait rien et Charles serait mieux protégé. Il remonta donc la petite boîte dans sa chambre et la fourra dans son sac. Il s'en débarrasserait la prochaine fois qu'il se rendra dans la 109 th Street.

AU COURS de la deuxième semaine, Andy emmena Ruben partout, comme s'ils étaient réellement d'anciens amis de l'université devenus partenaires en affaires. Les vêtements permettaient à Ruben de passer inaperçu. Aucune nouvelle menace ne se matérialisa.

Ruben reconnut cependant que Park Avenue rendait la vie à New York bien plus agréable. Désormais, il dormait dans un vrai lit, profitait de repas gratuits et n'avait que vingt mètres à faire tous les matins pour aller à son travail.

Andy et lui étaient colocataires, rien de plus.

Sauf que Ruben se surprenait régulièrement à fixer Andy pour des raisons n'ayant rien à voir avec la sécurité. Et l'éloignement n'y changeait rien. Il chercha à se convaincre que c'était seulement la procédure normale, mais sa routine de travail devenait pour lui une nouvelle façon de se rapprocher de son patron.

Andy était devenu une délicieuse énigme… sans solution.

JEUDI APRÈS-MIDI, Ruben eut sa première coupe à trois cents dollars. Il obtint aussi une opportunité en or de mater Andy sans se faire repérer.

Il émergeait à peine de l'ascenseur quand Hope sortit la tête du bureau : elle pointa la terrasse d'un index autoritaire.

— Le coiffeur est là, pour Andy et vous, annonça-t-elle. Le patron prétend que les cheveux trop longs, ça donne mauvais genre.

Ruben passa une main sur ses cheveux courts, les sourcils levés. Hope haussa les épaules, sans répondre. Il soupira.

— Je présume qu'il est temps de mettre sur le prolo une nouvelle couche de vernis.

— Vous voulez un petit verre ?

— Non, merci. Je ne bois pas. Je ne bois plus.

— Oh. Moi non plus.

Il traversait la pièce quand Hope croisa son regard. Une question silencieuse brûlait dans ses yeux.

— Je suis une amie de Bill, chuchota-t-elle.

C'était une formule consacrée pour indiquer faire partie des AA, un code que les alcooliques réformés utilisaient pour se reconnaître entre eux, tout en restant anonymes vis-à-vis du reste du monde. Tout un chacun pouvait être un ancien ivrogne.

Ruben sourit, soulagé de trouver une alliée inattendue.

— Moi aussi. J'ai rencontré Bill il y a environ un an. C'est grâce à lui que je m'en suis sorti.

— Moi, je l'ai connu à l'époque où je dansais. J'étais sur une pente dangereuse. Mauvaises fréquentations, dettes par-dessus la tête. Avec un joint et une bouteille, je tenais une semaine. Et puis, un soir, je suis tombée de la scène et je me suis cassé le bras.

Hope se toucha le nez en jetant un coup d'œil en direction du bureau. Même si Andy les entendait, il ne comprendrait pas.

— Et vous ? demanda-t-elle en baissant la voix.

Dans le programme, ce genre de confidences correspondait presque à la poignée de main échangée entre deux nouvelles connaissances.

— Je vivais à Miami de petits boulots de videur dans les bars, clubs et boîtes de nuit. L'alcool était gratuit. C'était ma femme qui travaillait vraiment, vous voyez ? Un matin, je me suis réveillé en cellule de dégrisement, avec une clavicule cassée, et elle n'est pas venue me libérer et payer ma caution. Elle était partie. Partie pour de bon.

C'était un soulagement de vider son sac, de savoir que quelqu'un au moins dans ce penthouse était au courant de son passé. À son tour, il jeta un coup d'œil à la porte du bureau : aucun signe d'Andy.

— J'ai passé deux jours dans mon pantalon mouillé de pisse, ajouta-t-il. Et là, j'ai su qu'il fallait faire quelque chose.

Elle approuva d'un signe de tête.

— Je comprends. Plus longtemps, je restais sobre, plus je commençais à boire. Grâce au programme, je suis entré dans une école de commerce. J'ai eu ce poste à Apex, je recommence à vivre.

— Tant mieux.

— Pareil pour vous.

Et, pour la première fois depuis qu'il était venu travailler à l'Iris, elle le toucha, plaçant une main légère sur son épaule comme pour le bénir. Elle ignorait l'enfer que Ruben avait traversé, mais, après ce qu'elle-même avait vécu, elle pouvait compatir.

Peach disait toujours : *il faut oublier le passé pour ne pas avoir éternellement un boulet à traîner.*

Il admirait Hope depuis le jour de leur rencontre. À présent, il comprenait mieux pourquoi elle s'activait en permanence, comme un tourbillon.

Elle le laissa sur la terrasse. Andy ne s'y trouvait pas. Le ciel était brumeux, l'atmosphère humide. Ruben estima à quatre ou cinq millions le coût supplémentaire d'un espace pareil, en plein air, sur Park Avenue.

Dépassant la chambre d'ami, il avançait vers la bibliothèque lorsqu'il entendit la douche extérieure couler près du jacuzzi. Il n'avait pas eu l'intention d'être indiscret, pourtant ses pieds continuèrent d'avancer. Comme attiré par un aimant, il remonta le bruit jusqu'à sa source. *Ce n'est pas bien d'espionner Andy.* Il le fit quand même, poussé par une étrange et insatiable curiosité.

Andy sortit nu de la douche, se frottant le crâne d'une serviette avec une telle énergie que son sexe en tressautait. Son corps était bronzé, sans marque de maillot – une jolie couleur uniforme qui avait le doré d'un pain bien cuit. Ou d'un biscuit. Sa peau semblait en avoir la douceur soyeuse, marquée de-ci de-là par quelques poils : aux aisselles, au pubis, ou sur la poitrine, entre les petits mamelons contractés. Les mollets étaient particulièrement musclés, sans doute à cause des footings réguliers.

Andy se pencha en avant, toujours occupé à essorer ses cheveux, des gouttes d'eau aux reflets de diamant éclaboussèrent le carrelage. Son sexe et ses testicules semblaient tendres, dodus et vulnérables. Depuis l'armée, Ruben n'avait pas vu de gland circoncis. À l'époque, il s'attardait peu dans les douches bondées. Mater Andy de cette façon lui donnait une sensation bizarre. Comme s'il faisait son travail sans le faire. *Un oxymore.*

Andy se tourna, un mouvement qui fit gonfler les muscles de son torse. Sa récente coupe de cheveux avait dompté son épi. Ruben déglutit. Depuis qu'il travaillait ici, il ne s'était jamais senti libre de scruter son patron. *Hum.* Il en éprouva un étrange pouvoir mêlé de culpabilité. Sa peau s'électrisa d'excitation illicite.

C'est Andy qui me trouble.

Ruben reconnaissait les symptômes du désir. Il avait vu d'autres gars, au gymnase, jeter à son bas-ventre des coups d'œil furtifs, « juste pour voir », ou avec d'autres intentions cachées. D'ailleurs, beaucoup vérifiaient d'instinct le matos de leurs voisins de douche, comme les gorilles déterminant l'alpha du groupe. Ils ne voulaient pas être pris pour des tapettes, mais leur côté primate les poussait à vérifier la concurrence dans les environs. Question de survie.

L'ombre de la queue d'Andy bougea sur les dalles de la terrasse. Ruben s'était suffisamment rincé l'œil. Pas trop tôt ! Il avait passé toute la semaine précédente à lutter contre cette impulsion de plus en plus irrésistible de satisfaire sa curiosité.

Il baissa les yeux. D'une seconde à l'autre, Andy risquait de sentir sa présence sur la terrasse et de se tourner vers lui.

Ruben pivota et retourna à la porte de la salle à manger, en faisant du bruit, comme s'il n'avait rien à cacher. Il prétendit regarder à droite et à gauche sur la terrasse, alors qu'il ne pensait qu'à cette ombre pénienne qu'il avait surprise.

Une minute plus tard, Andy posa sur ses épaules un bras bien trop chaud.

— Je viens de me faire couper les cheveux. Maintenant, c'est à votre tour.

— Oui, je sais, Hope me l'a déjà dit. Pourquoi ?

Même en sortant de l'eau, Andy avait une odeur de pain frais.

— Demain soir, nous rencontrons un client, nous devons être sur notre trente-et-un.

Sans permission ou explication, il lui caressa le crâne. Ruben commençait à s'habituer à ces contacts réguliers, il ne s'en offusquait plus. D'ailleurs, c'était plutôt agréable. Sans doute était-il aussi désespéré de contact humain que son patron.

Bonnet blanc et blanc bonnet.

Andy le poussa vers la droite.

— Terry est par là.

EFFECTIVEMENT, UN salon temporaire avait été installé sur la terrasse devant les baies vitrées du salon.

Andy le présenta à un petit homme d'un certain âge, sec et très soigné, et doté d'épais sourcils.

— Terry, voici mon ami Ruben.

— Terry Foster.

Sa paume était froide et lisse. Après un coup d'œil à Andy, le coiffeur étudia Ruben, son visage aux traits durs, sa coupe courte et maladroite.

— Mmm ? ajouta-t-il. J'ai beaucoup entendu parler de vous.

Vraiment ?

— Quelque chose de sérieux, intervint Andy.

Terry essuya son peigne avec une serviette, qu'il drapa ensuite sur son épaule.

— Sérieux ? C'est-à-dire ?

Il adressa sa question à Ruben, mais ce fut Andy qui répondit :

— Effrayant et coûteux.

Ruben s'assit dans le siège préparé pour lui. Terry le regardait avec attention.

— Vous êtes d'accord ? demanda-t-il. Vous êtes sûr ?

Ruben haussa les épaules. Qu'en avait-il à foutre de sa coupe ? En temps normal, il passait une fois par trimestre à Supercuts [86] et demandait ce qu'il y avait de plus court.

— Oui. Ils ont poussé récemment parce que j'étais occupé. En général, je passe la tondeuse en sortant de la douche. C'est moins cher que d'aller au centre commercial.

— Oso !

Avec un petit rire, Andy secoua la tête. Déjà, Terry vaporisait de l'eau sur ses cheveux ébouriffés. Ruben s'attendait à des ciseaux brandis, aussi écarquilla-t-il de grands yeux en voyant sortir un rasoir à l'ancienne qui fut déplié avec emphase.

— Waouh ! D'accord. J'espère que vous savez ce que vous faites.

— Vous ne risquez rien avec moi, M. Oso.

Tout sourire, Terry prit une mèche et l'effila méthodiquement. Il la relâcha, passa les doigts dans les cheveux de Ruben, puis continua sur une autre mèche.

Au bout d'un moment, Ruben commençait à s'inquiéter : que voulait faire Andy ? Ses épaules étaient déjà couvertes de cheveux noirs, les dalles de la terrasse, également. Terry paraissait choisir au hasard les mèches qu'il coupait, créant un motif étrange sur son cuir chevelu. Ruben étouffa un grognement horrifié. Il ne lèverait jamais de nana s'il ressemblait à un dalmatien galeux !

— Voyons ce que nous pouvons faire… déclara Terry avec entrain.

Il se mit à travailler plus vite : *clic-clic-clac*. Ses longs doigts tiraient les cheveux de Ruben et s'y attaquaient. *Clic-clic-clac*. Et un petit geste du poignet pour ébouriffer ceux qui restaient.

Tout à coup, il fit une pause et demanda :

— Alors, comment se passe votre adaptation ?

— Pardon ?

— Je parle de Park Avenue. De votre première fois.

---

86 Franchise de salons de coiffure américain, sans rendez-vous et à prix discount.

D'un geste ample, il désignait les gratte-ciel qui s'alignaient au-delà de la terrasse et le penthouse derrière eux. Puis il agrippa une nouvelle mèche, comme si le passé de Ruben était encodé dans ses follicules.

— Un coiffeur est au courant de bien des choses, annonça-t-il. N'est-ce pas, M. Bauer ?

Andy gloussa, sans quitter Ruben des yeux.

— Je le présume. Rube vient de Colombie, et de Columbia. Nous y étions ensemble.

Ruben lui jeta un regard menaçant.

— La Colombie, c'est la *Colombia*. Ça ressemble, mais il y a une différence. O et U, ce n'est pas pareil.

L'air penaud, Andy se pointa du doigt.

— Je suis un matheux. L'orthographe, ce n'est pas mon truc.

Hope les rejoignit en apportant une pile de documents. Elle leva le menton en direction d'Andy. Sans doute un signal secret. Andy tourna la tête.

Hope lui remit le dossier qu'elle tenait. Il s'assit pour le feuilleter et croisa les jambes, exhibant brièvement ce qu'il avait entre les cuisses. Avec un toussotement, Ruben détourna les yeux. *Bon sang !*

Puis Andy se redressa, les documents serrés contre lui, et retourna à l'intérieur. Hope le suivit.

Terry frotta le cuir chevelu humide de Ruben.

— Pourquoi êtes-vous venu à New York ?

— Pour travailler.

Terry continuait à couper.

— Affaires ou magouilles ?

Ruben sourit sans répondre. Il ne voyait pas l'intérêt de mentir et Andy lui faisait confiance. Terry peigna ce qui restait de sa tignasse.

Changement agréable depuis l'arrivée de Ruben à New York, Terry paraissait ne rien attendre de lui. Ce petit vieux avait des yeux attentifs, intelligents et compatissants.

— J'ai quitté le Sud après mon divorce, annonça tout à coup Ruben.

— Comment s'appelait-elle ?

— Hein ?

— Votre femme.

— Oh ! Marisa.

Pourquoi voulait-il le savoir ? Il essuya les mèches de cheveux qui parsemaient ses épaules et son torse.

Puis Andy revint.

— C'est très bien, Terry.

113

Il se pencha suffisamment pour que, Ruben remarque un cil tombé sur sa joue. Il ne semblait pas se rendre compte que son attitude pouvait paraître bizarre.

Bzz. Un bourdonnement dans son dos.

— Vous êtes sûr ? demanda Terry.

Étonné, Ruben cligna des yeux, mais le coiffeur s'adressait à son patron. Andy acquiesça, donc, Ruben fit la même chose.

— Ne bougez surtout pas.

Bzz-bzz-bzz. La tondeuse passa sur sa nuque et de chaque côté de sa tête, évitant le dessus. *Bzz-bzz.* Puis un petit bruit de battement dans un bol et l'odeur d'un savon herbal. Avec une brosse douce, Terry mouilla et shampouina les joues, la mâchoire et le cou de Ruben. Après une pause, il brandit son rasoir.

— Vous ne sentirez rien, annonça-t-il.

Plantant les doigts dans son crâne pour le maintenir en place, il le rasa côté droit. La lame, pourtant mortelle, était aussi légère qu'un souffle. Ruben resta parfaitement immobile, presque en transe, conscient du regard d'Andy posé sur lui. Terry promenait sa longue lame en petits coups réguliers et glaçants. *Seigneur !* La brise de l'après-midi paraissait plus fraîche sur la peau fraîchement exposée.

Quel genre de coupe avait-il reçu ? À quoi allait-il ressembler ?

Une fois sa tâche accomplie Terry fit tremper son rasoir dans un verre rempli de solution bleue à l'odeur piquante.

— *Rock and roll* ! annonça-t-il.

Andy fit claquer sa langue et échangea une poignée de main avec le vieil homme. Apparemment, il était satisfait de la coupe.

Hope réapparut, un attaché-case sous le bras.

Ruben s'empara d'un miroir pour se regarder.

— Bon Dieu !

Terry l'avait rasé de chaque côté, laissant une crête mohawk au centre du crâne, assez haute pour se recourber sur elle-même, mais lissée sur le côté, ce qui donnait un faux air conservateur. Tout ça pour un club où il n'était même pas membre !

Terry l'examina, l'œil plissé.

— Dépouillé à l'extrême. Facile à entretenir quand vous vous rasez le matin. Bien entendu, un rasoir classique fera aussi bien l'affaire.

Ruben toucha sa crête.

— J'ai une tête de truand.

Andy sourit.

— Non, juste l'air un peu mauvais garçon. C'est très différent.

— Ben voyons…

114

Ruben ne tenait pas à en discuter davantage. Terry s'essuya les mains avec une petite serviette

— Tout est fantasme, messieurs, l'amour est compliqué. Les hommes apprécient le challenge, les dames sont attirées par un vaurien.

— Peuh ! intervint Hope. C'est la même chose pour les deux sexes : l'attrait de l'interdit, c'est dans la nature humaine.

Ruben se tourna vers elle. *Que voulait-elle dire par là ?*

— Euh, oui.

Andy croisa les bras.

— En tout cas, c'est beaucoup mieux. Sans aucun doute.

Elle leva les yeux au ciel et n'insista pas. Pourquoi diable discutaient-ils de Ruben alors qu'il était assis là, devant eux ? D'ailleurs, en quoi était-il un sujet de conversation intéressant ?

Terry l'étudiait une fois de plus.

— La plupart des gens ont du mal à distinguer le cercle dans lequel ils sont nés. Du coup, en sortir est impossible.

— Il y a quelques évadés, rétorqua Hope, mais ils sont rarement en bon état.

— Vous avez raison.

Terry lui tendit la serviette. Ruben déglutit, les yeux fixés sur son reflet.

— Eh bien, je ne me reconnais pas. J'ai l'impression d'être un imposteur.

— Ce n'est qu'une coupe, M. Oso.

Terry rangeait ses affaires, rasoir, ciseaux et peigne, dans les différentes poches de son étui en cuir. Son regard croisa celui de Ruben.

À ce moment-là, Ruben se rendit compte que Terry avait découvert une partie de la vérité pendant qu'il lui coupait les cheveux : il savait que Ruben était colombien, mais qu'il n'était pas né là-bas, et qu'il n'avait pas de fortune, et qu'Andy avait raconté des bobards. En fait, Terry aurait sans doute pu déterminer de quel quartier de Miami venait son client rien qu'en étudiant sa précédente et misérable coupe.

Terry le regardait fixement, comme pour lui envoyer un message important. Avertissement ? Promesse ?

— M. Oso, vous avez l'occasion unique de vous aventurer derrière les lignes ennemies. Ne la gaspillez pas.

Il attachait son étui d'un lien de cuir, aussi attentif et précis qu'un chirurgien avec ses outils.

Andy avança vers lui, son sourire commercial et factice plaqué au visage.

— Personne ne coupe aussi bien que vous, mon cher Terry.

Ruben passa la main sur sa crête mohawk.

Tous retournèrent jusqu'à l'entrée. Terry tendit la main à Ruben.

— Gardez les yeux ouverts, M. Oso. Il y a tant de choses à voir quand on sait regarder.

On aurait bien cru à un avertissement. Terry se méfiait-il d'Andy ?

Ruben acquiesça.

— Bien sûr.

IL RETOURNA dans sa chambre et prit une douche – dont il n'avait nul besoin. Il voulait juste disparaître pendant dix minutes. Il n'avait jamais voulu de colocataire. Surtout pas un qu'il avait à ce point dans la peau. Sa vie à l'Iris était une épreuve permanente. La camaraderie d'Andy, ses vannes, sa gentillesse obstinée lui fichaient une telle trouille qu'il aurait presque préféré un verre.

Il téléphona à Peach et tenta d'expliquer son problème. Elle ne lui montra aucune empathie. Bien sûr, il n'avait pas avoué les sentiments que lui inspirait son patron.

Au bout de quelques minutes, Peach toussa.

— *Tu n'es pas logique, Ruben. Je ne vois pas pourquoi ce poste te pèse autant. C'est un emmerdeur, ce Bauer, hein ?*

Sa voix graveleuse transformait presque le terme en compliment douteux.

— Non. En tout cas, pas avec moi. Il est plein aux as, mais plutôt sympa.

— *Et les chèques, ils sont approvisionnés, au moins ? Tu fais attention ?*

— Bien sûr.

C'était un mensonge, mais pas pour les raisons auxquelles elle pensait. Comment expliquer sa fixation bizarre vis-à-vis d'Andy ? Même si Peach avait pu comprendre, Ruben, lui, ne le pouvait. D'ailleurs, parler avec elle d'Andy rendrait toute cette histoire bien trop réelle.

— Cet appartement est bizarre… Ça ne me plaît pas beaucoup d'y vivre.

— *Trop confiné, c'est ça ? Quand on se couche avec un chien, on se lève avec des puces. Discutes-en avec lui. C'est peut-être une façon d'échapper à cette cage dorée.*

— Je sais.

S'il tenait à rester sobre, il lui faudrait fixer quelques règles de base avec son patron.

— *Ruben, regarde où tu es et d'où tu viens. Si tu vois devant toi un chemin sans obstacle, c'est qu'il ne mène à rien de bon.*

Elle avait émaillé sa phrase de toussotements rauques. Sur le principe, il était d'accord avec elle.

— Je devrais sortir. M'éclaircir les idées. Ou me les remettre en place.

Elle ne pouvait deviner ce qu'il voulait dire par là – et il ne tenait pas à le lui expliquer.

116

— *Bien sûr, bien sûr,* répondit-elle distraitement. *Fais ton travail. Termine ta quatrième étape. Détends-toi, tu es bien trop crispé. Et rappelle-toi : il faut du temps à ton cerveau pour oublier l'alcool.*

À nouveau, elle toussa, fort. Puis en arrière-fond, Ruben entendit une cloche et une voix étrangère.

— *Hé !* s'écria Peach. *C'est l'heure de la soupe.*

Ruben n'avait pas envie de quitter sa chambre ni d'affronter son patron et ses sentiments, mais il n'avait plus le choix : Peach ne plaisantait pas avec l'heure des repas.

— D'accord. Je vous rappellerai très vite. Merci, m'dame.

— *Dieu t'a pas abandonné, gamin.*

Sur ce, elle raccrocha. Ruben resta un moment assis à regarder la photo de Peach qui apparaissait toujours sur l'écran de son téléphone : un visage rond et rose comme un gros raisin, convenant bien à une femme qui aimait voir l'attention se concentrer sur elle.

Ruben dut s'avouer que Peach lui manquait bien plus que ses parents.

La voix coléreuse d'Andy lui parvint du bureau : « Suivez les instructions reçues. Pourquoi êtes-vous incapable de faire ce qu'on vous dit de faire ? »

Ruben s'approcha pour vérifier : la porte était fermée. Andy paraissait très énervé contre son interlocuteur, car sa voix avait cette agressivité décidée qui mettait Ruben sous tension. Il avait souvent entendu cette sécheresse de requin, mais jamais dirigée contre lui.

En fait, ce n'était pas l'Andy qu'il connaissait.

Et si c'était le véritable Andy ?

Résistant à son désir d'écouter aux portes, Ruben se retira à l'autre bout de l'appartement. Andy ne tenait sûrement pas à le voir surprendre une conversation d'ordre personnel.

Termine ta quatrième étape, avait dit Peach. *Établir sans crainte un inventaire moral approfondi de soi-même.* Combien de temps pouvait-il vivre ici, avec Andy, avant de péter un câble et se mettre à proférer des vérités difficiles à entendre ?

Il se désaltéra, puis passa sur la terrasse. À travers la vitre, il fixa le crâne d'ours taxidermisé. Il avait téléphoné à ses parents, leur laissant un message pour éviter qu'ils cherchent à soutirer à Charles des informations sur lui. Il avait même failli appeler Marisa, avant de se raviser. Inutile de la harceler.

Il sortit de sa poche son portefeuille et examina la dernière photo d'elle qu'il y gardait. Marisa était tombée enceinte quand il s'apprêtait à entrer à l'armée, à peine l'école secondaire finie. Ils s'étaient donc mariés. Ruben acceptait mal que sa femme reste chez sa mère, mais il lui fallait bien toucher sa solde. Sept semaines plus tard, Marisa avait fait une fausse couche difficile, il avait donc quitté l'armée « pour cause familiale ». De retour à Miami, il s'était installé avec elle. À l'armée, pendant les six premiers mois, démissionner n'était pas trop difficile. *Même si ce n'était pas très rentable.*

Pour être franc, Ruben avait été enchanté d'avoir une excuse pour rentrer à Miami : finalement, l'armée n'était pas pour lui. Avec sa tronche, il s'était retrouvé d'emblée catalogué comme un gars « à problèmes ». Rares étaient les semaines où il ne finissait pas avec un œil au beurre noir et des points de suture, car tous les connards de la base semblaient désireux de se mesurer à lui.

Revenu en Floride, il avait travaillé un moment dans un magasin de peinture et une jardinerie arboricole avant de devenir chauffeur-livreur dans un club de SoBe [87]. Il avait de bons atouts : une silhouette massive et le don inné d'être intimidant. Et il appréciait de ne payer ni l'alcool qu'il consommait… ni le sexe ! Il s'était gorgé des fruits interdits de l'arbre de la tentation.

Au fil des années, il avait bu de plus en plus, trompé de plus en plus sa femme, et leurs querelles étaient devenues plus amères. Passant de club en club, Ruben se noyait dans un océan d'alcool, sans réaliser que son mariage était en train de sombrer lui aussi.

Et Charles à l'époque ? Il ne pensait qu'aux joints et au sexe, et se branlait sept fois par jour. Cet idiot paresseux, après avoir abandonné l'école secondaire durant son année junior, s'était enfui à Big Apple *(La Grosse Pomme)* [88] et trouvé une sinécure rentable : il avait d'abord promu des clubs illégaux et amassé un petit pécule, puis monté sa boîte de sécurité en y engageant les deux vieux flics qu'il soudoyait depuis un moment.

Pendant ce temps, en Floride, Marisa finissait par divorcer. Quant à Ruben, il s'inscrivait aux AA, redevenait sobre et rejoignait son frère dans la grande ville.

Célibataire et sans le sou. *Pas très intelligent comme plan.*

— Oso ?

C'était Andy. En levant les yeux, Ruben constata que son patron le regardait d'un air étrange. Il éclata de rire.

— J'avais encore sa photo dans la tête.

— Quelle photo ?

---

87 *South Beach*, quartier sud de Miami Beach, ville de Floride, au bord de l'océan Atlantique.

88 Surnom de la ville de New York pour les Américains.

La voix était vraiment tout près. Ruben réussit à ne pas tressaillir. Quand il se retrouva, il découvrit Andy juste derrière lui, arrivé là en silence et sans se faire remarquer. Andy récupéra son portefeuille pour regarder la photo.

— Oh, c'est un canon !

— Quoi ?

— Un canon ? Une beauté, un joli petit lot, quoi !

Du menton, Andy désignait la vieille photo. Ruben craignit des vannes machos. Tenait-il vraiment à parler chatte avec son patron ? Pour une raison bizarre, il trouvait excitant le commentaire flatteur d'Andy sur son ex. Une seconde ou deux, il fantasma sur une partouze entre... Non ! Il repoussa vigoureusement cette vision en se rendant compte qu'elle était complètement tordue.

Andy effleura du doigt la photo.

— Combien de temps avez-vous été marié ?

La question paraissait délibérée.

— Vingt-deux ans. Non, dix-neuf, mais nous étions ensemble avant de nous marier. Nous nous sommes connus à l'école secondaire.

Au-dessus de leur tête, les nuages tourbillonnaient très bas dans le ciel nocturne, on avait l'impression de pouvoir les toucher. Un brouillard épais tombait sur la ville échauffée, comme si la pluie refusait d'arroser le béton brûlant.

Ruben se demanda avec qui Andy s'était disputé au téléphone. Une question qui lui semblait à la fois importante et sans intérêt.

Andy lui tendit un paquet enveloppé de papier cadeau.

— Ce n'est pas moi qui l'ai emballé.

À l'intérieur, Ruben trouva un épais sweat en coton, soigneusement plié. *Un sweat ?* Il en ressentit une intense gratitude, ce qui était plutôt embarrassant.

— Oooh.

Le visage d'Andy s'illumina.

— Ça vous plaît ?

D'accord, son patron s'était contenté de brandir sa carte plutonium [89], mais quand même, un cadeau était un cadeau.

Ruben porta le sweat à son visage, irrationnellement heureux d'un vêtement qui avait dû ne coûter à Andy qu'une quarantaine de dollars. Le sweat était bleu marine, avec sur l'avant un blason : trois couronnes, COLUMBIA et une formule latine sur une bannière ondulée.

Andy, un whisky à la main, s'appuya sur la rambarde du balcon.

— C'est l'université, pas le pays, précisa-t-il. Il y a donc un U. Pas un O.

---

89 Carte American Express réservée aux plus grandes fortunes américaines.

Ruben se tapota la tempe.

— Je sais. Allez vous faire voir !

Andy leva son verre pour porter un toast.

— La devise : *Par Ta lumière, nous verrons la lumière* [90].

Ruben haussa les épaules.

— Et ça veut dire ?

— Qu'est-ce que j'en sais ?

Il éclata de rire, Ruben finit par faire la même chose. Après tous les vêtements luxueux qu'il avait déjà reçus, ce sweat aurait pu n'être qu'un détail, pourtant, après cette dernière semaine, ça paraissait important, très important. Comme une plaisanterie secrète entre deux amis... euh, si Andy et lui avaient été amis, ce qui n'était pas le cas. Du moins, pas exactement.

De ses grosses pattes calleuses, Ruben caressait le coton. Et Andy le regardait faire.

— Maintenant, nous sommes tous les deux de l'*Ivy league*.

— Je ne sais même pas ce que ça veut dire.

— La plupart des gens qui en sortent ne le savent pas non plus, même s'ils apprécient le titre. Il s'agit juste d'un groupe d'universités privées très élitistes qui se font une guerre interne. La « ligue du lierre » tire son nom de celui qui pousse sur les vieux édifices en briques des universités de Nouvelle-Angleterre.

— Cool.

Ruben sourit, encore plus ridiculement heureux de serrer son sweat contre lui. Une plaisanterie, d'accord, mais aussi un geste sympa.

— Pour la taille, ça devrait vous aller.

Pour vérifier, Andy chercha l'étiquette, se tenant, à son habitude, bien trop près de Ruben. Son haleine sentait le whisky.

— XXL. Oui, parfait.

Ruben tressaillit : Andy s'accrocha à ses deltoïdes [91], « parfait » endroit pour envoyer de délectables étincelles de douleur le long de ses jambes.

— Pas si vous continuez à faire de l'exercice, Rube. Vous êtes sacrément bien bâti.

La main resta en place. Le compliment plut à Ruben, davantage que ça n'aurait dû. Et cette foutue main posée sur lui le mettait mal à l'aise, surtout parce que son sexe – le con ! – y réagissait.

---

90 *In lumine Tuo videbimus lumen*

91 Un des muscles de l'épaule, ainsi nommé, car sa forme triangulaire rappelle la lettre grecque delta.

Il pensa alors aux AA et à sa réunion. Il aurait dû en parler tout de suite, mais Andy l'avait distrait avec ce sweat, ce contact, et cette camaraderie entre hommes.

Ruben haussa les épaules.

— Je suis Colombien, donc, j'ai de gros bras et une grosse queue. Les filles aiment ça.

Pourquoi le dire à son patron ? Qu'avait-il à prouver ?

Andy s'empressa de profiter de l'ouverture. Sa bouche se tordit dans un sourire salace.

— Et vous avez l'embarras du choix, c'est ça ? Vous vous servez le premier et ne laissez que vos restes aux pauvres petits Blancs ?

Se moquait-il ? Pourtant, ils partagèrent le même rire, même si celui de Ruben paraissait factice à cause du sweat qu'il avait dans les mains. À des moments pareils, il se demandait si tous deux ne jouaient pas le même jeu : exagérer les stéréotypes blanc-latino et feindre l'ignorance pour éluder la culpabilité. Après tout, n'était-ce pas ce qu'un gars faisait d'instinct : prétendre que la vulgarité était naturelle. Ou qu'il ne ressentait aucun sentiment, parce que les femmes n'étaient que des objets. Un piège dangereux.

Ruben avait déjà été attiré par des hommes, mais sans connotation sexuelle. Juste de fortes amitiés, exacerbées par les circonstances, ou dotées d'une intense et mutuelle alchimie. Aussi bien à l'école secondaire qu'à l'armée, il avait fait le clown avec les autres, comme tout le monde, testant les pelotages et défis stupides. Il avait aussi connu un cousin gay de Marisa qui ressemblait à un mannequin et agissait en proxénète. *Dégueu*. Et quand Ruben était strip-teaseur, il traînait souvent avec deux ou trois mecs tellement beaux qu'un champ gravitationnel se créait autour d'eux. Pourtant, avec eux, il n'avait jamais été tenté de passer aux actes. Il avait senti leur attraction, mais de façon impersonnelle. *La gravité : c'est juste de la physique.* Au mieux, il espérait que leur charisme déteindrait sur lui et lui permettrait plus de succès avec le beau sexe.

Avant de connaître Andy, Ruben n'avait jamais désiré un homme. Pas comme ça, en tout cas, jusque dans ses os, jusqu'au tréfonds de son être, avec une fébrilité qui devenait de plus en plus insoutenable à chaque nouveau sourire.

Andy lui sourit.

— Tu as l'air si sérieux, gloussa-t-il.

— Je déconne à plein tube.

Les mots lui avaient échappé. Brusquement, Andy releva la tête et cessa de rire. Ruben écarta devant lui ses doigts épais.

— C'est valable aussi pour vous, patron. Quelle idée, cette mascarade !

Surpris, Andy cligna des yeux. Puis il sirota une gorgée de son verre.

121

— Ce n'était pas... Eh bien, je trouve parfois qu'une plaisanterie aide à briser la glace.

Perplexe, Ruben fronça les sourcils.

— Quelle glace ?

Andy le fixa quelques secondes, sans bouger. Du coup, Ruben se demanda si la voix hargneuse qu'il avait entendue tout à l'heure, dans le bureau, n'allait pas se déchaîner sur lui. Ce ne fut pas le cas. Andy gardait le silence.

— Andy, reprit Ruben, nous sommes seuls, tous les deux, vous et moi. Qu'espérez-vous briser au juste en agissant comme un connard lambda, ce que vous n'êtes pas ? C'est aussi débile que boire pour oublier une situation difficile.

Andy tressaillit, le teint empourpré.

— Euh, je crois que... que vous me rendez parfois nerveux.

— Je vois mal comment ! J'ai quarante et un ans. Je suis un ex-alcoolique divorcé avec un CV de merde et assez peu d'options d'avenir.

Il ne voulait plus être anonyme. Pas ici, pas maintenant.

— Voyons, Rube !

— Si vous voulez mon avis, je ne trompe personne.

Dans la pénombre, Ruben examinait son vis-à-vis. Étrangement, il évoqua aussi Marisa et ses yeux se voilèrent de larmes.

— Personne ne trompe personne, souffla-t-il. Pas vraiment.

Dans un mouvement très lent, Andy baissa son verre.

— D'accord, d'accord. Admettons que les gens ne soient pas aussi stupides et aveugles que prévu. Et alors ?

— Vous voulez la vérité ?

— Oui.

Ruben pointa le verre de whisky.

— Vous ne buvez que quand vous vous apprêtez à mentir. L'aviez-vous déjà remarqué ?

Andy fronça les sourcils et le fixa droit dans les yeux.

— Vous me traitez de menteur ?

— Bien sûr ! Car vous l'êtes. Je vis dans les coulisses, ne l'oubliez pas. J'ai vu votre vrai visage, celui que vous avez avant de remettre votre masque. Donc, je suis sûr de moi.

Il fit une courbette exagérée, le bras tendu devant lui. Il parlait comme ça avec Peach. Du coup, il crut sentir du menthol.

Du bout des ongles, Andy tapotait le verre qu'il tenait dans la main.

— Tout le monde ment. Mais je ne prends pas ce whisky parce que je vous mens. C'est juste que je le trouve agréable en bouche.

— L'alcool est un anesthésique.

Méfiant, Andy fronça les sourcils.

— Je ne souffre pas.

— Je ne parlais pas de douleur physique. L'alcool anesthésie la vérité de l'existence.

Ruben fit craquer ses doigts et détourna les yeux sur le brouillard qui flottait au-delà de la rambarde.

— Vous me prenez pour un alcoolique !

Ruben jeta un coup d'œil au whisky, puis il secoua la tête.

— Absolument pas. Vous n'avez pas ce genre d'addiction. Mais je tiens quand même à vous prévenir : pour moi, une goutte d'alcool, c'est comme une cigarette jetée dans la forêt en pleine sécheresse. En moins d'une heure, je peux passer d'un verre à un incendie national. Ils appelleraient sans doute l'armée à la rescousse.

— C'est l'alcool qui vous a fait divorcer ?

La question était toute proche, sur la droite. Le visage d'Andy s'était rapproché du sien.

— Oui. Non. Enfin, en partie. Ça n'avait rien à voir avec Marisa. Un alcoolique n'a pas de vraie relation... nous prenons juste des otages.

Il baissa les yeux, fixant ses mains brunes pour ne pas voir le verre où fondaient les glaçons.

— Je suis désolé, souffla Andy. Tellement désolé.

— Pourquoi ? Je ne suis qu'un ivrogne professionnel à la retraite.

Andy regarda son verre, sans trop savoir que faire. Il attendait. Mais quoi ? Ruben déglutit et acquiesça dans le vide.

— La dépendance rend effroyablement égoïste. Plus rien ne compte, plus personne, sauf le poison qui vous rend fou. Avant d'être sobre, j'étais un bulldozer qui n'avait pas de freins.

— Vous êtes inscrit aux AA, c'est ça ? Vous suivez leur parcours en douze étapes ? Ce qui m'étonne, c'est que vous n'assistez à aucune réunion...

Les mots qui émanaient de la bouche d'Andy semblaient venir d'une langue étrangère.

— Je n'ai pas le *Desiderata* [92] tatoué sur le bide, mais j'assiste aux réunions. Quand je parle d'aller à l'église, c'est ce que ça veut dire.

— Les AA ont une église ?

Il ne plaisantait pas. Il se penchait en avant, sans sourire, mais l'air compatissant.

Ruben soupira.

---

92 Mot latin « choses désirées », poème anglais de Max Ehrmann consacré à la recherche du bonheur.

— Ils ont un Dieu. En tout cas, un être suprême. Peu importe. Bref, il est censé exister un tableau d'ensemble qui dépasse les humains et leurs petits problèmes merdiques. Nous nous reconnaissons impuissants devant l'alcool – c'est la première étape –, mais nous avons pour nous aider une puissance supérieure – c'est la seconde.

Andy fronça les sourcils.

— Une puissance supérieure qui n'est pas nécessairement Dieu ?

— Je n'aime pas trop tout ce qui concerne Dieu. J'ai été élevé dans la religion catholique, mais je pratique plus. Depuis longtemps. Je déteste tout ce tralala et cette passion pour la culpabilité. Je n'ai certainement pas besoin de communion !

— Vous préférez la communication.

Andy avait un sourire de serpent.

— Ben… oui. Pourquoi pas ? Nos réunions ont souvent lieu dans une église, mais je doute que ce soit le caté et ses conneries qui me ramènent à la raison. Les extrémistes et les fanatiques sont pires que les ivrognes. Quand je suis devenu sobre, j'ai pris conscience de la chance que j'avais eue d'éviter les catastrophes qui me pendaient au nez. Donc, quelque chose ou quelqu'un a veillé sur moi, un pouvoir trop vaste pour lui donner un nom. Je préfère en rester là.

Avec un sourire, Andy acquiesça exagérément, comme pour attester de sa compréhension, même si c'était impossible.

— Garde du corps, ce n'est pas grand-chose, reprit Ruben. Même ivrogne, j'avais un emploi à plein temps, presque à ne rien faire. J'essaie de valider toutes mes étapes, cette foutue douzaine ! Je communique régulièrement avec mon sponsor. Je n'approche jamais une bouteille.

En vérité, il ne travaillait pas assez ses étapes. Il tenta d'occulter la voix de Peach dans sa tête. *Détends-toi.*

— J'ai agi sans réfléchir en buvant devant vous. Je suis désolé. Vous auriez dû me prévenir.

Andy parlait à mi-voix, avec ce ton intime et délibéré qu'il n'utilisait qu'en privé.

— Il faut bien affronter le taureau par les cornes : regarder sa stupidité en face et vivre dans la vérité pour ne pas causer de problèmes à son entourage.

Andy baissa les yeux sur l'alcool ambré qui restait dans son verre.

— Je comprends.

Ruben compta sur ses doigts :

— J'ai remercié pour chaque bienfait reçu. Et je me suis excusé autant que faire se peut des torts que j'ai commis. Ça a été difficile, reconnut-il la gorge serrée

— Je n'en doute pas. Les erreurs, ça se paie.

Surpris, mais dans le bon sens du terme, Ruben leva les yeux sur lui.

— Oui. Exactement.

— Douze étapes...

Andy se tut et hocha la tête. Le brouillard flottait devant eux, humidifiant l'atmosphère d'une sueur céleste.

— Chaque étape est un pas en avant, indiqua Ruben. Vous prenez une décision et vous vous y tenez.

— Ce n'est pas toujours facile, chuchota Andy.

— Vous n'imaginez pas à quel point ! Au lieu de noyer mes emmerdes dans l'alcool, je dois réfléchir, disséquer ma vie, affronter mes conneries. C'est duraille, ça, c'est sûr. Être un salopard égoïste est bien plus simple que penser aux gens qui vous entourent.

— Vous ne me paraissez pas égoïste.

— Peut-être n'êtes-vous pas très observateur, rétorqua Ruben.

Andy se mit à rire.

— Je vous vois plutôt comme chevalier. Un paladin. Contrôlé et puissant.

— Non !

— C'était un compliment. J'ai l'impression que vous gardez tout en vous bien verrouillé.

Ruben haussa les épaules.

— Vous avez beaucoup d'imagination.

Andy referma la bouche et montra les dents. Dans ses yeux passèrent une émotion, une sombre et inquiétante tristesse.

— Vous êtes quelqu'un de bien, Ruben Oso.

Ruben fit une grimace comique.

— Sûrement pas !

— Vous savez des tas de choses. Vous êtes le meilleur garde du corps que j'aie jamais eu !

Andy semblait tout à fait convaincu.

— Même un robot serait capable de faire ce boulot.

— Je ne pense pas. Vous avez des talents cachés, ajouta-t-il avec un clin d'œil

Ruben fronça un sourcil menaçant.

— Qu'est-ce que ça veut dire ?

— Je vous ai étudié de près. Vous n'êtes pas du tout celui que j'avais cru découvrir au premier abord.

— Ah, bon ? Vous m'aviez trouvé comment ? Et soyez franc !

Ruben connaissait déjà la réponse, mais il voulait entendre les mensonges de son patron.

125

Andy fronça les sourcils avant de répondre :

— Hargneux… idiot… stoïque.

Ruben émit un ricanement dédaigneux.

— Génial !

— Mais ça n'est pas vous. Pas du tout.

Ruben s'agita d'un pied sur l'autre.

— Écoutez, je vais vous proposer un marché : cessez de jouer au connard plein aux as et je cesserai de prétendre être un malfrat latino. D'accord ?

Il échangea avec Andy une poignée de main, sans trop s'attarder sur la différence entre la paume douce et ses callosités.

Puis Andy traversa la terrasse et fit coulisser les portes-fenêtres sans même renverser son whisky.

— Le dîner est prêt, annonça-t-il. Un menu thaïlandais.

— Cool.

Ruben s'arrêta devant la porte et, d'un geste, indiqua à son patron de passer le premier. Il ne s'agissait pas d'un dîner romantique !

Plusieurs sacs étaient posés sur la table basse. Pourtant, Andy alla vers le comptoir du bar.

— Vivre en Floride devait être pour vous plus facile que New York. Surtout étant enfant.

— Comment ça ?

Andy parut perplexe.

— Eh bien, il y a là-bas une importante communauté cubaine.

Il venait de prouver son ignorance des questions interraciales. Ruben eut un rire moqueur.

— Parce que nous sommes tous Hispaniques ? Peuh ! Vous n'y connaissez rien ! Les Cubains ne s'entendent pas avec les Dominicains qui, eux, ne supportent pas les Portoricains, sauf quand ils s'unissent pour critiquer les Mexicains. Et tous font front commun contre l'Amérique du Sud. Vous devriez entendre les Espagnols ! Mes parents détestaient ces querelles intestines. Ils ne voulaient pour nous que la culture anglaise. Nous étions censés être Américains, point final. Quelle foutaise !

Un muscle tressautait sur la mâchoire carrée d'Andy.

— Dans ce cas, vous et moi sommes des imposteurs. Né bâtard, j'ai dû faire semblant d'avoir du sang bleu toute mon enfance, avant de pouvoir m'enfuir à New York et regarder ces gens-là de haut.

— Je simulais pour qu'on ne me remarque pas, vous faisiez pareil. Sauf que ce n'est pas facile tous les jours de cacher sa vraie nature. Même pour vous, ajouta Ruben avec un sourire.

— C'est vrai. Un adulte garde toujours en lui les séquelles de son enfance.

— Les gens sont égoïstes. Même ceux qui n'en ont pas les moyens.

Andy sirota son verre.

— Ne ramenez pas tout à l'argent ! Ce n'est pas ce qui définit les gens. Tout est question de chance à la naissance. Ce qui compte, c'est que les gens *veulent*. Vous devriez vous concentrer sur ça.

D'accord, qu'est-ce que tu veux, Andy ?

— Pour vaincre ? Comme vous le faites ?

— Oui. J'ai réalisé que chacun avait des désirs – et différents moyens de les satisfaire. Les autres bénéficiaient de l'héritage génétique et financier de leurs parents. Moi, j'ai dû forger mon destin. Je me suis arrangé pour être irrésistible. Avec un cerveau et des couilles, précisa-t-il en haussant les épaules. J'étais le mouton *blanc* de la famille. Je suivais les règles. J'avais de bonnes notes.

— Nom de Dieu !

— Oui, je sais, c'était dur.

Andy parut sur le point de révéler autre chose, mais finalement, il garda le silence.

Ruben ne résista pas longtemps à sa curiosité :

— Et ensuite ? Que s'est-il passé ?

— J'ai dû affronter le monde réel. Mes parents ont fini par divorcer et, pendant que j'étais encore à l'université, ma mère s'est remise avec un autre vieil abruti prétentieux.

— Pourquoi ? Je veux dire, qu'est-ce que ça changeait ?

— Tout ! J'avais passé ma vie à bien colorier dans les lignes et voilà qu'il n'y avait plus de dessin. Mon père vivait en Thaïlande avec une fille plus jeune que moi. Ma mère venait d'épouser un homme qu'elle détestait, ce que je savais. Je vous le donne en mille, c'était l'ex-associé de mon père ! M. Tibbitt ! Un enfoiré d'assureur qui roule en Lexus et a tendance à détourner l'argent de ses clients.

En entendant ces mots surprenants, Ruben baissa la voix :

— Il est toujours votre beau-père ?

Andy acquiesça.

— Ducon ? Oui, effectivement. Je ne cesse de le maudire en espérant l'envoyer aux gémonies, pourtant, il est toujours là. Ma tactique s'est avérée complètement idiote, d'ailleurs. Ma petite guérilla n'a fait que pousser ma mère à exprimer sa loyauté envers lui.

— Je suis désolé.

À nouveau, Andy s'imbiba d'alcool.

— En plus, je dois verser à ma mère une allocation parce que son abruti de mari est au bord de la faillite. De façon régulière, précisa-t-il avec un sourire maléfique. Et elle refuse de le quitter.

Ruben essaya de s'imaginer se quereller avec ses parents pour de l'argent, même aujourd'hui. Il eut une grimace de dégoût. Voyant ça, Andy baissa les yeux sur son verre comme si un serpent s'apprêtait à en jaillir.

— Je sais, c'est nul. J'ai quand même eu ma revanche, il y a dix ans, quand il a parlé de s'installer à Manhattan. Une idée à la con que je lui ai fait passer vite fait bien fait.

Ruben adorait ses parents, mais jamais il ne leur demandait de l'aider, ayant ses raisons pour ça.

— Vous le détestez à ce point ?

— Il m'a chassé de chez moi ! Il m'a traité comme une merde jusqu'au jour où j'ai dégoté mon MBA ! Ensuite, il m'a viré de la boîte de mon père, pour prendre le pouvoir et dilapider nos acquis. Et maintenant, il tente de me dorer la pilule afin que je lui permette d'investir dans Apex ? À ma famille ! s'exclama-t-il avec sarcasme en portant un toast.

Il ne prit qu'une gorgée de son whisky avant de se figer.

Ruben eut un petit rire moqueur.

— C'est charmant ! Mais l'amertume peut détruire, vous savez. Votre mère aurait-elle…

Il remarqua alors la tronche que tirait Andy et s'interrompit, perplexe.

— Quoi ? ajouta-t-il.

Andy esquissa un sourire penaud en agitant le verre qu'il tenait toujours.

— Je suis désolé, me voir boire ne doit pas vous aider. Je n'ai pas… Je suis vraiment débile ! Et insensible !

— Voyons, Andy, ce n'est pas grave.

— L'alcool est une dangereuse manie.

— Je suis un ivrogne, la terre n'en est pas peuplée pour autant. Mon addiction n'est pas contagieuse.

— Quand même !

— Je suis censé vivre dans le monde réel, pas vrai ? La plupart des gens boivent. Quelques-uns se droguent. En fait, tout le monde déconne, à sa manière, aussi souvent que possible.

Andy se mit à rire, mais il rinça son verre. Et ses yeux étaient devenus graves.

— Personne ne me menace, pas même vous, M. Bauer, jeta Ruben, vexé.

Il serra les dents et se tut. Il trouvait, en avoir déjà trop dit. C'était un des effets secondaires déplorables du programme « douze étapes » des AA. *Si Andy voulait en savoir davantage, il poserait la question.*

128

— Pourtant, ça ne doit pas être facile pour vous de voir autant d'alcool à proximité. Ma famille boit beaucoup trop.

— Pour être moine, il est plus facile de vivre dans un monastère, c'est évident. Personnellement, je préfère affronter le monde réel.

Andy acquiesça.

— Bien sûr. Je comprends. Je ne suis pas aussi idiot que vous le pensez.

— Je n'ai jamais pensé que vous étiez idiot.

— Naïf, alors ?

Cette fois, Ruben préféra ne pas nier.

— D'accord.

— Comment ça, *d'accord* ? Bon Dieu, Oso, quel enfoiré vous êtes, parfois ! Vous vous en rendez compte au moins ?

Andy éclata de rire. Ruben fit pareil.

— Oui. On me le dit souvent.

Je tiens beaucoup trop à ce gars-là.

— Ça ne m'étonne pas. Et vous, qu'en pensez-vous ?

Ruben prit place sur le canapé, adossé aux coussins, les bras croisés, très conscient qu'Andy matait ses biceps.

— Je me vois plutôt comme un obstiné. Marisa râlait toujours parce que je voulais être spécial. Sur le papier, ce n'est pas un défaut, mais d'après elle, je perdais tant de temps à en parler que je ne faisais jamais rien de valable.

— Oh. C'est vache !

— Oui.

Ruben se moqua de lui-même, essayant de se souvenir d'une époque où il était assez jeune pour accorder de l'importance à ce genre de conneries, ou espérer que le reste du monde allait s'intéresser à lui.

— C'était une femme bien, reprit-il. Nous avons tenté que ça marche entre nous, mais nous étions trop… je ne sais pas, trop jeunes, trop inconscients. Et puis, j'ai commencé à déconner. Comme tout le monde. Et ça a fini par me couler.

— Vous y croyez vraiment ?

— À quoi ?

Andy fit une grimace comique.

— Au fait que tout le monde déconne ? Moi, non. Bien sûr, il est facile d'accuser le destin, la malchance, mais je préfère croire que la vie offre des cookies à ceux qui le méritent. Par contre, si on cherche les emmerdes, alors, là…

— Mmm.

Ruben acquiesça, sans trouver les mots adéquats pour exprimer son accord.

— Vous comprenez ce que je veux dire ?

Oui, Ruben le comprenait tout à fait. Le silence retomba entre eux, plein de complicité. Andy le fixait, Ruben lui rendait son regard.

Tout changea, absolument tout… et pourtant, rien ne se passa.

Puis Ruben ouvrit les mains en signe de reddition.

— Merci, Andy.

— De quoi ?

— De m'avoir parlé. De m'avoir écouté.

— De rien. Ce n'était pas grand-chose.

Il pivota, hésita brièvement, puis s'assit à côté de Ruben, bien plus près – à son habitude – qu'il ne l'aurait dû. Si Andy avait été une femme, Ruben aurait considéré son geste comme une invite. Alors, il aurait passé le bras autour des fines épaules, ou glissé la main le long de la cuisse jusqu'au coton des sous-vêtements. Il aurait aussi pesé sur sa conquête pour l'enfoncer dans les coussins du canapé, ou roulé avec elle sur le tapis. Oui, il aurait utilisé sa taille et sa force, pris le contrôle des opérations et baisé avec fièvre.

Mais Andy n'était pas une femme. Et Ruben ne pouvait prétendre le contraire, malgré toutes les excuses qui lui venaient en tête. Andy n'était même pas un banal boy toy destiné à satisfaire ses pulsions homosexuelles. En fait, l'attraction que Ruben éprouvait pour son patron provenait en grande partie de la puissance et du machisme d'un homme ayant brillamment réussi.

À cette idée, Ruben se hérissa, presque paniqué, mais à quoi bon le nier ? La passion flambait entre eux. Il ne pouvait plus la maîtriser. Parfois, il cessait même d'en avoir envie. Il bandait comme un malade, sa queue faisant une tente au niveau de son bas-ventre.

Andy lui donna un petit coup de coude.

— Écoute-moi bien, Rube. Tu ne devrais jamais t'attacher à quelqu'un qui ne te trouve pas spécial.

Puis Andy se détendit dans les coussins, avec cette totale relaxation qu'il n'avait qu'avec Ruben, que quand ils étaient seuls tous les deux.

Parce qu'il te fait confiance.

Ruben resta assis, à la fois surpris et amusé.

Et Andy avait une bonne odeur de pain frais.

Tout à coup, il se pencha en avant pour ouvrir les sacs de nourriture thaïe, qu'il répartit sur la grande table basse verre et acier.

— Je ne savais pas ce que tu aimais, Rube, alors j'ai demandé à Hope de commander tout ce qu'il y avait sur la carte. Je me suis dit que nous allions nous offrir une soirée-cinéma.

– Maintenant ?

Ruben regarda sa montre : presque 23 heures. Andy comptait-il se pointer au milieu de la nuit dans une salle bondée ?

— Pourquoi pas *Scarface* ? Ou *Duplicité* ? Après ce qui s'est passé aujourd'hui, je verrais bien les méchants se faire descendre à grand renfort d'hémoglobine.

Ruben jeta un coup d'œil à ses vêtements.

— J'ignorais que vous aviez l'intention de sortir...

— Je parlais de Netflix IMAX [93], très cher.

Andy tapota l'écran de son téléphone et activa les stores digitaux.

— Ça n'existe pas...

Les baies vitrées du salon devinrent un mur blanc et parfait. *Nom de Dieu, ce gadget !* Ignorant le sourire plein d'espoir d'Andy, il secoua la tête.

— Je suis mort de fatigue.

Surtout, de trouille.

Une retraite stratégique lui paraissait indispensable devant une offensive de charme particulièrement réussie. D'après Ruben, Andy était très capable de lui sortir sa collection de porno et alors, la situation déraillerait très vite.

— Inutile d'aller te planquer dans ta chambre, Rube. Nous sommes très bien, ici, tous les deux.

Andy essayait-il de le tuer ? Ruben envisagea de prendre une douche froide et de lire un moment. Il devait fuir avant que la tentation du Dolby ne court-circuite son bon sens. S'il cédait à la séduction de son patron au QI de génie, il resterait jusqu'à 4 heures du matin sur ce canapé à bouffer des saloperies, à raconter des conneries et à visionner des films « culte » qu'il avait déjà vus et détestés. Peu à peu, la testostérone monterait dans l'atmosphère comme un smog à l'odeur de sperme. Oh, Ruben ne doutait pas une seconde qu'Andy s'amuserait beaucoup. Et lui aussi... Il subirait le charme et l'humour d'Andy, il finirait par baisser sa garde et deviendrait vulnérable, c'est-à-dire soumis à ses émotions les plus débridées.

Il se raidit.

— Une autre fois, mentit-il.

En vérité, « jamais », mais il n'avait pas l'option d'être sincère. Et... *oh, bon sang !* Andy était si beau dans son tee-shirt chiffonné, dans ce luxe somptueux, avec le menu d'un DVD projeté sur l'écran de verre à dix mètres derrière lui. À ses pieds, le crâne d'ours brillait dans sa boîte de plexiglas.

Peut-être voulait-il seulement un ami, mais Ruben avait besoin de davantage. Et sa sobriété lui permettait de comprendre que son désir pouvait

---

93 Abréviation d'Image *Maximum*, format de pellicule créé par IMAX Corporation, pour un cinéma de meilleure résolution.

provoquer un désastre, aussi mieux valait-il, pour tous les deux, qu'il garde ses distances.

UNE FOIS dans sa chambre, Ruben verrouilla la porte et se changea. Il mit un short et, après un moment de réflexion, son nouveau sweat. C'était peut-être son imagination, mais l'appartement lui paraissait plus frais, ce soir.

Liliana, la femme de chambre invisible, avait fait son lit. Pire encore, elle avait *repassé* ses draps à quatre mille dollars. Il les caressa de sa main brune. Le coton épais paraissait irréel, comme tissé avec les ailes d'un ange.

Ses affaires avaient été déplacées. La domestique peut-être... Sauf que la chambre avait une atmosphère... bizarre. Les cintres avaient bougé, ses boîtes de munitions ne se trouvaient pas sur la bonne étagère. Et le contenu des tiroirs était subtilement modifié, ses affaires de toilette mélangées. *Pourquoi ?*

Certainement la femme de chambre...

Pourtant, l'intrusion semblait trop négligée, presque désinvolte.

Il devait se montrer plus vigilant concernant cette étrange cohabitation à laquelle Andy semblait tant tenir. D'accord, son patron était très seul, mais ça ne faisait pas d'eux des amis. Ruben n'était qu'un employé, engagé pour un travail précis. Un point, c'était tout. Ils s'entendaient, tant mieux, ça facilitait leurs interactions.

Non. Pour rester professionnel, il devait échapper à cette illusion d'intimité et garder ses distances. Merde ! En fait, ça ressemblait à sa lutte pour rester sobre. Le programme parlait beaucoup des limites à se donner et de la meilleure façon de les respecter.

Et pourtant... concernant Andy, la différenciation entre « patron » et « ami » était très floue, surtout en vivant dans le même appart. Mauvaises circonstances, même si ça avait été le bon gars.

C'était pourquoi Ruben aurait préféré ne pas s'installer dans la tanière d'Andy, à manger des plats dont il ignorait le nom, avec du personnel qui exécutait ses trente-six mille volontés. Ce penthouse ressemblait trop à une cage dorée, hermétique – ou un parc à thème pour deux. Tout s'emberlificotait dans un méli-mélo auquel Ruben ne comprenait plus rien. Il ne payait pas de loyer ni sa quote-part des factures. Il racontait, dans un cadre luxueux, son triste passé de loser récidiviste. Il faisait du jogging dans le parc, passait ensuite dans une salle de gym privée et plongeait dans une piscine de rêve, bâtie dans les hauteurs d'un gratte-ciel... et oubliée.

Une vision rapide lui vint du short bleu humide d'Andy, de l'élastique blanc et aveuglant de son jock-strap. Et l'odeur du pain chaud.

Pour échapper à cette image, Ruben cligna des yeux, mais elle revint, tenace, se reformant progressivement. Comme s'il avait fixé trop longtemps le soleil et que les reins crémeux d'Andy restaient définitivement gravés sur ses rétines.

Il brancha son téléphone à une prise électrique, envoya un texto à son frère, et vida ses poches. Il pensait toujours à Andy qui émergeait du bassin turquoise, avec l'eau qui dégoulinait autour de lui, à la courbe arrogante des fesses sous le tissu trempé, à ses paupières alourdies.

Cachondo.

Il passa dans la salle de bain et se brossa les dents. Et toujours, il restait obsédé par la piscine d'eau bleue, le short couleur de ciel et les gouttes aux éclats de diamant qui tombaient sur la terrasse brûlante pendant qu'Andy avançait vers lui… pas à pas.

Peuh ! C'était fou, c'était insensé !

Ruben comprit l'inanité de ses efforts. S'il tentait de bloquer ce qu'il éprouvait, la blessure ne ferait que s'envenimer.

Peach lui aurait dit : *fais attention, la honte incite à boire.*

De toute évidence, il avait cristallisé sur Andy un sentiment. Peu importait que ce soit effrayant ou important, c'était un sentiment qui réclamait son attention. Malheureusement, il n'arrivait pas à reconstruire le puzzle… pour le moment.

Première étape : reconnaître qu'il avait en problème.

Il ignorait la nature de l'étape suivante, mais espérait qu'il saurait la dépasser.

VII

ATTENTION AUX auréoles, elles deviennent vite des nœuds coulants.

Frappé au front par un jet de sperme, Ruben se réveilla en hurlant :

— Nom de Dieu !

Il tâtonna dans l'obscurité pour trouver l'interrupteur de sa lampe. Encore un rêve érotique… putain ! Le troisième de la semaine. L'odeur musquée du sexe l'enveloppait, il l'avait presque sur la langue.

Jouir tout seul dans son lit, c'était déjà nul, mais quand ça se passait en plus dans des draps à quatre mille dollars repassés à la main ? Ruben était tout gluant. D'ici deux secondes, ses draps le seraient également. Pire encore, il n'avait pas oublié le rêve qui avait déclenché son orgasme. Et c'était consternant.

Toute la semaine, il avait blâmé les draps : le coton était bien plus soyeux que celui auquel il était habitué. Depuis qu'il habitait chez Andy, Ruben se couchait tous les soirs avec une érection qui cherchait à perforer le matelas. Même quand il portait un boxer au lit. Et maintenant, voilà qu'il éjaculait pendant son sommeil ? Que devait-il faire de plus, dormir avec un préservatif ?

Ou ne plus dormir du tout.

Dans son dernier rêve, Ruben était vautré sur la plage, au croisement de la 12th Street et d'Ocean Drive [94]. Il savait qu'il rêvait parce que, dans la vraie vie, il n'y était jamais allé. Les locaux évitaient cet endroit où les touristes homos se cherchaient un plan Q, essentiellement fréquenté par de jeunes mâles en rut, qui n'hésitaient pas à se débarrasser dans les dunes de leur maillot à trois cents dollars.

Mais pour le moment, le sable chaud et onirique qui s'étalait devant le Palace profitait du soleil de midi, sans le moindre gay à l'horizon. Et Ruben gisait là, bras et jambes écartés, le corps moite d'une sueur qui dégoulinait sur sa peau brunie et se perdait dans le sable. Ses bijoux de famille formaient une bosse sous le Lycra bleu de son maillot, assez serré pour lui entrer dans la raie des fesses.

Un bel étalon qui se faisait dorer au soleil.

Et c'était bien un rêve parce que jamais Ruben n'aurait porté du Lycra, même pour un gage. Il sentait l'alcool flotter autour de lui. Pas une odeur de

---

94 Ça se trouve à South Miami, Floride

bière ou de gin, mais le parfum humide et chaud de la transpiration que la chaleur lui soutirait. Ses lèvres étaient trop détendues pour lui permettre de parler. Ses membres affaiblis paraissaient électrisés. Manifestement, il était bourré. Du coup, de sournois homos en avaient profité pour le foutre à poil et l'abandonner comme un bélier sacrifié sur l'autel du dieu soleil océanique. Avec l'étrange certitude des rêves, Ruben se savait en retard. C'était important. Pourtant, il ne pouvait pas se lever. Avait-il dormi trop longtemps ? Était-il blessé ?

Il tourna la tête et constata que ses poignets étaient maintenus, des mains puissantes les plaquaient au sable poudreux. *Non, mais sans blague ?* D'autres mains lui tenaient les chevilles. Il n'arrivait pas à se libérer ou à s'asseoir malgré la sueur qui rendait glissante l'emprise de ses agresseurs. Ruben se débattit, mais, en vain. Et les mains lui parurent familières.

Il était trop troublé pour crier à l'aide.

Et si quelqu'un me voit comme ça ?

Il serra les fesses. Le Lycra lui comprimait le bas-ventre, une sensation un peu trop agréable. À sa grande horreur, Ruben sentit glisser son prépuce, libérant le gland qui força l'élastique de la ceinture pour pointer à l'extérieur. Les doigts crispés sur ses poignets et ses chevilles le chatouillaient, une autre sensation érotique contre laquelle il se débattit violemment. Son érection durcit encore, ajoutant du fluide séminal à la sueur et l'huile solaire dont Ruben était couvert.

Il lui fallait se relever et s'en aller. Il était déjà terriblement en retard pour… quelque chose.

Qu'est-ce qui me prend ? Il ne voyait plus que son sexe érigé exposé au soleil. S'il ne se libérait pas très vite, il risquait de jouir en public, en plein jour, sous l'œil des témoins qui assistaient à sa honteuse exhibition. Son membre était du granit, ses bourses formaient un nœud douloureux. Il ne réussirait jamais à se libérer à temps.

Ne me force pas à faire ça.

Il tira de toutes ses forces pour échapper aux mains glissantes de l'homme qui le retenait.

— *Se siente, cachondo.*

Était-ce la voix d'Andy, qui chuchotait à son oreille, ou Ruben se souvenait-il seulement de son rêve ? Enveloppé par une délicieuse odeur de pain frais, il sentit des lèvres se presser contre son cou. Et la douce voix rocailleuse étirait les syllabes : *caaa-chonnnn-doh.*

Gémissant de frustration, Ruben s'arqua dans le sable, conscient des grains brûlants qui restaient collés à son dos mouillé. Ses fesses palpitaient, collantes de sueur, sa colonne vertébrale fit un arc, projetant en l'air son sexe sombre comme un pilier dressé au centre de sa silhouette musclée. Ses poignets et les chevilles toujours maintenus par des mains impitoyables, il baisait dans le vide, dans l'air brûlant, invisible, vers le ciel d'un bleu incandescent.

Ne fais pas ça. Ne me laisse pas. Ne...

— Aaah !

Toujours sur la plage onirique de Floride, il poussa un rugissement étranglé et éjacula. Ce qui le réveilla et le fit atterrir dans la réalité de Manhattan, le penthouse d'Andy, le souffle court, avec le visage de son patron devant les yeux.

Au nom du ciel, j'espère ne pas l'avoir réveillé.

Il avait été plutôt bruyant.

Loser. Il avait du sperme sur le front, le menton, le pectoral gauche et une flaque sur le nombril qui commençait à couler le flanc droit. Il se souvint d'une blague salace entendue durant son année junior à l'école secondaire : *qui se couche avec un problème sur le cœur se réveille avec la solution sur le bide.*

Avant que la situation s'aggrave, Ruben s'empara d'une poignée de mouchoirs en papier pour se nettoyer. Il en fit ensuite une grosse boule qu'il jeta en direction de la poubelle. Il haletait toujours, mais son pouls commençait à se calmer. Il respira plusieurs fois, tranquillement, posément. *Encore.*

Il lui faudrait rincer les draps et refaire son lit avant que cette foutue bonne ne s'en charge.

Il devait baiser. Il avait *vraiment* besoin d'une femme.

Mais c'est lui que je veux.

Il fronça les sourcils. *Je ne devrais pas, pourtant, je le fais quand même.* Il devait se reprendre avant de faire une connerie. Il fallait qu'il oublie son obsession concernant Andy Bauer.

Une bouteille d'eau minérale était posée sur sa table de chevet. Il dévissa le bouchon et en prit une gorgée. Il avait terriblement soif... d'alcool. C'était une envie qu'il reconnut sans peine.

— ASSEZ ! prononça-t-il à haute voix.

Pas question de noyer ses problèmes dans l'alcool. Il évoqua un des slogans préférés de Peach : *le premier verre est un verre de trop, parce que même le millier qui suivra ne suffira pas.*

Il avait joui parce que son corps en avait besoin. Et maintenant, les endorphines le rendaient plus dingue encore.

Il quitta son lit et s'étira, faisant craquer son dos et son cou.

Pour se donner quelque chose à faire, il passa dans la salle de bain, sans allumer, et tenta de pisser, avant d'abandonner. Il ouvrit la porte-fenêtre et s'aventura sur la terrasse. Il leva les yeux sur l'étage du dessus. Par chance, tout était éteint chez Andy. Peut-être n'avait-il pas entendu le grotesque hurlement de Ruben.

À l'ouest s'étalait la masse sombre et floue de Central Park, comme une plaque de mousse. Ruben se souvint d'avoir marché là-bas, couru même. La piscine du trente-troisième étage scintillait comme un losange lumineux flottant à quatre cents mètres au-dessus du béton de Park Avenue.

À quelle hauteur se trouvait-il ? Dans sa tête, Ruben entendit la voix de son frère cadet : *bien trop haut !* Charles avait le vertige, il détestait les hauteurs.

À Miami, Ruben aurait pu aller se promener, prendre un bain dans l'océan, ou grimper sur le toit pour fumer une cigarette, bref, s'éclaircir les idées. À New York, c'était impossible, surtout dans ce penthouse étouffant.

Il hésita, mourant d'envie d'appeler Peach pour avoir une oreille sympathique et entendre de ridicules citations de *West Side Story*. Pourtant, même s'il cédait, il ne pourrait rien révéler concernant Andy. *Alors, quel intérêt ?*

D'un geste machinal, il frotta son ventre dur, encore humide, et fixa la porte au bout de la terrasse. *La salle de gym.* Il pouvait y descendre et faire de l'exercice assez longtemps, assez énergiquement pour s'épuiser.

Il ne prit pas la peine de passer dans sa chambre chercher un short ou un tee-shirt. À quoi bon ? À une heure pareille, tout le monde dormait. Le caleçon qu'il portait pour dormir lui permettait au moins d'être décent. Et la nuit, il n'était pas de service. Alors, qui saurait son escapade ?

Au lieu de retourner à l'intérieur et d'emprunter la porte débile cachée dans la bibliothèque, il traversa la terrasse sur toute sa longueur jusqu'à l'entrée de service, derrière le spa, côté nord.

Il souleva le loquet et ouvrit la porte blindée. Une bouffée d'air humide et renfermé lui sauta au visage, mêlée aux relents de courgettes bouillies qui émanaient de la poubelle. L'agent d'entretien passerait la vider avant le lever du soleil, via l'ascenseur de service.

Ruben craignit que ledit ascenseur, trop bruyant, alerte le personnel de nuit de l'immeuble, aussi préféra-t-il prendre l'escalier pour descendre au trente-troisième étage. Il suivit le couloir jusqu'au gymnase obscur, ses pieds nus s'enfonçant dans la laine du tapis de sol. Sur la terrasse, derrière la vitre, la piscine abandonnée rayonnait et ses reflets bleus dessinaient au plafond un tableau abstrait, véritable antidote au bizarre cauchemar ensoleillé ayant provoqué son déplorable orgasme.

Il me faut peut-être un plongeon.

Au milieu de la nuit, tout le monde dormait. Et puis, les portiers le connaissaient déjà. Il aurait volontiers parié dix dollars que le personnel utilisait parfois la piscine durant l'été, par exemple le week-end, avec leurs gosses, pendant que l'immeuble s'était vidé au profit des somptueuses résidences secondaires.

Ruben sourit. Quand aurait-il une autre occasion de se baigner à minuit, dans une piscine privée entre ciel et terre ? Il comptait bien tremper le temps d'effacer de sa tête les fantasmes homosexuels. D'ici une demi-heure, il serait de retour dans son lit. Pour le moment, il était bien trop excité pour dormir.

Il traversa la petite salle de gym et ouvrit la baie vitrée, émergeant dans l'air tiède de cette nuit de juin. À cette hauteur, la lumière ne provenait que de la piscine étalée à ses pieds créant de durs contrastes sur les formes avoisinantes.

Sans se poser de question, il ôta son caleçon poisseux. Le tissu frotta au passage ses cuisses maculées où le sperme commençait à sécher. Même si on le voyait à poil à cette heure indue, il ne serait qu'une silhouette brune et anonyme. Il plongea la tête en avant dans un jet d'éclaboussures, traversa l'eau tiède comme une flèche et toucha le fond bien trop vite, manquant se cogner la tête sur le boîtier de la machine à faire des vagues. De justesse, il tendit la main et s'écarta avant l'impact. Il n'y avait pas suffisamment de fond pour plonger, en fait.

Il resta un moment sous l'eau, à flotter en apesanteur dans ce cube phosphorescent d'un bleu tropical. Puis il refit surface.

Je me sens mieux.

L'eau chlorée clapota contre le carrelage au rythme des vagues qu'il venait de créer. Ruben se mit à faire des longueurs. Il nageait comme un dauphin, ayant grandi au bord de la mer. Comme tous les hommes de sa famille, il était solidement bâti, lourd et trapu, mais dans l'eau, son poids n'avait pas d'importance.

Les petites vagues de la piscine léchaient ses mamelons érigés. Au-dessus de sa tête, le ciel était noir, sans étoile. Et les rues, avec la distance, n'existaient presque plus. Ruben savait bien qu'il ne nageait pas au milieu des nuages, même s'il en avait l'impression.

Pour la première fois depuis son arrivée à New York, il se sentait bien dans sa peau. Il essuya l'eau de son visage et repoussa de son front ses cheveux trempés.

Qui vivait ainsi ? Dans un luxe qu'il n'avait pas gagné ? Son boulot était de protéger le patron et garder son magot à l'abri.

Il pensa aux squelettiques épouses de l'Upper East Side, si occupées à d'incessantes virées shopping pour s'assurer que leurs maisons et leurs garde-robes soient plus flamboyantes que celles de leurs consœurs. Qu'avait dit Andy, déjà ? Un combat de gladiatrices armées d'Amex platinium !

Dans deux heures environ, Andy se lèverait pour l'ouverture des marchés boursiers européens. Ruben tressaillit. Pas de culte à la con, pas d'ami-ami avec le héros ! Il tenait à rester dans l'abstrait. Il ne *voulait* pas savoir ce que deux hommes pouvaient faire ensemble. D'accord, il connaissait déjà l'idée générale, mais jamais il n'avait encore éprouvé l'envie de coucher avec un gros poilu grisonnant. Et le fait qu'Andy ne soit ni gros, ni grisonnant, ni poilu n'était qu'un détail.

Il n'existait entre eux qu'une vague sympathie.

Ben voyons !

Et si Andy avait ôté son petit short bleu pour l'inviter à approcher ? Et si Andy se pointait, là, maintenant, prêt à barboter avec lui dans l'obscurité, nu, lui aussi, Ruben aurait-il le courage de dire la vérité comme un bon petit pratiquant de la méthode douze étapes ?

Il se souvint du short mouillé qui moulait le cul parfait d'Andy, de la toison d'or et qui moussait sur ses mollets, de cette petite fossette ridicule…

Nom de Dieu !

Sous l'eau, sa queue se manifesta avec enthousiasme, répondant aussi vite à l'appel qu'un chien au sifflet. Le gland était si turgescent qu'il semblait impossible que le prépuce puisse un jour se remettre en place.

Ruben n'était pas gay.

Andy était bien bâti, voilà tout. Ruben pouvait l'admirer sans commencer à chanter Beyoncé, ou draguer dans les toilettes publiques, la braguette ouverte. Apprécier le beau cul de son patron n'était pas la même chose que tailler une pipe ! Loin de là.

— Non !

Ruben secoua énergiquement la tête. Sauf que la question n'avait pas été posée, elle n'existait que dans son imagination. Une voiture donna un violent coup de frein dans la rue, quelques centaines de mètres plus bas.

Il posa la main sur son sexe – geste banal qui lui parut bien trop agréable. Le défaut des promesses faites à soi-même ? Se trouver le premier averti en cas de manquement. Il laissa retomber sa main et récupéra son caleçon. Autant éviter qu'un voisin le voie se tripoter à cause d'une obsession inappropriée.

Au moins, son rêve érotique lui avait offert un certain soulagement. Ruben avait l'habitude de jouir avec la violence d'un tuyau d'incendie. « Gros *huevos* colombiens », comme disait autrefois Marisa.

Il baissa les yeux : dans l'eau bleutée, son matos paraissait plus sombre que d'ordinaire, plaqué aux fortes jambes qu'il avait héritées de son père. Il achetait des shorts taille XXL pour être plus à l'aise dedans.

Cinq minutes plus tard, ses boules lui paraissaient plus froides que l'eau et étrangement vulnérables, comme serrées dans un étau. Elles s'étaient récemment vidées avec tant de violence que ça avait dû créer des ravages. Et séquelle d'un désir inassouvi : son érection refusait de coopérer.

En voyant ses doigts tout fripés, Ruben décida être resté suffisamment longtemps dans l'eau. Et puis, il lui fallait se dépêcher s'il voulait dormir un peu, parce que d'ici une heure, Andy serait occupé à engueuler ses Belges.

Il entendit un bruit et releva les yeux vers les vitres sombres, conscient de sa nudité. Personne ne pouvait être debout à une heure pareille, quand même !

Il envisagea d'enfiler son caleçon sous l'eau, mais se ravisa en se souvenant qu'il avait la gaule. Ça se verrait moins dans un sous-vêtement sec. Il s'agrippa au bord et se hissa hors de la piscine, veillant à ne pas érafler son gland au passage – *brrr*. L'eau aplatissait la toison de sa poitrine.

Il remit rapidement son caleçon. Le vent avait fraîchi. Tout mouillé, Ruben frissonna, ce qui apaisa enfin son érection. Sur la table la plus proche traînait une boîte d'allumettes ainsi qu'un paquet ouvert, avec quatre cigarettes à l'intérieur. *Merci, Seigneur !*

Ruben n'était pas un vrai fumeur, mais de temps en temps, il appréciait de tirer une bouffée. Privé des énergiques plaisirs du sexe, la cigarette lui procurait une compensation aussi malsaine que satisfaisante. Ce soir, il en méritait bien une pour avoir été sage. La voix de Peach résonna dans sa tête : *attention aux auréoles, elles deviennent vite des nœuds coulants.*

Sans se donner le temps de réfléchir davantage, il gratta une allumette et se planta une cigarette entre les lèvres. Il aspira la fumée âcre qui pénétra dans ses poumons : le plaisir interdit de la nicotine lui monta à la tête. Il ne fuma que la moitié avant de l'éteindre et jeter ce qui restait à la poubelle.

Galipettes. Petit bain. Cigarette. Maintenant, dodo.

— Super !

À présent, il avait au moins l'air normal. Il récupéra le paquet et les allumettes, et se sentit un peu coupable. *Ce n'était pas vraiment du vol.* S'il ne les emportait pas, un agent d'entretien les jetterait sans doute à son prochain passage. Agité de frissons, Ruben retourna au gymnase, prit une serviette propre et se sécha rapidement. Puis il serra la serviette autour de sa taille. Sa peau tannée puait le chlore. Il cacha son butin nicotiné au-dessus du placard pour la prochaine fois, heureux à l'idée de pouvoir fumer à sa prochaine visite. *Mieux valait être prévoyant.*

Monter l'escalier le réchauffa. Le penthouse semblait aussi calme que vingt minutes plus tôt. Il baissa les yeux : il y avait à nouveau une tente sous la serviette. S'il ne faisait pas attention, il risquait un autre rêve aussi explosif que le premier. Il lui fallait vraiment une femme ! Et une nuit de liberté, sinon son linge sale allait s'accumuler dans des proportions inquiétantes.

En traversant le salon, il vit un verre sur la table basse – un verre à whisky qu'Andy devait avoir laissé là. *Il m'a vu.*

Ruben n'avait aucune preuve pour corroborer ses soupçons. Et ce n'était pas très grave. Mais la prochaine fois qu'il décidera de prendre un bain de minuit, il se protégerait des voyeurs.

VIII

— Les affaires, c'est aussi du plaisir.

Assis à l'autre bout de la banquette, à l'arrière de la limousine, Ruben ricana.

— Ce n'est pas ce que j'ai entendu dire, patron.

En ce dimanche soir, à 21 heures et quelques, ils se rendaient dans un bar de strip-tease, sur l'East 60th Street.

Andy tapota le cuir de son siège.

— Allez, Rube. D'après mon expérience, quand on ne mélange pas les affaires et le plaisir, on n'obtient ni l'un ni l'autre. Je suis censé divertir mes clients lors de leurs passages en ville.

Ruben roula ses yeux.

— Vous leur faites des tours de cartes ?

— Non, répondit Andy avec un sourire. Enfin, pas souvent. En général, je les emmène dans des clubs. Ou à Broadway. Ou au casino, mais là, c'est plutôt réservé aux hommes. Pour les couples, le strip-tease, c'est mieux, ça satisfait tout le monde. Les gens qui viennent à Manhattan veulent se débaucher. Jeter l'argent par les fenêtres. J'ai pensé que tu aimerais nous accompagner pour passer un bon moment.

Ruben acquiesça. Un dîner gratuit et de jolies dames ? Ça lui convenait tout à fait. C'était aussi sa première fois en limousine, immense, extravagante, luxueuse. Des spots futuristes brillaient au plafond ; tout un côté de l'habitacle était occupé par l'équipement multimédia/divertissement : télévision, stéréo et minibar. Cette foutue voiture était mieux équipée que la plupart des endroits où Ruben avait vécu ! Et elle avait presque la taille de l'appartement de son frère. En y ajoutant un urinoir, il pourrait envisager d'y vivre.

D'un souffle, Andy se débarrassa des bouclettes qui venaient de lui retomber sur le front. Il remarqua ensuite que Ruben ouvrait toujours de grands yeux devant l'intérieur sophistiqué de la voiture.

— Je sais, c'est atroce, déclara-t-il. Une telle ostentation ! C'est d'un vulgaire !

Ruben préféra garder pour lui son admiration de plébéien. Son patron s'adossa dans son siège, tapota à nouveau le cuir de la banquette et enchaîna :

— Jaded, la boîte où nous allons ce soir, a un contrat avec une agence de limousine. Du coup, les bons clients ont droit au service VIP. Les *moldus* [95] adorent ça !

— C'est gonflé, comme image ! protesta Ruben.

Andy lui adressa un clin d'œil.

— Tu trouves ? Le chauffeur ne reste jamais au parking. Nous l'avons pour la nuit. Si nécessaire, il tournera dans les rues. Un jour, quelqu'un a bricolé mes roues. Depuis lors, nous avons installé des pneus spéciaux. Quels idiots !

— Euh, super.

Ruben regarda la vitre sombre qui les séparait des sièges avant, en se demandant si le chauffeur pouvait entendre leur conversation. Quelqu'un avait-il vérifié les papiers de ce gamin ? Ruben était-il le seul à penser aux risques encourus ?

— Quand j'étais chez H & G… commença Andy.

Il s'interrompit, lui jeta un coup d'œil, puis précisa :

— Hobson & Goldberg, c'est la start-up où j'ai travaillé après l'université, avant de créer Apex. Nous avions un compte dans trois clubs pour divertir nos clients. Personnellement, je préfère Jaded. D'abord, c'est tout près, ensuite, leur viande est excellente. Et leurs filles, intelligentes.

— Oh.

En clair, Andy en avait baisé certaines. Ruben détourna la tête et regarda le parc défiler derrière la vitre.

Andy eut un rire démoniaque.

— Ne me dis pas que tu n'as jamais été dans un club de strip-tease, Rube.

— Bien sûr que si. C'est juste que je ne m'attendais pas à le faire avec mon patron.

La limousine venait de ralentir devant un bel hôtel doté d'une banderole jaune. Un portier s'approcha pour ouvrir la portière, un couple sortit du bâtiment, descendit les marches et monta à bord du Seins-Nus-Express.

De plus en plus génial !

Andy serra la main du mari, frotta sa joue contre celle de sa femme, et se chargea des présentations :

— Ruben, voici les Lampton. Elliot, Christy, mon associé, Ruben Oso.

D'accord. Évidemment, le titre était bien plus flatteur que « mon garde du corps latino ». Ruben espérait seulement que personne n'attendait de lui une conférence sur les aléas du marché international.

---

95 Mot inventé en 1998 pour la version française du roman *Harry Potter à l'école des sorciers* de J. K. Rowling et qui désigne une personne sans pouvoirs magiques (*muggle* en anglais).

Elliot ne ressemblait pas à l'image que Ruben se faisait d'un magnat des affaires : lourd et massif comme un frigo, avec un costume sombre et conservateur, une grosse tête de bulldog, un crâne rasé et les phalanges marquées d'un travailleur manuel. Une vraie tronche de truand, lui aussi. En plus, il paraissait timide. Avec un physique pareil, il avait probablement eu du mal à se frayer un chemin dans la vie en évitant les ennuis.

Christy remarqua la façon dont il dévisageait son mari. Elle eut un rire bruyant.

— Il aboie, mais ne mord pas, c'est promis.

Elle se lécha les lèvres et embrassa son toutou avec une affection authentique. Son tailleur plutôt strict n'enlevait rien au sex-appeal de cette femme : une vraie bombe à la poitrine plantureuse, avec une masse soyeuse de cheveux acajou qui tombaient en lourdes boucles sur les épaules.

Elliot salua Ruben d'un nonchalant signe de tête et tendit la main. Un campagnard en costume de ville ? En tout cas, un gars qui connaissait d'expérience les difficultés de vivre avec une tronche-cible qui attirait les gnons.

Sans se soucier que les panneaux de signalisation l'interdisent formellement, la limousine fit demi-tour au milieu de la East 60th Street et remonta en sens inverse, s'arrêtant peu après devant une porte lumineuse devant laquelle s'étalait un tapis rouge – comme une vieille langue sur le trottoir.

Le chauffeur aida Christy à descendre de la limousine, les trois hommes suivirent, Andy le dernier.

Sur le tapis rouge, il y avait écrit « JADED ». La porte principale faisait près de cinq mètres de haut. En approchant, Ruben remarqua le dragon sculpté dans le verre, ses écailles squameuses occupant toute la surface disponible.

— M. Bauer !

Bien évidemment, le videur noir en poste à la porte connaissait Andy ! Il lui tendit [96] une paluche empressée. Il dépassait les deux mètres dix, ancien boxeur sans doute, car son nez tordu et aplati annonçait d'innombrables combats.

Andy lui serra la main.

— Mamadou.

Le videur consulta sa tablette.

— Ils sont avec vous ?

Andy acquiesça et glissa dans la paume du portier un billet de vingt dollars plié.

---

96 Les « bonnes manières » sont différentes aux USA, un subalterne est censé tendre le premier la main, ou un homme envers une femme.

— Nous aimerions dîner et prendre un verre.

Ruben était resté derrière les Lampton. Ayant été videur, il n'avait aucun mal à décrypter la situation : Andy venait souvent et ne mégotait pas sur les pourboires.

Mamadou se tourna et ouvrit la porte, coupant le dragon en deux

— Bien sûr. Aucun problème.

Un petit panonceau indiquait : « Ouvert tous les jours de midi & 4 heures du matin » Rubens s'étonna : & ? « Et » 4 heures du matin ?

Dans ce genre de clubs, il n'avait jamais eu d'argent à perdre et les strip-teaseuses ne s'intéressaient qu'aux clients pleins aux as – surnommés « les baleines » – capables de dépenser deux mille dollars par nuit. Andy en était le parfait stéréotype : tout chez lui, pourboire, attitude, vêtements, le désignait comme une baleine.

L'intérieur était sombre et un couloir menait à une grande salle qui résonnait de la musique de danse ; sur le côté, quelques marches montaient à la mezzanine où se tenait le restaurant, « Au Naturel ».

Andy tendit un autre billet à l'hôtesse qui les conduisit dans une salle à manger privée. Le menu était panasiatique.

Elliot se mit à rire.

— Ce soir, c'est nous qui invitons, Bauer. Le marché de Dubaï nous a bien rapporté le dernier trimestre.

Il agitait en parlant les revers de son veston, Ruben aperçut alors un holster et un reflet métallique. Pourquoi un touriste emporterait-il une arme dans un club de strip-tease ? Sa femme et Andy étaient-ils au courant ?

Andy se tourna vers les Lampton.

— Des sushis, ça vous convient ? J'ai commandé des *nyotaimoris* [97].

— Parfait !

Elliot, l'air avide, fixait sa femme. Ruben le dévisageait d'un œil méfiant. Malgré sa bonhomie affichée, le linebacker [98] lui semblait désormais suspect.

— Pas pour moi, annonça Ruben.

Renonçant au poisson cru, il commanda un énorme steak de bœuf de Kobe [99]. Cuisson ? Saignant. De la viande rouge lui ferait du bien.

---

97 Littéralement « présentation sur le corps d'une femme ».

98 Joueur de football américain évoluant dans la formation défensive de l'équipe.

99 Spécialité japonaise, *wagyu* (bœuf) de race Tajima, élevé selon une stricte tradition à Hyōgo, au Japon, et réputé pour sa saveur, sa tendreté et sa texture persillée.

Peu après, deux serveurs amenaient une sorte de litière sur laquelle s'étalait une fille nue couverte de sushis multicolores. Elle avait de soyeux cheveux châtains, attachés en chignon, et un visage au naturel rayonnant. Apparemment, il fallait réserver ces « sushis-corps », plat emblématique japonais composé de riz vinaigré, poisson cru et fruits de mer, servis sur le corps d'une femme. La pauvre nana faisait office de plateau !

Ruben aurait eu un mal fou à avaler des fruits de mer crus, mais il se sentait presque nauséeux à l'idée que la fille était assez désespérée pour tenir un rôle pareil et qu'elle retenait son souffle pendant que les convives utilisaient sur elle leurs baguettes.

Son steak arriva vingt minutes plus tard.

La fille s'appelait Heather. Sans doute Andy l'avait-il spécifiquement réclamée, car il plaisanta avec elle sur d'anciennes soirées et un amusant banquier brésilien. Elle lui donnait la réplique, heureuse et détendue. Pendant tout le repas, Ruben s'interrogea sur elle : avait-elle des enfants ? Que disait-elle de son travail à ses parents ? Annonçait-elle qu'elle gagnait sa vie nue, en servant de plateau vivant ?

Plusieurs fois, elle chercha à convaincre Ruben de goûter un sushi aux épices et au thon cru. Il refusait de répondre à ces défis.

— Vous ne trouvez pas bizarre que les gens mangent sur vous ? finit-il par demander.

— Hmm… si, parfois. Ça chatouille, vous savez.

Elle pencha la tête ; elle avait un piercing sur la langue et un rouge à lèvres couleur sang.

Andy proposa un toast à un contrat pour construire deux gratte-ciel. Elliot chercha à cacher son sourire victorieux.

Christy intervint :

— Peu m'importe ce que vous bâtissez ! Moi, ce qui m'intéresse, c'est la rentabilité. En clair, l'argent que nous toucherons.

Une fois qu'Andy et les Lampton eurent terminé les sushis que Heather portait sur les épaules et les seins, elle se redressa, prouvant ainsi sa connaissance des us et coutumes. Elle sortait avec un investisseur qu'Andy avait déjà rencontré. Elle comptait sur son travail au restaurant pour financer ses études dentaires. Elle était si charmante que Ruben finit par oublier sa nudité.

Après le dîner, Christy proposa de sauter le dessert et de boire au club, pour voir les strip-teaseuses. Ses yeux brillaient de vodka et de bravade. Elliot la dévisageait d'un regard de prédateur qu'il avait jusque-là caché. Ainsi, lui aussi était un requin, comme Andy. Et lui aussi le dissimulait sous un masque trompeur.

Ils saluèrent Heather et descendirent retrouver la musique. La salle était crépusculaire, à peine éclairée par les spots grisâtres encastrés au plafond ; les néons se concentraient sur la scène et la barre centrale en laiton. Les fauteuils étaient profonds, en cuir noir, avec un dossier en fer à cheval. L'essentiel de la déco était chrome et acier.

En traversant la salle, Andy, sans même attendre d'être servi, tendit un billet de vingt dollars à tous ceux qu'il croisa : portier, maître d'hôtel, serveurs, barmans. Il vit que Ruben avait repéré son manège et haussa les épaules.

— C'est déductible.

Ruben leva les sourcils, sans mot dire. Quand on a l'air d'un imbécile, ça dévalorise le client.

— Relax. Ce n'est que du fric, Rube : de petits rectangles de papier où est imprimée la tête d'un ancien président et qui nous permettent de satisfaire nos désirs.

Il se tourna vers les Lampton et ajouta :

— Fiscalement, Ruben est un conservateur.

Ha, ha.

La foule paraissait en transe, tous les yeux étaient braqués sur les deux rouquines qui dansaient à la barre, sur scène. Des pros, manifestement, que leur visage inexpressif et leur peau luisante transformaient en poupées anonymes. Il était probable qu'à un moment ou un autre, Andy brandirait sa carte plutonium pour acheter la paire.

Les bars à strip-tease étaient partout les mêmes. Une fois la porte franchie, on tombait dans le même bassin. Différents prix et formats, bien sûr, différents décors, mais au fond, ce n'était que de gros aquariums où tout était conçu pour appâter les nageurs solitaires s'aventurant en ces eaux troubles et récupérer le plus d'argent possible.

Rien que du business.

Les danseuses, en robes moulantes de couleurs vives, déambulaient dans la salle comme de souples murènes en chasse. Plusieurs fois, Andy salua l'une d'elles d'un signe de tête et, bien entendu, lui glissa un billet dans la main. De toute évidence, c'était un habitué. Ce qui expliquait en partie sa vie sociale. Il emmenait là ses maîtresses, des femmes dures et expérimentées qui réclamaient une *lap-dance* et ne cherchaient elles aussi qu'à accumuler les billets sous l'élastique de leurs strings.

À Miami, quand Ruben se rendait dans un club de strip-tease, il était invisible. Ce soir, les dames scrutaient ses vêtements, sa carrure, sa peau, tout en essayant de le situer. Ainsi, Andy l'avait transformé en baleine ! Les danseuses voyaient son beau plumage et le prenaient pour un rupin.

147

Ils furent installés à une table VIP. Ruben se détendit, gonflé par une sensation de puissance qu'il n'avait pas ressentie depuis bien longtemps, à dire vrai, peut-être même jamais. *Presto !* Il se revit à quinze ans, très excité, en s'imaginant capable de conquérir toutes les filles qu'il voulait. Sa queue était une batte de baseball, son portefeuille, gonflé de billets. *Brillant résultat !*

Et c'était ce qu'Andy vivait tous les jours de sa vie, chaque minute.

Elliott appréciait le cul, à en juger par ses pourboires. Il n'avait plus exhibé l'arme qu'il portait sous son aisselle, mais Ruben en remarquait de temps à autre le renflement révélateur quand son voisin tendait un billet de cinquante à une danseuse.

Question strip-tease, Manhattan était au top ! Aucune des dames ne traînaillait en rêvassant. Elles connaissaient leur boulot et œuvraient avec ardeur. Du coup, la clientèle paraissait repue et satisfaite.

Tout à coup, Andy leva le bras dans un signe d'appel. Une fille réagit aussitôt et sourit à Ruben, comme enchantée de le voir. On aurait cru qu'Andy venait d'allumer un projecteur pour le braquer sur lui, attirant ainsi l'attention. C'était sans doute ce qu'éprouvait le meilleur ami d'un quarterback [100] : du succès par ricochet ; de la lubricité par débordement de la cible principale.

Les filles qui travaillaient chez Jaded étaient belles, bien entendu, mais leur perfection robotisée ne faisait qu'accentuer, aux yeux de Ruben, sa laideur. Les cheveux stylisés étaient teints, la couleur des iris venait de lentilles de contact, les seins durs étaient gonflés par des implants. Toutes déambulaient sur des talons vertigineux. Même leur maquillage ressemblait à une peinture de guerre, les transformant en Amazones clonées d'une secte aussi satanique que castratrice.

Peut-être cette fausseté synthétique était-elle leur armure ? Peut-être ne l'enlevaient-elles jamais, par sécurité ?

En tout cas, Ruben n'y trouvait aucun érotisme. Il préférait les seins naturels et des cheveux souples à caresser. Côté sexe, c'était la nudité qui lui plaisait. Pas seulement physique, ou sexuelle, plutôt la vulnérabilité d'un couple qui s'exposait mutuellement, sans se cacher son désir respectif, juste avant de céder à ses pulsions. Voilà pourquoi il appréciait si peu la masturbation ! Il n'y avait pas d'échange, de folie, de vrais contacts. Tremper la nouille, il n'avait rien contre, mais si c'était tout ce qui comptait, pourquoi ne pas tout bonnement utiliser un steak saignant ? *Non !* Baiser était comme crocheter une serrure. Il fallait s'y prendre avec doigté, avoir de la patience, savoir aligner les pignons, axes et goupilles. *clic-clic-clic.* Faire la guerre et faire la paix.

---

100 Joueur (et idole) d'une équipe de football américain, qui joue en poste offensif.

Les Lampton savaient comment dépenser leur argent ! Ils échangeaient des grimaces salaces et Christy semblait plus excitée encore que son mari par l'ambiance du club. Peut-être portait-il une arme parce qu'il venait du Texas...

Pour une étrange raison, les circonstances rendaient Ruben particulièrement conscient des contradictions d'Andy, un homme qui paraissait si sain, si distingué, même entouré de strip-teaseuses. Pas le genre à se laisser aller en public, ou à quitter son trône pour se vautrer dans la boue roturière. Une veine battait sur la gorge. Un voile de sueur mouillait le front patricien. Ruben était hypnotisé par ces signes flagrants d'excitation primaire.

Andy n'était qu'un homme.

Malgré sa fortune et sa vie bling-bling, il restait un être humain. Il avait à pisser, à dormir, à baiser, malgré son QI de génie des chiffres. Il mangeait des céréales le matin, il faisait des vannes douteuses. Il lui arrivait aussi de se sentir seul, d'avoir peur, de faire des conneries. Pour le meilleur et pour le pire, il avait gagné son argent. Il méritait la vie qu'il menait.

En fait, Ruben avait avec lui plus de points communs qu'il tenait à le reconnaître.

D'un geste, il commanda à une jolie serveuse – aux seins naturels – un Diet Coke à seize dollars. Il ne tournait pas rond, c'était évident. Sinon pourquoi, entouré des plus belles femmes de la côte Est, rêvait-il de rentrer à l'Iris avec son patron, de faire un jogging, ou même de discuter tranquillement ?

Ruben soupira. Au moins, la musique avait des basses. Franchement, de nos jours, la majorité de la pop paraissait issue d'un clavier de téléphone portable. Le DJ était manifestement doué. La musique était presque aussi bonne que dans les bars gays des Keys [101], les airs s'enchaînaient en douceur, bien loin du martèlement rythmique assourdissant auquel Ruben s'attendait. Oui, du beau travail. Élevé à Miami, Ruben avait des idées très arrêtées concernant l'excellence exigée sur une table de mixage. Il avait beaucoup aimé les boîtes, durant ses années d'ivrogne, quand il avait de l'argent à dépenser et toute la vie encore devant lui.

Il avait pris Lampton pour un prétentieux refoulé, du genre à baver devant des nichons en silicone tout en toisant une danseuse d'un air hautain. Un a priori basé sur l'accent du mec, ses yeux sauvages et son alliance ternie.

Ding. Bzzzzzz. Mauvaise réponse.

---

101 Archipel à l'extrémité méridionale des États-Unis, en Floride, au large de Cuba.

Après une seconde tournée de Stoli Elit [102] et une longue histoire scabreuse concernant le principal d'un pensionnat qu'Andy et Lampton avaient haï, étant plus jeunes, le Texan s'avéra doté d'un caustique sens de l'humour.

Puis le couple se leva et s'approcha de la scène, car Christy désirait glisser quelques billets dans le string des danseuses.

Ruben resta attablé, à les regarder. Ces deux-là étaient bien accordés, riches, arrogants, jouisseurs et habitués à s'emparer de ce qu'ils voulaient. Dans l'obscurité, la silhouette massive d'Elliot semblait presque menaçante ; si les dames le remarquèrent, elles ne parurent pas s'en soucier. Et tout le monde ignora le renflement flagrant de l'arme sous son aisselle. Peut-être était-ce normal. Les billets flambant neuf que sa femme distribua attirèrent l'attention, même quand le couple revint à sa place.

Andy surprit l'œil attentif de Ruben.

— Je sens que tu les juges sévèrement, Rube. Lampton, t'aurait-il choqué ?

Parlait-il de l'arme que portait le Texan ?

— Je plaide coupable.

Andy haussa les sourcils.

— Nous ne sommes pas tous des snobinards, tu sais.

— Je n'ai jamais dit que vous l'étiez.

Je l'ai juste pensé.

— Relax, mon pote. Tu n'es pas de service.

Andy semblait sincère, mais Ruben se connaissait : il était incapable de se détendre dans un club pareil. Pour une fois, même l'alcool ne le tentait pas.

— Est-ce qu'au moins ça te plaît ? demanda encore son patron.

Ruben acquiesça, d'un geste automatique, sans même réfléchir à la question. La soirée lui plaisait-elle ? *Oui.*

— Plus que je m'y attendais, reconnut-il.

En son for intérieur, il s'avoua que c'était d'être avec Andy qui lui plaisait. Andy lui sourit gentiment, un peu plus longtemps que nécessaire.

— Tu sembles fatigué, *señor Oso.*

— La journée a été longue.

— Ton patron est un esclavagiste, plaisanta Andy.

Ruben secoua la tête.

— Je ne travaille pas. Je vis de mes rentes.

— Tu as bien raison !

— Je fais des affaires pour passer le temps. Sinon, pour l'essentiel, je cherche à rester sobre.

---

102 Stolichnaya Elit, vodka russe, une des meilleures au monde.

Il leva son Coke et porta un toast. Une blonde voluptueuse approcha de leur table et pressa son visage contre celui d'Andy. Elle avait des ongles laqués gris acier, assortis à son string métallique.

Andy l'accueillit d'un sourire

— Lily… jolie.

Lily avait le corps musclé d'une danseuse, mais sa chair paraissait moelleuse, même au niveau de la poitrine, pourtant refaite.

— Hé ?

Ruben acquiesça une permission implicite. Andy sourit, comme à une plaisanterie. Sans doute la fille le connaissait-elle très bien.

— Voici mon ami Ruben Oso. Un audacieux capitaliste qui nous vient de Colombie.

Cette arrogance désinvolte ! Ruben eut la même réaction que dans le bureau de Charles : Andy était un requin. Il l'avait su dès leur rencontre. Le mec mentait aussi facilement qu'il respirait. En fait, c'était un commercial, visqueux et insidieux. Le problème, c'était que plus Ruben s'attardait dans son cercle luxueux, plus tout ça lui paraissait normal. Il commençait à désirer une vie qui lui était inaccessible.

— Une danse, ça vous dit ? susurra Lily.

Ensemble ?

Ruben resta impassible, les yeux fixés sur son patron. Un sourire flotta sur les lèvres minces d'Andy.

— Pourquoi pas ? Personnellement, je ne refuse jamais une danse. Mais Rube n'osera peut-être pas la demander.

— là-haut ? demanda Lily

Elle renversait la tête vers les marches qui montaient à la mezzanine. Des néons bleus écrivaient en lettres cursives « Champagne ». Même si la danseuse ne faisait que son boulot, Ruben ne put s'empêcher d'être flatté qu'elle s'intéresse à lui – un changement agréable. Il n'était pas beau. Il ne l'avait jamais été. Beaucoup d'Hispaniques étaient dotés d'une peau caramel et d'yeux de velours qui mettaient le feu aux petites culottes féminines, pas lui. Sans jamais l'avoir reconnu à haute voix, il se doutait bien qu'il aurait été une cible facile pour une prédatrice. Par chance, il ne représentait pas une mine d'or.

— Non, corrigea Andy, sans quitter Ruben des yeux. Ici. Nous préférons ne pas bouger.

Quoi ? Bordel !

Ruben se redressa. En public ? Son estomac se contracta, comme juste avant la chute libre du Grand huit. Quel était au juste le but d'Andy ? Prendre son pied sous les yeux de Ruben ? Ou l'inverse ? Devant tout le monde ? C'était peut-être pour assurer leur couverture : ils étaient censés être les meilleurs amis du monde, pas vrai ?

Lily grogna et roula des yeux.

— Bauer, vous avez un sacré culot ! Non, mais, j'vous jure !

Son regard passait de l'un à l'autre des deux hommes. Ruben commença à secouer la tête, mais alors, Andy exhiba sa fossette.

— J'insiste.

La strip-teaseuse céda à la seconde, Ruben aussi – manifestement, l'argent d'une baleine créait une dépendance.

Bien sûr, Andy Bauer ignorait ce qu'il fallait endurer pour survivre dans la vraie vie, sans parents qui payaient votre caution pour vous sortir de prison. Il n'avait jamais connu de désirs qu'il ne pouvait satisfaire. Il n'avait jamais entendu « non » à l'un de ses caprices. Il n'avait jamais eu faim.

La vie est injuste, Oso. Tant pis pour toi.

Andy lui donna un coup d'épaule, lui soufflant au visage une haleine imbibée de scotch.

— Nous aurons notre danse, si le jeu te tente

Lily lui adressa un clin d'œil.

— Le jeu ? Ah ! Je suis un vrai Monopoly, bébé. Fais rouler les dés.

Ruben secoua la tête.

— Non, merci.

Une fois de plus, il se sentait embarqué dans un chariot de montagnes russes juste avant la dégringolade dans le vide.

Andy éclata de rire et le désigna du pouce.

— Ne l'écoutez pas, Lily. Il ne refuse jamais un challenge.

Le Grand huit ? Une image parfaite, car Ruben était foutu : impossible d'arrêter la chute. Autant serrer les fesses, prier que la ceinture tienne et ne pas laisser traîner les mains hors du wagonnet.

— Nous avons l'habitude de *tout* partager, insinua Andy.

Il regardait la fille, mais ses paroles insidieuses s'adressaient à Ruben – qui grinça des dents pour ravaler son désir, sa culpabilité et ses sarcasmes. Un élan de colère irrationnelle monta en lui. Un muscle tressauta sur sa mâchoire crispée.

La musique changea, devenant plus lente, plus intime, les basses créaient des vibrations dans les murs et le sol.

— Je connais cet air, marmonna Ruben sans s'adresser à personne en particulier.

— *Personne ne t'aimera jamais autant que moi…*

Une voix de femme, scandée par les basses, roucoulait des promesses impossibles. Une vieille chanson d'Etta James [103] et la version funky transformant la mélodie sirupeuse en R & B [104] torride.

— *Personne, non, non, non.*

Lily écarta sa crinière de son front. Pour lui laisser de la place, Andy écarta les jambes, pressant sa cuisse musclée contre celle de Ruben.

La danseuse s'installa tranquillement, à califourchon sur leurs deux jambes qui se touchaient, l'étau des cuisses souples resserrant leur connexion. Puis elle commença à se tordre au rythme de la musique, le corps aussi sinueux qu'un drapeau dans la bourrasque. Elle ondulait et frottait son pubis sur leurs cuisses accolées.

Andy émit un halètement rauque que Ruben s'efforça d'ignorer, tout comme il tentait d'occulter la sensation de cette jambe ferme collée à la sienne. En quarante et un ans d'existence, il n'avait jamais partouzé ou partagé une femme avec un autre type. Il fantasmait plutôt sur deux filles avec lui.

Pour la première fois, ce soir, il comprenait l'attrait d'être à deux sur un joli petit lot : c'était salace et convivial, comme jouer au football ivre mort et se rouler dans la boue. Il avait été manipulé, d'accord, mais la sensation était authentique et primaire.

Son sexe était rigide. Son souffle erratique lui brûlait les poumons et la gorge. Ses doigts s'agrippaient au dossier de son siège, férocement verrouillés. En se frottant à lui, Lily plaquait son gland trempé contre la toison frisée de son ventre, sous le tissu luxueux de son nouveau costume. D'ici trois secondes, il allait tirer sa bordée à côté de son patron au sang bleu.

— *Personne... ne t'aimera jamais... autant... que moi.*

Peut-être les érections étaient-elles aussi contagieuses que les bâillements ? Impossibles à retenir ?

Ruben oublia les implants que la fille pressait sur son torse – parce que ça foutait les jetons –, mais elle sentait bon et depuis bien trop longtemps il n'avait pas eu de femme dans les bras. Et il préférait ne pas évoquer ses rêves érotiques concernant Andy, ou sa présence, en ce moment, à ses côtés. D'ailleurs, autant ne pas penser non plus à la danseuse. Elle était belle, mais ce qui excitait Ruben, c'était le fait qu'Andy assiste à cette exhibition.

Et il n'avait même pas à payer pour ça ! Il était de ceux qu'une fille comme Lily tenait à avoir dans son camp : costaud, l'air brutal et effrayant.

D'un geste prudent, il pointa sa langue pour se lécher la lèvre.

— *... Comme moi... Personne, non, non, non.*

---

103 Chanteuse américaine (1938/2012) de jazz, soul et rhythm and blues.

104 *Rhythm & Blues*

Une main se referma sur le haut de sa cuisse, à quelques centimètres à peine de son sexe érigé. Décharge électrique ! La main d'Andy, qui paraissait avoir glissé, s'accrochait à ce qu'elle pouvait – dans ce cas présent, le quadriceps de Ruben.

Si son patron bougeait un tantinet plus haut, il aurait bientôt les doigts poisseux. Ruben toussota et tourna la tête vers son voisin.

— Euh... hum, chuchota-t-il.

Andy grimaça et relâcha son emprise.

— Oh, oui. Excuse-moi.

— *Personne, non, non, non. Jamais, jamais...*

De l'autre côté de la table, Elliot applaudissait avec des cris de Sioux pour encourager la chevauchée sauvage de Lily. Des autres tables, les clients se retournaient. Christy, une jambe jetée sur celle de son mari, lui chuchotait des obscénités à l'oreille sans quitter le trio des yeux.

Un spectacle... Un Grand huit sur lequel Andy l'avait délibérément entraîné pour s'afficher devant les Lampton. Mais pourquoi ? Ruben n'était qu'un figurant. Si Andy Bauer lui avait donné un rôle dans cette mascarade, la moindre des choses, c'était d'être convaincant.

Il tenta donc de se focaliser sur la fille... la fille... *la fille...* mais alors, Andy pressa contre flanc contre lui. Un bras posé sur le dossier du siège, Ruben sentait contre sa nuque le moindre mouvement des muscles, se crispant, se relaxant, comme un pouls bizarre. Il avait déjà l'impression de se noyer. Si en plus Andy s'accrochait à lui, c'était le naufrage définitif dans les abîmes.

S'il ne s'intéressait pas trop à Lily, il était bien le seul, car, de toute évidence, Andy & Co appréciait son show. Ruben continua donc à tenir son rôle : il frotta sa mâchoire rugueuse sur la joue veloutée et simula un gémissement aux suggestions osées qu'elle lui déversa à l'oreille.

— *Mais tu ne fais pas très vite ton choix, tu vas me perdre,* susurra la chanteuse dans les haut-parleurs.

Malgré le cul de Lily pesant sur son bas-ventre, Ruben ne pensait qu'à la jambe dure d'Andy contre la sienne, ou à la chaleur du bras sur sa nuque. Il pouvait presque y croire : son camarade d'école, son coéquipier. Deux copains qui faisaient les clowns dans les vestiaires.

Un moment durant, il fantasma et il se vit lui aussi investisseur, né dans l'argent, il venait d'envoyer en vacances sa femme et ses enfants, il était resté à New York pour travailler, partageant avec son ami d'enfance des sushis et les corps de femme. Andy et lui étaient associés, partenaires dans la même boîte. Étudiants de la même université. Colombie et Columbia, non ? *L'impulsif audacieux et le contemplatif méticuleux.*

154

Une série de spasmes involontaires agitant son sexe, Ruben retint son souffle. Il contrôla le mouvement instinctif de ses hanches pour laisser Lily faire le travail.

À sa droite, tout près, Andy émit alors un bruit étranglé. Sa jambe tressauta, son genou rebondit, puis sa tête bascula en arrière, découvrant la gorge et le dessous de la mâchoire carrée. Les cheveux cendrés étaient trempés de sueur au niveau des tempes, les joues empourprées.

Il paraissait au bord de l'orgasme.

— *Personne ne t'aimera jamais autant que moi… Jamais, jamais. Non, non, non.*

Andy poussa un autre gémissement, manifestement incontrôlé. Il serrait si fort le dossier de son siège que ses jointures avaient blanchi. Le bras qui entourait Ruben durcit et se plia au niveau du coude.

Ruben cessa de lutter et trembla sous la force des jets qui trempaient son boxer. Une partie de son sperme échappa à l'élastique et se répandit sur son ventre, créant une brûlure si intense qu'il eut l'impression d'avoir une artère sectionnée.

— *Personne ne t'aime autant que moi, bébé.*

Il serra les dents et tenta de maîtriser sa respiration, conscient que son sperme continuait à jaillir, à remplir son pantalon. Une telle quantité, c'était presque comique. Et, vu que sa jouissance n'avait pas été provoquée par un contact manuel, les contractions qui agitaient ses testicules s'exécutaient comme au ralenti, presque en continu… rythmées par la musique et les paroles de la chanson.

Avec Andy, à ses côtés.

— *Personne… Jamais… autant que moi… c'est impossible.*

Ruben souffla longuement, absurdement heureux de s'être enfin lâché après si longtemps. Merde, il n'était pas encore vieux ! Si un gars ne pouvait pas tirer un coup dans un club de strip-tease, autant qu'il soit déjà six pieds sous terre.

Quand il reprit ses esprits, Ruben se tourna pour regarder son voisin : Andy avait fermé les yeux et gloussait stupidement. Il paraissait ivre mort.

Christy Lampton se releva et brandit son cocktail, un sourire paresseux aux lèvres. Son mari, le cou maculé de rouge à lèvres corail, dodelinait de la tête comme un poivrot.

Lily, toujours assise sur leurs cuisses, gloussa, paraissant très satisfaite d'elle-même. Elle émit un hoquet et posa la main sur sa bouche. Ruben sourit à ce geste puéril. Pourtant, il avait l'estomac noué.

Soit Andy avait sournoisement satisfait un fantasme homo, soit il avait orchestré ce *show-live* pour les Lampton. Ruben n'arrivait pas à choisir.

Andy tenait un rôle avec Ruben dans le casting.

Puisqu'il n'y avait aucun danger, il n'était pas garde du corps. Ou riche, investisseur né en Colombie, diplômé d'une université select. Tout était bidon !

Le seul but d'Andy avait-il été que les Lampton se voient ce soir comme de vrais débauchés lâchés dans la grande ville ? S'était-il servi de Ruben pour divertir ses clients comme un… un souteneur qui rentabilisait ses putes ?

À cette idée, une limace imaginaire glissa sur sa queue repue.

Andy sifflota.

— Comment avez-vous réussi un coup pareil, Lily ?

Elle se redressa, fit glisser ses mains le long de son corps voluptueux, puis caressa gentiment la joue de Ruben.

— Tous les hommes apprécient qu'une fille sympa se déchaîne pour eux. Et toutes les femmes fondent quand un dur à cuire s'attendrit pour elles, pas vrai ?

Elle pivota, agita sa crinière et s'éloigna en tortillant du croupion.

La cuisse d'Andy durcit contre celle de Ruben.

— Ben dis donc !

Christy Lampton émit un rire d'ivrogne.

— Mmm !

— C'est une gentille fille, grogna Ruben.

Sa voix était presque un aboiement.

— Elle gagne certainement de quoi payer ses impôts, rétorqua Andy avec un sourire.

Elliot fixait toujours la strip-teaseuse qui traversait le club. Ses yeux paraissaient flamber.

— Elle est splendide !

— Et elle apprécie les couples. Alors, allez-y, sauf si vous devez vous lever tôt demain matin.

— Quoi ? Non, pas de souci ! Merci, mec.

Sur ce, Elliot leur fit des adieux hâtifs. Quant à Christy, elle bruita un baiser à quelques centimètres de leurs joues avant de se précipiter pour rattraper Lily sur la mezzanine. L'arme de Lampton paraissait avoir disparu. *Pas trop tôt.*

Ruben tenta de décrypter l'expression d'Andy.

— Ça va ?

Son patron lui jeta un coup d'œil.

— Une table nous attend au Marquee. Hope nous a réservé un service bouteille et le DJ aime la musique électro. Si ça te dit de danser… Nous pourrions même draguer.

Ruben déglutit et s'agita dans son siège, hyper conscient de la tache qui maculait son pantalon. Sans pouvoir s'en empêcher, il fixa la même marque sur le bas-ventre d'Andy.

— En temps normal, j'aurais dit oui. Mais c'est une question de sécurité : un truc aussi grand, c'est difficile à gérer.

Andy ricana.

— Ce n'est pas ce que j'ai constaté ce soir.

Même s'il ne regardait pas le sexe de Ruben, son sous-entendu graveleux n'en restait pas moins évident. Andy comptait-il continuer à partouzer avec lui ?

— Euh.

Ils se redressèrent ensemble, Andy vacilla et s'agrippa à l'épaule de Ruben, ce qui envoya une décharge électrique le long de son flanc droit. Les cheveux hérissés, Ruben fixa son patron droit dans les yeux et refusa de réagir. *Va te faire foutre, connard !* Il lutta contre l'impulsion de se dégager violemment, d'une prise de soumission [105] ou d'un bon coup de genou dans le bide.

Tout aussi soudainement, Andy le lâcha. Ruben fit rouler son épaule. Son corps se remettait à fonctionner, ses muscles à nouveau irrigués se réchauffaient. Sans doute Andy avait-il usé d'un point de pression ninja. La sensation d'engourdissement s'attardait.

Mamadou apparut avec la facture sur laquelle Andy griffonna sa signature, tout en marmonnant un vague merci.

Ils s'éloignèrent d'un pas lent, prudent. En chemin, Andy recommença à distribuer des billets verts, ce qui leur ouvrit le passage. Aussi discrètement que possible, Ruben fléchit les doigts sur la main droite, désireux de se débarrasser des fourmis qu'il y gardait.

Il tenta de se concentrer sur le côté positif de sa soirée : il avait bien mangé sans débourser un sou, il s'était fait péter une couille et bientôt, il dormirait dans un lit à dix mille dollars qu'il n'avait même pas eu à faire.

Andy avait les yeux vitreux. Bourré, une fois de plus ! Il n'était pas vraiment alcoolique, mais, de temps à autre, il lui arrivait de boire à l'excès. Ça ne faisait pas de lui un ivrogne. Pour la plupart des gens, l'alcool facilitait les choses.

Pas pour Ruben.

---

105 Terme de lutte (catch) : prise de gorge qui force l'adversaire à abandonner sous peine de perdre conscience.

En quittant le club, il entendit dans sa tête la voix éraillée mentholée de Peach : *toi et moi sommes des alcoolos, gamin. Pour devenir très cons, il nous suffit d'une goutte. L'effet est instantané.*

Ruben soupira.

Ne pas boire, ça le tuait.

Sur la 60th, l'air de la nuit était tiède et moite. Dans une ambiance tendue, les deux hommes attendirent que la limousine fasse le tour du pâté d'immeubles. Ils montèrent à bord en silence.

Le pantalon de Ruben commençait à sécher, mais en dessous, ses poils étaient tout collés, une sensation aussi gênante qu'inconfortable.

L'odeur du sperme empuantissait l'habitacle, puissante, musquée, âcre. D'après Ruben décida, c'était probablement de la paranoïa. Et si ça ne venait pas de lui, c'était sans doute Andy.

Berk.

Il tenta de se persuader qu'il était dégoûté, mais son corps ne coopérerait pas du tout. Pire encore, cette odeur l'excitait.

Son frère aurait rigolé et affirmé que le sexe était parfaitement naturel. Marisa aurait exigé de lui une douche immédiate. Quant à Ruben, la satisfaction post-coïtale le poussait à la reconnaissance, aussi humait-il sans se plaindre les relents révélateurs.

La voiture longeait le parc quand Andy inspira profondément.

— Ça pue le stupre et la fornication dans cette foutue voiture, annonça-t-il. Si tu veux mon avis, Rube, ça vient de nous.

Il renifla, puis éclata de rire. Ruben s'étrangla avec son propre rire. Il appréciait cette brutale franchise, qui allégeait l'atmosphère.

Andy le fixait d'un œil conspirateur.

— *Qué paja.* Bon sang, quel pied ! Ça faisait bien trop longtemps !

Ruben détourna les yeux.

— Ah.

Je sais, je suis dans le même cas.

Arrivée à bon port, la voiture s'arrêta, le jeune chauffeur bondit pour leur ouvrir la portière. Ruben se redressa et descendit sur le trottoir. Andy en fit de même.

— Tu es un vrai sauvage, déclara-t-il comme s'il s'agissait d'une blague. Quand tu te lâches, tu n'as plus rien de morose, hein ?

— Par chance, je suis resté sobre.

Ruben passa le premier et traversa le hall de l'Iris. Derrière lui, Andy gloussait, les yeux mi-clos.

158

— C'est vrai, reconnut-il, un peu mélancolique. Tu n'as pas bu une seule goutte. Pourtant, tu dois être encore plus sauvage avec de l'alcool dans le sang !

Il monta dans l'ascenseur et appuya sur le bouton du penthouse.

— Je vous garantis que ce n'est pas joli à voir.

Andy leva les yeux sur lui.

— Ce n'est pas ce que je voulais dire, Ruben. Je… je… Tu es marrant, c'est tout. Je n'ai jamais voulu t'inciter à boire alors que tu… Merde, sûrement pas !

Le silence retomba, lourd et inconfortable, presque étouffant. L'ascenseur indifférent continuait à monter. Dans sa tête, Ruben se faisait engueuler par Peach : elle le poussait à se barrer, comme un Jiminy Cricket, version juif.

La porte s'ouvrit. Ruben entra dans l'appartement et s'apprêta à retourner dans sa chambre.

— T'es pas obligé d'aller déjà au lit.

— Il est tard. Et vous avez trop bu. Près du quart d'une bouteille de Scotch.

Pour le faire taire, Andy lui tapota le bras.

— Pardon. Pardon. Désolé, mec. Vais me dégriser. Prendre une douche.

— Bonne idée.

Ruben ne proposa pas son aide. Première étape. De plus, il s'écarta de quelques pas dans le couloir. Seconde étape. Mais, sans lui laisser le temps de s'échapper, Andy se débarrassa de son costume. Pouf ! À poil ! Exposant le moindre centimètre carré de sa peau lisse et souple, et cette silhouette pâle et musclée de poupée Ken [106] sur laquelle Ruben n'aurait jamais dû fantasmer. Andy était naturel, éhonté. Sa jolie petite queue dodue qui faisait balancier attira le regard de Ruben. Il eut beaucoup de mal à s'en détourner.

— Oookay ! Je… hum, je vais me coucher.

— Une seconde. Une seconde.

Andy se précipita dans la salle de bain. Il y eut un bruit sourd.

Dans la chambre, Ruben s'assit sur le lit. Il enleva ses mocassins qui lui tenaient trop chaud et agita ses orteils libérés. De la pièce voisine lui parvint le doux murmure de la douche, dont les multiples jets martelaient les parois de granit. Puis un cri et une chute suivie d'éclaboussures.

Sans réfléchir, Ruben se redressa.

— Andy ?

Un faible grommellement.

— Suis… tombé. Ça va… aller.

---

106 Compagnon de Barbie, chez Mattel, société américaine de jouets.

Les pieds de Ruben bougèrent en pilotage automatique. Bien entendu, il trouva Andy étalé par terre, dans sa douche. Il essayait de se relever, humide et nu. Sa queue rebondissait contre sa cuisse.

Reste calme. Agis comme si tout était normal.

Ruben entra dans la douche. Ignorant l'eau qui trempait son costume, il s'accroupit et releva son patron.

— Venez ici

Andy se laissa emporter.

— C'est idiot. Désolé, chuchota-t-il. Je suis en train de te mouiller.

— Je mettrai la facture du pressing sur ma note de frais.

Au moins, il ne portait pas ses chaussures.

Andy fixait le sol. Il toussota.

— D'accord.

— Vous devez vous rincer, patron.

Andy acquiesça. En silence. Et ne bougea pas.

— Vous pensez réussir à vous en sortir tout seul ? insista Ruben.

Andy hésita un moment, puis hocha vigoureusement la tête.

— Hmm-mmm.

Sceptique, Ruben se débarrassa de sa veste mouillée. Sa chemise collait à son torse. Et la salle de bain était chaude, embuée, il transpirait déjà. La situation allait vite dérailler s'il n'était pas très vigilant.

— Je ne sais pas… commença-t-il.

Andy frissonna.

— Mais si, tu sais très bien. Je n'aurais jamais dû boire en ta présence.

Ruben décida que, étant déjà trempé, il ne risquait plus rien en ce domaine, aussi passa-t-il un bras autour d'Andy pour le ramener dans la douche. Il laissa la porte de la cabine ouverte.

— Debout ! ordonna-t-il.

À l'entendre, on aurait cru que savonner son patron sous la douche était pour lui une habitude. Andy posa les mains sur le granit, sa position faisant gonfler les muscles de son dos. Une goutte d'eau glissa le long de sa colonne vertébrale jusqu'au cul, incroyablement haut et bombé, puis sur la cuisse ; elle contourna le genou, descendit le mollet, arriva la cheville. Andy plia les jambes et déplaça son poids d'un pied sur l'autre. Les fossettes diaboliques du creux de ses reins se creusèrent.

Ruben déglutit. *Vite. Il te suffit d'aller vite.*

Il récupéra la douchette et testa la température de l'eau sur le dos sa main. Vingt secondes… ça devrait le faire. Il dirigea le jet sur la peau savonneuse, sans pour autant y porter les mains. Si le rinçage était insuffisant, son patron s'en contenterait pour le moment.

Avec un gémissement, Andy laissa pendre sa tête entre ses épaules.

— Argh ! C'est bon !

— Vous êtes bourré, patron.

Presque fini.

Andy acquiesça.

— C'est vrai… désolé. C'est quand même sacrément bon !

Andy bougea un peu pour mieux s'offrir au martèlement des jets massants. Il avait la bouche ouverte et l'eau tombait sur ses lèvres avant de couler jusqu'au sol carrelé.

Le pantalon de Ruben était inondé, l'eau chaude dégoulinait le long de ses jambes. Et il avait une érection, qu'il n'arrivait pas à contrôler. À cause de ce visage aux yeux clos et de ces grognements gutturaux de plaisir qui lui faisaient un drôle d'effet dans les entrailles. *Ça ne va pas du tout.*

— Je vais maintenant vous rincer les cheveux et ce sera tout bon. Attention au shampooing ! N'ouvrez pas les yeux.

Andy tourna son visage vers lui, les yeux clos, la bouche molle, la tête en arrière. *Totalement confiant.* Et il bandait à moitié, sans que Ruben sache exactement pourquoi.

Il dirigea le jet sur les cheveux d'Andy, une partie de la mousse glissa le long du corps souple, jusqu'au drain. Les cheveux s'assombrirent et se collèrent contre le front haut. L'eau chaude les éclaboussait tous les deux. De plus, Andy n'était pas très stable.

Ruben n'osa pas baisser les yeux, de peur d'apprendre une vérité irrévocable. Son pantalon mouillé ne cachait certainement rien de son état. Une chance qu'Andy ne puisse le voir.

— J'ai presque fini, chuchota-t-il. N'ouvrez pas les yeux !

La mousse paraissait résister à l'eau. Sans réfléchir davantage, Ruben se pencha et frotta doucement le cuir chevelu d'Andy, pour le débarrasser du shampooing. Il sentit sous ses doigts la raideur de l'épi et sourit. Il continua à essorer les longues mèches, sans plus inquiéter de ses vêtements.

Voir Andy ainsi, docile et nu, exposé devant lui, exigeait beaucoup de son self-control. Il était temps d'arrêter. Pourtant, Ruben n'y parvenait pas. Il frotta le crâne de son patron, plus rigoureusement que nécessaire. Andy ne se plaignit pas d'être molesté. Il se redressa et, pour s'équilibrer, posa ses mains sur les épaules de Ruben. Il gardait les yeux fermés.

Ploc. Un contact sur sa cuisse à travers la laine mouillée. Ce devait être le sexe d'Andy. Ruben, arraché à sa transe, tressaillit et recula d'un pas.

Ça suffit ! Arrête tout !

Les genoux flageolants, il écarta le corps nu. Pour ça, il empoigna la courbe ferme de la hanche, juste au-dessus du cul parfait.

161

— Je pense que c'est bon.

— D'accord.

Au calme de sa voix, Andy n'avait rien remarqué. Ruben évita soigneusement de le regarder pendant qu'il coupait l'eau, puis quittait la cabine pour récupérer une grande serviette de bain.

Si Andy devinait ce que pensait son garde du corps, serait-il mécontent ? Excité ? Dégoûté ? Soulagé ? Mal à l'aise ? Ruben n'en avait pas la moindre idée.

Il jeta la serviette à son patron, la tête détournée. *Tu es mal barré, très mal barré.*

— Ça va ? demanda-t-il.

— Oui. Beaucoup mieux. Merci.

— Tant mieux.

Sa main – celle qu'il avait posée sur Andy – le brûlait toujours.

— Excuse-moi d'être tombé. Et d'avoir trempé ton costume.

Ruben secoua la tête.

— Ce n'est pas grave.

Du coin de l'œil, il vit bouger la serviette, pendant qu'Andy essuyait sa peau parfaite. Ruben commençait à avoir froid dans ses vêtements humides, mais il n'avait pas l'intention de se déshabiller. Il était déjà suffisamment humilié et terrifié par la sauvagerie de ses pulsions.

— Je vais… euh, me changer.

— Bien sûr. Encore une fois, toutes mes excuses, mec.

Andy s'enveloppa dans la serviette et avança vers lui, son érection soulevant le tissu éponge. Il cligna des yeux.

Ruben décida que la fuite était sa meilleure option. Il tourna les talons et agita la main par-dessus son épaule.

— Bonne nuit, jeta-t-il.

— Oh. Oui, bonne nuit, répondit son patron dans son dos.

Tout dégoulinant, Ruben traversa la chambre d'Andy et dévala l'escalier de la bibliothèque pour rejoindre ses quartiers. Il referma sa porte avec un claquement déterminé. Il se déshabilla dans la salle de bain. Il eut un peu de mal à décoller la chemise de sa peau. Une fois nu, il constata qu'il avait la chair de poule, son corps lui semblait poisseux, insensible. Seul son sexe n'avait pas reçu le message : il s'érigeait toujours sous le coton humide de son caleçon.

Ruben baissa les yeux pour examiner sa main. Il fléchit plusieurs fois les doigts, sans réussir à effacer de sa mémoire la chair pâle d'Andy qui paraissait incrustée au fer rouge dans sa paume. À sa grande horreur, Ruben finit par porter sa main à son nez pour la humer, à la recherche d'une bonne odeur de pain frais, qui se serait miraculeusement mêlée au parfum musqué de sa peau. Il avait l'impression que ses doigts étaient chauds et sensibles, comme après une brûlure. Il finit par frotter sa paume sur sa mâchoire rugueuse espérant que ce contact suffise à lui faire oublier ses absurdités.

Cachondo.

Il ne put résister davantage : il ouvrit la bouche et posa la langue là où s'attardait le souvenir d'Andy. Il ne goûta que le sel de sa transpiration. Il frissonna.

Dans sa main où la salive séchait, la sensation brûlante s'apaisait.

Ruben se débarrassa de son caleçon et prit une douche. Il monta la température de l'eau autant qu'il l'osa et s'ébouillanta presque.

Ce n'est pas pour autant que sa main oubliait Andy.

IX

PERSONNE NE devrait s'excuser pour un acte forcé.

Pour bloquer ses fantasmes indécents, Ruben ne dormit pas et se mit à vérifier et revérifier tous les systèmes de sécurité.

Quatre jours après la soirée Jaded, il se réveilla un peu après minuit.

Encore des rêves, encore des questions, encore une érection. Il devait quitter le penthouse, s'éclaircir les idées, reprendre ses esprits. Il lui fallait de l'oxygène, de la perspective. À l'Iris, il avait l'impression de vivre dans un casino. Il suivait mal le passage des jours parce qu'il n'y avait ni horloges, ni horaires réguliers, ni routine. À la place d'une vie normale, c'était le bling-bling, une sinécure de boulot-bidon qui lui mettait la tête à l'envers.

Il téléphona à Peach et lui laissa un message, ce qui le soulagea peu parce qu'il n'avait pas évoqué ses sentiments vis-à-vis d'Andy. Il voulait rentrer *chez lui*, mais que voulait-il dire par là, il n'en savait foutrement rien. Pour être franc, il se sentait remarquablement chez lui dans cet immeuble ridicule, même s'il n'avait aucun droit à l'espace qu'il occupait. Il valait tout de même mieux qu'il aille chez Charles : l'appartement était pour le moment vide, dans un quartier décent.

Il vérifia l'heure : 12 h 17.

Andy dormait encore, car il avait encore trois bonnes heures avant sa conférence téléphonique prévue avec Londres. Ruben se convainquit qu'il serait de retour avant même qu'on le sache parti. S'il tenait à son escapade, il n'avait pas beaucoup de temps.

D'accord, alors, dépêche-toi.

Sans même reprendre une douche, il enfila un jean qu'il n'avait pas porté depuis des semaines. Après s'être coiffé d'une casquette de baseball, il vérifia que ses clés étaient bien dans sa poche.

— J'ai faim, j'en ai marre, je me sens seul, je suis fatigué, murmura-t-il. Faim, marre, seul, fatigué.

Encore et encore, comme un mantra.

En arrivant dans la 84th Street, il voulut héler un taxi et découvrit avoir oublié son portefeuille au penthouse. C'était sans importance. Il serait de retour avant d'en avoir besoin.

Il marchait dans Park Avenue quand son téléphone sonna.

— Peach, prononça-t-il d'un ton anxieux en guise de salut.

Ça n'allait pas. Ces confidences qu'il avait besoin de partager lui restaient coincées dans la gorge.

— *Oh, gamin ! Parle-moi.*

Elle avait la voix rauque d'une personne réveillée en sursaut. Elle ne mentionna pas l'heure indue, mais elle semblait grincheuse et très fatiguée. Il céda et révéla tout, sauf son obsession concernant Andy.

— *Tu vis trop seul, Ruben.*

— Je ne suis jamais seul.

Contrariée, elle parut tout à coup plus âgée.

— *Tu es tout seul, aussi bien dans ce gratte-ciel au milieu des nuages que sur ton canapé. Tu avances tout droit vers un suicide programmé. Tu vis dans une cage, gamin, et pour les gens comme nous, l'isolement est un danger.*

— Non. Il m'arrive de sortir. Là, justement, je vais dîner avec mon frère.

— *Au milieu de la nuit ?*

À l'autre bout du fil, il y eut un bruissement de draps. Puis elle reprit :

— *Tu devrais peut-être changer de sponsor et t'en trouver un à New York. Ça pourrait aider, qui sait ?*

Ruben fronça les sourcils, il se sentait coupable.

— Je vous ai réveillée, c'est ça ?

Les rues étaient désertes, pourtant, il se sentait tenu de chuchoter.

Peach eut une toux sifflante, asthmatique.

— *Je suis trop vieille pour dormir. Ruben, parle-moi franchement. As-tu rechuté ? As-tu recommencé à boire ?*

— Non ! Peach, non. Il ne s'agit ni d'alcool ni de drogue. C'est...

Andy.

— Je vais très bien, ajouta-t-il.

Sacré mensonge.

— *Non, mais, pour qui tu me prends ? Ce n'est pas une vieille chouette qu'on fait gober des conneries pareilles ! La paranoïa. Les secrets. La perte de contrôle. Le problème, ce n'est pas le fardeau que nous portons, c'est plutôt la façon dont nous le gérons. Parle-moi, gamin.*

— Je me sens seul, c'est tout. Je ne veux pas d'un nouveau sponsor. Je n'en ai pas besoin, je vous le jure. J'aimerais juste... savoir prier.

Elle soupira.

— *Ruben, essayer de prier, c'est déjà une prière. Respire un grand coup. Comment ça se passe, ta quatrième étape ?*

Il s'arrêta à un feu rouge, alors que la rue était vide.

— Écoutez, je suis presque arrivé. Puis-je vous rappeler demain ?

À peine les mots sortis de sa bouche, Ruben savait qu'il n'en ferait rien.

— *D'accord. D'accord. Mange. Dors. Travaille tes étapes.*

165

Elle écarta le combiné du téléphone pour tousser. Longuement.

— *Ruben, je t'aime,* dit-elle ensuite. *Dieu t'aime aussi et tu ne peux rien y faire. C'est comme ça. D'accord ?*

Puis elle raccrocha.

Une grenade dégoupillée. Il ne lui restait guère de temps avant l'explosion. Combien avait-il exactement ?

Le feu piéton passa au vert. Ruben tressaillit et traversa la rue qui menait chez son frère. La porte d'entrée et l'escalier lui semblèrent étrangement rétrécis.

Quand il déverrouilla la porte, il s'attendait à ne trouver personne. Mais, à peine entré, il sentit une odeur de champignons frits.

Merde !

C'était Charles, il faisait une omelette pour Daria et ne portait qu'un boxer et un tricot de corps. À ses cheveux humides de transpiration et son sourire repu, pas besoin d'être un génie pour deviner à quoi il avait consacré sa dernière heure.

— Enfin, te voilà !

Tout sourire, Charles pointait un doigt sur lui, comme s'ils avaient eu rendez-vous pour prendre un petit déjeuner après minuit. À la porte de l'étroite cuisine, Ruben hésita.

Puis il vit au-dessus de sa tête un disque en plastique blanc au centre duquel clignotait une petite lumière rouge. Le détecteur de monoxyde de carbone qu'il avait sauvé de la poubelle, chez Andy, semblait en parfait état de marche.

Charles suivit son regard.

— Excellente amélioration de l'habitat. Dorénavant, nous respirons plus facilement. Merci, frangin.

— Carlos ? Tu m'as parlé ?

La voix hésitante de Daria arrivait de l'autre bout du couloir.

— Non, c'était à mon frère.

Tout en répondant à sa maîtresse, Charles remuait sa mixture d'une cuillère en bois.

Ruben détourna les yeux vers le salon obscur et regretta de n'avoir pas d'autre endroit où aller.

— Je ne savais pas que tu serais là, marmonna-t-il. Désolé, mec.

— Ce n'est pas grave. Tu as faim ?

Il désignait sa poêle. Ruben secoua la tête. Il n'avait pas réfléchi, se voyant juste passer un moment dans l'appartement à réfléchir tranquillement. C'était le pire problème de sa vie à New York : ne jamais pouvoir être seul.

Daria les rejoignit ; elle portait un ample sweat-shirt de Charles et le bas d'un pyjama à froufrou. Sur la défensive, elle croisa les bras sur ses seins opulents.

Gêné, Ruben secoua la tête.

— Salut. Je suis franchement désolé de vous tomber dessus comme ça.

Elle sourit. Il comprit alors qu'elle ne lui en voulait pas.

— En général, répondit-elle, nous ne dormons pas ici parce que mon appart' est bien plus sympa, mais ce soir, nous étions à un concert dans la 82d Street, alors, ça aurait été idiot de retourner jusqu'aux Queens.

Ruben acquiesça, les doigts moites de transpiration. Il mourrait d'envie d'un verre... d'un peu d'alcool, n'importe lequel... sa gorge en palpitait. À la fin des réunions AA, l'animateur demandait au groupe si quelqu'un avait éprouvé un « désir brûlant ». En clair, si l'un d'eux, une fois livré à lui-même, était en danger imminent de recommencer à boire. Parfois, certains membres n'avaient pas eu l'occasion de partager durant la réunion, ou de se faire entendre, et c'était leur dernière chance de le faire.

Pour la première fois, Ruben comprit le sens de ces mots. *Désir brûlant*.

Une chance pour lui que Charles et Daria étaient là ce soir. Sinon, Dieu seul savait quelle connerie qu'il aurait faite, étant seul.

Le couloir était chaud et étouffant, mais ce fut la honte qui le fit rougir.

— J'avais juste besoin d'une pause. De prendre un peu l'air. De m'éclaircir les idées.

— Bien sûr, répondit gentiment Daria

Elle s'approcha de Charles, qui cuisinait toujours, et lui tapota le bras.

Étonné, Charles leva un sourcil et se tourna vers son frère.

— Tu n'avais pas dit que l'appart' de ton patron avait une terrasse, une piscine et tout et tout.

— Oui, mais, c'est une vraie forteresse. Toujours barricadée, surveillée. Tu n'imagines pas la pression !

Daria haussa les épaules.

— C'est vrai, parfois, c'est bien agréable de ne rien avoir entre soi et le ciel.

Ruben approuva d'un mouvement de tête. Il aimait bien cette fille. Il espérait que Charles la traitait correctement.

— Quand mes parents ont quitté Porto Rico pour venir en Amérique, enchaîna Daria, nous avions tous l'habitude de passer la journée à bader devant les fenêtres.

— Pfft ! Bien sûr ! Des Portoricains ! s'écria Charles.

À l'entendre, l'explication se suffisait à elle-même. Elle le frappa sur le bras.

167

— Chut. À San Juan [107], les bâtiments dépassent rarement un étage. Mais à New York, à cause de ces immenses tours de pierre, de métal et de verre, il n'y a pas de vue !

Elle se mit à rire, aussi le firent-ils aussi. Ruben revit sa mère autrefois, dans le jardin derrière la maison, occupée à ramasser des tomates. Les gens immigraient aux États-Unis pour quitter la vie qu'ils connaissaient, mais, le plus souvent, ils emportaient avec eux leurs coutumes et leur passé leur restait accroché comme un boulet. Et lui faisait pareil. Son déstabilisant problème vis-à-vis d'Andy ne correspondait-il pas, en partie du moins, à ses efforts pour échapper à la banlieue ?

Ruben croisa les bras et les serra autour de sa poitrine.

— Je dors mal ces derniers temps, je me suis dit que je devrais peut-être sortir et assister à une réunion.

Encore un mensonge, mais plutôt honorable.

— Hé, tu ne rebois pas, j'espère ? demanda son frère.

— Non, répondit Ruben.

Sceptique, Charles fronçait les sourcils.

Daria secoua la tête.

— Carlos, souffla-t-elle.

Ruben sourit à la jeune femme.

— Il a raison, je dois rester vigilant. Les AA disent toujours : « ne pas confondre rémission et guérison complète. Quand l'ascenseur est en panne, prenez l'escalier, une marche après l'autre. » C'est une image. Une étape après l'autre,

même si Ruben ressentait parfois un bref élan de honte ou d'humiliation, ça ne durait pas. Sauf une fois, juste après son divorce, lors d'une de ses premières réunions, car AA dépouillait les nouveaux adhérents de leur masque, de leur armure, et les forçait à contempler les décombres de leur vie pour déterminer ce qui pouvait encore être sauvé. Même en abandonnant l'armée, Ruben n'avait pas eu honte : il ne pensait qu'au bébé que Marisa et lui venaient de perdre, pas à l'engagement militaire qu'il avait renié avec tant de désinvolture.

Charles fit glisser ses œufs dans une assiette et en vola une bouchée au passage.

— Écoute, la paie est bonne. Et dans ce boulot, à part une intrusion l'autre nuit, il ne se passe pas grand-chose de dangereux, pas vrai ?

Daria lui jeta un coup d'œil furtif avant de se retourner pour scruter Ruben.

---

107 Capitale de Porto Rico, territoire non incorporé des États-Unis.

— Tu as un pressentiment, c'est ça ? Concernant cet appartement ? demanda-t-elle.

Il acquiesça.

— Oui. Je ne peux même pas expliquer pourquoi. J'ai l'impression d'avoir toutes les pièces du puzzle, mais d'être infoutu de les assembler. Parce que je suis trop nul pour comprendre.

Charles brandit vers lui sa fourchette.

— As-tu au moins fouillé les lieux ? Pour chercher… je ne sais pas, des réponses, peut-être, des micros cachés. Ou des documents compromettants.

Daria eut un sourire gentil, maternel.

— Ruben, tu es sans doute trop seul, et depuis trop longtemps. Et puis, tu travailles trop. Tu devrais sortir, rencontrer des gens, des gens normaux.

— J'adorerais ! répondit-il, sincère. Mais Andy tient à ce que je vive là-bas, avec lui. Enfin, je veux dire… Bauer.

— Il veut un coloc, reprit-elle. Il t'aime bien. Pourquoi ne pas organiser un barbecue ? Quand tu retourneras là-bas, tu devrais inviter tous les voisins pour un repas convivial. Ça crée des liens.

— Je ne pense pas que ces gens-là tiennent à ce genre de lien.

Daria pencha la tête.

— Pourquoi dis-tu ça ? Les as-tu seulement rencontrés ? Les voisins sont les mêmes partout, *papà*. Qu'ils soient riches ou pauvres, les gens restent des gens.

Elle griffa doucement son bras de ses longs ongles roses. Pour une fois, il ne tiqua pas devant cette invasion de son espace personnel. Ce qui prouvait à quel point Andy avait démoli ses défenses en quelques semaines.

Ruben soupira.

Comment expliquer ce qu'il éprouvait en présence d'Andy, ou combien ce travail le changeait ? Il ouvrit la bouche, puis la referma. Sa solitude l'étouffait aussi efficacement qu'un python.

Daria le dévisageait avec compassion.

— Oh, *papá* !

Charles se mit à rire.

— Souris, frangin ! Il y a des hauts et des bas dans la vie.

— Tu as faim, Ruben ? demanda Daria.

Elle lui proposait son assiette. L'omelette sentait délicieusement bon, pourtant, Ruben refusa.

— Je crois que tu as raison, Daria. J'ai besoin d'air plus. Je vais rentrer à pied. Je trouverai une solution, d'une manière ou d'une autre.

Elle s'essuya les mains et le serra dans ses bras.

— Tout ira bien.

Ce n'était pas une question, mais une assertion.

— Bien sûr ! répondit Charles à la place de son frère.

Il envoya à Ruben une bourrade dans le dos.

— Je vais retourner surveiller le gamin qui a crié « au loup ».

— Quelque part, tu as ta réponse, tu ne crois pas ? jeta Daria avec un sourire.

— Pourquoi dis-tu ça ?

Elle fixa droit dans les yeux, sans ciller.

— Rappelle-toi l'histoire [108] : le gamin avait raison. Il y a bien eu des loups.

Ruben se figea. Daria acquiesça, comme si elle comprenait ce qui se passait dans sa tête.

— Et le petit garçon était triste, ajouta-t-elle. Il pleurait.

Ruben était maintenant impatient de se mettre en route, de refaire ce long trajet, dans la nuit, les mains dans les poches.

Le « désir brûlant » avait disparu. Mais pas les questions troublantes.

Il retourna au penthouse et retrouva sa chambre sans incident. Il brancha le réveil pour 4 heures, pensant avoir l'occasion de fouiller l'appartement pendant qu'Andy s'en prendrait aux Britanniques. Peut-être même pourrait-il accéder à l'équipement de surveillance ? Les réponses qu'il cherchait devaient bien se trouver ici, quelque part. D'après Ruben, probablement dans les quartiers privés d'Andy. Pour se dorer la pilule, il prétendait s'intéresser aux indices concernant la menace pesant sur son patron, mais en vérité, il tenait à mieux comprendre Andy avant de commettre une folie qui les mettrait tous les deux dans l'embarras.

Il y avait bien des loups.

Fouiller les affaires personnelles d'Andy pour des raisons qui n'avaient rien de professionnel était contraire à l'éthique, mais Ruben voulait absolument avoir une idée de ce que pensait son patron. Et Charles avait raison : pour le moment, il n'avait pas suffisamment inspecté les lieux.

Qui savait ce qu'il allait découvrir ?

À 4 h 15, Ruben était devant le bureau ; il écouta le temps de s'assurer qu'Andy était bien à l'intérieur. Ensuite, il monta furtivement à l'étage supérieur et se rendit sur la pointe des pieds jusqu'à la chambre principale. Il y était venu rarement, et toujours accompagné. Le luxueux repaire d'Andy embaumait le pain frais.

---

108 *Pierre et le Loup*, conte musical russe pour enfants, du compositeur Sergueï Prokofiev (1891/1953).

Ruben commença par le plus facile. Les livres de la bibliothèque comprenaient des biographies d'hommes d'affaires célèbres et des thrillers, des livres de poche rouge et noir avec des cibles et des silhouettes stylisées. Les quelques DVD étaient essentiellement des films d'action, plus un coffret de Hitchcock. Rien d'anormal.

Il vérifia sous le lit, où il ne trouva ni pièce ni chaussure, ce qui lui parut bizarre. Sans doute était-ce dû à la conscience confessionnelle de la femme de ménage.

Sur la table de chevet, plusieurs cartes de visite, une boîte de préservatifs japonais ultrafins – *deux manquaient* – et un flacon de lubrifiant siliconé. Soit Andy se masturbait avec de la vaseline, soit il tenait vraiment à un graissage complet avant de se mettre au travail.

Ruben sentit son cœur rater un battement en imaginant Andy occupé à se masturber sur ce lit. Il ne trouva pas de mouchoirs en papier, mais peut-être son patron s'essuyait-il avec son caleçon ou une serviette. Ou peut-être gardait-il son sperme chaud sur sa peau... tandis que lui, Ruben dormait juste en dessous.

Lui revint en mémoire la vision d'Andy sortant de la piscine dans son short trempé... Puis son rêve érotique sur la plage et...

très vite, il cligna des yeux pour revenir au présent.

Cachondo.

Il referma vivement le tiroir de la table de nuit. Merde, qu'est-ce qu'il foutait au juste ? Un comportement aussi addictif risquait de lui poser des problèmes. Il aurait dû démissionner dès la première semaine. Il avait essayé.

Il fit un bond en entendant un bourdonnement assourdi. *Grillé !* Mais non, c'était juste le compresseur qui se déclenchait. Pourtant, Ruben se souvint que l'heure tournait.

Un rouleau de tissu blanc attira son attention sous la table de chevet, contre le mur. Un mouchoir ? Un boxer ? Il le récupéra.

Le coton était mouillé et l'odeur âcre, révélatrice. Rien qu'en se penchant, Ruben avait su ce dont il s'agissait. Il le prit quand même : un caleçon trempé de sperme. Puisque c'était encore humide, ça datait de ce matin.

Ainsi, Andy se masturbait. Et alors ? La plupart des gars faisaient la même chose.

Ruben se lécha les lèvres, conscient de la tension de son bas-ventre. Il marchait sur de la glace très *très* mince. Son souffle paraissait bizarre, erratique. D'instinct, il inspira profondément : le coton blanc sentait le foutre et Andy. Ruben était à deux doigts de tomber dans une perversion susceptible de le propulser à la une des tabloïds. Pourquoi Andy avait-il laissé ce caleçon trempé ? Sûrement pas pour la femme de chambre… Alors était-ce, pour que Ruben le découvre ?

Ou tu deviens complètement tordu : un harceleur monomaniaque.

Il remit le caleçon là où il l'avait trouvé. Ses mains tremblaient si fort qu'il préféra serrer les poings. Il s'attardait trop. Il vérifierait encore la penderie, puis redescendrait. D'une minute à l'autre, Andy risquait de terminer sa conférence téléphonique.

La penderie était plus vaste que l'appartement de Charles. À part dans un grand magasin, Ruben n'avait jamais vu autant de costumes sur cintres. Il en compta trente-six. Plus treize paires des chaussures habillées, deux paires de chaussures de sport sur mesure, des bottes de cow-boy en crocodile – qui n'avaient jamais été portées, car les semelles étaient aussi brillantes que des ongles vernis. Sur l'une des parois s'alignaient des cravates de toutes les couleurs ; les ceintures étaient soigneusement roulées sur une clayette ; les maillots de bain se trouvaient dans une mallette en osier. D'autres étagères pour les chaussettes, les tee-shirts et débardeurs soigneusement pliés. Dans un coin, dans un panier à linge à linge sale, se trouvaient le tee-shirt et le caleçon qu'Andy avait portés pour dormir.

Ruben fit une pause devant ce panier. Jusqu'à ce moment, il avait évité de s'attarder sur son obsession pour le sexe d'Andy. Ça lui donnait une sensation glacée au creux du ventre.

Tu déconnes à plein tube. Il ne fouillait pas cette chambre pour parer les menaces concernant Andy, mais pour satisfaire ses impulsions embarrassantes. Il lui était déjà arrivé de mater d'autres gars dans les douches communes, ou bien aux vestiaires, mais jamais parce qu'il les désirait.

Il parcourut pourtant les tiroirs, vérifia sous les chaussettes, les chemises, les caleçons… et ne trouva rien.

Depuis qu'il ne buvait plus, il avait changé, alors peut-être était-il juste jaloux d'une vie luxueuse qu'il ne pouvait s'offrir. Il n'était ni bigot ni homophobe, mais putain, il n'était pas pédé ! Jamais il n'avait fantasmé sur un cul poilu.

Mais celui d'Andy n'avait pas de poils – et Ruben le savait parfaitement. Ce délicieux arrière-train crémeux, musclé et ferme continuait à l'obséder.

Andy n'était ni efféminé ni pute. Il ne rentrait dans aucune des cases que Ruben connaissait, ce qui rendait la situation encore plus effrayante.

Il y avait bien des loups.

La fouille continua sans surprises jusqu'à ce que Ruben passe derrière les cintres et trouve, dans un petit coffret, de l'herbe et du papier à rouler. Et, dans un carton à chaussures, sur la deuxième étagère, du porno assez hard,

M/F en général, genre amateur ou *gonzo* [109]. *Chaleur dans les rues. Poupées débridées.* Les personnages semblaient authentiques, les femmes avaient de vrais seins. Les couvertures vulgaires détonnaient tellement sur le somptueux tapis en laine que Ruben aurait presque pu croire ces DVD empruntés, s'il n'avait pas connu la solitude d'Andy. En dessous, deux magazines *Penthouse*.

Et alors ? Le porno ne lui révélait rien de spécial. L'un des titres était « bi », mais de nos jours, ça ne signifiait plus grand-chose. Même les femmes adoraient ces trucs-là ! La plupart des mecs étaient basanés, Hispaniques et Italiens, avec la même couleur de peau que lui, mais là encore, pas mal d'ouvriers latinos à la recherche d'argent facile faisaient du porno.

Ça ne signifiait pas qu'Andy s'intéressait à lui.

Bref, pour savoir ce qu'Andy pensait ou ressentait, il devait parler le premier.

En bougeant un des DVD, Ruben trouva le message qui lui était destiné, écrit de la main d'Andy :

BEAU BOULOT, RUBE

Une terreur froide le parcourut, faisant trembler ses mains. À toute hâte, il remit en place les DVD. *Ha, ha, la bonne blague.* Andy s'était douté qu'un jour ou l'autre, son garde du corps fouillerait ses affaires. Ceci justifiait-il les actions de Ruben ? Non. De plus, Andy s'était trompé sur ses motivations : ce n'était pas que Ruben ne lui fasse pas confiance, au contraire, mais sa curiosité devenait personnelle. Et ça, Andy l'ignorait.

Et « M. Bauer » se fichait complètement qu'on découvre ses embarrassants petits secrets. En fait, sans doute les avait-il délibérément plantés pour que Ruben tombe dessus. Du coup, les DVD pornos n'étaient probablement qu'une plaisanterie stupide. Tout comme le caleçon trempé de sperme. C'était d'un goût douteux ! *Ha, ha.*

Après un mieux ayant duré quelques semaines, Ruben redevint aussi nerveux que le premier jour. Ce boulot était bidon. Andy inventait conspirations et danger pour que tout le monde se sente important, valorisé. Andy s'était foutu de lui !

Quelle différence ça faisait-il, au fond ? Riches et pauvres pouvaient déconner. À l'heure actuelle, Ruben aurait dû être habitué à ce constant conflit entre splendeur et misère. *Les riches n'ont pas de cœur.*

En pilotage automatique, il passa vers la salle de bain se laver les mains, bien qu'elles ne soient pas sales. Pas mal secoué, il quitta la chambre

---

109 Terme italien « idiot, crédule, dupe » qui qualifie la pornographie brute et non-fictionnelle.

et parcourut le couloir, décidé à ne rien dire à Andy concernant ce message et cette foutue plaisanterie jouée à ses dépens.

Il entendit couler de l'eau à l'étage du dessous. Puis une porte de placard claquer. Le bruit d'un couteau sur une planche à découper. À cette heure indue, quelqu'un était occupé dans la cuisine à préparer le petit déjeuner.

Honteux de lui-même, Ruben dévala l'escalier en colimaçon et arriva au salon où il s'attendait à entendre la voix d'Andy. Bon Dieu, le mec avait probablement passé la dernière demi-heure à le regarder fouiller ses affaires sur ses écrans de surveillance.

La cuisine était une bulle de lumière.

Instantanément, Ruben oublia son irritation et son embarras. Andy cuisinait en fredonnant. Il dansait à la musique de son iPod devant le comptoir, l'air innocent, inconscient des pensées qui agitaient son garde du corps. Le beau visage fraîchement rasé était empourpré de plaisir. Après avoir engueulé les Londoniens, il ne s'était ni changé ni habillé. Il portait un tee-shirt en lambeaux, ouvert sur ses flancs, et un de ces shorts courts qui faisaient saliver Ruben.

Tout en faisant des sandwiches, Andy dansait dans la cuisine : on aurait cru un banlieusard devant une vidéo de Missy Elliot [110]. Il bougeait les hanches et les épaules, et hochait la tête en cadence, comme seul pouvait le faire un blanc de trente-huit ans.

Ruben sourit. Voir son patron si maladroit et vulnérable l'attendrissait et lui faisait chaud au cœur. Il faillit crier « bonjour ! », mais s'en abstint pour profiter un peu plus longtemps du joyeux spectacle. Aussi resta-t-il planqué comme un voyeur.

Andy chantait toujours, archifaux, à la fois grotesque et douloureusement adorable. Cette danse détendue, confiante, heureuse avait de nombreuses implications : Andy se fiait à Ruben pour le protéger dans sa ridicule cage dorée.

Et Ruben se sentait particulièrement protecteur, presque sur la défensive, désireux de défendre Andy contre les menaces. *Beau boulot, Rube.* C'était lui, le loup, et Andy l'ignorait. Maintenant et toujours.

Combien de temps allait-il pouvoir rester immobile avant qu'Andy le repère ? Et si c'était le cas, Andy lui en voudrait-il ?

Ruben ne bougea pas aussi longtemps qu'il l'osa. Il s'en voulait un peu de sa sournoiserie, tout en se disant qu'il ne faisait que son travail. Peut-être Andy ne saurait-il jamais qu'il avait fouillé ses affaires. Peut-être le message était-

---

110 Rappeuse, auteure-compositrice et productrice américaine.

il un test. Peut-être Andy l'avait placé des semaines plus tôt, avant de mieux connaître Ruben – ou avant que Ruben perde la tête en ce qui le concernait.

Andy finit par se retourner, il aperçut Ruben et lui offrit un sourire si lumineux qu'il en devenait aveuglant.

Si tu n'es même pas fichu de te mentir, qui penses-tu réussir à convaincre ?

X

QUAND TU danses avec un gorille, c'est lui qui décide quand la danse est finie.

Après sa fouille matinale dans les affaires d'Andy, Ruben se sentit assez coupable pour s'asseoir et regarder un film. Il resta sur l'autre canapé, bien entendu, et durant la projection, il émit les bruitages appropriés sans commenter le fait qu'Andy buvait.

Puis Andy s'endormit sur son canapé. Cette fois-ci, Ruben le réveilla et le conduisit dans sa chambre.

Nous ne sommes pas des colocs, ne cessait-il de se répéter. Malheureusement, voir Andy dans cet état, tout somnolent et vulnérable, lui mettait dans la tête des idées sacrément folles, aussi préféra-t-il s'asseoir sur la terrasse. Alors qu'il regrettait de ne pas avoir de cigarette, il se souvint d'en avoir caché quelques-unes au trente-troisième étage.

Comme prévu, il n'y avait personne à la piscine à 23 heures. Les ados du dix-neuvième étaient sans doute occupés à siffler le gin de leur père. Souvent venu se baigner, Ruben savait que d'autres que lui fréquentaient la piscine, mais la nuit, il était le seul à venir. De la rue, trente-trois étages en dessous, lui parvenait le bruit de la circulation, régulier et assourdi, comme les vagues quand la marée montait. Il n'y avait pas d'air.

Ruben se pencha pour regarder Park Avenue et la chaleur humide lui colla à la peau. En vérité, l'Upper East Side était un îlot sur l'île de Manhattan. De rares voitures arpentaient paresseusement les rues désertes. Bientôt minuit et plus un chat dans Park Avenue. Pas à dire, ces petits blancs rupins aimaient le calme ! Certains étaient sans doute sortis dîner, ou baiser chez le voisin, ou faire Dieu savait quoi, mais pour rien au monde ils ne feraient du bruit après 22 heures.

Ruben tira sur sa cigarette illicite et garda la fumée dans les poumons… le temps de réfléchir à une vérité incontournable.

Tu n'es pas à ta place, Oso.

Il souffla longuement. L'air moite gardant la fumée autour de son visage, il dut agiter la main pour s'en débarrasser. En remontant au penthouse, il lui faudrait prendre une douche, sinon ses cheveux garderaient une odeur de nicotine. Et dans ce cas, il avait de bonnes chances de recevoir un sermon interminable de son boy-scout de patron.

Bien sûr, Andy avait raison : la cigarette n'était pas mieux que l'alcool. Encore une ridicule addiction dans laquelle Ruben retombait peu à peu. Il devait cesser de fumer. Et se trouver un appartement, et faire un bilan de santé, et rencontrer une fille, et manger des légumes verts de temps à autre. Oui, il lui fallait accomplir toute cette foutue liste. *Une connerie à la fois.* Pire encore, il savait vouloir arrêter de fumer pour complaire à Andy. Parce qu'au fond de lui, il crevait d'envie de recevoir l'approbation d'un type bien, avec la tête sur les épaules. Pas vraiment une obsession, plus une intense admiration qu'il ferait mieux de bien cacher.

En y réfléchissant, cesser de fumer était une des résolutions les plus faciles. Pourquoi ne pas commencer par là ? Ruben imaginait déjà le petit sourire soulagé de M. Bauer… bien plus important pour lui qu'une autre bouffée de nicotine. *Dément !*

Peut-être son problème venait-il essentiellement de là. Sa vie était nulle, contrairement à celle d'Andy. Oui. Peut-être son attirance visait-elle plutôt un quartier et un mode de vie qu'il n'avait jamais eu l'occasion d'apercevoir d'aussi près. Il voulait être un de ces types qu'on voit à la télé, en costume sur mesure, pour que des filles de rêve se jettent avidement sur sa peau brune.

Parce qu'il n'était pas pédé. À l'école, il n'avait jamais fricoté d'autres gars. Ailleurs non plus. Et il en connaissait qui l'avaient fait, oui, qui l'avaient pris dans le cul avant de rentrer dans le rang, de se marier et d'engendrer leurs héritiers.

Ce qu'il éprouvait aujourd'hui n'était pas ça du tout. Fricoter ? Non, ça n'avait rien à voir.

Il absorba une autre bouffée et tenta de s'imaginer partageant une fille avec Andy, la ravageant en même temps, de leurs deux queues, pendant qu'elle prenait un pied à tout casser. Tout de suite, il constata que ça n'allait pas. La nana de son fantasme était sans visage et le seul truc qui le faisait bander, c'était l'idée qu'Andy perde la tête et se penche pour l'embrasser avidement, tout en lui marmonnant des phrases incompréhensibles, en espagnol.

Il releva les yeux vers l'étage d'Andy. Aucun bruit, aucune lumière, juste un pressentiment, un désir ardent. Seigneur ! Le seul truc qui n'allait pas, c'était qu'Andy était trop loin. Et le seul danger qu'il courait, c'était que Ruben lui saute dessus.

Malgré les jours écoulés, Ruben n'avait pas oublié le contact humide des hanches d'Andy quand il l'avait aidé à sortir de la douche, la fermeté des muscles, l'aspérité de l'os sur lequel il avait refermé les doigts, le temps d'un battement de cœur. Il n'avait pas oublié non plus avoir goûté la brûlure au creux de la paume. Il perdait tout contrôle.

177

Il reporta sa cigarette à sa bouche. Une brusque rafale écarta momentanément l'air moite. D'un geste discret, Ruben essuya la moiteur de sa poitrine. Fini de jouer au gendarme et au voleur ! Rêvasser sur Andy ne lui faciliterait sûrement pas la tâche.

Même si par hasard Ruben était... euh, un peu gay... 880 Park Avenue n'était sûrement pas le bon endroit pour tenter une expérience. De ça au moins, il était certain.

Ce qui le terrorisait le plus, c'était de constater que ses sentiments lui paraissaient normaux. Il avait l'impression de plus en plus tenace de vivre dans un brouillard gris, assourdi, avec comme seule échappatoire... un côté ou l'autre.

Une autre forme de dépendance.

Andy méritait mieux et lui, Ruben, méritait pire.

Il resta planté là, en caleçon, sur la terrasse du trente-troisième étage qui donnait sur l'East River et chercha à déterminer le temps écoulé depuis qu'un connard ou un mot de trop l'avait poussé à commettre une folie. En ce qui concernait les catastrophes imminentes, Ruben avait beaucoup d'expérience.

Il n'aurait jamais cru pouvoir apprécier Andy Bauer, encore moins le respecter, et même l'admirer. Il n'avait jamais ressenti ces sentiments pour personne, jamais. Et puis, ces élans frénétiques d'affection et de colère ? Ça l'inquiétait parce qu'ils arrivaient bien trop vite et qu'ils lui faisaient bien trop plaisir. *Plus enivrants que du bourbon.*

Il s'assit au bord de la piscine illuminée, les pieds dans l'eau turquoise.

Ce qu'il éprouvait avait depuis longtemps dépassé la jalousie ou la curiosité. Quand il se trouvait dans sa chambre, sachant que Raggedy Andy rêvait de dividendes à l'étage du dessus, il mourait d'envie de le rejoindre – et son cœur tambourinait. C'était embarrassant, cette soumission adoratrice. Sans doute ce qu'éprouvait un chien en entendant une clé tourner dans la serrure, annonçant le retour de son maître bien-aimé. Voilà ce que Ruben avait récolté en vivant avec Andy ! Difficile de mettre ses impulsions homosexuelles sur le dos de sa solitude ! Pour rien au monde, il ne voulait que son attitude inconvenante au mauvais moment fasse courir un danger à un brave garçon.

Il sentit ses cheveux se hérisser sur sa nuque et redressa la tête, scrutant des yeux la façade de l'Iris. Il s'attendait presque à voir Andy penché au balcon, honteusement énamouré lui aussi. *Homo et Juliette.*

Pourquoi es-tu un raté [111] ?

---

111 D'après une citation de Shakespeare « *wherefore art thou Romeo* » dans *Roméo et Juliette.*

Il ne vit rien. Pas une lumière dans le penthouse. Une fois de plus, son instinct s'était trompé. Andy s'était sans doute écroulé dans sa douche, la peau rose et humide, et l'eau qui tombait dans sa bouche ouverte.

À cette évocation, Ruben commença à durcir. Il baissa les yeux sur la piscine, des vaguelettes caressaient ses mollets velus.

Il s'en irait demain matin. Pour de bon, cette fois. Charlie enverrait chez Andy un autre de ses sbires, pendant que Ruben se trouverait une jolie fille au cul bien dodu pour se remettre les idées en place. Et la queue au bon endroit.

Pfft.

Il tourna vivement la tête. Personne. Le son avait été feutré, comme un oreiller tombant sur le marbre. Pourtant, la terrasse était silencieuse et déserte.

— Bordel !

Avait-il rêvé ? Il sortit ses jambes sombres de l'eau phosphorescente et se redressa lentement. Un reflet scintillait dans la piscine, là où le bassin était le moins profond. Des tessons... un verre éclaté. Malgré ses pieds nus, il s'approcha pour mieux voir. Une longue tige de cristal s'était coincée entre deux dalles. Avant même de s'accroupir, Ruben la reconnut : elle venait d'un des jolis verres à vin d'Andy – ceux de Prague. Une fois de plus, il leva les yeux et scruta les fenêtres obscures derrière la terrasse de son patron. Pas de lumière. Pas de mouvement. Aucun signe de vie. Cet immobilisme le glaça. Le verre avait dû tomber de la rambarde, aussi s'attendait-il à trouver le visage d'Andy penché vers lui. Il fut déçu : le penthouse restait aussi silencieux qu'un serpent enroulé pour dormir.

Tout à coup, il comprit : Andy se trouvait bien là-haut, mais il n'était pas seul. Les cheveux hérissés, Ruben essuya ses mains moites sur son ventre nu. Son corps se couvrit de chair de poule.

— Je suis en caleçon, putain ! En caleçon !

Sur le coup, ne pas se rhabiller pour aller fumer en cachette lui avait paru une bonne idée. À présent, il se trouvait ridicule. Il avait le cerveau chamboulé. Un poing glacé lui comprimait ses entrailles.

Andy avait besoin de lui.

Il pivota et se précipita à l'intérieur. Après le ciel nocturne, la vive lueur des couloirs trop blancs l'aveugla, il cligna des yeux pour ajuster sa vision. Comme un rat de labyrinthe onéreux, il retourna rapidement et sans bruit jusqu'au discret ascenseur de service, réservé au personnel de l'immeuble pour effectuer des réparations ou ramasser les ordures.

Il ouvrit la porte près de l'escalier de secours et pressa le bouton d'appel. Ses couilles étaient contractées.

— Réfléchis.

Il n'avait pas d'arme, pas de chaussures, rien pour se protéger. Il respira plusieurs fois, lentement, pour une suroxygénation avant action. Dans l'armée, ils appelaient ça une « respiration tactique ». Mieux valait ne pas ajouter d'adrénaline à son système veineux, ça risquait de le rendre aveugle et sourd.

L'ascenseur bougea enfin et remonta vers les hauteurs. *Trop de bruit.* En plus, il devait continuellement presser le bouton pour garantir le mouvement, ce qui avec un doigt humide n'était pas facile.

Une fois arrivé, Ruben scruta le petit vestibule et chercha ce qui pouvait lui servir d'arme : il ne vit que des poubelles vides et un extincteur. *Hmm.* Dans un chariot, des sacs-poubelle en tout genre.

Qu'est-ce qui pouvait lui être utile là-dedans ? Il fouilla dans les bacs de papiers à recycler. *Maigre récolte !* Journaux roulés, factures déchiquetées. Une planche à repasser hors d'usage était appuyée contre le mur, près d'une caisse de bouteilles de vin.

Ce fut alors qu'il aperçut le corps.

Dans un coin, un homme en uniforme froissé. Le vieux portier, le visage affalé contre un sac-poubelle rembourré.

Pieds nus sur le métal froid, Ruben s'accroupit pour vérifier s'il était vivant ; oui, le pouls était faible, mais constant. Le pauvre vieux n'était qu'assommé.

Une fausse menace, hein ?

Andy avait essayé de l'avertir, mais Ruben ne l'avait pas cru. Comme d'habitude, il avait eu tort – comme toutes les fois où il s'était imaginé plus intelligent que ceux qui l'entouraient. Il n'était qu'un ivrogne débile qui ne comprendrait jamais rien, qui n'apprendrait jamais rien.

Tout était de sa faute. Il ne pouvait pas faire de bruit ni risquer la vie du vieil homme. Il transpirait, il avait froid. Il avança vers l'escalier. Comment aider Andy ? Comment, alors qu'il n'avait à sa disposition que du papier et quelques bouteilles ? Et une table à repasser…

Pas de temps à perdre à réfléchir. Ruben grimpa vers le danger mortel que sa négligence avait créé à l'étage.

DANS LA bibliothèque, il ouvrit le panneau secret, remerciant mentalement Andy de cette idée géniale – qu'il avait pourtant trouvée grotesque à son arrivée. La pièce était sombre, le seul éclairage provenait des écrans sur le mur. Le bureau de Hope avait été fouillé, vigoureusement, violemment, car tous les papiers étaient éparpillés sur le sol. Dans la lumière verte et glauque, Ruben ne vit aucune trace de sang ou d'incendie.

Puis il entendit un cri, de l'autre côté de l'appartement, et se précipita. Pour le moment, Andy était encore vivant. Peut-être ses agresseurs ne voulaient-ils de lui que des renseignements. Dans ce cas, ils le garderaient en bon état. Pour le moment.

Ruben avait bien l'intention de profiter de cet avantage.

Il ne pouvait deviner le nombre des agresseurs de son patron, mais en l'état actuel des choses c'était quasi sans importance. Il baissa les yeux, sur son boxer humide et ses pieds nus. Sa meilleure chance de faire fuir les intrus était d'inviter plus de gens à la fête. S'il se contentait de faire du bruit avec les casseroles, il ne réussirait qu'à les attirer dans la cuisine et à se faire tuer. Le tintamarre devait alerter d'abord le personnel de garde, ensuite, avec un peu de chance, le NYPD [112].

Son pantalon, son téléphone portable et son arme se trouvaient toujours dans sa chambre et il n'atteindrait certainement pas la porte sans se faire voir. L'ascenseur étant trop exposé, il ne pouvait pas non plus descendre chercher de l'aide. Pas question d'abandonner Andy avec ces gens-là.

La terrasse.

Sans faire de bruit, Ruben ouvrit la porte vitrée. Les dalles extérieures étaient fraîches sous ses pieds nus. Il se faufila dans l'ombre du mur et longea l'appartement vers les fenêtres éclairées. Il ne pouvait même pas activer les stores électroniques pour se dissimuler.

À quelques pas de son objectif, il passa devant sa chambre et aperçut, à travers la vitre, ses vêtements posés sur le lit et le tiroir où se trouvaient ses armes, mais sans moyen de les atteindre. Pendant un moment, il regretta de ne pas savoir un couteau ou un pied-de-biche, puis se fustigea. C'était quoi ces conneries de superhéros macho ? Dans le monde réel, les intrus le transformeraient en chair à pâté sans même lui laisser le temps de s'approcher d'eux. Ils ne sortiraient certainement pas un par un pour lui permettre de les assommer, comme dans les films de Bruce Lee. Non, ils le traiteraient en ticket de métro – faisant en lui plein de petits trous – avant qu'il puisse riposter. Et Ruben doutait aussi que ces voyous s'écartent poliment pour le laisser prendre Andy dans ses bras.

D'ailleurs, il n'en avait pas l'intention, pas vrai ? Il n'était pas Kevin Costner [113]! Merde !

Et s'il balançait un transat dans la rue ? Avec un peu de chance, quelqu'un viendrait enquêter. Il se pencha par la rambarde et aperçut la piscine en dessous.

---

112 *New York Police Department.*

113 Héros du film américain *Bodyguard*, où une chanteuse célèbre est sauvée par son garde du corps.

Il n'atteindrait certainement pas Park Avenue. Et même si c'était le cas, avec sa chance habituelle, il ne réussirait qu'à tuer un piéton, ou un gamin qui promenait son chien, et serait abattu à vue sans sommation.

De la salle à manger, un carré de lumière tombait sur la terrasse. Ruben s'en approcha et jeta un coup d'œil à l'intérieur de la pièce. La grande table avait été repoussée et Andy était attaché dans un des sièges, les yeux bandés par du ruban adhésif noir. Devant lui, deux hommes parlaient. Des Caucasiens, la trentaine, qui ne paraissaient ni costauds ni menaçants. L'un d'eux était même franchement maigrelet, avec une moustache de morse, et le second, plus mastoc, s'appuyait contre le buffet. Leurs voix ne passaient pas à travers les fenêtres à triple vitrage. *Deux malfrats s'en prennent à un milliardaire.*

Si Ruben traversait la terrasse pour passer côté sud, il se ferait voir. Peut-être d'autres complices s'apprêtaient-ils à l'assaillir avec un cutter et un sac-poubelle pour ramasser les morceaux. Il frissonnait dans la nuit tiède. *Je connais ce gars-là.*

M. Morse ! C'était l'homme qui avait piqué le portefeuille d'Andy le jour de leur rencontre. Qui diable étaient ces gens-là ? Pas des voleurs. Ni des espions. Étrangement, Ruben pensait pouvoir identifier les truands à leur tenue : homme de main au visage couturé, parvenu en costume peau de requin, ou psychopathe européen avec un crâne chauve et un œil crevé. Une fois de plus, il se faisait pourrir par Hollywood !

Mastoc fit à Andy un clin d'œil, comme s'il attendait une réponse. Ensuite, il se tourna et aboya un ordre sec à son acolyte. Andy fit l'effort de secouer la tête et de bouger ses lèvres enflées par les coups. Pour sa peine, il reçut une nouvelle gifle en plein visage et une salive sanglante dégoulina sur son menton. L'impact, pourtant silencieux, creusa en Ruben un trou brûlant, si brutal et douloureux qu'il crut avoir reçu une balle en pleine poitrine. Andy risquait de mourir sous ses yeux, et lui restait planté à moitié à poil, sa queue à la main ? Ce boulot n'était pas un jeu, mais il avait quand même perdu.

Même s'il n'entendait rien, il comprit ce qui se passait de l'autre côté de la vitre : les deux malfrats voulaient des infos et Andy tentait de gagner du temps. Ce qui ne pouvait durer, car ses ennemis finiraient par s'impatienter. S'ils réussissaient à l'emmener au garage et à le flanquer dans un coffre de voiture, ils seraient loin avant l'arrivée des flics. Et alors, Andy serait foutu.

Mastoc inclina en arrière la chaise d'Andy et se pencha, presque nez à nez, pour marmonner des menaces. Andy ne gémit pas, ne répondit pas alors même que des glaires coulaient de ses narines. Il paraissait si courageux ! Si beau, si terrifié !

Restant dans l'ombre, Ruben retourna sur ses pas et entra dans l'appartement sans faire de bruit. Hyper-conscient de sa quasi – nudité, il ne pouvait courir aucun risque. Une fois dans la bibliothèque, il ouvrit le panneau de contrôle et révéla un clavier. Un message clignotait sur l'écran : « mouvements détectés ».

Sans blague, Sherlock ?

Tous les systèmes sophistiqués avaient un bouton de SOS silencieux pour alerter les flics. Andy lui en avait appris plusieurs fois le fonctionnement, mais Ruben n'avait rien retenu. Une fois de plus, il se maudit pour sa paresse et sa nonchalance. Il effleura les boutons du panneau. Le temps pressait, le moment n'était pas idéal pour feuilleter le mode d'emploi.

Dans la pièce d'à côté, Andy marmonna et grogna de douleur. Puis il y eut des bruits de coups assourdis et un fracas de verre brisé. *Plus de temps à perdre.*

Que lui avait dit Andy ? « Vous savez des tas de choses. »

En général, une alarme se déclenchait quand on coupait ses fils, pas vrai ? Sans réfléchir davantage, Ruben referma les doigts sur le panneau et l'arracha du mur, examinant les fils de couleur qui pendouillait. *Au boulot, le NYPD !*

Instantanément, toutes les lumières s'allumèrent et une sirène assourdissante retentit dans l'appartement. Les stores électroniques passaient en discontinu du clair à l'opaque.

C'était le moment de bouger !

Plus un bruit dans la salle à manger. Peu après, des pas pressés approchèrent. Ruben pressa son dos nu contre le mur en espérant que les deux hommes passeraient sans le voir. Il voulait rejoindre Andy et le libérer. Caché derrière l'arbre en pot, près de la cuisine, il veilla à ne pas faire bruisser les feuilles. Pourtant, à la dernière seconde, Morse se retourna et l'aperçut. Il ouvrit la bouche, exhibant ses dents tordues. Ruben balança son poing droit et l'assomma sans lui laisser le temps de pousser un cri. Ce premier et puissant crochet fut suivi d'un uppercut. Le gars, soulevé du sol, s'affala comme un tas de chiffon. Ruben s'accroupit, les doigts douloureux, les jointures ensanglantées. Pourtant, il n'avait pas mal. *L'adrénaline.*

Il tenta de ralentir le battement de son cœur, de respirer de façon « tactique » : *quatre secondes d'inspiration, quatre secondes à bloquer son souffle, quatre secondes d'expiration.*

Un frottement lui parvint de la salle à manger, quelque chose de lourd traîné sur le sol. Il lui fallait une arme. N'importe laquelle. Un couteau lui parut insuffisant, mais peut-être une batte de baseball ou un club. De golf ? Puis il vit le cylindre rouge d'un extincteur et s'en empara sans plus attendre. Par terre, le Morse geignit et s'agita. Ruben ne lui accorda pas un coup d'œil, ne pensant plus qu'à Andy. Il fonça vers le salon, anxieux de s'assurer qu'il était en vie. Sa main gauche, humide de transpiration, crispée sur l'extincteur, Ruben courait si vite qu'il faillit renverser le salopard qui traînait Andy, toujours attaché à la chaise, vers l'ascenseur de service. Andy, la tête ballante, ne bougeait plus. Le truand, qui marchait à reculons en grognant des jurons entre ses dents, ne vit pas approcher un Ruben furibard. Il n'eut aucune chance de réagir avant l'impact. De toutes ses forces, Ruben lui balança l'extincteur en travers du visage.

— Putain de ta…

Le bruit fut franchement répugnant. Mastoc lâcha prise et bascula contre le mur avec un hurlement, le nez en sang, les lèvres éclatées. La poitrine nue de Ruben fut constellée de postillons sanguinolents.

La chaise d'Andy glissa sur le côté. Ruben bondit, tentant de la rattraper, en vain. Elle s'écroula violemment sur le sol. Andy ne bougea pas. Ni gémissement ni réaction. *Très mauvais signe.*

Le malfrat cracha du sang et quelques dents avant de filer vers l'escalier, les deux mains levées.

— Désolé, mec. Je m'en vais, je m'en vais. Je ne veux pas d'ennuis.

— Sans blague ?

Ruben le suivit. Morse était déjà dans l'ascenseur. Son acolyte le rejoignit. Tous deux le fixaient, méfiants et agressifs à la fois. Où diable étaient les flics ?

— Pas d'ennuis, franchement ? grogna Ruben.

Pourtant, il recula quand l'autre dégaina son arme. Il n'était pas au cinéma. *Et puis, rien à foutre de ces deux cons.* Il se mit rapidement à l'abri. La police n'allait pas tarder. Le reste ne le regardait pas.

Tout ce qui comptait, à présent, c'était Andy.

Ne sois pas mort, s'il te plaît.

Ruben retourna vers la chaise renversée. Andy n'avait pas bougé. Sa chemise était ouverte, presque jusqu'au nombril : la moitié les boutons manquaient, une manche était arrachée. Sur la peau dénudée, plusieurs meurtrissures commençaient à foncer. Les brutes avaient dû tenter de lui casser une côte pour le faire parler.

Ruben s'accroupit et posa l'oreille contre le sternum. Le cœur battait solidement. Et Andy respirait : sa poitrine se soulevait. Il était vivant. Parfait.

D'une main tremblante, Ruben détacha le papier collant des lèvres meurtries, avec autant de précautions que possible. Par contre, craignant d'arracher cils et sourcils, il n'osa pas toucher celui qui lui couvrait les yeux.

— Chut, murmura-t-il. Doucement. Reste tranquille.

Les lèvres d'Andy lui paraissaient bleues. Était-ce dû à l'halogène de la terrasse ? Ruben fouilla dans un tiroir de la cuisine, il récupéra un couteau et libéra Andy de la chaise. Il l'étendit ensuite sur le sol sans trop le bouger.

— Chut, chut, répétait-il.

Seul le silence lui répondit. Ruben comprit vite qu'il cherchait essentiellement à se rassurer. Andy n'avait pas repris conscience. Une fois de plus, Ruben vérifia sa respiration, son pouls, pour s'assurer qu'il n'avait pas rêvé. Il serra les mains inertes dans les siennes. La peau était chaude, plus douce encore qu'il l'aurait cru.

Tout allait bien. À présent, Andy ne risquait plus rien.

— Chut.

Du bout des doigts, il traça et retraça la courbe de cette lèvre renflée, ses callosités contrastantes avec la peau lisse. Peu à peu, l'adrénaline qui bouillonnait en lui se dissipa, lui permettant d'échapper à ce sombre et glacé endroit où la panique l'avait envoyé se cacher. À la fois mal à l'aise et extatique, il se pencha pour se rapprocher d'Andy, impatient de le voir ouvrir les yeux.

Allez, fais un effort.

Andy poussa un soupir et fit rouler sa tête de droite à gauche sur le sol. Ruben en fut infiniment soulagé. Du coup, il se pencha davantage et posa les lèvres sur celles d'Andy. Il ne put retenir un gémissement tant ce baiser lui paraissait jouissif et naturel.

Oh.

Il frotta son visage contre la mâchoire d'Andy, tout heureux de cette rugosité qu'il goûtait des lèvres et de la langue. Andy avait une odeur si fraîche, si propre et délicieuse !

Comment était-il possible que ça lui paraisse aussi naturel ? Pourquoi avait-il lutté si longtemps ? Peut-être n'aurait-il jamais d'autre occasion d'embrasser Andy, alors, il n'avait pas l'intention de gâcher celle-ci. Il retint son souffle, assourdi par le battement de son cœur à ses oreilles.

À présent, Andy respirait mieux. Pendant un moment, ses lèvres se raffermirent sous la bouche de Ruben, comme si le bel endormi reprenait conscience. Enivré, Ruben glissa sa langue pour effleurer celle d'Andy.

Assez !

Il s'écarta vivement, à la fois honteux et excité. L'alarme avait sonné, pas vrai ? Les secours étaient sans doute déjà en route.

Ruben se rassit, les jambes croisées, et monta la garde. Il ne voulait pas quitter Andy au cas où les autres enfoirés reviendraient. De temps à autre, il posait un doigt dans le cou d'Andy, sous la mâchoire trop carrée, pour vérifier que le pouls battait toujours. Oui, il le sentait contre son pouce. *Parfait.*

Ses bras tremblaient du désir de tenir Andy, mais Ruben savait bien qu'il n'en avait pas le droit. *Fais semblant d'être normal, Oso.* Qu'aurait-il fait un mois plus tôt ? Comment devrait réagir un vrai professionnel ? Ou un ami ?

Ruben se releva et, d'un pas raide, avança jusqu'au bar, sur lequel il se pencha pour récupérer un torchon propre. Pour une fois dans sa vie merdique, il ne vit même pas les bouteilles d'alcool alignées sous le comptoir, à sa portée. Il ne sentait toujours pas la douleur de ses jointures éclatées. Son cœur tambourinait.

Il retourna vers Andy, qui gémissait et s'agitait.

— Hé, mon pote.

Andy ouvrit les yeux, le vit et sourit.

— Rube…

Il voulut rire et s'étouffa, puis grimaça.

— Oh, merde ! ajouta-t-il. Dieu merci, tu es là !

Les yeux brûlaient de fièvre, les pupilles dilatées indiquaient un état de choc.

— Ne bougez pas, patron. Ça va aller.

Andy cligna des yeux et se releva sur les coudes, les traits crispés de douleur.

— Tu es nu…

Ruben baissa les yeux pour s'examiner.

— Pas complètement, précisa-t-il. J'ai quand même un boxer.

Andy acquiesça – à peine. Une vérité informulée flotta entre eux : le patron avait joué au voyeur pendant que l'employé prenait en douce un bain de minuit, à poil. D'un certain côté, tous deux étaient en tort.

Pendant quelques secondes, Andy fouilla le visage de Ruben d'un regard intense.

— Ils sont partis ? demanda-t-il enfin.

— Oui. Je les ai un peu aidés à décamper.

Ruben essuya ses mains moites, absurdement reconnaissant qu'Andy simule une amnésie.

Puis Andy se releva contre le mur pour tapoter sur le clavier de l'alarme. La sonnerie stridente s'interrompit.

— J'ai bien cru que j'étais fichu, annonça-t-il. Tu étais en bas…

Voilà, c'était dit. Ruben était allé nager, et Andy l'avait espionné.

Tout vacillant, Andy alla jusqu'au bar, récupéra un verre et le remplit d'alcool. Ouvrant ensuite un tiroir, il en sortit une plaquette de médicaments, prit deux comprimés, les fourra dans sa bouche et les fit descendre d'une gorgée de whisky.

— Vous ne devriez pas utiliser l'alcool pour vous détendre, marmonna Ruben.

Il tremblait du désir d'arracher la bouteille et d'engloutir plusieurs lampées brûlantes. Andy grogna, sans lever les yeux. Il redressa une des chaises qui avaient basculé.

Ruben croisa les bras.

186

— Ces hommes, vous les connaissiez ? demanda-t-il.

Andy s'essuya le visage avec soin, puis hocha la tête.

— Vaguement.

— Vous saignez !

Ruben en eut le cœur à l'envers. *Il était nul, comme garde du corps !* Andy branla du chef. Du sang suintait de sa tempe. Il se tamponna délicatement.

— Tout s'est passé très vite. Pas du tout comme à la télé. Je ne sais pas… Je m'attendais plus ou moins à un film au ralenti, mais en fait, c'était plutôt des flashs. La terrasse. La porte. Un gnon. Je me suis retrouvé par terre. Seigneur !

Un frisson le parcourut tout entier. Et il grimaça une fois de plus.

— Doucement, intervint Ruben. Hé. Hé ! Patron, regardez-moi.

Andy cligna des yeux et se tourna vers lui. Ruben tendit la main, ses doigts tremblaient.

— Vous avez un regard bizarre, ajouta-t-il. Venez ici. À mon avis, vous êtes en état de choc. Et puis, cette entaille mériterait quelques points de suture.

— Non, c'est juste une écorchure.

Le sang coulait de son menton jusqu'à sa poitrine pâle.

— Pour le moment, nous n'en savons rien.

Ruben entraîna son patron jusqu'au salon et le fit asseoir sur le canapé. Manifestement sonné, Andy se laissa faire sans protester. Une goutte écarlate dessinait une auréole autour de son mamelon.

— J'aimerais vous examiner de plus près, reprit Ruben.

Posant la main sur la nuque du blessé, il lui renversa la tête. Andy se ferma les yeux et se laissa ausculter – en nage, tout essoufflé. On aurait dit un sprinter après la ligne d'arrivée.

Pendant ce qui leur parut un très long moment, ils ne parlèrent ni l'un ni l'autre. D'une main attentionnée, Ruben vérifia la tête d'Andy, son cou et ses épaules, contrôlant le moindre de ses gestes. Il cherchait aussi à se souvenir de sa formation « premiers secours ».

Andy déglutit, sa pomme d'Adam remonta le long de sa gorge.

— Désolé, souffla Ruben.

D'une main douce, il repoussa les cheveux en arrière pour dégager le front. Le saignement perdurait. Ruben retourna dans la salle à manger et s'empara d'une serviette amidonnée, posée sur la table. En revenant devant Andy, il la lui fourra dans les mains.

— Mettez ça sur votre coupure. Appuyez fort, il faut faire un point de compression.

Andy obtempéra, mais il avait mal, ça se voyait.

— Ils m'ont frappé dans les côtes, indiqua-t-il. Assez fort.

187

Ruben le fixa, une question dans les yeux. D'un signe de tête, Andy accepta, aussi Ruben le débarrassa-t-il de sa chemise en lambeaux. Sur la cage thoracique, l'ecchymose commençait à foncer, une marbrure rouge brun, presque pourpre en son centre. Ruben tremblait. Voir Andy souffrant et paniqué lui coupait les jambes.

Andy restait figé, totalement immobile, les mamelons érigés, les pupilles dilatées, comme une éblouissante statue d'albâtre.

— Respirez profondément, indiqua Ruben.

D'après lui, il n'y avait pas de fracture costale, mais sans doute valait-il mieux passer une radio. Sous le nez, le sang commençait à sécher. Andy renifla et poussa un petit soupir tremblant. Il regarda autour de lui, l'œil hagard, comme s'il allait vomir. Ruben s'attendait à l'entendre réclamer un scotch, mais ce ne fut pas le cas. *Serait-ce à cause de moi ?*

Le sang poissait les cheveux, tachait le col de la chemise et dessinait un croissant dans le dos, goutte à goutte, comme dans un cahier de découpages pour enfants : suivre la ligne en pointillés.

Que faire à présent ? Ruben désirait éperdument prendre Andy dans ses bras et le serrer très fort, mais il ignorait la réaction qu'une telle impulsion provoquerait. Avec une femme, Ruben aurait mieux su comment l'aider à se remettre de son agression. Mais Andy n'avait rien de féminin. Même blotti contre les coussins du canapé, il restait un mâle, puissant et entêté.

Ses yeux tombèrent sur les jointures enflées de Ruben.

— Tu devrais mettre de l'arnica et un pansement. J'espère que tu lui as cassé le nez.

— Ça, j'en suis certain.

Ruben avait reconnu le craquement caractéristique ayant suivi son coup de poing. Assommer les enfoirés qui s'en prenaient à ses proches lui avait toujours procuré un grand plaisir. Ayant grandi à Miami, il avait appris de bonne heure à balancer un gnon capable d'envoyer un adversaire au tapis.

Andy, aussi blessé et ensanglanté qu'il soit à l'heure actuelle, restait à ses yeux le plus beau des spectacles. Ruben éprouvait l'envie irrésistible de le protéger, de le venger, de le revendiquer, de le posséder... Ce désir vibrait en lui, aussi brûlant qu'un whisky descendant dans son estomac.

Et cette bouche ! *Nom de Dieu, cette bouche, cette bouche...* Ruben en gardait le goût sur les lèvres, sur la langue, épicée, musquée, divine... Et le renflé boudeur de la lèvre inférieure qu'il avait serrée entre ses dents pendant une brève seconde d'éternité.

La gorge en feu, Ruben s'agita et commença à arpenter la pièce, incapable de rester assis dans un tel état d'agitation.

J'ai embrassé un homme, j'ai embrassé un homme.

Secoué d'une rage inexprimable et d'un élan de solitude atroce, il aurait voulu briser ce qui restait du mobilier sophistiqué d'Andy, mais aussi se frapper au visage. Que lui était-il passé par la tête ? À quoi avait-il pensé, bon Dieu ?

Il n'avait pas pensé du tout, c'était bien le problème. Il ne pensait plus depuis qu'il vivait dans cet appartement ridicule, cette cage dorée, insonorisée, aseptisée. Il y avait accompli son travail (bidon) avant que des sentiments (authentiques) l'emportent dans un tourbillon irrépressible. Peut-être Andy aurait-il pitié de lui et ferait-il semblant de n'avoir rien remarqué ?

Je l'ai embrassé.

Dans le bureau, derrière lui, résonnait le souffle discret des ordinateurs et un flot continuel de charabia financier s'inscrivait sur les écrans plasma.

La nervosité faisait trembler ses mains et compressait sa poitrine. Il avait besoin d'un verre. *Juste un...*

Il avait tout misé : son passé, son avenir, ses espoirs. Il lui fallait un verre pour étouffer l'incendie qui brûlait en lui, comme de l'essence embrasée.

J'ai embrassé Andy.

Il aperçut son reflet sur les vitres obscurcies donnant sur la nuit de Central Park. Ses yeux paraissaient deux gouffres hantés, sa mâchoire crispée pointait en avant, comme après un coup dans les tripes qui le ferait pisser du sang. Secoué par cette vision, il serra les poings pour cesser de trembler, mais en vain. Son caleçon avait presque séché, mais son corps était moite de transpiration anxieuse, à l'odeur âcre et forte.

Ruben chercha à contrôler sa respiration. Peut-être Andy avait-il été inconscient pendant ce baiser ? *S'il vous plaît, faites que ce soit le cas.* À qui se confier ? À Peach ? Charles ? Marisa ? Un prêtre ? Il aurait volontiers téléphoné à son nouveau sponsor si ce dernier existait, mais un génie dans son genre n'avait personne à contacter.

— Oso ?

Il sursauta en entendant la voix d'Andy, presque inaudible. Il se retourna, les yeux plissés comme devant une lumière trop aveuglante. *Nous y voilà.*

— Est-ce que ça va ? demanda son patron.

Bien que manifestement épuisé, il s'exprimait avec tendresse.

— Bien sûr. Ce n'est pas moi qui me suis fait tabasser.

Ruben savait ce qui allait arriver. Mais comment ça se terminerait-il ? Il se balança d'un pied sur l'autre, terrifié, tout dégoulinant de sueur et d'eau chlorée. Dans sa poitrine, son cœur forçait comme un malade pour renvoyer le monstre Adrénaline dans sa grotte rouge et humide. Encore un échec. Encore un carton rouge. Encore une opportunité ratée.

C'était bien pire que se faire casser la gueule, sans le moindre doute.

Pas question de laisser Andy seul, mais Ruben fit pourtant le tour des lieux, allant aussi loin qu'il le pouvait sans quitter des yeux le blessé.

— Écoute, tu as été génial. Hé ! Rube, je n'ai rien du tout. Tout va bien.

Andy parlait d'une voix basse et maîtrisée, comme pour calmer un animal enragé. Du sang séché marquait sa narine et le coin de son œil gauche commençait à bleuir. Ruben se lécha les lèvres et leur trouva un goût de brandy et d'hémoglobine. Dans son boxer humide, il bandait à moitié, mais quelle importance ? Entre Andy et lui, il n'y avait plus de secrets. *Je suis un ivrogne et un pédé.*

— Excusez-moi.

Andy fit un petit bruit de bouche.

— Viens ici.

Ruben plongea en avant et frotta sa poitrine moite d'une main engourdie. Peu à peu, il fit une constatation : l'alarme ne sonnait plus, pourtant, les flics n'étaient toujours pas là. Pourquoi personne ne cognait-il à la porte ?

Andy pressait toujours la serviette molletonnée sur sa tempe. Il grimaça, les yeux écarquillés. Même avec cette mâchoire énorme, il paraissait avoir dix-sept ans.

— Tu crois vraiment qu'il va me falloir des points de suture ?

Ruben passa une main prudente sous la nuque de son patron. Il luttait contre une envie terrible de paniquer.

— Eh bien, c'est… Je vais… Je n'en sais rien. Je ne suis pas médecin. Bon Dieu ! Vous m'avez collé une trouille bleue. J'espérais encore que vous étiez parano.

— Ah ! J'avais raison ! Dans les dents, Oso !

Ruben ne rit pas.

— D'accord, céda Andy, j'appellerai le Dr Bronstein demain matin.

Ses lèvres éclatées rendaient son élocution difficile. Et Ruben gardait les yeux posés sur cette bouche dont il connaissait la saveur, à présent. Peut-être Andy n'évoquerait-il jamais ce baiser. Mieux valait que tous deux fassent semblant de l'oublier.

Où sont les secours ?

Ruben se redressa.

— Pourquoi n'y a-t-il pas encore de flics ? Ou même les portiers de l'immeuble ?

— Personne ne viendra, affirma calmement Andy.

Ruben déglutit.

— Bien sûr que si, andouille. J'ai déclenché l'alarme. À mon avis, la police doit être déjà en bas.

Andy se frotta les bras.

— Non. Certainement pas. Cette alarme ne prévient ni l'immeuble ni le NYPD. Personne n'est au courant de cette intrusion.

D'après le ton de sa voix, il ne plaisantait pas. *Je viens de passer dans la Quatrième dimension* [114].

— Euh.

— Ces hommes n'étaient qu'un simple avertissement.

— D'après vous, ces enculés sont des *clients* mécontents ?

Andy baissa la main pour regarder Ruben.

— Ne t'inquiète pas, c'est arrangé. Nous avons eu un désaccord, mais c'est terminé.

— Bauer, après votre période parano, vous tombez à présent dans le déni complet, c'est ça ? S'agit-il d'une technique de négociation apprise à Columbia ? Le crime amical ?

Ruben grimaçait comme un fou récemment évadé d'un asile. Andy sirota une autre gorgée de son whisky.

— Ils n'avaient pas grand-chose à dire.

Un mensonge. Car Andy ignorait que Ruben avait assisté à la scène de la terrasse. Sans mot dire, Ruben acquiesça. Il ne parla pas du portier inconscient qu'il avait trouvé près de l'ascenseur de service. La situation aurait pu dégénérer. Il ne savait qu'une seule chose : les adversaires d'Andy n'avaient rien de fictif.

— Bauer, ces truands ont beaucoup parlé. Je les ai vus. Je sais qu'ils cherchaient à vous soutirer des infos. Et ils paraissaient prêts à vous balancer de la terrasse.

Le problème, c'était qu'il tenait beaucoup trop à son patron pour se taire. Et Andy avait l'air affolé. Les cernes sous ses yeux devenaient violets, sa peau était moite de sueur.

— Oui. Euh. Oui, je suppose.

— Eh bien, vous supposez juste !

Ruben serra les poings, malgré la douleur de ses jointures sanguinolentes. Il n'avait pas tout compris, c'était évident. Si Andy n'était pas parano, si la menace existait bel et bien, pas question qu'il garde son poste. Il leur fallait une vraie sécurité, et rapido. Ruben tenait absolument à ce qu'Andy ne coure plus aucun danger. Il déglutit.

— Il faut appeler la police, Andy. Il faut porter plainte. La situation est grave.

Andy ouvrit de grands yeux.

---

114 *The Twilight Zone*, série télévisée américaine et film de science-fiction

— Non ! Je ne veux pas de flics. Absolument pas. Pas question que la police fouille partout chez moi, dans ma vie, dans mes affaires. J'irai faire une déposition, mais plus tard.

— Vous paraissez honteux. Qu'est-ce que vous avez fait, bon sang ? Écoutez, je ne cafterai pas. Je vous rappelle que je travaille pour vous.

Au bar, Andy mouilla son visage d'eau et s'essuya avec une serviette en lin. Ses ecchymoses avaient foncé.

— Oso, je dois te parler.

Ruben en eut le cœur serré. *Le baiser.* Andy s'installa et inspira profondément. Il ferma les yeux un moment. Quand il les rouvrit, il se lança :

— Ruben, tu te trompes complètement. À mon sujet, je veux dire. Je n'ai pas été franc avec toi, je t'ai laissé croire…

Il s'interrompit.

— Allez-y, dites-le !

Ruben serra les dents, prêt à encaisser un lamentable rejet. Il reconnaîtrait sa faute, il s'excuserait. Il accepterait tout ce qu'Andy lui jetterait au visage : après tout, il avait profité d'une situation qui en plus découlait de son incompétence professionnelle.

Seul le silence lui répondit…

— Andy, insista Ruben, ces connards s'apprêtaient à…

— D'accord, aboya Andy, du ton agressif qu'il utilisait au téléphone avec les pires de ses clients. Ils ont parlé. Nous avons parlé ensemble. Beaucoup parler.

Il insistait tant qu'on aurait cru à un mensonge.

— Mais c'était du cinéma ! enchaîna Andy. Ils voulaient simplement me faire peur…

Férocement désireux de protéger son patron, Ruben se sentait naïf et ridicule. Et furieux.

Il l'interrompit en hurlant :

— Ce n'est pas vrai ! Ces deux enfoirés avaient de mauvaises intentions. Ils ont assommé le portier. Vous n'êtes pas le seul concerné, patron. Ils sont entrés par effraction. La sécurité de l'Iris est certainement déjà en courant.

Il décrocha le téléphone de la maison.

— Peut-être, mais ils n'ont prévenu personne. Ils ne sont même pas venus frapper à la porte. Et nous les empêcherons de téléphoner à la police.

Andy sortit de son portefeuille quelques billets de cent dollars. Le sang sous sa narine formait une tache noirâtre. Il restait du ruban adhésif dans ses cheveux.

Ruben éprouva une vague de soulagement déplorable. D'un côté, il était heureux que le baiser ne soit pas évoqué, de l'autre, ça le gênait que sa folie reste un secret.

— Bien sûr que non, il faut prévenir les flics !

Le regard d'Andy devint aussi dur et froid que de l'étain. Un muscle tressautait sur sa mâchoire crispée. Il referma les doigts sur le poignet de Ruben.

— Non ! Non, Rube.

Il n'avait pas peur, il était gêné.

— Merde ! Ce sont de sacrés tarés. Et ils l'ont largement prouvé. Ils sont entrés chez vous par effraction, ils vous ont agressé et tabassé. Que vous faut-il de plus ?

Ruben composa les deux premiers chiffres des urgences : 9, 1…

— Ruben, bordel, raccroche !

La voix d'Andy avait claqué comme un fouet. Surpris, Ruben leva les yeux. À son oreille, la tonalité lui paraissait très lointaine.

— Mais pourquoi ?

— Parce que dans cette histoire, *c'est moi* le méchant.

Un silence de mort retomba dans la pièce, flottant autour d'eux comme une marée de limaces.

— Quoi ?

Andy eut un petit ricanement. Il hésita quelques secondes avant de relever les yeux vers Ruben. Sans mot dire.

— Qu'est-ce que vous avez foutu, Bauer ? reprit Ruben.

D'un geste très lent, Andy effleura les lèvres de Ruben. Quand il ôta sa main, il avait du sang sur ses doigts. Son propre sang. Sur la bouche de son garde du corps.

— Je pourrais te poser la même question.

193

XI

Si la première tentative est un échec, détruisez toutes les preuves indiquant que vous avez essayé.

Je n'aurais pas dû l'embrasser. Je n'aurais pas dû le laisser seul pour aller nager. Je n'aurais pas dû ignorer le mauvais pressentiment que j'ai eu à son sujet dès le premier jour.

Ruben secoua la tête et regarda le sol, en essayant de comprendre comment il avait pu se mettre dans une merde pareille. Quant à Andy, il arpentait la pièce et essuyait son visage ensanglanté avec une serviette à sept cents dollars.

Ruben sentait encore sur ses lèvres le picotement du baiser volé.

— Je devrais m'en aller.

Quand avait-il commis la folie de s'engager dans cette aventure ridicule ? Quand avait-il baissé sa garde devant son employeur ? Pourquoi ne pas avoir démissionné dans la limousine, quand il avait pris conscience de ses sentiments ? Pourquoi avoir accepté le poste alors que son instinct lui hurlait qu'il s'agissait d'une erreur ?

Réfléchis, réfléchis. Et revois tout depuis le commencement.

Enfermer ses sentiments les pousse à fermenter. S'il voulait ne rien ressentir pour Andy, Ruben devait avant tout s'éloigner de lui. Peut-être aurait-il dû rester en Floride... avec sa femme... rester ivrogne... Mais à quoi bon regretter le passé ?

— Je n'aurais jamais dû faire ça, reprit-il. J'ai été nul.

Andy en resta bouche bée.

— Pardon ? Faire quoi ?

Ruben comprit qu'il devait boire la coupe jusqu'à la lie. Après tout, autant aller jusqu'au bout maintenant qu'il avait commencé. Chercher à nier ce qu'il éprouvait l'avait déjà mené au désastre.

— Vous embrasser.

Ruben déglutit, complètement paniqué. Faire cet aveu à haute voix n'était pas du tout pareil.

— Oh, bien sûr.

Andy ne paraissait pas en colère. Par chance, la lumière était tamisée.

— Humph, grogna Ruben. Tout est arrivé très vite. Je n'avais pas d'arme et vos agresseurs avaient filé. Quand j'ai constaté que vous n'étiez pas mort, sans réfléchir, je vous ai embrassé.

Andy acquiesça, les yeux dans le vague.

— Puisqu'on en parle…

— C'est que… j'ai vraiment peur pour vous ! Alors, quand j'ai compris que vous ne risquiez plus rien…

Andy sourit.

— Aucun problème, Rube.

Obstiné, Ruben le regardait bien en face.

— Si, bien sûr que si ! Je n'aurais pas dû. D'ailleurs, je ne devrais même plus être ici. Je comptais démissionner la nuit du musée.

— Quel musée ?

Ruben secoua la tête désignant le couloir et, plus loin, le bureau-bibliothèque.

— La nuit où Hope a été agressée. Dans la voiture, j'ai su que je n'étais plus maître de mes sentiments, que j'agissais à nouveau comme un addict incapable de résister à la tentation. Pas un ivrogne, cette fois, mais un intoxiqué. Parce que ça me plaît, ça me plaît beaucoup trop, vous comprenez ? C'est débile.

— Ruben, tu te trompes.

— Ça ne se reproduira pas. Je vous le jure !

Andy se renfrogna.

— Pourquoi ?

— Par ce que je vais partir. Pour me remplacer, vous engagerez un vrai professionnel, un homme qui ne mélange pas son boulot et sa vie privée.

— Non !

— Vous y serez bien obligé, je m'en vais. Je démissionne.

— Non. Rube, il n'y a qu'en toi que j'ai confiance. C'est tout ce qui compte. Écoute, dans ma branche, il n'y a que des piranhas. Parfois, quand on est obligé de se fier à quelqu'un, c'est au pifomètre, il faut croiser les doigts.

Il leva la main et, du geste, illustra ses propos. Perplexe, Ruben fronça les sourcils.

— Je ne comprends pas. Qu'est-ce que vous racontez ?

— Les affaires. Les investissements… C'est compliqué.

— Foutaise, Andy ! Je ne crois pas du tout que vos agresseurs étaient de vos clients !

Andy agita le bras, désignant son luxueux environnement et le Kandinsky [115] accroché au mur.

— L'argent est un puissant motif pour pousser les gens à tous les excès. Ils sont beaucoup à souhaiter ma mort, pour de multiples raisons.

— Et c'est pour ça que deux enfoirés vous ligotent à une chaise et vous tapent dessus ? Pour votre appartement ? Au fait, j'ai reconnu l'un d'entre eux. C'est le pickpocket qui vous a volé votre portefeuille le jour de notre rencontre.

Andy haussa les épaules.

— Ils sont en colère et ils ont de quoi. Plus ou moins. Récemment, j'ai dû gérer un petit problème. J'ai baisé un client qui avait des… disons, des relations assez douteuses.

— Dans le milieu ?

— Pas vraiment. La mafia n'existe qu'à la télé et au cinéma. En tout cas, ça se passe différemment dans le monde réel. Et, comme moi, ce client est issu des meilleures universités américaines et d'une famille exemplaire.

Ruben croisa les bras, ses mains tremblaient. Il les cacha sous ses aisselles moites et glacées. À moitié nu, dans son boxer, il se sentait exposé.

— Vous savez de qui il s'agit.

Ce n'était pas une question.

Andy pressa les mains sur ses orbites.

— Je n'aurais jamais cru que tout ça puisse arriver. J'ai vraiment déconné.

Il paraissait coupable. Ruben resta parfaitement immobile.

— Alors, vos connards de ninjas viennent de Wall Street !

— Exactement. Mon client n'a pas apprécié mes méthodes.

Andy eut un petit rire sec. Ruben était quand même capable de discerner quand on lui a raconté des conneries.

— Ces méthodes, elles étaient légales ?

— Bien sûr. Mais dans la finance, la légalité a différentes versions. Je t'assure.

Ruben lui jeta un regard noir.

— Oui, c'est comme ça qu'on finit en prison !

Andy afficha son sourire innocent.

— La criminalité en col blanc opère souvent en marge de la loi parce que nous achetons les politiciens et ceux qui écrivent les lois. Nous devons continuer nos petites affaires, vois-tu, il faut que nos territoires restent des zones neutres.

---

115 Vassili Kandinsky (1866/1944) peintre et graveur russe, un des fondateurs de l'art abstrait considéré comme l'un des artistes les plus marquants du XXe siècle.

Dans le monde que Ruben connaissait, le crime était assez bien défini. Les gens étaient des escrocs et, quand ils se faisaient prendre, ils allaient en taule.

— Que cherchez-vous à me dire, Andy ?

— Je suis comme qui dirait un tueur à gages.

Le calme des yeux gris bleu transformait presque cet aveu en plaisanterie.

— Pas un sniper, précisa-t-il. J'utilise plutôt des armes financières qu'un Glock [116], mais je détruis mes cibles.

— Pour de l'argent.

Andy ricana.

— Bien sûr. Je ne gère pas un organisme de bienfaisance. Ça coûte cher d'être sociopathe.

— Vous n'êtes pas un sociopathe, Andy.

— Peut-être. En tout cas, pas plus que les autres, tous ceux qui sont sortis comme moi de ces foutues grandes écoles élitistes.

Ruben avait tout compris de travers, mais il savait enfin la vérité.

— Il a été votre victime.

Pas de réponse. Ruben n'arrivait pas à y croire : Raggedy Andy, un génie du crime ! Il se remit à tourner en rond jusqu'au moment où il se dit : *assez !*

— Ces gens-là… veulent se venger de vous, reprit-il. Un petit délit pour cacher un problème bien plus important.

Andy haussa les épaules.

— C'est compliqué. Un véritable assassin a sur moi un avantage : les morts ne reviennent pas se venger.

— Effectivement. On dirait que votre métaphore à la con prend un sens de plus en plus littéral, enfoiré !

Andy déglutit avec effort.

— Écoute, Rube, ne me juge pas trop sévèrement. Ces gens-là sont odieux.

— Ainsi, vous avez zigouillé quelqu'un.

— Je n'ai envoyé personne au cimetière, mais j'ai plus ou moins détruit un couple. Ils ne peuvent plus mener le grand train qu'ils ont toujours connu.

— Et depuis combien de temps vous adonnez-vous à cette occupation douteuse ?

— Quinze ans. La première fois, c'est arrivé presque par hasard. Un courtier avait ruiné mes parents, aussi lui ai-je renvoyé l'ascenseur. En

---

116 Pistolet fabriqué par l'entreprise autrichienne du même nom, parmi les plus fiables au monde.

exponentielle. Je l'ai descendu parce que je le pouvais. Ensuite, j'ai remarqué le potentiel de ce modus operandi.

— Bien sûr ! Baiser les gens, c'est lucratif.

— Non. L'argent n'était pas mon principal objectif. Ça m'amuse de torpiller ceux qui se croient intouchables. Je leur ai collé des investissements catastrophiques. Bon Dieu, j'y ai perdu bien plus qu'eux !

Ruben fronça les sourcils.

— Parce que vous, vous pouvez vous le permettre. Bravo, Andy !

Son patron parut blessé de sa réflexion.

— Depuis la récession, tout est devenu encore plus délicat. Les traders ne prennent plus de risques et l'argent devient plus officiel. Il est possible que j'aie commis… une erreur d'interprétation.

— Dans ce cas, ça suffit les conneries : vous devez arrêter Apex. Vous risquez de vous faire tuer. Et moi aussi.

— Pas vraiment. C'est bien le plus drôle. Les règles du jeu ont changé. Tout est exposé à présent et la SEC [117] tient des comptes serrés. Désormais, je reste dans les cordes. Et je fais gagner beaucoup d'argent à la plupart de mes clients.

Ruben enfonça le doigt dans la poitrine de son patron. Son sang se glaçait et son crâne palpitait comme un tam-tam.

— Jusqu'à ce que vous déconniez, c'est ça ? Jusqu'à ce que, vous vous en preniez à un connard de mégalo sans conscience ? Vous n'êtes pas sociopathe, Andy, mais vous êtes suicidaire. Ils vous ont tapé dessus parce que vous méritiez.

— Je ne suis pas non plus un psychopathe. Je me vois plutôt comme un justicier à louer. Un garde du corps de la finance.

Comme toi. Andy ne le prononça pas, mais les mots flottaient cependant, à la fois bonus financier et promesse invisible à l'œil nu.

— Ben voyons !

Soudain, Ruben avait terriblement besoin d'un verre. *Maintenant.* Pour la première fois en près d'un an, le délicieux oubli lui paraissait valoir l'enfer qu'il payerait ensuite sa transgression. *Assez !*

— Andy, reprit-il, vous allez finir tellement parano que vous emmènerez une arme pour aller pisser et que vous ne dormirez que d'un œil.

— Ruben, je n'ai jamais eu l'intention de t'impliquer dans cet aspect de ma vie. J'avais cru qu'ils me foutraient la paix en te voyant à mes côtés.

— Vous avez pris un sacré risque. Quand comptiez-vous m'en parler ?

---

117 *Securities and Exchange Commission*, l'organisme fédéral américain de réglementation et de contrôle des marchés financiers.

— Je l'ai fait ! Depuis le premier jour, je te dis que je suis en danger. Avant de te rencontrer, je l'ai également dit et répété à tous ceux qui voulaient m'entendre. Personne ne m'a cru. Sachant que je finirai sans doute par courir un risque physique, j'ai décidé d'engager un garde du corps.

Ruben acquiesça.

C'est moi qu'il a embauché. Moi. Sur le visage d'Andy, les coupures ne saignent plus. Par contre, pour éviter un œil au beurre noir, il lui faudrait bientôt un pack de glace.

— Tu as foutu mon plan en l'air, enchaîna son patron. Tu étais censé être un gros abruti toujours prêt à brandir les poings pour se faire entendre.

— Merci.

— Ce n'est pas ce que je…

Andy baissa les yeux avant d'enchaîner :

— Je ne te connaissais pas, Ruben. Je suis allé à l'Empire, parce que je pensais y trouver de gros bras, d'anciens flics qui, contre monnaie sonnante et trébuchante, ne verraient aucun inconvénient à récolter quelques gnons.

— Génial. Ainsi, c'est moi qui aurais dû me retrouver là ligoté et transformé en chair à saucisse ?

Andy resserra les bras autour de lui-même.

— Non ! Je voulais juste un type capable de boxer mes adversaires et de leur ficher la trouille. D'accord, au début, je me suis peut-être comporté en salopard, mais ensuite, tout a changé. À cause de toi. Tu m'as plu. Plus que prévu. Beaucoup plus, précisa-t-il, en clignant des yeux. Et ça a foutu en l'air mon joli petit plan parce que je ne supportais pas l'idée que tu puisses être blessé. Tout a changé.

Ruben se dirigea vers les fenêtres et regarda la ville assombrie et la masse organique de Central Park.

— Dis quelque chose, murmura Andy.

— Pourquoi ne rien m'avoir dit ?

— Comment voulais-tu que je m'y prenne ? Au début, je ne savais rien de précis. Apex était une mine d'or. Je comptais te garder un moment avec moi, nourri, payé, logé, avant de te renvoyer chez toi – avec éventuellement un œil au beurre noir et un gros chèque de prime. Tu regardais, j'agissais. Je n'ai jamais cru que ce marché comportait un vrai danger.

— J'ai été dupé.

— Pas du tout ! Je ne te connaissais pas, je ne savais rien de toi, je ne pouvais pas deviner…

Andy lécha ses lèvres meurtries avant d'ajouter :

— … ce que j'allais ressentir pour toi.

Le silence retomba.

Puis, Ruben grogna, les cheveux dressés sur la tête.

— Tu m'as regardé nager. Nu.

Le désir rodait entre eux, comme un tigre affamé, prêt à bondir.

Andy agita une main dédaigneuse.

— Et alors ? Tu le savais. J'ai fait tout ce que j'ai pu afin que tu le saches. Je n'ai pas cessé de t'envoyer des signaux, pour voir si tu y répondais. Si tu voulais…

Cette fois, la vérité était à l'air libre : aucun d'eux ne pouvait plus la nier. Andy retomba sur le canapé, comme si ses jambes n'étaient plus capables de le soutenir.

— Avant ce soir, souffla-t-il, tu n'as pas répondu. Tu n'as rien fait. J'ai tellement déconné dans ma vie, je ne voulais pas que tu te retrouves englué dans tout ça. Je voulais qu'il n'y ait que toi et moi.

Ruben ne bougeait pas, inquiet qu'un geste malencontreux brise le sortilège.

— Bon sang ! souffla Andy. Je n'ai jamais… J'ignorais même être capable de ressentir une telle attirance. Tu es si fort, si honnête, si sain. Tu connais la vraie vie, tu y creuses ton chemin à deux mains. Moi, je ne suis qu'une riche mauviette. J'ai tenté de me rapprocher de toi. Comme un moustique attiré par un pare-brise au risque de s'y écrabouiller. Pourtant, je ne pouvais pas m'en empêcher. Et même si j'avais pu, j'aurais quand même continué.

Ruben acquiesça. D'un geste de la main, Andy lui demanda d'avancer.

Ensemble, ils montèrent à l'étage. Devant la porte de la chambre d'Andy, Ruben s'arrêta, sans trop savoir ce qu'il devait faire.

En tant que garde du corps, il aurait dû sécuriser le téléphone principal et s'assurer d'avoir un autre moyen d'appeler les secours. En tant qu'alcoolique, il était tenté de vider une bouteille de gin, de sauter dans un taxi pour se rendre à l'aéroport JFK, d'abandonner New York et de retrouver le monde pourri dont il avait l'habitude. En tant qu'homme, il désirait Andy Bauer, il voulait le sauver, le baiser, le protéger et se réveiller à ses côtés jusqu'à la fin de sa vie en se fichant complètement que le reste du monde le prenne pour un répugnant homo. Il tenait tellement à Andy que tout le reste pâlissait en comparaison.

Andy parut deviner ses pensées, car il se tourna vers lui avec un sourire. Pendant un moment, ils se regardèrent dans les yeux, d'un air à la fois méfiant et heureux.

Puis Andy pencha la tête et murmura :

— Viens ici.

— Je ne peux pas.

Sa voix lui parut particulièrement sonore.

— Ne t'inquiète pas, je ne te demanderai rien… pour le moment. Je veux juste t'avoir contre moi.

Andy s'assit sur son lit et recula jusqu'à presser son dos contre le mur. Ruben avança, avec l'impression qu'il y avait des kilomètres entre la porte et le lit. Il s'arrêta au bord du matelas. L'odeur douce et sucrée d'Andy lui parut plus forte, car les oreillers en étaient probablement imprégnés.

Il posa une fesse sur le matelas, les yeux au sol.

Comment la dynamique entre son patron et lui pouvait-elle redevenir normale quand, justement, elle ne l'avait jamais été depuis le premier jour ?

La main d'Andy se posa dans son dos.

— N'aie pas peur. Tout va bien.

— Je ne crois pas. Et tu le sais très bien. Tout va changer.

— Bien sûr que non !

Les doigts d'Andy, chauds et solides, lui frottaient le dos. Ni caresse ni invite. Tout à coup, ils disparurent. Ruben respirait lourdement, honteux d'avoir tant savouré ce léger contact. Son cœur battait trop fort, sa gorge était trop serrée. Ses mains tremblaient.

Pour lui, Andy ne représentait pas seulement un stéréotype ou un chèque de paie. Aussi invraisemblable que ça paraisse, c'était l'Espoir qui se trouvait assis contre le mur, à quelques centimètres, embaumant le pain chaud, dans un joli emballage de peau lisse couronné d'or cendré.

— Je ne ferai rien, insista Andy. Je veux juste t'avoir à côté de moi. Peut-être allons-nous simplement dormir.

Ruben balança ses jambes sur le lit

— D'accord. Mais quand même… ça me fait un drôle d'effet.

— D'être assis sur un lit ?

— D'y être avec mon patron. Avec un mec. Alors que nous savons très bien tous les deux que…

— Ça suffit !

— Je ne sais même pas ce que je dois faire, grommela Ruben.

— Et si nous allions tout doucement ? Je n'ai rien prévu, je te le rappelle.

Centimètre par centimètre, Ruben recula sur les draps frais pour se rapprocher. Il s'attendait à être touché, caressé ou étreint, mais Andy, fidèle à sa parole, lui laissa beaucoup d'espace.

C'est à moi de faire le premier geste.

Tout d'abord, sa voix se bloqua dans sa gorge.

— Hum… ta tête, comment ça va ?

— À peu près bien. Je suis plus solide que j'en ai l'air.

Andy semblait tout aussi inquiet que lui.

— Tu es également plus idiot que tu en as l'air, gloussa Ruben.

— J'ai surtout mal au niveau des bras.

Tout en parlant, Andy leva le droit. Ruben l'empoigna délicatement pour examiner la peau des poignets, tout écorchée. Tremblant de rage, il fut incapable d'exprimer à haute voix ce qu'il ressentait. Andy ne bougea pas pendant que Ruben cherchait à étouffer sa tendresse bouleversée.

Je suis fou. Je suis fou.

Entre eux, l'atmosphère vibrait de multiples possibilités, qui, comme de terrifiantes paillettes, faisaient miroiter des reflets de lumière. Imaginer et fantasmer, ce n'était pas du tout la même chose que passer aux actes.

Interrompant ses caresses, Ruben se contenta de tenir l'avant-bras musclé de son patron.

— Tu bandes, annonça-t-il.

Aussitôt, Andy releva les jambes. Ruben prit la même position.

— Non.

— Ce n'était pas une question, précisa Ruben. Je te signale que j'ai le même problème.

Ils restèrent assis côte à côte, les jambes pliées comme des clochards dans la rue, devant le perron d'une maison étrangère.

Enfin, Andy bâilla. Une fois, deux fois…

— Je crois… que je ferais mieux de me coucher. Ça ne te gêne pas ? Je suis heureux de t'avoir avec moi, ajouta-t-il avec un sourire. Comme ça. Tout près.

Ruben acquiesça.

— Moi aussi. Je veux dire, oui, bien sûr, allonge-toi.

Je suis dingue de lui.

Andy se pencha vers lui. Pour une fois, Ruben n'éprouva pas le besoin de s'écarter. La délicieuse odeur boulangère d'Andy le détendait.

— Ruben ? Euh… merci.

Ruben roula sur lui-même, ce qui le rapprocha encore d'Andy. Son genou effleura la jambe solide tout près de la sienne.

— C'est moi qui te remercie. Je suis…

Il posa la main sur le ventre d'Andy. Tous deux tressaillirent à ce contact.

— Ah.

Sous sa main, le ventre était dur et brûlant, il battait aussi au rythme du pouls. À quelques centimètres, le sexe rigide était emprisonné sous le tissu élastique du boxer. Ruben ne bougea pas les doigts, sentant le moindre poil de la peau soyeuse sous sa paume.

D'une seconde à l'autre, ils allaient dépasser la frontière et atteindre le point de non-retour.

Ils se fixaient, les yeux dans les yeux, clignant à peine des paupières. D'une certaine façon, la chambre était aussi calme et tranquille que Central Park, l'autre jour, quand ils avaient couru côte à côte, moites de sueur sous la verte ramure des arbres.

Ce soir, l'érection de Ruben n'arrangeait pas les choses. Il roula sur le ventre, coinçant sous le poids de son corps son sexe érigé, aussi brûlant qu'un pistolet venant d'être déchargé et si engorgé que la pression fut une agonie. L'odeur de pain frais devint plus intense quand Ruben enfouit son visage dans la couette d'Andy.

Pour éviter de commettre une folie, Ruben bloqua sa main entre son oreiller et le matelas.

— Excuse-moi, souffla-t-il.

— Bonne nuit, Rube. Et ne t'inquiète pas, ça va aller. Je parle de toi et moi, de l'avenir. Tu verras.

— Qu'est-ce qui va se passer à présent ?

Il parlait à la fois d'Apex, des « assassinats » financiers et d'eux. Détournant la tête, il fixa le mur pour tenter de s'éclaircir les idées. En vain.

— Nous allons sortir ensemble. Pour de bon. Et nous afficher.

L'idée lui parut bonne, et même excellente. C'était fou, stupide, et dangereux, mais très tentant.

— Ensemble ? Pour dîner ? Boire un verre, prendre un cigare ?

À ces propositions, le visage d'Andy s'illumina.

— Oui. Exactement, nous ferons tout ça. Je veux passer tout mon temps avec toi. Je veux m'amuser !

Ruben chercha à cacher sa nervosité, mais manifestement, il échoua.

Andy secoua doucement la tête.

— Rien ne va changer entre nous, Rube. Je t'assure.

Il se rapprocha, ses genoux levés cachant la bosse de son entrejambe. Non pas que Ruben regarde cet endroit-là, bien entendu !

— Tu dis n'importe quoi. Tout va changer.

Andy décroisa ses bras, son regard bleu gris se faisant plus doux.

— Nous irons pas à pas. Nous n'en sommes qu'à la première étape.

Avec un rire, Ruben s'assit dans le lit. Un étrange sentiment où se mêlaient désir et espoir lui donnait le vertige. Peut-être que tout irait bien. Que tout était normal. Et puis, il aurait au moins l'occasion d'explorer ce qu'il ressentait réellement pour Andy Bauer.

Après un soupir, Andy plissa les yeux en le regardant.

— Enchanté de te rencontrer, Ruben. Je suis Andy.

Il tendait la main. Ruben la prit et la serra. *Tu vois ? C'est tout simple, tout naturel.*

— Moi de même.

Il ne lâcha pas la main forte. Andy resserra ses doigts.

— Jusqu'ici, tout va bien. Tu me plais beaucoup.

Il se pencha, si près que sa chaleur rayonna sur la poitrine nue de Ruben. Ce dernier se renfrogna.

— Sans blague ? J'aimerais être plus intelligent, plus riche ou plus jeune, mais je ne peux pas.

Dans cette position, Andy avait les yeux à la même hauteur que les siens.

— Je m'en fiche. Je ne veux rien changer en toi.

Ruben déglutit, hyper conscient de ne porter qu'un boxer, presque sec. Sinon, il était nu. Il ne pouvait se cacher, il était piégé. Andy approchait centimètre par centimètre comme pour demander sa permission. Ruben la lui accorda d'un petit signe de tête.

Aussitôt, Andy pressa ses lèvres contre les siennes. Sa bouche était ferme et douce. Ses joues légèrement râpeuses.

Un homme. J'embrasse un homme.

Avec un gémissement, Andy passa un bras chaud autour de son dos nu, pressa son front contre le sien, frotta ensemble leurs deux sexes, ce qui était encore plus délicieux. Un peu trop, même, en y réfléchissant...

Ruben s'écarta, au bord de l'hyperventilation.

— D'accord. D'accord. Attends un peu.

Ils se fixaient, le souffle court comme deux sprinters sur la ligne d'arrivée. Les lèvres de Ruben pulsaient comme après une brûlure. Les yeux déterminés d'Andy brillaient d'une lueur démoniaque. Il essuya sa bouche humide.

— Excuse-moi, mais ça fait longtemps que j'en avais envie.

Ruben acquiesça nerveusement, le désir lui coupant la parole. Son sexe faisait une tente dans son caleçon, aussi le plaqua-t-il contre son ventre d'une main ferme. *Je me fiche qu'il soit un escroc, s'il n'est pas hétéro.*

— Maintenant, je sais.

Lentement, Ruben se pencha, se pencha, *se pencha...*

Dring.

Le téléphone de la maison se mit à sonner, c'était un appel du portier de l'immeuble. Quelqu'un avait dû entendre l'alarme. Quelqu'un avait peut-être prévenu les flics. Quelqu'un allait se pointer et terminer le travail.

Du regard, ils s'affrontèrent et luttèrent. Mensonges et secrets n'apportaient jamais rien de bon. Ruben secoua la tête, mais déjà, Andy se précipitait vers le combiné.

— Allo ?

Il paraissait essoufflé.

— Non, non, reprit-il. Tout va bien. Non, pas du tout. La situation a simplement un peu déraillé. De plus, j'ai mon agent de sécurité avec moi.

Même après la volée qu'il venait de prendre, il avait un remarquable sang-froid et une voix calme et maîtrisée.

Moi, un agent de sécurité ? Dans tes rêves ! Ruben éprouvait la très étrange sensation d'être piégé à plusieurs centaines de mètres au-dessus de Park Avenue, sans ailes, sans accès pour redescendre. Le gouffre noir qui s'ouvrait devant lui rendait d'autant plus facile d'imaginer un plongeon vers les lumières, comme un animal sauvage rendu fou par la terreur. Il savait reconnaître une erreur tentante. Il savait ce qui pouvait arriver, ce que voulait Andy... mais il ignorait ce que ça leur coûterait, à l'un et à l'autre.

Tout en discutant avec son portier, Andy revint vers le lit pour lui caresser les cheveux. Savourant la ferme pression des doigts de son patron, Ruben ferma les yeux et s'adonna à ce plaisir perfide.

Puis Andy raccrocha et revint se coucher.

— Tu crois que tu pourrais dormir avec moi, Rube ? demanda-t-il.

Ruben était inquiet, épuisé, mais si heureux que son cœur tambourinait toujours dans sa poitrine, refusant de se calmer. Il hocha la tête avant de réussir à retrouver sa voix.

— Oui. Si ça ne te gêne pas que je reste là

— Bien sûr. J'ai confiance en toi.

Ruben ricana.

— Si je fais un rêve érotique, tu risques d'avoir des problèmes.

Andy éclata de rire.

— Je suis joueur, j'aime le risque.

— Ben voyons !

Quelques minutes plus tard, Andy dormait et Ruben le regardait, sans bouger, occupé à admettre que tout ce qui comptait dans sa vie se trouvait étendu à côté de lui, trop anxieux pour dormir et trop excité pour que ça lui pose un problème. Les enjeux devenaient trop élevés. Plus question de rester aveugle et stupide, ou de se battre contre des ombres dangereuses.

Grâce aux AA, Ruben avait appris que pour avancer, il fallait toujours commencer par faire un premier pas. Un pas après l'autre, une étape après l'autre.

C'était une erreur. *Argent. Vengeance. Chantage. Enlèvement. Agression.*

Ce qu'il avait de mieux à faire était de héler un taxi et filer au plus vite à l'aéroport JFK, retrouver Miami et s'enivrer pendant une semaine. Le pire était de rester dans cette cage dorée à tenter de repousser les dragons en leur jetant des gravillons.

Le pire était de céder à son désir et au sourire d'Andy.

Bien entendu, il choisit la mauvaise option.

Foutu cœur !

XII

AUCUN PLAN de bataille ne survit au premier contact avec l'ennemi.

Même sans ouvrir les yeux, Ruben sentit la chaleur du corps chaud d'Andy dans le lit, à trente centimètres de lui. À cinq heures du matin, étalé sur ces draps Pratesi[118], il se sentait parfaitement réveillé.

Il avait dormi avec Andy. *Dans son lit. Dans ses bras.*

Au cours de la nuit, avec un parfait naturel, ils s'étaient lovés l'un contre l'autre, partageant ce lit dément sans cataclysme. Le délire sexuel avait été évité. À présent, ils pouvaient prendre leur temps et gérer la situation en adultes.

Décidé à bien se tenir, Ruben comptait s'esquiver, redescendre dans sa chambre, prendre une douche et s'habiller. Mais quand il inspira, il découvrit une fragrance inhabituelle : son odeur corporelle, un peu musquée, se mêlant à un arôme de pain frais. Sobre depuis longtemps, chaste de surcroît, Ruben fut surpris d'avoir presque oublié quel enivrement c'était de se réveiller à deux. Il trouva délicieusement sensuel de toucher Andy de cette façon, sans le malaise qui, la veille, les avait tous les deux poussés à se cacher sous la couette. Il décida de s'accorder un moment pour regarder Andy dormir avant de s'en aller.

Il roula sur le côté. Sans qu'il l'ait voulu, sa main se referma sur le sexe d'Andy, à travers le caleçon. Il ne chercha pas à se débarrasser du sous-vêtement, mais ne put s'empêcher d'explorer, découvrant avec de lents va-et-vient la texture du membre, sa rigidité et sa chaleur. La respiration d'Andy ne changea pas de rythme, mais sa queue durcit. Une veine se mit à pulser le long de la hampe. Le gland semblait particulièrement sensible.

La bouche asséchée, Ruben savoura le plaisir intense de caresser un si bel homme à son insu. Son cœur battait d'une terrible certitude, mais Ruben refusa de l'analyser. Puis la respiration d'Andy changea et ses hanches se soulevèrent légèrement pour accentuer le contact. Du pouce, Ruben effleura le gland turgescent, recueillant la goutte qui y perlait. Dans l'obscurité, Andy se tortilla un peu et sa tête creusa l'oreiller. Il allait se réveiller d'une minute à l'autre.

Voleur.

Ruben contrôla sa respiration et tenta de faire le moins de bruit possible. Il bandait, son sexe érigé dépassait de la ceinture élastique de son caleçon, le

---

118 Marque italienne de linge de maison de luxe.

prépuce déjà roulé. Tenir Andy, toucher Andy, vouloir Andy… Tout paraissait si normal que Ruben n'arrivait pas à se souvenir des raisons censées le lui interdire.

Il sursauta en entendant une voix étouffée.

— Oso ? Déjà réveillé ?

La chambre était vaguement éclairée par la lueur du lampadaire de la rue, aussi Ruben distinguait-il les formes, les angles et les couleurs. Il ne tenait pas à ce qu'Andy allume. L'obscurité paraissait rassurante et sensuelle. Dès que la lumière surgirait, il leur faudrait retrouver un peu de bon sens. Tous les deux.

Andy roula sur le dos. Aussitôt, Ruben se mit sur le côté, une jambe sur celles d'Andy pour empêcher celui-ci de tendre la main vers la table de nuit. Andy retint son souffle.

Ligne franchie. Sans bouger sa jambe, Ruben prit le temps de s'habituer à cette audace, à cette proximité. Le contact de ce corps dur piégé sous lui était délicieux. Peut-être pourrait-il se rendormir. Et Andy aussi. *Ben voyons !*

Andy poussa un profond soupir et ne bougea plus.

Peu à peu, leurs corps s'adaptèrent d'un à l'autre, à tous les niveaux, par de subtils ajustements. La fermeté, le poids, la friction… tout était parfait. Pour la première fois de sa vie, Ruben comprit exactement la signification du mot « désir » : un besoin si vital, indispensable et douloureux qu'il se justifiait, quel que soit le prix à payer. D'ailleurs, ignorant le montant indiqué sur l'étiquette, Ruben n'avait aucun projet particulier. Il était prêt à tout, à tout prendre… quitte à se ruiner.

— Je ne te tiens pas trop chaud ? demanda-t-il.

D'un grognement, Andy répondit « non » et son souffle devint plus rapide. Sa tête, renversée sur l'oreiller, n'était qu'à quelques centimètres du visage de Ruben. Ce dernier ferma les yeux lorsqu'il se rendit compte que, dans cette position, son sexe poussait contre la hanche d'Andy. Ainsi exposé, il était hypersensible au moindre contact. Ruben était si bien qu'il n'avait rien remarqué. Jusqu'ici.

Par contre, Andy le savait parfaitement. Il ne disait mot, mais son cœur tambourinait. Il transpirait aussi et, sous la pression, son ventre avait des crispations. Il paraissait nerveux.

— Serait-ce… commença-t-il.

— Oui, chuchota Ruben

Andy inspira brusquement. Même dans l'obscurité, sa peau paraissait dorée sur le blanc des draps. Par contre, par rapport à la main sombre de Ruben, son corps était d'ivoire.

Du bout des doigts, Ruben caressait le ventre d'Andy comme s'il cherchait à creuser dans du sable sec.

Un souffle tremblant…

— Rube.

La peau chaude d'Andy était susceptible de conduire Ruben quelque part, à un endroit qu'il se sentait incapable d'imaginer. Que le ciel l'assiste, il ne pouvait pas refuser ! Il baissa les yeux sur la tente au niveau du bas-ventre d'Andy.

— Tu as le même problème que moi, patron.

Un geste prudent, il y posa sa main. Ses hanches se soulevèrent, son prépuce glissa davantage avec une décharge de plaisir humide, intense.

Andy déglutit.

— Tout va bien.

Ruben hésita. D'un côté, il aurait voulu allumer pour regarder, de l'autre, il préférait l'anonymat de l'obscurité.

— Pour le moment, je te touche, c'est tout. Je te chatouille ?

— Mmm. Non. C'est juste particulièrement… euh, sensible. *Bon Dieu !*

— Oui, je sais.

Ruben se pressa davantage contre la cuisse d'Andy et la friction dégagea son gland palpitant d'excitation qui s'écrasa contre le muscle rigide comme s'il avait trouvé sa vraie place.

— Ruben, chuchota Andy, si tu continues, tu vas me faire jouir.

— Je ne crois pas.

Andy inspira brusquement.

— Oh, si ! Je te le certifie.

— Mais enfin, je te caresse simplement le ventre.

— Et ta queue cherche à me perforer la fesse ! gloussa Andy.

À ces mots crus, sans équivoque, Ruben se raidit. Ses bourses se contractèrent, son érection durcit encore.

— Foutu pervers !

— Tu es gonflé, *hombre*, c'est toi qui me barbouilles de foutre !

Changeant de position, Andy pressa son cul contre le sexe de Ruben – à présent trempé et dégoulinant sur le tissu qui séparait leurs peaux. Il se rapprocha.

— Humph.

— Je prévois une glorieuse apothéose en mains libres, annonça Andy.

Ruben ne put s'empêcher de baisser les yeux pour regarder. Son genou frôlait les bourses d'Andy.

— C'est vachement bon, je trouve.

— Oui. Rube…

Son souffle siffla entre ses dents. Et Ruben, collé à lui, sentit le cœur tambouriner contre les côtes. Bougeant légèrement, il posa son menton hérissé de barbe contre la gorge d'Andy, tandis que les cheveux cendrés et ébouriffés lui caressaient le front. Sa respiration erratique échauffait l'air de la pièce.

— C'est chouette !

— Rube, je... Bon Dieu. Ruben, attends. J'ai pensé...

Ruben savait bien qu'il aurait dû ralentir, mais il ne pouvait pas. Pour interrompre les protestations d'Andy, il ouvrit la bouche et referma les dents sur sa gorge, appréciant le goût salé de la peau. *Ligne franchie.*

Andy se cambra.

— Argh !

Son corps durci heurta Ruben au coude, son sexe se frottant au genou. Maladroitement, Andy se débarrassa de son caleçon, qu'il fit glisser le long de ses jambes, avant de s'attaquer à celui de Ruben.

Parfait. À présent, Ruben était presque couché sur lui, le sexe palpitant de tension. Andy semblait apprécier le poids de son corps, il gémit et leva les hanches pour les coller aux siennes. Enfin, leurs érections étaient l'une contre l'autre, un contact à la fois troublant et délicieux.

Deux bras forts se refermèrent autour de son dos et serrèrent. Ruben restait aussi immobile que possible, effrayé d'aller plus loin, mais peu désireux de battre en retraite. De sa langue, il caressait la gorge d'Andy, frottant sa mâchoire rugueuse contre celle de son patron.

Andy sursauta comme sous le coup d'une décharge électrique.

— S'il te plaît... haleta-t-il.

Avec une langueur délibérée, Ruben tourna la tête vers lui.

— Quoi ?

Il continua son manège et découvrit vite que le crissement de leurs deux barbes excitait Andy au point de le rendre incohérent : il gémissait, postillonnait et suppliait à tour de rôle, se tortillait sur le lit et haletait en cherchant l'air. Ses avant-bras poilus glissèrent sur la taille et les flancs de Ruben, sans trouver où s'agripper.

Puis les deux hommes se retrouvèrent chacun sur le côté et Ruben roula sur le dos, Andy penché sur lui, leurs sexes toujours accolés. Andy lui caressait la poitrine.

— Oso...

— Quoi ?

Ruben essuya sa bouche humide. Il se sentait poisseux du liquide séminal s'écoulant entre eux. Andy le regardait avec des yeux devenus presque noirs.

— Hum.

— Qu'est-ce que tu as ? Personne ne peut nous voir.

— Je sais. Je te veux. Bon Dieu, Ruben ! J'adore te sentir comme ça, contre moi ! C'est dément !

À deux mains, il empoigna leurs érections et serra fort.

— Je ne sais pas quoi faire, ajouta Andy.

— Continue comme ça, d'accord ? Juste pour voir. Pas besoin de lumière, nous finirons bien par trouver.

— Je sais. C'est juste que j'aimerais te regarder, te voir tout entier. Ici, dans mon lit, consentant. Je veux t'admirer.

La douce voix était à peine audible comme si parler lui était difficile. Pourtant, il continuait à malaxer leurs sexes avec de lents va-et-vient réguliers.

Sans laisser à son patron le temps d'approcher de l'interrupteur, Ruben roula sur lui et s'empara de ses lèvres, insinuant une langue conquérante dans la bouche humide. Il ne voulait pas de lumière ça lui paraissait trop… rapide. *À petits pas.*

Sous lui, Andy soupira et enroula ses bras autour de sa taille. Leurs joues se pressèrent l'une contre l'autre. Du papier de verre. Andy lécha le lobe de l'oreille de Ruben avant d'y mordre légèrement.

Et Ruben faillit tourner de l'œil. Il avait toujours été sensible des oreilles. Qu'on y touche, les lèche ou y morde le rendait dingue. Il se sentit basculer. Son souffle devint plus rapide et frénétique. Ses mains tremblantes glissèrent sous Andy, l'empoignant dans le dos. Était-ce le bon endroit où les mettre ? Ruben hésita en écarquillant les yeux, puis il plaqua ses deux paumes de chaque côté du crâne d'Andy, désireux de le rapprocher de lui.

Si proche d'un homme… si totalement différent. De tout. De tout ce qu'il avait connu. Au début, il en connaissait trop peu, à présent, c'était le contraire.

— C'est ça. Oui, c'est ça. Oh, Bon Dieu !

Andy s'écarta légèrement.

— C'est bon à savoir.

Dans l'obscurité son sourire n'était qu'une ombre mouvante et ses yeux qu'un reflet.

Aller doucement rendait les choses à la fois meilleures et pires. Ruben n'avait pas perdu le contrôle, mais il sentait monter la tension, lente et inexorable, avec un cliquetis qui lui évoquait un wagonnet s'apprêtant à atteindre le sommet d'un grand huit, juste avant le plongeon. Sans ceinture de sécurité.

Le corps d'Andy se colla au sien, court-circuitant son cerveau. De ses doigts épais, Ruben attira Andy plus près. Même dans le noir, l'homme, avec ses aspérités et ses muscles durs, était parfait dans ses bras. La queue de Ruben, devenue du granit, glissait contre les abdominaux rigides d'Andy.

— Rube, je ne peux pas. Je suis…

Avec un grondement de fauve qui exprimait convoitise et assentiment, Ruben embrassa Andy. *Vas-y, fonce, ne retiens rien, donne-moi tout.*

Ses talons s'enfoncèrent dans les draps moelleux, leurs hanches se martelant avec la finalité de l'urgence. Ruben se pressa contre le corps parfait d'Andy et, renonçant à tout contrôle, il se laissa emporter par le tsunami.

— Je ne peux plus...

Glissant une main autour de la taille d'Andy, Ruben referma les doigts sur une fesse ronde et ferme, collant davantage son amant à lui. La pression devint intolérable. Ils luttaient l'un contre l'autre, comme pour éliminer l'espace qui les séparait encore. Ruben gronda dans la bouche d'Andy, caressant sa langue de la sienne. Il insinua deux doigts dans la raie de ses fesses.

En réponse, Andy libéra ses lèvres et lui mordit l'oreille avec une férocité fiévreuse. Pour une fois, il oubliait sa réserve, ses bonnes manières et son masque, il n'était plus qu'un mâle en rut.

Ruben frémit quand une main légère lui caressa la cuisse. Il s'inquiéta, tout en cherchant à ne pas le montrer. Et si Andy voulait le baiser ? Tous deux étaient des gars ; or les gars baisent... pénètrent.

Jusqu'ici, Ruben n'avait pas pensé à ce détail. Il passa la langue sur ses lèvres asséchées et se concentra pour ne pas paniquer. Peut-être était-il un vrai salaud de penser à ça à un instant pareil, mais il ne pouvait changer sa nature. Il désirait Andy et, un jour peut-être, y passer à son tour ne lui semblerait plus aussi effrayant, mais pas aujourd'hui. Il avait suffisamment d'expérience pour bien se connaître. Eh bien, se faire enculer, ça n'était pas pour lui.

Andy, tout haletant et frénétique, se mit à genoux et lui écarta les jambes. Un doigt fureteur pénétra Ruben. Brièvement, avant de disparaître.

Holà ! Le cul écartelé, Ruben se sentait exposé et terriblement nerveux. Il ne put le supporter et se rassit dans le lit.

— On se calme.

Le geste l'avait pris par surprise. Pas douloureux, d'accord, mais quand même, sacrément bizarre comme l'enfer.

— Écoute, reprit-il, je n'ai pas l'habitude. Je... Je découvre des tas de nouveaux trucs ce soir.

— Excuse-moi.

Andy agita la main, le duvet d'or de ses avant-bras scintilla dans la faible luminosité de la chambre. Il secoua la tête, se pencha et déposa sur ses lèvres un baiser rapide. Puis, d'une main, il joua avec la toison de sa poitrine.

— N'aie pas peur, reprit-il, je ne comptais pas... Je ne veux pas que tu paniques, Oso.

— Non, c'est bon. Je t'assure, ça va. C'est juste que... j'ai été surpris. Pour ça... on verra peut-être plus tard. D'accord ?

Il savait bien qu'il mentait. Il se sentait un véritable enfoiré, mais, d'après lui, jamais il ne laisserait quelqu'un le prendre... comme ça. D'un autre côté, un mois plus tôt, jamais il n'aurait cru se retrouver un jour couché à poil dans un lit avec son patron. *Il ne faut pas éveiller le chat qui dort.*

— Je ne pense pas que je pourrais… aller jusque-là. En tout cas, pas maintenant. Je suis désolé.

Andy, le souffle toujours erratique, hésita un moment avant de sourire.

— Ce n'est pas grave. Allons doucement, nous verrons bien jusqu'où ça nous mènera, d'accord ?

S'il était déçu, il le cachait bien. Ruben gardait la sensation de ce doigt intrusif planté en lui. Il ne put s'empêcher de vérifier si c'était ou pas un effet de son imagination. Jamais encore il n'avait mis la main sur lui à cet endroit-là. Ou pensé à cette partie de son corps comme à une zone érogène. Se protéger ainsi paraissait ridicule, surtout après tout ce qu'Andy et lui avaient déjà fait.

— Ce n'était pas désagréable, chuchota-t-il.

Andy, l'air contrit, cligna des yeux.

— Mais pas agréable pour autant. Écoute, il n'y a pas de règles établies.

— Je ne suis… Andy, tu m'as pris par surprise, c'est tout. Je connais mon cul.

Disait-il vrai ? Ruben inspira avec difficulté. *Tu mens, tu te mens à toi-même.* Le problème, c'était que sa queue ne réalisait pas la différence.

Andy croisa fermement les bras.

— Il est difficile de savoir où sont les limites. Tu sembles apprécier mes caresses. Et Dieu sait que j'adore tout ce que tu m'as fait !

Ruben étouffa son ricanement nerveux en simulant une toux.

— J'avais juste… euh, besoin de souffler. C'est…

Trop bizarre. Il referma les doigts sur le sexe d'Andy, qui gonfla aussitôt dans sa paume. Andy acquiesça.

— Mon expérience en sodomie est assez limitée, j'ai juste eu l'impression que tu étais tenté.

Il était couché sur le dos, les jambes écartées. Ruben jeta un coup d'œil aux cuisses fermes et à la raie profonde qu'il devinait au-delà. Il acquiesça.

— Mmm.

Andy déglutit.

— Si ça te dit, tu peux me toucher. Moi, j'ai envie que tu me touches. Très envie.

Il releva un genou et ouvrit davantage les jambes pour mieux s'offrir.

— Je ne peux pas m'en empêcher, avoua Ruben. C'est à cause de ta peau… Cette putain de peau !

Andy secoua la tête et fronça les sourcils. Ruben était écartelé entre désir et panique.

— Je suis un vrai con !

Andy tordit le cou et appuya un moment son front sur le crâne de Ruben.

— Non, Oso. Tu es un homme bon qui a de mauvaises manières. Grâce au ciel !

Leurs têtes roulèrent ensemble.

— La prochaine fois.

— Ne t'inquiète pas de ça. N'y pense même pas. Je suis tellement heureux de t'avoir enfin dans mon lit.

Un autre baiser, puis il suça la lèvre inférieure de Ruben et à nouveau son oreille.

Seigneur !

Ruben gémit et se tortilla, mais sans chercher à échapper à ce délirant assaut.

— Bauer, je n'ai pas fait ce genre de trucs depuis mes treize ans.

Andy s'écarta et secoua lentement la tête.

— Quelle honte !

Ses cheveux lui tombaient dans les yeux. Ruben les repoussa en arrière, avant de les caresser d'une main affectueuse.

— Nous ne sommes plus des gamins.

Andy referma les doigts sur leurs deux sexes.

— Sans blague ? C'est vrai que toi, tu es presque un vieillard.

— Va te faire voir ! Je n'ai que quarante-et-un ans, ce n'est pas encore l'âge canonique. D'ailleurs, je ne suis pas tellement plus vieux que toi. Je dirais... deux ans ?

— Deux ans et demi. Et ces années-là comptent beaucoup, je tiens à te le préciser.

— Je ne suis pas ton père !

Le dire lui fit un drôle d'effet. Et ça rendait encore plus bizarre d'être ainsi, au pieu avec son patron.

Andy lui balança un coup de poing dans les côtes.

— Arrête ! Je ne suis pas là à cause de Sigmund Freud.

— Ouille, protesta Ruben en se frottant le flanc. D'accord, d'accord. Pas besoin de me martyriser.

Manifestement, Andy était lui aussi nerveux. Tant mieux !

Andy roula sur le côté.

— Excuse-moi, je n'aurais pas dû t'agresser. Mais tu m'as vraiment excité.

Ruben tourna la tête pour fixer les yeux brillants braqués sur lui.

— Je n'arrivais pas à dormir.

— C'est faux. Tu dormais comme un loir. Je t'ai vu. Hum...

Andy toussota et recula un peu dans le lit. Ruben s'accouda, l'œil étréci pour mieux le dévisager.

— Vraiment, tu m'as espionné ?

— Bien sûr ! J'aime ça, j'aime te regarder. Tu le savais déjà.

Effectivement.

Andy marmonna quelques mots incohérents, comme s'il se parlait à lui-même. Ruben se laissa retomber sur le dos. Il se sentait à la fois vulnérable et détendu. Il se frotta le ventre, douloureusement conscient de son sexe – érigé depuis des lustres – et de la frustration qui lui avait rendu le dernier mois atroce.

— Et alors ? Ai-je fait quelque chose d'intéressant que je devrais savoir ?

— Bien entendu.

Andy, un genou toujours plié, gratta ses cheveux ébouriffés, hérissant davantage cet épi que Ruben avait toujours trouvé particulièrement comique. Il avait remonté le drap sur son ventre, mais Ruben voyait toujours la tente révélatrice au niveau du bas-ventre. Ça ne le gênait pas trop, car il était dans le même état.

La bouche desséchée, il lui fallut un moment pour réussir à déglutir et à retrouver sa voix.

— Et toi ? croassa-t-il.

— Moi, quoi ? s'étonna Andy.

— As-tu fait quelque chose d'intéressant ? Que je devrais savoir ?

Andy secoua la tête, faisant voler ses cheveux cendrés.

— Je me suis contenté de profiter de l'occasion pour te mater.

Ruben savait bien que l'un et l'autre attendaient une autorisation, mais de qui ? il n'aurait su le dire.

— Tu es toujours si sacrément poli !

Andy se racla la gorge.

— C'est juste que... j'adore te regarder bouger. Tu es si beau.

— Arrête !

— Quand tu dors, tes défenses disparaissent, et alors, je te vois tout entier.

— Mais oui, c'est ça. Euh... Ça fout la trouille.

Pourtant, il souriait à l'idée qu'Andy apprécie sa sale tronche.

— Ce n'est pas ce que je voulais dire... C'est plutôt que quand tu dors, tu ne te caches plus. Tu es au naturel.

Ruben roula ses yeux.

— À poil, quoi !

Andy se mit à rire. Il donna un petit coup sur la poitrine de Ruben

— D'accord. Oui. Je le suppose. Rube, tu seras toujours plus fort que moi. C'est seulement quand tu dors que je me sens capable de veiller sur toi, de te protéger.

Les yeux brûlants, Ruben ne répondit pas. D'ailleurs, même s'il l'avait voulu, il ne l'aurait pu. Il avait l'impression d'avoir cinq ans. Jamais, de toute sa vie, personne n'avait tenu à le regarder dormir ou à le protéger. Personne n'en avait eu l'idée.

Avec Marisa, il savait ce que son existence était censée être : travail, femme, enfants. À présent, il s'était égaré, sans carte ni conseils pour retrouver son chemin. Andy et lui étaient des hommes. Avec deux vies. Et, malgré ce qu'il cherchait à prétendre, ce n'était pas une simple aventure sans lendemain, ni même une expérience bizarroïde pour tirer un coup.

Tout paraissait différent.

Ruben avait toujours cru que les homes avaient quelque chose de détraqué, comme les gauchers ou les daltoniens. *Un truc qui n'allait pas.* Seulement, e qu'il venait d'expérimenter était d'une perfection implacable. Et lui n'avait pas changé : un ivrogne qui rêvait d'une bière, un raté à qui sa famille manquait. Ses sentiments n'avaient rien à voir avec le daltonisme. Quelle que soit la couleur de l'aura d'Andy, Ruben ne l'avait pas remarquée tout de suite, mais maintenant que c'était le cas, il n'arrivait pas à expliquer à autrui ce qui lui paraissait désormais évident.

Andy se rassit dans le lit.

— Excuse-moi.

— De quoi ?

Relevant les yeux, Ruben comprit qu'Andy avait mal interprété son silence. Cette fois-ci, ce fut lui qui tendit le bras vers la lampe de chevet. La lumière les fit loucher tous les deux.

— De quoi t'excuses-tu, Andy ? répéta Ruben.

Sans attendre de réponse, il se pencha pour embrasser Andy. Après un léger sursaut, son amant s'adoucit et lui rendit son baiser.

En se redressant, Ruben chuchota :

— Ne t'excuse jamais d'être sexy. Ou intelligent. Ou gentil. En tout cas, pas avec moi. D'accord ?

— Oui, chef.

Et ce fut tout. Ni lynchage de foule. Ni catastrophe naturelle. Ni changement drastique de personnalité. Apparemment, Andy et lui restaient les mêmes : deux hommes attirés l'un par l'autre. Ruben pourrait sortir avec Andy sans devoir s'épiler la poitrine ou subir les concerts télévisés de Beyoncé.

Son anxiété n'avait presque rien à voir avec ce qui se passait entre eux. Elle concernait plutôt d'autres temps, d'autres lieux : que penseraient les autres, là-bas, en Floride ? Comment étaient traités les gays dans les mauvais quartiers de Hialeah [119] si Andy et lui s'y aventuraient un jour ? Quand son frère cesserait-il de se foutre de lui ?

Parce que ça finirait par se savoir. Mensonges et secrets finissaient par tout empoisonner, Ruben le savait bien. Il l'avait appris durant ses années d'ivrognerie. Un couple homo se ferait toujours plus ou moins emmerder, mais sans doute New York serait-il plus facile que le Dakota du Nord, pas vrai ? Quelques sourcils se lèveraient peut-être aux infos du soir, mais qui se souciait de ce genre de choses au vingt-et-unième siècle ? Les gens avaient « de plus gros alligators à attraper » comme on disait, en Floride.

Pour attirer son attention, Andy lui frappa légèrement la poitrine. Ruben se tourna vers lui, une question silencieuse dans les yeux.

— Il ne s'agit pas d'une course à gagner, d'accord ?

Andy posa la main dans les cheveux de Ruben, les caressant doucement. Il ferma les yeux et soupira. Ruben déglutit, inexplicablement nerveux. *Ne pose pas de questions.*

— D'accord.

— Je ne suis plus senti aussi détendu depuis… merde. Je n'arrive même pas à m'en souvenir !

Ruben avait toujours une main protectrice sur l'érection d'Andy. Ce dernier s'étira, son sexe soulevant le drap.

— Tu m'as donné une sacrée gaule, remarqua-t-il.

— Tu dois rêver.

— Ben voyons !

Andy lui caressa la nuque avant de l'agripper par le cou. Ruben se laissa faire et se retrouva couché, collé à son patron, le sexe pressé à la courbe ferme du cul parfait.

— Apparemment, tu es dans le même état, déclara Andy, un sourire dans la voix.

— Je te regardais. Je te regarde toujours.

Andy tourna la tête pour croiser son regard.

— C'est vrai ? J'adore ça ! C'est tordu, mais sexy. Ça me plaît que tu gardes un œil sur moi.

Il ferma les yeux et sourit.

— Tu parles sérieusement ?

— Tu n'imagines pas à quel point !

---

119 Ville américaine de Floride faisant partie de l'aire métropolitaine de Miami.

Une rougeur naquit sur sa clavicule pâle et remonta le long de son cou, sur son visage jusqu'au cuir chevelu.

— Me faire prendre... chuchota-t-il. Que quelqu'un me regarde. C'est... Ça m'a toujours fait de l'effet. J'ai du mal à te l'expliquer.

Il se débarrassa du drap, empoigna son sexe et le serra éperdument. Le membre devint pourpre, la veine sur le côté ressemblait à un épais crayon qui courait sur toute la longueur.

Ruben hocha la tête, excité par l'éclat fiévreux des yeux d'Andy.

— Garder un œil sur toi ne me pose aucun problème, M. Bauer. Tu es désormais sous surveillance continuelle. Je ne saurais même pas comment m'arrêter. Bon Dieu ! Je ne veux pas apprendre !

Pendant un moment, Andy parut devenir lumineux. Étonné, Ruben cligna des yeux, mais sa vision persista : c'était comme si Andy s'était mis à briller, éclipsant la chambre autour de lui.

— Tu as tout changé, tu sais, chuchota Andy.

Il déglutit. Il ne bougeait plus, sauf la veine qui pulsait sur sa gorge au rythme de son pouls et son érection. Son regard fixe paraissait chercher une réponse au plafond.

— Je n'ai jamais été avec un gars, avoua Ruben.

— Moi, si. Quelques fois, au pensionnat. Et puis à l'université, avec mon coloc. Mais ce n'était pas pareil.

— Ah.

Ruben fut envahi par une vague soudaine de jalousie – stupide et irrationnelle – qui le brûla à vif comme de l'eau de Javel. Il préféra se taire.

— Ce n'était pas pareil, je t'assure, insista Andy. Il n'y avait aucun sentiment. Aucune confiance. Ce n'était pas comme avec toi, conclut-il dans un soupir.

Ruben détesta qu'Andy l'ait si facilement décrypté.

— Tant mieux ! Tu sais, tu me fous la trouille parfois, mais je crois que c'est plutôt dans le bon sens.

Andy tourna la tête et déposa un baiser sur son épaule.

— *Gracias, señor Oso.*

Ruben aimait l'entendre parler espagnol. Il roula les yeux.

— Franchement ! Vous, les blancs !

Perplexe, Andy fronça les sourcils.

— Qu'est-ce que tu veux dire par là ?

— Eh bien...

Qu'avait-il voulu dire ? Il referma le poing sur le sexe rigide d'Andy et se frotta à lui.

— Eh bien, reprit-il, je suis sacrément heureux d'être dans ton lit, patron. Maintenant, ça me sera bien plus simple de te surveiller.

Andy éclata de rire, Ruben finit par faire la même chose.

Puis Andy soupira.

— Dis, ça te dirait de sortir avec moi ?

— Nous le faisons déjà, putain ! Tout le temps !

— Je ne te parle pas de travailler. Mais d'un tête-à-tête.

Ruben sourit, ravi de constater que pour ce riche aux goûts particuliers, il n'était pas seulement un garde du corps, ni un ancien soldat ni un quasi-repris de justice.

— Tu parles d'une sortie… romantique ?

Intimidé, Andy baissa la tête.

— Oui. Quelque chose dans ce goût-là.

Ruben lui caressa le flanc.

— Bien sûr, volontiers. Comment dit-on sexy en espagnol ? *Guapo.*

Les yeux d'Andy se braquèrent sur lui.

— Arrête. C'est toi qui es *guapo*. Sombre, solide, costaud.

— Toi, tu as de la classe et du charme. De la prestance.

D'une main douce, Ruben pétrissait les muscles détendus et Andy répondait par de grands soupirs de satisfaction.

— Génial ! Merci ! Va plutôt te chercher une princesse Disney !

— Allez ! Je ne sais pas comment on le dit en espagnol. Tu es bien élevé, bien bâti. Élégant. Existe-t-il un mot qui te décrive ?

Andy réfléchit un instant. Puis il caressa la jambe de Ruben et déclara :

— *Pintón.* C'est un peu vieillot, mais ça correspond. *Pintón.*

— Pineton ?

— *Pintón.* Comme s'il y avait un « e » à la seconde syllabe. Comme « automne ». *Pintón.*

— Pineto.

Son accent était lamentable. Andy s'humecta la lèvre inférieure.

— Accentue davantage la deuxième syllabe. Si tu dis *pinto*, c'est un mot argotique pour un taulard. Ou une bite, au Brésil.

— Oh, excuse-moi. Tu n'es ni une bite. Ni un taulard.

Andy éclata de rire.

— C'est toujours ce qu'ils disent. Au début.

Ruben se pencha pour embrasser les veines bleuâtres de son poignet.

— *Eres muy pintón, señor Bauer.*

Le visage d'Andy s'illumina.

— Merci. Tu apprends vite, ajouta-t-il, en le pointant du doigt.

— J'ai un super bon prof.

Et voilà qu'ils étaient étendus côte à côte, à moitié nus, sans que Ruben éprouve de terreur. Le désir qui frémissait entre eux lui paraissait plutôt une promesse, ou une prière. Il voulait Andy, éperdument, sans rien à prouver et nulle part où s'enfuir.

Sans plus hésiter, il caressa le visage d'Andy et ses cheveux.

— Je reconnaîtrais cette couleur n'importe où.

Andy ricana.

— Qu'est-ce que tu racontes ?

— Tu as des cheveux cendrés. Tu l'ignorais ?

— Ils sont marron, c'est tout. Ma mère s'en plaignait toujours. D'après elle, des cheveux ni bruns ni blonds n'ont pas de vraie couleur.

De ses doigts rugueux, Ruben peigna doucement les longues mèches de soie brillante. Et Andy se cambra sous la caresse. Puis la main brune glissa sur un avant-bras pâle et duveteux.

— Dans ce cas, ta mère t'a mal regardé, reprit Ruben. C'est une couleur rare, unique. J'ai enfin réussi à y toucher... ça m'a longtemps obsédé.

— Quoi ? Mon bras ?

Ruben tira sur la toison frisée.

— Non, tes poils. Surtout la façon dont ils prennent la lumière. Et aussi ta peau.

Du bout des doigts, Andy effleura les jointures de Ruben.

— Pourquoi ? Parce qu'elle est plus blanche que la tienne ?

· — Non. Parce qu'elle est plus douce. Et incroyablement lisse. Je ne peux l'expliquer. C'est comme si la douceur résidait sous la surface. Dans le muscle.

— À mon avis, c'est de ma graisse que tu parles, mec. Ou de ma transpiration.

Ruben secoua la tête. Il souligna du doigt l'avant-bras frais d'Andy, puis y pressa ses lèvres.

— Non. À certains endroits, c'est très proche de la surface. Ici, par exemple. Ou là, ajouta-t-il en effleurant les côtes d'Andy. Ou encore là...

Il désignait la nuque.

— Et voilà, je bande encore !

Ruben caressa la clavicule et descendit sur le pectoral supérieur.

— Tant pis pour toi. Je n'ai jamais connu de peau comme la tienne. De toute ma vie.

— Foutaise ! À mon avis, tu manques d'objectivité, *señor Oso*.

Mais Andy retenait son souffle. Sa voix était devenue respectueuse et feutrée.

— Et alors ?

— Merci quand même.

220

Andy souriait. Son érection pointait vers le plafond. Ruben la serra.

— Tu vois ? La douceur est là, à l'intérieur, hors de vue, mais si proche que je peux la sentir. Qui que tu sois, malgré les secrets que tu gardes.

Contre l'oreille d'Andy, il inspira son odeur de pain frais.

— Hé.

— D'ailleurs, n'est-ce pas la définition même du sexe ? Il ne s'agit pas simplement de tirer un coup. L'intérieur et l'extérieur se mélangent, l'âme et le corps. Des tas d'autres ingrédients se trouvent coincés là-dedans – idées, erreurs, sentiments –, ce n'est pas seulement de la bidoche. Ça reste piégé et ça bouillonne, jusqu'à l'irruption.

Ses doigts calleux malaxaient le sexe d'Andy au rythme de ses paroles.

— Si tu continues, je vais t'en donner, moi, de l'éruption.

Andy roula un peu sur le côté, les yeux mi-clos, et pressa ses lèvres fermes contre celle de Ruben. S'il voulait jouer, Ruben était partant.

Il insinua donc sa langue pour goûter la bouche d'Andy, puis retomba sur le lit avec un soupir satisfait. Lâchant Andy, il lui tapota le ventre et chercha à trouver les mots exacts pour s'expliquer.

— Non, enfoiré. C'est coincé entre intérieur et extérieur, juste au milieu, là où ils se rejoignent. Donc, ça ne peut être l'un ou l'autre. Ça reste intermédiaire. À mon avis, ça explique que les gens se fassent tant de mal. Bon, laisse tomber. Je suis trop con pour m'exprimer correctement.

Andy soupira.

— Pas du tout. Je sais exactement ce que tu veux dire.

Il était très convaincant. Ruben reconnaissait le sentiment qu'il éprouvait, même s'il était incapable de lui donner un nom. Point délicat de la reddition volontaire, quand une intrusion s'imposait et que le délit rapportait beaucoup.

— Ça reste intermédiaire, répéta-t-il. Entre les deux.

— Si tu le dis.

Andy changea de position et posa la tête sur la poitrine de Ruben. Malgré son excitation, il paraissait épuisé.

Ruben lui caressa les cheveux.

— J'en suis certain, souffla-t-il.

— Dans ce cas, moi aussi.

221

XIII

Le sexe soulage le stress. L'amour le provoque.

Ruben ne ferma pas l'œil de toute la nuit, mais il ne quitta pas le lit, excité au point que sa peau était douloureuse et que, sous lui, son pénis cherchait à perforer le matelas. Il ne cessa d'espérer le feu vert d'Andy, pourtant, lui-même ne fit rien. Il n'avait pas besoin de demander, il le savait bien, mais il ignorait ce qu'il devait faire. En tout cas, dans ce contexte.

Il était complètement paumé.

Samedi matin, ils firent la grasse matinée, essentiellement parce qu'Andy ne voulait pas quitter son lit et qu'il s'assura que Ruben ne bouge pas non plus.

Donc, Ruben obtempéra, terrifié à l'idée de manquer un signe important. Il aimait cette promiscuité, mais la constante tension sexuelle commençait à lui poser un problème : chaque fois qu'il remuait, ses bourses étaient au bord de l'implosion. Bon sang, deux gars ensemble n'étaient-ils pas supposés baiser chaque fois que l'envie leur en prenait ? N'était-ce pas dans le Code gay ?

Quand il dut se lever pour passer aux toilettes, la douleur de son bas-ventre lui donna mal au cœur. *L'esprit est faible, mais la chair est consentante.* Il posa sur son sexe une main prudente. Il bandait trop pour se soulager, aussi frappa-t-il son gland deux ou trois fois pour l'assouplir.

Une fois la chasse tirée, Ruben entra dans la douche multijets d'Andy. Il se sentait à la fois piégé et exposé. Pendant qu'il se lavait, son érection s'obstina à pointer en avant, comique et implacable. Et pendant ce temps, Ruben avait la nausée – et luttait pour la retenir – parce qu'il ignorait ce qui allait se passer à présent. Il souhaitait voir Andy apparaître comme par magie pour lui tailler une pipe, ce qui au moins apaiserait ses souffrances… En même temps, il priait pour rester seul.

La libération de la nudité l'affolait. Pour lui, une intimité avec Andy c'était comme marcher sur un lac gelé. Impossible de se cacher, car tout le monde le regardait, et d'une seconde à l'autre – *crac !* –, et il allait plonger dans un gouffre noir et mortel. Cette sensation de catastrophe imminente pesait sur tout ce qu'Andy et lui faisaient ensemble.

Pourtant, Ruben était presque en état d'ébriété émotionnelle, ce qui dans son cas n'était pas conseillé. C'était comme autrefois, durant son passage à vide, quand il biberonnait en permanence et se posait toujours les mêmes questions : qui payerait l'addition, qui lancerait premier gnon, qui le flanquerait à la rue, qui préviendrait les flics ?

À nouvelle gorgée ingurgitée du délicieux poison, la bouteille se vidait. *Bois plus vite.*

En sortant de la douche, il trouva Andy dans la salle de bain, une housse à costume à la main.

— Qu'essequeta, Rube ?

Son sourire clownesque arracha Ruben au tourbillon de ses réflexions.

Si Andy avait refusé de lui indiquer leur destination, il était manifestement surexcité... pour une raison quelconque. À 14 heures, il avait renvoyé Hope dans ses foyers et demandé à Ruben d'enfiler son smoking.

Ruben le regarda d'un œil méfiant.

— Qu'est-ce que tu as encore inventé, Bauer ?

Andy lui adressa un clin d'œil assorti d'un sourire lascif – dont sa fossette accentuait l'impact –, comme s'il s'agissait d'une réponse acceptable !

— Dépêche-toi !

Ruben tira sur la fermeture éclair de la housse.

— C'est une soirée chic ?

— C'est à la fraternité [120].

Andy étudia les vêtements, puis Ruben, en réfléchissant.

Ruben ricana.

— Nous allons à une soirée étudiante ?

Andy se mit à rire.

— Plus ou moins. Les smokings, c'est juste pour se marrer, c'est une tradition.

Ruben secoua la tête et vacilla. Aujourd'hui, il semblait avoir beaucoup de mal à se réveiller. Andy eu un hochement de tête appréciateur.

— Je parle de fraternité, mais c'est un peu déconnant, vu que ce sera mixte. C'est donc au sens large.

Ruben acquiesça comme s'il avait compris. Des « fraternités », il ne connaissait que ce qu'il avait vu dans des navets ou des pornos : beaucoup d'alcool, des sportifs surexcités et du BDSM.

— C'est ta fraternité ? Celle de ton université ?

— Eh bien, techniquement, c'est une société littéraire – de la foutaise ! Idem, pour ce qui est d'être une société secrète. Saint A est aussi facile à deviner

---

120 Organisation qui, en Amérique du Nord, réunit les étudiants mâles (« sororité » pour les filles), surtout dans le premier cycle universitaire.

que de faux seins, grommela Andy. Et pourtant, ils cherchent à être comme *Skull & Bones* [121].

— Pour moi, déclara Ruben, c'est juste des conneries de richards snobinards.

Après avoir enfilé son pantalon, il s'assit le lit pour mettre ses chaussettes.

— Ce n'est pas faux.

Ruben se figea.

— Si tu détestes ces gars-là, pourquoi devons-nous y aller ?

— Pour les affaires, répondit Andy. Trois ou quatre de mes plus importants clients sont à Saint A.

Il baissa les yeux et fixa le sol comme si son tapis était le spectacle le plus fascinant qu'il ait jamais vu.

— Tu veux mon avis ? Tout ça me semble dangereux, surtout après ces deux tarés récemment entrés chez toi par effraction. Peut-être les as-tu déjà oubliés ?

Ruben nota la supplication de son ton – et se détesta. Andy ne parut pas troublé par sa réflexion. Il jeta le sac de vêtements sur les draps froissés du lit.

— Rube, c'est tout bon. Je t'assure. Toute cette histoire n'était que du bluff. Tu leur as foutu la trouille. Dorénavant, ils s'en prendront à un autre malheureux.

À ces mots, Ruben se renfrogna. Il ne cacha pas son désaccord. Peut-être subissait-il à son tour une crise de paranoïa.

— Bordel, mais pourquoi tu dis ça ?

— Écoute, il y a un risque, d'accord. Mais justement, c'est mon boulot de calculer les risques et toi, tu as changé la donne. Tout est différent à présent. Jusqu'ici, on me voyait seulement comme un pantin susceptible d'être cassé en deux.

— Si le danger est réel, accepte-le et gère la situation.

Ruben ignorait ce que Hope connaissait au juste des activités occultes d'Andy. Aussi baissa-t-il la voix pour murmurer avec urgence :

— Ne te mens pas à toi-même, Andy. Pourquoi crois-tu que ces foutus salopards vont laisser tomber ? D'après mon expérience…

— Dans ton monde à toi, les gens ont des couilles, Rube. Ce n'est pas le cas pour ces gars-là. Ils n'ont rien obtenu, ils passeront à autre chose. Pourquoi prends-tu cette histoire tellement à cœur ?

— Andy, ils ont pénétré chez toi par effraction. Ils ont cherché à t'enlever.

---

121 Littéralement « Crâne & Os », société secrète de l'université américaine Yale.

Avec un sourire, Andy lui donna d'un coup d'épaule.

— Mais ils n'ont pas réussi. Laisse tomber, d'accord ? ¡ *Basta ya !*

Les sourcils froncés, Ruben empoigna Andy par le biceps.

— Je ne suis pas assez qualifié. Tu devrais avoir toute une équipe ici, avec toi. C'est ce que je ne cesse de répéter depuis le premier jour.

Andy ne répondit pas. Il se contenta de fixer les doigts rugueux de Ruben jusqu'à ce que ce dernier le libère.

— Excuse-moi.

— Non. Ça m'a plu. Mais la situation est réglée.

Sur ce, Andy laissa « tomber » le sujet si fort que l'impact aurait dû marquer le sol.

Pour la première fois, tous deux se vêtirent ensemble, pour sortir ensemble. C'était presque romantique. Ruben s'en voulait d'être aussi excité, mais il en voulait encore plus à Andy de lui faire perdre la tête.

Il prit le temps de raser les côtés et l'arrière de son crâne, en conservant sa crête iroquoise. Surtout parce qu'il aimait sentir les doigts d'Andy danser sur sa peau, dans l'intimité, comme s'il écrivait de la musique.

Avec un coup de gel pour la faire tenir en place, la coupe mettait en valeur le smoking. Pour juger de l'effet produit, Ruben fit des grimaces – sourire, moue menaçante – devant le miroir.

Verdict : *la crapule enrichie.* Des pieds à la tête.

Quelque part, Andy l'avait transformé, et ce n'était pas uniquement dû aux nouveaux vêtements qu'il portait.

— Bon sang !

Andy apparut derrière lui, encore humide de sa douche et tout à fait magnifique. Il ne portait que son pantalon et frottait énergiquement une serviette sur ses mamelons durcis. Il mordit Ruben à l'épaule.

Ruben lui répondit d'un sourire distrait, car il étudiait leurs reflets dans la glace, en particulier le contraste entre leurs peaux : crème et café.

Andy lui claqua les fesses.

— Allez, on se bouge !

Ils eurent le même sourire conspirateur. Après tout, c'était de circonstance. Quand Ruben retrouva son expression habituelle, impassible, le sourire resta caché en lui, chaleureux et lumineux – il le sentait jusque dans ses tripes.

Peu importait ce qui arriverait, ou qui ils rencontreraient ce soir, Andy et lui baiseraient en rentrant à la maison, même si ça devait le tuer. Était-il possible que ça le tue ? Son sens de l'auto-préservation était en alerte rouge. Qu'attendait-il au juste ? Ou qu'attendait Andy ? Une autorisation ? Un signe ?

Comme tout homme digne de ce nom, Ruben appréciait la chasse, mais il ne voulait pas que leur relation se transforme en un nouveau jeu. Ses instincts primitifs réclamaient de la chair. La nervosité, c'était bien gentil, mais le comportement d'Andy avait rendu la situation explosive.

Ruben jeta un regard d'excuse à son érection douloureuse avant d'enfiler un boxer suffisamment serré pour coller son mandrin à son ventre. Puis il mit son smoking et se rendit au salon d'un pas raide.

La porte du patio était ouverte. Andy, déjà fin prêt, était sur la terrasse, un verre à la main ; il regardait la ville grise. Les nuages bas et lourd refusaient de libérer l'orage d'été qu'ils retenaient captif. Pourtant, le ciel désirait la pluie.

À l'entrebâillement, Ruben s'arrêta et ouvrit la bouche pour garder sa respiration silencieuse. Il voulait profiter de l'occasion pour mater Andy, silhouetté sur l'horizon brumeux, avec son smoking et ses cheveux lissés en arrière... comme un levier noir et brillant avec lequel Ruben aurait dû pouvoir percer les nuages et libérer la pluie sur la ville.

Andy avait raison : les deux malfrats – Mastoc et Morse – n'étaient plus là. Ruben avait envie de se convaincre que ces foutus salopards avaient fui pour de bon, la queue entre les jambes. Il les avait cognés, ils s'étaient sauvés. Il avait beau être inepte comme garde du corps, là au moins, il avait accompli son boulot.

Andy sirota son verre et regarda par-dessus la rambarde : la piscine, ou la rue ?

Que peut-il bien me trouver ?

Ruben ne put retenir un soupir de satisfaction, mi – plaisir, mi – reconnaissance. Andy l'entendit et se retourna.

— Nom d'un chien ! Tu es absolument superbe, *señor Oso* !

Son admiration était authentique. Du coup, Ruben sentit se détendre certains des nœuds qui lui serraient la poitrine. Il acquiesça, gêné par ce compliment qu'il ne méritait pas. Il n'était qu'un imposteur – oui, absolument, et pas seulement parce qu'il en jouait le rôle. Pourtant, la satisfaction d'Andy l'avait libéré de son anxiété.

— Parfait.

Andy approcha et lui tapota la poitrine.

— Mmm. J'ai un coup de fil à donner. Ce sera rapide, nous partirons juste après.

— Dans ce cas, je descends et je... je vais voir la voiture.

Ruben sourit. Il voulait vérifier leur moyen de locomotion, comme de coutume. Il aurait dû faire plus tôt au lieu de passer son temps au lit avec son patron. *Le chat qui dort... Le chat qui dort.*

AU PASSAGE, Ruben salua les portiers d'un signe de tête.

— Messieurs.

Il se demanda ce que ces gars-là pensaient de lui – et de ses allées et venues avec Andy. Le véhicule approcha et se gara devant l'immeuble. Ruben ne perdit pas de temps. Après un bref salut au chauffeur, il vérifia le tuyau d'échappement, le dessous de la carrosserie, le capot... *Rien à signaler.*

Pour la forme – et pour tuer le temps –, il inspecta l'intérieur de l'habitacle, en regrettant de ne pas avoir attendu Andy. Ils auraient dû descendre ensemble. Partir comme ça, devant, ce n'était pas sérieux. Mais à présent, il n'était plus un simple garde du corps, pas vrai ? Andy et lui étaient... quelque chose.

Ruben s'appuya contre la carrosserie de la Daimler, sentant la chaleur du métal à travers le tissu de son smoking. Il aurait tué pour une cigarette, mais s'il fumait, Andy le tuerait. *Big problème.* À travers les vitres de la porte d'entrée, il fouilla des yeux le hall, conscient des caméras fixées sur lui. Il voulait accueillir Andy, mais pas comme d'employé à employeur.

Voilà ! Les portes de l'ascenseur s'ouvrirent, Andy en sortit d'un pas vif et nerveux, beau comme un astre, riche comme Crésus. En apercevant Ruben, son visage se détendit.

— Désolé, cria-t-il, je suis resté coincé.

Avec un sourire, Ruben hocha la tête. *Pas de problème, patron. Je t'attendais.*

Il se redressa et s'écarta de la voiture.

Et tout à coup, le monde vacilla. Seul Andy semblait parfaitement stable, ce qui était bien normal. En attendant que le chauffeur leur ouvre la portière, ils restèrent l'un contre l'autre, leurs mains se touchant, leurs bras accolés, tous muscles gonflés, comme pour s'envoyer un message codé à travers les manches noires. *Le Morse des amants.*

Ruben leva les yeux vers les caméras. D'un côté, la notion d'interdit lui plaisait, surtout un interdit aussi parfait, alors que personne n'était au courant. Il méprisait les connards guindés qui avaient tenté – et échoué – de faire rentrer les gens dans des normes étriquées.

Leur chauffeur israélien s'empressa, Andy et lui se glissèrent dans l'habitacle élégant, cocon sur lequel la portière se referma. Ruben caressa le cuir de la banquette. Il se sentait maître de son existence et, en même temps, pas du tout, ce qui était à la fois effrayant et excitant. Il adorait cette sensation. Quelques secondes durant, il imagina une vie à deux sans argent ni objectif. Un couple d'hommes bien habillés qui allaient où bon leur plaisait, parce que le monde leur était ouvert. Ou qui baisaient dans la Daimler, en faisant un doigt d'honneur aux règles de la bienséance et au reste de l'humanité.

Même pas cap.

Dix minutes plus tard, ils traversèrent le parc, puis empruntèrent une rue bordée de rangées de vieux bâtiments – qui avait bien besoin de rénovation.

Andy tapota sa fenêtre.

— Nous sommes dans la partie haute de l'Upper West Side. Autrefois, ça faisait partie de Spanish Harlem [122].

L'endroit où vit Charles ? Ruben avait toujours du mal à s'y retrouver dans New York

— Où diable nous emmènes-tu ?

— À Columbia. Enfin, presque.

Andy roula des yeux et regarda par la fenêtre : la voiture tournait dans Riverside Drive [123].

— C'est à Saint Anthony, précisa Andy, un gala caritatif pour récolter des fonds pour pallier une maladie. Il n'y aura pas de bal.

— La réunion a lieu dans une église ?

Andy allait-il en douce à la messe le dimanche matin ?

Avec un sourire, Andy secoua la tête.

— La fraternité s'appelle Saint A. Dans le système grec [124], c'est Delta Psi, mais personne n'utilise ce nom-là. Columbia est le plus ancien chapitre.

Qu'est-ce qu'il pouvait bien dire par là ?

— Euh, super.

Andy grimaça.

— En fait, c'est horrible. La plupart des gens l'appellent Saint Asshole *(trou-du-cul)*.

Ruben éclata de rire.

— Quand on postule pour Saint A, il y a un bizutage : on est censé acheter un billet de première pour Hong Kong et le brûler.

D'après Ruben, Andy ne plaisantait pas.

— Ah, bon ? Pourquoi ?

— Pour prouver que l'on a suffisamment d'argent pour mériter de devenir membre.

---

122 Quartier de Manhattan, également connu sous le nom d'El Barrio.

123 Avenue de New York, qui s'étend du nord au sud de Manhattan et longe l'Hudson.

124 Les noms des confréries en Amérique du Nord se composent généralement de deux ou trois lettres grecques, souvent les initiales d'une devise grecque ou latine.

Ruben secoua la tête.

— Tes petits copains sont consternants, Bauer.

— À l'école, tout le monde nous prenait pour des drogués. Ou des pédés. Ou des racistes. Ou les trois à la fois. Au moins, c'était mixte.

— Donc, tu étais... un *frat boy*, susurra Ruben d'un ton suggestif.

— Oui. Non ! Pas comme tu l'entends ! Écoute, nous n'étions pas tous intéressés par le BDSM et le sexe échangiste.

Ruben eut un sourire entendu.

— Si tu le dis.

Andy haussa les épaules et croisa les jambes.

— Je connais un ou deux héritiers de milieux bien conservateurs qui ont pas mal déconné, mais pour la plupart d'entre nous, nous cherchions juste à terminer nos études et à baiser régulièrement sans créer trop de problèmes à nos familles.

— Tu devais être superbe dans ton blazer. Une vraie pub pour l'université !

— Peut-être. Nous n'étions que des gosses. Merde, nous ne savions rien à rien

Il avait la tête tournée vers la fenêtre, mais regardait dans le vide.

— Bien sûr, reprit-il, les autres ne savaient pas que j'étais un imposteur. J'étais le seul à ne pas souffrir des tares de la consanguinité : moi, j'avais un menton.

Pour alléger l'atmosphère, Ruben le poussa du coude avec un sourire. Puis la voiture s'arrêta parmi d'autres véhicules de luxe et se gara en troisième file dans une grande rue allant d'est en ouest, devant le numéro 116.

Le chauffeur voulut descendre, mais Andy l'en empêcha quand il pressa le bouton de l'interphone.

— C'est inutile, Eli. Ces enfoirés sont bien trop nombreux. Trouvez-vous un coin sympa et gardez votre téléphone allumé. Nous serons de retour d'ici une heure.

Eli hocha la tête. Peu après, Ruben sortit dans la rue bondée devant ce qui ressemblait à une banque miniature ornée d'un balcon. Le bâtiment de cinq niveaux était étroit, pierre blanche au niveau du sol, brique rouge dans les hauteurs. Le rebord des fenêtres était sculpté et, près du toit, il y avait un petit médaillon triangulaire, comme dans un temple grec, gravé de deux lettres : un triangle et un trident.

— Delta Psi, annonça Andy. Et nous savons pourquoi !

Il se tenait derrière Ruben, si près que son entrejambe lui touchait le postérieur. Ruben sursauta et s'écarta d'un pas. Amusé, Andy fixait la façade. Derrière eux, leur voiture redémarra et s'en alla. Sur le trottoir, un groupe de personnes bien habillées montait les quelques marches en pierre menant à une grille en fer forgé ouvrant sur la gauche. À l'intérieur, d'autres marches conduisaient à la porte d'entrée. *Sécurité ? Ou prétention ?*

Personne n'avait encore repéré Andy, ou Ruben.

— Il est censé y avoir un comité secret, chuchota Andy. Un chef. Un esclave chargé du nettoyage. Des orgies. Du bizutage qui implique l'usage d'un manche à balai graissé.

— Et... ?

Andy gloussa.

— Rien de tout ça. Du moins, pas vraiment. Juste quelques bizarreries. En fait, ce sont juste des gamins privilégiés qui tiennent à faire la fête loin du campus pour mieux contrôler les invitations.

Une fois la grille passée, Andy se dirigea vers les marches de l'entrée. Dès qu'il entra dans la salle illuminée s'éleva un chœur de cris divers – « Hé ! », « Bauer ! » –, mais Andy resta collé à Ruben comme une plante parasite.

Ils traversaient ensemble la pièce quand Andy effleura le bras de son compagnon, penché vers lui sans se soucier le moins du monde d'envahir son espace personnel. Peut-être aux yeux des autres semblait-il engueuler un associé... ou était-il évident qu'ils étaient deux homos intéressés l'un par l'autre ? *Difficile à dire.* Ce n'était pas à Ruben de décider, pourtant, il en ressentit une étrange sensation dans les tripes.

Andy dépassa rapidement les autres invités, évitant les poignées de main et se contentant d'un hochement de tête, pour entraîner Ruben jusqu'à un petit salon. Les murs étaient couverts de diplômes et de photos de classe d'anciens étudiants.

Ruben considéra la foule : des enfoirés prétentieux qui n'allaient en Floride qu'à Noël, simple escale avant Niévès [125] ou St Barth [126], tous des Caucasiens dotés d'un visage blafard et d'une Amex noire [127]. Et aucun ne paraissait aimer son voisin. Peut-être s'enviaient-ils les uns les autres ?

Ruben toisait les glorieux invités d'un œil sceptique

— Tu apprécies ces gens-là ?

Andy lui adressa un clin d'œil.

— Je les connais bien, ce n'est pas pareil. Ils sont clinquants, mais quand on s'approche, on remarque que ce sont leurs écailles qui brillent.

Intellectuellement, Ruben était conscient du pouvoir que ces gens représentaient. Les costumes étaient coûteux et les conversations, assourdies.

---

125 Île des Petites Antilles qui forme avec une autre île l'État de Saint-Christophe-et-Niévès.

126 Surnom de Saint-Barthélemy, île française des Petites Antilles.

127 La « Centurion », carte de prestige d'American Express.

Mais là, en fin de journée, il ne voyait plus en eux que de tristes imbéciles qui s'agglutinaient pour tromper leur ennui et tenter d'impressionner leurs pareils.

— Tu aurais dû être accompagné, indiqua Ruben.

— C'est le cas, répondit Andy, guilleret.

Ruben évoqua les agents de sécurité habituels, gorilles silencieux qui faisaient tapisserie et piquaient du dessert aux traiteurs.

— Tu sais très bien ce que je voulais dire, grommela-t-il.

Les serveurs zigzaguaient parmi les smokings et les robes de cocktail en proposant de l'alcool et des amuse-gueules qui se mangeaient avec les doigts. Le long des murs, cernant la foule, Ruben repéra cinq ou six ex-flics, des gars costauds qui portaient un costume à trois cents dollars... Il nota également le moment précis où les types le remarquèrent. En principe, ils étaient là pour faire le même boulot que lui, mais Ruben, gardant son rôle – il se voyait même en mission d'infiltration –, préférait penser qu'Andy et lui étaient ensemble. À ses yeux, ce n'était pas seulement un travail.

Andy se trompa sur son silence morose.

— Je sais, je sais... c'est nul.

— Dans ce cas, explique-moi encore pourquoi nous sommes là, marmonna Ruben.

— C'est bon pour les affaires.

Andy s'arrêta net et balaya la salle des yeux. Il se tenait bien trop près de Ruben. *Une fois de plus.* Et il ne le remarquait même pas.

— Ma mère tenait beaucoup à ce que je rentre dans ce groupe, reprit-il. D'ailleurs, Ducon aussi. En fait, ça s'est avéré plutôt profitable.

Deux invités pomponnés avançaient vers eux. Ruben scruta la foule. Apparemment, personne n'avait rien remarqué d'anormal dans leur comportement indécent, cependant mieux valait quand même mettre de l'espace entre Andy et lui – un peu de bienséance ne pouvait leur faire de mal. Avant cette nuit passée ensemble, il avait trouvé plutôt gênante l'attitude tactile d'Andy en société ; à présent, il avait l'impression de titiller un ours dangereux.

Andy ne remarqua rien.

— Ils ont de l'argent. En tout cas, la plupart d'entre eux.

— Combien d'argent ?

— Que disait Onassis ? « Qui est capable de donner un chiffre n'a rien » [128]. Quand les parents de mon père vivaient encore, il n'y avait que neuf immeubles dans lesquels ces gens-là pouvaient résider. Trois sur Park Avenue,

---

128 Sur Google, la citation est attribuée à un Britannique, Jeffrey Archer, né en 1940 à Londres, écrivain, dramaturge et ex-homme politique. (NdT)

quatre sur la Cinquième, un sur Sutton Place et un autre à Gracie Square. Leur bassin génétique est assez restreint. En fait, ce n'est qu'une pataugeoire.

Lui aussi surveillait la foule des invités, passant avec attention sur les visages. *Qui cherche-t-il ?*

Ruben se pencha.

— Tous ces gens sont des membres, des frères ou je ne sais quoi.

— Eh bien, c'est mixte ce soir. Il y a aussi les conjoints, etc. Mais tous font partie de notre petite tribu consanguine. Je continue à récolter de Saint Asshole beaucoup de transactions.

Ruben se figea en décryptant l'expression d'Andy.

— Quel genre de transactions ?

— VC, pour *venture capital*, ou capital-risque [129]. Nous sommes tous membres, aussi me font-ils confiance pour m'occuper d'eux et vice versa. Ce que Ducon déteste. De plus, tous peuvent se permettre de perdre de l'argent. Quand j'ai un vrai travail à accomplir, ils m'offrent une couverture parfaite.

Ruben fronça les sourcils. Ces affaires paraissaient douteuses, ce que tous deux savaient très bien.

Andy baissa la voix.

— Oso, je ne recommencerai plus. Je parle d'Apex. Pas avant l'explosion finale, quand je serai sûr que nous ne risquons plus rien. Je t'en donne ma parole.

Ruben soupira, pressé de partir. Encore une heure à tenir. Ce n'était pas une soirée romantique, loin de là, à part le fait d'être bien habillé et de sortir en compagnie d'Andy. Chercher à comprendre le cheminement des magouilles publiques d'Andy était aussi compliqué que forcer cinquante chats à exécuter une marche militaire.

D'un signe, Andy appela un serveur et réclama un Scotch. Il prit ensuite l'air coupable, mais Ruben hocha imperceptiblement la tête. Ça ne lui posait aucun problème, au contraire ; sans doute Andy en deviendrait-il plus docile au fur et à mesure que la nuit avançait. Puis Ruben toussota, amusé par la perspective d'un Andy aux inhibitions apaisées par l'alcool. C'était un peu ignoble de sa part, mais sincère.

Avant qu'Andy puisse lui répondre, trois femmes d'âge moyen s'interposèrent entre eux deux pour des questions concernant un gala de musée, où son absence avait été remarquée. Sans prêter attention à la discussion, Ruben

---

129 Prise de participation, généralement minoritaire, par un ou des investisseurs au capital de sociétés non cotées, l'objectif étant de financer le développement d'entreprises innovantes à fort potentiel de croissance et de réaliser une plus-value substantielle lors de la cession des titres.

regarda sa montre. Encore cinquante-deux minutes à tirer. Cette soirée était nulle, ça n'avait rien d'une fête.

Un homme mince au rire sarcastique rejoignit le groupe qui cernait Andy.

— Marlon. Stanz, se présenta-t-il, en séparant son nom. Et je connais bien vos prétendus secrets. Apex, mon cul.

Il serra la nuque d'Andy et lui secoua la tête au point que Ruben eut bien envie de lui casser les doigts. Deux autres hommes arrivèrent, et une autre dame... et Andy devint de la gelée au centre de ce donut de connards.

Peu à peu, Andy s'anima : il plaisantait, tout charme dehors, son sourire éblouissant bien en place. Même sa fossette devenait une arme létale ! Le tueur était dans son élément.

Ruben sentit son téléphone vibrer dans sa poche, mais ne répondit pas. Délibérément. Il vit que Peach lui laissait un message. Sans doute se demandait-elle pourquoi il ne donnait plus de nouvelles. Il se sentit coupable, mais pas au point de la rappeler sans attendre. Comment expliquer ce qui lui arrivait sans que ça paraisse dingue, sinon dangereux ?

Ruben prit sur un plateau un verre d'eau gazeuse – « Avec une rondelle de citron, s'il vous plaît » – qu'il but sans se presser. Andy avait dérivé jusqu'à un autre groupe, près des canapés. Ruben, toujours dans son rôle d'associé, ne s'approcha pas des autres gardes du corps, mais il les singea.

Le compteur tournait, les malabars gardaient à l'œil leurs cibles tout en matant les gonzesses qui circulaient. Abandonné, Ruben s'ennuyait, aussi fit-il la même chose. Pour se reposer les yeux, il se concentra sur deux femmes qui ne semblaient pas trop refaites et aseptisées.

Une très longue demi-heure plus tard, un vieillard asthmatique passa devant lui, avec à son bras une véritable bombe. S'il avait été *frat boy*, c'était sans doute dans les années 1930. Le papy se pencha pour parler à l'oreille de sa... femme ? Maîtresse ? C'était une créature plantureuse, cul charnu et cheveux noirs, qui paraissait avoir grandi en écoutant les Yankees dans des galeries d'art. D'accord, sans doute avait-elle vingt kilos de trop, mais elle les portait bien. Ruben n'était pas attiré, mais il l'inspecta des pieds à la tête. Par habitude.

Elle le remarqua et lui rendit la pareille.

Il détournait la tête quand il croisa le regard intense d'Andy. Serait-il jaloux ? Quelle drôle d'idée !

Andy avançait tout droit vers lui, tout en cherchant à cacher qu'il avait un objectif en tête. Manifestement, il avait continué à biberonner, car l'alcool adoucissait ses yeux bleu gris. En arrivant devant Ruben, il eut un hochement de tête. Ruben répondit de la même façon. Deux soldats pendant une opération.

Dois-je le rassurer ? Est-ce vraiment nécessaire ? Délibérément, Ruben n'accordait plus un regard à la belle brune. Pourquoi Andy était-il revenu à ses côtés au lieu de travailler au corps ses clients potentiels ?

Andy déglutit.

— Ça va ?

— Oui, bien sûr. Et toi ?

— Ces gens-là sont d'un coincé ! Je me demande... quelle foutaise, ces trucs caritatifs ! La moitié des invités ont déjà oublié la cause pour laquelle des fonds sont collectés ce soir.

Il vida son verre avant d'ajouter :

— Je ne vois pas pourquoi je prends ça tant à cœur !

— Et pourtant, c'est le cas.

Ruben scruta la salle. *Que fais-tu ici ?*

— Humph.

Puis Andy se tourna vers la femme callipyge.

— Tu sais, annonça-t-il, nous pourrions partager une nana. Si ça te dit.

Il baissa les yeux, fixant la table devant lui, pas Ruben.

— Quoi ?

D'où venait cette idée inepte ?

— Tu pourrais, non ? Tu en as envie.

C'était la première fois qu'Andy démontrait son ignorance des désirs réels de Ruben. N'avait-il pas clairement prouvé ce qu'il ressentait ? Son visage dur se renfrogna. Conscient d'être en public, il ne détourna pas les yeux : Andy et lui étaient entourés par une meute malveillante et hostile.

— Pourquoi ?

— Pour baiser ensemble.

Les yeux brillants d'Andy cherchaient les siens. Le sourire creusait les fossettes habituelles, mais la nervosité vibrait en dessous, juste sous la surface.

— Je sais bien que tu t'emmerdes, reprit Andy. Si tu veux, nous pourrions retourner chez Jaded en sortant d'ici. Ou aller au Marquee. Laisse-moi t'emmener dans un endroit sympa. Ça te dirait ? Je veux dire, ça te plairait ?

Ruben hésita. Que voulait-il au juste ? D'accord, encore aujourd'hui, il remarquait le passage d'une femme attirante, mais ce qu'il découvrait avec Andy sortait du champ de ses expériences passées – au lit ou ailleurs.

— Ruben ? insista Andy.

Une boîte et des strip-teaseuses ? En vérité, Andy n'avait pas vraiment envie d'y aller ni de partager qui que ce soit avec Ruben, mais il avait fait une offre. Et ça ressemblait aux services qu'il fournissait à ses meilleurs clients. *Fais bien attention à ce que tu vas dire.*

— Hé ! protesta Ruben dans un chuchotement féroce. Hé ! Bauer, je n'ai pas changé d'avis.

— Non…

Baissant la voix, Ruben continua :

— Oublie toutes ces conneries. Je n'ai rien d'un lion dans un zoo. Tu n'es pas censé me jeter de la bidoche pour éviter que je saute par-dessus la clôture. Si je suis là, c'est parce que je le veux. Et ce serait aussi bien que pour toi, ce soit la même chose. C'était notre marché.

— D'accord. Excuse-moi.

Ruben s'approcha bien plus qu'il ne l'aurait dû, mais le couloir était relativement sombre et la question d'importance. Il jeta un dernier coup d'œil à la pépée brune, puis posa la question qui le démangeait.

— Andy ? Serais-tu jaloux ?

— Oui.

Le mot glissa dans un chuchotement.

— C'est complètement idiot, ajouta Andy.

— Viens ici, patron.

Ruben vérifia que personne ne leur prêtait attention, puis il entraîna Andy au bout du couloir, au-delà des cuisines. Il avait remarqué des toilettes discrètes.

— Qu'est-ce que tu fais ? demanda Andy.

Sans répondre, Ruben ouvrit la porte et poussa Andy dans la pièce sombre. Il le suivit et referma derrière lui, sans toucher à l'interrupteur. Seul le vert d'une loupiote de sécurité au-dessus du lavabo éclairait la pièce, y créant des ombres troublantes.

— M. Bauer, tu as quelque chose sur ta veste.

— Quo…

— Moi.

Ruben pesa sur lui et l'embrassa goulûment, insinuant sa langue dans la bouche que la surprise avait ouverte. Il fit l'effort d'ignorer le goût du whisky qu'il trouva sur ses lèvres. Andy grogna, plaqué contre le mur carrelé. Son visage carré paraissait vulnérable, soumis à un désir avide et incontrôlable.

Addiction. Soustraction.

Au bout d'un moment, Ruben recula.

— Tu m'as bien compris ?

Andy acquiesça.

— Oui, et ça me plaît.

Ses lèvres étaient humides, son nœud papillon de travers. Ruben le remit en place et caressa la poitrine ferme à travers la chemise de soirée.

Andy déposa un petit baiser au coin de sa bouche.

— Tu es un gentleman, mais tu n'as rien de « gentil ».

Merci, Seigneur, pour l'adrénaline ! *Elle pousse à des impulsions irrésistibles depuis la nuit des temps.* Dans le passé, ce genre de comportement néandertalien avait causé à Ruben d'innombrables ennuis, mais ce soir, la situation était nouvelle, unique.

— Personne d'autre que toi ne m'intéresse. C'est bien compris ?

— Oui, chef. Absolument.

À travers son pantalon, Andy serra son sexe érigé. Il avait le souffle court. Ruben hésita. Il avait juste cherché à rassurer Andy, il ne comptait pas baiser dans les chiottes – surtout pas pendant une réunion d'anciens élèves.

Les bruits de la soirée leur parvenaient à travers la porte. Ruben trembla d'une excitation malsaine, due au danger de se faire surprendre et au fait que son patron – un homme ! – le masturbait. Son cœur rata quelques battements. Ruben tenta de contrôler ses halètements en appliquant la technique de la respiration des soldats, comme s'il courait un danger.

C'était le cas. Il *était* en danger.

Andy descendit la fermeture éclair de Ruben et insinua sa grosse main à l'intérieur.

— Non ! siffla Ruben. Attends. Hé. Oh, putain !

Ici ? Maintenant ?

Andy empoigna sa queue et la malaxa, une fois, deux fois, avant de trouver un rythme régulier. Ruben sentit ses cheveux se hérisser sur sa tête. Il se dégagea et referma vivement son pantalon.

— Arrête. Arrête tout de suite, Bon Dieu ! Je vais sortir. Toi, tu attendras une minute avant de me rejoindre. Nous terminerons ça plus tard, quand nous serons seuls.

Il recula et se réajusta, afin que son état d'érection soit moins flagrant.

— Seigneur ! grommela-t-il.

— Amen, répondit Andy.

Même derrière la porte fermée, Ruben l'entendit ricaner. Il s'accorda trente secondes à respirer par le nez avant de retourner au front.

Il resta ensuite à quelques mètres d'Andy, assez près pour surveiller ses arrières. *Après tout, c'était son travail.* Il évita avec soin le bar et les dames non accompagnées, préférant rester collé au mur avec les autres agents. Il regarda Andy charmer la salle tout entière et distribuer à tout-va compliments outranciers et cartes professionnelles.

Troublé et surexcité, Ruben tenta de reprendre ses esprits. Andy voulait se faire prendre ! Il aimait qu'on le regarde baiser. À ses yeux, choquer les pudibonds était le rôle d'un imposteur. *Le clan de l'ours des cavernes.* Qu'avait-il dit au juste ? Un néandertalien muni d'une American Express… Ruben était ravi de rester un secret, pas du tout pressé d'expliquer la situation à son frère. Pourtant, il était tenaillé par le doute : une liaison clandestine était tellement facile à effacer !

Il secoua la tête, avec la sensation d'être à la fois stupide et intelligent. Les petits jeux d'Andy les mettaient tous les deux en danger et l'implication émotionnelle de Ruben, d'une certaine façon, faisait de lui un complice : il s'était lié à un sociopathe – Andy lui-même se définissait ainsi – un tantinet exhibitionniste.

Sans qu'il ait voulu, ses yeux croisèrent ceux d'Andy et l'air crépita entre eux.

Andy lui adressa un sourire lascif. Des complices, des alliés, des conspirateurs. Le côté insensé de Ruben appréciait ce secret partagé au beau milieu d'une soirée guindée dont les participants ne faisaient que comparer leurs designers et leurs pedigrees. Des milliards de dollars et aucun bon sens !

Non loin de là, « Marlon. Stanz » discourait, narrant en détail une longue et juteuse anecdote concernant le pensionnat de sa fille. La mère d'Andy, qui l'écoutait parmi tant d'autres, acquiesçait distraitement tout en cherchant des yeux une issue de secours. Manifestement, ce Marlon, qui tripotait ses auditeurs comme un proxénète vérifiant la marchandise, se souciait peu d'être un emmerdeur.

Vers 21 h 45, Ruben se trouva coincé derrière deux femmes qui se disputaient pour savoir si les jonquilles avaient, ou non, un parfum avant de passer à un point d'horticulture épineux : fallait-il couper les fleurs fanées pour favoriser la pollinisation ? Évitant avec soin le risque d'être pris à témoin dans la querelle, il ne rêvait que de rejoindre Andy.

Bien trop souvent, certains enfoirés s'avéraient, de répondre au flirt d'Andy et lui proposaient un aparté – soit pour le baiser, soit pour l'étriper –, mais Ruben comprit rapidement que c'était sans importance. Sa position était irremplaçable. Alors, pourquoi être nerveux, ou même jaloux ? Personne ne lui prendrait Andy. Qui en aurait besoin autant que lui ? Qui tiendrait autant à le protéger ? Qui serait susceptible de l'atteindre comme Ruben le faisait, aujourd'hui et toujours ?

Un problème. Tu as un sacré problème, mec.

Comme promis, Andy réapparut à 21 h 59 pour lui passer un bras sur les épaules. *Comme un frère.*

— Allez, on se barre, chuchota-t-il.

Il parlait si près de l'oreille de Ruben que ses lèvres touchèrent la peau. Ruben déglutit et acquiesça, puis s'enfuit avant que son érection le fasse remarquer. Il fonça le premier vers la porte et dévala les marches. Son visage sinistre et renfrogné de « méchant » aida à éclaircir le chemin devant lui.

Dehors, il pleuvait. Andy, enfin silencieux, le suivait de près. Il finit par mettre les mains sur l'épaule de Ruben pour se faire traîner jusqu'à la voiture, garée le long du trottoir.

Ruben baissa les yeux : son bas-ventre offrait une exhibition obscène.

— Lâche-moi, patron.

Des gens nuls, une soirée merdique, mais apparemment, l'attention reçue avait poussé Andy jusqu'à ses limites. Son désir devenait effréné : il voulait Ruben sans se soucier d'être en public.

La voiture avança vers eux, Andy se plaqua à Ruben par-derrière, son souffle lui réchauffant la nuque.

Ruben tenta d'ouvrir la portière à l'aveuglette. *Au secours.* Un sexe dur s'incrustait dans son cul. Dans la rue. Sous les lampadaires urbains.

Une toux retentit derrière eux. Marlon Stanz, debout en haut des marches, comme une sentinelle, surveillait leur départ avec des yeux d'alligator – froids et sans âme. Il les salua d'un petit geste brusque que Ruben fit semblant de ne pas voir. Marlon tourna les talons et disparut à l'intérieur.

Qu'avait-il vu ?

Au moment où la porte s'ouvrit, Ruben décida d'*oublier* de vérifier la calandre de la Daimler avant le départ. Il s'inquiétait d'éventuelles rumeurs, ou de Stanz qui pouvait les surprendre. De plus, Andy avait raison : le danger n'existait plus. En tout cas, de l'extérieur.

Se montrait-il laxiste ? Ou stupide ? Bien entendu. Mais, agir en pro lui devenait vraiment impossible alors qu'il allait s'apprêtait à crépir son smoking à trois mille dollars devant le bâtiment où se réunissait une fraternité huppée.

À peine dans la voiture, Andy fit remonter l'écran qui le séparait du chauffeur. Son érection faisait une tente à l'entrejambe de son pantalon.

— Andy ! Attends une seconde. D'accord ? Une seconde…

Déjà, son patron l'empoignait et se mettait à le masturber. Son gland trempé collait au tissu de son caleçon, le prépuce avait glissé.

— Argh ! cria Ruben. Doucement, Bon Dieu. Et si quelqu'un nous voyait ?

— Rien à foutre. Je te veux.

Jamais il ne s'était encore montré aussi agressif.

— Bon sang !

Pendant qu'Andy tentait de lui arracher sa chemise, Ruben jeta un coup d'œil inquiet à la vitre teintée censée garantir leur intimité.

— Attention.

Trop tard. Les boutons de perles s'éparpillèrent sur le cuir de la banquette. À la fois contrarié et excité, Ruben attira Andy contre sa poitrine ; sa peau nue se frotta aux vêtements que son patron portait encore. *C'est ça, l'important.*

Toujours en pleine crise exhibitionniste, Andy s'étendit sur le sol de la limousine. Bien, au moins ne les ferait-il pas arrêter. Ruben priait que le chauffeur ne les espionne pas via l'interphone.

— Viens ici.

Les yeux braqués sur Ruben, Andy détacha sa ceinture et s'en débarrassa. Puis il pressa ses lèvres contre celles de Ruben tout en faisant descendre sa fermeture éclair. Il insinua sa main à l'intérieur, comprimant les bourses douloureuses.

Ruben s'écarta.

— Ouille !

— Excuse-moi, excuse-moi.

Andy lui embrassa le nombril, puis glissa un doigt sous l'élastique du caleçon. Son pouce effleura le gland mouillé.

— Sacrément énorme ! gloussa Andy. Sacrément humide, aussi.

Il pressa davantage. Ruben mit la main sur son sexe et serra les doigts pour s'exposer complètement. Une odeur musquée emplissait l'habitacle. De liquide séminal coulait le long du membre.

Andy grogna.

— Ne le gaspille pas ! protesta-t-il. Ne te branle pas !

Si tu y tiens tellement. Ruben pencha la tête.

— En clair, je n'ai rien à dire ?

— Non, répondit Andy avec un grand sourire. Ça ne concerne que moi et ta queue.

Son visage bien rasé tomba entre les genoux de Ruben, son visage se frotta sur la cuisse. Inclinant vers lui le sexe rigide, Andy déposa un baiser sur le méat.

— Miam. Délicieux.

Une étrange fierté voleta dans la cage thoracique de Ruben. Jamais il n'avait été désiré à ce point, même par une nana. Jamais non plus, il n'avait ressenti une telle connexion – et une telle sensation de danger.

— T'es dingo, murmura-t-il avec tendresse.

— Je sais. Complètement zinzin.

Andy lécha son gland, puis ses couilles. Ruben l'empoigna par les cheveux et secoua fortement. Les yeux fermés, Andy inspira profondément, le nez collé à la peau de Ruben.

— Tu me fais un sacré effet.

— Andy. Arrête ! Andy !

Ils se garaient devant l'Iris et Ruben avait le pantalon baissé. Il souleva son cul de la banquette pour se rajuster. Andy cligna des yeux et se renfrogna. Toujours à genoux il vacilla.

— Excuse-moi.

— Non. C'est à moi de m'excuser. Je préfère quand même que…

Il fut interrompu quand la portière s'ouvrit. C'était Eli, leur jeune chauffeur. Ils sortirent de la voiture, la pluie tombait de plus en plus dru. Andy passa le bras sur les épaules de Ruben et salua d'un geste le portier « beau comme un mannequin », mais sans s'arrêter.

Le sourire qui étirait ses fossettes sonnait comme un défi.

Ruben n'avait pas pris la peine de refermer sa chemise, mais il serra contre lui les pans de sa veste de smoking en se ruant vers l'ascenseur.

— Tu es vraiment cinglé, Andy, dit-il du coin des lèvres.

— Je m'en tape – *tes* couilles.

Sur ce, sans même attendre la fermeture des portes de l'ascenseur, Andy lui sauta dessus. Acculé, Ruben pressa le bouton et plaça les mains sur la paroi.

— Il y a des caméras, précisa-t-il.

— Rien à fiche.

Serré contre lui, Andy frottait le visage sous sa mâchoire et son bas-ventre ondulait contre lui. Il souriait.

— J'aurais voulu te baiser à Saint Anthony, ajouta-t-il. Devant tous ces minables qui sentent le rance.

— Tu n'es pas sérieux !

— Si, à cent pour cent. Bordel, même eux prendraient feu s'ils te voyaient en ce moment. Tu es superbe !

Il lécha un mamelon raidi avant de le sucer avidement.

— Si c'est vrai, c'est à cause de toi.

La porte s'ouvrit au moment où Andy secouait la tête – pour exprimer un « non » ou un « oui » ?

— Tu me fais un sacré effet, répéta-t-il.

À peine entré dans l'appartement, il se dirigea vers la terrasse sans même s'arrêter. La tempête tonnait toujours.

— Il ne pleut plus !

— Ce n'est pas vrai ! cria Ruben dans son dos. Arrête ! Tu es déjà trempé.

La pluie crépitait, l'eau coulait comme du sang frais sur les dalles encore chaudes. Le ciel nocturne était gris sombre, comme si les nuages refusaient de libérer les éclairs et la foudre. Pourtant, Andy sortit et Ruben le suivit. Les gouttes étaient si lourdes qu'elles rebondissaient sur leurs épaules et leurs vêtements dégoulinants.

Revenant dans les bras de Ruben, Andy s'attaqua à sa gorge, par de petites morsures qui envoyaient des décharges électriques dans tout son corps. Il lui mordilla ensuite l'oreille, le souffle erratique et humide.

Ruben posa sa main sombre sur le crâne d'Andy et lui fit basculer la tête pour voir le visage pantelant.

— Tu as faim, patron ?

— Je ne suis pas ton patron.

Andy l'embrassa encore. Sa bouche était délicieuse, pulpeuse et sucrée comme une mangue fraîchement coupée.

— Tu me donnes pourtant des ordres…

— Oui. Mais tu ne m'écoutes pas.

Sa voix était devenue très rauque. Étouffant un rire, Ruben chercha à détacher ses boutons.

— Humph. Seulement quand tu dis n'importe quoi.

Avec un soupir, il ferma les yeux. La pluie les bombardait toujours avant de glisser entre leurs corps accolés. L'orage d'été se déchaînait autour d'eux. L'air était si humide que respirer devenait encore plus difficile ; l'air crépitait d'électricité statique. Un halo argenté flottait autour des lampadaires de la rue.

Étourdi et impatient, Ruben annonça tout à coup :

— Je transpire à cause de la pluie !

— Je sais. Tu sens bon.

Andy se pencha en avant, laissant ses cheveux mouillés s'égoutter sur les jambes de Ruben. Ce dernier passa une main calleuse sur la veste humide et les larges épaules.

Puis Andy redressa la tête et le regarda.

— Tu es vraiment bien monté ! Un vrai mandrin !

Il resserra brièvement les doigts, puis laissa retomber sa main. Leurs visages se frottèrent l'un contre l'autre. Du coup, Ruben mit un moment à réaliser que l'averse, au lieu de se calmer, devenait torrentielle.

— Nos habits, souffla-t-il.

D'un geste paresseux, Andy secoua la tête. Il prit en coupe le visage de Ruben et l'embrassa.

— Si ça te pose un problème, dit-il ensuite, tu n'as qu'à les enlever. Nous en rachèterons d'autres. Personnellement, je m'en fiche. L'argent ne compte pas.

Il glissa un bras au creux du dos de Ruben et se plaqua à lui. Puis il écarta le col de sa chemise pour dégager l'épaule qu'il mordilla, suça, lécha.

Ruben arracha les pans de sa chemise de son pantalon et déboucla sa ceinture.

Un coup de tonnerre retentit dans le lointain ; les cieux se déchaînaient. Si un éclair suivit, Ruben ne le remarqua pas. Les nuages sombres semblaient absorber la lumière et le bruit de la ville, transformant la terrasse en un cocon d'obscurité feutrée. Les deux amants devaient tâtonner pour se trouver.

241

Aveugle.

— Seigneur !

Ruben avait de plus en plus de mal à respirer. *Enfin, enfin !* Pourquoi se préoccuper de détails comme ses vêtements ou la pluie ?

Ça lui paraissait si naturel d'être ensemble, ici, dehors. Si inévitable. Ils n'étaient plus deux hommes civilisés, mais deux animaux en rut, possédés par un besoin primitif de s'unir, cernés par les trombes d'eau brûlante venant du ciel.

Andy haletait.

— Je m'en fiche, je m'en fiche, répéta-t-il.

L'eau coulait de ses lèvres ouvertes et dégouttait de son menton. Ses petits mamelons pointés apparaissaient à travers le tissu de sa chemise que l'eau rendait transparent.

Ruben déglutit. Le désir d'Andy, si clairement exprimé, le rendait invincible. Malgré la pluie qui tambourinait sur eux, il chercha de ses mains maladroites à déshabiller son compagnon. Il ouvrit la chemise, faisant sauter les boutons dans son empressement. Il tira sur la fermeture éclair du pantalon ruisselant qui collait aux jambes. Les nuages vibraient d'une foudre qui refusait de tonner.

— Je m'en fiche, je m'en fiche, chuchota Andy.

Il frotta son visage contre la poitrine et la gorge de Ruben. Il arracha la chemise trempée. Ruben frissonna, ayant l'impression qu'Andy l'écorchait vif pour chercher en lui un plaisir caché.

— Je m'en fiche.

Menteur.

Cessant de lutter contre ses instincts, Ruben empoigna brutalement la tête d'Andy et la pencha pour pouvoir aspirer à la lèvre moite entre ses dents.

— Je suis là, souffla-t-il. D'accord ?

— Oui, tu es là. Dieu merci !

Ruben cligna des yeux pour se débarrasser de l'eau qui l'aveuglait ; la nervosité le rendait tout haletant et gêné. Ses mamelons pointaient. Chaque fois qu'il bougeait pour se déshabiller davantage, des gargouillements humides émanaient des vêtements qu'il ôtait. D'un haussement d'épaules, il se débarrassa de son veston qui tomba sur le sol.

Après s'être essuyé le visage, Andy lui caressa la poitrine.

— Merde.

L'eau tiède et sensuelle coulait sur leur peau nue. Ruben grogna et laissa Andy diriger les opérations.

D'expérience, il savait déjà que le sexe différait d'une femme à l'autre, mais ce soir, c'était tout autre chose. Un monde nouveau, plein de découvertes.

Ce qui le terrorisait le plus, c'était le plaisir qu'il y prenait et la certitude que son changement d'orientation serait irrévocable. Il apprenait une nouvelle langue – et ça ouvrait en lui des portes inquiétantes.

Il embrassa Andy, lécha l'intérieur de sa bouche et céda à l'intensité hypnotique qui le possédait. Et Andy pesa contre lui de tout son poids.

— Je m'en fiche.

Pas moi. Seigneur ! Moi, je ne m'en fiche pas.

Une fois de plus, Ruben cligna des yeux pour écarter les gouttes pesant sur ses cils. Ensuite, il renversa la tête et laissa la pluie couler son visage.

Andy tomba à genoux. Son smoking était imbibé d'eau, ses cheveux collaient à son crâne. Quand il releva les yeux sur Ruben, ses douces prunelles semblaient devenues énormes.

Ruben baissa la tête pour le regarder.

— C'est ça que tu veux ?

Il désignait son érection qui dessinait une grosse bosse sous sa fermeture éclair. Les paupières lourdes, Andy acquiesça avant de se pencher en avant la bouche ouverte. Avec un grognement, il se frotta au sexe de Ruben comme pour marquer son territoire, ou mémoriser une sensation.

Puis il détacha sa ceinture et ouvrit son pantalon. Son sexe pâle contrastait avec sa sombre toison.

— Bon Dieu !

Ruben le remit sur pied. Il lui releva les bras et les bloqua. Une fois Andy à sa merci, il promena sa langue sur la cage thoracique, jusqu'au creux de l'aisselle. Il le mordilla jusqu'à ce qu'Andy se débatte contre son étreinte et se libère.

Il haletait dans l'air détrempé, oppressant ; les nuages étaient si proches qu'ils écrasaient la ville en dessous d'eux. Les seuls bruits étaient ceux qu'ils produisaient.

À présent, Andy paraissait plus déterminé. Il insinua les doigts entre les jambes de Rubens, passa sous les bourses et frotta doucement. Puis il chercha plus loin, entre les fesses dures, l'entrée de son corps.

Ruben soupira et frissonna, mais sans s'écarter. Il ne broncha pas, ne se raidit pas. Il accrocha juste une jambe autour de celle d'Andy et gémit. La tiède caresse de l'eau rendait la situation onirique, presque irréelle. Qu'importait ce qu'Andy lui faisait pendant que tous deux se dissolvaient sous cette pluie d'été ?

Sa peau était devenue hypersensible et Andy savait exactement comment exciter son corps, ses muscles et ses terminaisons nerveuses. Avec de lents va-et-vient, Andy détendit peu à peu l'anneau de muscles tout en suçotant la bouche de Ruben, comme pour la marquer de son sceau.

— Vas-y, grogna Ruben.

Il bascula les hanches en avant. Sa seule crainte était que sa reddition soit prise pour de la faiblesse, ce qui risquait de dissiper les illusions d'Andy à son sujet.

Andy le dévisagea avec attention. Ruben acquiesça vigoureusement. Il ne s'agissait plus d'une simple permission, c'était bien plus fort. Il voulait franchir cette frontière, désespérément, plus encore qu'Andy.

Avec un gémissement, Andy plongea en lui un doigt épais. Et comme lubrifiant, l'eau de pluie ne suffisait pas. Malgré la brûlure, Ruben ne se débattit pas, se concentrant plutôt sur l'étrangeté de la sensation – et sur les mots orduriers qu'Andy lui chuchotait. Il eut comme le vertige d'être ainsi violé par un être aussi impitoyable que lui, avec autant de problèmes.

Soudain, Andy effleura une sorte d'interrupteur interne qui enflamma la connexion.

— Oh. Oh, putain !

Il embrassa Andy à pleine bouche et bougea les hanches, cherchant à retrouver ce plaisir bizarre qui venait de le cisailler. Leurs poitrines trempées glissèrent l'une contre l'autre. Andy grogna et frotta son bas-ventre sur la jambe de Ruben. De toute évidence, il voulait le baiser. Ruben se sentait coupable de se refuser. Peuh. Il était un mâle. Manifestement, quand deux hommes étaient ensemble, il leur fallait décider qui faisait quoi – ou plutôt, qui pénétrait qui. Écartant ses craintes, Ruben se tortilla pour que le doigt qui le pénétrait... retrouve l'endroit magique.

Il poussa un long cri rauque et trembla, les mains pressées sur le marbre vivant, chaud et humide des pectoraux d'Andy. *Un homme. C'est un homme.*

Andy le séduisait, le brutalisait, le démembrait et le remettait en état de fonctionner. Pour la première fois de sa vie, Ruben n'était pas celui qui contrôlait le sexe. Cette idée l'enivrait... dans le meilleur sens du terme.

Jamais il n'avait baisé avec tant de témérité, se donnant complètement à un être qui agissait envers lui de la même façon. Il ne s'agissait pas encore de jouir, mais de fusionner. Complètement.

C'était comme une brillante passerelle jetée sur un bassin d'acide et d'alligators. Car si leurs corps s'accordaient parfaitement, un danger menaçait : la certitude terrible, évidente d'être à la fois cassé et réparé.

Je l'ignorais.

Peut-être était-ce la vérité : ensemble, ils pourraient tout avoir. Une seule chose à faire, le vouloir et le construire, un baiser après l'autre. Ça semblait si simple, naturel, évident. Donner et prendre en toute liberté, sans tenir de comptes.

Saisi par une jouissance inattendue, Ruben ouvrit la bouche et haleta.

— Foutu baiseur ! Tu sais t'y prendre !

Andy acquiesça. D'une main douce, Ruben essuya le front pâle et humide, et repoussa les cheveux en arrière avant de poser la main sur la nuque.

— Tu veux qu'on rentre ?

Sous sa paume, Andy se détendit et laissa peser sa tête, son cou s'agita doucement.

— Je m'en fiche, chuchota-t-il.

Il referma les lèvres sur l'oreille de Ruben et sa langue s'insinua au creux de la corolle. Ruben sentit son cœur lui remonter dans la gorge.

— Argh ! Bordel !

Ses jambes tremblaient, il ne voyait plus rien. Andy donna au lobe un petit coup de dents avant de demander :

— Tu disais ?

— Enfoiré !

Andy sourit.

— Tu vois, je commence à te connaître. Je sais très exactement comment te faire réagir.

Il continua ses caresses, léchouilles, morsures. Ruben s'étrangla, ses jambes lâchèrent sous lui. Il serait tombé à genoux si Andy ne l'avait pas retenu par les coudes avant de s'étendre avec lui sur les dalles de la terrasse. Ruben fut impressionné. Il savait bien qu'Andy était solide, mais ce soir, cette force s'appliquait à lui.

Il s'attendait à se faire baiser, mais l'expérience s'avéra bien plus effrayante. Car Andy semblait s'intéresser à tout son corps, le découvrant du bout des doigts, de la langue, ignorant son bas-ventre pour chercher ses points vulnérables.

Ils étaient nus sous le ciel zébré d'éclairs, avec la pluie chaude qui coulait sur eux et leurs érections pulsant l'une contre l'autre – comme deux escrimeurs, lames brandies. Ils avaient atteint le point de non-retour. *Enfin !*

— Je m'en fiche, chuchota Andy.

Dans l'obscurité, ses yeux devenaient incolores. Sans expliquer pourquoi, il noua ses mains à celle de Ruben et porta les poings à ses hanches, les jointures effleurant son cul parfait. Ruben pantela et pressa son front contre celui de son patron, absolument trempé.

— T'es dingue.

Andy acquiesça et le regarda droit dans les yeux. Il sourit.

— Toi aussi.

Il l'embrassa.

— J'espère, bien, dit Ruben.

XIV

LES MENSONGES aiment à se cacher sous des vêtements, mais la vérité préfère la nudité.

Ils finirent par rentrer dans l'appartement, se bousculant et riant. Passant le premier, Andy monta dans sa chambre sombre, à l'étage, dans un état d'excitation sauvage. Il frissonna de froid en retrouvant l'air conditionné. Ruben s'empara d'une serviette et demanda à Andy de ne pas bouger pendant qu'il le séchait, puis il s'essora à son tour.

Andy soupira.

— Tu n'y vas pas de main morte.

— Trop brutal ?

— Non.

La pièce n'était éclairée que par la vague lueur émanant de la terrasse et, accessoirement, le flash blanc des éclairs.

— Tu te sens mieux maintenant que tu es sec ? demanda Ruben.

— Beaucoup mieux. Viens ici.

Quand Andy empoigna sa queue et tira, Ruben en perdit le souffle.

— Humph !

Il poussa vigoureusement Andy, le renversant sur le lit. Andy roula sur le ventre et voulut ramper vers les oreillers, mais Ruben lui bloqua les jambes et le cloua au matelas en se couchant sur lui.

— Où penses-tu aller ? Pas question de fuir.

Sous lui, Andy grognait et se tortillait, frottant son érection contre le drap. Il plia le genou pour donner à Ruben un meilleur accès.

— Fais ce que tu veux.

Ruben lui malaxa les cuisses, sentant les muscles durcir sous sa poigne. Étrangement, il trouvait que baiser dans le noir transformait l'expérience en rêve. *Lucidité version autruche.* Ruben se pencha et mordit Andy à l'intérieur de la cuisse. Il pressa également son pouce contre l'anus exposé, chaud et serré.

— Oui ! Oui !

Andy commença à soulever les reins. Ses boules apparurent entre ses jambes. Ruben en saliva de désir.

Mon Dieu, aidez-moi, je le veux.

Il regardait avidement les fesses ouvertes, la légère toison qui les marquait. Passant la main sous le corps étendu, il empoigna le sexe et tenta de l'attirer en arrière, vers lui. Peut-être Andy souffrit-il de cette torsion, car il se mit à quatre pattes, une idée que Ruben trouva excellente. Son gland était devenu plus sombre et une tache humide marquait déjà le drap. Le corps pâle se détachait à peine sur la blancheur du lit. L'obscurité rendait les choses plus faciles, pour tous les deux.

Si personne ne le voyait voler son plaisir, était-il un voleur ?

Sans réfléchir, sans de se donner le temps de résister à son impulsion, Ruben se pencha pour lécher le sexe humide. Le goût explosa dans sa bouche : chaud, salé et musqué. Il s'enfouit son nez dans les bourses tièdes.

Andy étouffa un rire. Il avait plié ses bras sous son torse. Il releva brièvement la tête, sans mot dire. Il paraissait nerveux : un tic vibrait sur sa mâchoire serrée.

Ruben gardait sur les lèvres le goût de son sperme. Il en aurait voulu davantage, mais n'osait tenter une pipe. *Pas encore, en tout cas.* Au moins admettait-il que l'excitation non dissimulée d'Andy le mettait dans tous ses états.

Il frotta son menton rugueux entre les fesses offertes. Avec un gémissement, Andy cambra le dos et se souleva, ramenant ses genoux sous lui. Son sexe libéré se détendit et se plaqua à son estomac.

Après avoir posé un baiser sur une fesse ronde, Ruben releva la tête.

— Je pique ?

— Non.

Andy haletait, la bouche molle et béante. Ses yeux paraissaient humides

Ruben caressa la queue et fit glisser les bourses sur sa paume, puis il écarta davantage les fesses pour exposer l'anus. Par curiosité, il y pressa le pouce.

Andy sursauta.

— Hé ! Je ne suis pas certain d'être…

Ruben pétrit le cul musclé et frotta sa joue contre la peau si blanche, que sa barbe éraflait doucement. Il glissa le long de la cuisse. Arrivé à l'arrière du genou, il força son menton en avant.

— Oh, merde ! Qu'est-ce que tu fabriques ? demanda Andy d'une voix étranglée.

— Pourquoi ?

Ruben lui mordilla les cuisses. *Je veux le goûter.*

C'était la moindre des choses entre amants. Ruben satisfaisait les demoiselles avec sa bouche depuis le huitième grade [130]. Comme son frère le

___

130 Troisième année du premier cycle secondaire, aux États-Unis, avec des élèves de 13-14 ans

disait toujours : « c'est le moyen le plus rapide de faire céder un doux verrou ». De ses mains rugueuses, il ouvrit grand les fesses pour mieux voir ce qui s'y cachait.

Pour le moment, la différence entre homme et femme n'était pas flagrante. Sans se laisser le temps de réfléchir, Ruben caressa de sa langue le petit trou.

— Argh ! Ruben ?

Dos arqué, Andy s'étrangla et aboya en même temps.

Ruben gloussa.

— Je ne peux pas m'en empêcher. J'ai essayé, en vain.

— Humph… Attends. Tu vas me… Attends ! Ruben, qu'est-ce que tu fous ?

Andy roula sur le dos et tenta de s'asseoir. Il se tordit en deux, son avant-bras effleurant le crâne de Ruben. « *Clic* », puis une lueur.

— Non ! protesta Ruben.

Il serra le bras d'Andy, caressant le duvet doré qui s'y trouvait. Son amant se tourna vers lui.

— Je veux te voir. Laisse-moi te voir.

Ruben secoua la tête.

— Moi, je n'en ai pas besoin. Je te vois même sans lumière. Je te vois partout.

Dans l'obscurité, ses yeux ne pouvaient le tromper.

Il embrassa avidement Andy avant d'éteindre. Un moment, il fut aveugle jusqu'à ce que ses pupilles s'ajustent à l'obscurité. Dans le noir, Andy et lui avaient la même couleur de peau.

— Je te vois très bien, ajouta-t-il. N'allume pas. Je préfère.

Il caressa la peau lisse, pétrit les muscles durs, dessina du bout des doigts la cartographie du corps pâle. Il se fiait à ses sensations, à son instinct, à ses sentiments. Andy et lui étaient enfin ensemble, nus dans ces draps de dingue, sans rempart, cachette ou échappatoire.

Andy glissa le long du corps d'Andy, y frottant son visage comme un animal marquant son territoire. Après le séchage énergique, l'odeur boulangère était moins marquée.

— J'ai envie de te faire une pipe, souffla Andy. Je peux ?

— Je ne sais pas… commença Ruben d'une voix cassée. Si… bien sûr. Tu peux me faire tout ce que tu veux.

Il espérait dire vrai. Il enfouit ses doigts dans les cheveux cendrés pour gratter le cuir chevelu… *Bon patron.*

Sans plus attendre, Andy se jeta sur son sexe et referma les lèvres sur son gland. Il grogna et s'étrangla.

Ruben lui caressa le visage, s'attardant sur la ligne carrée de la mâchoire qu'il suivit à tâtons. Andy bavait, cherchant toujours à s'adapter à la taille imposante de son sexe.

Vas-y, fais-le. Prends tout.

Son prépuce avait glissé, son gland découvert jouissait du contact de la gorge d'Andy. Ruben donna un coup de reins, Andy s'étouffa de plus belle.

Plein de remords, Ruben s'écarta.

— Désolé, souffla Andy.

Il toussa et essuya sa bouche humide. Sa faim prédatrice avait changé d'objectif.

— C'est à moi de m'excuser. Je n'aurais pas dû être aussi brusque.

Apparemment, Andy n'était pas d'accord, car il se remit à la tâche, sans mieux réussir lors de son second essai.

Ruben haussa les épaules.

— Fais attention, tu vas manquer d'air. Tu sais, je ne crois pas être bâti pour ce genre de truc. Ma queue est à la fois trop grosse et trop sensible. C'est à cause de mon prépuce... Quand j'étais gosse, on m'a traité de clébard un jour, sur la plage. J'ai sauté à la gorge du gars, il n'a jamais recommencé. Par la suite, je veillais toujours à me décalotter en douce dans le vestiaire.

Andy s'en chargea aussitôt. La sensation était nouvelle, étrange. Et ça plaisait beaucoup au sexe de Ruben. Andy recommença à le malaxer, extirpant une goutte d'humidité qu'il répandit sur le gland avec son pouce.

Ruben grogna.

— Je te fais mal ? s'inquiéta Andy.

Ruben secoua la tête

— Au contraire.

Andy se remit à jouer avec le sombre prépuce, de toute évidence fasciné par ce qu'il découvrait. Une autre goutte de liquide séminal perla. Il l'essuya du bout du doigt avant de le porter à sa bouche pour le lécher avec un sourire salace.

Ruben frémit en voyant qu'Andy semblait apprécier son goût.

— J'en ai encore plein, tu sais.

— Je n'en doute pas.

Andy serra les doigts sur son érection et se pencha pour la lécher avec des petits bruits de satisfaction.

Aucun doute : c'était plus facile dans l'obscurité. *Avancer à petits pas.*

Ruben se laissa tomber à la renverse, la tête au niveau des genoux d'Andy. Empoignant le sexe de son amant, il se mit à son tour à le masturber. Au moins, ça lui permettait de reprendre un tantinet le contrôle des opérations.

— Une seconde !

Après un grommellement, Andy prit en partie sa queue dans sa bouche. Ruben voulut faire la même chose, mais Andy fit un bond.

— Attention à tes dents !

— Excuse-moi.

J'apprends.

Ruben ouvrit très grand la bouche et laissa Andy s'enfoncer à l'intérieur – en lui ! En tout cas, c'était ce qu'il ressentait. Quand Andy heurta le fond de sa gorge, Ruben toussa et s'étrangla. Il recula un peu et se contenta de longs coups de langue, les doigts serrés sur la base du long sexe élégant. Andy tressaillait sous ses caresses. Au niveau du bas-ventre, sa fraîche odeur était plus forte, plus musquée.

En même temps, Andy continuait à le sucer, à l'aspirer autant qu'il le pouvait.

Puis Ruben s'intéressa aux bourses d'Andy sur lequel il referma doucement les lèvres. D'un coup de tête, il força les cuisses solides à s'écarter davantage. Il s'accrocha des deux mains au dos d'Andy et enfonça son visage entre les muscles fermes, cherchant la raie des fesses, barbouillant la peau de salive. Très vite, il perdit le souffle, le corps tremblant de tension.

L'étrange douceur de chair d'Andy le rendait fou, avide et frénétique. Andy gémissait.

— Aaah, Ruben... murmura-t-il.

Il finit par se libérer. Son sexe érigé palpitait contre la clavicule de Ruben. Mais ce dernier n'avait pas l'intention d'arrêter. Visant toujours sa cible, il mordilla la peau environnante et écarta à nouveau les cuisses. Il massa aussi les muscles charnus de ce cul masculin et parfait, ses doigts s'incrustant dans la chair élastique assez fort pour y laisser des marques.

— Ruben... Rube ! *Oh, bordel !*

Ruben glissa sa langue à l'intérieur. Avec un glapissement surpris, Andy se cambra en se mettant à genoux. Ruben le lécha encore.

— Tu es plus pervers encore que moi, grogna-t-il. Ta façade BCBG, c'est du pipeau. Je t'en foutrais des fraternités huppées ! Je t'en foutrais des smokings et du bling-bling !

Andy geignit.

— Hein ?

— Tu n'es qu'un porc, Andy. Un porc délicieux et superbe.

Un gloussement lui répondit.

— C'est exact, reconnut Andy.

Ruben inhala son odeur et le mordit à la cuisse. Il récupéra ensuite un flacon de lubrifiant, en versa dans sa main et introduisit un premier doigt dans le cul d'Andy, puis un autre, et un troisième. Une fois, l'anus qu'il convoitait bien dilaté, Ruben oignit son sexe de lubrifiant. Il fut tenté d'allumer pour mieux voir ce qu'il s'apprêtait à faire, mais finalement, il préféra rester dans le noir et ne pas laisser de trop vivaces images se graver dans son cerveau.

Andy n'avait rien de féminin. Tout en lui était viril : ses muscles, sa toison pâle, les mains carrées qui s'accrochaient à Ruben avec force. Certes, anatomiquement parlant, les humains ont tous des points communs, mais hommes et femmes restent différents. Même sur le dos, écartelé, Andy exsudait puissance et pouvoir. C'était son choix de se soumettre à la convoitise de Ruben. Quelque part, un danger subtil rôdait. Pas de véritable violence, juste la possibilité que les règles soient brisées – ou maîtrisées. C'était à la fois effrayant et exaltant.

— Viens ici, Rube, enfoiré !

Le souffle court, Ruben eut un petit rire.

— Oui ?

Pour une fois, il n'avait pas à contrôler son désir ou sa brutalité. Andy pouvait tout encaisser. Andy était capable de supporter tout ce que Ruben lui donnerait et de renvoyer l'ascenseur. Chacun d'eux était solide et endurant.

Andy grogna et se cambra, frottant son érection à celle de Ruben

Ruben resserra les doigts, meurtrissant la peau d'albâtre. Était-il trop brutal ?

Apparemment non, car Andy le griffa et écrasa son torse contre le sien, sa toison s'incrustant en lui. Puis Andy frissonna et sourit. Il semblait apprécier le sexe barbare, ne pas craindre la brutalité au pieu. Physiquement, il était aussi fort que Ruben.

Tout heureux, Ruben lui claqua les fesses. Andy se mit à rire avant de lui mordre l'oreille en guise de représailles. Ruben se figea, tétanisé par ce contact mouillé et cette brève douleur. Il cessa de se poser des questions sur le pourquoi du comment. En lui, un verrou céda, le libérant de la retenue qu'il gardait toujours durant le sexe, sans même en être conscient. Il avait connu des femmes de toutes sortes, y compris des matrones, des détraquées, sinon de vraies masos, mais toujours, il avait veillé à ne pas leur faire mal.

Andy était son égal, Andy pouvait tout endurer, et plus encore. Manifestement, ceux qui prétendaient que baiser un gars ou une fille, c'était pareil n'y connaissaient rien. Avec un homme, c'était tout autre chose.

— Laisse-moi faire.

Sur ce, Ruben le pénétra. Les yeux d'Andy s'écarquillèrent follement, tout son corps se tendit sous la puissante intrusion. À peine son gland avait-il perforé son amant que Ruben se figea. Ses yeux posèrent une question muette. Andy y répondit par un grognement et un signe de tête.

Ruben ricana.

— C'est bien ce que tu voulais, hein, patron ? Ma grosse queue ?

D'un coup de reins, il s'enfonça de quelques centimètres. En même temps, il caressa les petits mamelons érigés, si différents des seins d'une femme. Il continuait à dévisager Andy, essayant de mesurer ses réactions.

Peu à peu, Ruben pénétrait inexorablement l'étroit fourreau humide. Andy bougea les hanches pour mieux s'empaler ; les muscles de son ventre étaient contractés.

— Bon Dieu !

— Je ne veux pas te déchirer.

Le souffle coupé, Andy se lécha les lèvres.

— Non. Tu ne... Argh !

Ruben voulut se retirer. Andy l'en empêcha.

— Non ! Ça ne fait pas mal. C'est plutôt... Je ne sais pas. Étrange. Dur. Énorme.

Ruben se remit à pousser.

— Détends-toi. Laisse-moi entrer.

Jamais sa queue n'avait été à ce point comprimée.

— Tu en as envie, ajouta-t-il.

C'était une affirmation, pas une question. Andy déglutit et, tout pantelant, ouvrit grand la bouche pour pouvoir respirer.

— Vas-y, Rube. Vas-y.

Sa peau était moite de sueur. Il haletait, la bouche béante il semblait lutter contre un démon intérieur. Ses yeux brillaient dans la pénombre.

— Merde, ça y est... c'est bon ? Oh, Rube ! Tu y es ?

Ruben acquiesça. Enfoui jusqu'à la garde dans son amant, il avait l'impression que sa queue avait fusionnée avec Andy.

— Presque.

D'elles-mêmes, ses hanches gagnèrent un millimètre de plus.

— Argh ! Ça va ? demanda Andy.

Ruben acquiesça à nouveau.

— J'ai la trouille.

Andy lui caressa le visage d'une main douce, prudente.

— Non. Écoute... Vas-y, fais-le. Prends-moi.

Ruben souleva les jambes d'Andy et esquissa un va-et-vient délicat. Andy grogna un encouragement.

— Vas-y, répéta-t-il.

Le second essai de Ruben eut davantage d'envergure. Les yeux d'Andy se révulsèrent. Une traînée de salive luisait sur la joue.

— Encore ! Plus fort !

Rassuré, Ruben recula à moitié ; puis, il s'enfonça en profondeur, écrasant son pubis contre le cul d'Andy.

— Tu vois ? dit Andy avec un sourire.

Ruben répéta son mouvement et se figea.

— Allez ! protesta Andy.

Il lui griffa le dos, une douleur que Ruben trouva délicieuse et troublante, comme le sceau d'un propriétaire sur un étalon ou un taureau de reproduction.

Serrant son amant contre lui, Ruben frotta son visage au sien et entama la danse éternelle de l'amour.

— C'est bon ?

Un soupir lui répondit.

— Hmm.

Accroché à lui, Andy marmonna quelques mots inaudibles. Ruben changea l'angle de sa pénétration et plia les genoux pour un meilleur impact avant de reprendre ses va-et-vient.

— C'est dément !

Ceux qui affirmaient la sodomie contre nature ne l'avaient jamais essayée, c'était évident. Andy haletait et ses muscles internes malaxaient le sexe de Ruben sur toute sa longueur.

— Je te baise. Enfin ! Bon Dieu ! pantela Ruben.

En même temps, il caressait les bourses poilues, les cuisses musclées et le dos solide. Andy et lui s'accordaient comme les deux moitiés d'un tout, jadis cassé, désormais réparé.

— Je sais. Oh, putain ! Tu me perfores le cul, mec.

Andy tressautait sous le pilonnage infernal. Son sexe était rigide, ses longs muscles tout crispés et son souffle sortait dans un grondement sourd de sa poitrine haletante. Ses cheveux étaient ébouriffés et trempés de sueur, sa mâchoire rugueuse chatouillait la gorge mal rasée de Ruben. On aurait dit un volcan bouillonnant prêt à faire irruption.

— Oui. Oui ! cria Andy d'un ton fébrile. Ouiii !

Il dodelinait de la tête et se léchait les lèvres. Ruben retint son souffle.

— Regarde-moi. Je ne veux pas que tu détournes le regard.

Andy tressaillit, mais obtempéra, fixant son amant avec des yeux que le plaisir rendait vitreux. Ils échangèrent un doux baiser qui contrastait avec le martèlement fébrile des hanches de Ruben.

Ruben fondit sous le regard de son amant qui marmonnait entre ses dents et secouait la tête de droite à gauche, comme un ivrogne. Ruben se pencha pour mieux entendre ce que disait Andy… des mots espagnols. Il insinua le pouce entre les lèvres entrouvertes. Andy s'en empara et le suça. L'excitation de Ruben ne fit que croître. S'il ne se reprenait pas très vite, il atteindrait bientôt le point de non-retour. Depuis combien de temps baisait-il Andy ? Déjà, il avait mal aux bourses et sa peau crépitait de partout, son désir devenait aveugle. Il lui fallait se calmer avant de perdre le contrôle. Il tenait absolument à ce qu'Andy apprécie l'expérience, il voulait le voir jouir avant de céder à son propre orgasme. Était-ce de la fierté ? De la crainte ?

Avant l'irruption finale, Rube s'écarta d'un coup de reins et se rassit sur ses talons. Son érection, humide et sombre, oscilla entre leurs deux corps moites.

Il était temps de s'amuser un peu.

— Alors, ça te plaît que je t'ouvre en deux avec mon mandrin ?

Sur ce, Ruben planta un doigt dans l'anus de son amant. Tout autour, les fins poils blonds étaient luisants de lubrifiant. L'anneau de muscles était tout écartelé. Il en avait la preuve – aussi bien visuelle et tactile. À l'idée d'en être la cause, Ruben éprouva une émotion qui lui alla droit au bas-ventre.

Sans demander la permission, il plongea en avant et pénétra Andy d'un seul coup, suffisamment fort pour leur extirper à tous les deux un cri rauque.

Andy avait les yeux mi-clos, il paraissait assommé, ou enivré par le miracle torride se déroulant en lui.

— Ça te plaît à ce point ? chuchota Ruben. Tu aimes ça, la queue, hein ? Tu ne peux rien faire pour m'empêcher de te baiser.

— J'ai... pas... l'intention... de... essayer.

La voix d'Andy déraillait à chaque nouveau coup de boutoir. Il haletait, les yeux lumineux de terreur, mais ce qui l'attendait paraissait lui plaire.

— Tu es coincé. Tu ne bougeras pas. C'est là qu'est ta vraie place. Sous moi.

Ruben mordit les cheveux humides d'Andy, aspirant sa sueur au goût acidulé. Le sexe rigide de son amant coulissait contre son ventre ou sa hanche, se trouvant parfois écrasé par la collision de leurs deux corps. Les yeux gris bleu étaient à peine ouverts, une langue rose émergeait de temps à autre pour humecter nerveusement les lèvres desséchées.

— Coincé ? Peuh ! Je suis cloué à ce putain de lit... par un marteau-piqueur !

Andy ferma les yeux et ouvrit plus grand la bouche, pantelant sous l'assaut de ses sensations. Il grimaça en même temps.

Sans cesser son pilonnage, Ruben grinça :

— Tu m'as corrompu. Et maintenant, tu vas payer. Tu vas prendre ma queue... tout entière, sans ménagement.

Andy acquiesça. Un filet de salive coulait de ses lèvres molles jusque sur le drap. Ruben voulait le marquer, l'imprégner de son odeur et de son sperme. *Pintón.*

— Je vais te remplir de mon foutre.

— Hmm.

— Je vais me vider en toi. Tout mettre dans ton cul, mec.

Andy glissa une main entre eux, cherchant l'endroit où le sexe énorme de Ruben le pénétrait. Il ouvrit de grands yeux.

— Nom de Dieu !

Ruben tomba sur lui de tout son poids, frottait leurs poitrines moites l'une contre l'autre, le perforant toujours avec une précision impitoyable.

— Ruben ! cria Andy. Tu vas me faire jouir !

Ruben hocha la tête, son orgasme bouillonnait déjà.

— Tu préfères attendre ?

— Non. Non ! Je ne peux pas.

Ses yeux clairs étaient écarquillés et fiévreux. Son érection trempée chatouillait le nombril de Ruben, se frottant à la toison qui recouvrait ses abdominaux.

Trop bon. Trop tôt.

Mais il ne pouvait envisager de s'écarter, ses va-et-vient devenaient spasmodiques. Il glissa un bras sous le dos d'Andy et le souleva pour le rapprocher de lui. En réponse, Andy passa les jambes autour de lui, nouant les talons au creux de ses reins.

Cette fois, l'instinct du rut prit le dessus. Quand des muscles internes, brûlants et préhensiles se resserrèrent sur son sexe, et que des lèvres, des dents s'attaquèrent au lobe de son oreille, et Ruben crut perdre l'esprit.

— Vas-y, vas-y, lui chuchota Andy au creux de l'oreille. *Dame tu leche.*

Ruben ignorait ce que ça signifiait, mais sur les lèvres d'Andy, ça paraissait érotique.

— *Humph !*

Il ne put rien faire, il jouit dans un rugissement, une véritable éruption, dont la lave, s'écoula de lui en flot de feu. Ses hanches s'incrustent contre le cul d'Andy, son bras serra contre lui la chair ferme que la sueur rendait glissante et la vague du plaisir s'écrasa sur eux deux, roula et roula encore, longtemps, avant de se calmer peu à peu.

Le petit rire d'Andy exprimait un véritable amusement.

— Oh, très bien !

— Tu n'as pas joui ? protesta Ruben. Et merde !

Il fronça les sourcils, embarrassé de son orgasme prématuré. Andy prit l'air penaud.

— J'étais trop occupé à m'accrocher à toi pour survivre à la tempête.

Il referma les doigts sur son érection et frotta son gland contre la toison pubienne de Ruben.

Ruben écarta sa main pour la remplacer par la sienne.

— Veux-tu que je te…

Son sexe s'amollissant, il voulut se dégager, mais Andy l'attrapa par le coude.

— Attends !

Ruben se figea.

— Ne bouge pas ! ordonna Andy. Je veux que tu restes en moi. Tu peux ?

Il paraissait timide, comme embarrassé par sa proposition. Ruben acquiesça, le sexe encore à moitié planté dans son amant. Andy s'accrocha à son bras et cambra le dos, s'empalant davantage. Complètement.

Ensuite, il referma les yeux et retomba en arrière contre les oreillers moelleux. Sous la main crispée de Ruben, le battement du cœur d'Andy ralentit peu à peu, puis les muscles internes se resserrent à plusieurs reprises sur son sexe. Il en tressaillit de plaisir.

Andy se lécha ses lèvres et ouvrit les yeux pour le regarder. Avec un sourire, il contracta à nouveau son cul.

— Hé ! cria Ruben.

— Qu'est-ce qu'il y a ?

Ruben secoua la tête.

— Je ne sais pas. Ça chatouille.

— Ne bouge pas. Je vais…

Une autre contraction.

— Je te sens en moi ! ajouta Andy.

Avec un petit rire, Ruben haussa les sourcils.

— Sans blague !

— Va te faire voir ! rétorqua Andy, amusé. J'adore cette sensation.

— Pourquoi ? s'étonna Ruben.

Andy bougeait toujours, il eut un long soupir langoureux.

— Ça stimule ma prostate, répondit-il enfin. Entre autres !

Ruben grogna et gonfla le torse. Son sexe se ranimait. Il donna un petit coup de reins, pour vérifier.

— Bon sang ! s'exclama Andy. Ne me dis pas que tu es déjà prêt à recommencer ?

— Si, je crois.

Ruben avait l'habitude de récupérer très vite entre deux rounds. Peut-être était-ce dû au fait qu'il ne se masturbait jamais, ou simplement parce qu'il avait des couilles énormes… Là, il était partant pour continuer, mais il ignorait si c'était ce que voulait vraiment Andy.

Sous lui, Andy se tortilla, remontant vers la tête de lit. Pendant ses efforts, ses muscles internes malaxèrent sans pitié le sexe toujours planté en lui.

Ruben grimaça.

— Hé, doucement !

Andy eut un sourire lascif, légèrement moqueur, puis il ouvrit de grands yeux surpris en voyant que Ruben restait en position.

— Merde ! souffla-t-il.

Ruben était bien… au chaud, inondé de son propre sperme. Le cul d'Andy lui appartenait. Sans plus douter, sans avoir besoin d'autorisation, il se remit à baiser l'étroit fourreau d'une moiteur torride, sprintant vers un nouvel orgasme fulgurant. Juste comme ça. Il sentait bien que c'était tout à fait possible.

Les yeux exorbités d'Andy exprimaient à la fois la peur et l'incrédulité.

— Bon Dieu, Ruben ! *Argh !*

Ruben le martelait avec une férocité impitoyable

— C'est bon ? Tu peux ? Tu veux ? Tu veux tout ? haleta-t-il.

Andy acquiesça. Ruben déglutit et accéléra son rythme, devenant frénétique dans sa poursuite du plaisir.

Andy leva les jambes en gémissant.

— Je crois que… que….

Il plissa le front, déglutit et masturba son sexe pâle avec une concentration intense. Sans quitter Ruben des yeux, il branlait du chef comme un pantin désarticulé.

Ruben considéra ça comme un signal pour passer à l'étape supérieure. Il souleva les cuisses musclées et les fit passer autour de sa taille.

— Aaah ! cria Andy. Oui, ouiii…

Il montrait les dents, un gémissement rauque émanait de sa gorge, son souffle devenait erratique.

— Quoi ?

En fait, c'était une réponse inarticulée que Ruben exigeait du corps parfait qu'il martelait à petits coups secs et précis, atteignant la petite glande sensible cachée à l'intérieur. Et Andy tressaillait en cadence.

Les yeux fermés, il ouvrit la bouche dans un long cri muet. Son anus se contracta follement et son sperme jaillit dans un long jet chaud et poisseux. Andy serra les dents pour retenir ses gémissements et s'étouffa.

— Oh, putain !

À son tour, Ruben ferma les yeux. Tout son corps se contracta et son deuxième orgasme le secoua violemment, une seconde dose de fluide rejoignant celle qu'il avait déjà laissée dans le cul d'Andy.

Si le sperme d'Andy collait ensemble leurs deux torses, le sien était à l'abri, à l'intérieur.

Ruben se retrouva à lécher la gorge d'Andy, remontant jusqu'à la bouche renflée dans laquelle il planta sa langue.

Andy la suçait avec frénésie jusqu'au moment où Ruben reprit plus ou moins conscience. Il roula sur le côté, se dégageant d'Andy avec un gémissement repu.

Ils restèrent étendus, côte à côte, le temps de retrouver leur souffle.

Les yeux au plafond, Ruben fronça les sourcils, aussi dérouté qu'une vierge venant de se faire déflorer. En même temps, il se sentait très fier de lui.

Très vite après le mariage, baiser Marisa avait commencé à devenir aussi technique que monter des poutrelles d'acier pour construire un gratte-ciel. « *Un peu plus à droite, doucement, maintenant. Continue... Encore... Appuie là... plus fort.* » Pas désagréable, mais compliqué.

Ce soir, l'expérience avait été nouvelle. Ce mélange détonnant d'agressivité primitive, sans entraves, et de tendresse inattendue avait démoli tous les remparts qu'il avait soigneusement érigés autour de ses désirs les plus secrets. L'excitation impatiente d'Andy et sa propre obsession l'avaient brisé plus rapidement qu'un litre de gin. Un plaisir aussi intense lui faisait peur, peut-être parce que, jusqu'ici, jamais Ruben n'avait ressenti une telle liberté et une telle joie... sans une bouteille dans la main.

Allongé dans le noir, nu à côté de son patron, Ruben comprit qu'il se trompait, qu'il se mentait peut-être. Ce qui le paniquait, ce n'était pas le sexe, aussi débridé qu'il ait été, mais les sentiments encore plus fous qu'il éprouvait.

Une grenade dégoupillée, voilà ce que c'était !

Comme si une énorme toile d'araignée glacée lui tombait dessus, de la taille d'un drap de lit, il prit conscience de l'étrangeté de la situation. Dans le noir !

Je viens de baiser un homme.

Andy avait posé sur sa poitrine un bras inerte, aussi lourd qu'une poutre de fer clouant Ruben sur place. Il aurait voulu se sauver, ou vomir, ou frapper quelqu'un.

Un verre ! Il avait besoin d'alcool. Il sentait presque sur sa langue la brûlure divine qui noierait tous ses soucis.

Car l'alcool avait ce pouvoir magique.

Et Andy, ne paniquait-il pas ? Qu'avait-il attendu, espéré de cette rencontre ? Recevoir un sexe dans le cul devait avoir un impact sur le mental, non ? Que ferait Ruben si Andy était une nana ? Irait-il prendre une douche ? Ou fumer une cigarette ? Ou se sauverait-il avant que les choses ne deviennent trop intenses... ou trop authentiques ?

Andy fit rouler sa tête sur l'oreiller.

— Hé, Oso.

Ruben grogna, mais ne bougea pas. Il savait bien que ce n'était pas un verre qu'il lui fallait. Il voulait juste fuir, tout oublier. Pour lui, l'alcool était surtout une excuse pour fuir la réalité.

— Où étais-tu ? reprit Andy. Tu es toujours avec moi ?

Sans ôter son bras, il resserra les doigts sur les côtes de Ruben. Ce dernier tressaillit, soudain plus chatouilleux qu'il ne l'avait jamais été. D'une seconde à l'autre, il allait exploser.

— Ne panique pas, déclara Andy.

Son ton moqueur dissimulait une autre émotion. Il se redressa sur un coude et cessa de lui tripoter les côtes.

— Hé ! enchaîna-t-il. Il n'y a que nous deux, d'accord. Oso ?

— Nous deux. Oui.

Ruben acquiesça, mal à l'aise. Sa peau était moite et glacée ; un filet de sperme coulait à l'intérieur de sa cuisse.

— Et nous avons baisé. Et tu es un homme. Et maintenant, qu'est-ce que…

Andy se redressa pour de bon. Sa voix se durcit.

— Regarde-moi. Je m'appelle Andy, et nous venons de baiser. De façon remarquable, je dois le signaler.

Après un petit rire forcé, il enchaîna :

— Pour la première fois de ma vie, je vais avoir la peau marquée par une barbe d'homme. À présent, je comprends mieux pourquoi mes ex s'en plaignaient.

Ruben se concentra sur sa respiration, se forçant à rester immobile. Son pouls s'emballait, ses cheveux crépitaient comme un paratonnerre sous l'orage.

— Excuse-moi. Pour la barbe.

Andy se mit à rire, puis s'étouffa et toussota.

— Non. Ce n'est pas ce que je voulais dire. Je ne me plaignais pas… C'est juste… j'ai très envie de paniquer moi aussi. Alors, ne commence pas.

— C'est vrai, toi aussi ?

Ruben avait l'impression que sa peau avait été brûlée.

Andy acquiesça.

— J'ai brisé toutes les règles. Ma famille va me renier. Plusieurs membres de ma parentèle m'éjecteraient même de leur voiture sans prendre le temps de s'arrêter. Pourtant… je n'ai pas eu l'impression de commettre une folie ou un péché. Ça m'a paru tout à fait naturel.

Ruben haussa les épaules. *Ben voyons.*

Andy le mesura des yeux – et continua à parler :

— Aussi normal que respirer. Ce n'est pas du tout comme avec une femme. C'était plus bestial, mais de la meilleure des façons.

— Euh, merci, grommela Ruben.

Il posa la main sur ses bourses encore humides.

— Je voulais juste te dire, Rube, c'était super. Toi et moi, c'était super.

Après un petit moment de silence, Andy insista :

— Tu n'es pas d'accord ?

Ruben essaya de parler, mais ne put émettre un mot. Aussi se racla-t-il la gorge avant de marmonner :

— Si.

— Tu as été si doux. Et si brutal. Je ne sais pas. Je n'arrive pas à l'expliquer. Tu m'as baisé comme un malade et ça m'a plu.

Il souriait franchement. Ruben aurait voulu acquiescer, mais il n'y arrivait pas. Alors, il se contenta de chuchoter :

— Ça va ?

— Humph. Maintenant ? Oui. Au début, pas trop, mais ensuite… *vlan.*

Ruben fit la grimace.

— Désolé.

— Inutile de t'excuser.

— C'est arrivé… je ne sais pas trop comment. Et puis, tu étais partant. Comment voulais-tu que je refuse alors que tu me suppliais comme ça ? Je ne pouvais pas…

En principe, le vainqueur empochait la prime. Le problème, c'était qu'ils avaient gagné tous les deux.

Andy s'accrocha aux flancs de Ruben et tira.

— Viens ici.

Ruben adora le contact des muscles lisses. Leurs torses se frottaient, leurs toisons aussi. *Bizarre, sexy, parfait.*

Andy essuya une goutte de sperme qui lui maculait la joue.

— J'en ai foutu partout et j'ai déjà envie de recommencer.

La bouche de Ruben frémit d'un petit sourire.

— C'est vrai ? Tu sais, t'entendre parler espagnol, ça me fait un effet dingue. C'est inquiétant, je trouve.

— Détends-toi. Tout va bien. Il n'y a pas eu mort d'homme. Nous n'avons pas été frappés par la foudre.

— Parle pour toi !

Andy gloussa.

— Je parlais de la foudre divine, du jugement de Dieu. Nous sommes toujours là. Toi et moi.

— Je t'ai fait mal ?

Andy essuya son visage humide, puis se gratta le cuir chevelu, ce qui hérissa son épi.

— Euh, oui ? Non ? Je ne sais pas combien de temps j'ai tenu.

Ruben lui donna un petit coup de coude

— À la fin, j'ai perdu tout contrôle. Je n'aime pas ça, ça me fait peur.

— Ta queue est une arme de destruction massive, un vrai bourre-cul. Bon Dieu !

Il glissa une main entre ses jambes.

Dans l'obscurité, Ruben s'empourpra.

— Désolé, patron. Mais c'était quand même bon, hein ?

Andy s'étira avec prudence.

— C'était parfait.

Un peu du fardeau qui pesait sur les épaules de Ruben s'allégea.

— Il faut faire attention à ce que l'on souhaite.

Son sexe lui paraissait encore douloureusement sensible après la délicieuse friction qu'ils avaient partagée. Avec un sourire, il commença à se lever.

Andy restait immobile.

— Où vas-tu ?

— Me rincer.

Andy eut un sourire décontracté, assorti d'un mouvement de tête autoritaire.

— Non, reste avec moi. Je veux te garder comme ça.

Ruben en grogna de plaisir et cessa de lutter contre ce qu'il éprouvait. Son cœur s'étant enfin calmé, il sentit le sommeil peser sur lui.

Tout à coup, Andy tressaillit et récupéra le petit sachet d'aluminium posé sur la table de chevet.

— Holà. Nous avons oublié quelque chose. C'est idiot !

— Un préservatif. Oh, merde ! Je ne suis pas… je n'ai pas…

— Laisse tomber. Je sais que tu ne l'as pas fait exprès. C'est autant de ma faute que de la tienne. Je n'ai pas vraiment fait attention.

Le cœur battant, Ruben vit Andy essuyer le sperme qui maculait l'intérieur de ses cuisses.

— Ça ne risque rien, tu sais. Je suis clean. Jamais je n'aurais oublié de mettre un préservatif, si…

— Pareil pour moi. Mais nous sommes tous les deux adultes. Nous aurions dû être plus prudents. Tu as baisé ailleurs. Moi aussi.

— Je n'avais jamais baisé de mec.

Pour dire la vérité, Ruben avait souvent baisé sans protection. Seulement des femmes, bien entendu, mais quand même !

— Quel foutu garde du corps je fais ! S'emporta-t-il.

— Écoute, je ne risque pas d'être enceinte, mais je crois que…

Il tâtonna entre ses fesses, comme pour vérifier l'état des lieux.

261

— Je ne sais pas, reprit-il, tu m'as sacrément défoncé.

Ruben rougit une fois de plus.

— Euh, c'était vraiment dément comme sensation. Juste toi, sans latex.

À ses yeux, le sida avait toujours été le problème des autres. *Jusqu'à aujourd'hui.* Avec un tressaillement d'effroi, il se rappela que le virus était réputé affecter tout particulièrement les homosexuels. Désormais, il faisait partie du lot.

— Je suis désolé, enchaîna-t-il. Je n'ai pas réfléchi.

Andy déglutit, puis il eut un sourire démoniaque.

— Moi, pareil. Le désir rend idiot. Nous ferons plus attention la prochaine fois.

Ruben cligna des yeux. Andy avait dit « la prochaine fois », comme si ce qui venait de se passer allait recommencer. Rien qu'à cette perspective, Ruben était à la fois terrifié et excité. Un cadeau, mais enveloppé dans de la dynamite. D'un côté, il voulait désamorcer la bombe, de l'autre, il avait très envie de gratter une allumette.

Pour éviter à son érection de s'emballer, Ruben roula sur le ventre. D'accord, Andy ne pouvait pas le voir dans le noir, mais une main baladeuse risquait de tomber sur la preuve évidente de son excitation.

Andy souleva les fesses.

— Sans préservatif, c'est certainement plus intense. Bon Dieu ! J'ai l'impression que tu m'as déversé dans le cul un plein conteneur de sperme !

Ruben eut grand sourire. S'il était censé se sentir coupable, c'était raté.

— Sans blague ! Comment dit-on sperme ?

Andy comprit ce qu'il voulait dire – et la réponse qu'il voulait entendre.

— *Leche. Paja. Lefa.*

Il prononça ces mots avec un sourire sensuel. Ruben prit au creux de sa paume une joue chaude et barbue.

— Mmm. Tu vas m'apprendre l'espagnol, *pintón.*

Andy s'étira comme un chat repu.

— Volontiers. Bon sang, Rube ! C'est foutrement génial !

— Oui ?

Au fond de lui, il savait qu'Andy aimait le voir comme un dur à cuire, effrayant, un peu voyou même. D'ailleurs, lui-même imaginait Andy en prince de Park Avenue, habitué à satisfaire le moindre de ses caprices. *Le prince et le truand.* Leur imagination excitait leur désir, même si ce n'était qu'un fantasme, un jeu sensuel fréquent entre deux amants, comme les mots orduriers ou la lingerie coquine. Ça ne faisait de mal à personne, après tout. Et tous deux savaient faire la différence entre réalité et fiction.

— Je devrais aller me nettoyer, souffla Andy, mais je n'en ai pas envie.

262

— Tant mieux. Ça me donnera de quoi rêver agréablement.

Ruben glissa un doigt dans la raie des fesses humides. Il aimait sentir sa semence sur la peau lisse d'Andy. Son odeur musquée se mêlait à celle du pain frais, comme un sceau de propriétaire.

Ils s'endormirent peu après.

Au milieu de la nuit, Ruben se réveilla avec une envie de pisser. Il réussit à se lever sans réveiller Andy. Il revint ensuite et but un verre d'eau, les yeux tournés sur la porte-fenêtre donnant sur la terrasse. La tempête s'était calmée, laissant derrière elle douce pluie d'été.

— Hé.

La voix étouffée d'Andy. Ruben le voyait à peine dans l'obscurité, il distinguait à peine une silhouette étendue sur le lit. La cage thoracique montait et descendait. L'odeur d'Andy. La courbe souple de ses mollets solides. Les mains carrées repliées contre la poitrine comme des oiseaux endormis.

— Rube ?

Ruben le rejoignit et se colla contre lui. Il chuchota contre la peau lisse :

— Je suis là.

Il pria pour de ne pas avoir un autre rêve embarrassant.

En fin de matinée, Ruben se réveilla à nouveau. Il avait froid, seul dans le lit. Il entendit Andy parler au téléphone – depuis le couloir ou le bureau, en bas. Avant qu'il puisse se lever pour aller vérifier, Andy revint dans la chambre, les cheveux humides. Il se glissa sous les draps et se plaqua au dos de Ruben, un bras autour de son sternum.

Ruben se rendormit.

Il ouvrit les yeux un peu avant midi, tout somnolent, et savoura la sensation enivrante de partager le lit d'Andy et sa chaleur corporelle. Peu à peu, ses yeux s'adaptaient à l'obscurité : le matelas était un vrai foutoir de draps froissés et de corps musclés. En bas du lit, un pied émergeait de la couette. Les orteils d'Andy se contractèrent. Ruben sourit à cette vue, sans trop savoir pourquoi. *Même les milliardaires rêvent la nuit.*

Il resta immobile, parce que la douce pression du bras d'Andy sur sa cage thoracique était un plaisir trop agréable pour s'en priver.

Une vingtaine de minutes plus tard, la respiration d'Andy changea, devenant un gémissement satisfait. Il ouvrit les yeux avec un sourire. Il vit Ruben à ses côtés et tout son beau visage s'illumina.

À ce moment-là, Ruben comprit la vérité.

Je l'aime.

Il ne prononça pas ces mots à voix haute, mais ils s'incrustèrent dans ses os et ses bourses, aussi immuables que le lever du soleil.

Andy avait l'air endormi, adorable.

— C'est trop tôt, non ?

Ruben secoua la tête avec un sourire.

— Non.

Ils prirent un bain ensemble et plus, au cours de l'après-midi du dimanche, une douche à deux découvrant ainsi qu'une fellation sur du carrelage facilitait le nettoyage qui s'ensuivait. Et aussi qu'un homme assez solide pour retourner ce qu'il recevait était capable de baiser des heures durant, et de recommencer après une petite sieste réparatrice.

Et même encore une fois ensuite, comme ce fut le cas.

D'ailleurs, Ruben apprit autre chose : un homme vous faisait ce qu'il voulait recevoir de vous.

Si Andy est un requin, au moins, il est mon *requin.*

Une fois les vannes ouvertes, Andy libérait sans honte ses appétits et ne mettait aucune limite à les partager. Ruben découvrit qu'Andy aimait vraiment le pelotage, jusqu'à ce que le sperme dégouline partout sur lui… et ces galipettes d'adolescent en rut ne se transformaient pas toujours en un poisseux marquage de but.

Au fur et à mesure que les heures passaient, l'étrangeté et l'obsession se transformèrent peu à peu en une urgence fiévreuse, une course contre la montre – comme si une horloge invisible était suspendue au-dessus du penthouse. Se libérer d'un mois de tension sexuelle laissait Ruben sans énergie, le corps en caoutchouc, sans os et sans cervelle.

Il avait vécu tant d'orgasmes qu'à 22 heures, le dimanche soir, ses bourses lui paraissaient ratatinées. Même une dernière séance langoureuse dans la mousse du bain à remous avec Andy ne lui extirpa que quelques giclées.

— Je n'en peux plus ! cria Ruben.

Et il était vraiment sincère, même si le sexe n'était qu'une partie de son problème. Andy éclata de rire et utilisa son sperme pour recommencer à se masturber.

Ruben se sentait bien, en sécurité. Il dormit quatre ou cinq heures de suite – ce qui lui parut un miracle –, avec Andy blotti contre sa poitrine.

Il tenta aussi deux fois d'appeler Peach, mais sans réponse, aussi lui laissa-t-il des messages, à la fois cryptiques et heureux.

Pour une fois, toute la journée semblait s'étaler devant eux. Ruben mourait d'envie de parler, mais il n'avait personne à qui se confier.

Après s'être tant assouvi sur le corps souple et solide d'Andy, Ruben espérait être calmé, mais au contraire, son désir n'avait fait que s'intensifier. Il supportait mal d'être à proximité de son amant sans le mordre ou le marquer. Il introduisait ses doigts en lui, ou tombait à genoux pour le sucer avidement jusqu'à l'orgasme.

Et Andy n'était pas mieux : il avait complètement oublié la notion d'« espace personnel ». Maintenant qu'ils étaient passés aux actes, souvent et à fond, Andy cédait à toutes ses pulsions, masturbant Ruben devant la télé, pendant un match de basket, puis réclamant les doigts de son amant dans son cul pour jouir à son tour.

Il s'essuya ensuite le ventre avec le boxer de Ruben.

— J'en avais bien besoin ! Tu n'imagines pas combien de fois je me suis branlé le mois passé. Sauf que... tu devais faire pareil.

— Non. Absolument pas.

Andy se rembrunit.

— Oh. Et moi qui croyais que tu nageais pour faire baisser la pression. Merde, alors.

— Je ne me branle jamais.

Andy eut un rire moqueur. Puis il se figea.

— C'est vrai ?

— Oui. Je ne l'ai jamais fait. Le sexe, ça doit... être important, conclut Ruben, les doigts noués.

En silence, Andy acquiesça.

— D'accord, je vais donc m'en charger.

Peut-être n'aurait-il dû rien dire, pensa Ruben. *Trop tard.*

— Ça fait mal ? demanda-t-il.

Avec trois doigts, il effleura l'anus d'Andy. La peau était sèche et chaude.

— De se branler ?

Ruben rit.

— Non, idiot. Je parle de ton cul.

— Oui. Non.

Andy se laissa glisser sur le sol et posa le menton sur la jambe de Ruben. Enivré, ce dernier se souvint du vertige éprouvé, la veille, quand il s'en était pris à lui sous la pluie hier soir. À la fois effrayant et délicieux.

— Écoute, reprit Andy, je ne voudrais pas tomber dans le scato, mais cet endroit-là est... censé s'ouvrir. Il est conçu pour ça !

Comprenant le sens de ces paroles, Ruben fit une grimace.

Andy lui embrassa la jambe.

— C'est la nature qui veut ça, *cariño*. Mais non, ça ne fait pas mal, c'est bon, étrangement bon. Au début, c'est franchement bizarre, mais c'est quand même *toi* qui me pénètres. Nous ne faisons plus qu'un. Unis, ensemble... Comme tu disais. Tout se mêle et fusionne. Et bon sang, quel pied !

Pendant leurs ébats, Andy éjaculait si fort qu'il crépissait les murs.

— Sans blague ?

— Mais il y a plus que le sexe. Je veux dire… Tu n'es pas… Tu es le meilleur homme que j'aie jamais rencontré. Le meilleur être humain, en fait.

— Toi aussi, cher monsieur.

Ruben se voyait presque accepter d'être pris par Andy, même si ça faisait mal. C'était son cul, après tout. Merde, Andy occupait déjà son cœur – du moins, la plupart du temps – alors…

Pourquoi pas ?

Il rit.

— Quoi ? s'étonna Andy.

Ses yeux gris bleu pétillaient de perplexité.

— C'est compliqué, *pintón*.

Andy remonta sur le canapé et attira Ruben contre sa poitrine. Étrange d'être ainsi câliné. Jusqu'à ce jour, Ruben était bien plus imposant que toutes les femmes qu'il avait prises dans ses bras.

Andy posa un baiser sur sa nuque.

— Hé ? *Está bien ?*

— Infiniment. *Muy, muy bien.*

Il tourna la tête et planta sur le visage d'Andy un baiser qui représentait un serment éternel.

XV

QUAND ON tient un marteau, tout ressemble à un clou.

Les deux semaines suivantes passèrent à toute vitesse. Dans la journée, Ruben redevenait garde du corps, mais dès que Hope et les autres employés quittaient l'appartement, Andy et lui se retrouvaient en tête-à-tête.

Ils devenaient de plus en plus téméraires. Andy n'envahissait plus seulement son espace personnel, il le colonisait. D'un commun accord, non verbalisé, ils dormaient ensemble dans la chambre principale et faisaient de leur mieux afin que leur passion décolle la peinture des murs. Désormais, Ruben utilisait sa chambre, à l'étage en dessous, comme une zone de transit dans laquelle il se rendait brièvement juste avant l'arrivée du personnel. *Les autres*, ne cessait-il de se dire mentalement.

Il n'aimait pas se voir comme un employé, même s'il l'était toujours, au sens littéral.

Jeudi matin, alors qu'ils prenaient une douche ensemble, Andy cessa soudain de savonner la poitrine de Ruben.

Il jeta tout à coup :

— À mon avis, tu devrais en parler à ton frère.

Ruben se figea, muet de stupeur.

— Quoi ?

— Lui parler de… eh bien, de nous, insista Andy. Du sexe.

Ruben inspira profondément, puis il souffla, cherchant toujours comment répondre. Andy se pencha en arrière et s'appuya aux ardoises de sa douche.

— Je ne lui ai rien raconté du tout, souffla Ruben. Ni de nous ni du reste. Tu sais, tes affaires, tes missions de tueur à gages.

— Je t'en remercie, mais nous deux, c'est différent.

Andy sortit de la douche et récupéra une serviette.

— Je n'ai rien dit parce que tu me l'as demandé, continua Ruben. Pourtant, j'aurais dû. Mon frère pourrait nous aider. C'est quelqu'un de très bien.

Il soupira.

— Justement, ce n'est pas mon cas. D'où le problème.

— Pas du tout. Et je suis censé être ton garde du corps.

Andy cligna des yeux.

— Et alors ? Je me sens en sécurité avec toi. Je ne risque rien.

267

Ruben coupa l'eau, sortit à son tour et se sécha vigoureusement les cheveux.

— Ce n'est pas vrai. Cette situation reste dangereuse.

— Il faut que tu parles de nous à ton frère. Il représente ta famille.

Andy retomba dans le silence. Il détourna la tête et fixa la fenêtre de salle de bain, les sourcils froncés. Quoiqu'il cherche de ce regard vague ne se trouvait pas dans la pièce.

Pensait-il à sa famille ? À ses amis ? À sa boîte ?

— Bauer, arrête d'être chiant ! Je ne veux pas de nouveaux emmerdes.

Andy lui donna un coup de genou dans la jambe.

— Tu n'es pas obligé de donner à ton frère des détails graphiques, mais je pense que ce serait mieux qu'il soit au courant.

Ruben haussa les épaules.

— Tu te fiches peut-être de ce que ta famille pense de toi, mais ce n'est pas mon cas. J'ai déjà sacrément déconné. Charles et moi discutons tous les jours. Il me demande comment je m'en sors et j'ai toujours l'impression de lui mentir.

— Il est aussi ton patron.

Ruben acquiesça. Andy fronça les sourcils.

— Eh bien, raison de plus pour tout lui raconter. Évoque un conflit d'intérêts. De nouveaux renseignements.

Ruben fit la moue et soupira.

— J'ai la trouille. Il me prend déjà pour un raté, mais il m'aime bien. Et moi, je... je tiens à toi.

— C'est vrai ?

À travers le miroir qui surplombait les lavabos, Andy rencontra son regard.

Ruben croisa les bras.

— Charles est moins coincé que moi. J'attendrais le bon moment pour lui parler.

C'est-à-dire, jamais...

— Parfait, merci.

Andy lui colla un petit coup sur le crâne.

— Hé !

Andy retrouva son sérieux.

— Je sais que ça ne me regarde pas.

— Il va péter un câble, remarqua Ruben.

Il ramassa son pantalon. Andy s'écarta du lavabo sans lever les yeux.

— Combien ?

— Quoi ?

Andy parlait-il d'argent ? Ruben s'emporta.

— Je ne cherche pas à te faire chanter, connard !

— Non. Je me demandais juste combien de ce qui se passe vraiment tu peux lui raconter... Vas-tu lui dire que je suis en criminel en col blanc ? Que nous sommes ensemble ? Que nous baisons ? Que tu me...

— Ça suffit ! Pas de détails !

Andy explosa de rire.

— Eh bien, reprit Ruben, je pense que pour commencer, la vérité ne serait pas si mal. Je lui dirai que je... hum... que je tiens à toi. Beaucoup...

Pour la première fois depuis le début de cette discussion, Andy parut choqué. Il cligna plusieurs fois des yeux. Puis il se retourna et s'examina un long moment dans le miroir.

— D'accord.

Ruben attendit. Tous les sentiments qu'il avait enfouis en lui menaçaient d'exploser et de se répandre autour de lui sur le marbre du sol. Dans sa bouche, sa langue trop épaisse avait du mal à bouger, comme si elle avait peur de laisser la vérité s'exprimer.

— Je suis sérieux, tu sais.

Andy acquiesça.

— Moi aussi.

Une autre langue que je n'ai jamais appris à parler. Peut-être Andy pourrait-il la lui enseigner aussi.

Andy s'approcha et lui lécha le bord de l'oreille, mettant ainsi fin à la conversation. Son geste rendit Ruben encore plus incapable de parler ou de bouger.

Le sujet fut abandonné, mais Ruben savait que son passage aux aveux n'était désormais qu'une question de temps.

Un inventaire moral approfondi [131].

LE LENDEMAIN, il chercha une fois de plus à contacter Peach, honteux de ne pas avoir parlé à sa vieille amie depuis plusieurs semaines, mais certain qu'elle serait heureuse pour lui. Tout raconter à son frère paraissait impossible, mais sans doute Peach pourrait-elle le comprendre. Il écouta les sonneries, refusant de raccrocher une fois de plus. Depuis combien de temps ne s'était-il pas rendu à une réunion ?

Quelqu'un finit par répondre, une jeune femme qui semblait distraite.

— *Je suis désolée, elle ne peut pas venir au téléphone.*

---

131 Quatrième étape du programme AA.

269

— Peach est une amie de longue date.

Il n'en dit pas plus, ignorant ce que l'entourage de Peach savait de son passé d'alcoolo.

À l'autre bout du fil, l'inconnue eut un soupir tremblant.

— *Je suis vraiment désolée. Elle est partie.*

— Dans ce cas, puis-je lui laisser un message ? Pouvez-vous veiller à ce qu'elle le reçoive ?

— *C'est impossible, monsieur. Elle est* partie. *Elle est décédée mardi.*

Son sang se glaça dans ses veines. L'inconnue continuait à parler, mais Ruben n'entendait plus rien. Puis la ligne fut coupée. Ainsi, le cancer de Peach était revenu la revendiquer.

Ruben se laissa tomber sur le lit de la chambre d'ami… Il avait mal au cœur, il avait froid, il se sentait seul.

Pendant son pénible divorce, Peach Horowitz avait été sa bouée de sauvetage. Juive du New Jersey, soixante-huit ans, elle aimait les comédies musicales et les bouledogues. Sans jamais baisser les bras, elle avait sauvé la vie de Ruben avec des Camel et du café noir, le recevant sur sa terrasse toutes les heures du jour et de la nuit, avec toujours un slogan AA à lui asséner.

Dès leur première rencontre, après une réunion, elle lui avait tendu une tasse de café avant de poser ses mains déformées par l'arthrite sur les poings qu'il crispait nerveusement. *Gamin, nous ne pourrons pas t'envoyer au ciel, mais nous pouvons certainement t'aider à quitter l'enfer.* Elle disait la vérité, toujours, rien que la vérité.

Ruben se sentait un vrai salaud : il n'avait pas rappelé Peach depuis que la situation était devenue un peu dingue, prétextant ne pas vouloir lui compliquer la vie. Du coup, il ne lui avait rien dit sur Andy. Dorénavant, il n'en avait plus l'option. Il n'avait pas voulu la choquer ou lui faire de la peine. C'était le genre d'excuses bidon qui l'empêchait de se rendre aux réunions.

Foutu ivrogne, foutu connard.

Du calme, grogna-t-elle dans sa tête au milieu d'un nuage de fumée et d'une aura lumineuse. *L'analyse paralyse.*

Il lui fallait se trouver un sponsor new-yorkais, et en vitesse. D'un autre côté, était-ce réellement important, après un an ? Ça faisait un bail qu'il n'avait pas touché à un verre. S'il ne buvait plus, avait-il encore besoin des AA, hein ?

Pour être franc, il commençait à en avoir à la frange de leurs conneries de « Puissance supérieure [132] ». Ne pouvait-il se montrer fort ?

Il avait son frère, son boulot et… son patron – son homme. Pour lui, Andy avait déjà beaucoup changé. Peut-être Ruben avait-il laissé en Floride

---

132 Seconde étape du programme des AA.

son addiction à l'alcool ? *Guéri.* Tant qu'il restait sobre, il ne risquait rien. La mort de Peach lui offrait une porte de sortie facile. Le néant du cimetière.

Peut-être le tueur à gages et l'ivrogne avaient-ils tous les deux tourné le dos à leur passé. Peut-être que le « méchant » avait-il sur lui un effet bénéfique, après tout. Peut-être Peach pouvait-elle devenir sa Puissance supérieure.

Ruben poussa un grognement de dégoût. AA appelait « hiatus géographique » l'idée stupide que les problèmes d'un ivrogne étaient cantonnés à un État ou à une région, et qu'une fuite en avant permettait de s'en dégager. Ruben savait bien que ses casseroles suivraient partout où il se rendrait... même si cette fois-ci, ce n'était pas le cas, quelle qu'en soit la raison.

Il ne parla pas à Andy du décès de Peach, surtout parce qu'il se sentait coupable d'avoir esquivé son amie ces derniers temps.

Andy devina un problème latent, mais sans forcer ses confidences.

Ruben ne se rendit à aucune réunion et cessa net de travailler sa quatrième étape. L'inventaire moral, ce n'était pas pour lui.

ET PUIS, le mercredi suivant, Marlon Stanz, le sarcastique petit con de Saint A se pointa au penthouse pour un rendez-vous qui déclencha toutes les sonnettes d'alarme de Ruben. Pas d'avertissement. Pas de contact visuel. Et Andy riait bien trop bruyamment en servant son pain blanc sur un plateau d'argent, exhibant ses fossettes, les yeux aussi pétillants que des piécettes au fond d'une fontaine de centre commercial.

Une heure plus tard, Ruben arpentait le salon en fixant les portes closes d'un bureau dont il avait été exclu, comme un doberman tirant sur sa chaîne.

Qu'est-ce qu'Andy avait encore inventé ?

Bien sûr, Ruben s'en doutait : un nouvel assassinat Apex. Il ne voyait aucune autre explication.

Il essaya de se dire qu'il devenait parano. La mort de Peach l'avait laissé à cran, bouleversé. Il repoussa l'élan de jalousie déplacée que lui inspirait le lien de camaraderie entre Andy et Marlon. Il préférait croire que le connard était un véritable ami d'Andy qui reprenait contact après plusieurs années.

Mais il savait la vérité.

Du coup, dès que la porte du bureau se rouvrit, il quitta le salon et suivit le couloir, en direction des voix chaleureuses. Une fois de plus, Andy ne croisa pas son regard. Par contre, il s'adressa d'un ton bas et conspirateur au foutu connard, qui gloussa en réponse.

Puis Andy se servit un verre et entraîna son hôte sur la terrasse.

Mal à l'aise, coupable et grognon tout à la fois, Ruben monta à l'étage supérieur et traversa l'appartement sur la tête des deux autres, comme un ange sans ailes. L'oreille tendue, il redescendit par l'escalier de la bibliothèque et fouilla la pièce.

Il n'eut aucun mal à trouver ce qu'il cherchait, caché au premier endroit où un imbécile trop curieux irait regarder : dans une mallette verrouillée sous une pile de magazines. Ruben y découvrit des prospectus Apex datant d'une semaine qui d'après lui, puaient à plein nez : des entreprises fantômes, une usine délabrée à Shenzhen [133] et deux comptes ouverts à Grand Cayman [134]. Marlon figurait sur la liste des investisseurs, Lampton aussi.

Sans se donner la peine de refermer la porte, Ruben parcourut les onze pages.

— Quel salopard !

Andy comptait continuer ses petites magouilles avec Apex. Dire que Ruben l'avait cru redevenu raisonnable ! Il aurait dû se méfier. Andy avait l'habitude d'obtenir ce qu'il voulait et de rester braqué sur ses priorités.

La divulgation avait été délibérée. Andy lui avait laissé de quoi ouvrir les yeux.

À moins que Ruben ne saute trop vite à des conclusions erronées ? Non.

Il fit une pause près de la porte-fenêtre, puis sortit et s'approcha des deux hommes d'un pas nonchalant. Après tout, il était toujours censé être un investisseur colombien, pas vrai ? En public, il restait un magouilleur qui cherchait à investir dans les opérations d'Andy.

Son arrivée ne fut pas franchement invisible, mais ni Andy ni Marlon ne lui accordèrent un coup d'œil. *Des pros du mensonge et du trompe-l'œil.*

Marlon était-il un complice ou une cible ? Bon Dieu, peut-être avait-il lui-même orchestré les attaques et ceci était sa compensation. Ruben n'avait aucun moyen de le savoir.

Pour raccompagner le sinistre connard, Andy lui mit la main au creux des reins. Une fois dans l'entrée, Andy se pencha pour appeler l'ascenseur. Au même moment, d'un clin d'œil, il attira l'attention de Ruben. L'aileron du requin émergeait de la surface de l'eau, finalement.

Maintenant, Ruben avait compris : le tueur restait opérationnel.

D'après lui, cette voie menait tout droit dans un mur de briques – il le visionnait presque. Par contre, Andy refuserait de lever le pied, ce n'était pas dans sa nature.

— ASSEZ.

---

133 Ville chinoise de la province du Guangdong, en bordure de Hong Kong.

134 Une des trois îles du territoire britannique « les îles Caïmans » où se trouve la capitale, George Town.

Ruben prononça l'acronyme à voix haute. *Abattement, Surmenage, Solitude, Exaspération et Zones d'ombre*. Il ressentait tout ça.

Il n'avait même pas envie d'alcool. Sa nouvelle addiction était bien pire.

Sans rien dire à personne, Ruben fila par-derrière. *Assez*, se répétait-il dans l'ascenseur de service, qui descendait, encombré de sacs-poubelle. *Assez, assez*, tandis que ses pieds bougeaient sous lui.

Il alla dans le parc et fixa le ciel jusqu'à ce que le soleil disparaisse. Son téléphone sonna plusieurs fois, des textos firent bourdonner la poche de sa poitrine, mais vu qu'il en devinait l'expéditeur, Ruben ne prit pas la peine d'y répondre. Que pouvait-il dire, à part une bêtise ?

Il n'avait pas l'option d'appeler Peach ou son frère. Il n'avait personne à contacter. Il envisagea d'assister à une réunion, mais ce serait aussi inefficace que tenter de guérir une fracture du crâne avec un pansement adhésif.

Combien de vies Andy avait-il gâchées ? Ruben évoqua cette femme au sein nu qui lui avait jeté son champagne au visage le soir du gala au musée – elle paraissait folle furieuse. Il se souvint aussi d'Andy raillant ses parents et son école privée tout en distribuant les billets flambant neufs, tout charme dehors. *Des appâts*. Et ces personnes enragées dans la rue. Si Andy avait un défaut caché, eh bien, le voici : le ver dissimulé dans la pomme.

Jamais Ruben ne serait capable de l'arrêter. Autant admettre son impuissance. *Abandonner le navire ou couler avec lui*. Il fallait qu'Andy reconnaisse avoir problème, sinon, il continuerait aveuglément, comme un ivrogne, jusqu'au moment où il sombrerait pour de bon.

Quand Ruben retourna à l'Iris, la nuit était déjà tombée. Sur la Cinquième Avenue, les limousines de luxe avançaient au pas, emmenant leurs riches propriétaires vers un dîner coûteux. Ruben se sentait enseveli au fond d'un caveau. Pour rien au monde, il n'avait envie de retrouver sa cage dorée.

Tout le monde envisage de changer le monde. Il est bien plus difficile de se changer soi-même.

Pour s'accorder un peu de temps – et éventuellement, élaborer un plan –, il s'arrêta au trente-troisième étage pour prendre un bain dans la piscine. Il se déshabilla, ne gardant que son boxer. Pour une fois, il se fichait complètement d'être observé. Il nagea avec acharnement, faisant des allers-retours jusqu'à ce que les muscles de ses bras et de ses jambes soient en feu. Quand il sortit de l'eau, sa peau brune était toute fripée. Décidé à se laisser sécher à l'air libre, il s'étendit dans l'un des transats et fuma la dernière cigarette qui lui restait dans son paquet volé. Il garda le plus longtemps possible la fumée dans les poumons, au point d'en avoir un léger vertige.

Un bruit dans les hauteurs lui fit lever les yeux. Il reconnut une silhouette familière penchée au-dessus de la rambarde. Andy le regardait nager. Cette semaine, c'était la première fois.

Vers 23 heures, Ruben en avait assez d'être en caleçon. Il remit son costume noir tout chiffonné et prit l'escalier de service jusqu'à la bibliothèque. Une fois dans le bureau, il prit le temps de crocheter une fois de plus la serrure du porte-documents. En voyant les prospectus étincelants, il se sentit à la fois idiot et trop crédule.

Fiche le camp. L'analyse paralyse.

Il empocha les preuves accablantes, avec l'espoir de se faufiler dans sa chambre et d'éviter une confrontation. Bouillonnant toujours d'indignation, il restait prêt à se battre.

La silhouette imposante d'Andy bloquait le couloir devant la chambre d'ami.

— Qu'est-ce qui t'a pris, Rube ?

Il y avait un sourire dans sa voix. Ruben tourna les talons et sortit sur la terrasse par la porte-fenêtre de la bibliothèque, le prospectus Apex roulé serré sous le bras. Si l'explication devait avoir lieu sans alcool, il avait au moins besoin d'air.

Il attendit qu'Andy le rejoigne et frotte le visage dans son cou avant d'exploser.

— Quand comptais-tu tout m'avouer ?

Andy se raidit, la respiration bloquée.

— Qu'est-ce que tu racontes ? Où as-tu passé la journée ?

Ruben hocha lentement la tête.

— Tu veux te faire tuer.

Andy posa les lèvres sur sa peau, puis s'écarta.

— Qu'as-tu trouvé au juste ?

— C'est une de tes cibles, c'est ça ? Stanz. Tu vas dégommer cet enfoiré avec une prétendue affaire miraculeuse qui lui explosera au nez.

Il croisa les bras et recula, contrarié que son petit discours ressemble à un sermon paternel.

— Je n'ai pas dit ça.

— Tu n'en as pas besoin, Andy. Je te connais.

Il brandit le rapport Apex et s'en frappa violemment la cuisse.

— Tu l'as lu ?

Ruben roula des yeux.

— À ton avis ? Tu penses que je me suis contenté de regarder les images ? Je ne suis pas complètement illettré. Oui, je l'ai lu. Tu vas ruiner ce gars-là.

Pour atténuer la portée de son accusation, il serra le bras d'Andy.

Mais Andy leva les mains, renversant de ce fait sa boisson – du whisky avec de la glace.

— C'est différent.

— Vraiment ? En quoi ? Si tu veux mon avis, c'est toujours les mêmes conneries qui t'ont déjà mis dans la merde une première fois. À moins qu'il ne soit aussi impliqué ?

Les doigts d'Andy dégouttaient de whisky.

— Oh là, regarde. Excuse-moi, j'aurais dû…

— … me dit la vérité ? Ou réfléchir davantage ? Ou tirer une leçon de ce qui s'est déjà passé et ne pas recommencer ?

Andy soupira.

— Les trois. Mais cette fois-ci, c'est différent. C'est personnel.

— Je m'en fous. Tu veux te venger ? D'accord. Si ces gens-là sont des escrocs, parles-en à la police.

Andy eut un rire sans humour.

— Non. La situation n'a rien de comparable. Il ne s'agit pas d'un assassinat pur et simple. Ce type-là est un sacré connard. Un prédateur, mais aussi un dinosaure avec des amis politiciens bien placés. Sa boîte vient de polluer une nappe phréatique et de foutre en l'air mille deux cents hectares, mais il va s'en sortir blanc comme…

— Je ne suis pas venu m'installer ici pour être criblé de balles.

— Je sais.

Sur ce, Andy vida ce qui restait de son verre.

— Tu es censé être intelligent, Bauer. Ce que tu fais est dangereux. Stupide et dangereux.

— Non, Rube.

— Ne m'appelle pas comme ça. Tu m'as raconté des craques dès le début, pour m'attirer ici. Tu as essayé de me cacher ça parce que tu savais très bien ce que j'en penserais.

Andy fronça les sourcils, les yeux baissés, le menton contre la poitrine.

— Je suis désolé.

— Ce n'est pas vrai. Tu regrettes d'avoir été pris. Ce n'est pas pareil. Souviens-toi, je suis un ivrogne. Les excuses bidon, j'en connais un rayon. Parle-moi.

— Stanz est une ordure. Ses associés le couvrent. Et ne t'imagine pas qu'ils tiennent à lui, c'est juste parce qu'ils n'ont rien d'autre à faire qu'ils siègent toujours à ces foutus conseils d'administration.

— Et tu te prends pour qui ? Pour Zorro sur son beau cheval ? Es-tu assez débile pour te croire en sécurité parce que j'ai fichu la trouille à ces deux

275

truands sans leur laisser le temps de te balancer par-dessus la rambarde ? Sur cette foutue terrasse où nous nous trouvons à l'instant même, bordel !

À mi-discours, Ruben prit conscience qu'il hurlait, aussi termina-t-il sur un ton plus calme. Andy le regarda, l'œil étréci.

— Je n'ai jamais dit que j'allais tout arrêter.

Ruben se sentit trahi, la douleur le prit aux tripes.

— Tu n'as jamais dit non plus que tu continuerais, rétorqua-t-il. Je n'arrive pas à croire que tu aies recommencé à te mettre en danger. Et pour quoi ? Pour rien. Pour un shoot d'adrénaline. Continue, tueur. Continue à te faire plus d'ennemis que tu ne pourras en gérer. C'est génial.

— Tu te trompes.

Ruben fronça les sourcils et secoua la tête comme pour s'éclaircir la vue.

— Tu es un escroc, Andy, tu m'as utilisé comme leurre et nous avons failli nous faire tuer tous les deux. Et tu veux continuer pour qu'ils aient une chance de ne pas te rater la prochaine fois, c'est ça ?

— Non.

— Alors qu'est-ce que tu veux, Andy ? Tu n'as pas besoin d'argent. Tu ne cherches pas les migraines. Tu te fiches même de ces enfoirés. Je te demande de tout laisser tomber. Cesse de chercher les failles du système et d'enfreindre la loi, sinon, ils finiront par t'avoir.

La ride entre les sourcils d'Andy se creusa, mais ses yeux n'exprimaient que tristesse et contrition.

— Ce n'est pas non plus ce que je veux.

— Pourquoi cherches-tu à te faire prendre ? Tu n'en as pas besoin, je te tiens, d'accord ?

S'il te plaît, Andy.

Pendant un moment, une seconde peut-être, Ruben crut avoir réussi à convaincre Andy, à les sauver tous les deux, à éviter le gouffre noir et huileux qui menaçait de les engloutir, à écarter tout – êtres et événements – ce qui était susceptible de les séparer ou de les envoyer en prison, chacun de leur côté.

Les lampes de l'appartement les éclairaient par-derrière, laissant sa silhouette à contre-jour. Tant mieux si son visage restait dans l'ombre. Des gouttes d'humidité perlaient sur les fenêtres et la pierre des murs.

Andy baissa la tête pour fixer les glaçons qui fondaient dans son whisky.

— Je ne veux pas te perdre.

— Ben voyons !

— J'ai écouté ce que tu avais à me dire, Ruben, mais j'ai un avis différent sur la question. Nous sommes tous les deux impliqués. *Tous les deux.* Tu voudrais que je me contente d'acquiescer comme un automate ? Je ne suis pas d'accord avec ton analyse, parce que je sais ce que je fais. D'après moi, tu te trompes.

Ruben simula un sourire.

— Ça ne m'étonne pas. Tu m'avais averti, pas vrai ? Tu m'as dit que tu étais « le méchant ».

Andy secoua la tête.

— Ruben, je n'ai jamais voulu que tu deviennes une cible.

— Tu mens ! C'est pour ça que tu m'as engagé !

— Ce n'est pas vrai. Nous ne sommes plus en danger, hein ? Nous sommes ensemble, nous sommes heureux.

— Peuh ! s'exclama Ruben, sarcastique. Tu dis n'importe quoi.

— Je dis la vérité ! Et c'est toi qui as commencé cette discussion.

— Ne me colle pas ça sur le dos. C'est toi qui as cherché à me berner. Tu t'es choisi un abruti fini, avec l'espoir qu'il serait sourd et aveugle et ne remarquerait rien. Beau boulot, tueur !

Furieux, il jeta sur les dalles de la terrasse le prospectus, qui se déroula jusqu'aux pieds nus d'Andy.

— Eh bien, je ne serai plus ton Gardzilla [135] à présent. Est-ce que c'est bien clair ?

Andy posa son verre vide sur la rambarde. Derrière lui, Central Park était devenu un gouffre noir.

— Tu as pris l'habitude de tout acheter, insista Ruben, les gens, les choses, les solutions. Tu n'as même pas besoin de regarder les étiquettes des prix, parce que l'argent, tu t'en fous. Moi, je suis ta dernière acquisition : un ancien militaire avec une grosse queue et un cerveau ramolli par l'alcool. Et tu me prends pour un con parce que jamais je ne gagnerai autant que toi – jamais je ne serai à ma place dans un endroit pareil !

D'un geste du bras, il désignait la terrasse, le mobilier en teck et le penthouse luxueux qu'on voyait derrière les baies vitrées.

Résigné, Ruben haussa les épaules.

— Tu as raison, d'ailleurs, je suis très con, ajouta-t-il.

Andy agita les bras. Il jeta un regard alentour, mais il n'y avait pas grand-chose à voir.

— C'est juste un test, Rube ! Dans la vie, il y a ces carrefours pour lesquels on se prépare depuis toujours. Toi et moi, nous ne sommes pas parfaits. C'est surtout vrai dans mon cas. Mais je sais quand même reconnaître ce qui vaut la peine d'être tenté.

---

135 D'après *Godzilla*, film américain sur un monstre d'origine japonaise.

— C'est bien le problème, Andy. Tu vis de façon calculée, avec des objectifs, des manigances, une rentabilité potentielle. Tu ne vois les gens et les choses qu'à travers cette foutue vision déformée.

Andy commença à secouer la tête.

— Ce n'est pas…

— C'est bien pourquoi tu tiens toujours à tout payer. Comme ça, tu n'es redevable à personne. Tu préfères que ce soit l'inverse, alors, tu distribues les faveurs, les cadeaux, les billets de banque.

— Jusqu'à ce qu'on m'offre quelque chose d'important, quelque chose qui ne peut s'acheter.

Andy leva sur Ruben des yeux hésitants, mais pleins d'espoir. Qu'attendait-il comme réponse de lui ? Quel mensonge était encore censé les sauver ? Ruben ignora le verre de scotch posé en équilibre non loin de lui d'où émanait un parfum d'alcool.

Andy le regarda pendant un long moment. Puis il eut un sourire exaspéré.

— D'accord, tu es terrifié. Moi aussi.

— Sans blague. De quoi devrais-je avoir peur ?

Andy haussa les épaules.

— De rien. De tout ! Moi aussi, j'ai peur. Et si tu veux mon avis, ce qui existe entre nous… vaut bien la peine d'avoir peur.

— Nous allons en payer le prix.

— C'est valable pour tous les deux. Personnellement, je suis prêt. J'y tiens. Tu as tout changé, Ruben.

— Bauer, j'aimerais que tu comprennes que l'argent ne peut pas tout acheter, ou plutôt, qu'il ne puisse pas tout résoudre.

Il s'interrompit si brutalement que ses dents claquèrent.

— Rube, je ne parlais pas d'argent… Je crains plutôt que ce bonheur disparaisse avant d'avoir eu le temps d'y goûter. Nous avons notre chance. Ensemble. Regarde-moi, s'il te plaît. Tu dois bien savoir que je dis vrai.

— Tu me crois aveugle ? Je t'ai vu agir ! Tu les attires tous dans ta toile avec ta tronche de boy-scout, mais derrière ce masque, se cache un tueur à gages. Je devrais être mort de peur.

— Mais ce n'est pas le cas ! Et c'est *toi* qui fiches la trouille aux autres. Chacun son truc.

Andy accentua ses paroles en levant le menton.

— À Miami, reprit Ruben, les gars avaient cette formule : « tremper la nouille n'importe où, c'est inconscient. » La folie, c'est contagieux. Voilà mon problème. Depuis que nous avons baisé, je suis devenu dingue.

— Nous ne risquons plus rien. Tu l'as dit toi-même : le problème a été neutralisé parce que, dès le départ, il n'existait pas vraiment. Regarde-nous. Tu ne crois pas que nous allons bien ensemble ? Ça ne te dit pas d'en profiter ?

Ruben eut un rire sans joie.

— Tu as été pourri gâté par la vie. Ici, rien ne t'atteint. Tu ignores ce qui se passe en dessous.

Il désignait les rues tout en bas.

— Je dois m'en aller, ajouta-t-il.

— Quoi ?

Andy écarquilla de grands yeux affolés, comme si Ruben venait de lui annoncer qu'il comptait plonger de la terrasse et prendre une pizza en chemin.

— J'ai besoin d'air. De prendre du recul. Je n'arrive plus à réfléchir.

Ruben s'éloigna avant de pouvoir changer d'avis – ou qu'Andy le force à le faire. Malheureusement, Andy le suivit : il paraissait déterminé.

— Ce n'est pas vrai. Tu avais un plan. Tu comptais détruire mes remparts et ne laisser que des ruines derrière toi.

Laisse-moi tranquille.

Ruben rentra dans l'appartement et traversa la bibliothèque dans le noir. Le couloir n'était pas allumé lui non plus. Il le parcourut jusqu'au salon, désireux de s'échapper. Derrière les immenses fenêtres, les lumières de la ville scintillaient dans le noir, dans toutes les directions. La nuit paraissait infinie.

Le silence méfiant d'Andy pesait derrière lui comme un fardeau.

Si la situation entre eux se détendait un peu, sans doute retrouveraient-ils le plaisir qu'ils avaient connu ensemble. *Couche-toi et fais semblant.* Une fois de plus, Ruben constata son addiction vis-à-vis d'Andy : il reconnaissait ce comportement. Il se frotta les yeux, regrettant de ne pas se trouver à une réunion, ou dans un bar, n'importe où, mais loin de cette cage dorée. Cette prison de verre aseptisé. Ce piège.

Et c'est moi qui suis coincé là-dedans.

Peach disait toujours : *accepte l'inévitable, ne garde pas d'espoir inutile.* Elle avait raison. Ruben avait passé tellement de temps à projeter ses espoirs sur le monde qu'il en avait oublié la réalité. Une brève douleur le perça, glacée comme un coup de lance froide. La Floride, sa famille lui manquait, Peach aussi. Alors qu'il fixait l'horizon de Manhattan, au-delà des gratte-ciel, il aurait donné n'importe quoi pour entendre la vieille femme coasser un air romantique en tendant vers lui un doigt noueux assorti d'un froncement de sourcils. Il n'avait toujours pas dit à Andy qu'elle était morte.

Il entendit un léger glissement, une bouffée d'air humide arriva de dehors.

Andy revint à l'intérieur après avoir ouvert les baies vitrées du salon. Il serrait contre sa poitrine son verre de poison, à moitié vide. Son chandail était marqué de sueur aux aisselles et à l'encolure, où le bleu pâle du tissu avait foncé. Sans doute avait-il arpenté la terrasse de long en large tout en cogitant. Son regard paranoïaque glissa sur le visage de Ruben comme une araignée frénétique.

Un, deux, trois, quatre. Ruben compta le rythme de sa respiration. Combien de temps avait-il passé aujourd'hui assis sur ce banc ? Pourquoi n'avait-il pas profité de cette occasion pour assister à une réunion ? *Quelle folie !*

— Andy, je ne veux plus travailler pour toi.

Andy fronça les sourcils. Sa voix se fit plus sèche :

— Arrête. Ce qui se passe entre nous n'a rien à voir avec l'argent, tu le sais très bien.

— Il ne s'agit pas d'argent, mais de boulot.

Ruben pressa ses lèvres contre ses dents, cherchant la meilleure façon d'éviter une dispute qui risquait de mal se terminer. Et de couvrir ce foutu penthouse de vérités insupportables.

— Je ne suis ni un tueur à gages ni un financier, reprit-il. Je ne suis pas non plus un menteur ou n'importe laquelle des autres couillonnades que tu prétends être. À mon avis, tu ne l'es pas davantage, sauf quand ça t'arrange, je suppose.

— Tu as fait tout ça parce que tu *voulais* être ici. Pour de vrai. Tu voulais être moi. Et maintenant, tu en as honte.

Ruben se renfrogna.

— Je n'ai pas honte !

Andy lui éclata de rire au nez.

— Ben voyons ! Alors, pourquoi nous touchons toujours dans le noir ? Tu insistes pour éteindre la lumière, tu refuses même de relever les stores.

— J'ai essayé de te protéger, enfoiré !

— Moi ? Vraiment ? De qui ? De quoi ? Des ampoules ? Oso, tu te caches, tu enfouis tes sentiments tout au fond de toi. Tu as passé ta vie la tête dans le sable sans regarder le monde qui existe tout autour. En fait, tu t'es enfermé une cage en espérant que rien ne s'échappe pour ne pas te coller la honte

— Va te faire enculer !

— Eh bien, je vais te dire un truc : tout un univers existe hors de ta putain de bulle. Et moi, je t'invite à le découvrir avec moi.

Andy tendit la main, mais Ruben ne la prit pas.

— Je n'ai pas besoin de ton aide.

Il mentait – et il le savait.

— Moi, j'ai besoin de la tienne.

Après ces mots cryptiques, Andy n'ajouta rien.

— Arrête de mentir !

Ruben s'était méfié depuis le premier jour : personne ne pouvait être aussi honnête qu'Andy en avait l'air.

En signe de défaite, Andy leva les mains.

— Je ne comprends pas pourquoi tu flippes comme ça, Rube. Écoute, Marlon est encore solvable. Je ne lui ai rien fait à ce connard. Je peux encore le laisser s'en tirer sans dommages. Si tu y tiens, je le libère.

— Andy, je ne te crois plus.

Et voilà. Ça résumait tout. Le garçon avait crié « au loup » parce qu'il y avait des loups. *Il a pleuré.* Ruben s'essuya le nez. Tant pis ! Il venait de gâcher sa relation avec Andy, comme il avait toujours gâché tout ce à quoi il tenait le plus.

Bravo, Oso ! Tu viens d'atteindre… un nouveau bas-fond !

Il la voyait si nettement inéluctable, cette trajectoire de son dernier échec, que sa déception en devenait presque du soulagement. Son seul vrai don, c'était de tout rater. Sans doute devrait-il l'indiquer dans son curriculum vitae.

— Tu vas y rester, Andy, reprit-il. Et tu voudrais que je reste là, à te regarder faire ? Pour prouver je ne sais quoi à ta foutue famille ?

À présent, Andy semblait paniqué.

— Non. Non, Ruben. Tu n'as rien à prouver.

— Moi, non, mais toi, tu crois y être obligé. C'est comme si tu marchais à reculons. Tu ne vois rien de ce qu'il y a devant parce que tu n'arrêtes pas de regarder ce que tu laisses derrière toi. Tu cherches à être exposé, dénoncé publiquement pour pouvoir les entraîner dans ta chute avec toi.

Après un bref moment de pause, Ruben ajouta :

— Et moi, je fais partie de ton plan. Le contemplatif. Le plouc débile que tu baises pour avoir le plaisir de provoquer tes pairs. Tu m'as acheté, tu m'as déguisé.

Il frappa du poing son costume sur mesure et sa cravate à trois cents dollars.

Andy s'était figé, manifestement bouleversé par cette accusation et le venin de ces paroles.

— Attends une minute. Je ne t'ai jamais demandé de faire quoi que ce soit d'illégal. Je suis resté un mois clean pour te protéger.

— Tu te venges d'avoir grandi parmi les riches !

Andy vida ce qui lui restait de whisky, ne laissant dans son verre que les glaçons.

— En fait, déclara-t-il ensuite, c'est davantage la réalisation horrible que les attentes de son entourage sont une malédiction. En vérité, le monde n'attend qu'une chose : c'est de vous voir tomber pour pouvoir vous sauter dessus et vous garder dans la boue.

— Le pire, c'est que tu t'imagines que tes petits ennuis de rupin ressemblent à ce que subit un gamin à la peau foncée. Tu es pourri gâté !

Une veine saillait sur le front crispé d'Andy. Il avait la mâchoire si serrée que de grosses boules apparaissaient de chaque côté de sa bouche menaçante. Il se balançait d'avant en arrière près de l'escalier en spirale qui menait à l'étage.

Va-t'en. Sauve-toi, tout de suite. Sans attendre.

Ruben dut forcer ses pieds à ne pas bouger, tellement son impulsion de fuir était impérative.

— Tu connais le prix des choses, Rube, dit enfin Andy, mais tu n'as aucune idée de la valeur des gens.

Sa voix était aussi tranchante qu'une épée.

— Et merde ! cracha Ruben. D'accord, vas-y, abats tes ennemis, ô grand maître du crime. Massacre-les tous ! Passe le reste de ta vie à dépouiller tes anciens condisciples, à boire pour ne pas te sentir seul, à payer pour baiser.

— Va te faire foutre !

Andy vida son verre, ou plutôt engloutit les glaçons qui y restaient... avec une grimace, comme si c'était du détergent corrosif. *C'est médical, il a bien besoin de se purger.*

Ruben secoua la tête, mais cette idée flottait toujours dans son crâne.

— Je dois m'en aller. Tout de suite.

Andy n'apprécia pas du tout.

— Où vas-tu ?

— Nulle part. Loin d'ici. Je veux marcher. Me calmer.

À une réunion, aurait-il dû répondre, mais même ça, à l'heure actuelle, lui paraissait impossible.

— Il fait très chaud dehors, plus de 32. Prends au moins...

Andy s'interrompit avant de proférer une ineptie de plus. Puis il changea d'angle d'attaque :

— Nous devrions manger. Et il me faut un autre whisky.

Il bascula la tête en arrière, suçant les dernières gouttes d'humidité de son verre, tandis que sa pomme d'Adam remontait le long de sa gorge. Ruben ne supportait plus l'ambiance de ce salon : les spots encastrés au plafond donnaient une lumière trop dure – c'était comme si l'adversaire invisible d'Andy les mettait tous les deux sous le feu des projecteurs.

Il voulut arracher le verre qu'Andy tétait toujours.

— À mon avis, tu as assez bu.

Andy refusa de le lui céder.

— Pas du tout. Moi, je ne suis pas alcoolique, M. Oso. Je n'ai pas à me surveiller.

Ruben se redressa.

— Qu'est-ce que tu as dit ? Qu'est-ce que tu insinues ?

— Excuse-moi... J'ai dépassé les bornes.

— J'en ai ras le bol.

Andy posa son verre sur une marche.

— Attends...

— Je n'aurais jamais dû venir vivre ici, *pintón*. Je n'aurais jamais dû accepter ce boulot.

— Rube !

Ruben repoussa cet appel d'un geste hésitant, sans trop savoir quoi faire d'autre.

— Je n'aurais jamais dû quitter la Floride. C'est à cause de mon frère ! Le con ! Lui et ses foutues chemises hawaïennes...

Quand Andy posa la main sur son bras, Ruben se dégagea violemment et hurla :

— Va te faire foutre, M. Plein-Aux-As !

Se détournant, il retourna jusqu'au comptoir du bar et déposa plusieurs glaçons dans un verre... Il prit une bouteille au hasard et en dévissa la capsule. Pour une raison étrange, l'odeur d'alcool lui donna envie de vomir. Pourtant, il voulait éperdument sentir la brûlure du poison lui enflammer le ventre et le sang.

ASSEZ, dit Peach de sa tombe. Elle avait raison.

Une fois de plus, Andy s'accrocha à son bras

— Arrête ! Ne fais pas ça !

En guise de réponse, Ruben porta un toast. Les yeux d'Andy étaient tout écarquillés, remplis d'inquiétude et de colère. Ruben porta le verre à ses lèvres, mais, au lieu de le vider cul sec, il inspira profondément son contenu, remplissant ses poumons des arômes poivrés du whisky. Sa bouche s'inonda de salive tandis que, en lui, l'ivrogne se réveillait et vacillait pour remonter vers la lumière.

— Non, Ruben, le supplia Andy. Tu n'es pas un ivrogne, tu ne l'es plus.

— Vraiment ? Tu sais, je croyais que l'alcool était la pire de mes addictions, mais je me trompais.

Une fois de plus, il huma son verre.

— J'avais tort, jeta-t-il ensuite. J'avais tort sur tout.

— Ruben, ce n'est pas de ma faute.

Une allumette – et la mèche d'une cartouche de dynamite. Un duo explosif.

Ruben le regarda à travers l'alcool ambré qui remplissait son verre.

— Non. La responsabilité est mienne.

Il frotta le bord frais du verre contre sa lèvre inférieure, encore un peu sensible du contact de la mâchoire râpeuse d'Andy. En inclinant un tout petit peu sa main, il pourrait déguster une gorgée.

— J'en ai marre, annonça-t-il. Je démissionne. J'abandonne, j'abandonne tout.

— Un an, un an, Ruben. Ça fait un an que tu es sobre.

— Et alors ? Tu ne sais même pas ce que ça veut dire.

Andy déglutit avec difficulté.

— Tu as raison. Désolé. J'aimerais savoir. Ruben, parle-moi et nous allons trouver une solution ensemble, d'accord ? Toi et moi.

Ses yeux brillaient de larmes. Ruben baissa les yeux sur son verre, les sourcils froncés ; sa mâchoire frémissait d'une douleur qui lui congelait le sang. *Un raté qui combat le destin ?* Peut-être était-ce là son erreur : il avait perdu une année entière, gaspillé l'alcool et les trous noirs dont il aurait pu bénéficier durant ce laps de temps. Il s'était privé des urgences de l'hôpital et des nuits dans une cellule de dégrisement où il n'avait pas à se soucier des vomissures qu'il laissait derrière lui. Qu'est-ce qui lui avait pris ?

— Ruben, arrête !

Andy chercha à s'emparer de son verre. Ruben l'en empêcha. Sous la violence de son geste, le whisky éclaboussa leurs mains jointes, quelques gouttes tombant sur la boîte en plexiglas où se trouvait le crâne d'ours.

— J'ai démissionné. Je n'ai plus d'ordres à recevoir de toi.

— Je t'aime.

Cette fois-ci, Ruben ne résista pas quand Andy lui prit son verre.

— Moi aussi.

Il recula d'un pas, secoua la tête et eut un rire amer. Puis il ajouta :

— Mais ça ne change rien, putain !

Je dois m'en aller, sinon, je vais pleurer, ou le frapper, ou perdre la tête. Alors, il me verra exactement pour ce que je suis : un caniveau qui va droit dans l'égout.

Le visage d'Andy se rasséréna, toute tension oubliée.

— Je parle sérieusement, affirma-t-il. Je t'aime. J'aime tout chez toi, tout ce que tu es. Nous avons tellement de chance !

— Certainement pas moi. Parle pour toi.

Ruben se détourna et fila, d'un pas raide, jusqu'à l'entrée. Une fois devant l'ascenseur, il appuya sur le seul bouton disponible – pour descendre.

Andy, qui l'avait suivi, le suppliait en silence, un tic agitait sa belle mâchoire carrée d'intellectuel.

— Je me sens… vide, ajouta Ruben. À mon avis, c'est pourquoi j'ai toujours soif. Je suis né vide.

Ses dents claquaient. Pour le cacher, il s'essuya la bouche. Il aurait voulu être à Miami, ivre mort, ou mort tout court. Pour lui, c'était du pareil au même. Il dévora Andy d'un regard fébrile, cherchant à mémoriser cette dernière image.

Ainsi, voilà ce qu'on ressent avant un suicide.

— Imagines-tu à quel point je suis heureux de t'avoir trouvé ? Sais-tu au moins la chance que nous avons, Oso ?

— J'en sais bien assez.

Il pénétra dans l'ascenseur sans se retourner, sans plus regarder en arrière. *Sodome et Gomorrhe.* Il préférait ne pas verser de sel sur ses plaies béantes.

— Je sais ce que tu as fait… ajouta-t-il. Ce que tu m'as fait.

Andy avança pour bloquer la fermeture automatique.

— Non. Non, tu ne sais rien. Tu as peur d'être heureux. Rube !

Ruben n'arrivait pas à regarder Andy dans les yeux. L'ascenseur tenta de fermer ses portes, n'y parvint pas et émit un « *bip-bip* » de frustration

— Ça suffit. C'est fini… Je suis désolé, Andy. Je regrette, vraiment.

Je ne le reverrai jamais. Pour le moment, il ne voyait devant lui qu'un futur empoisonné, avec des rangées de bouteilles prêtes à noyer toutes ses émotions.

Andy avait le souffle court. Il tremblait.

— Rube, chaque pas est un pas en avant ; chaque étape est censée t'emmener quelque part. C'est toi qui l'as dit. Reprends-toi. Parle-moi.

Ruben ferma les yeux pour ne plus le voir.

— Non, c'est fini. Écoute, je vais te laisser le dernier mot. Manifestement, ça compte plus pour toi que pour moi.

Il entendit les portes de l'ascenseur se refermer. Même en sachant qu'Andy Bauer n'était plus visible, il n'ouvrit pas les yeux.

Il venait enfin de quitter sa cage dorée, cette bulle suspendue dans le ciel, pour retourner dans le monde réel, crade et sans pitié.

XVI

QUELLE QUE soit la catastrophe à affronter, l'abus d'alcool ne fera qu'empirer les choses.

À son réveil, Ruben était étendu sur les carreaux sales de la gare routière de Port Authority [136], la bouche dans un état avancé de décomposition et la tête infectée de pus.

Une gueule de bois suivie d'un coma éthylique ! Il n'en avait pas souffert depuis… eh bien, un an, en y réfléchissant. Étrange, mais durant toute sa période de sobriété, il avait oublié les inconvénients de dormir dans le caniveau.

Cette fois-ci, en plus, il avait atterri là sans même biberonner. *Un point pour AA.*

Au moins, il était arrivé jusqu'aux chiottes de la gare routière avant de péter les plombs. Il essaya de ne pas laisser derrière lui une répugnante flaque de vomi qui compliquerait le travail du personnel de maintenance.

En sortant de la gare, la lumière aveuglante fit vaciller Ruben. Il agita le bras pour héler un taxi. Ce fut un *gipsy cal* – un illégal – qui s'arrêta.

— Cent-Neuvième, jeta Ruben en montant. East side. Après Lex.

Il espérait avoir assez d'argent pour payer sa course, mais ne put se résoudre à vérifier. Il appuya son crâne douloureux contre l'appui-tête merdique sans même ouvrir les yeux.

Par chance, il trouva cinquante-sept dollars dans son portefeuille. Le chauffeur n'eut donc pas à le tuer.

Deuxième coup de pot, ses clés étaient encore au fond de sa poche et il ne vomit pas dans les escaliers. Au quatrième étage, il dut cependant faire une pause pour éviter que son estomac lui jaillisse des narines.

Son premier indice que quelque chose n'allait pas fut de trouver, sur le paillasson, le chat tigré de son frère qui s'acharnait sur la porte à coups de griffes.

— Comment as-tu réussi à sortir…

Ruben se figea en remarquant la bande jaune de la police au travers de la porte. Le félin se tourna vers lui, attendit qu'il approche, puis tourna en rond, manifestement irrité d'avoir été éjecté de la scène du crime.

---

136 Principal terminal de bus de Manhattan.

Les serrures avaient été forcées. Les ennemis d'Andy avaient-ils trouvé cet appartement ? Comment avaient-ils fait la connexion ?

Ruben tenta de réfléchir : ça faisait trois semaines qu'il ne dormait plus ici et Charles, en général, résidait chez sa compagne. Alors, comment savoir quand l'effraction avait eu lieu, ou quand la police avait été prévenue ?

Sans même entrer vérifier l'appartement, Ruben récupéra le chat, dévala l'escalier et héla un taxi – un jaune, cette fois, un officiel. Il prit place sur la banquette arrière, plaça sur ses genoux l'animal paniqué et composa le numéro du portable de son frère. Aucune réponse.

Le détecteur. Il avait installé chez Carlos ce foutu détecteur récupéré au penthouse. Quel con ! Il devait prévenir quelqu'un.

Suivant son intuition, il se rendit chez Daria. Dès qu'il sonna à l'interphone de l'immeuble, elle débloqua la porte d'entrée sans même vérifier son identité, ce qui n'était pas très prudent. Quand il arriva à son étage, Ruben trouva Daria en larmes, l'air affolé. Elle récupéra le chat sans mot dire.

— Tu sais où est Charles ?

Elle enfouit son visage dans la fourrure du félin pour lui répondre :

— À son bureau. C'est là qu'ils lui sont tombés dessus.

Quand Ruben acquiesça, il avait déjà tourné les talons.

Un autre taxi.

Il rappela son frère, tomba une fois de plus sur sa boîte vocale. Il aurait voulu téléphoner à Peach, mais c'était impossible. *L'au-delà n'a pas de réseau.*

Il se maudit de ne pas s'être choisi un nouveau sponsor alors qu'il en avait si manifestement besoin.

À une heure pareille, la circulation était catastrophique, allure d'escargot entrecoupée de brèves accélérations terrifiantes. Ruben avait le cœur au bord des lèvres quand il sortit un billet de vingt dollars pour payer sa course.

Il descendit sur le trottoir devant l'Empire Security.

Peu après, il grimpait les marches grinçantes, regrettant, pour la centième fois, de ne pas être armé. Quel foutu garde du corps il faisait !

Le salon manucure était brillamment éclairé, mais il semblait vide. Dans le fond, quelques filles bavardaient avec animation. Elles jetèrent à Ruben un regard soupçonneux quand il passa devant la porte. Apparemment, la nouvelle de l'effraction s'était déjà répandue.

Empire Security avait été éventré au pied de biche, ses entrailles exposées. La porte était explosée, arrachée de ses gonds branlants. À l'intérieur, le hall d'accueil était un champ de bataille, méli-mélo de documents, de morceaux d'ordinateur, de débris de bois et de plastique. Une chaise était encastrée dans le plâtre du mur, presque à hauteur du plafond.

Ruben tenta de refermer la porte ; avec une seule charnière en place, il dut forcer d'un coup d'épaule.

— Rube.

La voix affaiblie émanait du bureau.

— Comment vas-tu ? demanda Ruben en se rejoignant son frère.

— Pas terrible.

Ça, Ruben le constatait de lui-même. Charles était à son bureau, il regardait le carnage autour de lui avec l'air sidéré d'un enfant abandonné. Aujourd'hui, il arborait une chemise mandarine, à manches courtes, avec des dauphins. Il avait un œil au beurre noir et les doigts couverts de pansements.

Ruben se figea à peine entré.

— Je t'ai appelé, signala-t-il. Tu n'as pas répondu.

— Mon portable est naze. Il est quelque part sous ce bordel, en miettes. Je sais bien qu'il m'en faut un autre, mais... eh bien, je n'ai pas encore eu le temps de m'en occuper.

Ruben tendit le doigt.

— Ton œil, ça va ?

Charles eut un petit rire sinistre.

— J'ai connu pire. Au fait, tu avais raison : Bauer n'est pas net.

— Ne me dis pas que c'est Andy qui t'a fait ça !

Était-ce possible ? *Non !* Et Ruben se haïssait de l'avoir seulement envisagé.

— Non, mais quelqu'un qui lui en veut sacrément. Et qui tient beaucoup à parler à ton enfoiré de patron.

Avec autant de soin que possible, Ruben enjamba les décombres. Andy était peut-être en danger.

Il s'en voulait de s'inquiéter pour lui. Et pour beaucoup d'autres choses.

— C'est de ma faute, reprit son frère. Je n'ai pensé qu'au fric. Quand tu as cherché à m'avertir, je t'ai cru parano. Je me suis dit que tu avais perdu ton instinct à cause de ton divorce, de l'alcool. Je ne t'ai pas écouté.

Plusieurs fois, il ouvrit et referma la bouche, comme un poisson triste.

— Qu'est-ce que tu racontes ?

Charles effleura du doigt son œil enflé, déjà violacé.

— Ces gars-là sont sérieux, je peux te l'affirmer. Bauer n'avait rien imaginé.

Et Ruben avait laissé Andy tout seul. *Quel con !* Il fallait qu'il...

— Et pour une raison qui m'échappe, enchaîna son frère, ils ont une dent contre toi, frangin. Je ne sais pas ce que tu leur as fait, mais ils ont tenu à me faire part de leur contrariété. Ils ont *beaucoup* insisté.

— J'ai merdé, marmonna Ruben.

Charles l'examina d'un œil torve.

— Ils ont pris ton dossier, Rube. Là-dedans, j'avais toute ta vie : ton extrait de naissance, ton mariage, tes antécédents médicaux et fiscaux. J'avais tout gardé en cas de... hum, problèmes.

— Oui, je sais.

Question paperasserie, Ruben avait toujours été nul ; ce dossier représentait probablement tout ce qui restait de son passage sur terre. Il n'en voulait pas à Charles de l'avoir gardé – pour prendre soin de lui.

Il devait retourner au penthouse. *Abruti !* Andy était peut-être blessé ou pire.

— C'est de ma faute, insista Charles. Tu parles d'une boîte de « sécurité » ! Ah, j'ai l'air fin ! Je n'ai rien vu venir ! Mes assurances sont bidon, mes caméras même pas branchées. Si je m'en suis sorti à peu près entier, c'est parce qu'un des chauffeurs de limousine est passé chercher son chèque, il a voulu m'aider, l'andouille, jouer au bon Samaritain. Pour sa peine, il est maintenant à l'hôpital.

Du menton, Charles désigna la fenêtre. Ses mains tremblaient.

Ruben fit un pas vers lui.

— Non, ce n'est pas de ta faute. J'aurais dû insister. Je savais bien que c'était louche. Et pourtant, j'y suis allé quand même. Et j'ai plongé.

Il vit la question apparaître dans les yeux de son frère. Il répondit aussitôt :

— Non, je n'ai pas picolé. Bon sang, ça serait bien plus simple ! Ou pas. C'est juste... Non, rien.

— Eh bien, moi, je ne dirais pas « rien ».

Charles ouvrit grand les bras pour englober le bordel autour de lui.

— Explique-toi, demanda-t-il.

— J'ai essayé de le quitter. Je veux dire... j'aurais dû démissionner la semaine dernière. Et même déjà en juin. J'ai essayé. Mais c'est là qu'ils ont agressé Hope, son assistante, alors, je suis resté.

Il s'adossa au mur, la semelle de ses chaussures glissant sur les papiers dispersés sur le sol. Devant le bureau, une chaise en osier était bancale, un pied en moins.

— J'ai essayé de le protéger, reprit Ruben. J'ai merdé.

— Tu m'avais promis de filer si la situation se dégradait.

Charles pensait sans doute vouloir la vérité. *Oh, bon sang !*

— Je sais. Mais justement, je me disais que c'était encore récupérable.

— Tu savais pourtant que ces gars-là ne plaisantaient pas, que Bauer n'était pas parano, et tu es resté là-bas tout seul ? Tu es con ou quoi ?

Ruben sentit son visage s'empourprer et ses yeux se remplir de larmes, mais énervé comme il l'était, qui pourrait le remarquer ? Il aimait Andy. Pourtant, il l'avait quitté. Comme un lâche, un salopard.

Un ivrogne.

Il pressa les doigts sur ses paupières comme pour repousser ses larmes cuisantes au fond de son crâne.

— Je te faisais confiance ! cria Charles.

Il paraissait furieux.

— Lui aussi.

Pourquoi était-il encore là ?

— Qui ça, lui ? De qui parl… de Bauer ? Mais enfin, qu'est-ce que tu as fabriqué, Rube ?

Manifestement déconcerté, Charles termina son discours enflammé sur une note très haute.

Ruben l'écoutait à peine, tourmenté par le remords d'avoir abandonné Andy. Malgré toutes ses belles promesses, il avait tourné les talons à la première difficulté.

— Je tiens beaucoup à lui. J'avais une décision à prendre. Je…

Ruben déglutit et s'agrippa de toutes ses forces au dos de la chaise bancale, dont le bois grinça sous sa prise. Il entendit dans sa tête la voix de Peach : *dis-lui la vérité, gamin.*

— J'ai fait à Bauer une promesse. Et je tenais à la tenir, même si je l'avais faite pour de mauvaises raisons. C'était important, je le savais. Et j'ai cru qu'il fallait que ça reste un secret. Même envers toi.

— Ça dure depuis combien de temps ?

— Depuis que je suis chez Andy. En fait, lui et moi étions… ensemble.

Voilà, c'était fait.

— Bien sûr, c'était ton patron.

— Non. Il y avait davantage entre nous.

Gloups. Ce n'était pas facile, mais Ruben asséna le dernier coup de maillet.

— Nous étions *ensemble.*

Le silence, comme un boa sournois, s'enroula autour des deux frères et resserra ses anneaux.

— Ensemble, comment ça, *ensemble* ? Qu'est-ce que tu racontes, Rube ?

Seigneur, par pitié ! Ruben inspira profondément. Dans sa tête, il ne voyait plus que les yeux gris d'Andy, si doux…

Finalement, les mots lui échappèrent :

— Je tiens à lui. Beaucoup.

Charles fit la grimace, comme s'il venait de mordre dans une pomme véreuse.

— Rube. Qu'est-ce que ça veut dire ?

— La vérité.

Assume, vas-y.

— Vous êtes ensemble, *ensemble*, répéta son frère. Non, mais tu déconnes ou quoi ? Tu l'as laissé t'approcher ? T'embobiner ?

Du plat de la main, Charles frappa violemment les papiers qui restaient sur son bureau.

— Toi, avec un gars ! hurla-t-il, devenu ponceau.

— Ne commence pas.

Un jet de salive jaillit sur le bureau. Charles parut s'étouffer, le blanc de ses yeux flamboyait.

— C'est à moi que tu dis ça ! Tu te fais enfiler par un putain de blanc richissime et ça te plaît ?

Ruben fit un gros effort pour ne pas soulever la chaise bancale et en assommer son frère. Il le foudroya du regard, les dents serrées.

— En plus, il te paie, aboya Charles.

— Il me paie pour travailler, rien d'autre.

— Tu parles ! Tu m'as parlé de ces caméras qu'il a foutues partout. C'est un voyeur ! Il te mate, il t'enregistre. *Maricón !*

Charles cracha ce dernier mot en espagnol – « pédé ». Ruben sentit son cœur se serrer, devenir aussi froid qu'un caillou. Un muscle sur sa joue se mit à vibrer, ses sourcils se froncèrent de façon menaçante.

— Tu sembles oublier, Carlos. *No habla español.*

Sa voix détachée comportait un avertissement manifeste. Charles écarquilla les yeux. Il recula en levant les mains.

— Excuse-moi. Je n'aurais pas dû dire ça.

— Je ne tiens pas seulement à le protéger. C'est surtout que je...

Charles lui jeta un regard angoissé.

— Tais-toi !

— Écoute, si tu l'insultes, tu m'insultes aussi. C'est compris ?

Pendant un long moment, les deux frères se contentèrent de respirer l'air moite de la pièce, les yeux dans les yeux, comme pour voir s'ils se reconnaissaient encore. Probablement pas.

Le silence ne faisait qu'empirer la situation. Et Ruben y voyait un avant-goût nauséabond de son avenir.

Charles fut le premier à reprendre la parole :

— Alors, toi et lui, vous êtes... ?

291

Il s'interrompit, laissant flotter entre eux toutes les fins possibles de ce début de phrase : pédés, amoureux fous, foutus, amants, ensemble ?

Encore ensemble.

Ruben acquiesça avec une énergie excessive.

— Oui. Bien sûr. Même si tu n'as pas terminé ta phrase, la réponse est oui à tout ce que tu as failli dire.

Il croisa les bras et fixa son frère.

Charles soupira.

— Seigneur ! Rube. D'accord. D'accord. J'ai les jambes coupées, j'aimerais bien m'asseoir, mais je le suis déjà.

— Écoute, si tu as quelque chose à me dire, vas-y, mais dépêche-toi, parce que je n'ai pas beaucoup de temps.

Charles eut un sourire diabolique.

— Dis-moi, entre vous deux, qui est… euh, la fille ? Quand vous vous… tu sais… quand vous baisez, dit-il avec une grimace.

— Ça ne va pas la tête ? Il n'y a pas de fille, merde ! Nous ne sommes pas des filles, connard, c'est bien là le hic.

C'était agréable de se mettre en colère, ça permettait à Ruben de mieux se concentrer. À présent, il avait une meilleure vue d'ensemble de la situation, il pouvait peaufiner sa tactique. *Encore ensemble.*

Charles se tortillait sur sa chaise, comme s'il avait un cactus sous les fesses.

— Toute cette surveillance, c'est quand même louche. Pervers ! Andy Bauer, putain ! Même son nom fait tapette. Je… Pardon… Pardon.

— Il n'est pas celui que nous pensions.

— Ça, c'est sûr.

— Va te faire foutre !

— Ce n'est pas ce que je voulais dire. Enfin, si, mais… En tout cas, le danger dont il nous a parlé le premier jour où il s'est pointé ici, la bouche en cœur, était bien réel. C'est surtout ça qui m'intéresse. Tu me suis, Rube ?

Charles fronça les sourcils et croisa les mains sur sa bedaine, sur le dauphin qui s'y étalait.

Ruben tenta de trouver le meilleur moyen de tout révéler sans aggraver son cas.

— Je… tiens à lui. Et ces gens qui s'en sont pris à lui, ils l'ont déjà tabassé une fois. Je ne veux pas qu'ils recommencent. Je suis prêt à tout pour les en empêcher, même si ce n'est pas légal.

Il avait beaucoup redouté d'affronter son frère, de lui révéler la vérité, mais à présent que c'était fait, il avait la sensation de respirer plus librement, comme si sa cage thoracique était libérée d'une enclume.

Charles baissa la tête et se frotta les yeux.

— Tu aurais dû m'en parler. Je comprends pourquoi tu ne l'as pas fait, d'accord, mais quand même. C'était nul de ta part de me mentir. Complètement nul. Bon Dieu, Rube !

— Charles, je ne bois plus. Alors, les sentiments, ça me fout une trouille de tous les diables. Et encore plus ce qui est... euh, gay. J'ai déconné, d'accord, mais maintenant, je suis sérieux. Je ne savais pas que... euh, voilà, j'ai trouvé un truc génial, un mec bien

— Tu y crois encore ? Même maintenant ? Tu es sûr que tout baigne ? Que Bauer est un « mec bien ».

Comme pour illustrer son scepticisme, Charles jeta un regard sinistre sur ce qui restait de sa boîte. Il soupira.

— Oui, confirma Ruben avec force. J'en suis certain. Alors, je vais foncer.

Était-il sincère ? Il cligna des yeux et tenta de se rappeler pourquoi, d'un seul coup, son avenir lui paraissait aussi évident.

Que devait-il faire en priorité ?

Se rendre à l'Iris.

— Et alors ? marmonna Charles.

— Andy a de vrais ennuis.

— Quel genre ?

Continue à lui dire la vérité. Assume.

Ruben baissa les yeux, et la voix.

— Du genre à finir en prison.

— Et toi, tu risques aussi d'y aller ?

Ruben secoua la tête. Il vibrait d'impatience de retourner auprès d'Andy.

— Il a déconné. Il a joué avec l'argent des autres. Mais on peut encore tout arranger. Je crois...

— Tu crois ? Rube, tu es vraiment sûr que c'est ton rôle ? Si tu veux mon avis, tu n'es que le larbin dans cette histoire de dingue. Lui, c'est le financier véreux qui te mène en bateau. Pourquoi ne pas le balancer aux flics ?

— Non, pas question d'impliquer les flics dans cette histoire.

— Qu'est-ce que tu racontes ? Tu te prends pour un super-espion ou quoi ! Les flics sont déjà passés ici ce matin. Deux fois ! Et ils reviennent demain. Mon bureau est devenu une scène de crime, *papá.*

— Ton appartement aussi. C'est là que je suis passé en premier. Au fait, j'ai conduit ton chat chez Daria.

— Bonne idée ! De toute façon, il n'y avait rien chez moi. Rube, les flics sont plutôt fouineurs. Ils posent des tas de questions.

— Dans ce cas, je dois filer avant qu'ils tentent de m'interroger.

Il jeta à son frère un regard dur avant d'ajouter :

— Charles, demande à tes gars de vérifier le détecteur que je t'ai remis. D'accord ? Et c'est très urgent.

Trop sidéré pour se soucier de ses blessures, Charles commença à se redresser.

— Pourquoi ?

— Parce que je suis un sinistre con, reconnut Ruben avec un sourire triste. Merci, petit frère.

— Attends…

Sans laisser à Charles le temps de le sermonner, Ruben s'enfuit et dévala l'escalier deux marches à la fois.

Bientôt, il se retrouva dans la rue. Il devait retourner à l'Iris avant qu'Andy fasse une nouvelle folie. Il ignorait si les enfoirés le surveillaient, mais, à partir de maintenant, le moindre faux mouvement leur faisait courir un vrai danger. À Andy et lui.

À peine sur la Cinquante-Neuvième, Ruben se lança au milieu de la circulation, le bras levé. *Un vrai New-Yorkais !* Il entendait presque la voix d'Andy dans sa tête.

Il monta dans le premier taxi qui s'arrêta et donna au chauffeur la direction West End, en coupant par la Soixante-Neuvième. Il préférait éviter les embouteillages du centre-ville ; d'après lui, le parc lui ferait gagner plusieurs minutes. La voiture démarra en trombe. Le trajet se fit presque sans arrêt, comme si tous les feux verts s'étaient donné le mot pour se montrer coopératifs.

Ruben sortit son téléphone avant de réaliser que c'était une idée idiote : si Andy refusait de tout arrêter, un appel risquait de mettre le feu aux poudres. Il ne pouvait pas non plus prévenir Hope. Mieux valait faire irruption et prendre à mains nues le contrôle de la situation, avant l'irréparable.

Arrivé à Park Avenue, il paya une somme ridicule et abandonna le taxi, en claquant la porte dans son empressement. Le vent s'était levé, les rafales lui brûlèrent les yeux, quelques larmes glissèrent sur ses joues.

Au pas de course, Ruben traversa le hall d'accueil, saluant les portiers d'un clin d'œil. À présent, chacun d'eux le connaissait. Il pressa frénétiquement le bouton d'appel de l'ascenseur et entra peu après dans la boîte lambrissée. Il s'empressa de refermer les portes pour empêcher d'autres résidents de monter dans la cabine.

Il agit de même en montant vers le penthouse, bloquant tous les arrêts intermédiaires. Les nombres digitaux s'affichaient sur le panneau numérique. Sinon, l'ascenseur était parfaitement silencieux. Une fois de plus, Ruben eut impression que rien ne bougeait, qu'il n'avait pas quitté le rez-de-chaussée, qu'il était piégé et stationnaire.

Il essaya d'imaginer la réaction d'Andy en le voyant : serait-il surpris ? Éprouverait-il de la pitié, de la colère ou du soulagement ? Allait-il embrasser Ruben ou le maudire, le boxer, le renvoyer, le jeter dehors… Tout était possible.

Encore ensemble.

Ruben se frotta les lèvres d'une main tremblante.

Il était prêt à s'incruster, à s'excuser.

De quoi ?

Il reconnaîtrait que la terreur l'avait poussé à agir de façon stupide. Et qu'Andy avait raison.

Ce n'était pas vrai.

Bon, alors, il expliquerait avoir tout révélé à son frère ; dorénavant, tout irait bien, parce qu'ils n'étaient plus seuls.

Si. Bien sûr que si.

Malgré tout, Ruben acquiesça en se regardant dans la glace.

— Tant pis.

Si un ivrogne pouvait devenir sobre, un tueur à gages pouvait prendre une retraite anticipée. *Il faut faire des compromis.* Ils rembourseraient avec intérêt l'argent perdu et alors, les psychos iraient terroriser d'autres criminels innocents…

Silencieusement, les portes s'ouvrirent.

Ruben reçut un choc en voyant le sang répandu sur le sol.

XVII

ON TRÉBUCHE sur une taupinière, pas sur une montagne.

Les gouttes écarlates désignaient, en morse, la bibliothèque. Et là, sur le mur, une empreinte de main sanglante.

—Andy !

En courant, Ruben traversa la salle à manger et la cuisine, suppliant éperdument le ciel que le silence des lieux n'ait pas la signification qu'il redoutait. À trois endroits, il y avait des traces d'impact dans les murs. Les tableaux étaient éventrés. Des tessons de cristal craquaient sous ses pieds. Des griffures sombres, presque noires, marquaient le sol du couloir, indiquant que quelque chose de lourd y avait été traîné.

La bibliothèque était sens dessus dessous, les papiers éparpillés partout. Livres et dossiers avaient été jetés à terre. Deux armoires renversées, leur contenu formant un tas informe. Deux des écrans étaient fendillés et ne tenaient plus à la paroi que par leurs câbles. La porte-fenêtre de la terrasse était grande ouverte, laissant entrer dans la pièce l'air chaud et humide.

Pas un mouvement.

Où était l'alarme ?

—Andy ?

À présent, Ruben parlait à voix basse, de plus en plus effrayé à l'idée de ce qu'il allait découvrir. Machinalement, il empoigna la rampe métallique pour monter à l'étage. Secoué de nausées, il avait du mal à se traîner, ses membres s'affaiblissaient à chaque pas. Le silence étouffant le rendait encore plus mal à l'aise qu'il ne l'était déjà – ce qui semblait impossible.

—Allez, Bauer. Ne sois pas chiant !

À l'étage, l'atmosphère était calme, encore plus étouffante. Les lits étaient faits. Pas une lumière, mais c'était normal, car trois des disjoncteurs avaient été coupés.

Ruben redescendit dans la bibliothèque, désireux de chercher d'autres indices.

Il passa dans sa chambre. Pour une raison étrange, les draps de son lit avaient été arrachés. Une lampe était fracassée, sinon, il n'y avait pas d'autres dommages dans la pièce. Sans doute était-ce là qu'ils avaient trouvé Andy endormi.

Dans la chambre de Ruben.

Seul.

— Nom de…

Ruben se frotta les lèvres d'une main tremblante.

— … Dieu !

La culpabilité lui tomba dessus comme mur de briques. Andy l'avait averti, mais Ruben avait ignoré ses paroles, persuadé, comme d'habitude, de tout savoir, d'être plus intelligent que tout le monde. Ah, ça, un vrai génie ! La perfection de son existence le prouvait bien !

Revenu dans l'entrée, il trouva contre la plinthe un de ses oreillers rembourrés. Non loin, dans le couloir, des lambeaux de drap, tachés de sang. Manifestement, le coton avait été déchiré et utilisé pour attacher Andy.

Penché en avant, Ruben suivit la piste.

Ils avaient roulé Andy dans ses draps pour l'immobiliser et le traîner à travers l'appartement comme un sac de linge sale.

Avait-il été frappé, assommé ? Était-il inconscient ? Probablement.

Seigneur !

Ruben se figea. L'ivrogne en lui aurait voulu se jeter sur une bouteille d'alcool. Le garde du corps envisageait de prévenir les flics – c'était une nécessité. Quant à l'homme qui aimait Andy, il hésitait entre hurler, vomir ou marteler les murs à coups de poing.

Se souvenant de l'avertissement de son frère, il eut un rire sans joie, qui ne lui offrit pas le moindre soulagement.

Il était en pleine mer, en pleine tempête, son bateau qui prenait l'eau, et tout était de sa faute.

Il s'accroupit pour mieux étudier le plancher, les rouages de son cerveau tournant à toute vitesse. Il se força à respirer calmement. Des éclats de plâtre, venant des murs, des échardes de bois. Sans doute Andy s'était-il débattu ? Ou bien avait-il repris conscience et libéré un de ses bras ? Les cadres étaient de travers, l'un d'eux était même tombé, sa vitre brisée. Les dommages dans l'appartement s'élevaient facilement à un quart de millions de dollars. Faire ce calcul permettait à Ruben à ne pas évoquer une autre perte… bien plus grave.

À chacun de ses mouvements, il était conscient de détruire des indices, mais quelle autre option avait-il ?

L'affreuse empreinte de main, qu'elle provienne d'Andy ou d'un de ses agresseurs, se trouvait peu avant l'accès à l'ascenseur de service.

Réfléchis.

Impossible d'impliquer les flics ou le FBI dans cette affaire. Charles s'était déjà pris une branlée qu'il ne méritait pas. Andy volait en solo et la déontologie ne comptait guère dans son milieu.

Pendant une seconde, Ruben envisagea d'appeler son ex-femme en Floride, mais à quoi bon ? Une semaine plus tôt, il aurait pu réclamer de l'aide à son sponsor, mais dorénavant, Peach avait disparu et ici, à New York, il ne s'était choisi personne. En plus de ses autres échecs, il avait merdé aussi avec les AA.

Parce qu'il pensait avec sa queue. Comme un addict.

L'idée d'aller à une réunion l'effleura, sans prendre racine. *Il ne s'agit pas de toi, connard.*

Tout à coup, illumination :

— Hope !

Sans se donner le temps de remettre en cause son impulsion, il sortit de sa poche son téléphone portable pour appeler l'assistante d'Andy. Peut-être ne saurait-elle pas quoi faire, mais au moins pourrait-elle lui donner un point de départ.

De plus, elle saurait être discrète pendant qu'ils mèneraient ensemble leur enquête.

Elle répondit à la quatrième sonnerie.

— *Stanford.*

Il inspira un grand coup.

— C'est Ruben. Nous avons un méga problème.

Silence au bout du fil. Puis :

— *Ne quittez pas.*

L'arrière-fond sonore changea. Sans doute avait-elle quitté un salon encombré pour sortir sur la terrasse.

— *Quel genre de problème ?*

— Dans combien de temps pouvez-vous me rejoindre ?

— *Vous êtes au penthouse.*

Ce n'était pas une question.

— Oui. Mais Andy... n'y est pas.

Il préférait ne rien révéler d'autre au téléphone. Que savait au juste Hope des activités occultes d'Andy ?

— Je ne peux prévenir personne, souffla-t-il.

— *Ah. D'accord. Je vois. Je serai là dans un petit quart d'heure.*

Elle poussa un long soupir avant d'ajouter :

— *Et vous, Oso, ça va ?*

— Non. Pas vraiment... Venez, venez vite.

Il coupa l'appel et traversa le penthouse pour attendre devant l'ascenseur, comme une araignée impatiente de piéger une proie dans sa toile. Il voulait aussi intercepter Hope avant qu'elle remarque le désastre, et le sang.

Brièvement, il se souvint d'Andy qui l'attendait, le premier jour, les pieds nus, avec à la main un verre d'alcool que Ruben ne pouvait accepter.

Enfoiré.

FIDÈLE À sa promesse, Hope arriva douze minutes plus tard, vêtue d'un sweat chic, un pli profond creusant son front. Dès qu'elle sortit de l'ascenseur, Ruben leva la main pour l'arrêter.

— Avant que vous en voyiez davantage, je voudrais vérifier ce que vous savez des affaires d'Andy.

— Que s'est-il passé ?

Elle tenta de le contourner, l'air méfiant.

— Andy a disparu.

Elle fronça les sourcils, sans faire de commentaire. Elle parcourut du regard l'appartement obscur et croisa les bras sur sa poitrine. Son calme était manifestement factice.

— Lui auriez-vous fait du mal ? demanda-t-elle sévèrement.

— Quoi ? Non ! Bien sûr que non !

Hope inspecta sombrement le couloir, la scène du crime.

— Alors où est-il, bordel ? Ruben !

Ruben recula d'un pas.

— Je n'en ai aucune idée. Et si vous n'en savez rien non plus, Andy est dans une sacrée merde.

Elle se figea dès qu'elle aperçut le sang.

— Seigneur ! Est-ce le sien ?

— Je pense.

— Vous n'étiez pas là quand c'est arrivé.

À présent, elle inspectait les murs.

— Non, nous nous étions disputés. C'était personnel, pas professionnel.

Avec un peu de chance, elle n'allait pas insister.

— Il n'y a pas eu de violence physique, ajouta Ruben. Ça s'est passé hier soir. Je suis parti.

— Mon Dieu !

Hope fit un pas de plus, puis se pencha pour mieux examiner les éclaboussures sanglantes. Ensuite, se redressant, elle continua dans le couloir. En apercevant l'empreinte, elle serra à nouveau ses bras autour d'elle-même.

— Mon Dieu ! répéta-t-elle. Pourquoi ne pas appeler le NYPD ?

Ruben croisa son regard, conscient de s'aventurer sur un terrain miné.

— Impossible. Andy ne voudrait pas… il me l'a déjà dit.

Elle se tourna vers lui, lentement. Elle posa sa question, lentement.

— Pourquoi ?

— Il ne s'agit pas d'une simple effraction, Hope. Leur but n'était pas de voler.

— Qu'en savez-vous ? Que connaissez-vous de l'argent à cette échelle ? Cet appartement tout entier représente une tentation irrésistible. Tout le monde veut voler Andy.

Elle s'interrompit le temps d'un battement de cœur.

— Il a fait quelque chose, souffla-t-elle.

Ruben faisait confiance à Hope, mais jusqu'où pouvait-il aller dans ses révélations ?

— Eh bien, commença-t-il prudemment, il a pris quelques décisions... euh, discutables.

Hope lui jeta un coup d'œil furtif.

— Et alors ? C'est normal, dans les affaires, Oso. *Discutables ?* Il faut prendre de gros risques pour gagner beaucoup. Et la plupart du temps, c'est aux dépens d'autrui. Andy n'a rien fait d'illégal, sinon, je le saurais. Je suis de près tous ses investissements. Je prends ses appels.

Sans trahir la confiance qu'Andy avait mise en lui, peut-être pouvait-il aiguiller Hope pour qu'elle comprenne la situation.

— Rien d'illégal, au sens littéral, d'accord, c'est plutôt...

Hope le toisa d'un œil hautain.

— Pfft ! Andy n'est pas un criminel. Du moins, pas plus que les autres financiers qui travaillent sa branche. Que savez-vous de la haute finance, Oso ?

— Vous déconnez ou quoi ? Rien. Rien du tout. J'imagine qu'il faut acheter au plus bas et revendre au plus haut ?

Elle avait toujours les bras croisés.

— Chaque fois que quelqu'un gagne de l'argent, quelqu'un d'autre en perd. Tout ce qui vous aide à prédire l'avenir améliore vos chances de faire les bons choix. Seulement, personne n'est capable de prédire l'avenir, pas vrai ? Alors, il faut tricher.

— D'accord. Et si je vous disais qu'Andy a participé à des affaires douteuses ?

— Dans la haute finance, les limites à ne pas dépasser sont un peu floues.

Tout en parlant, Hope pénétra dans la bibliothèque. Elle remarqua le désordre et elle fronça les sourcils.

— Pour gagner *beaucoup*, ajouta-t-elle, il faut justement jouer sur ces limites. Mais ce n'est pas *vraiment* du vol.

— D'accord, mais disons qu'Andy veuille se venger, ou plutôt jouer les justiciers. À votre avis, est-ce possible ?

Ruben s'interrompit afin de lui donner le temps d'additionner deux et deux. Hope prit place derrière son bureau avant de répondre.

— Avec la SEC qui passe son temps à surveiller tout le monde ? Pas évident. Si Andy voulait se venger, il faudrait bien évidemment qu'il se protège – et qu'il le fasse savoir.

Elle releva les yeux, le visage illuminé, comme si une idée nouvelle lui venait.

— À moins qu'il ait misé à perte ! s'exclama-t-elle.

— Pardon ? Il se serait trompé ?

Perdu, Ruben cligna des yeux. Comme d'habitude, avec Hope, il se sentait idiot.

Les yeux dans le vague, elle lui répondit :

— Non, il l'aurait fait délibérément. Provoquant ainsi pas mal de dommages collatéraux. Oh, c'est génial ! Il arrive, bien sûr, que les clients d'Apex subissent de lourdes pertes. C'est la loi de la jungle. La plupart du temps, ces gens en ont les moyens. Ce n'est pas pour rien qu'Apex se spécialise dans les investissements à haut risque.

Elle paraissait plus curieuse que choquée. Elle eut un sourire secret. Ruben commençait à comprendre, il s'exprima d'un ton très lent :

— Andy investit ses propres fonds pour attirer leur confiance. Ensuite, il les fait plonger dans une catastrophe financière à laquelle, lui, il peut survivre.

Elle acquiesça.

— Mais pas ses victimes, reprit-elle. Réfléchissez un peu : Andy n'est pas une banque. Il suit certaines règles, mais il est faillible. Se tromper, ça arrive à tout le monde, pas vrai ?

— Et ces gens-là sont foutus !

Hope inspira profondément, tout en se balançant dans son siège.

— La ruine peut être aussi fatale qu'un meurtre. Les victimes ne sont pas des cadavres, mais elles n'existent plus dans le monde qu'elles connaissaient. Un vrai tueur à gages !

Elle se tourna vers Ruben comme pour confirmer ses soupçons. Sans un mot, Ruben lui rendit son regard. Il n'avait rien révélé – Hope avait tout compris d'elle-même. À présent, il s'était fait d'elle une alliée sans avoir à endurer la culpabilité de trahir Andy une fois de plus.

— Eh bien, disons qu'Andy a peut-être enterré quelques sacrés connards en son temps.

Elle tapota un ongle violet, parfaitement laqué, sur le verre qui recouvrait le plateau de son bureau.

— Ce n'est pas tout à fait vrai, corrigea-t-elle. Quand quelqu'un est mort, au moins, il ne souffre plus. La ruine, c'est bien plus douloureux – et bien plus risqué. Un mort ne revient pas se venger. Un mort ne cherche pas à récupérer son argent.

Ruben fit l'effort de ne plus regarder le sang répandu. Il enfonça les mains dans ses poches, prêt à supplier Hope de lui accorder son aide.

— Disons que vous avez raison. Si ce sont des représailles, ça vient sans doute d'un ancien client d'Andy, très mécontent. Et ça paraît plutôt tordu, je sais.

— Effectivement, mais vous avez sans doute raison. Quelqu'un est très en colère

Ruben regarda autour de lui la pièce dévastée et jeta :

— Sans blague !

Hope fit la moue.

— Andy a fait un ragoût cannibale : il a flanqué les missionnaires dans une grosse cocotte pour les faire mijoter sur le feu.

Ruben s'assit de l'autre côté du bureau.

— Et quand l'un d'eux a commencé à protester. Andy a décidé d'ajouter du sel.

Il parlait de lui. Engager un garde du corps avait été de la part d'Andy un avertissement. Hope, elle aussi, étudiait le désastre qui régnait autour d'elle.

— Apparemment, un des missionnaires est sorti de la cocotte.

Dans un éclair soudain, Ruben revit une émeute sur la Cinquante-Neuvième et une foule qui se battait pour récupérer des billets de cent dollars. Il baissa les yeux sur ses mains burinées, comprenant tout à coup la vérité.

— Il les connaissait ! s'exclama-t-il. Ses voleurs. Il les connaissait.

Elle cligna des yeux, l'air perplexe.

— Qu'est-ce qui vous fait dire ça ?

— Ils ont tenté de l'enlever trois semaines après une agression dans la rue – et il n'a pas voulu appeler flics.

Ruben se releva et arpenta la pièce, les morceaux du puzzle se reconstituant un par un dans sa tête.

Hope paraissait de plus en plus déconcertée.

— Comment ça, de l'enlever ?

Ruben n'avait pas vraiment le temps de tout lui expliquer.

— Je suis intervenu, je leur ai flanqué quelques gnons, ils ont filé. Andy savait très bien pour qui ces gars-là travaillaient.

— Je ne vous suis pas.

— Dans ce petit monde, ils se connaissent tous. Je suis le seul étranger. Vous ne comprenez pas ? Les clients, le personnel, les « amis », tous font partie du même cercle. Il ne voulait pas que je les reconnaisse. Il ne pouvait pas se le permettre !

Elle en resta bouche bée.

— Seigneur. Il vous a manipulé. Sans doute n'a-t-il pas eu le choix !

Ruben écarta grand les bras pour souligner son désarroi.

— Hope, comment le retrouver ? Il a besoin de votre aide. Moi aussi.

Elle tourna la tête, fixant le sang répandu dans le couloir.

Ruben serra les poings.

— J'aurais dû être là, ajouta-t-il sombrement. J'aurais dû être avec lui.

— Peut-être. Mais vous n'y étiez pas et Andy est un grand garçon. Nous devrions appeler les flics, Ruben. Tout ce que vous m'avez dit…

— Non. S'il vous plaît. Ces voyous ne sont pas venus le tuer. Ils risquent la prison, bien plus que lui. Il s'agit d'argent, tout simplement. De représailles.

La certitude montait en lui, aussi pétillante qu'un champagne fraîchement débouché. Il prit la main de Hope et la serra, même s'il voyait à peine la jeune femme, l'esprit occulté par Andy.

— Ils veulent une part du gâteau, insista Ruben. Un remboursement. Si nous payons la facture, nous pouvons récupérer Andy.

Elle secoua la tête d'un geste lent.

— Je savais déjà qu'il était dingue. Et qu'il avait des ennemis. Et qu'il avait frôlé la catastrophe de temps à autre… mais qui ne connaît pas des aléas dans la vie ?

Ruben sentit son foie tressaillir. Il écouta son instinct.

— Apex.

Apex – Prédateur.

— Oui, et alors ? Apex a toujours réalisé de jolis bénéfices. Rien d'extravagant, d'ailleurs. Ce qui, à la réflexion, ne ressemble pas aux méthodes habituelles d'Andy.

Du menton, Ruben désigna les résultats financiers qui apparaissaient encore sur les écrans de la bibliothèque, fissurés ou pas.

— Celui que nous cherchons est un client Apex dans la merde jusqu'au cou. Il est sacrément contrarié. J'ignore de quel marché il s'agit, mais notre homme a perdu beaucoup – et Andy encore plus.

Elle acquiesça, ouvrit son ordinateur portable et se mit à taper sur le clavier.

— Contrarié au point de recourir à la violence ? demanda-t-elle sans lever les yeux. En général, la faune de Wall Street ne fréquente pas les repris de prison.

— Cherchez plutôt… un client bas de gamme. Un parvenu qui cherche à sortir du lot. Qui aime à se prendre pour un caïd.

Ruben fit le tour du bureau pour s'approcher d'elle.

— Ils aboient peut-être, mais ne mordent pas. C'est de la poudre aux yeux, si vous voyez ce que je veux dire, ajouta-t-elle avec un rire contraint.

— Oui. Oui, bien sûr. Des grandes gueules qui aiment balancer de grands mots, des menaces. « Tu ne sais pas à qui tu t'en prends ». Ils ont beau avoir l'air civilisés, ce sont des Néandertaliens. Ils n'ont toujours pas quitté la caverne ni le clan.

Combien de fois Andy s'était-il plaint du complexe « sang bleu » des enfoirés avec lesquels il avait grandi ?

Sauf que... les ennuis d'Andy avaient cessé jusqu'au jour où tous deux s'étaient pointés, en smoking, à...

Ce fut Hope qui donna à haute voix la réponse que Ruben avait à l'esprit :

— Saint Anthony ! C'est là-bas qu'il vous a exhibé pour provoquer ces macchabées. Il est devenu trop arrogant. Un client d'Apex a compris le message.

— Peut-être qu'Andy ne se méfiait pas de ceux qu'il fallait.

Hope roula des yeux.

— Tous les clients Apex sont des ordures. Prétentieux, stupides, et accros à l'adrénaline. Andy n'a jamais voulu me faire entrer dans aucun de ces marchés. Certains paraissaient pourtant tentants, et j'ai quelques économies à investir. Mais il a refusé, purement et simplement.

Elle eut un rire qui se moquait d'elle-même.

— Bon sang ! reprit-elle. J'étais en colère ! Prête à le tuer ! À l'époque, je croyais encore qu'il voulait aider sa famille à s'en sortir.

Le Clan de la Caverne aux Ours.

Brièvement, Ruben évoqua les yeux coupables d'Andy au Musée d'histoire naturelle, devant le diaporama de l'Âge de pierre.

— Non, mais quel connard !

Très énervé, il se frotta le visage.

Hope se tourna vers lui, une question dans les yeux.

— Des néandertaliens ! répondit Ruben. C'était aussi évident que le nez au milieu du visage. Il ne s'agit pas d'une vengeance. C'est juste Andy qui joue au con en se prenant pour un super héros de Tom Clancy !

Il ricana amèrement. Sans en parler à Hope, Andy avait détourné les attaques et dépensé comme s'il avait tout l'argent du monde à sa disposition.

— Mes hypothèses étaient complètement fausses, reprit-il, se parlant à lui-même. Son *clan* ! Il insistait afin que je ne lui fasse pas confiance, mais pour de mauvaises raisons – parce qu'il commençait à tenir à moi. Le sexe, la culpabilité. L'alcool, l'argent. Des trucs de gars, de gays. Bon Dieu !

Hope paraissait perdue.

— Ruben... Du calme. Parlez plus lentement.

Ruben se mit à compter sur ses doigts.

— C'est évident ! Depuis le début, Andy nous parle d'un escroc qui veut se venger de lui. Manifestement, de la pure connerie, pas vrai ? Sauf que quelqu'un lui tape dessus. Ce qui n'a aucun sens. D'autant plus qu'il continue à traiter toute cette histoire comme un jeu.

Et justement, pour Andy, c'était *réellement* un jeu.

Hope renversa la tête, les engrenages de son cerveau tournant à toute vitesse.

— Donc, d'après vous…

Ruben acquiesça vigoureusement.

— Oui. Au premier abord, j'ai cru que le danger était de la foutaise. Ensuite, j'ai pris Andy pour un menteur.

Andy avait essayé de le protéger et de mettre ses affaires au clair, mais un foutu enfoiré refusait de le laisser faire.

— Bordel ! s'emporta Ruben. Même après que j'étais au courant, Andy m'a convaincu que c'était lui le méchant et toute cette histoire était une vengeance. Une question d'ego. Quel foutu arrogant !

Il s'était même prétendu tueur à gages !

— Mais son enlèvement n'a rien à voir avec des représailles, reprit-il, la gorge serrée. C'est… une déclaration, une revendication.

Tu es à moi.

Hope cligna des yeux en comprenant ce qu'il sous-entendait.

— Un admirateur secret ? Ou plutôt un envieux… Et Andy n'a pas compris le jeu de ce sale con. Celui que nous cherchons n'a jamais eu affaire à lui jusqu'ici. Justement ! Ce qu'il veut, c'est que ça change. Il veut participer. Entrer dans Apex.

Ruben se balançait sur place d'avant en arrière. Une fois de plus, il serra le poing.

— Donc, ce n'est pas quelqu'un qu'Andy a ruiné. Mais il le connaît… depuis longtemps, vingt ans peut-être. Il n'a pas les moyens financiers des autres clients Apex. Juste un petit poisson qui se prend pour un requin. Qui veut lui aussi devenir un caïd de la haute finance. Il a beaucoup à prouver et beaucoup à perdre.

— D'accord. D'accord. Je vais voir ce que je peux faire.

Les mains soigneusement manucurées de Hope s'activèrent de plus belle sur le clavier.

Ruben leva trois doigts.

— À vue de nez, j'ai trois options, annonça-t-il, la femme du musée, celle qui portait une robe Balenciaga, le Texan, Lampton, et Marlon Stanz.

C'était un début. D'après Ruben, ces trois-là étaient des coupables plausibles.

— De plus, ajouta-t-il, il a cherché à les apaiser publiquement. Tous les trois !

Sans cacher sa surprise, Hope haussa les sourcils.

— Pardon ?

— Justement, c'est bien ce qui me chiffonne. Depuis quand se soucie-t-il de ce qu'on pense de lui ?

Elle retourna à son ordinateur

— Ce n'est pas Stanz, annonça-t-elle. C'est sa femme qui a investi. Et la fille en Balenciaga, Andy m'a parlé d'elle… une de ses ex. Il connaissait ses parents. Il a rompu durant son troisième cycle, en management, et ça s'est très mal passé. Désolé si je vous…

Elle paraissait mal à l'aise.

Ruben la rassura d'un signe de tête.

— Non, aucun souci. Et Lampton ?

— Non. Il n'a jamais mis un sou dans un investissement. Ni dans Apex. Il vit des revenus de ses actions.

Furieux de s'être encore trompé, Ruben fronça les sourcils.

— Et pourtant, ces trois-là correspondent au profil. Ils connaissent Andy depuis l'université. Ils ont de l'argent.

— Je ne trouve rien sur eux. Je vais continuer à chercher.

Exaspéré, Ruben regarda les papiers qui s'étalaient sur le bureau et sur le sol.

— Comment puis-je vous aider ? Et si je vous ramassais tout ça ?

— La paperasserie ? Trouvez un sac-poubelle et flanquez-y tout ce qui traîne. Ces documents n'ont aucune importance, ils servent juste à compliquer la tâche du FBI. Tous nos dossiers numériques sont sauvegardés sur le cloud toutes les quatre minutes. En fait, c'est un indice hyper important : il n'y a que les dinosaures pour s'intéresser encore à du papier imprimé. Notre coupable ne connaît rien au monde virtuel.

— Pourquoi avoir ravagé la pièce ?

Elle se tapota l'aile du nez.

— Pour jouer au caïd. Ou pour nous inciter à appeler les flics. Ces voyous n'y connaissent rien.

Ruben s'empara d'un sac-poubelle et le remplit des documents répandus. Au fur et à mesure que le plancher se libérait, il découvrit d'autres traces de lutte.

Son téléphone sonna, le numéro de son frère s'afficha.

— Oui ?

— *Il vient de m'arriver un truc des plus bizarres,* annonça Charles qui paraissait exaspéré. *Qui diable connais-tu au nord de New York ?*

— Personne.

Tout en parlant, Ruben continuait à remplir son sac. Il se mit à genoux pour se faciliter la tâche.

— Pourquoi ? ajouta-t-il. Que s'est-il passé encore ?

— *C'est au sujet de ce foutu détecteur. Celui que tu as acheté pour mon appart.*

Récupéré, plutôt.

— Et alors, qu'est-ce qu'ils ont trouvé dedans ?

Ses cheveux se hérissaient déjà sur son crâne.

— *Un micro. Putain, je n'y crois pas.*

Sous le choc, Ruben laissa retomber les papiers qu'il tenait encore.

— Un... quoi ?

— *Un micro, Rube. J'ai explosé l'engin pour mieux voir – et je sais à quoi ressemble un transmetteur. Ces* boludos *ont dû se pointer une première fois en douce pour installer de quoi nous espionner.*

Ruben ne le corrigea pas, pourtant, il savait bien que le détecteur était déjà trafiqué quand Andy l'avait jeté. D'ailleurs, justement... Andy était au courant.

Charles continuait à parler :

— *J'ai mis Emilio – un de mes flics – sur le coup. D'après lui, le récepteur se trouve à Westchester. Alors, ces gars sont blindés, tu ne crois pas ?*

Ruben posa la main sur le combiné et se tourna vers Hope pour demander :

— Où est Westchester ?

Elle roula des yeux.

— Au-dessus du Bronx.

Comme si ça lui disait quelque chose !

Charles avait dû l'entendre, car il enchaîna :

— *C'est dans la grande banlieue, au-delà de la pointe de Manhattan. Scarsdale, Dobbs Ferry. Un coin plutôt rupin. Ils ont tous des manoirs là-haut.*

Ruben soupira.

— Il est sûr de ce qu'il raconte ? Je parle de ton flic.

— *Rube, il y avait un émetteur. Et de super bonne qualité, d'après ce que je l'ai entendu dire. Ça vaut plusieurs milliers de dollars.*

La voix de Charles s'étouffa tout à coup, Ruben perçut quelques mots marmonnés à un autre interlocuteur.

— Nom de Dieu ! grogna-t-il.

Croisant le regard interrogateur de Hope, il lui expliqua :

— Un micro-espion !

307

Elle lui accordait désormais toute son attention.

Charles reprit la ligne :

— *Écoute, j'ai pas trop le temps, j'attends les flics et l'expert de l'assurance, mais je tenais à te mettre au courant.*

Sur ce, il rapprocha. Ruben resta un moment figé, les yeux sur son téléphone.

Hope l'arracha à sa transe.

— Ruben ? Que se passe-t-il ? Qu'est-ce que c'est que cette histoire de micro-espion ?

— Je n'en sais rien. Il se trouvait dans un détecteur de fumée qu'Andy a jeté. Et nous qui le pensions dingue ! Bon sang, pourquoi Westchester ? Qu'est-ce qu'il y a à Westchester ?

— Beaucoup de ses clients y résident. Et quand je dis beaucoup, c'est *vraiment* beaucoup. D'ailleurs, Andy connaît la moitié de la population de Scarsdale. C'est là-bas qu'il a grandi. Il est allé en pension avec ces gars-là. Le cabinet de son père s'y trouvait.

À nouveau, Ruben ressentit un choc au foie. Il se pinça l'arête du nez. Dire que Hope et lui restaient plantés là, sans savoir quoi faire, pendant qu'Andy était prisonnier, sanguinolent et…

Hope s'était remise à taper sur son clavier. *Tic-tac. Tic-tac.* Comme un métronome aux ongles manucurés.

— Vous savez, la moitié de sa fraternité étudiante vit aussi là-bas. Vous devriez peut-être interroger ces enfoirés.

Ruben se mâchonnait la lèvre, évoquant cette sinistre soirée près de Columbia. Il se gratta la tête.

— Ça ressemble si peu à Andy d'être entré dans une fraternité.

Hope ricana.

— C'était une idée de sa famille. À l'époque, Andy faisait encore un effort, il travaillait dans l'affaire familiale. Son beau-père s'appelle Tibbitt, au fait.

Machinalement, Ruben hocha la tête.

— Andy ne l'aime pas du tout. Il l'appelle Ducon – ou pire. Tous vivent à Scarsdale, hein ? En clan ? C'est tellement néandertalien !

Leurs yeux se croisèrent.

Clic.

— *Le Clan de la Caverne...* commença Ruben

— ... *aux Ours,* termina Hope. Nous avons été aveugles ! De vrais idiots !

— Un homme des cavernes déclare ses intentions avec un gourdin.

Les doigts fins de Hope dansaient sur les touches du clavier, ses yeux parcouraient les dossiers qui s'affichaient.

— Rien, rien du tout, déclara-t-elle. Les Tibbitt ne font partie d'aucun marché. Andy ne touche même pas aux placements de sa mère. Il ne leur donne aucun conseil financier.

— À votre avis, le beau-père pourrait être à ce point désespéré ?

— Il n'a rien d'une lumière. Un gratte-papier quinquagénaire qui n'a jamais quitté sa banlieue. À l'heure actuelle, il vend des assurances.

— Hein ? Depuis quand ? Je le croyais dans la finance, lui aussi.

— Il l'a été, mais il a déposé son bilan quand Andy est parti à New York. Sa faillite a été retentissante. Maintenant, Tibbitt joue avec l'argent de la maman et vend à ses riches voisins des contrats d'assurance : incendie, inondation, catastrophes naturelles. Il essaie aussi de convaincre Andy de participer à des opérations minables. Il est neuneu, ajouta-t-elle sans cacher son mépris.

— Dans ce cas, nous devons nous en occuper en personne.

Elle leva un sourcil sceptique.

— *Nous* ? Je n'ai rien d'un ninja.

— Je voulais juste dire qu'il ne faut pas impliquer la police.

— En clair, vous serez seul. Le danger ne vous fait pas peur ?

Elle paraissait inquiète.

Ruben haussa les épaules.

— Non, ne vous inquiétez pas pour moi. Donnez-moi l'adresse du beau-père.

Il brûlait du désir d'agir au plus vite.

Elle griffonna quelques mots sur un morceau de papier, le plia et le tendit d'un geste hésitant.

— Ruben, réfléchissez, vous ne pouvez pas vous précipiter à l'aveuglette.

— Je sais ce que je fais.

Hope le scruta avec attention.

— Je comprends vos raisons d'être aussi impatient, vous savez. Il a de la chance de vous avoir.

Ruben préféra la boucler. *Terrain de plus en plus miné.*

— Oso, insista-t-elle, dans l'état actuel des choses, ce serait bête de mentir. Je veux juste m'assurer que vous tenez à lui.

Elle ne semblait pas choquée, plutôt... concernée.

— Eh bien, oui.

Il cherchait comment évoquer sa vie amoureuse de façon délicate.

— Oh, mon chou. ! s'exclama Hope. C'est vrai ? Et ça vous gêne ? À New York ? À votre âge ? Au XXIe siècle ?

— Andy et moi sommes…

Elle le coupa d'un petit rire sarcastique.

— Des homos en rut. Oui. J'avais compris. Pendant trois ans, j'ai gagné ma vie en dansant dans un club. Je ne suis ni aveugle ni idiote.

Cette fois, le voilà sorti du placard ! Il pinça la bouche et tenta de contrôler son embarras.

Elle lui tapota le bras.

— Écoutez, reprit-elle, vos affaires de cul ne me regardent pas. Je suis chrétienne et je sais que bien des gens n'apprécient pas du tout ce genre de trucs, mais que voulez-vous que ça me fasse ? Il semblait si heureux. Vous aussi. Je préfère le voir avec vous qu'avec une de ces fichues femelles ptérodactyles qui le guettent en permanence chaque fois qu'il met un pied dehors.

— Je ne suis pas…

Il s'interrompit, totalement déconcerté, puis changea de sujet :

— Il faut que j'aille chercher Andy. Et je ne sais ce qui m'attend.

Hope soupira.

— D'accord, écoutez-moi. Gardez votre sang-froid. Les espoirs ne sont que des ressentiments en puissance. Si l'on reste le cul posé trop longtemps, on finit par craquer. Vous voulez trouver une solution ? Alors, allez-y. Vous vous sentez le courage de plonger dans la bataille ?

Il acquiesça.

— Oui, mais je ne sais même pas où commencer.

Elle croisa les bras.

— En plus, ajouta-t-elle, nous ignorons ce que veut Tibbitt.

— Ce n'est pas tout à fait vrai. Andy l'a humilié, alors, maintenant, il veut Apex. Il veut tout contrôler.

Tibbitt voulait lui aussi devenir tueur à gages et Andy était un obstacle.

— Et que veut-il d'Andy ? insista Hope, l'air anxieux.

— Sa démission.

Sur ce, Ruben empocha le papier qu'elle lui avait remis et baissa les yeux pour l'examiner.

— Il faut que je me change, reprit-il.

Il lui fallait aussi une arme. Et un plan. Il passait déjà en pilote automatique.

Hope leva les mains.

— Il nous faut en discuter. Établir une stratégie. À mon avis, c'est une très mauvaise idée.

Ruben s'éloignait déjà vers l'ascenseur. Son corps savait où il voulait aller.

Hope lui courut derrière.

— Voyons, insista-t-elle, vous ne pouvez pas vous pointer chez Tibbitt et frapper à la porte.

Avant même d'avoir pris conscience de ses gestes, Ruben était dans l'ascenseur le dos plaqué à la paroi.

— Oso, que comptez-vous faire ? cria Hope.

Les portes se refermaient quand il releva les yeux et croisa son regard effaré.

— Sauver Andy.

XVIII

ATTENTION AU silence : un chien cesse d'aboyer juste avant de mordre.

Le trajet de Manhattan à Westchester avait pris moins d'une heure.

Sans se poser de questions, Ruben avait loué une voiture, payé en espèces, et le voilà arrivé dans cette banlieue-manoirs. Pour obtenir l'adresse du récepteur de son micro-espion, Charles avait téléphoné à un ancien flic qu'il employait à l'occasion. À titre de vérification, Ruben l'avait comparée à celle que Hope lui avait remise.

Bingo. C'était la même adresse.

Herbert Tibbitt de Scarsdale, New York, n'était pas propriétaire de sa résidence, il la louait. À part un PV délivré pour non-déneigement du trottoir, l'hiver dernier, la ville n'avait rien de particulier à son sujet.

Ce comique avait épousé Cilla Bauer, ce qui faisait de lui le beau-père d'Andy. C'était Tibbitt qui avait éjecté le jeune Andy de sa maison, mais aussi de la boîte de courtage créée par feu son père. En deux ans, Tibbitt avait conduit l'affaire à la faillite. Depuis lors, il en était réduit à vendre des assurances avec des résultats médiocres.

De là, les traces menaient tout droit à l'Apex.

Hope avait découvert plusieurs appels téléphoniques de Herb au moment Nouvel An. Or, à Noël, Andy avait mentionné les problèmes d'argent de sa mère. Herb avait probablement tenté d'emprunter à son beau-fils – sans résultats.

À un moment ou un autre, il devait avoir obtenu des indices concernant les activités annexes d'Andy, soit en croisant un sang bleu amer, soit en assistant de visu à un assassinat financier stratégiquement planifié. Ou peut-être plusieurs ruines suspectes avaient-elles fini par l'alerter, le poussant à suspecter Apex – et son PDG, Andy.

Tibbitt, honteux de sa faillite, ou embarrassé que sa demande d'argent ait été ignorée, avait craqué : il était passé à l'attaque.

Procurant ainsi à Ruben son emploi.

En y réfléchissant, une seule et unique raison justifiait que ce fils de pute ait cherché à placer dans le penthouse d'Andy un micro-espion coûteux... Il ne s'agissait pas d'un simple *Auld Lang Syne* [137]. Le personnel de l'Iris avait reçu par téléphone l'ordre d'installer le détecteur.

---

137 Chanson écossaise (littéralement, « Les jours d'antan »), connue des francophones sous le nom de : *Ce n'est qu'un au revoir*.

En pleine nuit, l'autoroute I-95 était déserte. Ruben n'hésita pas à dépasser la limitation de vitesse jusqu'à Scarsdale.

Pourquoi diable la musique de merde était-elle plus supportable en voiture ?

Il se gara à trois rues de sa cible et resta du côté le plus sombre de la rue. L'air était aussi brûlant que dans une forge. Ruben savait qu'il aurait dû porter du noir, mais son sweat-shirt Columbia, de deux tailles trop grandes, dissimulait son Kevlar [138]. Dans ses poches, il avait une poignée de liens en plastique et, autour de l'épaule un harnais avec une arme qu'il n'avait jusqu'à ce jour utilisée que dans un stand de tir.

Le quartier était superbe : à perte de vue, des demeures dignes de figurer dans le magazine *House Beautiful* ; magnifiques pelouses, arbustes artistiquement sculptés, grilles en fer forgé et caméras de surveillance. À l'intérieur, des Range Rover et des chiens de berger. Le genre de paradis pour blancs dont Ruben avait rêvé toute son enfance.

Il évita les lampadaires, excessivement conscient de sa peau sombre. Il n'était pas tout à fait minuit, pourtant, chacune des maisons à six millions de dollars paraissait endormie. Seules de rares lueurs bleuâtres apparaissaient aux fenêtres, écrans d'ordinateurs ou de télévision, annonçant des insomniaques ou des TV addicts.

Dans sa tête, Ruben entendit la voix de Peach : *essayer de prier, c'est déjà une prière.*

Tibbitt habitait dans une bâtisse de style colonial, à deux niveaux, sur huit mille mètres carrés de terrain. Pour éviter les éventuelles caméras, Ruben força le passage à travers une haie de buis – et laissa quelques branches brisées sur son passage. Il déboucha sur la pelouse qui entourait une belle piscine illuminée. Devant lui, sur une butte, à une cinquantaine de mètres, se trouvait la maison. Avec un tel espace, les voisins ne devaient rien entendre de ce qui se passait.

Où Tibbitt avait-il pu dissimuler Andy ? Au sous-sol ? Dans la cabane à outils ?

La maison, pour le moment, était silencieuse, éclairée par des lampes de sécurité extérieure.

Ruben longea les plants de zinnias et se faufila jusqu'à l'arrière, visant l'eau bleutée de la piscine. La maison était si illuminée que le reste du jardin, par contraste, semblait de velours noir. Même la petite baraque près de la piscine était sombre, entourée d'un silence de mort. *Pourquoi ?*

---

138 Gilet pare-balles.

Du calme, réfléchis. Ruben régla sa respiration sur les battements de son cœur : *un, deux, trois, quatre. Inspire, quatre battements, retiens ton souffle, quatre battements de plus, expire pendant quatre battements.* Cette respiration dite « tactique » était tout ce qu'il avait retenu, en plus des œufs en poudre, de son bref séjour au camp d'entraînement de l'armée.

Il recommença plusieurs fois. Quand son pouls se calma, son pas devint plus décidé. Caché derrière la haie, Ruben vérifia le. 45 de son frère, s'assurant d'avoir une balle dans le canon. L'acier lui parut glacé.

Ruben n'avait jamais aimé les armes, même au bon vieux temps, même quand tout allait mal. Il connaissait les bases, bien entendu, mais il n'était pas très bon tireur. Et puis, il se méfiait instinctivement de tout ce qui était mécanique. L'idée d'affronter un adversaire une arme à la main le faisait, comme on dit, « chier dans son froc ».

Une seule chose le poussait à avancer : l'idée qu'Andy était dans la maison, qu'il souffrait. Cette arme, c'était pour impressionner au cas où. Le mieux serait que Ruben entre et ressorte sans avoir à la braquer. *Ne joue pas au con.* Dès qu'il aurait retrouvé Andy, il filerait en évitant de se confronter à un quelconque repris de justice avec une gueule de punching-ball.

Pour une fois dans sa vie, Ruben remercia le ciel de ressembler à un voyou. En cas de nécessité, ça pourrait l'aider à bluffer et à s'en sortir, sain et sauf, avec Andy.

Après avoir parcouru une longue allée, il avança plus lentement, en silence, et inspecta les alentours. Il ne vit ni caméras ni système d'alarme. Ni câble ni réseau. Complètement déconnant.

Il trouva les fils électriques de la façade et déterra leur accès. Ses cours de perfectionnement lui servaient enfin, mais à commettre un délit. Sauver Andy ne serait sans doute pas considéré comme de l'autodéfense, pourtant, c'était exactement ce que Ruben ressentait. D'après Charles et son copain flic, la maison ne possédait aucun système de sécurité.

Ruben avait l'intention de vérifier.

Il coupa les fils électriques. Tout devint noir.

Il attendit une seconde, deux. Pas de sirène. Pas de cris. Pas de mouvement dans la maison. Pas de Rottweiler enragé. N'y avait-il personne ?

Il approcha prudemment et jeta un coup d'œil à travers l'une des fenêtres : la maison était aussi immobile qu'une tombe.

Ruben vérifia l'heure : sept minutes. Il était temps d'accélérer les choses.

Il fit un grand détour pour retourner vers la haie. Il se figea en entendant une toux : elle provenait de derrière la maison.

Il n'avait encore trouvé aucun signe de la présence d'Andy, mais l'endroit n'était pas désert.

Dans la cour de derrière, sous un figuier, il retrouva une vieille connaissance : Mastoc, qui fumait une cigarette, devant la piscine.

À sa vue, Ruben fut secoué d'un mélange de soulagement, de joie et de nausée. Si l'homme de main se trouvait là, sans doute Andy y était-il également. Mais si son acolyte – le moustachu – accompagnait Mastoc, la bataille devenait inévitable.

Ruben s'approcha sur la pointe des pieds.

Mastoc portait un costume de flic – deux cents dollars, grand maximum. Par terre, devant lui, le sol était jonché de mégots. Ainsi, c'était le Coin-fumeur pour les Nuls ? Le nez bulbeux de la brute paraissait encore plus moche, sans doute la conséquence du coup d'extincteur qu'il avait reçu chez Andy. Ruben se demanda si le gars avait pris la peine de passer chez son dentiste.

Il avançait toujours, restant dans l'ombre. Au dernier moment, Mastoc dut entendre craquer une brindille ou sentir un mouvement, car il se retourna… mais pas assez vite. Ruben l'avait déjà empoigné d'un bras autour de la gorge, il serra. La cigarette allumée tomba dans l'herbe.

Ruben avait appris cette clé dans les bars de Miami : quelques secondes sans air et hop, dodo. Ni bruit ni cadavre. Ruben comptait seulement récupérer Andy et filer sans faire de vagues.

Son biceps gonfla, serrant plus fort le cou épais et le visage bouffi devint ponceau.

Mastoc bafouillait et haletait, les yeux exorbités, le nez morveux, mais il ne pouvait rien faire. Déjà, il s'amollissait. Ruben ferma les yeux et tint bon. Il ne voulait pas tuer ce connard, mais l'idée de priver ce cerveau d'oxygène le troublait peu.

Les genoux de Mastoc finirent par lâcher, Ruben l'aida doucement à s'allonger. Puis il le fouilla. Il ne trouva pas d'arme.

Du portefeuille, il sortit un permis de conduire et une carte visa, tous les deux faux. En clair, ces gars-là étaient des amateurs.

De sa poche, Ruben tira des liens plastiques dont il ligota les gros poignets et les chevilles de l'homme inanimé. Pour terminer, il lui recouvrit la bouche de papier collant. Il roula ensuite le corps dans la haie en espérant que les buissons étaient pleins d'araignées. D'énormes araignées.

— Phil ?

La voix geignarde émanait du pool house : Morse en sortait, en tirant sur sa moustache. Ruben se remit à respirer « tactiquement ». *Un, deux, trois, quatre.* Puis il inspira un grand coup, roula les épaules et se jeta en avant. *Advienne que pourra.* Il était temps d'agir. Morse passait devant sa cachette quand Ruben lui colla un tournevis au creux des reins. Il n'était pas un meurtrier, mais il pouvait certainement en tenir le rôle. Après tout, c'était pour jouer les voyous qu'Andy l'avait embauché. Une tronche à faire peur avait des avantages, finalement.

Morse blêmit.

— Non ! gémit-il.

Il parlait d'une voix faible, étranglée, à peine audible. Ruben enfonça un peu plus fort le tournevis dans le dos malingre.

— Ta gueule. Je ne veux pas entendre un mot.

Morse s'étrangla et hocha la tête. Il sentait la menthe.

Un, deux, trois, quatre.

— Je ne compte pas te tuer, marmonna Ruben.

Haletant dans l'air chaud et moite, il ligota les poignets osseux. La maison était toujours aussi sombre, aussi silencieuse. Non loin de là, la piscine miroitait.

Maintenant que Ruben était au cœur de l'action, le soulagement lui faisait presque tourner la tête. Il respira plusieurs fois.

À l'oreille de son captif, il murmura :

— Je suis juste venu m'occuper de la maintenance, connard. C'est compris ?

Morse acquiesça, sans se retourner.

Ruben enchaîna :

— Voici ce que je te propose : si tu ne déconnes pas, j'aurais fichu le camp dans dix minutes. Si tu l'ouvres, je te troue la colonne vertébrale et j'y fous une sonnette pour que tout le monde sache que tu es un connard débile. *Ding dong*, ajouta-t-il, en appuyant son tournevis.

Morse ouvrit grand la bouche dans un cri silencieux, exhibant ses dents tordues – et même les plombages minables de ses molaires du fond.

Finalement, il retrouva sa voix :

— Argh !

Il s'étrangla et se tut.

Ruben bougea un peu son tournevis pour trouver le joint entre deux vertèbres.

— Je vais te préciser un truc. Si je vise bien, tu seras un légume. Si je rate mon coup, tu crèves. Compris ?

Morse ferma les yeux. Sa lèvre inférieure tremblait.

— Mmm.

— Tu vas la fermer ? Si tu es d'accord, bouge la tête.

Ruben faisait de son mieux pour avoir l'air très menaçant.

— Euh, je…

— Ta gueule. Je crois que mon copain a besoin d'un chauffeur. Qu'est-ce que tu en penses ?

Il ponctua sa question d'un coup de tournevis.

Morse trembla violemment. Tout à coup, une forte odeur d'ammoniac monta aux narines de Ruben : Morse venait de se pisser dessus. En même temps, il hochait frénétiquement la tête.

— Dans ce cas, tout va bien, ajouta Ruben. Maintenant, viens avec moi, allons chercher mon copain. Il est tard, je suis sûr qu'il est pressé de retrouver son lit.

Un liquide chaud coula sur ses doigts. Ruben baissa les yeux : du sang tachait le tee-shirt de Morse. Juste une éraflure.

— Oups, tu saignes, remarqua-t-il.

De plus en plus affolé, Morse trébucha en traversant la cour. Il n'allait pas vers la maison, mais vers le petit cabanon près de la piscine.

Bingo.

Ainsi, voilà où se trouvait Andy. En l'envisageant là-dedans, ligoté dans le noir, Ruben sentit une étrange émotion monter en lui, mélange de soulagement, d'espoir et de panique.

Il poussa un grondement féroce :

— J'espère que Tibbitt et ton gros con d'acolyte seront aussi conciliants que toi. Le foutu beau-père d'Andy et ses connards d'associés lancent une nouvelle stratégie d'OPA, hein ? Je ne suis pas certain que le FBI va apprécier. Vous allez vous retrouver au violon, les gars.

Il nota la surprise du moustachu. Il avait cherché à le titiller pour obtenir des renseignements. En vain. Apparemment, Tibbitt n'était pas là.

Les mains zippées de Morse étaient devenues pourpres, sans doute Ruben avait-il trop serré les liens, lui coupant la circulation.

Un chien aboya, quelques maisons plus loin. Ruben avançait prudemment, utilisant le corps maigre comme bouclier.

— Tu n'es pas exactement un cerveau, *hombre*, ajouta-t-il. Nous savions très bien qui se cachait derrière cette opération. Avance.

Il le poussa, Morse trébucha. Puis s'arrêta devant la porte, se balançant de droite à gauche.

Ruben avança la main et tourna la poignée. Lentement, silencieusement. Morse ne bougeait plus. Encore une fois, Ruben le poussa entre les épaules. Encore une fois, Morse trébucha.

Ils entrèrent dans une petite pièce sombre : deux fauteuils ; sur une table basse, plusieurs boîtes de conserve s'alignaient. Comme seul éclairage, l'écran d'un ordinateur portable posé sur le comptoir. Tout était silencieux.

Trop silencieux. Ça n'allait pas du tout.

Ruben ouvrit la bouche, prêt à appeler à Andy, puis il se ravisa.

— Avance ! souffla-t-il.

Morse fit un pas avant. Ses mains liées effleurèrent la jambe de Ruben. Furieux, Ruben saisit son prisonnier d'une poigne que la sueur rendait glissante.

— Si tu me touches encore, connard, je te plante mon surin dans l'oreille.

Il ne plaisantait pas.

Sur l'écran s'affichait une émission de télé-réalité : une famille qui se ridiculisait devant les caméras. Une moitié de sandwich était posée à côté.

Ainsi, Morse avait regardé la télé.

Mais où était Andy ? Une petite baraque comme ça n'avait certainement ni sous-sol ni grenier. La vision de Ruben s'étant ajustée, il distinguait mieux les murs nus de la pièce. Les sièges étaient pliants, la table aussi. Du mobilier temporaire, pris à la dernière minute. Rien de planifié.

Morse s'était arrêté devant une autre porte. Un placard peut-être, ou une chambre ? Pouvait-on dormir dans un pool house ?

Ruben posa la main sur la poignée, son alarme interne devenait assourdissante, mais l'heure tournait. Chaque seconde gaspillée mettait Andy en danger.

Je t'en prie, ne sois pas mort. Ne sois pas blessé.

Morse s'écarta sur le côté, mais pas trop, toujours sous la menace du tournevis. À la lueur bleutée de l'écran, son visage luisait de peur.

Les doigts de Ruben se refermèrent sur le bouton de métal. Le cœur tambourinant, il tourna la poignée et poussa le panneau, tenant le maigrelet devant lui au cas où il soit accueilli par une fusillade.

Il faisait noir. C'était une… pièce, sans doute. Ruben poussa Morse en avant. Il avait appuyé son tournevis plus fort que prévu, car le sang se remit à couler, presque noir dans la pénombre.

— Andy.

Ce murmure rauque le surprit – sa voix ? Ruben n'avait pu retenir son appel. Il fit un pas. Puis un autre. Devant lui, Morse se raidit et…

Il y eut ensuite le crépitement d'un taser. La vive lumière bleue lui brûla les rétines tandis que tout son corps était électrocuté.

— Aaah !

Sa vision devint grise. Ruben tomba lourdement sur un coude sans pouvoir se retenir. Ses muscles tressautèrent douloureusement.

La lumière revint. Une autre décharge. Ruben hurla.

Morse bougea à côté de lui, la bouche saignait : il s'était mordu la langue. Il envoya à Ruben un coup de pied en pleine tête.

Avant de perdre conscience, Ruben réussit à tourner la tête : un doux visage flétri lui souriait benoîtement.

QUAND RUBEN parvint à soulever les paupières, il eut l'impression que tout son côté gauche avait été écrasé par un train. Dire qu'il s'était senti mal, le matin même, en se réveillant dans la gare routière ! Maintenant, c'était bien pire. Son sternum pulsait, sa bouche était remplie de sang séché et deux de ses doigts au moins étaient cassés.

Dans la pénombre, quelqu'un avança vers lui. Il reçut un baiser au goût de pain frais. Aussitôt, sa douleur s'évapora comme un crachat jeté sur une plaque électrique.

Andy.

— Ouille !

Avec un sourire soulagé, Ruben pressa ses lèvres meurtries contre celles d'Andy, trop heureux pour se soucier d'avoir mal.

— Salut, patron, dit-il ensuite.

— Ben, dis donc ! Tu es dans un sale état !

Andy, quant à lui, avait l'air plutôt en forme, compte tenu des circonstances. Son visage était pas mal abîmé, avec un œil poché, des éraflures et des traces de coups.

— Pas du tout.

Ruben réclama un autre baiser. Pourquoi diable était-ce aussi bon ?

Ensuite, il regarda autour de lui. Andy et lui se trouvaient apparemment dans un sous-sol, un espace bien trop vaste pour être situé sous le pool house. Une ampoule nue pendait d'une chaîne au plafond. Sinon, la seule lumière provenait d'une petite lucarne à la vitre croupie, située en haut du mur. Dans un coin de la pièce, il y avait plusieurs vieilles boîtes d'archives et de dossiers.

Andy attira Ruben sous l'ampoule pour mieux l'examiner.

— Eh bien, nous voilà dans une sacrée merde, hein ? Je présume que tu as rencontré mon beau-père.

Il portait des vêtements que Ruben ne lui connaissait pas : un sweat-shirt délavé et un pantalon kaki de taille 50, avec la ceinture attachée serrée. Il était nu quand il avait été enlevé pendant la nuit.

Une image revint à Ruben, un doux visage.

— Le vieux…

Andy acquiesça avant de lui serrer les doigts.

— Merci.

Ruben se redressa lentement, afin d'appuyer son dos contre le mur.

— De quoi ? De m'être fait attraper ?

— D'être venu me sauver.

— Tu parles d'une brillante réussite !

Andy jeta un coup d'œil à la porte.

— Tu t'en es mieux sorti que tu le crois, *cariño*. Tu leur as foutu une sacrée frousse.

— J'ai juste sali un tournevis et obtenu la trace de sa botte sur mon crâne.

— Mais tu m'as retrouvé. Alors, maintenant, ils craignent de voir arriver la cavalerie. Seul un idiot serait capable de se jeter dans une histoire pareille sans des renforts à proximité.

— Sans blague ?

Ruben émit un rire sifflant. Il avait mal aux côtes et aussi au visage, là où Morse l'avait frappé. Il leva la main : ses doigts cassés avaient été pansés.

— Je suis resté combien de temps dans les pommes ? demanda-t-il.

— Environ deux heures, répondit Andy. Je crois… Je ne sais même plus quel jour on est.

— Je suis arrivé samedi soir.

— Le temps passe si vite quand on essaie d'éviter la prison !

Andy arbora sa fossette. *Et ça recommence.*

Ruben effleura son visage, apparemment, il avait été nettoyé pendant son inconscience. Les yeux d'Andy étaient très tendres, pleins de lumière.

— J'ai essayé de te soigner, souffla-t-il. Je peux tout t'expliquer.

Ruben ricana.

— Dans ce cas, tu es génial !

— Je suis sincèrement désolé. N'importe qui d'autre que toi m'aurait laissé gérer la merde que j'avais provoquée.

Quel idiot ! Ruben haussa les épaules. *Je suis foutu.* Avant de laisser son addiction occulter son bon sens, il redevint sérieux.

— Andy, si tu veux que je reste, il faut que tu abandonnes tout ça.

— C'est-à-dire ?

— Ce que tu fais, c'est illégal. Tu as détruit des existences, des gens. Je veux bien qu'ils le méritaient peut-être, mais tu ne peux pas donner Apex à Tibbitt et t'en laver les mains. Même lui le sait très bien.

Andy affronta le problème bille en tête.

— Tu comptes me dénoncer aux autorités ?

— Quoi ? Non ! Tu es fou ?

Cette fois-ci, Andy parut surpris.

— C'est vrai ? Pourquoi ?

— Parce que je refuse que tu t'en sortes aussi facilement.

En réponse, Andy esquissa un sourire complice, diabolique. Ruben le regarda droit dans les yeux.

— Écoute, je ne laisserai personne t'enfermer, mais rester avec un dingue ne m'intéresse pas. J'ai déjà assez de mal à rester sain d'esprit.

Andy acquiesça, reconnaissant la vérité de ces paroles.

— Et alors ? Que veux-tu que je fasse ?

— Tu vas rembourser ton beau-père et te retirer. Tout abandonner.

— Je ne peux pas.

— Si, tu peux.

— Ruben, ce n'est pas de l'argent qu'il veut, c'est...

— ... le pouvoir. Il veut Apex.

Andy ne cacha pas sa surprise.

— Oui. Exactement. Comment le sais-tu ?

— J'ai réfléchi, mon cher, déclara gentiment Ruben. Toi, tu es célèbre, connu, lui, il est coincé ici. Il a compris que tu chassais le gros gibier, il veut participer. C'est ça ?

Andy hocha la tête, la bouche pincée, les joues empourprées.

Ruben enchaîna :

— Et comme tu le connais, tu n'as pas voulu de lui... c'est là que la situation s'est détériorée.

Andy poussa un soupir.

— La vérité est encore pire. Ruben, c'est mon père, avoua-t-il avec une grimace. Le donneur de sperme, c'est lui. Je suis le fils de ce sale con !

— Nom de Dieu !

— Voilà pourquoi il me déteste autant. Voilà pourquoi ma mère a passé sa vie à jouer les intermédiaires entre nous. Chaque fois que je défendais mon père, je veux dire, l'autre...

Il s'interrompit, les sourcils froncés.

— Andy, laisse tomber, intervint Ruben, ça n'a plus d'importance. Cherche plutôt le moyen d'utiliser cette nouvelle info. Réfléchis.

— Eh bien, Herb veut tout diriger, tout posséder. Ça fait des années qu'il cherche à établir sur moi ses droits parentaux. Berck !

Une fois de plus, Andy grimaça.

— Il en est comme obsédé, ajouta-t-il. Il veut me voir agir comme son fils. Il veut que je remette Apex entre ses mains.

— Dans ce cas, fais-le. D'accord ? Qu'est-ce que ça peut te faire ? Tu ne peux pas mettre toute ta vie entre parenthèses et croiser les doigts en espérant que personne ne le remarque.

— C'est mon *père*, Ruben. Et elle ne me l'a jamais dit.

— Et alors ? Utilise cet atout pendant qu'il a dû poids.

— En faisant quoi ? En le remboursant ? En lui donnant Apex ? En laissant à ce foutu donneur de sperme le pouvoir de détruire tous ceux qui le prennent à rebrousse-poil ?

Andy se tut, l'air renfrogné.

321

— Et ensuite, je fais quoi ? ajouta-t-il.

Ruben lui prit la main.

— Tu mènes une petite vie pépère. Je parle *sérieusement*, Bauer. Redeviens prudent, rationnel, tout ce que tu détestes… parce que je ne supporterais pas que tu sois mort ou paralysé. Tu as tout cassé, nous allons réparer ensemble.

Andy se frotta violemment les joues.

— Tu veux que j'abandonne mon travail ? Mes investissements ? Qu'est-ce que je vais bien pouvoir faire ? Et pourquoi, j'accepterais ?

Ruben s'emporta :

— Pour t'éviter le bagne et les viols collectifs dans les douches communes ! Oh, ajoutons aussi que tu ne risqueras plus d'être enlevé et tabassé par des parents sociopathes ! Nom de Dieu, Andy !

En signe d'excuse, Andy leva les mains et secoua la tête.

— Je te demande pardon. Tu as raison. C'est effectivement une solution à mon problème.

— En tout cas, moi, j'essaie d'avancer, assura Ruben avec douceur et fermeté. Si c'est encore possible. Tu sais, la plupart des gens s'imaginent que redevenir sobre, pour un ivrogne, c'est juste s'asseoir dans le sous-sol d'une église en racontant toutes les conneries qu'il a commises en état d'ivresse.

Il secoua la tête, inspira un grand coup et se lança :

— Devenir sobre, c'est bien plus sérieux. Il faut réfléchir, se concentrer, peser ses choix et ses responsabilités. Ne plus rester couché et subir, mais se redresser et prendre des décisions.

Une ride creusa le front d'Andy.

— Je ne peux pas donner à ce salaud ce qu'il veut !

Ruben soupira.

— Non, mais tu peux lui faire payer ce privilège. Écoute, c'est ta seule porte de sortie. Tu ne peux pas garder le contrôle. Tu as besoin d'aide. Admets-le. Fais amende honorable. Prends tes responsabilités.

— Non, mais, tu me colles les douze étapes ou quoi ?

Ruben haussa les sourcils. Il ouvrit la bouche… et se ravisa. Il pinça les lèvres avant de dire une connerie.

— Tu crois que ça suffirait à tout résoudre ? insista Andy.

— Non, génie. Rien n'a jamais le pouvoir de *tout* résoudre. Rien n'est jamais terminé. C'est juste… un répit.

Le souffle court, Ruben n'écouta plus que son cœur.

— C'est une étape, Andy. Une étape importante. Un pas en avant.

Andy se voûta, les épaules basses.

— Non, c'est un pas en arrière. J'abandonne tout, c'est ça ? Ma boîte, ma mère, ma famille ?

— Et le beau-père que tu n'as jamais pu encadrer. Tu l'as délibérément mis sur la paille dès que tu l'as pu.

— Et alors ? Merde ! Ce n'est pas un simple squelette que ce salopard garde dans son placard, c'est tout un ossuaire, des corps entassés qui retombent peu à peu en poussière. Ma mère. Papa. Ma carrière.

— Une carrière de tueur à gages ? Que c'est excitant ! Quand je pense à tout ce que tu vas perdre, ça me brise le cœur.

L'air était chaud, si vicié que Ruben en avait le visage douloureux. Cependant, il évita d'y porter la main.

Andy fit la moue.

— Pour toi, c'est facile à dire…

Ruben l'interrompit en se redressant maladroitement.

— Tu crois ça ? Explique-moi un peu pourquoi. Tu sais, tu devrais vraiment cesser de juger les autres à l'aune de ta connerie.

— Ce n'est pas ce que je voulais dire.

Ruben le désigna du doigt.

— Oh, excuse-moi, Bauer… Ça ne te dérange pas que je te traite de con, j'espère ? Sans doute pas, vu que tu insistes pour mériter ce titre à chaque occasion. Par chance, j'en connais un rayon sur l'autodestruction. Je suis un addict. Et toi, tu parles exactement comme tous ceux que j'ai connus.

La mine de plus en plus sombre, Andy finit par acquiescer.

— En clair, d'après toi, je n'ai pas le choix ?

— Si ! Tu as le choix. Moi aussi, j'ai le choix. Ton beau-père également. Des choix, Bon Dieu, il y en a, à ne plus savoir qu'en faire. Bien sûr que tu as le choix !

D'un geste frénétique, Ruben agita les bras, désignant le sous-sol dans lequel Andy et lui étaient enfermés. Puis il enchaîna :

— C'est juste une suggestion, Andy. Nous sommes en chute libre, alors, je te suggère d'ouvrir ton parachute parce que tu ne vas pas tarder à faire connaissance avec le béton. Tu ne le vois peut-être pas, *mais il est impatient de t'accueillir !*

Il ne s'était mis à hurler qu'à la fin de sa tirade.

L'air contrit, Andy déglutit avec difficulté.

— C'est une image très évocatrice.

— Sans blague ? Alors, tu as le choix, tu vas choisir de donner à Tibbitt ce qu'il attend avant de dégager. Il ne s'agit pas de comparer vos queues pour savoir qui a la plus grosse. Les dingues, ça ne peut pas perdre, parce que ça ne peut pas gagner. Tu lui signes les documents qu'il réclame. Je me fous qu'il s'agisse d'argent, de famille, de boîte. Peu importe. Tu passes à la caisse.

Très ému, Ruben accrocha aux doigts d'Andy.

— Ça va me coûter beaucoup plus que l'argent, Rube.

— Tant mieux, aboya Ruben. Je parle *sérieusement*, Andy. Rester en vie, ça ne te dit pas ? Si tu es si impatient de mourir, je peux te tuer moi-même, tout de suite. Comme ça, ils pourront t'ensevelir sous le figuier de ta mère.

Andy s'approcha de lui et referma sa main sur la sienne.

— Non, Rube, tu ne ferais jamais ça. Tu préfères me protéger. Quitte à me botter le cul. Déjà, tu savais me rendre heureux, me faire sourire. Maintenant, tu réussis en plus à compléter mes phrases.

— Si ça ne tenait qu'à moi, ils finiraient tous saucissonnés au ruban adhésif.

Ruben sourit, infiniment soulagé de pouvoir plaisanter. Il en oubliait presque ce qui les attendait à l'étage.

— À mon avis, reprit Andy, tu tiens à moi.

Le silence qui suivit fut long, plutôt intense. Ruben s'était figé, les yeux fixés sur les doigts chauds d'Andy entremêlés aux siens.

— Quand nous sortirons d'ici, souffla enfin Andy, j'aurai beaucoup d'excuses à faire.

— Moi aussi, *pintón*.

— Et si nous mourons, ça sera impossible.

Ruben le bouscula.

— Merci bien !

Andy haussa les épaules.

— Hé… la vie n'est pas ce qu'il y a de plus important.

Il eut un rire absurde, hystérique. En l'entendant, Ruben sentit ses cheveux se hérisser sur sa tête. En réaction, une culpabilité toxique émana soudain de lui, coulant du bout de ses doigts jusqu'au béton du sol, un goutte à goutte de sueur angoissée. Ce n'était pas l'envie d'alcool qui le faisait trembler, il désirait juste…

Prendre une douche… avec Andy.

Alors que tous deux étaient emprisonnés, tout sanguinolents, dans un sous-sol à Scarsdale, il n'aurait pas voulu se trouver ailleurs.

Un honnête homme aurait eu le bon goût d'avoir l'air malheureux. Pas Andy. L'enfoiré réussissait à s'exprimer, pas avec sa bouche, mais avec ses yeux flamboyants.

Ruben le fusilla du regard.

— Ne cherche pas à me manipuler, Bauer !

— Je ne cherchais pas. Pas vraiment. C'est juste que ça me plaît de te voir gérer mes emmerdes. L'impulsif et le contemplatif. Pas vrai ?

— Je ne parviendrai jamais à te faire confiance si tu continues à prendre des risques pareils. C'est…

— … un investissement, compléta Andy en hochant la tête.

— J'allais dire important, mais si tu préfères investissement.

— Moi, je te fais confiance, *señor* Oso.

— Tu as intérêt, *pintón*, sinon, ça va chauffer pour ton matricule.

Ruben empoigna Andy par les cheveux – juste au niveau de son épi – et le secoua sans ménagement.

— J'en ai ras la frange de me faire du souci pour toi ! aboya-t-il. Je parle *sérieusement*.

— Moi aussi.

Andy le dévisagea. Puis il plissa les yeux et ajouta :

— Je te vois, tu sais ? Avec moi, tu ne peux pas te cacher. Le cœur d'un héros se cache derrière ce visage de truand.

Il tapota la poitrine de Ruben.

— Aille, ouille ! protesta Ruben. Va te faire foutre !

— Avec toi, j'ai adoré… Et je n'ai même pas eu mal.

Il cligna des yeux. *Il disait la vérité.*

Puis Andy cacha son visage dans le cou de Ruben et inspira.

— Voilà pourquoi on appelle ce genre de tête-à-tête un cœur à cœur, souffla-t-il.

— Ah, bon, grommela Ruben. En tout cas, mieux vaut quand même se barrer.

Andy se redressa et fouilla son regard, comme s'il cherchait… quelque chose. Une promesse, une réponse ?

— Nous le ferons. Je te le jure. Je ferai ce qu'il faut pour ça. *Sérieusement*…

Entre eux, ce mot était devenu une sorte de code, il représentait tout et n'importe quoi – la vie, l'argent, le danger, la confiance, les aveux… les sentiments.

Andy recula d'un pas en direction de la porte.

— Attends ! le rappela Ruben. Qu'est-ce que tu fais ? Tu t'en vas ?

Andy baissa la tête, hésita un moment… puis regarda Ruben droit les yeux.

— Je t'aime, Ruben Oso. Tu m'es plus cher que tout ce que j'ai eu dans ma vie fausse et sans valeur.

Sérieusement ?

Ruben acquiesça, trop abasourdi pour parler.

Le soleil se levait, la lumière de l'aube tombait sur eux et se posait sur leurs joues comme un baiser divin.

Andy revint près de Ruben et pressa son front contre le sien.

— J'ai été un gamin gâté, buté, stupide. Je n'ai jamais… jamais connu…

Il posa sur ses lèvres un baiser prudent. Quand il s'écarta, Ruben déglutit, la bouche asséchée d'angoisse.

— Moi non plus, souffla-t-il. J'ai toujours eu l'impression que tout le monde portait un smoking, et que moi, j'étais une vieille chaussure marron. Ou un sneaker.

Andy secoua la tête, prêt à protester. Mais Ruben posa les doigts sur ses lèvres pour le faire taire.

— Non, laisse-moi parler. Tu avais raison. C'est rare, mais ça t'arrive parfois. Je me cachais, je me mentais… C'est vrai, tu me connais bien. Je n'aurais jamais dû te quitter. Si j'étais resté avec toi, rien de tout ça…

— Non, Rube.

— Écoute, je ne suis qu'un bon à rien, un ivrogne. J'ai menti, j'ai volé à la petite semaine. Si je suis encore en vie, c'est grâce à des gens qui valaient bien mieux que moi : ma famille, mon ex. Je ne mérite rien, surtout pas une seconde chance. Je parle de nous deux, bredouilla-t-il.

D'une main qui tremblait, Andy essuya ses yeux humides. Il baissa la tête et répondit, les yeux fixant le sol.

— Je sais. D'accord.

— Comment ça, d'accord ? Tu es d'accord ? *Sérieusement ?*

C'était encore meilleur que l'ivresse, ce doux flottement sous son sternum.

— Oui, répondit Andy. Considère que nous avons un deal.

Il eut un sourire de commercial, enivrant. Puis il essuya ses mains moites sur son pantalon kaki taché de sang.

— Pardon ?

— Considère que nous avons un deal, répéta Andy.

Quoi encore ?

Ruben fit une grimace. Il ne comprenait plus rien.

— Je ne parle pas de toi et moi, précisa Andy. Je parle de Tibbitt et moi. De Ducon et moi. Je n'arriverai jamais à me débarrasser de lui, mais ça n'a aucune importance. Tu as raison. Je n'ai pas besoin de lui. Dans tout ce qui compte pour moi, il n'a pas sa place.

— Attends… quoi ?

Déjà, Andy ouvrait une armoire dans laquelle il fouillait.

— Tu as faim, Rube ? Tu devrais te changer.

— Attends, attends, explique-moi.

Andy lui jeta déjà une chemise cousue main.

— Mon père était très grand. Cette chemise devrait t'aller.

— Hein ?

Une chemise ayant appartenu au père d'Andy ? Ruben fit un gros effort pour ne pas piquer un fard.

— Excuse-moi, enchaîna Andy. Je sais que c'est idiot, mais ils ne te laisseront pas entrer sans une chemise et une veste.

— Bauer, bordel, qu'est-ce que tu fabriques ? Entrer où ? Où comptes-tu aller ? Je te croyais prisonnier.

Andy tomba à genoux pour fouiller dans un tiroir.

— Je l'ai été. Mais ton arrivée a tout changé. Si je n'ai plus à me battre avec Ducon, nous pouvons filer, tout simplement. Nous n'avons pas le temps de prendre une douche. Dommage ! Habille-toi.

Ruben devinait très bien la tronche qu'il devait avoir. Le sang et les contusions n'amélioraient certainement pas son aspect.

— Andy, il a tenté de nous tuer !

— Non. Il tentait juste de nous convaincre. Ceci...

Il désigna les traces de coups qui marquaient le corps et le visage de Ruben,

— ... n'est que sa façon de discuter. Manifestement, comme négociateur, il ne vaut pas tripette. Nous ne sommes pas prisonniers. La maison appartient à ma mère.

— Ils m'ont agressé !

— Tu es entré ici par effraction. Et tu étais armé. Allez, admets-le. Tu es sacrement effrayant.

Une tronche de cible.

Toujours sceptique concernant le plan d'Andy, Ruben boutonna sa chemise avec des doigts maladroits. Il serra prudemment les pans de coton sur son torse meurtri.

— Si tu dis vrai, pourquoi sommes-nous au sous-sol ?

Andy éclata de rire.

— Parce que c'est ma chambre. Du moins, ça l'était. C'est là que je dormais à l'époque où j'étais en pension. Je n'avais que quinze ans, ajouta-t-il avec un haussement d'épaules. J'étais bien tranquille pour me branler ou fumer de l'herbe. Sans avoir à écouter Ducon parler pour ne rien dire.

Ruben regarda les cartons empilés un peu partout.

Andy répondit à la question qu'il ne formulait pas.

— À présent, cette pièce sert de débarras. Je t'ai emmené dans ma chambre parce que... eh bien, c'est la seule pièce que je supporte dans cette maison. Je ne voulais pas te voir ailleurs qu'ici, chez moi.

Il secoua la tête, l'air écœuré.

Ruben posa la main dans son dos.

— Tibbitt n'est pas ton père, il est ton ennemi. Même s'il est ton géniteur, ce n'est pas lui qui t'a élevé. Il n'est qu'un obstacle que nous allons déblayer de ta route.

Andy sortit de l'armoire un blazer bleu marine, son regard s'attarda le minuscule écusson d'or fixé au revers.

— Cette veste devrait t'aller. Le pin Columbia est encore agrafé dessus.

Hébété, Ruben accepta le vêtement.

— Et moi qui te croyais en danger !

— Je l'ai été. J'ai foutu en l'air la vie de ma mère, je l'ai laissée toute seule avec Tibbitt, alors que je savais ce qui l'attendait. Pendant vingt ans, je n'ai cessé d'aiguillonner un ours enragé. Et moi, je restais terré dans mon putain de penthouse à espionner New York d'en haut parce que j'avais trop peur d'y vivre. Alors, quand je t'ai perdu, j'ai été…

À nouveau, il secoua la tête, les traits crispés.

Il pressa un interrupteur, un spot s'alluma au plafond. Effectivement, les posters sur le mur et les anciens manuels scolaires étaient révélateurs : une chambre d'adolescent était bel et bien enterrée sous les vieilleries.

Andy brandit un trousseau de clés.

— Tu as faim ? Viens. Nous allons prendre un brunch.

Ils montèrent à l'étage et traversèrent la maison – une demeure bourgeoise, très cossue. Les pièces étaient à peine éclairées, mais Andy connaissait les lieux.

Plutôt patraque, Ruben avait du mal à le suivre. Il rentra les pans de sa chemise dans son pantalon.

— Bon sang ! Qu'est-ce que tu as encore inventé ? Tu comptes lui voler une de ses voitures ? Arrête. Arrête !

Andy venait d'ouvrir la porte d'un garage révélant deux Jaguar, un Range Rover et un cabriolet Mercedes. Un demi-million de dollars d'arrogance automobile alignée comme des confiseries sur un rayon.

Andy pressa une des clés de son trousseau, les feux de la Mercedes clignotèrent.

— Excellent choix ! s'exclama-t-il.

— Andy ! Ils t'ont enlevé ! Ils ont saccagé ton appartement ? Nom de Dieu… Andy !

La voix affolée de Ruben renvoyait encore des échos jusqu'au toit du garage qu'Andy avait déjà ouvert la portière du cabriolet. Il attendit cependant que Ruben le rejoigne.

— Et alors ? C'est juste l'idée que Ducon se fait d'une conversation. Il tenait à me démontrer qu'il parlait *sérieusement*. Il m'a traîné jusqu'ici parce que j'ai refusé de lui donner Apex et le laisser terroriser tous ceux qu'il déteste. Maintenant, je peux le faire.

— Comment ça ?

— Eh bien, pas exactement comme il s'y attend.

Avec un sourire de barracuda, Andy se glissa derrière le volant. Peu après, le moteur rugit.

— Tu vois, Rube, ajouta-t-il, j'ai fait mon choix, j'ai pris mes responsabilités.

Sans plus discuter, Ruben ouvrit la portière côté passager et laissa tomber son corps endolori dans un siège baquet en cuir souple.

— Putain, j'adore ça !

Andy lui jeta un regard interrogateur.

— Quoi, donc ?

— Quand tu ressembles à un requin. Ça me botte !

— C'est vrai ?

Andy lui tendit la main. Ruben y glissa sa paume. Il entrelaça ses doigts à ceux d'Andy.

— C'est vrai. Je trouve ça hyper sexy. Tu ne peux pas imaginer.

La porte du garage s'ouvrit. D'une seule main, Andy manœuvra le cabriolet avec l'aisance d'un expert connaissant bien des lieux.

— J'aimerais tellement pouvoir être aussi impitoyable que toi ! déclara Ruben.

La voiture fonça dans l'allée. Les yeux gris bleu d'Andy, fixés devant lui, étaient aussi durs que du porphyre.

— Question d'habitude.

XIX

TOUTES LES prières obtiennent une réponse. La plupart du temps, cette réponse est non.

Andy conduisait comme s'il avait une carte de la région gravée dans le cerveau, à peine regardait-il les directions. Vingt-quatre minutes plus tard, ils dépassaient un portail sur lequel s'affichait un panonceau : Scarsdale Golf Club.

— Je croyais qu'il s'agissait d'un country club, s'étonna Ruben.

Andy leva les yeux au ciel.

— C'est les deux à la fois. Bonnet blanc et blanc bonnet. Ne porte pas de jugement.

— Pourquoi cet arrêt ?

Ruben déroula ses manches jusqu'à ses poignets. Sur sa peau sombre, les meurtrissures ressortaient encore plus.

— Andy, protesta-t-il, j'ai tout d'un évadé de prison. Quant à toi, tu n'es pas mieux, on croirait un balai-chiottes.

Il exagérait à peine. L'œil meurtri d'Andy en était au stade arc-en-ciel : mauve, violet, jaune et pourpre. Sur son front, une profonde entaille était striée de bandelettes jusqu'à la frontière des cheveux, poissés de sang. Sur les bras, les poils fauves étaient encore collés d'un ruban adhésif récemment arraché.

Andy acquiesça avec un sourire jovial.

— Génial, pas vrai ? Si nous nous pointons en grands blessés de guerre, mon beau-père va devoir répondre à pas mal de questions. Pire est notre aspect, mieux ça tournera pour nous.

Il passa en seconde en approchant du voiturier, puis serra les doigts de Ruben, pour le rassurer. Renfrogné, Ruben tambourinait sa portière de la main droite.

— Je te demanderais bien de me boxer, ajouta Andy, mais j'ai encore trop mal.

— Arrête ! Je n'ai pas l'intention de te frapper !

— Comme je le disais, nous devrons faire impression.

Ruben ne put s'empêcher de rire, puis il grimaça.

— Ouille, j'ai mal. Quel connard, ce Morse, il ne m'a pas raté !

— Qui ? Ah… le mec avec la moustache ? Il s'appelle Ernie. Il t'en voulait pour la dernière fois. Tu lui as presque fracturé la mâchoire.

Sidéré, Ruben en perdit la voix. Ainsi, Andy connaissait les noms de ses agresseurs. Normal, puisque les deux truands travaillaient pour son beau-père. Andy les avait reconnus dès le début, dans la rue, quand Ernie lui avait piqué son portefeuille.

Andy eut un mouvement d'épaules nonchalant.

— Ernie est un expert que les assurances utilisent en cas de sinistre. Rien d'une lumière, manifestement.

La voiture s'arrêta sous une porte-cochère. Instantanément, un bel adolescent apparut, vêtu d'un polo saumon avec un logo sur le pectoral. En voyant Ruben sortir du véhicule, le gamin recula.

— Waouh, mec !

Fasciné, il lorgna Ruben en se grattant le cou. Andy attira son attention et lui jeta son trousseau de clés.

— Bauer, annonça-t-il. Nous sommes venus prendre un brunch.

Le gamin récupéra les clés, presque sans les regarder, cependant, il s'attarda sur les blessures d'Andy.

— Hum… Auriez-vous besoin de… eh bien, d'un coup de main.

Andy lui sourit.

— Non, merci, ça va aller. Occupez-vous juste de la voiture.

— Euh, bien sûr.

Le gosse recula et fit un grand tour pour contourner la Mercedes. Il posa la main sur la portière, mais sans monter à l'intérieur.

Ruben leva un sourcil interrogateur.

— Un problème ?

Le garçon déglutit et recommença à se gratter le cou – un tic nerveux.

— Non, répondit-il en secouant la tête. C'est juste… on dirait vraiment que vous sortez d'une émission télévisée, voilà ! Hum. Bon appétit.

Deux secondes plus tard, il démarrait sur les chapeaux de roues.

D'un coup de coude, Andy incita Ruben à avancer.

— Ne t'inquiète pas pour les sièges de la Mercedes, souffla-t-il, même si le gamin se pisse dessus, ce n'est pas notre voiture.

Ses yeux brillaient d'un éclat fiévreux. S'amusait-il de toute cette histoire ?

— Allons régler notre affaire, ajouta Andy, d'un ton décisif.

De quoi parlait-il ? De ses représailles. De sa retraite anticipée. De leur relation. Comment Andy pourrait-il se protéger, ainsi que sa mère ? comptait-il réellement livrer sa boîte ?

Et quel était au juste le rôle de Ruben ?

Le vieux voulait Apex pour se venger de ses ennemis. Pour commettre à son tour des assassinats financiers. Il voulait utiliser Andy comme une arme, comme un tueur à gages.

Andy n'avait qu'un seul moyen de lui échapper : devenir radioactif.

Ils traversèrent une entrée silencieuse. Plusieurs blancs obèses s'agglutinaient de-ci de-là, en petits groupes. Andy prit à gauche.

— Le club-house, annonça-t-il.

— Dis-moi… marmonna Ruben, que veux-tu que je fasse ?

— Prends l'air effrayant. Laisse-le imaginer le pire. Laisse-le croire tout ce qu'il veut.

Ils arrivèrent enfin dans une grande salle à manger ensoleillée.

Ruben balaya l'espace du regard, sans trop savoir ce qu'il cherchait.

— D'après ce qu'on m'a dit, ils aboient, mais ne mordent pas, grommela-t-il pour lui-même. C'est de la poudre aux yeux.

Andy sourit et lissa ses vêtements d'emprunt, qui ne lui allaient pas.

— Tiens, tiens, *señor* Oso, aurais-tu discuté avec Hope ? Elle a raison, tu sais, Ducon gobera tout ce que tu lui fourgueras.

La salle surplombait la piscine et les greens, un bar longeait le mur du fond, tandis qu'un gigantesque buffet central présentait divers plats de viande froide, des œufs sous toutes les formes, des fromages, des viennoiseries et des fruits. Plusieurs couples d'âge moyen occupaient les tables réparties dans la pièce.

Ruben demanda :

— Que vas-tu faire, Andy ?

— Gagner.

Nous y voilà.

Le regard d'Andy venait d'épingler un homme d'environ soixante-dix ans, plutôt petit, légèrement chauve, attablé seul, un Bloody Mary dans la main.

En les voyant approcher, il se leva.

— Andrew. Tu as vraiment mauvaise mine.

Herbert Tibbitt examina les blessures de Ruben sans croiser directement son regard.

— Nous sommes venus prendre un brunch, annonça Andy.

Le regard du vieillard effleura discrètement les autres clients grisonnants.

— Voyons, Andrew, souffla-t-il, pas plus que moi, tu ne peux te permettre d'attirer l'attention.

— Nous sommes aussi venus traiter un marché. Je te présente mon partenaire, Ruben Oso. Il vient de Colombie.

Tibbitt déglutit la boule qui paraissait l'étrangler. Puis il toisa Ruben avec autant de compassion qu'un détecteur de mensonges.

— Ils font des affaires *là-bas* ? D'après ce que j'en sais, la Colombie ne fournit que des émeraudes et de la cocaïne.

Ruben serra les poings, mais réussit à rester impassible.

— Ruben a des moyens éhontés, affirma Andy. En comparaison, je ne suis qu'un minus habens.

Le vieillard soupira.

— Ce club est plein de minorités raciales qui se prétendent des victimes.

Rubens s'exprima enfin, la colère rendant sa voix plus forte que nécessaire.

— Et les prisons sont pleines d'abrutis qui affirment être innocents !

Pour le calmer, Andy posa une main sur son bras. Quant à Tibbitt, il s'essuya délicatement la bouche de sa serviette.

— Tu n'aurais pas dû l'amener, Andrew. Ta mère est ici, quelque part, dehors.

Sans se soucier de l'avertissement muet d'Andy, Ruben précisa sa pensée :

— Je ne compte pas m'en aller, pépé. Sauf si Andy part avec moi. Et si vous tenez à vous faire éclater la tronche à coups d'extincteur, je me ferai un plaisir de vous rendre ce service.

À quelques mètres de là, un jeune couple accompagné d'un bébé leur jeta un regard inquiet.

Tibbitt paraissait prêt à se chier dessus.

— Seigneur !

Andy tapota le dos de Ruben.

— Ça va aller, Rube. Je m'en occupe.

Il tira un siège pour Ruben, attendit que celui-ci s'installe, puis prit place à son tour. Au bout d'un long moment, Tibbitt lui aussi se rassit, très raide.

Ruben soupira. Il se détourna et regarda les bouffis livides qui, en flot régulier, ne cessaient de piller le buffet pour rapporter à leur table des assiettes remplies de gaufres et d'ananas. *Garde la tête froide.* C'était à Andy de gérer cette histoire. Quant à Ruben, ça n'était pas ses oignons.

Le vieillard le prenait pour un simple employé, un garde du corps, gros bras et tête vide. C'était un atout. Tant que Tibbitt ignorait la véritable relation existant entre Andy et lui, ce plan stupide avait des chances de fonctionner.

Ruben n'avait qu'à la boucler et laisser son visage de voyou parler pour lui.

Le vieillard attira son attention en frappant son verre de son couteau. Les sourcils foncés, il désigna du menton le revers de la veste de Ruben.

— Suis-je censé croire que vous vous seriez connus à Columbia ?

Ruben garda le silence. Prenant son mutisme pour un assentiment, Tibbitt émit un reniflement dédaigneux.

— La lumière est la gloire de la vie. La vie dans l'obscurité n'est que misère, elle ressemble davantage à la mort.

Qu'est-ce qu'il racontait, bordel ?

D'un ton désinvolte, Andy lui fournit l'explication nécessaire.

— Il parle de la devise de Columbia.

Ruben baissa le nez sur son pin.

Tibbitt se renfrogna de plus belle.

— De nos jours, plus personne ne fréquente l'église ! geignit-il.

— Si, Ruben, répondit Andy toujours aussi décontracté. Il s'y rend plusieurs fois par semaine.

Ruben arborait son meilleur air d'Aztèque impitoyable : paupières mi-closes, nez busqué, regard mauvais. Après tout, lui aussi avait des représailles à exercer.

Tibbitt sirota une gorgée de son cocktail.

— Oh ! Vous devez avoir beaucoup pêché.

— Pourquoi, parce que j'ai la peau brune ? Fichez-moi la paix, *puto*.

Andy toussota. Puis il reprit son masque habituel, sourire niais, grands yeux désemparés. On lui aurait donné le Bon Dieu sans confession.

— Écoute, Herb, j'en ai… euh, assez de tous ces ennuis. Apex n'est qu'une petite partie de…

Ruben s'empressa de lancer l'appât :

— Inutile de prendre des gants, Bauer. Il avance à grands pas vers la taule. Je dirais même qu'il est à mi-chemin.

Tibbitt parut s'offusquer :

— M. Oso, je ne vous permets pas…

— Ce que vous permettez ou pas, je m'en tape, grinça Ruben, sans élever la voix. Je vous rappelle vos derniers exploits : enlèvement, agression, tentative de meurtre, extorsion…

Un jet de salive tomba sur la nappe. Ruben montra les dents et enchaîna :

— Mon vieux, avec un dossier pareil, vous êtes presque un cas d'école. Pour être franc, ça me plairait beaucoup de vous fracasser le crâne devant tous ces gens charmants. Mais lui, ajouta-t-il en désignant Andy, n'est pas d'accord. C'est pourquoi je me retiens. *Pour le moment !*

Tibbitt fixait le crachat comme s'il s'agissait d'un scorpion.

— J'imagine que c'est une autre de vos provocations juvéniles… commença-t-il

Ruben se pencha, presque enragé. *Cette fois-ci, c'est la bonne.*

— Sans blague ? Vous croyez à une plaisanterie ? Quand le FBI se pointera, il leur faudra des pincettes pour récupérer ce qui restera de vous incrusté dans les murs.

À proximité, il y eut un halètement et des couverts retombèrent bruyamment dans une assiette. Les autres clients commençaient à tendre l'oreille.

Devenu ponceau, Tibbitt déglutit, ses joues flasques tremblotèrent comme si la menace l'avait touché.

— Oso, voyons ! le réprimanda Andy.

Sans répondre à son amant, Ruben s'adressa au vieillard. S'il avait un don, c'était de ressembler à un truand, mais il savait aussi se comporter comme tel.

Ruben cacha son amusement. Son rôle lui plaisait.

— Vous avez un sacré culot, pépé. Mais vous avez aussi de la chance : j'ai déjà assez de problèmes avec la loi, je n'ai aucune envie de m'en coller davantage.

Andy intervint, tourné vers son beau-père :

— J'ai décidé de vous nommer à la tête d'Apex, annonça-t-il.

Ah, c'était ça, son plan. Faire appel à l'ego de Tibbitt – et à ses préjugés – pour l'aveugler.

— Vous n'imaginez pas dans quoi vous mettez les doigts, *boludo*, cracha Ruben. Si c'est un exemple de votre façon à gérer les affaires, je refuse de continuer.

Quand il s'interrompit, Andy, d'un léger signe de tête, l'encouragea à continuer.

— Et si je quitte l'opération, ajouta Ruben, Andy le fera également. Nous sommes partenaires. D'ailleurs, il gâche son talent dans ces marchés minables pour petits blancs nantis. Dorénavant, il travaillera exclusivement avec moi.

Éberlué, Tibbitt se tourna vers son beau-fils.

— Qu'est-ce qu'il raconte ?

Sous la table, Andy saisit la main de Ruben et la serra. Ruben piqua un fard.

Tibbitt soupira.

— Quel manque de respect envers moi, envers ta mère, Andrew. Après tout ce que je t'ai appris. Après tout ce que j'ai fait pour toi !

— ¡ *Gilipollas* ! s'exclama Ruben méprisant.

Grâce à Andy, il connaissait quelques gros mots en espagnol.

— Vous n'êtes qu'un comique, ajouta-t-il. Vous n'avez pas de couilles.

Les autres clients lui jetèrent des regards franchement désapprobateurs, mais ça ne suffit pas pour que Tibbitt morde à l'appât. *Vengeance, représailles.*

Exaspéré, Ruben fixa le vieillard et frappa si fort la table de son poing que les couverts rebondirent.

— Comment avez-vous osé ? Baiser sa mère, tromper votre associé, saccager son appartement. Et tout ça pourquoi, pour faire joujou avec Apex ?

Il ricana avec sarcasme. Andy se redressa dans son siège, mais sans intervenir.

Quant à Tibbitt, il paraissait sincèrement sidéré.

— Andrew ! Comment peux-tu le laisser me parler ainsi ?

Pour le moment, tout fonctionnait à merveille.

Un garçon apparut près de leur table.

— Monsieur ? Un problème ?

Ruben lui jeta un coup d'œil : le gamin, soixante kilos tout mouillé, paraissait mort de peur. Ruben l'ignora et affronta à nouveau Tibbitt.

— Dites-moi, connard, c'est sur le câble que vous prenez des cours de grand guignol ?

Avec un sourire aimable, Andy chercha à rassurer le garçon :

— Ne vous inquiétez pas, simple différend familial.

Tibbitt posa les mains sur la table. Compte tenu des circonstances, il répondit d'une voix remarquablement contenue :

— Il ne m'a pas donné le choix. Les temps sont durs. Je voulais juste récupérer une partie de mes pertes.

Ruben ne lui laissa pas de répit.

— Tibbitt, je t'avertis pour la dernière fois, si tu recommences à nous débiter des conneries, je vais t'arracher un morceau de ta petite personne, sous les yeux de tous tes copains. Devine un peu lequel…

Il s'interrompit, laissant son expression parler pour lui. Aztèque impitoyable. Le vieillard ouvrit de grands yeux.

Andy fronça les sourcils.

— Ruben, voyons, tu exagères.

Le serveur s'attardait, l'air sceptique, il se rassura qu'en voyant Tibbitt acquiescer. *On se chipote, rien de plus.*

S'inspirant des expressions les plus « requinesques » d'Andy, Ruben posa sur le vieillard un regard vide, létal.

— Laissez-moi être clair, Tibbitt, désormais, Apex ne m'intéresse plus. Donc, Andy ne s'y intéresse plus non plus.

Si Tibbitt gobait ça, Andy et lui seraient bientôt libres de rentrer chez eux.

Cette fois, Tibbitt prit l'appât.

— C'est la moindre des choses ! Dieu sait que vous pouvez vous le permettre.

— Je ne veux pas impliquer ma mère, intervint Andy. C'est strictement entre toi et moi, elle ne participe en aucune manière.

Tibbitt eut un soupir béat.

— Ta mère m'a chargé de gérer ses fonds. Elle a en moi une totale confiance.

Il parlait d'elle comme d'un golden retriever ou d'une plante en pot.

Ruben serra les dents. S'il avait entendu un homme parler ainsi de sa mère, il aurait instantanément réagi – ou alors, sa mère l'aurait fait avant lui. Quelle drôle de famille !

Ruben demanda à Andy :

— Qu'est-ce que ça peut te faire la façon dont il investit son argent ?

Très calme, Andy répondit :

— Je ne veux pas qu'il la ruine.

Ruben devina sa rage frémissante et les rouages qui tournaient dans son cerveau.

Mais Tibbitt ne parut pas offusqué.

— Je suis enchanté de cette condition. Ça m'évitera bien des explications.

Andy acquiesça, les yeux plissés.

— Très bien, dans ce cas, voici mon offre : je te donne cinquante pour cent des actions, mais je garde le contrôle de la société.

Jusqu'ici, Ruben était d'accord. En principe, Andy était censé se retirer.

— Tu seras mon associé, Herb, enchaîna Andy, un associé silencieux, mais tout-puissant. Nous partagerons tout en deux : actions, bénéfices, mais je mettrai à ton seul nom les actifs d'Apex. Je ne veux pas que ma mère risque la ruine parce que nous avons un différend.

Pauvre Hope. Ruben était désolé pour elle, en pensant à tout le temps qu'elle avait investi, à ses études spécifiques alors que ce serait désormais Tibbitt qui tiendrait les cordons de la bourse. Elle méritait davantage. D'un autre côté, mieux valait qu'elle ne soit pas impliquée dans un scandale financier.

L'offre d'Andy était sérieuse et bien calculée, Ruben en comprenait les raisons.

— Nous dirigerons Apex ensemble, conclut Andy.

Les sourcils de Tibbitt montèrent jusqu'à la racine de ses cheveux grisonnants.

— Quelle garantie ai-je que tu tiendras parole ?

— Ma boîte inclut le plus lucratif de mes fonds de placement, Herb, et je t'en offre la moitié sans contrepartie. Quelle meilleure garantie puis-je t'offrir ?

Tibbitt pinça les lèvres.

— Comment puis-je être certain que tu ne vas pas m'envoyer un autre métèque pour m'effrayer ?

Andy préféra baisser les yeux.

— Je connais Ruben depuis...

— ... cinq semaines, coupa son beau-père sans cacher son dédain. Oui, j'ai vérifié. Dire que j'ai envoyé mon bâtard dans les meilleures écoles ! Voici comment j'en suis récompensé : il devient un simili justicier... et fréquente un pédé.

À nouveau, il eut un reniflement offusqué, son regard passant de l'un à l'autre des deux hommes. Ruben s'efforça de garder une expression impassible.

Andy toussota, puis apparut sur son visage un sourire sinistre, aussi dangereux qu'un aileron de requin effleurant la surface de l'eau.

— Je ne dirais pas ça si j'étais toi, *Herb*. Ruben n'est pas mon employé. *Pardon ?*

De sous la table, Andy souleva leurs mains encore unies. Ruben le laissa faire, sous le choc, incapable de réagir à temps.

Tibbitt ouvrit de grands yeux.

— Andrew, nous avons des affaires à...

Andy l'interrompit d'un sourire, exhibant des dents aussi étincelantes et tranchantes qu'une lame de couteau.

— Il n'est pas mon employé, répéta-t-il. Ça, c'est sûr ! La plupart du temps, il n'écoute même pas ce que je lui dis. C'est mon amant. Nous sommes ensemble. Si tu as quelque chose à me dire, tu peux parler devant lui.

Tibbitt s'était figé, les yeux posés sur leurs mains jointes comme s'il s'agissait de crotales en pleine copulation.

— Tu penses me faire peur ? Rien de ce que tu feras ne peut m'embarrasser.

Andy eut un ricanement.

— C'est l'euphémisme de la décennie !

Ruben finit par retrouver ses esprits.

— Je vous signale, *señor* Tibbitt, que pour le moment, c'est vous qui vous donnez en spectacle, pas nous. Ces blessures, nous ne nous les sommes pas auto-infligées. D'ailleurs, je déteste le brunch.

Le silence retomba.

— Ne soyez pas ridicule ! explosa Tibbitt.

Andy se jeta sur Ruben pour l'embrasser. À pleine bouche – et en plein milieu de la salle à manger du Scarsdale Golf Club ! Il l'empoigna par la nuque et dévora sa bouche avec ardeur.

Non seulement Ruben accepta le baiser, mais il en rajouta une couche, conscient qu'autour d'eux, les bavardages allaient bon train, les couverts cliquetaient de plus belle. À présent, ils avaient une audience.

Quand ils finirent par se séparer, l'expression horrifiée de Tibbitt était éloquente.

Andy s'adossa dans son siège et se lécha délibérément les lèvres.

— Ruben est mon partenaire, Herb, dans tous les sens du terme.

Il jeta à Ruben un coup d'œil interrogateur, presque quémandeur. Ruben y répondit par un sourire.

— Absolument !

Les autres clients ne se cachaient même plus pour écouter leur conversation. Tibbitt le réalisa, manifestement.

— Pas ici, bafouilla-t-il.

— Pourquoi pas ? Je t'assure qu'il y a aussi des homos à Scarsdale, comme partout ailleurs. En fait, j'en connais même deux dans cette salle.

Sur ce, Andy posa la main sur les genoux de son amant. Trop effrayé pour protester, Ruben ne bougea pas. Il était bien trop heureux pour se sentir gêné. Il se contenta de reculer un peu pour donner à Andy un meilleur accès. *Après tout, c'était lui le metteur en scène.*

— Si tu en veux des preuves, Herb, ajouta Andy, nous pouvons forniquer sur la table. Ce ne sera pas la première fois.

Andy glissa la main entre les jambes de Ruben.

Le visage et le cou Tibbitt avaient pris la couleur ponceau du foie cru.

— Tu es dégoûtant. Vous me répugnez, tous les deux.

Andy lui répondit par un sourire rayonnant qui exhibait sa fossette.

— Je suis *tellement* heureux de l'entendre, Herb. Surtout maintenant que nous allons faire des affaires ensemble !

Le vieillard blêmit. Il jeta un regard affolé aux autres membres du club qui le surveillaient de près.

— Ne sois pas absurde. Ça tuerait ta mère.

Il regarda à nouveau autour de lui, inquiet et renfrogné.

Andy croisa les bras.

— Effectivement, reconnut-il. Elle n'a pas tiqué quand tu as déposé ton bilan, mettant en faillite la boîte de mon père ; elle t'a laissé nous enlever, nous tabasser. Je pense qu'elle survivrait même à te voir aller en prison pour fraude. Oui, elle accepte que tu sois un nul, un lâche, mais me voir avec un mec, ça la tuerait.

Ruben sourit.

— Pas seulement un mec, *vato*, un Colombien !

— Moi, je m'en fiche, grommela Tibbitt. Rien ne peut m'atteindre. Tu ne feras que blesser ta mère.

— Non, je ne crois pas. Elle a survécu au divorce, au mah-jong, aux orgasmes qu'elle simule avec toi deux fois par an. Elle est indestructible.

Tibbitt finit par perdre son sang-froid.

— Bon Dieu !

Des têtes se tournèrent.

Aussitôt, le vieillard baissa la voix et brandit son téléphone portable.

— Attention, Andrew. Je peux encore prévenir la SEC.

Une voix féminine, très rauque, les interrompit :

— Est-ce que vous vous cacheriez de moi ?

Une femme traversait la salle comme un transatlantique, l'océan. Elle ressemblait à Katharine Hepburn... avec un litre de bourbon dans les veines.

Ruben croisa un regard bleu gris, aussi doux que doux velours, des yeux qui lui étaient intimement familiers. Ainsi, il s'agissait de...

— Mère, déclara Andy en se levant.

— Andrew Bauer ! Qui prend un brunch au club ! Sans doute y a-t-il des côtelettes de porc qui poussent dans les arbres !

Elle adressa à Ruben un clin d'œil complice, comme s'il avait assorti son rire au sien. D'après son accent et sa façon de parler, sans doute avait-elle appris l'anglais à l'étranger. Elle ne fit aucune remarque concernant leurs blessures ou les tenues bizarres. Peut-être poser des questions était-il impoli ?

Devant leur table, Cilla s'arrêta net et croisa ses bras minces. De près, elle paraissait fragile, instable, et sa chevelure auburn était touchée de gris.

— Qui est ce bel inconnu ? demanda-t-elle.

Andy soupira.

— Mère, nous ne nous cachions pas.

Son beau-père s'agita nerveusement, avant d'appeler un serveur pour réclamer un nouveau Bloody Mary.

— Apportez aussi une vodka pamplemousse pour ma femme.

Cilla eut un sourire un peu vacillant.

— Eh bien, je n'aurais jamais eu l'idée de te chercher ici, déclara-t-elle. Je ne suis pas suffisamment intelligente.

Ruben s'inclina devant elle et lui offrit un sourire chaleureux, authentique

— Je suis certain que vous vous calomniez, *madame* [139].

— Il m'a appelé *madame* ! s'écria-t-elle d'une voix stridente, qui s'adressait à son fils, à son mari et tous ceux qui se trouvaient à portée de voix. Seriez-vous sudiste par hasard ?

— Oui, *madame*, de Floride.

— Oooh.

Elle accentua la syllabe, comme s'il venait d'annoncer avoir survécu à une leucémie.

— Et maintenant, vous êtes à New York, ajouta-t-elle.

---

139 Le « ma'am » anglais, comme le « sir » pour un homme, indique un profond respect, bien plus fort que les mêmes termes en français.

Elle gloussa, la tête renversée, jusqu'à ce qu'il lui réponde. Manifestement, c'était d'elle qu'Andy tenait son charme, son côté grotesque et son hédonisme.

Raide comme un piquet, Tibbitt dévisageait sa femme sans cacher son mépris. Ruben évoqua sa propre mère, occupée à changer un pneu. De toute sa vie, jamais Cilla Bauer n'avait trempé les mains dans l'eau froide. Pourtant, elle ne paraissait pas snob. Elle agissait plutôt comme une prisonnière, un bel oiseau aux ailes coupées, qui tournait en rond en claquant du bec, les yeux fixés sur l'infini du ciel.

Autrefois, en Floride, Ruben avait assisté à des dizaines de réunions AA, où il avait croisé des dames comme elle : des poupées dévouées qui réalisaient sur le tard s'être vendues au rabais.

Ruben aimait beaucoup ses parents, mais il n'avait avec eux aucun point commun. Dans sa propre famille, il se sentait étranger.

Par contre, la bizarrerie décontractée de Cilla lui plut instantanément, il eut l'impression de trouver en elle une complice, une âme sœur.

Elle leva les yeux vers lui.

— Qui êtes-vous, mon grand ?

— Ruben Oso, *madame.*

Il prit la main fragile dans la sienne et la pressa délicatement, en tentant d'adoucir son visage impossible.

— Seriez-vous d'origine grecque ? demanda-t-elle. Ou égyptienne. Vous êtes étranger, c'est évident. Portugais peut-être ?

Il la corrigea gentiment.

— Ma famille est d'origine colombienne.

Une serveuse revint avec les boissons. Le verre de Cilla était bordé de sel.

Andy inspira un grand coup.

— Maman, Ruben est mon amant.

Il y eut une longue pause. Elle cligna des yeux, fixant son fils, le sol, puis Ruben. Elle avait toujours la main enfouie dans la sienne, elle resserra tout à coup les doigts.

Tibbitt croisa les bras.

— Vraiment, Andrew, ce n'est pas le moment.

Puis se tournant vers sa femme :

— Cilla, nous discutions affaires. Je ne pensais pas…

Elle offrit à Ruben un sourire éblouissant, puis tourna vers son fils un visage rayonnant. *Ces yeux !*

— Mais c'est merveilleux ! s'exclama-t-elle.

Andy ne réussit pas à cacher sa surprise.

— Ah, bon ?

Tibbitt foudroya du regard les autres clients qui s'intéressaient toujours beaucoup trop à leur table.

— Ce n'est ni l'endroit ni le moment... commença-t-il.

Cilla posa sur ses cheveux une main distraite.

— Tais-toi, Herbert. À t'entendre, on croirait que j'ai passé ma vie dans du coton. Je regarde la télé. Je suis une adulte.

D'après Ruben, cette femme pesait à peine cinquante kilos – et encore, tout habillée. Il eut un grand sourire, d'abord pour Tibbitt, ensuite pour elle.

Elle finit par lui lâcher la main, mais se mit alors à lui caresser le bras.

— Où avez-vous rencontré mon fils ? demanda-t-elle, tout en goûtant à son cocktail – un Salty Dog.

Andy ne put s'empêcher de demander à sa mère :

— Tu n'es même pas surprise ?

— Eh bien, si, bien sûr, je suis surprise, Andrew. J'ignorais que tu étais... comme ça, mais tu travailles beaucoup trop et tu ne t'es jamais sérieusement intéressé à une femme. À aucune de tes maîtresses.

Ruben surveillait le visage violacé de Tibbitt. Cilla se tourna vers lui et réclama son attention. Elle lui sourit avec chaleur.

— Sérieusement, souffla-t-elle, il ne tenait pas vraiment à elles.

Encore ce mot.

— Merci, maman, déclara Andy.

Il se leva, la serra dans ses bras et posa un baiser sur la gracieuse tête. À cette caresse, elle s'illumina tout entière. Elle tapota de nouveau le bras de Ruben, l'air conspirateur.

— Vous êtes très solide, M. Oso. Et très beau.

— Je suis d'accord ! confirma Andy hilare.

Cilla redressa le chaton énorme de la bague qu'elle portait au doigt.

— Andrew, si tu avais fini comme ton... père, dans un lointain paradis fiscal, j'aurais ressenti une terrible impression d'échec.

Elle jeta un bref coup d'œil à son mari, sans réaliser qu'elle cherchait à garder un secret que tout le monde connaissait déjà. À l'autre bout de la table, Tibbitt faisait une bonne imitation d'une grosse truite grise qui manquait d'air.

Andy reprit sa place avant d'annoncer :

— Herb et moi serons bientôt associés, Mère. Donc, je te verrai davantage, et lui aussi, précisa-t-il en fixant ton beau-père.

Le rictus de Tibbitt était meilleur qu'un billet de cent dollars flambant neuf, décida Ruben. Il poussa un profond soupir, l'étau qui l'oppressait se détendant enfin. À présent, il avait même envie de tester le brunch. Et surtout de voir ce vieil enfoiré bouffi se tortiller pendant des heures face à ses concitoyens.

Il caressa tendrement la nuque d'Andy, tirant au passage sur son épi.

Cilla les dévisageait tous les deux. Elle sembla enfin remarquer leurs blessures.

— Alors, racontez-moi comment vous avez été ainsi amochés ? À moins qu'il s'agisse de sexe un peu trop brutal ?

Le visage de Ruben s'enflamma. Tibbitt pinça les lèvres dans une grimace de dégoût.

— Voyons, Herb ! Le tança sa femme. Je ne suis plus une enfant.

Andy se contenta de glousser.

— Non, Mère, pas du tout. Nous nous promenions dans les bois quand nous nous sommes égarés, nous avons été séparés. Il nous est arrivé quelques mésaventures avant de retrouver notre chemin.

Le mensonge avait été proféré en douceur. Des yeux de prédateur se posèrent sur Herb, le défiant de révéler la vérité.

— Par chance, termina Andy, nous avons fini par nous réunir.

— Un de ces week-ends où l'on apprend la survie, ajouta Ruben. Nous avons survécu.

Elle paraissait radieuse.

— Oh, c'est parfait ! Mon fils passe bien trop de temps dans son appartement.

— Amen.

Deux serveurs maigrelets arrivèrent pour débarrasser les assiettes et remplir les verres. Ce fut Tibbitt qui récolta l'addition. Cilla adressa un aimable signe de la main à une table voisine, la famille avec le bébé.

Ruben se pencha vers Andy et murmura :

— Ta mère me plaît beaucoup.

— Ça te passera, répondit Andy.

— Je t'ai entendu, Andrew ! jeta Cilla.

Mais elle souriait, semblant apprécier la plaisanterie. Herb, toujours aussi renfrogné, ressemblait à un tapis de bain éberlué. Il ouvrait et refermait la bouche sans proférer un son.

Ce que Ruben comprenait, à dire vrai. Par son annonce, Andy avait volé à Tibbitt sa victoire. Alors que le vieillard aurait aimé fêter dans son country club son partenariat avec Apex, il se trouvait contraint de la boucler.

À cause d'un caprice de gamin.

Cilla caressa le rebord de son verre.

— À partir de maintenant, vous avez intérêt à coopérer, tous les deux.

Andy tourna vers le vieillard des yeux glacés.

— Elle a raison. Papounet.

Tibbitt parut soulagé.

— Parfait, ajouta Andy. Nous en discuterons demain.

Cilla se redressa.

— Oh, voyons…

— Non, Mère, nous devons rentrer. Demain, nous avons rendez-vous de bonne heure. Avec nos avocats. Ne vous dérangez pas pour nous, conclut Andy en se levant.

Tibbitt ne bougea pas. Par contre, Cilla se leva pour serrer Ruben dans ses bras. Très fort ! Il grimaça sous la pression, ses côtes protestant violemment, mais ne dit mot.

— Je devine que vous êtes un trésor, déclara-t-elle. Je l'aime beaucoup, Andrew.

— Moi aussi, maman. Beaucoup, *beaucoup*.

Ruben sentit peser sur lui et Cilla son regard enflammé.

— Passez un de ces soirs dîner à la maison, les garçons. Je suis tellement heureuse que mon fils ait enfin cessé de courir la gueuse.

Elle leva les yeux au ciel, puis se pencha pour chuchoter à Ruben :

— À mon avis, c'était de Royce qu'il tenait cette déplorable habitude. Je parle de son père, hum, celui qui l'a élevé. Promettez-moi de venir.

Ruben lui rendit son étreinte, comprenant presque sa logique.

— Croix de bois, croix de fer, nous viendrons. D'ailleurs, vous devriez aussi venir dîner avec nous à New York.

— Oh, feriez-vous la cuisine, par hasard ?

— Non, *madame*, mais je me spécialise dans les réservations au restaurant.

— Un homme selon mon cœur !

Elle eut un rire cristallin, on aurait cru à des clochettes agitées par le vent.

Pour quitter le country club, Ruben déambula à travers les tables d'un pas décontracté, heureux pour une fois d'attirer l'attention. La main possessive d'Andy reposait au creux de ses reins.

— Qu'ils nous regardent, si ça leur chante !

Ruben éclata de rire.

— Pauvres gens !

Une fois dehors, ils attendirent dans un silence détendu qu'on leur rapporte la Mercedes volée. Ensuite, ils reprirent la route.

Il leur restait à annoncer à Hope la mauvaise nouvelle.

XX

On n'a qu'une vie. Mais si on la vit bien, ça suffit largement.

Sur le trajet retour, Ruben roula dix kilomètres en dessous de la vitesse limitée. À cette heure-là, un week-end estival, il n'y avait personne, aussi retrouvèrent-ils Park Avenue en un temps incroyablement court.

Ruben se gara devant l'entrée principale. En passant devant l'accueil, Andy jeta le trousseau des clés à l'un des portiers. Le gosse, avec des cheveux incroyablement bouclés, le récupéra au vol.

— Monsieur ?

— Veuillez garer la voiture sur une de mes places.

Andy hésita avant d'ajouter :

— Quelqu'un passera sans doute la récupérer dans le courant de la semaine.

Ruben était allé tout droit jusqu'à l'ascenseur, il pressa le bouton d'appel. Il tenait absolument à s'étendre, à vomir, à avaler quelque chose – sans trop savoir dans quel ordre ça lui viendrait.

Andy le rejoignit au moment où les portes s'ouvraient. La montée se fit en silence, le soulagement les rendant muets.

Par chance, c'était Hope qui les attendait à l'étage, aucune trace de la police. Elle se trouvait au salon, regardant la ville qui s'étendait derrière les baies vitrées.

Andy l'approcha en disant :

— Vous ici, Me Stanford. Vous avez une étrange façon d'occuper vos dimanches !

Avec un sourire, Ruben transmit à Hope un message silencieux : *ça va aller.*

— Oh, Dieu merci ! Vous ne pouvez pas imaginer. Quelle journée !

Elle fixait Andy, le visage résigné.

— Je suis virée, déclara-t-elle.

— Quoi ?

— Vous allez me virer. Allons-nous également tous finir en prison ?

Elle vibrait anxiété. Ruben tendit une main vers elle.

— Qu'est-ce que vous racontez ?

— Regardez un peu dans quel état vous vous trouvez, tous les deux ! répondit Hope. À présent, j'appelle les flics.

Andy leva une main pour l'en empêcher.

— Non ! Ce n'est pas nécessaire.

— Andy, vous me direz ce que je dois leur dire et je le ferai. Vous avez été bon envers moi. Vous savez bien que je ferai tout ce que vous me demanderez.

Elle redressa son long cou et la ligne fière de sa mâchoire. Brièvement, Ruben vit en elle la danseuse qu'elle avait été.

Andy esquissa un sourire.

— Seigneur, je n'aurais jamais dû vous mêler à toute cette histoire ! Voyons, venez ici.

— Non !

Elle tremblait comme une corde de guitare prête à se rompre.

— J'ai quitté l'Apex, déclara Andy. Mais vous, vous n'y êtes pas obligée.

Sceptique, elle cligna des yeux.

— Vous plaisantez !

Ruben haussa les épaules.

— Écoutez-le, il est tordu.

— Vous n'êtes pas virée, Hope, confirma Andy. Moi, par contre, je me retire des affaires. Attendez-moi une seconde.

Andy s'éloigna dans le couloir en direction du bureau. Ruben et Hope se dévisagèrent l'un l'autre. Elle ne bougeait pas.

— Vous croyez qu'il va bien ? demanda-t-elle.

Ruben acquiesça.

— Oui.

— Et vous ? insista-t-elle.

— Moi aussi, répondit-il avec un sourire.

— Tant mieux !

Elle poussa un long soupir, comme si elle avait retenu sa respiration pendant trop longtemps. Il y eut du bruit au fond du couloir. Andy marmonna un juron.

Ruben finit par prendre une chaise et s'installer devant la table de la salle à manger. Après quelques minutes, Hope le rejoignit.

Andy revenait déjà, sa voix le précéda :

— M. Oso et moi avons négocié un marché équitable avec notre adversaire.

Hope attendit, sans mot dire. Andy laissa tomber sur la table un lourd dossier.

— Je vous donne la moitié d'Apex, Hope. Cinquante pour cent des actions.

Elle ne répondit pas. Elle se retourna vers Ruben et demanda :

— Il se fiche de moi, c'est ça ?

346

Un peu surpris, Ruben secoua la tête.

Andy sourit.

— Non, dit-il. Je vous cède bel et bien la moitié de la société. Évidemment, il y a une contrepartie. Quelque chose de très difficile.

De toute évidence, Hope faisait de gros efforts pour ne pas pleurer.

— Oh, non ! Bon sang ! Je ne peux pas aller en prison. J'ai travaillé bien trop dur pour...

— Hope, regardez.

D'une main rapide, Andy parapha les feuillets du contrat.

— Il dit la vérité, confirma Ruben. Ne vous inquiétez pas.

Après avoir signé la dernière page, Andy se redressa.

— Le hic, c'est que vous aurez pour associé un parfait connard.

Elle étouffa un rire nerveux.

— Sans blague ?

— Je ne parlais pas de moi, précisa Andy.

Il enchaîna, les yeux fixés sur Ruben :

— À partir d'aujourd'hui, je me retire pour nous éviter à tous d'aller en prison. Mon partenaire m'a fortement conseillé d'une retraite anticipée. D'après lui, c'est une sage décision.

Ruben leva la main.

— Il parle de moi.

Hope secoua la tête.

— Ah. Je ne suis pas certaine que ce soit une bonne idée.

Andy se pencha sur la table pour remplir un chèque.

— Suite à mes décisions irréfléchies, certains de mes clients sont dans l'embarras, il nous faut réparer les dommages subis. Sur le papier, mon beau-père sera votre associé, mais en pratique, il n'aura aucun rôle actif. Oh, il touchera sa part des bénéfices, mais c'est vous et vous seule qui gérerez Apex.

Elle fronça les sourcils.

— Je ne...

Andy lui tendit son stylo.

— Ne vous inquiétez pas, Hope, Tibbitt est un voleur, mais c'est aussi un idiot. Il n'aura aucun pouvoir sur vos décisions.

Elle secoua la tête.

— Et s'il se montre odieux ?

Ruben grinça des dents.

— Oh, il le fera, mais j'ai confiance en vous, Hope, vous n'en ferez qu'une bouchée. De plus, à la première couillonnade, vous prévenez le FBI.

Andy acquiesça.

— Dans la vie, tout se paie. Vous aurez une boîte à gérer, des investissements à rentabiliser, de nouveaux bureaux à votre nom. Si ça vous dit, vous pouvez même engager une assistante. À partir d'aujourd'hui, cet appartement ne sera plus que mon foyer. Ou plutôt, le nôtre.

Il jeta à Ruben un coup d'œil furtif.

— Hope ? Vous pouvez refuser, vous savez, précisa Ruben.

Andy se fit suppliant :

— J'essaie de tout réparer. La situation m'a échappé, ce qui vous a mis en danger, vous deux. Ce n'est pas bien, ce n'est pas juste.

Ruben se rassit.

— Effectivement, Hope, nous cherchons juste à réparer les dégâts. Et Andy essaie de faire amende honorable, de reconnaître ses torts.

Il fixait la jeune femme en essayant de lui faire passer le message. Si Andy ignorait que Hope était une ancienne alcoolique, Ruben n'avait pas l'intention de trahir ses confidences.

— Ce transfert d'actions représente une étape, ajouta-t-il. Andy a reconnu qu'il avait perdu la maîtrise de sa vie.

Cette phrase venait mot pour mot du Grand Livre des AA.

Hope tressaillit. *Reçu cinq sur cinq.*

— Oui, confirma Andy, j'ai été stupide. J'ai tout mélangé, les affaires, ma famille. Je ne veux plus répéter cette erreur.

Elle acquiesça.

— Je comprends. Vous voulez réparer vos torts. Mais pourquoi moi, pourquoi me donner tout ça ?

Andy lui mit son stylo dans la main.

— Parce que vous l'avez bien mérité, Hope. Parce que je ne me fais plus confiance. Parce qu'Oso me l'a demandé.

Pour la première fois depuis leur retour, elle sourit franchement.

— Oso ? Je vois. Et si je ne me sens pas prête à pénétrer dans le monde de la haute finance ?

Ruben ricana.

— Vous plaisantez ? Vous l'êtes, j'en suis certain.

— Et si je me plante ?

— Quelle importance ? rétorqua Andy. Vous apprendrez de vos erreurs, vous rebondirez et vous monterez plus haut encore.

Elle baissa la tête pour examiner le contrat posé devant elle.

— Andy, vous nous avez fait une peur terrible, souffla-t-elle.

— Je sais.

Le téléphone de Hope émit un trille d'oiseau, elle ne répondit pas.

— Je dois y aller, décida-t-elle. À mon avis, les parents de mon fiancé me prennent pour une folle.

— Alors, nous sommes d'accord ? insista Andy. Vous allez signer ?

— Bauer. Posez ce stylo et laissez-moi réfléchir.

Elle soupira, puis secoua la tête. Elle examinait toujours le contrat.

— Vous savez très bien que je ne compte pas signer sans le lire à tête reposée. Je vais éplucher chaque ligne de ce document, le faire vérifier par tous les avocats de ma connaissance. Et peut-être même exorciser par un prêtre.

Ruben se mit à rire. Par contre, Andy paraissait attristé.

Gentiment, Hope lui tapota le bras.

— Comment diable allez-vous survivre sans quelqu'un pour garder un œil sur vous ? demanda-t-elle.

— Ça, je m'en chargerai, annonça Ruben.

Elle se leva.

— Bauer, si vous n'êtes plus mon patron, qu'êtes-vous donc désormais ?

Andy hésita qu'une seconde.

— Votre ami.

— Parfait, ça me plaît beaucoup. Marché conclu.

Elle le regarda droit dans les yeux et lui tendit la main. Ensuite, elle récupéra son sac Chloe et disparut comme un courant d'air.

Ruben attendit d'être seul Andy pour demander :

— Et si Tibbitt cherche à l'emmerder ?

— Impossible.

Sans se hâter, Andy prit la direction du salon. Ruben se lança sa poursuite.

— Je ne veux plus entendre ces conneries de tueur à gages, grommela-t-il.

— Non. Je pensais à quelque chose de plus ninja.

Parlait-il sérieusement ?

— Andy ! Nous n'avons pas besoin de nouveaux ennuis !

— Tu as raison, reconnut Andy. Je ne le chercherais pas à le zigouiller. C'est promis. D'ailleurs, ce n'est pas à ça que je pensais.

Ruben leva les yeux au ciel, avant de réaliser que c'était un tic de son frère.

— D'accord, alors, explique-moi.

— Nous allons établir des pièges à loups. Et un champ de mines.

Ruben le foudroya du regard.

— Bauer…

— Je te jure d'être sage. Tant que Ducon nous fiche la paix, tout ira bien.

— Et s'il redevient pénible ?

— J'ai laissé à Hope une bombe atomique – la SEC – et un gros bouton rouge sur lequel appuyer si la situation se dégrade. En fait, il ne risque rien tant qu'il n'agit pas illégalement… pour se venger de nous, par exemple.

— Ne recommences pas à déconner, d'accord ? Je te surveille.

Ruben atténua ses paroles d'un sourire.

Andy tapota la porte – touchant du bois.

— Je resterai dans les strictes limites de la légalité. J'ai trouvé un point vulnérable, ça signifie pas que je compte l'exploiter. Je connais une faille dans la sécurité Apex.

— Et si c'est ton beau-père qui en profite ?

— Ce serait très con de sa part. Parce que ça déclencherait une catastrophe qui lui retomberait illico sur la tronche.

Le visage carré s'éclaira soudain. Ça faisait un moment que Ruben attendait ce sourire rayonnant. Soulagé, il poussa un grand soupir.

— C'est-à-dire ?

— Eh bien, si Ducon tente quoi que ce soit, le FBI viendra frapper à sa porte dans les quinze minutes.

Sur ce, Andy haussa les épaules et s'étira nonchalamment

— C'est ça, ton piège à loups ? Tibbitt est coincé ?

— Eh bien, ça dépend de lui, pas vrai ? Tant qu'il se tient à carreau, il ne risque rien. S'il ne l'a pas encore compris, c'est qu'il est idiot.

— Peuh ! Il l'est, nous le savons déjà. J'abandonne.

— Viens te reposer un moment avec moi sur ce canapé.

— Non. Je suis trop crevé. Et trop sale. Ça ne te gêne pas si je prends d'abord une douche ?

Une ride creusa le front d'Andy.

— Je, euh…. Bien sûr. Fais ce que tu veux.

Ruben se rendit dans son ancienne chambre, « la chambre d'ami », où il se débarrassa des vieux vêtements qu'il portait. Devant son miroir, il étudia son corps meurtri. Rien qui nécessite une visite d'urgence à l'hôpital, mais sur sa cage thoracique, les ecchymoses évoquaient un coucher de soleil sur les Everglades [140]. Il comprendrait sa douleur demain matin.

Dans la douche, il se contenta d'eau tiède – la chaleur lui étant insupportable –, mais il se sentit mieux en voyant la crasse et le sang s'écouler dans le drain. Quoi qu'il arrive, au moins, il serait propre.

En sortant de la salle de bain, il enfila un jean et décida de rester torse nu. D'abord, il faisait chaud, ensuite, bouger lui était trop douloureux.

---

140 Vaste parc national de Floride, milieu naturel subtropical avec 25 % de la région marécageuse originelle.

En quittant sa chambre, il ne trouva pas Andy, il inspecta en vain le bureau, la cuisine et le salon. Il finit par penser à la terrasse.

— Je te vois.

Andy était assis dans un transat, les pieds posés sur la rambarde, beau et fatigué sous le ciel de juillet. Ruben ouvrit la porte et le rejoignit. De près, Andy paraissait parfaitement détendu, plus aucun signe du requin qui se cachait en lui.

Andy se redressa lentement en l'entendant arriver. Il regarda la rue, en dessous. Il ne se retourna pas.

Ruben frotta son nez contre la nuque de son amant.

— Tu vas prendre un coup de soleil, chuchota-t-il.

— Écoute, Rube, j'ai quelque chose à te dire.

— Houlà, un préambule plutôt inquiétant.

— J'aimerais que tu restes ici. Avec moi.

— Cette nuit ?

— Oui, pour commencer. Mais j'aimerais surtout que tu restes pour de bon. Que tu t'installes avec moi.

Ruben secoua la tête.

— Ça m'étonnerait. Si tu veux mon avis, tu as sans doute besoin d'espace pour digérer ce qui s'est passé. Et puis, moi... euh, je pense qu'il me faut d'urgence une réunion. Je dois travailler un peu plus sérieusement mes étapes, quoi !

Il avait bloqué sur « l'inventaire moral ». Et il lui fallait un nouveau sponsor.

— J'aimerais t'aider. Si tu acceptes, bien sûr.

— Impossible, c'est un cheminement personnel. J'ai menti. Sur plein de trucs. Je me suis menti à moi-même. Cette foutue quatrième étape. Peach. Je ne sais même pas par où commencer.

— Une étape à la fois, un pas après l'autre. Nous trouverons une solution.

Ruben soupira.

— Je ne suis pas... Ça ne marche pas comme ça. En fait, je n'aurais même pas dû avoir une relation durant la première année du programme.

— Mais... d'après ce que j'en sais, les gens redeviennent sobres sans pour autant quitter leur famille. Les AA n'exigent quand même pas une rupture, hein ?

— Bien sûr que non ! Je n'aurais jamais dû... tout a été trop rapide.

— C'est possible. Et alors ? Dorénavant, il ne s'agit plus de théorie, Rube. Nous sommes ensemble pas vrai ?

— Je suppose.

— Alors, dis-le. J'ai besoin de l'entendre. Je t'aime. Je veux te voir sobre et heureux.

Il inspira un grand coup et ajouta :

— Je veux t'avoir avec moi.

— Tu ne peux pas parler sérieusement !

Déjà, Ruben perdait tout contrôle sur l'avenir qui se dessinait devant lui.

— Bien sûr que si ! Je me suis renseigné sur le programme des douze étapes, je connais ton parcours – celui que tu as déjà fait, celui qui te reste. Et je te le dis encore : nous sommes ensemble. Tu es d'accord ?

L'enfoiré ! Il traitait leur relation comme un marché à remporter. Ruben dut faire un effort pour cacher son sourire.

— Oui.

— Si tu veux, pour t'éviter toute tentation, je peux virer les bouteilles qui…

Ruben chercha à se remplir les poumons d'oxygène, mais il s'étouffa à mi-parcours. L'air était chaud et humide.

— Non, Andy. Écoute. Personne ne devient sobre en vivant dans un luxe pareil, avec un emploi bidon et des mannequins qui lui tournent autour. *Sérieusement.* Je dois tenter ma chance dans un bar, entouré d'amis qui cherchent à me coller du poison dans les mains et me promettent que ça ne risque rien. Je dois savoir exactement qui je suis. Je dois rester debout parce que je refuse de m'étendre et de mourir.

Peach lui aurait botté le cul pour débiter des conneries pareilles. Beaucoup d'ex-ivrognes utilisaient la sobriété pour jouer les moralisateurs. Un autre type de contrôle. Une autre façon d'oublier une vie de merde. Une autre excuse pour être menteur, un connard.

— Je suis désolé.

— Pourquoi ? Tu as raison.

Ruben contourna Andy pour se placer face à lui.

— Peut-être, mais ce n'est qu'un détail. Je suis un alcoolo qui tente de devenir sobre. C'est à moi de gérer mes emmerdes. Ça ne te concerne pas. La vie que j'ai foutue en l'air est celle que j'ai reçue, à ma naissance. Je suis mal placé pour te faire la morale. C'est justement ce que je cherche à t'expliquer. L'alcool n'est pas une excuse. Je n'ai aucune excuse, en fait. Personne n'en a.

— Je ne t'ai jamais considéré comme un moralisateur…

Ruben leva une main.

— Ce que je voulais dire, c'est que chacun a la vie qu'il mérite. Ici-bas, tout se paie. Absolument tout. Tout a un prix.

Andy secoua la tête.

— Ce n'est pas…

Ruben interrompit :

— Je ne parle pas d'argent, je ne parle pas non plus des accidents qui t'attendent au coin de la rue. Je parle simplement de se lever le matin, de travailler dur, d'encaisser les cahots. D'être authentique vis-à-vis de soi-même.

Ruben ricana avant d'ajouter :

— *Sérieusement.*

— Tu as une décision à prendre. Et un chemin à parcourir.

Avec un sourire reconnaissant, Ruben prit sa main dans la sienne.

— Exactement. Un pas après l'autre. C'est ce que Peach disait toujours, ajouta-t-il attendri en pensant à sa vieille amie.

Il l'évoqua entourée de fumée parfumée au menthol.

— La sobriété ne donne pas le droit d'être un salaud, ajouta-t-il.

Andy le dévisagea d'un air inquiet. Il ne répondit pas

— J'ai toujours cru que l'argent pouvait tout arranger, reprit Ruben. Je me trompais. J'avais pensé qu'en possédant tout ce que la vie pouvait offrir, tout devenait plus facile.

Il désignait le penthouse, ses gadgets, ses richesses.

— Certainement pas !

— Oui, maintenant, je le sais. Peuh ! Moi qui croyais connaître le prix de tout, je n'ai pas réfléchi à ce que ça allait te coûter. Ou que tout allait changer pour toi.

— Ruben, la situation est différente. *Je* ne suis plus le même.

— Ce n'est pas vrai, tu n'as pas changé. Moi non plus. Personne ne change vraiment, quand on y réfléchit. C'est juste une mue, comme les serpents, mais en dessous, nous restons les mêmes.

— Nom de Dieu ! Arrête, d'accord ?

Andy passa la main dans ses cheveux et se gratta violemment le cuir chevelu. Ruben soupira. Dans un élan de courage, il décida de se lancer avant que sa nervosité le fasse de nouveau retourner dans son trou, dans sa cachette.

Andy parut le deviner.

— J'ai la sensation que tu vas me dire quelque chose de terrible.

— C'est vrai.

Ruben se mit à rire, la gorge serrée. Andy regarda le ciel, comme pour lui laisser prendre le temps de retrouver ses esprits, de respirer – *un, deux, trois, quatre* – de compter ses battements de son cœur.

Enfin, Ruben se sentit capable de faire le dernier pas qui, métaphoriquement parlant, le ferait basculer de cette immense tour vitrée vers le béton qui l'attendait là-bas en dessous.

— Je t'aime, Andrew Bauer.

Après cet aveu, Ruben releva les yeux. La mâchoire d'Andy s'était crispée. Ses yeux gris bleu paraissaient énormes.

353

Ruben eut un sourire, le soulagement faisant trembler ses genoux.

— Tu sais, reprit-il, c'est le truc le plus étrange, le plus fou, le plus idiot et le plus intelligent que j'ai jamais dit. Je t'aime si fort que même le travail le plus difficile me paraît facile. Si fort que ça éclaircit tous les mauvais choix que j'ai faits. Si fort que ça me protège de moi-même. Ça n'a pas été facile. C'est aussi acéré qu'une lame, ça fait aussi mal. Tu m'as découpé, enlevant chirurgicalement tout ce qui n'était pas moi. Et je ne dis pas ça afin que tu te sentes coupable, ou pour faire du mélo, seulement parce que c'est la vérité et que, à mon avis, tu méritais de l'entendre de ma bouche. D'accord ? Je parle *sérieusement*.

Andy acquiesça. Il ne souriait pas vraiment, mais sa fossette apparaissait.

— Rube, tu devrais plutôt me coller un gnon et te barrer à toute allure. Fuir le plus loin possible. Si tu tiens à moi ne serait-ce qu'un peu, c'est que tu es idiot.

Perplexe, Ruben fronça les sourcils.

— Pourquoi ?

— Parce que je ne suis pas celui que tu crois, Rube.

— Pareil pour moi, enfoiré. Et alors ? Qui ressemble à l'image qu'il donne au monde ? Je crois que c'est dans le contrat. Un couple, c'est deux êtres tellement entremêlés qu'on ne peut plus les séparer.

— Je ne veux pas te faire mal.

— C'est à moi d'en décider. Il s'agit de ma vie, de mon cœur. Et je tiens à explorer jusqu'au bout ce qui nous attend.

Andy sourit.

— Tant mieux, c'est pareil pour moi.

Ruben déglutit.

— Alors, tu me crois… quand je dis que je t'aime ?

— Oh. Oui.

Le silence retomba.

Puis Andy approcha de lui et entremêla leurs doigts. La différence de leurs peaux était notable : *crème et café*. Le soleil leur réchauffait le corps et, pour la première fois, ils se touchaient en pleine lumière. Ruben jeta un coup d'œil en direction du ciel, prenant soudain conscience des bruits de la rue en dessous et de la brise qui caressait son visage et son torse nu.

— On peut nous voir, remarqua-t-il

— Tant mieux.

Andy soupira sans cacher sa satisfaction.

Le penthouse flottait au-dessus des autres immeubles environnants. Ruben se souvint des parents de Daria, assis devant leurs fenêtres. À ce moment-là, il comprit pourquoi architectes appelaient ce genre de tour « des gratte-ciel ». Andy et lui étaient tout en haut de la montagne de verre. En sécurité. À moins que les paparazzis fondent sur eux, dans un hélicoptère.

D'ailleurs, même si c'était le cas, qui s'en souciait ?

Pas moi.

Andy ouvrit la bouche, comme s'il voulait parler, mais Ruben secoua légèrement la tête. Il préférait profiter en silence de ce soleil, de cette terrasse devant les murs de verre. Il sourit, le visage renversé vers le ciel.

Andy resserra sa main sur la sienne.

— Quelle sera notre prochaine étape ? demanda-t-il.

Ruben ricana.

— Parce que maintenant, tu parles en étapes, c'est ça ?

En ce moment, il regrettait terriblement l'absence de Peach. Après un temps de réflexion, il reprit :

— Eh bien, je crois qu'il me faut davantage qu'être en couple pour retrouver mon équilibre. Ça va prendre un certain temps.

— Et si je cherchais du boulot ? proposa Andy.

Étonné, Ruben désigna le penthouse du menton.

— Euh, pourquoi dis-tu ça ? Je te croyais à l'abri du besoin.

— Je risque de m'ennuyer si je ne fais rien. Qui sait ce qui pourrait me passer par la tête pendant ton absence ?

Andy leva les mains, esquissant le geste de chatouiller Ruben. Avec un petit rire, ce dernier repoussa d'une tape les doigts fureteurs.

— Je vois, il faut t'éviter de faire des bêtises. Tu es plutôt doué avec les chiffres, non ? Mon frère cherchait justement un comptable.

Andy éclata de rire.

— Sans blague ! Je n'ai jamais eu d'emploi fixe. Ça pourrait être marrant.

— Tu dis ça parce que tu n'as jamais essayé. Et moi, je dois me trouver un appartement.

— Pourquoi ? J'ai plein de place. Tu peux rester ici.

— C'est tentant.

Il posa la main sur le bras d'Andy. Et l'attira dans ses bras. Ils étaient face à face, sous le soleil. Ils avaient le même grand sourire.

— Je trouve que c'est une idée géniale, affirma Andy.

Il renversa la tête pour examiner Ruben, mais ne protesta pas quand ce dernier écrasa sa bouche sur la sienne. Le baiser fut à la fois solide et bref, simple pivot qui d'un seul coup remettait le monde sur son axe.

Le premier, Ruben s'écarta pour murmurer :

— Je vais devoir garder un œil sur toi, *pintón.*

Andy eut un sourire espiègle.

— Un œil... C'est tout ?

— J'en doute fort.

Ruben l'empoigna et le plaqua à la paroi de verre. Le visage d'Andy exprima un plaisir primitif et sensuel. Il ne chercha pas à dissimuler son désir.

— Ne t'arrête pas. Surtout pas !

Le soleil les caressait d'une douce chaleur. Ruben inspira profondément, avant de pousser un soupir plein de bonheur.

— Aaah !

— Ben, dis donc, cher monsieur, quelle bourrasque ! Un problème ?

— Ça va te sembler parano, Bauer, mais je suis presque certain de courir un grave danger si je reste ici.

Ruben souriait, Andy fit pareil, il se pencha en avant et demanda d'un ton arrogant :

— Pourquoi dis-tu ça ?

— Un pressentiment. Je le sens, là…

Il se tapotait le cœur. Andy posa sa main sur la sienne.

— Ne t'inquiète pas, dit-il avec un grand sérieux. Je te protégerai.

DAMON SUEDE n'a jamais hésité à fièrement proclamer son homosexualité même alors qu'il grandissait dans le trou du flanc conservateur de l'Amérique. Il s'en échappa dès qu'il put légalement le faire. Il bourlingua, gagnant sa croûte en tentant différents métiers – modèle, messager, promoteur, programmeur, sculpteur, chanteur, strip-teaseur, comptable, barman, technicien, enseignant, directeur… mais l'écriture a toujours été son hobby préféré. Depuis dix ans, il est l'heureux partenaire de l'homme le plus aimant, le plus beau, le plus intelligent et le plus amusant de la planète.

Damon est fier d'être membre de *Romance Writers of America* (la ligue des écrivains romantiques aux États-Unis) dont il préside actuellement la section LGBT, *Rainbow Romance Writers*. Bien que récent auteur de littérature gay, Damon écrit depuis près de vingt ans pour l'édition, le théâtre ou le cinéma, ce qui est à la fois plus et moins glamour que vous pourriez l'imaginer. Il a remporté quelques prix, mais se flatte tout particulièrement d'avoir des amis incroyables, une famille démente, un mari superbe, des fans fidèles et une muse séduisante, à la fois volage et sérieuse, qui ne cesse, année après année, de chuchoter à son oreille.

Damon aimerait recevoir de vos nouvelles…

Site Web : www.DamonSuede.com
Goodreads : www.goodreads.com/damonsuede
Facebook : www.facebook.com/damon.suede

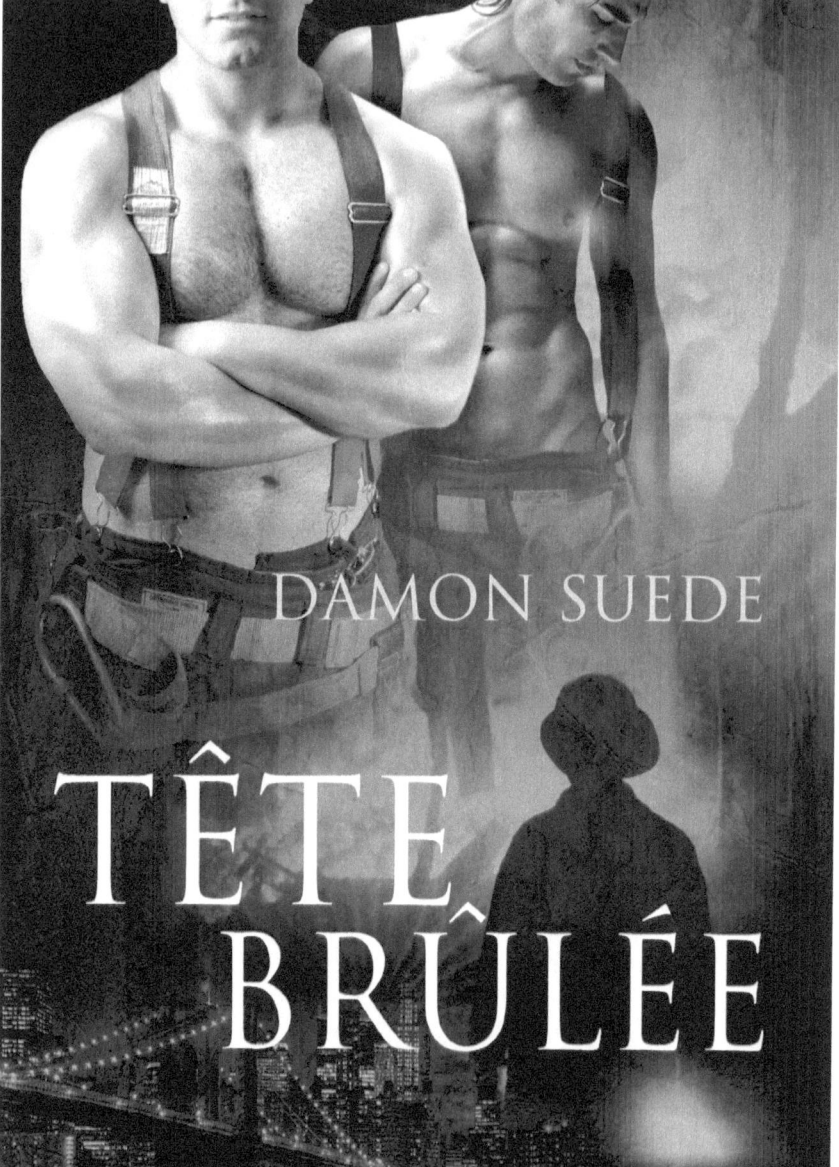

DAMON SUEDE

TÊTE
BRÛLÉE

Il n'y a pas de fumée sans feu…

Depuis le 11 septembre, Griff Muir, pompier à Brooklyn lutte contre ses sentiments impossibles envers son ami et co-équipier de l'unité 181, Dante Anastagio. Malheureusement, Dante est un parfait homme à femmes et le Corps des Pompiers de New York ne voit pas exactement l'homosexualité d'un bon œil. Pendant dix ans, Griff a caché son cœur dans un semblant de vie faite d'exploits publics et d'angoisses privées.

La prudence de Griff et l'effronterie de Dante font d'eux une équipe imbattable. Pour protéger son ami, Griff serait prêt à tout… jusqu'à ce qu'un Dante criblé de dettes lui propose le pire plan qui soit : tetebrulee.com, un site porno gay où des beaux gosses en uniforme se déshabillent et se donnent en spectacle. Et Dante veut qu'ils apparaissent là… ensemble. Griff devra protéger son cœur et vivre ses fantasmes les plus sombres devant la caméra. Peut-il sauver l'homme qu'il aime sans ruiner leurs carrières, leurs familles ou leur amitié ?

www.dreamspinner-fr.com

Par DAMON SUEDE

La cage dorée
Tête brûlée

Publié par DREAMSPINNER PRESS
www.dreamspinner-fr.com

Pour les meilleures
histoires d'amour
entre hommes, visitez

www.dreamspinner-fr.com